Duivelspiek

Van dezelfde auteur

Feniks
13 uur
Onzichtbaar
7 dagen
Spoor
Orion
Cobra
Proteus
Icarus

Deon Meyer

Duivelspiek

A.W. Bruna Uitgevers

Oorspronkelijke titel
Infanta
Devil's Peak © 2005 Deon Meyer
First published in South Africa in Afrikaans by LAPA as *Infanta*
First published in Great Britain in English by Hodder & Stoughton in 2007 as *Devil's Peak*
First published in Holland in Dutch by De Fontein in 2006
Vertaling
Ingrid Glorie
Omslagbeeld
© plainpicture/Bénédicte Lassalle (meisje)
© plainpicture/Mihaela Ninic (vrouw)
© Shutterstock (overige beelden)
Omslagontwerp
Studio Jan de Boer
© 2017 A.W. Bruna Uitgevers, Amsterdam

ISBN 978 94 005 0807 1
NUR 305

Achter in dit boek is een verklarende woordenlijst opgenomen.

I Christine

1

Op het moment dat de dominee de kartonnen doos openmaakt, lijkt de wereld even stil te staan. Ze neemt alles nauwkeurig in zich op. De forse man van middelbare leeftijd met het diamantvormige moedervlekje op zijn jukbeen, als een misvormde, zachtroze traan. Zijn gezicht is hoekig en sterk, zijn haar dun en achterovergekamd, zijn handen massief, ruw, zoals die van een ex-bokser. De ruggen van de boeken in de kast achter hem overdekken de hele muur met een bont mozaïek. De Vrijstaatse namiddagzon werpt een lichtbaan op het bureaublad, een magische schijnwerper op de doos.

Ze wrijft met haar handpalmen over de koelte van haar blote knieën. Haar handen zweten. Haar ogen zoeken betekenis in de geringste verandering op zijn gezicht, maar daar ziet ze slechts kalmte, misschien onderdrukte, goedmoedige nieuwsgierigheid over de inhoud van de doos. In de seconden voor hij de kleppen van de doos opzij vouwt, probeert ze zichzelf te zien zoals híj haar ziet – om te kijken welke indruk ze maakt. De winkels in het dorp hebben niets opgeleverd, ze moest het doen met wat ze had: haar lange haar, sluik en pas gewassen, het fleurige, mouwloze bloesje, misschien een beetje te strak voor hier, voor hem? Een witte rok die, zoals ze nu zit, tot even boven haar knieën is opgekropen. Haar benen glad en mooi. Witte sandalen aan haar voeten. Kleine gouden gespen. Haar teennagels ongelakt, daar heeft ze zich van vergewist. Slechts één ring, een dunne gouden band aan haar rechterhand. Haar make-up licht, een zorgvuldige maskering van de volheid van haar mond.

Niets dat haar kan verraden. Behalve haar ogen en haar stem.

Hij vouwt de kleppen een voor een opzij, en ze merkt dat ze op de punt van de leunstoel zit, iets voorovergebogen. Ze wil verschuiven, maar niet nu, ze moet eerst wachten op zijn reactie.

De laatste klep is weggevouwen, de doos open.

'Goeie genade,' zegt hij. Hij komt half overeind.

Hij kijkt naar haar, maar het is alsof hij haar niet ziet. Dan richt hij zijn aandacht opnieuw op de inhoud van de doos. Hij steekt een van zijn grote handen er dieper in. Haalt er wat uit, houdt het tegen het zonlicht.

'Goeie genade,' herhaalt hij, zijn handen uitgestrekt. Zijn vingers toetsen de echtheid.

Ze zit roerloos. Ze weet dat zijn reactie alles zal bepalen. Ze kan haar hart horen kloppen.

Hij stopt het langzaam terug, haalt zijn handen uit de doos, vouwt de kleppen niet dicht. Hij gaat zitten, haalt diep adem, alsof hij op verhaal wil komen, en kijkt naar haar op. Wat denkt hij? Wat dénkt hij?

Dan schuift hij de doos opzij, alsof hij hem niet tussen hen in wil hebben.

'Ik heb je gisteren gezien. In de kerk.'

Ze knikt. Ze was erheen gegaan om hem te testen. Om te zien of ze herkend werd. Maar dat was onmogelijk, want ze had in ieder geval de aandacht getrokken – een onbekende jonge vrouw in de kerk van een klein dorpje. Hij had mooi gepreekt, met deernis, met liefde in zijn stem, niet zo dramatisch en afgemeten als de predikanten uit haar jeugd. Toen ze naar buiten ging, wist ze zeker dat het goed zou zijn om hierheen te komen. Maar nu weet ze het niet meer... Hij ziet er ontdaan uit.

'Ik...' zegt ze, zoekend naar de juiste woorden.

Hij leunt naar voren. Hij wil uitleg hebben, dat begrijpt ze. Zijn armen en vingers vormen een rechte lijn op de rand van het bureau, van elleboog tot vingertoppen uitgestrekt voor hem op het schrijfblad. Hij heeft de bovenste knoopjes van zijn overhemd – lichtblauw katoen met een fijn rood streepje erin – losgemaakt. Zijn mouwen zijn opgerold, zijn onderarmen harig in het zonlicht. Buiten klinken de geluiden van een doordeweekse middag in een klein dorpje – de Sotho's die elkaar vanaf de overkant van de straat luidruchtig begroeten, de tractor van Gemeentewerken die *doef-doef-doef* versnelt op weg naar de loods, de cicades, het getik van een hamer tegen de velg van een wiel en twee honden die er woedend tegenin blaffen.

'Ik heb je heel wat te vertellen,' zegt ze met een zachte, breekbare stem.

Eindelijk beweegt hij, zijn handen vouwen open.

'Ik weet niet waar ik moet beginnen.'

'Begin bij het begin,' zegt hij zacht en ze zou hem, om het meeleven in zijn woorden, willen omhelzen.

'Het begin,' beaamt ze, haar stem krachtiger. Haar vingers gaan naar het lange blonde haar dat over haar schouder hangt en werpen het met een ritmische, geroutineerde beweging naar achter.

2

Voor Tobela Mpayipheli begint het laat op een zondagmiddag, bij een tankstation in Cathcart.

Pakamile zit naast hem, acht jaar oud, moe en verveeld. De lange weg vanaf Amersfoort, zeven uur rijden, ligt achter hen. Wanneer hij het terrein van het tankstation op rijdt, slaakt het kind een zucht. 'Nog zestig kilometer?'

'Nog máár zestig,' troost hij. 'Wil je iets fris drinken?'

'Nee, bedankt,' zegt zijn zoon, terwijl hij de halveliterfles Coca-Cola die bij zijn voeten lag omhooghoudt. Hij is nog niet leeg.

Hij stopt naast de pompen en stapt uit. Geen pompbediende te zien. Hij rekt zich uit, een grote zwarte man in een spijkerbroek, een rood hemd en sportschoenen. Hij loopt om het bakkie heen, controleert of de motoren achterop nog stevig vastzitten – Pakamiles kleine KX 65 en zijn grote BMW. Ze hebben het afgelopen weekend een cursus veldcross gevolgd, door zand en grind, water, heuvels, hobbels en sloten en dalen. Hij heeft het zelfvertrouwen van zijn zoon met het uur zien toenemen, de geestdrift die met elk 'Kijk, Tobela, kijk eens wat ik kan!' als een kool in hem gloeide.

Zijn zoon...

Waar zijn de pompbedienden?

Er staat nog een auto bij de pompen, een witte Polo – de motor loopt, maar er zit niemand in. Vreemd. Hij roept 'Hallo!' en ziet binnen in het gebouwtje iets bewegen. Daar zul je ze hebben.

Hij keert zich om, wil de dop van de benzinetank halen, kijkt naar het westen, waar de zon zich terugtrekt achter de horizon... Het wordt nu snel donker. En dan hoort hij het eerste schot. Het galmt door de stilte van de vroege avond en hij krimpt ineen van schrik, laat zich instinctief op zijn hurken zakken. 'Pakamile!' schreeuwt hij. 'Ga liggen!' Maar zijn woorden worden overstemd door nog een schot, en nog een, en dan ziet hij ze de deur van het gebouwtje uit komen – twee mannen met pistolen in hun handen en een wilde blik in de ogen. De ene draagt een witte plastic tas. Ze zien hem, schieten. Kogels ketsen tegen de pomp, tegen het bakkie.

Hij schreeuwt iets, een diep geluid, springt op, rukt de deur van het bakkie open en duikt naar binnen, probeert een schild te vormen tussen het kind en de vuurwapens. Hij voelt het kleine lichaam trillen. 'Stil maar,' zegt hij. Hij hoort de schoten, het lood dat huilend over hen heen vliegt. Hij hoort een autoportier dichtslaan, nog één, en dan gierende banden. Hij kijkt op – de Polo beweegt zich in de richting van de verkeersweg. Nog een schot. Het glas van een reclamebord boven hem spat in scherven uiteen, hagelt op het bakkie neer. Dan zijn ze ervandoor – het toerental van de Volkswagen te hoog opgevoerd. 'Stil maar, stil maar,' zegt hij. Hij merkt dat zijn hand nat is en Pakamile beeft niet meer en dan ziet hij het bloed dat over de buik van het kind loopt en hij zegt: 'Nee, Here, nee.'

Zo is het voor Tobela Mpayipheli begonnen.

Hij zit in de kamer van de jongen, op zijn bed. Het document in zijn handen is het enige overgebleven bewijsstuk.

In het huis hangt, in zijn herinnering voor het eerst, een doodse stilte. Twee jaar geleden openden Pakamile en hij hier voor het eerst de deur en namen ze het stoffige interieur, de lege kamers in zich op. Een paar lampen hingen scheef aan het plafond, de deurtjes van de keukenkastjes ontbraken of stonden open en het enige wat ze zagen, was potentie, de mogelijkheden van hun nieuwe huis dat uitkeek op de Catarivier en 's zomers op de groene velden van de boerderij. Het kind holde door het huis, zijn sportschoenen lieten sporen achter in het stof. 'Dit wordt mijn kamer, Tobela,' riep hij vanuit de gang.

Toen hij beneden in de hoofdslaapkamer kwam, gaf hij met een langgerekte fluittoon zijn verbazing over zo veel ruimte te kennen. Want hij was gewend aan de benauwenis van een vierkamerhuisje op de Kaapse Vlakte.

Die eerste avond hadden ze op de brede veranda geslapen. Eerst hadden ze gekeken hoe de zon zich achter de onweerswolken terugtrok en de schemer boven het erf geleidelijk dieper werd, hoe de schaduwen van de grote bomen bij het hek versmolten met het donker en de sterren in het uitspansel als bij toverslag hun zilveren ogen opensperden. Hij en de jongen, dicht tegen elkaar aan met hun rug tegen de muur.

'Wat een fantastische plek, Tobela.'

Er lag een intense tevredenheid in Pakamiles verzuchting en dat was een pak van zijn hart, want de dood van de moeder van het kind was pas een maand geleden en hij had niet geweten hoe ze zich aan de verandering van omgeving en omstandigheden zouden aanpassen.

Ze praatten over de koeien die gekocht moesten worden, één of twee melkkoeien, een paar kippen ('... en een hond, Tobela, alsjeblieft, een grote hond'). Een moestuin bij de achterdeur. Een veldje met luzerne langs de oever van de rivier. Ze hadden die avond stilletjes voor zich uit gedroomd totdat Pakamile tegen zijn schouder in slaap was gevallen en hij het kind zacht op het beddengoed op de grond had neergelegd. Hij had hem op zijn voorhoofd gekust en gezegd: 'Slaap lekker, mijn zoon.'

Pakamile was niet zijn eigen bloed. Hij was de zoon van de vrouw die hij had liefgehad, en was zo het kind van zijn bloed geworden. Vanaf het begin had hij van de jongen gehouden alsof het zijn eigen kind was en in de maanden nadat ze hier waren komen wonen, had hij het lange proces in gang gezet om het officieel te maken: brieven schrijven, formulieren invullen en gesprekken voeren. Slome ambtenaren moesten op grond van onduidelijke afwegingen besluiten of hij geschikt was voor het ouderschap – terwijl iedereen kon zien dat de band tussen hen onverbrekelijk was geworden. Maar ten slotte, na veertien maanden, was het aangetekende document gekomen waarmee de Staat, in omslachtige, onhandige ambtenarentaal, zijn stempel van goedkeuring aan de adoptie had gegeven.

En nu is dit geelwitte stuk papier in zijn handen alles wat hem rest. Dit en een hoopje verse aarde onder de peperbomen bij de rivier. En de woorden van de predikant, troostend bedoeld: 'God heeft met alles een bedoeling.'

Here, wat mist hij het kind.

Hij kan niet aanvaarden dat hij zijn klaterende lach nooit meer zal horen. Of zijn voetstappen in de gang. Nooit langzaam, altijd gehaast, alsof het leven te kort was om gewoon te lopen. Of de jongen die vanaf de voordeur zijn naam roept, zijn stem die overslaat van opwinding om een nieuwe ontdekking. Dat hij nooit meer Pakamiles armen om zich heen zal voelen. Vooral dít – zijn aanraking, zijn absolute aanvaarding, zijn onvoorwaardelijke liefde.

Het is zijn schuld.

Overdag, 's nachts... Er gaat geen uur voorbij dat hij elk detail van het gebeurde bij het tankstation niet opnieuw met de stofkam van het zelfverwijt doorneemt. Hij had het moeten beseffen toen hij die lege Polo met zijn draaiende motor zag staan. Hij had sneller moeten reageren toen hij het schot hoorde, hij had zichzelf over het kind heen moeten werpen, hij had een schild moeten zijn, de kogel moeten opvangen. Dat had hij moeten doen. Het is zíjn schuld.

Hij draagt het verlies als een zware steen, een ondraaglijk gewicht, met zich mee. Wat moet hij nu doen? Hoe moet hij verder leven? Hij kan zich de dag van morgen niet eens voorstellen, de zin, de mogelijkheid. De telefoon in de voorkamer klinkt, maar hij heeft geen zin om op te staan – hij wil hier tussen Pakamiles spulletjes blijven zitten.

Hij komt traag in beweging, voelt de emotie die tegen hem aan drukt. Waarom kan hij niet huilen? De telefoon blijft gaan. Waarom komt de rouw niet tot uitbarsting?

Dan staat hij, onverklaarbaar, met het toestel in zijn hand en een stem zegt 'Meneer Mpayipheli?' en hij zegt 'Ja.'

'We hebben ze, meneer Mpayipheli. We hebben ze opgepakt. We willen dat u langskomt om ze te identificeren.'

Later opent hij de kluis en legt hij het document zorgvuldig in het bovenste laatje. Dan strekt hij zijn hand uit naar de vuurwapens, drie in totaal. Pakamiles windbuks, de .22 en het jachtgeweer. Hij pakt het langste wapen en loopt naar de keuken.

Terwijl hij het systematisch en geconcentreerd schoonmaakt, dringt het langzaam tot hem door dat schuld en verlies niet meer het enige is wat er in hem omgaat.

'Ik vraag me af of hij een gelovig mens was,' zegt ze. Alle aandacht van de predikant is nu op haar gericht. Zijn blik dwaalt niet langer af naar de doos.

'In tegenstelling tot mijzelf.' De verwijzing naar haarzelf is ongepland en ze vraagt zich even af waarom ze het gezegd heeft. 'Misschien ging hij niet naar de kerk of zo, maar geloofde hij toch. En misschien kon hij niet begrijpen waarom de Heer hem gegeven had en toen weer genomen. Eerst zijn vrouw en toen weer dat kind op de boerderij. Hij dacht dat hij werd gestraft. Ik vraag me af waarom dat zo is. Waarom we allemaal zo denken als er iets ergs gebeurt? Ik ook. Het is vreemd. Ik kon alleen nooit ontdekken waarvoor ik gestraft werd.'

'Als ongelovige?' vraagt de dominee.

Ze haalt haar schouders op. 'Ja. Zo gaat het nu eenmaal. Het is alsof de schuld vanbinnen zit. Ik vraag me soms af of we gestraft worden voor de dingen die we nog gaan doen, in de toekomst. Want mijn zonde kwam pas later, toen ik de straf al ontvangen had.'

De predikant schudt zijn hoofd en ademt kort in voor een antwoord, maar ze wil nu niet te ver afdwalen. Ze wil het ritme van haar verhaal niet doorbreken.

Ze zijn buiten zijn bereik. Er staan acht mannen achter het spiegelglas, maar hij heeft alleen oog voor de twee voor wie zijn haat brandt. Ze zijn jong en onverschillig, de monden in een identieke 'wie doet me wat'-grijns, ogen die uitdagend naar het raam staren. Even overweegt hij de mogelijkheid te zeggen dat hij niemand herkent en ze dan buiten het politiebureau met zijn jachtgeweer op te wachten... Maar hij is onvoorbereid, hij heeft de uitgangen en de straten niet bestudeerd. Hij richt zijn vinger als een loop en zegt tegen de hoofdinspecteur: 'Dat zijn ze, nummer drie en vijf.' Hij herkent zijn eigen stem niet, het zijn de woorden van een vreemdeling.

'Weet u het zeker?'

'Albsoluut zeker,' zegt hij.

'Drie en vijf?'

'Drie en vijf.'

'Dat dachten wij ook al.'

Ze vragen hem om een verklaring te tekenen. En dan valt er voor hem niets meer te doen. Hij loopt naar zijn bakkie, opent het portier en stapt in, zich bewust van het geweer achter zijn stoel en die twee, ergens daarbinnen. Hij vraagt zich af hoe de hoofdinspecteur zal reageren als hij vraagt of hij even alleen met hen mag zijn, want zijn handen branden van verlangen om een lang lemmet diep in hun hart te boren. Zijn ogen blijven lang op de voordeur van het politiebureau rusten. Dan draait hij het contactsleuteltje om en rijdt hij langzaam de straat uit.

3

De openbaar aanklager is een Xhosa-vrouw. Haar kantoor is vergeven van de geelwitte dossiers die haar dagelijkse taak uitmaken. Ze liggen overal. Het bureau is overvol en de stapels hebben ook de twee tafels en de vloer al overwoekerd, zodat ze hun weg voorzichtig moeten kiezen om bij de twee stoelen te komen. Er ligt een diepe ernst over haar. Ze lijkt kortaf en enigszins afwezig, alsof haar gedachten naar al die talloze documenten tegelijk uitgaan. Alsof de verantwoordelijkheid van haar werk haar soms te veel wordt.

Ze legt hem uit dat zij degene is die namens de Staat de zaak behandelt. Ze moet hem voorbereiden als getuige. Samen moeten ze de rechter bewijzen dat de verdachten schuldig zijn.

Makkelijk, zegt hij.

Het is nooit makkelijk, antwoordt ze. Ze schuift de bril met het grote gouden montuur met de punten van duim en wijsvinger terug, alsof hij nooit helemaal goed zit.

Ze hoort hem uit over de dag van Pakamiles dood. Telkens opnieuw, tot ze het gebeurde door zijn ogen kan zien. Wanneer ze klaar zijn, vraagt hij haar wat voor straf de rechter zal opleggen.

'Als ze schuldig worden bevonden?'

'Als ze schuldig zíjn bevonden,' antwoordt hij vol vertrouwen.

Ze verschuift haar bril en zegt dat zoiets niet te voorspellen valt. De ene, Khoza, is al eens eerder veroordeeld. Van de andere, Ramphele, is het zijn eerste overtreding. En hij moet bedenken dat het niet hun bedoeling was het kind te doden.

'Niet hun bedoeling?'

'Ze zullen verklaren dat ze het kind niet eens gezien hebben. Alleen jou.'

'Wat voor straf krijgen ze?'

'Tien jaar. Vijftien? Ik zou het niet met zekerheid kunnen zeggen.'

Lange tijd staart hij haar alleen maar aan.

'Zo is het systeem,' zegt ze met een verontschuldigend schouderophalen.

Een dag voor de rechtzaak begint, rijdt hij in zijn bakkie naar Umtata, want hij moet een paar dassen, een colbert, witte overhemden en zwarte schoenen kopen.

In zijn nieuwe kleren staat hij voor de lange spiegel. 'Chic,' zegt de verkoper, 'heel chic.' Maar hij herkent de man wiens beeltenis wordt teruggekaatst niet. Het gezicht is onbekend en de baard die sinds de dood van het kind op zijn wangen is verschenen, ligt nu dik en grijs op zijn kin en slapen. Met die baard ziet hij er ongevaarlijk uit, en wijs, zoals een stamoudste.

De ogen fascineren hem. Zijn die van hém? Ze glanzen niet, alsof het leeg en dood is daarbinnen.

Vanaf de namiddag ligt hij op zijn hotelbed, de armen achter zijn hoofd, bewegingloos.

Herinneringen. Pakamile die voor het eerst een koe melkt in de stallen naast het huis. Onhandig, te haastig. Gefrustreerd als de speen niet op het gesjor van zijn kleine vingers reageert. En dan, uiteindelijk, de witte straal die dwars over de stalvloer spuit en Pakamiles triomfantelijke kreet: 'Tobela! Kijk!'

De kleine gestalte in schooluniform die hem iedere middag opwachtte, de kousen afgezakt, hemd uit de broek, zijn boekentas te groot. De blijdschap, iedere dag, als hij stopte. Kwam hij met de motor, dan keek Pakamile eerst rond wie van zijn maatjes getuige was van deze exotische gebeurtenis, dit uitzonderlijke voertuig waarop alleen híj het recht had om mee naar huis te rijden.

Soms kwamen er vriendjes logeren, vier, vijf, zes kleine jongens die achter Pakamile aan over het boerenerf sliertten. 'Mijn vader en ik hebben al deze groente geplant.' 'Dit is míjn motorfiets en díe is van mijn vader.' 'Mijn vader heeft al deze luzerne zelf geplant, hoor.' Op een vrijdagavond... Met z'n allen in een kermisbed in de zitkamer, als sardientjes in een blik. Het huis had getrild van hun levenslust. Het huis was vol geweest. Vol.

De leegheid van het vertrek overrompelt hem. De stilte, het contrast. Een deel van hem vraagt zich af: wat nu? Hij probeert de gedachte te verdrijven met herinneringen, maar de echo blijft. Hij denkt er niet verder over na, maar hij weet, zonder woorden, dat Miriam en Pakamile zijn leven waren. En nu is er niets.

Hij staat één keer op om te plassen en water te drinken en gaat dan weer liggen. De airconditioning sist en blaast onder het raam. Hij staart naar het plafond en wacht tot de nacht voorbij is zodat het verhoor kan beginnen.

De beschuldigden zitten naast elkaar. Khoza en Ramphele. Ze kijken hem recht in de ogen. Langs hen staat de advocaat voor de verdediging op, een Indiër, lang en atletisch, flamboyant in zijn zwierige zwarte pak met paarse das.

'Meneer Mpayipheli, toen de openbaar aanklager u naar uw beroep vroeg, zei u dat u boer bent.'

Hij antwoordt niet, want dit is geen vraag.

'Is dat correct?' De Indiër heeft een strelende stem, intiem, alsof ze oude vrienden zijn.

'Ja.'

'Maar dat is niet de volledige waarheid, hè? Of wel?'

'Ik weet niet...'

'Hoelang bent u zogenaamd al boer, meneer Mpayipheli?'

'Twee jaar.'

'En wat voor werk deed u voor u boer werd?'

De openbaar aanklager, de ernstige vrouw met haar goudgerande bril, staat kordaat op. 'Ik maak bezwaar, edelachtbare. Meneer Mpayipheli's arbeidsverleden is irrelevant voor deze zaak.'

'Edelachtbare, de achtergrond van de getuige is niet alleen

van belang in verband met zijn geloofwaardigheid, maar ook in verband met zijn optreden bij het tankstation. De verdediging heeft ernstige bedenkingen ten aanzien van meneer Mpayipheli's weergave van de gebeurtenissen.'

'Goed, u mag doorgaan,' zegt de rechter, een blanke man van middelbare leeftijd met een onderkin en een rood gezicht. 'Beantwoordt u alstublieft de vraag, meneer Mpayipheli.'

'Wat was uw beroep voor u boer werd?' herhaalt de advocaat.

'Ik werkte bij een motorfietsenwinkel.'

'Hoelang?'

'Twee jaar.'

'En daarvoor?'

Zijn hart klopt sneller. Hij weet dat hij niet mag aarzelen, niet onzeker mag lijken.

'Ik was lijfwacht.'

'Lijfwacht...'

'Ja.'

'Laten we nog één stap verder teruggaan, meneer Mpayipheli, voor we op uw antwoord terugkomen. Wat deed u voordat u, zoals u beweert, lijfwacht werd?'

Hoe komt die man aan zijn informatie? 'Ik was soldaat.'

'Soldaat...'

Hij geeft geen antwoord. Hij krijgt het warm onder zijn colbertje met de das. Hij voelt hoe het zweet langs zijn rug naar beneden loopt.

De Indiër rommelt tussen de paperassen voor hem op tafel, haalt er een paar vellen tussenuit. Hij loopt naar de openbaar aanklager en geeft haar een kopie. Daarna doet hij hetzelfde bij de rechter en ten slotte legt hij er ook één voor Tobela neer.

'Meneer Mpayipheli, zou het accuraat zijn om te stellen dat u geneigd bent tot eufemismes?'

'Bezwaar, edelachtbare, de verdediging is bezig om de getuige te intimideren en de aard van het kruisverhoor is werkelijk irrelevant.' Ze heeft naar het document gekeken en lijkt zich niet op haar gemak te voelen. Haar stem klinkt hoger dan tevoren.

'Bezwaar van de hand gewezen. Ga door.'

'Meneer Mpayipheli, u en ik kunnen de hele dag verstoppertje blijven spelen, maar ik heb te veel respect voor deze rechtbank om dat te laten gebeuren. Laat ik u daarom helpen. Ik heb hier een krantenbericht' – hij zwaait met het document door de lucht – 'dat zegt, en ik citeer: "Mpayipheli, een voormalige Umkhonto we Sizwe-soldaat die gespecialiseerde training heeft ontvangen in Rusland en het voormalige Oost-Duitsland, was tot voor kort verbonden aan een drugssyndicaat op de Kaapse Vlakte..." Einde citaat. Het bericht verwijst naar een zekere Tobela Mpayipheli die twee jaar geleden in het hele land door de autoriteiten gezocht werd in verband met de verdwijning van, en ik citeer nogmaals, "staatsinlichting van uiterst vertrouwelijke aard".'

Net voor de openbaar aanklager opspringt, werpt ze Tobela een beschuldigende blik toe, alsof hij haar verraden heeft. 'Edelachtbare, ik moet opnieuw bezwaar aantekenen. De getuige staat niet in de beklaagdenbank...'

'Meneer Singh, hebt u een specifieke bedoeling met dit betoog?'

'Absoluut, edelachtbare. Ik vraag het hof nog een ogenblik geduld.'

'Ga door.'

'Gaat dit krantenbericht over u, meneer Mpayipheli?'

'Ja.'

'Ik kan u niet verstaan.'

'Ja.' Harder.

'Meneer Mpayipheli, ik krijg de indruk dat uw versie van de gebeurtenissen bij het tankstation even verhullend en eufemistisch is als de manier waarop u uw achtergrond voorstelt.'

'Dat is...'

'U bent een hoogopgeleide militair, geschoold in vechtkunst, stadsterreur en guerrillatactiek.'

'Ik maak bezwaar, edelachtbare – dit is geen vraag.'

'Bezwaar van de hand gewezen. Laat meneer uitpraten, mevrouw.'

Ze gaat hoofdschuddend zitten, met een diepe frons achter haar goudgerande bril. 'Zoals u wilt, edelachtbare,' zegt ze, maar de toon van haar stem verraadt haar irritatie.

'En "lijfwacht" bij een drugssyndicaat in de Kaap, twee jaar lang. *Lijfwacht*. Dat is niet wat de kranten beweren...'

De openbaar aanklager staat op, maar de rechter is haar voor: 'Meneer Singh, u stelt het geduld van het hof op de proef. Als u een verklaring wilt afleggen, moet u uw beurt afwachten.'

'Mijn welgemeende excuses, edelachtbare, maar het druist in tegen de grondbeginselen van de gerechtigheid dat een getuige hier onder ede een verhaal kan staan ophangen...'

'Meneer Singh, spaar me. Wat is uw vraag voor de getuige?'

'Zoals u wilt, edelachtbare. Meneer Mpayipheli, wat was de specifieke aard van uw militaire opleiding?'

'Dat was twintig jaar geleden.'

'Beantwoordt u de vraag, alstublieft.'

'Ik ben opgeleid in contraspionageactiviteiten.'

'Behelsde uw opleiding ook het gebruik van vuurwapens en explosieven?'

'Ja.'

'Vechtkunst, man tegen man?'

'Ja.'

'Omgaan met extreme spanning?'

'Ja.'

'Eliminatie en ontsnapping?'

'Ja.'

'En bij het tankstation, zegt u, en ik citeer: "Ik dook weg achter de benzinepomp", toen u de schoten hoorde?'

'De oorlog is al tien jaar voorbij. Ik was daar niet om te vechten, ik was daar om benzine...'

'Voor u was de oorlog tien jaar geleden nog niet voorbij, meneer Mpayipheli. U, getraind als u bent om te verwonden en te moorden, hebt de oorlog meegenomen naar de Kaapse Vlakte. Laten we het eens hebben over uw rol als lijfwacht...'

De stem van de openbaar aanklager is hoog, kermend. 'Edelachtbare, ik maak ten sterkste bezwaar...'

Op dat moment ziet hij de gezichten van de beschuldigden; ze lachen hem openlijk uit.

'Bezwaar toegekend. Meneer Singh, zo is het genoeg. Uw bedoeling is duidelijk. Hebt u nog specifieke vragen over wat er bij het tankstation is gebeurd?'

Singh laat zijn schouders hangen, alsof iemand hem pijn heeft gedaan. 'Zoals u wilt, edelachtbare. Ja, ik heb nog een paar vragen.'

'Stelt u die dan, en rondt af.'

'Meneer Mpayipheli, bent u vergeten dat ú degene was die op de beschuldigden afstormde toen zij het gebouwtje verlieten?'

'Dat ben ik niet.'

'Niet vergeten?'

'Edelachtbare, de verdediging...'

'Meneer Singh!'

'Edelachtbare, de beschul-... pardon, de getuige ontwijkt de vraag.'

'Nee, meneer Singh, u legt de getuige woorden in de mond.'

'Goed dan. Meneer Mpayipheli, zegt u dat u niet op een dreigende manier op de beschuldigden afgestormd bent?'

'Dat is wat ik zeg.'

'U had geen voorwerp in uw handen dat zij als wapen konden beschouwen?'

'Nee.'

'Geen wielsleutel of een stuk gereedschap...'

'Ik maak bezwaar, edelachtbare, de getuige heeft deze vraag al beantwoord.'

'Meneer Singh...'

'Ik heb geen verdere vragen voor deze leugenaar, edelachtbare.'

4

'Ik vermoed dat hij dacht dat hij dingen recht kon zetten. Wat dan ook,' zegt ze. Het is schemerig geworden in het vertrek. De zon is achter de heuvels buiten het dorp verdwenen en het licht dat nu door het raam naar binnen valt, is zachter. Dat maakt het vertellen makkelijker, denkt ze, en ze vraagt zich af waarom.

'Dat is wat ik het meest bewonderde. Dat er iemand opstond die deed waar de meesten van ons te bang voor zijn, hoe graag we ook willen. Ik had er nooit het lef voor. Ik was te bang om terug te vechten. En toen las ik over hem, in de kranten, en ik begon me af te vragen: misschien kan ik ook...'

Ze aarzelt even, vraagt dan ademloos: 'Hebt u weleens gehoord van Artemis, dominee?'

Hij reageert niet meteen, zit nog steeds naar voren geleund, gefascineerd door het verhaal dat ze vertelt. Dan knippert hij met zijn ogen, verschuift zijn aandacht.

'Artemis? Ja...' zegt hij onzeker.

'Die waar de kranten vol van hebben gestaan.'

'De kranten...' Alsof hij zich schaamt. 'Dat gaat soms aan me voorbij. Iedere week wat anders. Ik volg het niet altijd.'

Ze is opgelucht. Het is alsof er een minieme verschuiving in hun rollen plaatsvindt – hij predikant in een boerendorp, zij vrouw van de wereld, brenger van het nieuws. Ze schuift de sandaal van haar voet en vouwt haar been onder zich, gaat wat makkelijker in haar stoel zitten. 'Ik zal het u vertellen,' zegt ze met meer zelfvertrouwen.

Hij knikt.

'Ik zat in de problemen toen ik voor het eerst iets over hem las. Ik woonde in de Kaap. Ik was...' Even aarzelt ze. Ze vraagt zich af of dit hem zal schokken. 'Ik was een callgirl.'

Die avond ligt hij tegen halftwaalf nog wakker op zijn hotelbed als er iemand op zijn deur klopt, zacht, haast verontschuldigend.

Het is de openbaar aanklager, haar ogen groot achter haar bril.

'Het spijt me,' zegt ze, maar ze ziet er alleen maar moe uit.

'Kom binnen.'

Ze aarzelt even en hij begrijpt waarom. Hij heeft alleen maar een korte broek aan, zijn lichaam glanst van het zweet. Hij draait zich om en grijpt een T-shirt, gebaart haar om in de enige leunstoel te gaan zitten. Hijzelf gaat op het voeteneind van het bed zitten.

Ze schuift kuis heen en weer op haar stoel, met haar handen trekt ze de stof van haar donkere jurk strak over haar plompe benen. Ze heeft iets formeels over zich, alsof ze iets gewichtigs met hem moet bespreken.

'Wat is er vandaag in de rechtszaal gebeurd?' vraagt hij.

Ze haalt haar schouders op.

'Hij wilde míj de schuld geven, die Indiër.'

'Hij deed zijn werk. Meer niet.'

'Zijn werk?'

'Hij moet hen verdedigen.'

'Met leugens?'

'Juridisch gezien bestaan er geen leugens, meneer Mpayipheli. Alleen verschillende versies van de waarheid.'

Hij schudt zijn hoofd. 'Er bestaat maar één waarheid.'

'Dacht u dat? En wat is dan die ene waarheid over uzelf? Dat u boer bent? Vader? Bommenlegger? Drugsdealer? Of een voortvluchtige van de Staat?'

'Dat heeft niets met Pakamiles dood te maken,' zegt hij. Zijn stem trilt van kwaadheid.

'Op het moment dat Singh er voor de rechtbank over begon, is het deel geworden van zijn dood, meneer Mpayipheli.'

De woede laait in hem op, hij beleeft opnieuw alle frustraties van de afgelopen dag. 'Ik hoor niets anders dan meneer, meneer, niets dan beleefdheid, bezwaar maken en juridische spelletjes... En die twee zitten daar maar te lachen.'

'Daarom ben ik hier ook,' zegt ze. 'Om u te zeggen dat ze... Ze zijn ontsnapt.'

Hij weet niet hoelang hij daar zit en haar alleen maar aanstaart.

'Een van hen heeft een politieman overmeesterd. In het cellenblok, toen hij het eten rondbracht. Hij had een wapen, een mes.'

'Overmeesterd,' zegt hij, alsof hij het woord probeert te proeven.

'De politie... Er is een personeelstekort. Niet iedereen was komen opdagen voor de dienst.'

'Ze zijn allebei ontsnapt.'

'De wegen zijn afgezet. Volgens de bevelvoerder zullen ze niet ver komen.'

Zijn woede verandert van gezicht – een gezicht dat hij haar niet wil tonen. 'Waar zouden ze heen kunnen gaan?'

Ze haalt weer haar schouders op, alsof het haar niet kan schelen. 'Wie weet?'

Als hij niet reageert, schuift ze in haar stoel naar voren. 'Ik wilde het u alleen maar even komen vertellen. U hebt het recht om het te weten.'

Ze staat op. Hij geeft haar de kans om voorbij te komen, loopt achter haar aan naar de deur.

Er ligt ongeloof op het gezicht van de predikant. Zijn grote lichaam deinst achteruit en hij houdt zijn hoofd schuin, alsof hij verwacht dat ze haar woorden zal nuanceren, of eindelijk met een laatste zin haar grap zal voltooien.

'U gelooft me niet.'

'Ik vind het... onwaarschijnlijk.'

Ze voelt ergens een emotie. Dankbaarheid? Opluchting? Ze wil het niet laten blijken, maar haar stem verraadt haar. 'In het wereldje stond ik bekend als Bibi.'

Zijn stem is geduldig als hij reageert. 'Ik geloof je. Maar als ik naar je kijk en naar je luister, vraag ik me af waaróm. Waarom had je dat nodig?'

Het is de tweede keer dat het haar zo gevraagd wordt. Gewoonlijk vragen ze haar alleen maar: 'Hoe?' En ze heeft een heel verhaal verzonnen dat aan hun verwachtingen beantwoordt. Ze zou het nu weer kunnen vertellen – het ligt voor in haar mond, ingestudeerd, paraat.

Ze haalt diep adem om zichzelf tot rust te brengen. 'Ik zou tegen u kunnen zeggen dat ik altijd al verslaafd ben geweest aan seks, een nymfomane,' zegt ze met een suggestieve klank in haar stem.

'Maar dat is niet de waarheid,' zegt hij.

'Nee, dominee, dat is niet de waarheid.'

Hij knikt alsof haar antwoord zijn goedkeuring kan wegdragen. 'Het wordt donker,' zegt hij. Hij staat op, steekt de schemerlamp in de hoek aan. 'Kan ik je iets aanbieden om te drinken? Koffie? Thee?'

'Thee graag, dank u.' Ze vraagt zich af of hij het even moet verwerken.

'Momentje,' zegt hij. Hij opent de deur schuin achter haar.

Ze blijft alleen achter, zich afvragend wat het ergste is dat hij ooit in deze studeerkamer heeft gehoord. Wat voor dorpse zonden? Tienerzwangerschappen? Buitenechtelijke verhoudingen? Een man die elke vrijdagavond zijn vrouw aftuigt?

Wat brengt iemand als hem ertoe om hier te blijven? Misschien houdt hij van zijn positie, want op het platteland ís een dominee of een dokter nog iemand. Of is hij op de vlucht, net als zij? Zoals hij er nu vandoor is gegaan, alsof de werkelijkheid een peil heeft bereikt dat te veel voor hem is.

Hij komt terug, doet de deur achter zich dicht. 'Mijn vrouw komt de thee straks brengen,' zegt hij en hij gaat zitten.

Ze weet niet hoe ze weer moet beginnen. 'Heb ik u van streek gebracht?'

Hij wacht even voor hij antwoordt, alsof hij zijn woorden eerst bij elkaar moet zoeken. 'Waar ik me zorgen over maak, is dat er een wereld – een samenleving – bestaat die toelaat dat iemand zoals jij de weg kwijt kan raken.'

'We raken allemaal weleens de weg kwijt.'

'We worden niet allemaal prostituees.' Hij wijst naar haar met een brede handbeweging, alsof hij alles in wil sluiten. 'Waarom was dat nodig?'

'U bent de tweede die het zo vraagt.'

'O?'

'De eerste was een politieman in de Kaap. Met verwarde haren.' Ze glimlacht bij de herinnering. 'Griessel. Hij had zachte ogen, maar ze keken dwars door je heen.'

'Heb je hem de waarheid verteld?'

'Bijna.'

'Was hij een... Hoe noem je dat?'

'Een klant?' Ze glimlacht.

'Ja.'

'Nee. Alleen... Hij was... ik weet het niet... verloren?'

'Ik begrijp het,' zegt de dominee.

Er wordt zacht op de deur geklopt en hij moet opstaan om de thee te gaan halen.

5

Als recherche-inspecteur Bennie Griessel zijn ogen opent, staat zijn vrouw over hem heen gebogen, met één hand die aan zijn schouder schudt. 'Bennie,' fluistert ze dringend. 'Bennie, alsjeblieft.'

Hij ligt op de bank in de zitkamer, zoveel is zeker. Hij moet hier in slaap gevallen zijn. Hij ruikt koffie, zijn hoofd is duf en pijnlijk, één arm ligt onder hem, gevoelloos, de bloedsomloop afgesneden door het gewicht van zijn lichaam.

'We moeten praten, Bennie.'

Hij kreunt, probeert rechtop te gaan zitten.

'Ik heb koffie voor je meegenomen.'

Hij ziet haar, ziet de diepe lijnen in haar gezicht. Ze staat nog steeds over hem heen gebukt.

'Hoe laat is het?' Zijn woorden vinden met moeite de weg naar zijn stembanden.

'Vijf uur, Bennie.' Ze gaat naast hem op de bank zitten. 'Drink je koffie.'

Hij moet hem met zijn linkerhand aanpakken. De beker voelt heet aan in zijn handpalm.

'Wat vroeg,' zegt hij.

'Ik wil met je praten voor de kinderen wakker worden.'

Hij hoort de boodschap in de klank van haar stem. Dan dringen ook haar woorden tot hem door. Hij komt overeind en de koffie gutst over zijn kleren – hij heeft die van gisteren nog aan. 'Wat heb ik gedaan?'

Ze wijst naar de achterkamer. De fles Jack Daniels staat op de eettafel naast het onaangeroerde bord met zijn avondeten. De asbak loopt over en er ligt een gebroken glas naast de omgevallen barkrukken bij de ontbijtcounter.

Hij neemt een slok van zijn koffie. Hij brandt zijn mond, maar dat neemt de akelige smaak van de nacht niet weg. 'Het spijt me,' zegt hij.

'Spijt is niet goed genoeg meer,' zegt ze.

'Anna...'

'Nee, Bennie, ik kan niet meer. Ik kan niet meer.' Haar stem is toonloos.

'God, Anna.' Hij steekt zijn hand naar haar uit, ziet hoe hij trilt, de dronkenschap nog niet uit zijn lichaam. Wanneer hij haar schouder wil vastpakken, ontwijkt ze zijn aanraking en dan ziet hij de kleine zwelling bij haar mond, al bezig om wijnrood te kleuren.

'Het is voorbij. Zeventien jaar. Het is genoeg. Meer dan wie dan ook kan verlangen.'

'Anna, ik... Het was de drank, je weet dat ik het niet zo bedoeld heb. Alsjeblieft, je weet dat ik niet zo ben.'

'Je zoon heeft je gisteravond uit je stoel geholpen, Bennie. Kun je je dat herinneren? Weet je wat je tegen hem zei? Herinner je je hoe je hebt lopen vloeken en schelden, voor je tegen de vlakte ging? Nee, Bennie, natuurlijk niet – jij herinnert je nooit wat. Weet je wat hij tegen je gezegd heeft, je zoon? Toen jij daar lag met je open mond en die kegel van je? Weet je dat?' Ze vecht tegen haar tranen.

'Wat hij zei.'

'Hij zei dat hij je haat.'

Hij laat haar woorden op zich inwerken. 'En Carla?'

'Carla heeft zichzelf in haar kamer opgesloten.'

'Ik zal met ze praten, Anna, ik zal het goedmaken. Ze weten wel dat het door het werk komt. Ze weten wel dat ik eigenlijk...'

'Nee, Bennie.'

Hij hoort de gedecideerdheid in haar stem en zijn hart krimpt ineen. 'Anna, alsjeblieft.'

Ze kijkt hem niet aan. Haar vinger volgt de zwelling bij haar mond en ze houdt haar hoofd afgewend terwijl ze praat. 'Dat is wat ik elke keer weer tegen ze zeg: het komt door het werk. Hij is een goede vader, het komt alleen maar door zijn werk, jullie moeten het begrijpen. Maar ik geloof het niet meer. Zíj geloven het niet meer... Want het ligt aan jóú, Bennie. Aan jou. Andere politiemannen maken elke dag precies hetzelfde mee, maar zíj zuipen niet. Ze vloeken niet, ze schelden niet, ze breken de tent niet af en ze slaan hun vrouwen niet. Nu is het afgelopen. Nu is het echt afgelopen.'

'Ik stop ermee, Anna, je weet dat ik het al een keer gedaan heb. Ik kan het. Je weet dat ik het kan.'

'Zes weken? Dat is je record. Zes weken. Mijn kinderen hebben meer nodig. Ze verdienen beter. Ik verdien beter.'

'Onze kinderen...'

'Een dronken vent kan geen vader zijn.'

Hij wordt overspoeld door zelfmedelijden. Angst. 'Ik kan er niets aan doen, Anna. Ik kan het niet helpen, ik ben zwak, ik heb jou nodig. Alsjeblieft, ik heb jullie nodig – ik kan niet zonder jullie.'

'Wij hebben jou niet meer nodig, Bennie.' Ze staat op en dan ziet hij de twee koffers die achter haar op de vloer staan.

'Dat kun je niet maken. Dit is mijn huis.' Smekend.

'Wil je soms dat wij op straat komen te staan? Want het is óf jij óf wij. Je moet kiezen, want samen onder een dak, dat gaat niet meer. Je hebt zes maanden, Bennie – dat is wat we je geven. Zes maanden om te kiezen tussen ons en de drank. Als je droog kunt blijven, mag je terugkomen, maar dit is je laatste kans. Je kunt zondags de kinderen komen opzoeken, als je wilt. Je klopt op de voordeur en als je naar drank ruikt, smijt ik 'm in je gezicht dicht. Als je dronken bent, hoef je niet eens terug te komen.'

'Anna...' Hij voelt hoe de tranen in hem opwellen. Ze kan hem dit niet aandoen, ze weet niet hoe verschrikkelijk moeilijk het is.

'Laat maar, Bennie, ik ken je trucjes zo langzamerhand. Moet ík je koffers op straat zetten, of pak je ze zelf?'

'Ik moet in bad, ik moet me eerst opfrissen, ik kan toch niet zo naar buiten?'

'Dan doe ik het wel,' zegt ze en ze neemt in elke hand een koffer.

In het kantoor van de rechercheur hangt een sfeer van lichte wanhoop. Dossiers liggen op rommelige stapels, het weinige meubilair is versleten, aan de muur hangen verouderde affiches met loze kreten over het voorkomen van misdrijven. Een portret van president Mbeki hangt scheef in zijn goedkope lijst. De plavuizen zijn van een kleurloos grijs. In een hoek staat een kapotte ventilator – stofdeeltjes hebben zich vastgekoekt in het metalen rooster om de schoepen.

Over alles hangt een bedompte sfeer, een sombere geur van mislukking.

Tobela zit op een metalen stoel met grijsblauwe bekleding waarvan de gele sponsvulling in de hoeken naar buiten puilt. De rechercheur staat met zijn rug tegen de muur. Hij kijkt door een vuil raam naar de parkeerplaats beneden. Hij heeft smalle, gebogen schouders en zijn baard vertoont grijze plekken.

'Ik geef het door aan de criminele inlichtingendienst op het provinciale hoofdkantoor. Zij zetten het in de nationale databank. Zo werkt dat.'

'Een bestand van voortvluchtigen?'

'Zo kun je het noemen.'

'Hoe groot is die databank?'

'Groot.'

'En hun namen zitten dan alleen maar in de computer?'

De rechercheur zucht. 'Nee meneer Mpayipheli, in elk dossier zitten ook foto's, hun strafblad, namen en adressen van familie en bekenden. Dat wordt allemaal meegestuurd en verspreid. We gaan alles na. Khoza heeft familie in de Kaap. Rampheles moeder woont hier in Umtata. Zij kunnen een bezoekje verwachten...'

'Gaat u naar de Kaap?'

'Nee. De politie in de Kaap zal inlichtingen inwinnen.'

'Wat betekent dat, "inlichtingen inwinnen"?'

'Iemand zal gaan navragen, meneer Mpayipheli, of Khoza's familie iets van hem gehoord heeft.'

'En dan zeggen ze "nee" en dan gebeurt er verder niets?'

Weer een zucht – dieper, gelaten. 'Er zijn praktijken waar u en ik niets aan kunnen veranderen.'

'Dat zeiden veel zwarten van de apartheid ook.'

'Volgens mij ligt 't hier toch anders.'

'Zeg mij alleen – wat zijn de kansen? Dat jullie ze te pakken krijgen?'

De rechercheur maakt zich langzaam los van de muur. Hij trekt een stoel bij en gaat zitten, de handen ineen. Hij praat langzaam, zoals iemand die dodelijk vermoeid is. 'Ik kan u zeggen dat het er goed voorstaat, maar u moet me niet verkeerd begrijpen. Khoza is al eens eerder veroordeeld – hij heeft al eens achttien maanden gezeten wegens inbraak. Daarna die gewapende overval bij dat tankstation, die schietpartij... en nu zo'n ontsnapping. Er zit een patroon in. Een spiraal. Iemand als hij houdt niet op, zijn overtredingen worden alleen steeds zwaarder. En daarom maken we een goede kans. Ik kan niet tegen u zeggen dat we ze nú zullen vangen. Ik kan u ook niet vertellen wannéér we ze te pakken zullen krijgen. Maar uiteindelijk gaat het lukken, want ze zullen niet uit de problemen blijven.'

'Hoe lang, denkt u?'

'Ik zou het niet kunnen zeggen.'

'Maak een schatting.'

De rechercheur schudt zijn hoofd. 'Ik weet het niet. Negen maanden? Een jaar?'

'Zo lang kan ik niet wachten.'

'Het spijt mij dat u uw zoon verloren heeft, meneer Mpayipheli. Ik begrijp hoe u zich voelt. Maar u moet onthouden dat u slechts een van de vele slachtoffers bent. Kijk eens hoe de dossiers er hier bij liggen. In elk dossier zit een slachtoffer. En al zou u met uw verhaal naar de PC gaan, dan nog maakt het allemaal geen verschil.'

'De PC?'

'Provinciale Commissaris.'

'Ik wil niet met de Provinciale Commissaris praten, ik praat met ú.'

'En ik heb gezegd hoe het zit.'

Hij wijst op het document op tafel en zegt zacht: 'Ik wil een afschrift van het dossier.'

De rechercheur reageert niet meteen. Langzaam trekt er een denkrimpel over zijn voorhoofd, hij raakt zich bewust van de mogelijkheden.

'Dat mag ik niet doen.'

Tobela knikt begrijpend. 'Hoeveel?'

Ogen die hem taxerend opnemen, een bedrag proberen af te leiden. De speurder recht zijn schouders. 'Vijfduizend.'

'Dat is te veel,' zegt hij en hij staat op, beweegt in de richting van de deur.

'Drie.'

'Vijfhonderd.'

'Het is mijn baan die op het spel staat. Niet voor vijfhonderd rand.'

'Niemand komt het ooit te weten. Je baan is veilig. Zevenhonderdvijftig.'

'Duizend,' zegt hij hoopvol.

Tobela keert zich om. 'Duizend. Hoelang kost het je om de boel te kopiëren?'

'Ik zal het vanavond moeten doen. Kom morgenochtend terug.'

'Nee, vanavond.'

De rechercheur kijkt hem aan, zijn ogen een beetje minder moe. 'Waarom zoveel haast?'

'Waar vind ik je?'

De armoede hier is tastbaar. Huisjes van planken en zink, de geur van verval en rondslingerend afval. Een verlammende hitte stijgt op uit het stof.

Mevrouw Ramphele jaagt vier kinderen – twee tieners, twee kleuters – de hut uit en vraagt hem om te gaan zitten. Het is netjes binnen, schoon maar warm, zodat het zweet grote ronde vlekken maakt in zijn hemd. Er liggen schoolboeken op een tafeltje, foto's van kinderen op het krakkemikkige dressoir.

Ze denkt dat hij van de politie is en hij laat het zo. Ze verontschuldigt zich voor haar zoon, ze zegt dat hij niet altijd zo is geweest, hij was een goed kind, hij is door Khoza op het verkeerde pad gebracht en dat is zo makkelijk hier, waar niemand een cent te makken heeft en er geen hoop is. Andrew had werk gezocht, tot in de Kaap, hij was voortijdig van school gegaan omdat hij niet wilde dat zijn moeder het zo zwaar had, hij zou later proberen om zijn diploma te halen. Maar er was geen werk. Niets. Oos-Londen, Uitenhage, Port Elizabeth, Jeffreysbaai, Knysna, George, Mosselbaai, Kaapstad... Te veel mensen en te weinig werk. Hij had haar zo nu en dan wat geld gestuurd, ze wist niet waar het vandaan kwam, ze kan alleen maar hopen dat het niet van misdaad komt.

Weet ze waar Andrew heen zal gaan? Kent hij mensen in de Kaap?

Niet dat ze weet.

Is hij bij haar geweest?

Ze kijkt hem in de ogen en ze zegt nee en hij vraagt zich af of ook maar een woord van wat ze gezegd heeft, de waarheid is.

Ze zijn de grafsteen komen oprichten. *Pakamile Nzululwazi. Zoon van Miriam Nzululwazi. Zoon van Tobela Mpayipheli. 1996-2004. Rust in vrede.*

Een eenvoudige steen van graniet en marmer tussen het groene gras bij de rivier. Hij leunt tegen de peperboom en bedenkt dat dit Pakamiles lievelingsplek was. Hij had hem af en toe door het keukenraam gadegeslagen en zijn kleine lichaam hier afgetekend gezien, op zijn hurken, soms alleen maar starend naar het bruine water dat langzaam voorbij stroomde. Soms met een stok in zijn hand, bezig om figuren en letters in het zand te maken – dan had hij zich afgevraagd waar het kind met zijn gedachten was. De mogelijkheid dat hij aan zijn moeder dacht, had hem veel pijn gedaan, want dat was iets wat hij niet kon wegnemen, het was een wond die hij niet kon genezen.

Hij had soms geprobeerd om erover te praten, maar voorzichtig, want hij wilde de oude wond niet opnieuw openrijten. 'Hoe gaat het met je, Pakamile?' had hij gevraagd. 'Is er iets wat je dwarszit? Ben je gelukkig?' Met zijn natuurlijke blijmoedigheid had de jongen geantwoord dat het goed ging, hij was heel gelukkig zo, want hij had hem immers, Tobela, en ze hadden de boerderij en de koeien en alles. Maar hij bleef vermoeden dat dat niet de volle waarheid was, dat het kind een geheime plaats in zijn hoofd had waar hij zich kon terugtrekken, alleen met zijn verlies.

Acht jaar, waarin hij eerst door zijn vader in de steek was gelaten en toen ook nog eens een zorgzame moeder had verloren.

Dat kan toch niet de slotbalans van een mensenleven zijn? Dat kan toch niet goed zijn? Er moet immers een hemel zijn, ergens... Hij kijkt op naar de blauwe lucht en denkt na. Zou Miriam daar zijn, tussen golvende groene heuvels, om Pakamile te verwelkomen? Zou er een plaats zijn waar het kind kon spelen, vriendjes, liefde? Alle rassen gelijk, overvloed, iedereen begiftigd met hetzelfde gevoel voor gerechtigheid? Rustige wateren. En God, een forse zwarte gedaante, koninklijk, met een volle grijze baard en wijze ogen, die iedereen in de Grote Kraal met een omhelzing en zachte woorden begroet, maar die met grote pijn voorbij het glooiende landschap van mals groen gras kijkt naar de aarde die stuk is. Die Zijn hoofd schudt omdat niemand iets doet, omdat iedereen zo blind is voor Zijn doel. Want zo heeft Hij hen niet gemaakt.

Hij loopt langzaam tegen de heuvel op naar het woonhuis en blijft bovenaan opnieuw staan.

Zijn grond, zo ver hij kan kijken.

Hij beseft dat hij deze grond niet langer wil hebben. De boerderij is nutteloos geworden. Hij heeft hem gekocht voor Miriam en Pakamile. Toen was het een symbool, een droom, een nieuw leven – en nu is het niets, een molensteen om zijn nek, een herinnering aan mogelijkheden die niet meer bestaan. Wat helpt het om grond te hebben als je *niets* hebt?

6

De vrouw ligt in de slaapkamer van een maisonnette in Mouillepunt, waar je, als je bij het raam de juiste hoek kunt vinden, de zee kunt zien. Wanneer de politiefotograaf en de man van Forensische Opsporing binnenkomen, staat recherche-inspecteur Bennie Griessel in de kleine zitkamer de foto's op de piano te bekijken.

'Tsjonge, Bennie, wat zie jij er beroerd uit,' zegt de patholoog.

'Houd die complimenten maar voor je,' antwoordt hij.

'Wat hebben we hier?'

'Vrouw, in de veertig. Gewurgd met het snoer van de waterkoker. Geen sporen van braak.'

'Dat komt me bekend voor.'

Griessel knikt. 'Dezelfde M.O.'

'De derde.'

'De derde,' beaamt Griessel.

'Shit.' Want dat betekent dat er geen vingerafdrukken zijn. Alles is schoongeveegd.

'Maar deze is nog niet rijp,' zegt de fotograaf.

'Dat komt doordat haar schoonmaakster op zaterdag komt. Die anderen hebben we pas op maandag gevonden.'

'Dus hij houdt wel van een beetje vertier op de vrijdagavond.'

'Daar ziet het naar uit.'

Als ze langs hem heen schuiven naar de slaapkamer, haalt de patholoog demonstratief zijn neus op en zegt: 'Tóch stinkt er iets.' Dan zachter, vertrouwelijk: 'Misschien moest je eens gaan douchen, Bennie.'

'Doe jij verdomme je werk nou maar.'

'Ik zeg het alleen maar,' zegt hij en hij loopt naar de slaapkamer. Griessel hoort de sloten van hun koffertjes openklikken en de patholoog zegt tegen de fotograaf: 'Dat zijn de enige wijven die ik tegenwoordig naakt te zien krijg. Lijken.'

'Ach, die kletsen tenminste niet zoveel,' komt het antwoord.

Aan een douche heeft Griessel nu geen behoefte. Wat hij nodig heeft, is een borrel. Waar moet hij heen? Waar slaapt hij vanavond? Waar moet hij zijn fles verstoppen? Wanneer krijgt hij zijn kinderen weer te zien? Hoe moet hij zich op deze zaak concentreren? Er is een slijterij in Seepunt die over een uur opengaat.

Zes maanden om te kiezen tussen ons en de drank.

Hoe had ze gedacht dat hij dát voor elkaar krijgt? Door hem op straat te zetten? Door hem nog meer onder druk te zetten? Door hem te verstoten?

Als je droog blijft, mag je terugkomen, maar dit is je laatste kans.

Hij wil ze niet verliezen, maar hij kan ook niet droog blijven. Hij zit in de stront. Hij zit tot over zijn oren in de stront. Want als hij hen niet heeft, zal hij de drank nooit kunnen laten staan – snapt ze dat dan niet?

Zijn mobiele telefoon gaat.

'Griessel.'

'Nog één, Bennie?' Hoofdinspecteur Mat Joubert. Zijn baas.

'Dezelfde M.O.,' zegt hij.

'Is er ook goed nieuws?'

'Tot dusver niet. Hij is slim, die klootzak.'

'Hou me op de hoogte.'

'Doe ik.'

'Bennie?'

'Ja, Mat.'

'Gaat het wel?'

Stilte. Tegen Joubert kan hij niet liegen – ze hebben te veel meegemaakt, samen.

'Kom een praatje maken, Bennie.'

'Ik kom later wel even langs. Laat ik de boel hier eerst afronden.'

En dan beseft hij dat Joubert iets weet. Heeft Anna...

Ze meent het, deze keer. Als ze zelfs Mat Joubert gebeld heeft.

In Alice woont een man die nog met de hand wapens maakt. Zoals hun voorouders.

Hij rijdt er op de motor heen. Binnen in het gebouwtje is het halfdonker. Wanneer zijn ogen aan het zwakke licht gewend zijn, zoekt hij tussen de assegaaien die in blikken bij elkaar staan, met de steel naar beneden en het blinkende lemmet naar boven.

'Wat moet je daarmee?'

'Dat is voor mensen die nog tradities hebben,' zegt de grijsaard, terwijl zijn handen bezig zijn om uit een lange loot een steel te vormen. Het schuurpapier ritselt ritmisch op en neer.

'Tradities,' echoot hij.

'Maar het worden er steeds minder. Steeds minder.'

'Waarom maak je dan toch nog speren met lange stelen?'

'Dat is toch deel van onze geschiedenis.'

Hij draait om de bundel met de korte heften heen. Zijn vingers strelen over het lemmet – hij zoekt naar een bepaalde vorm, een specifieke balans. Hij trekt er één uit, probeert hem, zet hem terug, pakt een andere.

'Wat ben je van plan met een assegaai?' vraagt de man.

Hij antwoordt niet onmiddellijk, want zijn vingers hebben gevonden wat hij zocht. Hij ligt makkelijk in zijn palm.

'Ik ga op jacht,' zegt hij. Wanneer hij opkijkt, ligt er een grote tevredenheid in de ogen van de grijsaard.

'Toen ik negen werd, kreeg ik voor mijn verjaardag van mijn moeder een stel grammofoonplaten. Zo'n doosje met tien 45-toerensingles en een boekje met plaatjes van prinsessen en goede feeën. Er stonden verhaaltjes op en elk verhaal had meerdere eindes – drie of vier. Ik weet niet precies hoe het werkte, maar telkens als je ernaar luisterde, sprong de naald naar een van die eindes. De verhaaltjes werden door een vrouw verteld. In het Engels. En als de naald naar een unhappy ending sprong, dan schoof ik hem terug en luisterde ik net zo lang tot het goed afliep.'

Ineens weet ze niet meer waarom ze deze herinnering heeft opgediept en de dominee zegt: 'Maar het leven werkt anders?'

'Ja,' zegt ze, 'het leven werkt anders.'

Hij roert in zijn thee. Zij zit met haar kopje op haar schoot, haar beide voeten nu op de vloer. Er is iets merkwaardigs aan het tafereel dat ze ziet, alsof ze een buitenstaander is: de vrouw en de dominee in zijn studeerkamer, bezig om bij lamplicht thee te drinken uit fijn wit porselein. Zo gewoon. Ze had een meisje uit het dorp kunnen zijn, onschuldig, op zoek naar antwoorden op levensvragen. Over een relatie misschien? Met een jonge boer? Hij kijkt vaderlijk naar haar en ze weet: hij mag me wel, volgens hem ben ik oké.

'Mijn vader zat bij het leger,' zegt ze.

Hij neemt een klein slokje thee om de temperatuur vast te stellen.

'Officier. Ik ben in Upington geboren, hij was destijds kapitein. Mijn moeder was eerst huisvrouw. Later heeft ze op een advocatenkantoor gewerkt. Soms was hij lang weg, naar de Grens, maar dat kan ik me alleen vaag herinneren, want toen was ik nog klein. Ik ben de oudste, mijn broer is twee jaar ná mij geboren. Gerhard. Christine en Gerhard van Rooyen, de kinderen van kapitein Rooies en mevrouw Martie van Rooyen van Upington. Dat "Rooies" had alleen met zijn achternaam te maken, het was een legergrap, bijna iedereen had een bijnaam. Mijn vader was een knappe man, met zwart haar en groene ogen – ik heb mijn ogen van hem geërfd. En mijn haar van mijn moeder, dus ik zal ook wel vroeg grijs worden, dat heb je met blond haar. Op hun trouwfoto's had zij ook lang haar. Maar later heeft ze het in zo'n bobkapsel laten knippen. Ze zei altijd dat het vanwege de hitte was, maar ik denk dat het met mijn vader te maken had.'

Zijn ogen rusten op haar gezicht, op haar mond. Luistert hij, hoort hij haar echt? Ziet hij haar zoals ze was? Zal hij zich dit beeld later nog herinneren, als ze haar grote bedrog aan hem onthult? Ze zwijgt even, brengt het kopje naar haar lippen, slikt, zegt verlegen: 'Het gaat lang duren om u alles te vertellen.'

'Tijd is het enige wat we hier volop hebben,' zegt hij rustig.

Ze wijst in de richting van de deur. 'U hebt een gezin en ik...'

'Ze weten dat ik hier ben en ze weten dat dit hoort bij mijn werk.'

'Misschien moet ik morgen terugkomen.'

'Vertel je verhaal, Christine,' zegt hij zacht. 'Lucht je hart.'

'Zeker weten?'

'Absoluut.'

Ze kijkt naar haar kopje. Het is halfvol. Ze tilt het op, slikt alles in één teug naar binnen, zet het op het schoteltje en plaatst dat terug op het dienblad op het bureau. Trekt weer haar been op, vouwt haar armen voor haar borst. 'Ik weet niet wanneer de dingen begonnen te veranderen,' zegt ze. 'We waren net als iedereen. Misschien niet helemaal, want mijn vader was soldaat en op school waren wij de legerkinderen. Wanneer de Dakota's uitvlogen, dan wist het hele dorp dat – onze vaders gingen de communisten bestrijden. Dan stonden wij in het middelpunt van de belangstelling. Heerlijk vond ik dat. Maar het grootste deel van de tijd waren we net als alle anderen. Gerhard en ik gingen naar school en 's middags was mijn moeder er, deden we ons huiswerk en speelden we. In de weekeinden gingen we winkelen, barbecueën, op visite en naar de kerk. In december hielden we vakantie in Hartenbos. Er was niets bijzonders aan ons. Niets waarvan ik me bewust was toen ik zes of acht of tien was. Mijn vader was mijn held. Ik herinner me hoe hij rook als hij 's middags thuiskwam en me tegen zich aan drukte. Hij noemde me "vrouwtje". Hij droeg zo'n uniform met blinkende sterren op zijn schouders. En mijn moeder...'

'Leven ze nog?' vraagt de dominee opeens.

'Mijn vader is overleden,' zegt ze. Gedecideerd, alsof ze er niet verder over wil praten.

'En je moeder?'

'Het is lang geleden dat ik haar voor het laatst gezien heb.'
'O?'
'Ze woont in Mosselbaai.'
Hij zegt niets.
'Ze weet het nu. Wat voor werk ik heb gedaan.'
'Maar ze heeft het niet altijd geweten?'
'Nee.'
'Hoe heeft ze het ontdekt?'
Ze zucht. 'Dat is deel van het verhaal.'
'Denk je dat ze je zal verstoten? Omdat ze het weet?'
'Ja. Nee... Ik denk dat ze zich wentelt in schuldgevoel.'
'Omdat je prostituee geworden bent?'
'Ja.'
'Is ze schuldig?'
Ze kan niet meer blijven zitten. Ze staat abrupt op en loopt naar de muur achter haar om afstand tussen hen te krijgen. Dan loopt ze terug naar haar stoel, legt haar handen op de rugleuning.
'Misschien.'
'O?'
Ze laat haar hoofd hangen, zodat haar haar voor haar gezicht valt. Zó blijft ze staan, stil.
'Ze was mooi,' zegt ze ten slotte. Ze kijkt op en laat de stoel los. Ze beweegt naar rechts, naar de boekenkast. Haar ogen dwalen over de boeken, maar ze ziet niets.
'Ze waren naar Durban op huwelijksreis. Die foto's... Ze had elke man kunnen krijgen. Ze had me een figuurtje! Haar gezicht... Ze was zo mooi, zo fijn. En ze lachte, op al die foto's. Soms denk ik dat dit de laatste keer is geweest dat ze lachte.'
Ze draait zich om naar de predikant, leunt met haar schouder tegen de boekenkast, één hand lichtjes op de banden, koesterend. 'Het was voor mijn moeder zeker moeilijk soms, als mijn vader weg was. Ze klaagde nooit. Als ze wist dat hij terugkwam, maakte ze het huis aan kant, van onder tot boven. Voorjaarsschoonmaak, noemde ze dat. Maar nooit iets voor zichzelf. Netjes, ja. Schoon. Maar ze droeg steeds minder

make-up. Haar kleren werden steeds wijder, en grauwer. En haar haar korter. U weet hoe dat gaat als je dag in, dag uit met iemand samenwoont – je merkt de geleidelijke veranderingen niet op.'

Ze slaat haar armen weer over elkaar, een omhelzing van zichzelf.

'Dat gedoe met de kerk... Waarschijnlijk is het zo begonnen. Hij kwam van de Grens terug en zei dat we voortaan naar een andere kerk zouden gaan. Niet langer naar de N.G.-kerk op de basis, maar naar een kerk in het dorp, die op zondagochtend in de aula van de lagere school bijeenkwam. Mensen die in hun handen klapten, flauwvielen, bekeringen... Gerhard en ik hadden het wel leuk gevonden als hij het allemaal niet zo ernstig had opgenomen. En plotseling moesten er iedere avond in de huiskamer ellenlange bidsessies gehouden worden. Hij ging ons voor – lange gebeden over de duivels die in ons rondwaarden. Hij begon te praten over ontslag nemen uit het leger, want hij wilde zendingswerk gaan doen, en opeens liep hij de hele dag met een bijbel rond, niet zo'n klein soldatenbijbeltje, maar een grote. Het was een vicieuze cirkel, want het leger was eerst nog geduldig, maar later begon hij te bidden dat de Heer ook de duivels uit de kolonel en de brigadier moest drijven en dat de Heer voor hem deuren moest openen.'

Ze schudt haar hoofd. 'Het moet moeilijk zijn geweest voor mijn moeder, maar ze heeft niets gedaan.'

Ze loopt terug naar haar stoel. 'Niet eens toen hij met mij begon.'

7

Hij rijdt in zijn bakkie naar de Kaap, want de motorfiets zou te veel opvallen. Zijn tas ligt op de stoel naast hem. Van Port Elizabeth naar Knysna. Hij kijkt naar de bergen en de bossen en vraagt zich, net als altijd, af hoe het er hier duizend jaar geleden uitzag, toen hier alleen nog maar Khoi en San woonden en de olifanten nog trompetterden in het dichte woud. Voorbij George staan de rijkeluishuizen als uit de kluiten gewassen teken tegen de duinen, in een zwijgende concurrentiestrijd om de plek met het mooiste uitzicht over zee. Grote huizen die het hele jaar leegstaan en hooguit in december een maand bewoond worden. Hij denkt aan de zinken hut van mevrouw Ramphele op de verschroeide vlakte buiten Umtata, vijf mensen in twee kamertjes, en beseft dat de verschillen in dit land té groot zijn.

Maar nooit groot genoeg om de dood van een kind te rechtvaardigen. Hij vraagt zich af of Khoza en Ramphele hierlangs gekomen zijn, of ze déze weg hebben genomen.

Mosselbaai, Swellendam, de Breederivier over, Caledon en uiteindelijk, laat in de middag, steekt hij de Sir Lowry's Pas over. De Kaap strekt zich in de diepte voor hem uit en de zon, laag achter de Tafelberg, schijnt in zijn ogen. Hij voelt geen blijdschap over zijn terugkeer, want de herinneringen die deze plek oproept, drukken zwaar op hem.

Hij rijdt naar Parow. Hij herinnert zich een hotelletje in de Voortrekkerstraat, de New President, waar iedereen die anoniem wil blijven, zijn toevlucht neemt, ongeacht ras of kleur.

Daar zal hij beginnen.

Griessel staat voor het gebouw van de Eenheid voor Ernstige en Geweldsmisdrijven in Bishop Lavis en overweegt zijn mogelijkheden.

Hij kan de koffer uit de achterbak halen en hem langs Mavis van de receptie zeulen, de hoek om en de gang af, naar een van de grote badkamers die bewaard zijn gebleven toen de oude Politieschool het nieuwe EGM-gebouw werd. Zodat hij kan gaan douchen, zijn tanden borstelen, voor de verweerde spiegel zijn stoppelbaard kan afscheren en schone kleren aantrekken. Maar dan weet iedere verdomde politieman op het Schiereiland binnen een halfuur dat Bennie Griessel door zijn vrouw het huis uit gegooid is. Zo gaat dat bij de politie.

Of hij kan gewoon zó, stinkend en verfomfaaid, doorlopen naar zijn kantoor en zeggen dat hij de hele nacht doorgewerkt heeft, maar met zo'n verhaal zal hij slechts tijdelijk de schijn kunnen ophouden.

Er ligt een fles Jack in zijn bureaula en drie pakjes TicTac – twee slokken tegen de zenuwen, twee TicTacjes voor de frisse adem en hij is er weer helemaal klaar voor. God, om die dikke, bruine vloeistof door zijn keel naar beneden te voelen glijden, hemels. Hij slaat de achterbak dicht. Hoezo, douchen? Hij weet precies wat hij nodig heeft.

Hij loopt haastig, plotseling luchthartig. En jij kunt ook opvliegen, Anna. Ze kan het niet maken, hij zal een advocaat in de arm nemen, zo iemand als Kemp die zich door niemand een oor laat aannaaien. Hij is verdomme de kostwinner, zuipschuit of niet, hoe durft ze hem eruit te gooien, hij heeft voor dat huis betaald, tot op het laatste meubelstuk. Hij groet Mavis, gaat de hoek om, de trap op, graaft in zijn broekzak naar de sleutel. Zijn hand trilt. Hij krijgt de deur open, doet hem achter zich dicht, loopt om, rukt de onderste la open, tilt de Handleiding voor het Strafproces op en voelt het koele glas van de fles. Hij haalt hem tevoorschijn, de schroefdop eraf, tijd voor een doorsmeerbeurt, het olielampje staat al op rood. Hij grijnst om zijn eigen gevatheid en dan gaat de deur open en staat Mat Joubert daar, met een misprijzende uitdrukking op zijn gezicht.

'Bennie.'

Daar staat hij, de tuit van de fles nog maar vijftien centimeter verwijderd van verlichting.

'Shit, Mat.'

Joubert sluit de deur achter zich. 'Doe die rotzooi weg, Bennie.'

Hij verroert zich niet, verbijsterd door zo veel pech. Hij zat er zo dichtbij.

'Bennie!'

De fles trilt, net als zijn hele lichaam. 'Ik kan het niet helpen,' zegt hij zacht. Hij kan Joubert niet in de ogen kijken. De hoofdinspecteur komt naast hem staan, neemt de fles uit zijn hand. Hij laat hem onwillig los.

'Geef me de dop.'

Hij overhandigt hem plechtig.

'Ga zitten, Bennie.'

Hij gaat zitten. Joubert zet de fles met een klap op het bureau, leunt met zijn forse lichaam tegen de tafel, zijn benen voor zich uit, de armen over elkaar.

'Wat is er met je aan de hand?'

Doet het ertoe wat hij zegt?

'Je slaat je vrouw? Je begint 's ochtends al met drinken?'

Ze heeft Joubert gebeld. Hem eruit gooien was niet genoeg – Anna moest hem ook nog in zijn werk vernederen.

'Ach shit,' zegt hij heftig.

'Wat nou "shit", Bennie?'

'Verdomme, Mat, maakt het uit wat ik zeg? Wat heeft het voor zin? Ik ben een mislukkeling. Jij weet het, Anna weet het en ik weet het. Wat valt er nog te zeggen? Sorry dat ik besta?' Hij wacht op een reactie, maar die blijft uit. De stilte hangt in het vertrek. Hij houdt het niet uit, hij moet weten of hij op enig meeleven kan rekenen. Hij kijkt op en ziet het ondoorgrondelijke gezicht van zijn meerdere. Dan vernauwen Jouberts ogen zich, een rode gloed verspreidt zich over zijn gelaat. Hij weet dat zijn baas woedend is en houdt zich gedeisd. Zonder iets te zeggen grijpt Joubert hem beet, sleurt hem aan zijn arm en nek uit zijn stoel overeind en duwt hem naar de deur.

'Mat,' zegt hij, 'jemig, wat doe je?' Hij voelt de kracht in zijn greep.

'Bek houden, Bennie,' bijt Joubert hem toe, en hij loodst hem de trap af, hun voetstappen hard op het ruwe oppervlak. Langs Mavis door het voorportaal, Jouberts hand zwaar tussen zijn schouderbladen. Dan staan ze buiten, in het scherpe zonlicht. Joubert heeft hem nog nooit hardhandig behandeld. Hun schoenen knerpen over de parkeerplaats, naar de auto van de hoofdinspecteur. 'Mat,' zegt hij nog eens, want hij voelt een knoop in zijn maag. Nog nooit was Jouberts driftige humeur tegen hem gericht. Joubert reageert niet. Hij rukt het autoportier open, zijn grote hand op Griessels nek, duwt hem naar binnen, klapt de deur dicht.

Joubert stapt aan de bestuurderskant in en draait de contactsleutel om. Ze vliegen er met gierende banden vandoor en het lijkt alsof dít geluid een stortvloed van woede in Joubert losmaakt. 'Martelaar,' spuugt hij vol afkeer. 'Ik betrap je verdomme met een fles in je hand en dat is al wat jij kunt doen? De martelaar uithangen? Je zuipt en je rost vrouwen af en het enige wat ik zie, is zelfbeklag. Echt, Bennie, zo makkelijk kom je er niet van af. Veertien jaar, veertien jaar werk ik verdomme al met je samen en ik heb nog nooit iemand gezien die zo'n puinhoop van zijn leven kan maken, zonder enige hulp van buitenaf. Directeur had je kunnen worden, en wat heb je bereikt, Bennie? Drieënveertig jaar oud en je bent niets meer dan een inspecteur met evenveel dorst als de Sahara. Je slaat je vrouw en je haalt je schoudertjes op en zegt "ik kan er niets aan doen, Mat". Je vrouw slaan, verdomme? Hoe kom je erbij? Hoelang al?' Jouberts handen zetten elk woord kracht bij, speeksel spat tegen de voorruit en de motor protesteert heftig tegen het te hoge toerental. 'Sorry dat ik goddomme besta?'

Ze rijden in de richting van de Voortrekkerweg. Griessel staart voor zich uit. Hij voelt opnieuw de Jack in zijn hand, de hunkering vanbinnen.

Als er een stilte valt, zegt hij: 'Het was de eerste keer, gisteravond.'

'De eerste keer? Wat is dat voor een excuus? Maakt dat het minder erg? Je bent een politieman, Bennie. Je weet donders goed dat het niet deugt. En je liegt. Zij zegt dat het er al maanden aan zat te komen. Drie weken geleden heb je haar ook al een mep gegeven, maar je was te dronken om het fatsoenlijk te doen. En de kinderen, Bennie? Wat doe je die aan? Je twee kinderen die moeten toezien hoe hun vader straalbezopen thuiskomt en hun moeder mishandelt. Ik zou je samen met dat tuig moeten opsluiten, ze zou je moeten aangeven, maar het enige wat we daarmee opschieten, is dat de kinderen er nog meer onder lijden. En wat doe jij? Ze gooit je het huis uit en jij holt naar de fles. Drank, Bennie, dat is het enige waar jij aan denkt. En aan jezelf. Wat gaat er verdomme in die kop van jou om? Waar is je verstand gebleven?'

Even wil hij antwoorden, schreeuwen: 'Ik weet het niet, ik weet het niet, ik wil dit niet, ik weet niet hoe het zover heeft kunnen komen, laat me met rust!' Want hij ként die vragen, en hij kent de antwoorden – alles is nutteloos, het maakt geen verschil. Hij kan maar beter zijn mond houden.

Er is veel verkeer op de Voortrekkerweg, het stoplicht staat op rood. Gefrustreerd slaat Joubert op het stuur. Griessel vraagt zich af waar ze heen gaan. Naar de kliniek? Het zal niet de eerste keer zijn dat Joubert hem daar aflevert.

De hoofdinspecteur laat zijn adem hoorbaar ontsnappen.

'Weet je waar ik de hele tijd aan denk, Bennie?' Zijn stem klinkt nu zachter. 'Aan die kerel met wie ik bevriend was. Dat sergeantje uit Parow dat bij ons aanklopte, onervaren maar vol enthousiasme, dat joch dat die hele zelfingenomen rechercheurskliek bij Moord-en-Roof liet zien wat écht politiewerk was. Die knul uit Parow, waar is die gebleven? Die kon lachen en had overal een antwoord op. Een legende. Jemig Bennie, jij was goed, je had alles mee. Instinct. Respect. Een toekomst. En je hebt het allemaal weggezopen. Naar de kloten laten gaan.'

Stilte.

'Drieënveertig,' zegt Joubert en het lijkt alsof hij zich opnieuw begint op te winden. Hij zigzagt tussen de auto's door.

Nog een stoplicht.

'En je bent nog steeds een kind.'

Dan is het stil in de auto. Griessel kijkt niet meer waar ze heen rijden. Hij denkt eraan hoe dicht de fles bij zijn mond was geweest. Niemand zal het begrijpen, je moet het zelf meegemaakt hebben. Je moet die behoefte kennen. Joubert dronk vroeger ook, hij kon 'm soms flink raken, maar hij heeft nooit die toestand bereikt waarin Bennie zich nu bevindt. Hij weet het niet en dus begrijpt hij het niet.

Als hij weer naar buiten kijkt, zijn ze in Bellville, Carl Cronjéstraat.

Joubert slaat af. Hij rijdt nu rustiger. Een park. Bomen, gras en een paar banken. Hij stopt. 'Kom, Bennie,' zegt hij en hij stapt uit.

Wat doen ze hier? Traag duwt Bennie het portier open.

Joubert loopt voorop. Waar gaat hij heen – gaat hij hem hier tussen de bomen in elkaar slaan? Wat schieten ze daar nu mee op? Het verkeer op de N1, even verderop, dreunt en sist, maar niemand zal iets zien. Onwillig loop hij achter Joubert aan.

Joubert staat stil tussen de bomen, wijst. Wanneer Griessel hem heeft ingehaald, ziet hij de figuur op de grond.

'Herken je hem, Bennie?'

Onder kranten en karton en een onmogelijk smerige deken komt de figuur bij het horen van Jouberts stem in beweging. Het vuile gezicht draait naar boven, veel baard en haar en kleine felblauwe oogjes, diep in hun kassen.

'Herken je hem?'

'Dat is Zwarte Piet,' zegt Griessel.

'*Hey*,' zegt Zwarte Piet.

'Nee,' zegt Joubert. 'Hier ligt Bennie Griessel.'

'Gaan jullie me in elkaar slaan?' vraagt de man. Achter zijn nest staat een winkelwagentje van Shoprite geparkeerd. Er zit een kapotte stofzuiger in.

'Nee,' zegt Joubert.

Zwarte Piet kijkt schuin naar de grote man voor hem. 'Ken ik jou?'

'Zo zie jij eruit, Bennie. Over zes maanden. Over een jaar.'

De man houdt zijn hand naar hen op. 'Hebben jullie tien rand?'

'Waarvoor?'

'Brood.'

'De vloeibare soort,' zegt Joubert.

'Jij bent zeker helderziende,' zegt de man met een kakelende lach. Hij heeft geen tand meer in zijn mond.

'Waar zijn je vrouw en kinderen, Zwarte Piet?'

'*Long time ago*. Eén rand dan? Of vijf?'

'Vertel het hem, Piet. Vertel hem wat voor werk je vroeger deed.'

'Hersenchirurg. Wat doet het ertoe?'

'Is dít wat je wil?' Joubert kijkt naar Griessel. 'Wil je zó worden?'

Griessel weet niet wat hij zeggen moet. Hij ziet alleen Zwarte Piets hand, een klauw vol vlekken.

Joubert draait zich om en loopt terug naar de auto.

'Hey,' zegt de man. 'Wat is er met hem aan de hand?'

Griessel kijkt Joubert achterna. Hij wilde hem dus niet in elkaar slaan. Dat hele eind gereden voor een kinderlijke zedenles. Even voelt hij hoeveel hij van deze grote man houdt. Dan schiet hem iets anders te binnen, hij draait zich om en vraagt: 'Zat jij soms bij de politie?'

'Zie ik er zo dom uit?'

'Wat was je?'

'*Health Inspector* in Milnerton.'

'Health Inspector?'

'Help een man die honger heeft, *pal*. Twee rand.'

'Health Inspector,' zegt Griessel. Hij voelt de kwaadheid binnen ontploffen.

'O shit,' zegt Zwarte Piet. 'Ben jij die kerel van Saddles Steakhouse?'

Griessel draait zich om, Joubert achterna. 'Hij was Inspecteur van Gezondheid,' schreeuwt hij en hij loopt verder, doelgericht.

'Goed dan, één rand, pal. Wat is een rand nou helemaal, tussen vrienden?'

De hoofdinspecteur zit al achter het stuur.

Griessel heeft het op een lopen gezet. 'Dat kun je niet maken,' schreeuwt hij. Tot hij voor het portierraampje staat. 'Je kunt mij toch niet vergelijken met een verdomde Inspecteur van Gezondheid?'

'Nee. Met een loser die de fles niet kan laten staan.'

'Heb je hem gevraagd waaróm hij drinkt, Mat? Heb je hem dat gevraagd?'

'Voor hem doet dat er niet meer toe.'

'Rot op,' zegt Griessel. De vermoeidheid, de drankzucht en de vernedering worden hem te veel. 'Ik laat me niet vergelijken met zo'n vent van de pissenbeddenpolitie. Hoeveel lijken heeft hij al moeten omkeren? Hoeveel? Zeg op. Hoeveel kindermoorden? Hoeveel vrouwen en oude dametjes die om zeep gebracht zijn vanwege een mobieltje of een ring van twintig rand? Wil je weten waar de oude Bennie gebleven is? Die sukkel uit Parow die nergens bang voor was? Nou, ík ook. Elke dag, elke ochtend als ik opsta, zoek ik hem. Want hij wist tenminste nog dat hij aan de goede kant stond. Hij dacht dat hij een verschil kon maken. Hij geloofde dat, als hij maar lang en hard genoeg werkte, we zouden *winnen*, ooit. Een hogere rang? Promotie maken? Dat interesseerde hem niet. Gerechtigheid zou zegevieren en dat was het enige wat telde, wij waren de *good guys*, toch? Maar die knul uit Parow is dood, Mat. Morsdood. En waarom? Wat is er gebeurd? Wat gebeurt er nu? Het is verdomme overmacht. We winnen niet, we verliezen. Van hén komen er steeds meer en wíj worden minder. Wat maakt het uit? Wat doen al die uren en al die problemen ertoe? Hebben we ooit onze beloning gekregen? Heeft iemand ons ooit bedankt? Hoe harder we werken, des te meer worden we door iedereen met de nek aangekeken. Kijk hier. Dit is een blanke huid. Wat betekent dat? Zesentwintig jaar bij de Macht en het betekent geen ene moer. Het komt niet door de drank – het is niet vanwege de drank dat ik nog steeds een inspecteurtje ben. Dat weet je best. Positieve discriminatie. Mijn hele leven opgeofferd, verdomme, al die rotzooi over me heen laten komen en die positieve discriminatie blijft maar doorgaan. Tien jaar gaat het al zo. Ben ik ervandoor gegaan, zoals De Kok en Rens en Jan Broekman? Kijk wat zij bereikt hebben, hun eigen beveiligingsbedrijfjes, ze verdienen geld als water, rijden in dikke BMW's en elke middag om vijf uur zijn ze thuis. En ik? Honderd lopende dossiers en mijn vrouw zet me op straat en ik ben een alcoholist... Maar ik bén er verdomme nog, Mat. Ik heb de boel verdomme niet in de steek gelaten.'

Dan is zijn brandstof op en hij zoekt steun tegen de auto, zijn hoofd op zijn borst.

'Ik bén er verdomme nog.'

'Hey,' schreeuwt Zwarte Piet van tussen de bomen.

'Bennie,' zegt Joubert zacht.

Hij kijkt langzaam op. 'Wat?'

'Laten we gaan.'

'Hey!'

Als hij omloopt naar het andere portier, klinkt de stem van de man helder en hoog: 'Hey jullie! Fuck you!'

8

'Je vader heeft je misbruikt,' zegt de dominee, zeker van zijn zaak.

'Nee,' zegt ze. 'Er zijn heel wat callgirls die dat zeggen. Mijn stiefvader heeft met me gerotzooid. Of mijn moeders vriend. Of mijn vader. Ik kan dat niet zeggen. Dat was zijn probleem niet.'

Ze zoekt naar de teleurstelling op zijn gezicht, maar hij laat niets merken.

'Weet u wat ik zou wensen als ik één wens mocht doen? Weten wat er met hem is gebeurd. Dat vraag ik me zo vaak af. Wat heeft hij gezien dat hem zo veranderd heeft? Ik weet dat het op de Grens is geweest. Ik weet min of meer in welk jaar, dat heb ik al bedacht. Ergens in Zuidwest of Angola. Maar wat was het? Als ik me maar meer van hem kon herinneren zoals hij daarvoor was. Maar ik kan het niet. Ik herinner me alleen de slechte tijden. Ik denk dat hij altijd al ernstig was. En stil. Hij moest zeker... Ze zijn niet allemaal zo van de Grens teruggekomen, dus hij moest een bepaald soort mens geweest zijn. Hij moest er, hoe noem je dat...'

'Aanleg?'

'Ja. Hij moest er aanleg voor hebben gehad.'

Ze weet niet wat ze met haar handen moet doen. Ze leunt naar voren en vist de suikerlepel uit het witte porceleinen potje. Aan de punt van de gebogen steel prijkt een stadswapen. Ze streelt met het zachte kussentje van haar duim over het metaal, voelt de inkepingen.

'De school organiseerde elk jaar een fancy fair. Op een vrijdag in oktober. 's Middags was er *boeresport* en 's avonds waren er kraampjes. Een tombola en een schiettent. *Braaivleis.* Iedereen was er, het hele dorp. Na de spelletjes ging je naar huis om je op te tutten. Voor 's avonds. Ik was veertien. Ik had make-up geleend van Lenie Heysteck en van mijn eigen spaargeld mijn eerste spijkerbroek gekocht. Ik had een hemelsblauwe blouse aan en mijn haar was lang en ik vond dat ik er mooi uitzag. Ik zat die avond voor de spiegel in mijn kamer met mascara die bij mijn blouse paste en mijn lippen waren rood, misschien had ik iets te veel make-up gebruikt, want wist ik veel, maar ik weet dat ik me ontzettend mooi voelde. Dat is iets wat mannen niet kunnen begrijpen. Wat het betekent om je mooi te voelen.

Stel nou dat ik die avond mijn zwarte handtasje had gepakt, naar de zitkamer was gelopen en hij had tegen me gezegd: "Je ziet er prachtig uit, Christine." Stel dat hij opgestaan was, me bij de hand had genomen en gezegd: "Mag ik deze dans van u, prinses?"'

Ze drukt de bolling van de suikerlepel tegen haar mond. Ze voelt de emotie, oud en bekend.

'Maar zo ging het niet,' zegt de dominee.

'Nee,' zegt ze. 'Zo ging het niet.'

Tobela kent het adres van Khoza's broer in Khayelitsha uit zijn hoofd. Toch rijdt hij er niet rechtstreeks op af. In een opwelling wijkt hij twee afritten ten westen van het vliegveld van zijn route af en rijdt naar Guguletu, naar het huisje waar hij samen met Miriam en Pakamile heeft gewoond. Hij parkeert aan de overkant van de straat, zet de motor uit.

Het tuintje dat de jongen en hij met zoveel zorg en moeite en water uit de zanderige bodem van de Kaapse Vlakte tevoorschijn hebben getoverd, ligt er nu, aan het einde van de zomer, dor bij. Er hangen andere gordijnen voor het raam van de kamer aan de voorkant.

Miriam en hij sliepen in die kamer.

Verderop in de straat klinken opgewonden kinderstemmen. Hij kijkt, ziet een groepje jongens voetballen, met het hemd van hun schooluniform uit de broek, de kousen afgezakt tot hun enkels. Iedere middag, vanaf een uur of halfzes, stond Pakamile hem op die straathoek op te wachten. Hij reed op een Honda Benly, zo'n onverslijtbaar motorfietsje waar hij op zat als een langpootmug, en het gezicht van het kind lichtte op als hij hem de hoek om zag komen en dan was hij met de motor meegehold, de laatste honderd meter tot aan hun hek.

Zo blij om hem te zien, popelend om met hem te praten, vol ijver om aan het werk te gaan, in de voortuin tussen de zonnebloemen, en achter, in de moestuin vol bonestaken, pompoenen en plompe rode tomaten.

Traag steekt hij zijn hand uit naar het contact, onwillig om de herinneringen los te laten.

Waarom is alles hem ontnomen?

Dan rijdt hij weer, terug naar de N2, voorbij het vliegveld. Hij neemt de afrit, slaat rechtsaf en Khayelitsha is om hem heen – verkeer en mensen, gebouwtjes, huizen, zand en geuren en klanken, grote reclameborden voor Castle Bier, Coke en Toyota, handbeschilderde uithangbordjes voor winkeltjes met thuisgemaakte producten, kappers en plaatwerkers, groentestalletjes langs de straat, honden en koeien. Een stad buiten de stad, uitgestrekt over het duinlandschap.

Hij kiest zijn route voorzichtig, volgens de kaart die hij bestudeerd heeft, want je kunt hier makkelijk verdwalen, er zijn weinig straatnaambordjes, de wegen zijn soms breed, dan weer onbegaanbaar smal. Hij stopt voor het huis, een bakstenen gebouwtje midden op het erf. Overal ligt bouwmateriaal, de bouw van een extra kamer is tot aan de vensterbank gevorderd, een oude Mazda 323 staat op blokken, half onder een stuk zeil.

Hij stapt uit, loopt naar de voordeur en klopt aan. Binnen klinkt muziek, Amerikaanse rap. Hij klopt opnieuw, harder, en de deur gaat open. Een jong meisje, zeventien of achttien, in T-shirt en jeans. 'Ja?'

'Is dit het huis van Lukas Khoza?'

'Hij is er niet.'

'Ik heb een boodschap voor John.'

Haar ogen vernauwen zich. 'Wat voor boodschap?'

'Werk.'

'John is er niet.'

'Dat is jammer,' zegt hij. 'Het was een leuke klus voor hem.' Hij draait zich om, blijft dan staan. 'Zul je het tegen hem zeggen?'

'Als ik hem zie. Wie ben jij?'

'Zeg maar dat die vent met zijn vette tips geweest is. Dan weet hij het wel.' Hij draait zich weer om, alsof hij zijn belangstelling verloren heeft.

'John is hier al een hele tijd niet meer geweest. Ik weet niet eens waar hij nu is.'

Hij slentert naar zijn bakkie en zegt schouderophalend: 'Dan geef ik die klus wel aan iemand anders.'

'Wacht. Misschien weet mijn vader het.'

'Luke? Is die thuis?'

'Hij is op zijn werk. In Maitland. Bij het slachthuis.'

'Misschien dat ik er even langsrijd. Bedankt.'

Ze groet niet. Ze staat in de deuropening, met één heup tegen de deurpost, en volgt hem met haar blik. Wanneer hij achter het stuur kruipt, vraagt hij zich af of ze hem de waarheid heeft verteld.

Ze vertelt de dominee over de avond toen haar vader haar voor hoer uitmaakte. Toen ze in de badkamer huilend met een washand, water en zeep de make-up afboende terwijl hij boven haar uittorende en tegen haar zei dat in zijn huis... Geen hoererij in zíjn huis. Die avond begon het. Dat wat in haar gebeurde. Terwijl ze aan zijn tirade terugdenkt, is ze zich tegelijkertijd bewust van wat er tussen haar en de predikant gebeurt, want dit is vertrouwd terrein. Ze is bezig om hem De Reden te geven en hij wil die horen. Net als allemaal. Wanneer ze klaar is met haar werk, als ze met zachte handen en een strelende stem haar lichaam voor hen geopend heeft, nemen de mannen haar in zich op en willen ze dat er een zielig verhaal is. Het is een primitieve behoefte. Ze willen dat ze eigenlijk goed is. De hoer met het gouden hart. De hoer die bijna een gewoon meisje is. De predikant heeft het ook – hij kijkt haar strak aan, klaar om haar met medelijden te aanvaarden. Maar bij hem zal dat andere tenminste afwezig zijn: haar klanten die, vrijwel zonder uitzondering, willen weten of het ook iets met seks te maken heeft – eigenlijk goed, maar eigenlijk geil. Hun fantasie van de archetypische nymfomaan. Van al deze dingen is ze zich bewust terwijl haar woorden het verhaal schilderen.

'Ik heb er zo vaak over nagedacht, want toen is het begonnen. Die avond. Nu nog, als ik eraan terugdenk, is er zoveel woede. Ik wilde er alleen maar mooi uitzien. Voor mezelf. Voor mijn vader. Voor mijn vrienden. Hij wilde dat niet zien, alleen maar al die andere dingen, dat kwaad. En daarna werd dat godsdienstgedoe alleen maar erger. Hij verbood ons om te dansen of naar de film te gaan, om ergens te gaan logeren of zomaar wat rond te hangen. Hij verstikte ons.'

De predikant schudt zijn hoofd alsof hij wil zeggen: 'Wat ouders hun kinderen toch aandoen.'

'En ik kan er maar geen vat op krijgen. Gerhard, mijn broer, deed niets. We hadden dezelfde ouders en hetzelfde huis en alles, maar hij deed niets. Hij werd alleen maar stil en zat te lezen in zijn kamer, verscholen in zijn verhalen en in zijn hoofd. Maar ik? Ik zocht de problemen op. Ik wilde precies dát zijn waar mijn vader bang voor was. Waarom? Waarom zit ik zo in elkaar? Waarom ben ik zo gemaakt?'

De predikant kijkt naar haar terwijl ze praat – haar handen, haar ogen, de uitdrukkingen op haar gezicht die elkaar zo snel afwisselen. Hij ziet de maniertjes, het haar dat ze zo behendig gebruikt, de vingers die met kleine bewegingen haar woorden en zinnen onderstrepen, de ledematen die onophoudelijk en soms moedwillig hun eigen lichaamstaal spreken. Hij voegt dit alles bij de woorden en hun inhoud, de pijn, de oprechtheid en de klaarblijkelijke intelligentie, en hij begrijpt iets van haar: ze geniet ervan. Op een bepaald niveau, waarschijnlijk onbewust, houdt ze ervan om in de schijnwerpers te staan. Alsof haar psyche, ondanks alle rommel die erop ligt, zich ergens ongeschonden schuilhoudt.

Tegen twaalf uur, zijn neus in het moorddossier, wordt Griessel op zijn kantoor overvallen door honger. Dan herinnert hij zich dat hij vandaag geen boterhammen heeft meegekregen, geen keurig in folie gewikkeld lunchpakketje.

Hij kijkt op van de stukken, het vertrek plotseling groot om hem heen. Wat moet hij doen? Hoe gaat hij het ooit redden?

Tobela vergist zich in Lukas Khoza. Hij vindt hem in het abattoir, een met bloed besmeurd plastic schort voor, bezig om met een dikke rode tuinslang het bloed van de grijswitte tegels van de slachtvloer te spuiten. Ze lopen naar buiten, zodat Khoza kan roken.

Hij zegt dat hij op zoek is naar zijn broer, John, want hij heeft werk voor hem.

'Wat voor werk?'

'Je weet wel, werk.'

Khoza kijkt hem afkeurend aan. 'Nee, dat weet ik niet en ik wil het ook niet weten. Mijn broer is gajes en als jij van zíjn soort bent, dan ben jij dat ook.' Hij staat uitdagend, met zijn sigaret in de hand, tussen het slachthuis en de veekralen. Varkens, vet en roze, scharrelen rusteloos rond achter de ijzeren hekken, alsof ze onraad vermoeden.

'Je weet niet eens over wat voor werk ik het heb,' zegt Tobela, beseffend dat hij de verkeerde benadering heeft gekozen, dat hij een veralgemening heeft gemaakt.

'Zeker het werk dat hij gewoonlijk doet. Stelen. Roven. Hij maakt mijn moeders leven helemaal kapot.'

'Deze keer niet.'

'Je liegt.'

'Ik lieg niet. Ik zweer het. Ik zoek hem niet om hem een misdaad te laten begaan,' zegt hij driftig.

'Ik weet niet waar hij is.' Khoza trapt de peuk geërgerd uit onder de dikke zool van zijn witte laarzen en loopt naar de deur achter hem.

'Is er iemand anders die het weet?'

Khoza blijft staan, nu minder vijandig. 'Misschien.'

Tobela wacht.

Khoza aarzelt lang. 'De Yellow Rose,' zegt hij en hij opent de deur. Binnen klinkt er een hoge gil, zoals die van een mens. Achter Tobela ontstaat er plotseling beroering onder de varkens. Ze duwen tegen de spijlen.

9

Tobela rijdt naar The Waterfront, kiest doelbewust de weg die langs de helling van de berg loopt zodat hij uitzicht heeft op de zee en de haven. Hij heeft het nodig – ruimte, schoonheid. De rol die hij moest spelen heeft hem ontstemd en hij begrijpt niet waarom. Een valse identiteit aannemen is voor hem niet nieuw. Het was deel van zijn leven, destijds, in Europa. De Oost-Duitsers hebben hem de fijne kneepjes bijgebracht. Een Leugen leven was bijna tien jaar lang deel van zijn dagelijkse bestaan, de middelen geheiligd door het doel van de Bevrijding, de Struggle.

Is hij zo veranderd?

Wanneer hij de ronde dij van de berg over is, ontvouwt zich voor hem in de diepte het panorama van schepen en hijskranen, van het weidse blauwe water, de gebouwen van de stad, de snelwegen, en de kustlijn die zwierig afbuigt richting Blouberg. Hij wil zich omdraaien naar Pakamile en zeggen: 'Kijk daar toch eens, de mooiste stad ter wereld,' en zien hoe zijn zoon al die dingen met van verbazing opengesperde ogen in zich opneemt.

Dat is het verschil, denkt hij. Het is alsof het kind nog steeds bij hem is. Om hem heen.

Vóór Pakamile, voor Miriam, was hij alleen geweest, was hij alleen aan zichzelf rekenschap verschuldigd voor zijn acties en de enige die moest leven met de gevolgen. Maar het kind heeft zijn grenzen verlegd, ze opgerekt, zodat alles wat hij doet of zegt andere implicaties heeft. Zodat zijn leugens tegenover Lukas Khoza hem nu niet lekker zitten, alsof hij zichzelf tegenover Pakamile moet rechtvaardigen.

Zoals die dag toen ze in de heuvels rond de boerderij gingen wandelen en hij zijn zoon wilde leren om op een verantwoorde manier met een geweer om te gaan, als een stuk gereedschap dat voorzichtig gehanteerd moet worden.

Het vuurwapen had onmiddellijk de jager in de jongen wakker gemaakt. Onder het lopen mikte hij met de ongeladen windbuks op vogels, stenen en bomen, terwijl hij met zijn mond schietgeluiden maakte en zijn gedachtegang een hele cirkel aflegde, totdat hij vroeg: 'Jij bent toch soldaat geweest, hè Tobela?'

'Ja.'

'Heb je ook mensen doodgeschoten?' In de vraag klonk een macabere geestdrift door, zo waren jongens nu eenmaal.

Hoe beantwoord je zo'n vraag? Hoe maak je een kind duidelijk dat je in München met een sluipschuttersgeweer aangelegd hebt op de vijand van je bondgenoten in de strijd, dat je de trekker overgehaald hebt en bloed en hersenen tegen de helderblauwe deur hebt zien spatten, hoe je ervandoor moest gaan als een dief in de nacht, als een lafaard? Zo zag jouw oorlog eruit. Dat was jouw heldendaad.

Hoe beschrijf je voor een kind die vreemde, troosteloze wereld waarin je geleefd hebt – apartheid, onderdrukking, opstanden, onrust? Oost en West, muren en vreemde allianties?

Hij was met zijn rug tegen een rots gaan zitten en hij had het geprobeerd. En ten slotte had hij gezegd dat je alleen de wapens opneemt tegen ongerechtigheid, je richt alleen op mensen als dat de allerlaatste uitweg is. Als alle andere vormen van verdediging en overtuiging uitgeput zijn.

Zoals nu.

Dat zou hij nu tegen Pakamile willen zeggen. Het doel heiligt de middelen. Hij kan het onrecht van zijn dood niet ongemerkt voorbij laten gaan, hij kan het niet gelaten aanvaarden. In een land waar het Systeem gefaald heeft, is dit de laatste uitweg, al is die wereld net zo ingewikkeld om uit te leggen, net zo moeilijk om te begrijpen. Iemand moet een standpunt innemen. Iemand moet zeggen: 'Tot hiertoe en niet verder.'

Dát is wat hij het kind had proberen te leren. Dát is wat hij zijn zoon verschuldigd is.

Hij gaat de hele middag de deuren langs en tegen vier uur weet recherche-inspecteur Bennie Griessel dat de overledene de zesenveertigjarige mevrouw Josephine Mary McAllister was, gescheiden sinds 1994, een betrouwbare, onopvallende administratieve kracht bij Benson Exports in de Waterkantstraat. Lidmaat van de New Gospel Church in Seepunt, een eenzame vrouw wiens voormalige man in Pietermaritzburg woont en wiens twee kinderen in Londen werken. Hij weet dat ze ingeschreven stond bij de openbare bibliotheek, ze hield het meest van de boeken van Barbara Cartland en Wilbur Smith, ze had een Toyota Corolla, bouwjaar 1999, 18.762 rand en 80 cent op een betaalrekening bij Nedbank, een schuld van 6.456 rand en 70 cent op haar creditcard en op de dag van haar dood had ze een vlucht naar Heathrow geboekt, blijkbaar om haar kinderen op te gaan zoeken.

Hij weet ook dat er, net als bij de vorige twee moorden, geen enkel aanknopingspunt van betekenis is.

En als hij zijn koffers over de drempel van haar flatje tilt, begrijpt hij het risico van wat hij gaat doen, maar hij houdt zichzelf voor dat hij geen keus heeft. Waar moet hij verdomme anders heen? Naar een hotel soms, waar hij zijn vinger maar hoeft uit te steken om roomservice te bellen of de drank komt al naar hem toe? En Forensische Opsporing is klaar hier, er bestaan geen andere sleutels dan die ene in zijn zak.

Josephine Mary McAllisters flat heeft geen douche, alleen een bad. Hij tapt het halfvol, strekt zich uit in het warme water en kijkt hoe het kloppen van zijn hart met ritmische regelmaat fijne rimpelingen over het oppervlak laat gaan.

Het brede verband tussen McAllister, Jansen en Rosen ligt voor de hand. Alle drie van middelbare leeftijd, alleenstaand, Groenpunt, Mouillepunt, Seepunt. Geen sporen van braak. Alle drie gewurgd met een elektrisch snoer uit de keuken van het slachtoffer. Maar hoe heeft die smeerlap ze uitgekozen? Op straat? Zit hij in een auto te wachten tot hij een mogelijk slachtoffer ziet? En klopt hij dan bij ze aan?

Onmogelijk. De flatgebouwen waar McAllister en Rosen

woonden zijn voorzien van veiligheidshekken en een intercom. Vrouwen doen niet zomaar de deur open voor vreemde mannen – niet meer. Niet hier. Jansens huis had een ijzeren hek voor de voordeur.

Nee, op de een of andere manier papte hij met ze aan. Hij maakte een afspraak voor vrijdagavond en kwam ze ophalen of thuisbrengen. En dan gebruikte hij het elektrische snoer. Uit de keuken. Meegenomen naar de zitkamer of de slaapkamer? Hoe slaagde hij erin om ze daarmee te overrompelen? Want er zijn weinig tekens van een worsteling, geen weefsel onder de vingernagels, geen andere kneuzingen.

Hij moet sterk zijn. Snel. Systematisch.

Volgens de forensisch psycholoog in Pretoria heeft die gluiperd waarschijnlijk een strafblad, misschien voor kleinere vergrijpen: aanranding, diefstal, inbraak, mogelijk brandstichting. Waarschijnlijk voor seksuele overtredingen, verkrachting, misschien voyeurisme. 'Ze beginnen niet meteen met moord. Ze beklimmen eerst de ladder. Wanneer je hem te pakken hebt, zul je waarschijnlijk pornografie bij hem aantreffen, sadomasochistisch spul. En één ding kan ik je wel vertellen: hij zal niet ophouden. Hij wordt behendiger, hij krijgt steeds meer zelfvertrouwen.'

Griessel pakt de zeep, wast zijn lichaam en vraagt zich af of zij hier gezeten heeft voor hij haar kwam halen. Of ze zichzelf mooi heeft gemaakt voor haar afspraakje, onwetend, een lam ter slachting.

Hij krijgt hem wel.

Vrijdagavond. Waarom vrijdagavond?

Hij spoelt de zeep af.

Is vrijdag de enige avond dat hij geen verplichtingen heeft? Welke beroepen hebben vrij op vrijdagavond? Welke beroepen werken er wel op vrijdagavond? Alleen politiemannen, verdomme, dat is alles – de rest van de wereld *braait* en zuipt. En moordt.

Hij klimt uit het bad, loopt druipend naar zijn koffer en haalt er een handdoek uit. Anna heeft hem netjes boven op zijn kleren gelegd. Ze heeft zijn bagage met zorg ingepakt, alsof ze om hem geeft.

Maar nu haalt hij alles overhoop. Hij moet de boel uithangen, het gaat kreuken.

Hij moet een plek vinden om te wonen. Zes maanden lang.

Hij hoort de stilte in de flat, zich er plotseling sterker van bewust dat hij alleen is. Dat hij nuchter is. Hij haalt kleren tevoorschijn, trekt ze aan.

Anna, die, ondanks dat ze kwaad op hem was, de koffers zo degelijk heeft ingepakt. Die nu natuurlijk in de keuken staat, nog in haar werkkleding, de geluiden van potten en pannen, de radio op tafel zachtjes aan. Carla zal aan de eetkamertafel haar huiswerk aan het maken zijn, terwijl ze met de punt van een potlood krulletjes in haar haar draait. Fritz voor de televisie, met de afstandsbediening, voortdurend zappend tussen de kanalen, zoekend, ongeduldig. Altijd bezig. Hijzelf was net zo – er moest altijd iets gebeuren.

Jemig, wat is er van zijn leven geworden?

Uitgepist. Met hulp van Jack Daniels en Klipdrift met Coke.

Anonieme Alcoholisten, Stap Tien: 'We maken er een gewoonte van onszelf te onderzoeken en erkennen direct de fouten die we hebben gemaakt.'

Hij zucht diep. Het verlangen drukt tegen zijn borst. Hij wil hier niet zijn. Hij wil terug. Hij wil zijn gezin terug hebben, zijn vrouw en kinderen. Hij wil zijn leven terug. Hij zal van voor af moeten beginnen. Hij wil weer zijn zoals hij wás – de politieman van bureau Parow die lachte om het leven. Kun je overnieuw beginnen? Als je verdomme al drieënveertig jaar oud bent?

En waar begin je dan?

Je hoeft niet bepaald een genie te zijn om die vraag te beantwoorden. Hij weet niet zeker of hij het hardop gezegd heeft.

Hij moet een krant kopen om in de advertenties woonruimte te zoeken, want van deze flat werkt op zijn zenuwen. Maar eerst moet hij bellen. Hij vindt mevrouw McAllisters telefoonboek in een la van het kastje waar het toestel op staat. Hij slaat het open, voorin, en glijdt met zijn vinger snel over de namen, bladert wat, zoekt weer, tot hij het nummer gevonden heeft.

Hij zal het nog één keer proberen. Nog één laatste keer, verdomme.

Hij draait het nummer. Het duurt niet lang voor er wordt opgenomen.

'Met Anonieme Alcoholisten, goedemiddag,' zegt een vrouwenstem.

Tobela koopt de *Argus* bijna toevallig, zodat hij wat te doen heeft terwijl hij zijn kartonnen bakje met fish-and-chips leeg eet. Op de reling naast hem zitten de meeuwen als roofvogels op een aalmoes te wachten. Hij spreidt de krant op de houten tafel voor zich uit. Eerst leest hij zonder veel aandacht het hoofdbericht – nog meer politieke intriges in de West-Kaap, beschuldigingen van corruptie en de gebruikelijke ontkenningen. Hij doopt de frietjes in de remouladesaus. En dan ziet hij een korter bericht, rechtsonder.

AGENTEN 'INCOMPETENT' VERKLAARD –
ZAAK TEGEN BABYVERKRACHTER BLIJKT NIET
ONTVANKELIJK

Hij leest het. Wanneer hij het uit heeft, schuift hij zijn eten opzij. Hij staart over het stille water in de haven. Plezierboten, met roodverbrande toeristen op het dek, die in optocht uitvaren zodat tegen zonsondergang bij Llandudno en Clifton de cocktails geserveerd kunnen worden. Maar hij ziet het niet. Lang blijft hij zo zitten, starend en bewegingloos, zijn grote handen omlijsten het bericht. Dan leest hij het opnieuw.

Er wordt op de deur van de studeerkamer geklopt en de dominee zegt: 'Binnen'.

De vrouw die haar hoofd om de hoek van de deur steekt, is van middelbare leeftijd, haar zwarte haar kortgeknipt om haar hoofd, haar neus lang en elegant. 'Sorry voor het storen. Ik heb iets te eten gemaakt.'

Ze nemen elkaar met een snelle blik op. Christine ziet de valse zelfverzekerdheid, de onderdanigheid, het magere lichaam verborgen achter een degelijke jurk. Een drukke vrouw, deugdzame handen die ze alleen in de keuken laat wapperen. Het soort vrouw dat de liefde bedrijft om kinderen te krijgen, nooit voor het plezier, een vrouw die zich stug zal afwenden als haar man zijn mond en zijn tong lager dan de kleine, vermoeide borsten wil laten glijden. Ze kent haar soort, maar ze wil het niet laten merken, ze probeert onschadelijk te lijken.

De dominee staat op, loopt naar zijn vrouw en neemt het dienblad van haar over. 'Dank je, mammie,' zegt hij.

'Graag gedaan,' zegt ze, terwijl ze met een zuinig mondje naar Christine glimlacht, de ogen die een fractie van een seconde zeggen: 'Ik heb jou wel door,' en dan is de deur alweer zachtjes gesloten.

Verstrooid zet hij het dienblad op het bureau – sandwiches, kippenpootjes, augurken, servetten.

'Hoe hebben jullie elkaar leren kennen?' vraagt ze de predikant. Hij is weer gaan zitten.

'Retha en ik? Op de universiteit. Haar auto had het begeven. Zo'n oude Morris Mini Minor. Ik kwam met mijn fiets langs en stopte.'

'Was het liefde op het eerste gezicht?'

Hij lacht zachtjes. 'Voor míj wel. Zij had een vriendje dat bij het leger zat.'

Waarom, wil ze vragen. Wat zag je in haar? Waarom heb je háár gekozen? Zag ze eruit als het ideale pastoriemoedertje? Een maagd? Onbevlekt. Ze ziet de romance, de correctheid ervan en ze weet dat die haar, op die leeftijd, dodelijk zou hebben verveeld.

'En toen kaapte u haar voor zijn neus weg?' vraagt ze, maar het antwoord interesseert haar al niet meer. Ze voelt een oude jaloezie de kop opsteken.

'Uiteindelijk.' Hij glimlacht met een zekere zelfgenoegzaamheid. 'Neem wat te eten.'

Ze heeft geen honger. Ze neemt een sandwich, ziet dat er sla en tomaat op zit, het brood in volmaakte driehoeken gesneden. Ze legt hem op een bordje, zet dat op haar schoot. Ze wil hem vragen hoe hij heeft kunnen wachten, hoe hij zijn begeerte tot ná het huwelijk heeft weten te onderdrukken. Masturberen leerling-predikanten, of is dat in hun wereld ook een zonde?

Ze wacht tot hij aan een kippenboutje begint te kluiven, het pootje klein in zijn handen. Hij zit voorovergebogen zodat hij boven het bord eet, zijn lippen glimmend van het vet.

'Toen ik voor het eerst met iemand naar bed ging, was ik vijftien,' zegt ze. 'Echte seks.'

Ze wil dat hij zich verslikt, maar zijn kaken houden maar even op met malen.

'Ik had die jongen zelf gekozen. Ik had hem uitgezocht. De slimste van de klas. Ik had ze allemaal kunnen krijgen, dat wist ik.'

Hij ziet er hulpeloos uit, met de half afgekloven kippenbout in zijn hand, zijn mond vol vlees.

'Hoe harder mijn vader bad om de duivels in mij uit te drijven, des te meer wilde ik die duivels zien. Elke avond. Elke avond moesten we naar de zitkamer komen. Dan las hij uit de Bijbel en ging hij voor in een lang gebed en vroeg hij God om de Boze uit Christine te drijven. De zonden van het vlees. De verzoekingen. Terwijl we elkaars handen vasthielden en hij zweette en tekeerging tot de ruiten ervan trilden en het haar in mijn nek recht overeind stond, vroeg ik me steeds meer af – welke duivels? Wat deden ze dan? Hoe zou het voelen als ze naar buiten kwamen? Waarom moest hij mij de hele tijd hebben? Was het iets waar ik niets aan kon doen? Eerst had ik geen idee. Maar toen begonnen de jongens op school naar me te kijken. Naar mijn lichaam.'

Ze kan het bordje op haar schoot niet meer verdragen. Ze zet het op het bureaublad, klemt haar handen onder haar borst ineen. Ze moet bedaren, ze heeft hem nodig, met zijn volmaakte vrouw erbij.

Haar vader had haar iedere ochtend geïnspecteerd, net als

een van zijn manschappen. Hij liet haar de deur niet uitgaan voor hij de lengte van haar rok had goedgekeurd. Soms stuurde hij haar terug om haar haar vast te binden of om de bijna onzichtbare mascara af te wassen, zodat ze leerde om wat vroeger te vertrekken en in de spiegel van het toilet op school haar make-up aan te brengen. Want ze wilde de pas ontdekte aandacht van de jongens niet kwijtraken. Het was vreemd. Op haar dertiende was ze gewoon een van de meisjes geweest, met een platte borst, onopvallend en giechelig. En toen begon alles te groeien – borsten, heupen, benen, lippen, een metamorfose die haar vader hondsdol had gemaakt en die een vreemde uitwerking had op alle andere mannen om haar heen. Jongens uit de eindexamenklas begonnen haar belangstellend te groeten, onderwijzers hingen langer dan nodig bij haar schoolbank rond, de eersteklassers gluurden stiekem haar kant uit en fluisterden tegen elkaar achter hun handen, en uiteindelijk begreep ze het. Dat was in de tijd toen haar moeder ging werken en Christine deel werd van een groep die 's middags eerst naar een ouderloos huis ging om te roken en soms te drinken. En toen Colin Engelbrecht van achter de blauwe rook van een Chesterfield tegen haar zei dat zij het meest sexy lijf van de school had, was dat officieel aanvaard. En of ze bereid zou zijn om hem haar borsten te laten zien, één keer maar, daar had hij alles voor over.

De andere meisjes in het vertrek bekogelden hem met kussens en gilden dat hij een hufter was. Zij was opgestaan, had de knoopjes van haar blouse losgemaakt, haar beha laten zakken en voor de drie jongens haar tieten ontbloot. Terwijl ze daar stond met haar grote tepels had ze voor het eerst in haar leven die macht gevoeld, de bezwijming in hun ogen gezien, hun opengezakte bekken, de zwakheid van de wellust. Dat was nog eens iets anders dan haar vaders verschrikkelijke afkeuring.

Zo had ze de duivels leren kennen.

Daarna was niets meer hetzelfde. Het nieuws dat ze haar borsten had laten zien ging als een lopend vuurtje door de school, besefte ze later, want er werd nu met nog meer belangstelling naar haar gekeken, indringender, de aard van hun toenadering was veranderd. Door dit te doen had ze de suggestie van wildheid gewekt, de hoop op een avontuurtje. En ze begon het te gebruiken. Het werd een wapen, een schild en een spel. Als ze iemand mocht, beloonde ze hem soms met toelating tot haar kamer en een lange, zwetende vrijpartij in de Upingtonse middaghitte, het voorrecht om haar borsten te strelen en te likken terwijl zij hun gezichten met opperste concentratie gadesloeg en de oneindige voldoening koesterde – dat zíj verantwoordelijk was voor het genot, de jagende ademhaling, de daverende hartslag.

Maar als hun handen lager zakten, leidde ze ze zacht maar resoluut terug naar boven het middenrif, want ze wilde zelf besluiten met wie het zou gebeuren, en wanneer. Zoals zij het hebben wilde, precies zoals in haar fantasie als ze 's avonds laat in bed lag te masturberen, de duivel langzaam met haar vinger uitdaagde tot ze hem met een sidderend orgasme uit haar lichaam dreef. Alleen maar om de volgende avond te merken dat hij er weer zat, daar binnen, hurkend, wachtend op haar hand.

Het was met het schooltoernooi in de vierde klas dat ze de mooie, vrome, slimme, verlegen Lukas Erasmus met zijn goudgerande brilletje en zijn smalle handen verleidde, in het donker van het lange gras achter de busterminal. Degene die te bang was om naar haar te kijken, die al bloosde als ze hallo tegen hem zei. Hij was zacht – zijn ogen, zijn stem, zijn hart. Ze wilde het hem schenken omdat hij er niet om gevraagd had.

En dat deed ze.

10

'Mijn naam is Bennie Griessel en ik ben alcoholist.'

'Hallo Bennie,' zeggen tweeëndertig stemmen blijmoedig in koor.

'Ik heb gisteravond een fles Jack Daniels leeggezopen en mijn vrouw geslagen. Zij heeft me vanochtend het huis uit gezet. Ik ben nu één dag zonder drank. Ik ben hier omdat ik niet kan stoppen met drinken. Ik ben hier omdat ik mijn vrouw en mijn kinderen en mijn leven terug wil hebben.' Terwijl hij de wanhopige vastberadenheid in zijn eigen stem hoort, begint iemand te klappen en dan barst het applaus los in het uitgewoonde kerkzaaltje.

Hij aarzelt in het donker buiten het langwerpige, verbeeldingloze gebouw, inventariseert instinctief de uitgangen, de ramen en de afstand tot zijn bakkie. De Yellow Rose moet ooit een boerderij geweest zijn, het woonhuis van een kleine boer uit de jaren vijftig, voordat de vloedlijn van het getij dat Khayelitsha heet ook hier overheen spoelde.

Onder de nok van het dak hangt een neonbak met de naam en een heldergele roos. Binnen klinkt pulserende rapmuziek, een snel, ontstemd hart. Er hangen geen gordijnen voor de ramen. Het licht valt naar buiten en werpt lange lichtbanen op de parkeerplaats, een vrolijke vuurtoren op een verraderlijke zwarte klif.

Binnen zitten ze in dichte trossen rond goedkope tafels. Hij ziet een paar Europese toeristen, de geforceerde gemoedelijkheid van angstige mensen, als zendelingen in een dorp vol kannibalen. Hij baant zich een weg door de menigte en ziet twee, drie lege zitplaatsen bij de dennenhouten bar. Twee jonge zwarte barkeepers haasten zich om aan alle bestellingen te voldoen. Serveersters glijden behendig hun kant op, elk van hen met een flapperende gele plastic roos boven hun borsten in de dunne witte stof van hun T-shirts vastgestoken.

'*What's your pleasure, big dog*?' vraagt de barkeeper die hem bedient. Zijn Engels heeft een vaag Amerikaans accent. *Biehg dawg.*

'Heb je Windhoek?' vraagt hij in zijn eigen taal.

'*Lager or Light, my friend*?'

'Ben jij een Xhosa?'

'Yes.'

Hij wil zeggen: 'Praat dan ook Xhosa met me,' maar hij houdt zich in, want hij heeft informatie nodig.

'Lager, alsjeblieft.'

De drank en een glas verschijnen voor hem. 'Elf rand tachtig.'

Elf rand tachtig? Hij heeft Monomotapa gevonden. Hij geeft vijftien rand. 'Laat de rest maar zitten.'

Hij pakt het glas op en drinkt.

'Ik hoop dat jullie nog steeds applaudisseren als ik klaar ben,' zegt Griessel wanneer de ovatie bedaard is. 'Want ik ga vanavond zeggen wat ik al in 1996 had moeten zeggen. En misschien vinden jullie dat niet zo leuk om te horen.' Hij kijkt naar Vera, de kleurlingvrouw met de sympathieke glimlach in de voorzittersstoel. Alle hoofden zijn naar hem toegekeerd, elk gezicht een echo van Vera's onvoorwaardelijke ondersteuning. Hij voelt zich zo opgelaten dat het hem bijna te veel wordt.

'Ik heb twee problemen met de AA.' Zijn stem vult het vertrek, alsof hij er helemaal alleen is. 'Het eerste is dat ik het gevoel heb dat ik hier niet thuishoor. Want ik drink niet uit zwakheid. Ik drink omdat ik moet. Ik ben politieman. Moord is mijn specialisme. Elke dag.' Zijn vingers hebben de leuning van de blauwe plastic stoel voor hem beet. Hij ziet zijn witte knokkels en dan kijkt hij op naar Vera, want hij weet niet waar hij anders moet kijken. 'En ik zuip, want dit brengt de stemmen tot zwijgen.'

Vera knikt, alsof ze het begrijpt. Hij zoekt een ander punt om zich op te richten. Er hangen affiches aan de muur.

'Wanneer we doodgaan, schreeuwen we,' zegt hij, langzaam en zacht, want hij moet het er goed uit krijgen. 'We klampen ons allemaal vast aan het leven. We houden ons verschrikkelijk stijf vast en als iemand onze vingers losmaakt, dan vallen we.' Hij ziet hoe zijn handen het gebaar uitbeelden, twee verbeten klauwen die opengaan. 'Dát is het moment waarop we schreeuwen. Wanneer we weten dat het geen zin meer heeft om ons vast te willen grijpen, omdat we te snel vallen.'

De misthoorn bij Mouillepunt stoot een weeklagend geluid uit, ver en diep. Hier in de kerkzaal is het stil. Hij haalt diep adem en kijkt naar hen. De sfeer is onbehaaglijk nu, de blijmoedigheid is versteend.

'Ik hoor het, ik kan het niet helpen. Ik hoor het wanneer ik naar binnen ga, als ze daar liggen. Die schreeuw hangt daar – hij wacht op iemand die hem hoort. Als je hem hoort, dan dringt hij in je hoofd binnen en blijft hij daar.'

Iemand hoest zenuwachtig, links van hem.

'Het is een verschrikkelijk geluid,' zegt hij en kijkt naar ze, want nu wil hij hun ondersteuning weleens zien. Ze vermijden zijn ogen.

'Ik heb er nog nooit over gepraat,' zegt hij. Vera beweegt, alsof ze iets wil zeggen. Nee, niet nu. 'Want iedereen zal denken dat ik niet helemaal lekker ben, daarboven. Jullie denken het ook. Op dit moment. Maar ik bén niet gek. Als ik gek was, zou de drank niet geholpen hebben. Die zou het alleen maar erger hebben gemaakt. Drank helpt. Hij helpt als ik op de plaats van de moord aankom. Helpt me om de dag door te komen. Helpt me als ik naar huis ga en ik zie mijn vrouw en mijn kinderen en ik hoor ze lachen, terwijl ik weet dat zij die schreeuw ook in zich hebben. Ik weet dat hij daar ligt te wachten en op een dag komt hij naar buiten en ik ben bang dat ík degene zal zijn die hem hoort.'

Hij schudt zijn hoofd. 'Dat zou ik niet kunnen verdragen.'

Hij kijkt naar de vloer en fluistert: 'En wat me het bangst maakt, is dat ik weet dat die schreeuw ook in mij zit.'

Hij kijkt op in Vera's ogen. 'Ik drink, want het neemt die vrees ook weg.'

'Wanneer was John Khoza hier voor het laatst?' vraagt Tobela aan de barkeeper.

'Wie?'

'John Khoza.'

'Yo, man, er komen hier zoveel *dawgs*.'

Hij zucht en haalt een biljet van vijftig rand tevoorschijn, schuift het over de toonbank.

'Denk eens goed na.'

Het briefje verdwijnt. 'Nogal magere gast met een slechte huid?'

'Ja, die.'

'Hij praat meestal met de Boss Man – je kunt het beter aan hem vragen.'

'Wanneer is hij hier voor het laatst geweest om met de Boss Man te praten?'

'Ik werk in ploegendienst, man, ik ben hier niet de hele tijd. Heb *John-dawg* in geen eeuwen gezien.' En dan is hij weg, om iemand anders te bedienen.

Hij neemt nog een slok van zijn bier, de bittere smaak vanouds bekend, de muziek te hard, de basnoten die natrillen in zijn borstkas. Aan de overkant bij het raam zitten zeven man aan een tafel. Uitbundig gelach. Eén gespierde kleurling staat op een stoel, ingewikkelde tatoeages op zijn armen. Hij slaat een grote beker achterover, schreeuwt dan iets, de woorden verloren, en de lege beker wordt omhooggehouden.

Het is hem te leeg, te hol, te kunstmatig, dit soort vrolijkheid. Altijd al zo geweest, sinds Kazachstan, maar dat is lang geleden. Honderdtwintig zwarte broeders in een Russisch trainingskamp die 's avonds dronken, zongen, lachten en verlangden, moe tot op het bot. Kameraden, strijders.

De barkeeper komt weer langs.
'Waar kan ik die Boss Man vinden?'
'Daar kan voor gezorgd worden.' Hij blijft staan, wachtend, zonder een spier te vertrekken.
Hij pakt nog eens vijftig rand. De barkeeper verroert zich niet. Nog één. Een palm veegt het geld weg.
'Momentje.'

'Het tweede probleem zit 'm in de Twaalf Stappen. Ik ken ze uit mijn hoofd en ik kan me voorstellen dat ze voor andere mensen werken. Stap Eén is makkelijk, want de d... God weet, mijn leven is buiten beheer, de drank heeft het overgenomen. Stap Twee zegt dat een Macht groter dan onszelf ons kan genezen. Stap Drie zegt dat we slechts onze wil en ons leven aan Hem moeten geven.'
'Amen,' zeggen er een paar.
'Het probleem is,' zegt hij met alle verontschuldiging die hij in zijn stem kan leggen, 'ik geloof niet dat er zo'n Macht bestaat. Niet in deze stad.'
Zelfs Vera ontwijkt zijn blik. Hij blijft nog een ogenblik in doodse stilte staan. Dan zucht hij. 'Dat is alles wat ik te zeggen heb.' Hij gaat zitten.

Aan het einde van zijn tweede bier ziet hij dat de Boss Man door het vertrek aan komt lopen, een dikke zwarte man met een kaalgeschoren hoofd, een gouden ring aan elke vinger. Hij blijft hier en daar bij een tafel staan, buldert iets tegen de gasten – vanaf de bar zijn zijn woorden onhoorbaar in het rumoer – tot hij uiteindelijk bij Tobela komt staan. Er liggen fijne zweetdruppeltjes op zijn gezicht, alsof de tocht inspannend was. Zijn sieraden schitteren als hij zijn rechterhand uitsteekt.
'Ken ik jou?' Zijn stem is verrassend hoog en vrouwelijk, de oogjes klein en wakker. 'Madison Madikiza, ook wel Boss Man genoemd.'
'Tiny,' gebruikt hij een bijnaam uit het verleden.
'Tiny. Kleintje. Dan is mijn naam zeker Geraamte,' zegt de

Boss Man. Zijn lach is een aanstekelijk gegiechel waardoor zijn ogen dichtvallen en zijn hele lijf schudt als hij het op een barkruk hijst. Er wordt een lang glas voor hem neergezet, de inhoud zo helder als water.

'Gezondheid.' Hij neemt een diepe teug en veegt zijn mond met zijn mouw af, zwaait met een wijsvinger in Tobela's richting. 'Ik kén jou.'

'Ik...' Zijn hartslag versnelt, hij concentreert zich nog scherper op de gelaatstrekken. Hij wil niet onverhoeds betrapt worden. Herkenning betekent problemen. Het betekent connotaties, een spoor met een begin en een einde.

'Nee, zeg maar niets, ik kom er zo wel op. Minuutje.' De oogjes dansen over hem heen, er komt een diepe frons op het kale hoofd. 'Tiny... Tiny... Was jij... Nee, dat was iemand anders.'

'Ik denk niet...'

'Nee wacht, ik hoef je alleen maar te plaatsen. Man, gezichten vergeet ik nooit... Zeg eens, wat dóe je?'

'Dit en dat,' zegt hij voorzichtig.

Dan knipt hij met zijn vingers. 'Orlando Arendse,' zegt de Boss Man. 'Jij was Orlando's schildknaap.'

Opluchting. 'Dat is lang geleden.'

'Een olifantengeheugen, beste vriend. '98, '97, in die tijd, ik werkte toen nog voor Shakes Senzeni, *God rest his soul.* Hij had een *chop shop* in Gugs, ik was zijn voorman. Toen vroeg Orlando om een *sit-down* over gebiedsafbakening, weet je nog? Grote vergadering in Stikland en jij zat naast Orlando. Shakes zei later nog hoe slim dat was, zo konden we onder elkaar geen Xhosa praten. Verdomd, vriend, *small world*, ik hoor dat Orlando met pensioen is, de Nigerianen hebben de drugshandel overgenomen.'

'Ik heb Orlando twee, drie jaar geleden voor het laatst gezien.' Hij kan zich de bijeenkomst herinneren, maar niet de man tegenover hem. En iets anders, een gewaarwording van mogelijkheden – als hij bij Orlando was gebleven, waar was hij nu dan geweest?

'Wat doe je tegenwoordig?'

Hij kan zijn dekmantel volhouden, nu met meer geloofwaardigheid. 'Ik ben freelance, organiseer klussen...' Wat zou hij gedaan hebben toen Orlando met pensioen ging? Nachtclubeigenaar? Iets op de rand van de wet? Hoe ver van een mogelijke waarheid is het verhaal dat hij nu fabriceert eigenlijk?

'Zetbaas?'

'Zetbaas.' Er was een tijd toen dit mogelijk was geweest, toen dit de waarheid had kunnen zijn. Maar die ligt in het verleden. Wat ligt er voor hem? Waar gaat hij heen?

'En je hebt iets voor Johnny Khoza?'

'Misschien.'

Er klinken uitroepen boven de muziek uit en ze kijken om. De gezette kleurling danst nu op tafel, zijn hemd uit. Een getatoeëerde draak spuugt verbleekt rood vuur op zijn borst terwijl zijn aanhangers hem aanmoedigen.

Boss Man Madikiza schudt zijn hoofd. 'Er komt gedonder,' zegt hij en hij draait zich weer om naar Tobela. 'Ik denk niet dat Johnny beschikbaar is, vriend. Ik hoor dat hij op de loop is, ze hebben hem in Ciskei gevangen voor een gewapende roofoverval en doodslag. Hij had een tankstation gedaan – Johnny heeft nog nooit groot gedacht. En toen de rechtszaak scheefliep, moest hij flink dokken om een sleutel in handen te krijgen, als je begrijpt wat ik bedoel. Ik weet niet waar hij is, maar hij is beslist niet hier in de Kaap. Anders zou hij hier allang binnen zijn komen sluipen. In elk geval, ik heb wel betere mensen voor je dan hij – zeg maar wat je nodig hebt.'

Voor het eerst beseft hij dat er een kans is dat hij ze níét te pakken zal krijgen. Dat zijn zoektocht nutteloos is, dat ze ergens in een hol zitten waar hij ze niet kan vinden. De frustratie bijt zich in hem vast, maakt hem zwaar, machteloos. 'De kwestie is...' zegt hij, maar hij weet al dat het niet gaat lukken, 'Khoza heeft informatie over een mogelijke klus. Een contactpersoon aan de binnenkant. Is er niemand die weet waar hij is?'

'Hij heeft een broer... Waar weet ik niet.'

'Niemand anders?' Waarheen? Als hij Khoza en Ramphele niet te pakken kan krijgen? Waarheen? Hij schudt het met moeite van zich af, concentreert zich op wat de Boss Man zegt.

'Zó goed ken ik hem niet. Johnny is maar een kleine jongen, een van de velen die hier binnenkomen. Ze zijn allemaal hetzelfde – komen hier binnen met hun kapsones, laten voor de meiden het geld rollen als *major gangstas*, maar wat doen ze? Tankstations. *No class*. Als Johnny beweert dat hij een contact aan de binnenkant heeft voor een grote klapper, kun je maar beter op je hoede zijn.'

'Dat zal ik doen.' De boerderij is geen optie. Hij kan niet terug, niet met zoveel frustratie vanbinnen, het zal hem krankzinnig maken. Wat gaat hij doen?

'Waar kan ik je bereiken? Als ik iets hoor?'

'Ik kom terug.'

De Boss Man knijpt zijn ogen tot spleetjes. 'Vertrouw je me niet?'

'Ik vertrouw niemand.'

Zijn lach borrelt op, champagne uit een vaatje, en een vette hand klopt hem op de schouder. 'Goed gezegd, beste vriend...'

Een klap overstemt de decibels van de muziek. De tafel bezwijkt onder het gewicht van de dansende draak en de man valt met een potsierlijke boog op de grond, tot groot vermaak van de groep. Hij blijft op de vloer liggen, zijn drankglas triomfantelijk geheven.

'Shit,' zegt de Boss Man en hij staat op van zijn stoel. 'Ik wist wel dat het uit de hand zou lopen.'

De kleurling staat langzaam op en maakt een verontschuldigend gebaar in Madikiza's richting. Hij knikt terug, zijn glimlach stroef.

'Die tafel gaat hij betalen, dat stuk ongeluk.' Hij keert zich naar Tobela. 'Weet je wie dat is?'

'Geen idee.'

'Enver Davids. Aangeklaagd wegens verkrachting van een baby – en gisteren kwam hij ermee weg. Vanwege een technische fout. Die verdomde politie was zijn dossier kwijtgeraakt, niet te geloven – een administratieve blunder van heb ik jou daar, anders kom je er niet zo gemakkelijk vanaf. Die kerel is slechter nieuws dan de *Financial Times*. Generaal van de Twenty-Sevens. In de gevangenis aids opgelopen bij een of ander grietje, meer *cell time* dan Vodacom, en dan wordt hij vrijgesproken en verkracht hij een baby, want dat zal hem van zijn aids afhelpen... En nu komt hij hier zuipen, want zijn eigen mensen zullen hem *necklacen*, dat stuk schorremorrie.'

'Enver Davids,' zegt Tobela langzaam.

'Schorremorrie,' zegt de Boss Man weer, maar Tobela hoort het nauwelijks. Want hij denkt dat hij iets begrijpt, iets ziet.

De handen waarmee hij het stuur vasthoudt, beven; ze leiden hun eigen leven. Hij heeft het koud, ondanks de warme zomernacht, en hij weet dat het door de ontwenning komt. Dit is het begin – het wordt een verschrikkelijke nacht in het appartement van Josephine Mary McAllister.

Hij strekt zijn hand uit naar de radio, vindt met moeite het knopje, drukt het in. Muziek. Hij houdt het zacht. De straten van Seepunt léven om deze tijd van de avond. Auto's en voetgangers, mensen onderweg ergens heen, doelgericht. Behalve hij.

Toen iedereen klaar was, omsingelden ze hem. Ze kwamen om hem heen staan, ze raakten hem aan, alsof ze via hun handen iets aan hem wilden doorgeven. Kracht. Of geloof? Gezichten, te veel gezichten. Sommigen vertelden verhalen, in de jaarringen om de ogen, om de mond. Hartverscheurende verhalen. Anderen waren als maskers die geheimen verborgen hielden. Maar die ogen, al die ogen waren hetzelfde – gloeiend, bezeten van wilskracht, zoals iemand die zich in een woeste maalstroom aan een dunne groene loot vastklampt. Hij zal het zien, zeiden ze. Hij zal het zien. Wat hij gezien heeft, is dat hij deel is van de Club van de Laatste Kans. Hij heeft dezelfde wanhoop gevoeld, dezelfde meesleurende stroom.

Een koortsachtige siddering trekt door hem heen. Hij hoort hun stemmen, en zet de radio harder. Een ritme vult het voertuig. Nog harder. Rock, Afrikaans, hij probeert de woorden te verstaan.

Ek wil huis toe gaan na mamma toe,
Ek wil huis toe gaan na mamma toe.

Te veel synthesizer, denkt hij, niet helemaal goed, maar nou ja.

Die rivier is vol, my trane rol.

Hij stopt voor het flatgebouw, maar hij stapt niet uit. Hij laat zijn vingers langs de hals van een denkbeeldige basgitaar lopen – dát is wat er ontbreekt, meer bas. Jemig, om weer een basgitaar vast te houden, een verlengstuk van zijn lichaam dat in zijn eigen tempo schokt en beeft. Hij lacht er bijna om, hard en uitbundig.

'n Bokkie wat vanaand by my wil lê...

Heimwee. Waar is de tijd gebleven, wat is er geworden van dat tweeëntwintigjarige opdondertje dat in het dansorkest van de politie de strot van een basgitaar zo kon dichtknijpen dat de muren stonden te trillen?

Sy kan maar lê, ek is 'n loslappie.

Emotie. Zijn ogen branden. Nee, verdomd, hij is geen janker. Hij ramt de radio uit en het portier open en stapt haastig uit, zodat hij kan wegkomen, hiervandaan.

11

De predikant vraagt zich af of ze hem de volle waarheid vertelt – probeert te ontdekken wat er achter haar woorden en haar lichaamstaal verborgen gaat. Hij ziet de woede, oud en nieuw, hoe ze zich, onwillekeurig, voortdurend bewust blijft van haar fysieke aanwezigheid. De geroutineerde manier waarop ze haar mond, haar borsten en haar haren aanbiedt. Haar ogen hebben een merkwaardige vorm, bijna oosters. En klein. Haar gelaatstrekken zijn niet verfijnd, maar hebben een aantrekkelijke symmetrie, de hals is niet slank, maar sterk. Af en toe slaat ze haar ogen neer alsof ze bang is dat haar blik iets zal prijsgeven: een hunkering naar acceptatie? Verdorvenheid misschien? Of verwendheid, een kind dat steeds haar zin wil hebben, dat op zoek is naar aandacht en respect, een ego dat op wisselstroom loopt – nu eens onverschrokken, dan weer oneindig breekbaar.

Fascinerend.

Hij belt zijn vrouw even na tienen, als hij weet dat ze net in bad is geweest, dat ze op hun bed zit, haar ochtendjas tot boven haar knieën optrekt, haar benen met crème insmeert en dan voor de spiegel met minieme bewegingen van haar vingertoppen hetzelfde met haar gezicht doet. Hij wil nu dáár zijn om het te kunnen zien, want zijn herinneringen zijn oud.

'Ik ben nuchter,' is het eerste wat hij zegt.

'Dat is mooi,' zegt ze, maar zonder geestdrift, zodat hij niet weet hoe hij verder moet gaan.

'Anna...'

Ze antwoordt niet.

'Het spijt me,' zegt hij vol emotie.

'Mij ook, Bennie.' Toonloos.

'Wil je weten waar ik ben?'

'Nee.'

Hij knikt, alsof hij dit heeft zien aankomen.

'Welterusten dan maar.'

'Welterusten, Bennie.' Als ze de hoorn neergelegd heeft, blijft hij zo zitten, met de mobiele telefoon aan zijn oor. Hij weet dat ze denkt dat hij het niet zal redden.

Misschien heeft ze wel gelijk.

Ze ziet dat ze hem boeit en ze zegt: 'Toen ik zeventien was ben ik met een leraar naar bed geweest. En met een vriend van mijn vader.' Maar hij reageert niet.

'Wat denkt u?' vraagt ze, want plotseling wil ze het weten.

Hij aarzelt zo lang dat ze er bang van wordt. Hoort hij haar, luistert hij? Of walgt hij van haar?

'Ik denk dat je me opzettelijk probeert te choqueren,' zegt hij, maar hij glimlacht naar haar en de klank van zijn stem is zo zacht als water.

Ze voelt zich even verlegen. Ze brengt haar hand onwillekeurig naar haar haar, draait de punten om haar vingers.

'Wat me interesseert, is waarom je dat wil. Misschien ben je nog steeds bang dat ik je zal veroordelen?'

Dat is maar een deel van de waarheid, maar ze knikt voorzichtig.

'Dat kan ik je niet kwalijk nemen, want ik vermoed dat de ervaring je geleerd heeft dat mensen dat doen.'

'Ja,' zegt ze.

'Ik kan je zeggen dat counseling vanuit een christelijk perspectief onderscheidt maakt tussen een mens en zijn optreden. Wat we doen, is soms voor de Heer onaanvaardbaar, maar wíj zijn voor Hem nooit onaanvaardbaar. En Hij verwacht hetzelfde van mij, als ik Zijn werk wil doen.'

'Mijn vader dacht ook dat hij Zijn werk deed.' De woorden ontsnappen haar, een reflex, een oude boosheid.

Hij kijkt gekwetst, alsof ze hem met díe vergelijking onrecht aandoet.

'De Bijbel is al voor heel wat agenda's gebruikt. Angst ook.'

'Waarom laat de Heer dat dan toe?' Ze weet dat de vraag al die tijd op haar heeft liggen wachten en dat ze hem niet heeft gezien.

'Je moet niet vergeten...'

Het is alsof ze wegglijdt, alsof ze haar houvast verliest. 'Nee, vertel me dat eens. Waarom heeft Hij de Bijbel zo geschreven dat iedereen ermee kan doen wat hij wil?' Ze hoort haar stem overslaan van emotie. 'Als Hij ons echt zo liefheeft? Wat heb ik Hem misdaan? Waarom kon Hij mij ook geen gemakkelijke weg geven? Zoals u en uw vrouw? Waarom heeft hij mij Viljoen gegeven en hem toegelaten om zichzelf in een golfwinkel een kogel door het hoofd te jagen? Wat was mijn zonde? Hij heeft mij mijn vader gegeven – wat voor kans had ik daarna? Als Hij had gewild dat ik sterker was, waarom heeft Hij me dan niet sterker gemaakt? Of slimmer? Ik was een kind. Wat wist ik? Hoe moest ik weten dat volwassenen er zo'n klerezooi van maakten?' Het woord blijft tussen hen in hangen, scherp en bitsig. Ze hoort het zoals híj het hoort en dat maakt haar stil. Geërgerd veegt ze met de rug van haar hand het vocht van haar wangen.

Als hij reageert, verrast hij haar opnieuw. 'Je zit in de problemen,' zegt hij bijna onhoorbaar.

Ze knikt. En snuift.

Hij trekt een la open, haalt er een doos tissues uit en schuift die over het bureaublad naar haar toe. Er zit iets in dat gebaar dat haar teleurstelt. Een geschiedenis – ze is niet de eerste.

'Grote problemen,' zegt hij.

Ze negeert de zakdoekjes. 'Ja.'

Hij legt een grote, sproetige hand op de kartonnen doos. 'En dat heeft hiermee te maken?'

'Ja,' zegt ze. 'Daar heeft het mee te maken.'

'En je bent bang,' zegt hij.

Ze knikt.

Hij legt een hand op de mond van de man, drukt het mes van de assegaai tegen zijn keel en wacht tot hij wakker wordt. Dat gebeurt met een schok van het lichaam en de ogen die groot en wild opengesperd worden. Hij houdt zijn hoofd bij het kleine oortje en fluistert: 'Als je stil bent, zal ik je een kans geven.' Hij voelt de kracht van Davids' lichaam dat zich verzet tegen de druk. Hij schraapt met de punt van het lemmet langs zijn keel, net genoeg, zodat hij de scherpte van het mes kan voelen. 'Lig stil.'

Davids kalmeert, zijn mond beweegt onder zijn hand.

'Stil,' fluistert hij weer, de stank van verschaalde alcohol in zijn neus. Hij vraagt zich af hoe nuchter Davids is, maar hij kan niet langer wachten – het is bijna vier uur.

'We gaan naar buiten, jij en ik. Begrijp je dat?'

Het kaalgeschoren hoofd knikt.

'Als je een geluid maakt voor we buiten zijn, snijd ik je de keel af.'

Knikt.

'Kom.' Hij laat hem opstaan, gaat achter hem staan, assegaai onder Davids' kin, arm om zijn strot. Ze schuifelen door het donkere huis, naar de voordeur. Hij voelt de spanning in de spieren van de man en hij weet dat ook bij hem de adrenaline door zijn lichaam bruist. Ze zijn buiten, op de stoep, en dan doet hij onverhoeds een stap achteruit. Hij wacht tot Davids zich naar hem omdraait, ziet de woedende rode ogen van de draak, en dan haalt hij het mes uit zijn zak, een lang vleesmes dat hij in een keukenla heeft gevonden.

Hij geeft het aan de kleurling.

'Hier,' zegt hij, 'dit is je kans.'

Wanneer Griessel om kwart voor zeven de teamkamer van het gebouw van de Eenheid voor Ernstige en Geweldsmisdrijven in Bishop Lavis binnenstapt, voelt hij geen gedruis.

Hij gaat zitten, buigt zich over het dossier op zijn schoot en bladert er doelloos doorheen, haastig, op zoek naar een beginpunt waarop hij zijn mondelinge verslag kan baseren. Zijn hoofd is te licht – zijn gedachten dartelen rond als glinsterende vissen, zwemmen richtingloos door een groene zee, nu eens deze, dan weer die kant op, ontwijkend, net buiten zijn greep. Zijn handen zweten, verdomme. Hij kan niet zeggen dat hij niets te rapporteren heeft. Ze zullen hem uitlachen, Joubert gaat hem uitfoeteren. Hij moet zeggen dat hij op het verslag van Forensische Opsporing wacht. Jemig, als hij zijn handen maar stil kon krijgen. Hij voelt zich misselijk, heeft de neiging om te gaan braken, om al die rotzooi eruit te gooien.

Hoofdinspecteur Mat Joubert klapt twee keer in zijn handen en het scherpe geluid echoot in hem na. De stemmen van de rechercheurs verstommen.

'Jullie hebben het zeker al gehoord,' zegt Joubert en er stijgt een reactie op uit zijn gehoor. 'Vertel het ze maar, Bushy.' Zijn stem klinkt vergenoegd. Griessel kan aan de stemming merken dat er iets aan de hand is.

Bezuidenhout staat op aan de overkant van het vertrek en Griessel probeert zijn blik op hem te concentreren. Er flikkert iets voor zijn ogen, knip-knip-knip-knip. Hij hoort Bushy's raspende stem: 'Enver Davids is afgelopen nacht in Kraaifontein doodgestoken.'

Vreugde en opwinding spoelen door de teamkamer. Griessel begrijpt er niets van. Wie is die Davids?

Bezuidenhout zegt: '... met een mes,' en ze lachen en het davert door Griessel heen, zijn misselijkheid neemt toe. God, hij is ziek, zo ziek als een hond.

'Zijn maten zeggen dat ze gisteren naar een *sjebeen* in Khayelitsha zijn geweest en dat ze rond één uur bij het huis in Kraaifontein aankwamen waar ze zijn gaan slapen. Vanochtend, net na vijven, kwam er iemand op de deur kloppen die zei dat er een dode man op straat lag.'

Griessel weet dat hij het geluid zal horen.

'Niemand heeft iets gehoord of gezien,' zegt inspecteur Bushy Bezuidenhout. 'Het lijkt alsof er een messengevecht heeft plaatsgevonden. Davids had snijwonden aan zijn handen en één in zijn nek, maar de fatale wond, zo lijkt het in dit stadium, is een steekwond door het hart.'

Griessel ziet Davids achterovervallen, de mond opengesperd, de roestbruine vullingen in zijn tanden, de gil, eerst dik als melasse, een tong die langzaam naar buiten schiet, en de gil die ijler wordt, dunner dan bloed. En hij komt naar hém toe.

'Ze hadden zijn ballen eraf moeten hakken,' zegt Vaughn Cupido.

De politiemannen lachen en dit laat het geluid versnellen, de lange, rode sliert, schroeiend door de ether. Griessel rukt zijn hoofd weg, maar de klank vindt hem, een doelgerichte demon die langs zijn gehoorkanaal vlamt tot hij in zijn hoofd ontploft.

Dan geeft hij over, droog en stuiptrekkend, en hij hoort het gelach en hij hoort iemand die zijn naam zegt. Joubert? 'Bennie, gaat het? Bennie?' Maar het gaat níét, verdomme, het geluid zit in zijn hoofd, om er nooit meer uit te gaan.

Hij rijdt eerst naar het hotelkamertje in Parow, met Davids' bloed op zijn armen en zijn kleren. In zijn hoofd de woorden van Boss Man Madikiza: *hij heeft in de gevangenis aids opgelopen bij een of ander grietje.*

Hij wast zijn lichaam met grote concentratie, schrobt het af met zeep en water, wast daarna zijn kleren in het bad, trekt schone aan en loopt naar buiten, naar zijn bakkie.

Als hij weer buiten komt, is het na vijven – in het oosten begint de lucht te verkleuren. Hij neemt de N1, dan de N7 en de afslag naar Table View, voorbij de rokende, brandende raffinaderij waar nog duizenden lichten branden. Er is al een hele bedrijvigheid van minibustaxi's. Hij rijdt naar Blouberg, en denkt aan niets. Aan zee stapt hij uit. De ochtend is wolkenloos. Een onrustige wind zoekt nog zijn richting, zacht op zijn huid. Hij kijkt op naar de berg waar de eerste zonnestralen diepe schaduwen tegen de helling werpen, als de huidplooien van een oude man. Dan haalt hij adem, langzaam in en uit.

Pas als het kloppen van zijn hart volkomen bedaard is, haalt hij het berichtje uit de *Argus* uit het dashboardkastje waar hij het gistermiddag, netjes uitgescheurd, heeft opgeborgen.

'Is er iemand die jou kwaad wil doen?' vraagt de dominee.

Ze snuit luid haar neus en kijkt hem verontschuldigend aan, rolt het zakdoekje op in haar hand. Ze pakt er nog één, snuit opnieuw.

'Ja.'

'Wie?' Hij steekt zijn arm onder het bureau en haalt een wit plastic prullenmandje tevoorschijn. Ze gooit de zakdoekjes erin, neemt er nog één, veegt over haar ogen en haar wangen.

'Er is er meer dan één,' zegt ze en de emotie dreigt opnieuw op te wellen. Ze wacht een ogenblik om tot bedaren te komen. 'Meer dan één.'

12

'Weet je zeker dat hij schuldig is?' had hij Boss Man Madikiza gevraagd. Opeens schoten er allerlei mogelijkheden door zijn hoofd. Zijn bloed begon sneller te stromen.

De dikke man had minachtend zijn neus opgehaald. Davids was bij hem op kantoor geweest, vertelde hij, voordat hij het op een drinken had gezet. Brallend, zelfingenomen. De juten hadden hem in de smiezen gehad, kat in 't bakkie, DNA-sporen, met hun reageerbuisjes en hun microscopen hadden ze genoeg bewijs om hem levenslang weg te bergen, en toen flikkerden ze dat flesje weg, die sukkels, en daar stond die aanklager toen als een schooljongetje voor de rechter, zo van edelachtbare, we hebben het een beetje verknald, geen DNA meer, geen verkrachtingszaak meer, en, mán, wat had die rechter ze uitgekafferd, niet te geloven.

'Wat voor mens,' had Boss Man vol walging gevraagd, 'wat voor mens krijgt het over zijn hart om een baby te verkrachten?'

Hij had niets gezegd.

'En dan schaffen ze ook nog eens de doodstraf af,' had Boss Man gezegd, terwijl hij overeind kwam.

Hij had gegroet, was naar buiten gelopen en in zijn bakkie gaan zitten. Hij had zijn hand achter de zitplaats laten glijden en de gladde steel van de assegaai gevoeld. Met het zachte kussentje van zijn duim had hij over het hout gestreeld, heen en weer, heen en weer.

Iemand moet zeggen 'tot hiertoe en niet verder'.

Heen en weer.

Toen wachtte hij tot ze naar buiten kwamen.

Als de predikant bij haar wegloopt en op de rand van het bureau gaat zitten, weet ze dat er tussen hen iets veranderd is, dat er een afstand overbrugd is. Misschien is het alleen in haar binnenste dat de angst is weggeëbd, de vrees bezworen. Maar ook in zijn lichaamstaal ziet ze een verandering, een ontspanning die er eerder niet was.

Hij moet geduld hebben, zegt ze, want ze moet hem het hele verhaal vertellen, alles. Zodat hij het kan begrijpen. Zodat zíj het misschien ook kan begrijpen, want het kost haar nog moeite. Ze heeft zo lang gedacht dat ze deed wat ze moest, de enige oplossing. Maar nu... Ze weet het niet meer.

Neem de tijd, zegt hij en zijn glimlach is anders. Vaderlijk.

Het laatste wat Griessel zich kan herinneren, voor ze hem bij de Eerste Hulp van het Tygerberg-ziekenhuis een of ander goedje inspuiten dat zijn hoofd zacht en rozig maakt, is dat Mat Joubert zijn hand vasthoudt. En dat de overste tijdens de hele rit met de ambulance blijft herhalen: 'Je hebt alleen maar een delirium, Bennie, maak je geen zorgen. Alleen maar een delirium.' Met een stem die eerder bezorgd klinkt dan geruststellend.

Ze ging naar de universiteit om fysiotherapeut te worden. Het hele gezin bracht haar weg op een broeierige Vrijstaatse januaridag. Haar vader liet hen allemaal in haar kamertje in het *koshuis* neerknielen om voor haar te bidden, een lang, dramatisch gebed dat het zweet op zijn fronsende voorhoofd liet parelen en dat al het onheil van Bloemfontein uitgebreid beschreef.

Ze was buiten op de stoep blijven staan toen de witte Toyota Cressida eindelijk in beweging kwam. Een intens gevoel van bevrijding overspoelde haar, een zwevende euforie. 'Alsof ik zou kunnen vliegen', zo formuleert ze het. Tot ze haar moeder zag omkijken. Misschien kwam het doordat ze hun gezin voor het eerst werkelijk van buitenaf kon zien, maar haar moeders uitdrukking had haar van haar stuk gebracht. In die kortstondige blik – het duurde hooguit een seconde of twee voor ze haar masker weer had opgezet – was er iets in haar moeders ogen – verlangen, afgunst, begeerte, alsof zij ook het liefst daar achterbleef, alsof zij ook wilde ontsnappen. Voor Christine was dit het eerste inzicht, het eerste weten dat zij niet het enige slachtoffer was.

Ze was van plan geweest om haar moeder na de ontgroening te schrijven, een brief vol solidariteit en liefde en waardering. Ze had iets willen zeggen wanneer haar moeder in die eerste weken naar het studentenhuis belde om te horen hoe het ging. Maar ze kon nooit de juiste woorden vinden. Misschien was het schuldgevoel dat haar tegenhield: zíj was ontsnapt, haar moeder niet. Misschien kwam het door die nieuwe wereld die nooit tijd of ruimte overliet om over de donkerdere dingen na te denken. Ze was helemaal opgegaan in het studentenleven. Ze genoot enorm van die totale ervaring. Serenades, Jool, huisvergaderingen, samen een bakkie doen, de mooie oude gebouwen, dansfeesten, sportwedstrijden tegen andere universiteiten, mannen, de uitgestrekte campus met zijn grasperken, riviertjes en lommerrijke lanen. Het was een zoete beker en ze had er met gulzige teugen uit gedronken, alsof ze er geen genoeg van kon krijgen.

'Je zult het niet geloven, maar tien maanden lang heb ik geen seks gehad. Niet dat ik honderd procent celibaat was. Een beetje vozen, ja. Er waren vier, vijf, zes jongens met wie ik wat gehad heb. Eén keer heb ik de nacht doorgebracht bij een knul die medicijnen studeerde, in zijn flatje aan de Parkweg, maar hij moest boven de gordel blijven. Af en toe was ik dronken. Het is bijna onmogelijk om op de universiteit helemaal niet te drinken, maar ik probeerde het alleen te doen op een meidenavond, voor de veiligheid. Tijdens de Intervarsity, dat eerste jaar, was ik stomdronken – we hielden met alle gangbewoners een barbecue bij Loch Logan – en mijn kamergenootje moest me met haar Kever naar huis brengen en in bed stoppen.'

De reden voor haar celibaat had niets te maken met haar vaders brieven – lange, onsamenhangende preken en Bijbelpassages die ze later met een triomfantelijk gevoel ongeopend in de prullenbak liet verdwijnen. Het was een contract, een overeenkomst met haar nieuwe bestaan: 'Ik zal niets doen om het te verkl..., te verpesten.' Ze wilde het noodlot niet tarten, de goden niet uitdagen. Het was, dat besefte ze ergens, geen rationele beslissing, want met haar studie ging het bijvoorbeeld helemaal niet zo goed, ze wist er elke keer maar net een magere voldoende uit te slepen, maar zij hield zich aan haar deel van het contract en de goden bleven haar toelachen.

Toen ontmoette ze Viljoen.

In een scherpe aanval op de manier waarop het OM deze zaak heeft afgehandeld haalde rechter Rosenstein enkele recente krantenberichten aan over de dramatische stijging van het aantal misdrijven waarbij kinderen het slachtoffer zijn.

'In ons land werden vorig jaar 5.800 verkrachtingszaken onderzocht waarbij kinderen van beneden de twaalf jaar betrokken waren en zo'n tienduizend zaken rond kinderen tussen elf en zeventien jaar oud. Alleen al op het Schiereiland zijn er vorig jaar duizend gevallen van kindermisbruik gerapporteerd, en dat aantal neemt toe.

Wat deze statistieken des te schokkender maakt, is het feit dat er slechts bij naar schatting 15 procent van alle misdrijven waarbij kinderen betrokken zijn, aangifte wordt gedaan. En dan zijn er ook nog de gevallen waarbij kinderen slachtoffer worden van moord. Niet alleen belanden ze soms in de vuurlinie bij botsingen tussen rivaliserende bendes, of vallen ze ten prooi aan pedofielen. Nu worden ze ook vermoord vanuit de onzinnige overtuiging dat ze aids kunnen genezen', zei hij.

'Deze feiten en cijfers tonen duidelijk aan dat de maatschappij onze kinderen in de steek laat. En nu blijkt het staatsapparaat ook nog eens tekort te schieten als het erom gaat de daders van deze weerzinwekkende misdrijven ter verantwoording te roepen. Als kinderen er niet eens op kunnen rekenen dat het rechtssysteem hen beschermt, wie kunnen ze dan wel vertrouwen?'

Tobela vouwt het berichtje weer op en stopt het in de borstzak van zijn overhemd. Hij daalt af naar het strand, het zand mul en diep onder zijn schoenen. Net buiten het bereik van de golven die hier schuimend hun brede witte bogen over het zand spoelen blijft hij staan, zijn handen in zijn broekzakken. Hij ziet Pakamile en zijn twee vriendjes die elkaar op het strand achternazitten. Hij hoort hun uitroepen, ziet hun naakte bovenlijven, de zandkorrels die zich op hun huid vastgezet hebben als sterren tegen een diepbruin firmament, hun handen als vleugels uitgespreid, een escader in formatie vlak boven het wateroppervlak. Hij had ze met Pasen meegenomen naar Haga-Haga aan de kust van Transkei. Ze hadden in tenten geslapen en eten gemaakt boven een kampvuur, de jongens hadden gezwommen en met vislijntjes die ze in hun hand vasthielden vis gevangen in de poelen tussen de rotsen, en oorlogje gespeeld in de duinen. Tot laat in de avond had hij in de andere tent hun stemmen gehoord, het gedempte lachen en praten.

Hij knippert met zijn ogen. Het strand is leeg, zijn gemoed vol. Het komt door het gebrek aan slaap, de nawerking van de overmaat aan adrenaline.

Hij begint langs het strand te lopen, naar het noorden. Hij zoekt wat hij in de Yellow Rose gevoeld heeft, de absolute overtuiging dat hij dit moet doen, alsof het heelal hem met duizend vingerwijzingen de weg aanduidt die hij moet gaan. Net als twintig jaar geleden, toen hij de rechtmatigheid van de Struggle kon voelen – alsof zijn afkomst, zijn instincten en zijn aard hem hadden geslepen voor dat ene moment, dat heldere besef van zijn roeping.

Iemand moet zeggen 'tot hiertoe en niet verder'. *Als kinderen er niet eens op kunnen rekenen dat het rechtssysteem hen beschermt, wie kunnen ze dan wel vertrouwen?* Hij is een krijger en er woedt nog steeds een oorlog in dit land.

Waarom heeft dit alles nu een hollere klank?

Hij moet gaan slapen, dan zal hij een beter perspectief krijgen. Maar hij wil niet, hij heeft geen zin in de vier muren van de hotelkamer – hij heeft openheid nodig, ruimte, zon en wind en verre einders. Hij wil rijden, bewegen, iets doen. Zijn gedachten mogen niet stilstaan.

Altijd heeft hij willen doen, hij kon nooit alleen maar toekijken. Zo is hij en zo zal hij blijven – een soldaat die, oog in oog met de kinderverkrachter, alle oorlogssappen in zijn lichaam had gevoeld. Zo was het goed. Wat hij nu voelde, deed er niet toe. En het deed er niet toe dat diezelfde overtuigingen vanochtend niet zo rotsvast waren.

Ze zullen de kinderen van dit land met rust laten, die honden, daarvoor zal hij zorgen. Ergens zijn Khoza en Ramphele, ondergedoken, voortvluchtig, op dit moment onzichtbaar. Maar ooit zullen ze weer opduiken, met iemand contact zoeken of iets doen en dan zal hij hun spoor volgen en ze opjagen, ze in een hoek drijven en de assegaai laten spreken. Ooit. Als je een prooi wilt omleggen, moet je geduldig zijn.

En intussen is er ander werk te doen.

'Ik had geen benul van geld. Het was gewoon nooit genoeg. Mijn vader maakte elke maand honderd rand over. Honderd rand. Hoe ik ook mijn best deed, na twee weken was alles op. Hooguit drie, als ik geen tijdschriften kocht, of probeerde om minder te roken, of deed alsof ik het druk had als ze uit eten wilden gaan, of naar de film, of zomaar wat chillen... Maar er was gewoon nooit genoeg en ik wilde niet om meer vragen, want dan wilde hij weten wat ik ermee deed en dan moest ik weer naar zijn gezanik luisteren. Toen hoorde ik dat ze studenten zochten bij een cateringbedrijf in Westdene dat bruiloften en recepties verzorgde. Ze betaalden negentig rand voor een zaterdagavond serveren en ze gaven een voorschot voor kleding, je moest een zwarte panty hebben, een zwarte kokerrok en een witte blouse. Toen ging ik langs en ze gaven me de baan, twee schattige, al wat oudere nichten die om de week een knallende ruzie met elkaar hadden en het dan weer goedmaakten, net op tijd om weer gasten te ontvangen.

Het werk was oké, als je er eenmaal aan gewend was om zo lang te moeten staan, en ik zag er fantastisch uit in mijn kokerrok, al zeg ik het zelf. Maar ik hield het meest van het geld. Van de vrijheid. Van de... de... ik weet het niet, om door de Mimosa Mall te lopen en een Diesel-spijkerbroek te zien en te denken: die wil ik hebben, en 'm dan te kopen. Dat gevoel om te weten dat je portemonnee niet leeg is – dat was cool.

Eerst werkte ik alleen zaterdags en toen ook op vrijdag en soms op woensdag. Alleen voor het geld. Alleen voor... voor de macht, zou je zeker kunnen zeggen.

En toen, in oktober, deden we het feest in de golfclub van Schoemanspark en toen ik na het hoofdgerecht naar buiten ging om te roken, stond Viljoen op de achttiende green met een fles in zijn hand en zo'n wereldwijze glimlach op zijn gezicht. En hij vroeg of ik een slok wilde.'

Ze hebben hem iets gegeven, want als hij wakker wordt, traag en moeizaam, is het vroeg in de ochtend. Verdwaasd kijkt hij het ziekenhuiskamertje rond. Pas later wordt hij zich bewust van de naald en de dunne plastic buis aan zijn arm. Hij beeft niet.

Een verpleegster komt hem wat vragen stellen. Wanneer hij antwoord geeft, is zijn stem hees. Misschien praat hij te hard, want zij klinkt ver weg. Ze raakt zijn pols aan en houdt met haar andere hand een horloge vast dat tegen haar borst is vastgespeld. Eigenaardig om het daar te dragen, denkt hij. Ze steekt een thermometer in zijn droge mond en haar stem is zacht. Een zwarte vrouw, mollig, met littekens op haar wangen, de fossiele geschiedenis van acne. Haar ogen rusten zacht op hem, ze schrijft iets op een witte kaart en dan is ze weg.

Twee kleurlingvrouwen brengen hem ontbijt, planten een tafeltje op de deken en zetten een dampend dienblad voor hem neer. Opgewekte, kwetterende vogels zijn het. 'Je moet eten, Sarge. Je hebt iets versterkends nodig.' Dan zijn ze weg en als de dokter komt, staat het bord er nog steeds, afgekoeld en onaangeroerd. Griessel heeft zich als een foetus opgerold, met zijn handen tussen zijn knieën, zijn kop duf. Onwillig om waar dan ook over na te denken, want het enige dat in zijn hoofd opkomt, zijn problemen.

De geneesheer is een bejaard mannetje, kort en krom, kalend en bebrild. Wat hij nog aan haar overheeft, valt lang en grijs langs zijn rug naar beneden. Hij leest eerst Griessels kaart en dan komt hij naast het bed zitten.

'Ik heb je vol tiamine en valium gepompt. Dat helpt bij het ontwennen. Maar je zult ook moeten eten', zegt hij zacht.

Griessel ligt onbeweeglijk.

'Je bent een dappere kerel om de drank eraan te geven.' Mat Joubert heeft zeker met hem gepraat.

'Hebben ze je verteld dat mijn vrouw bij me weg is?'

'Nee. Is dat vanwege de drank?'

Griessel komt een beetje overeind. 'Ik heb haar geslagen toen ik lazarus was.'

'Hoelang ben je al verslaafd?'

'Veertien jaar, verdomme.'

'Dan is het goed dat je ermee ophoudt. De lever heeft zijn beperkingen.'

'Ik weet niet of ik dat kan.'

'Dat dacht ik ook en ik sta al vierentwintig jaar droog.'

Griessel schiet rechtop. 'Dronk jij dan ook?'

De ogen van de dokter knipperen achter dikke brillenglazen. 'Daarom hebben ze mij vanochtend laten komen. Je zou kunnen zeggen dat ik een specialist ben. Elf jaar lang gezopen als een vis. Mijn praktijk, mijn gezin, mijn huis, mijn Mercedes Benz – alles onder mijn gat vandaan gedronken. Drie keer gezworen dat ik op zou houden, maar ik kon er niet van afblijven. Tot ik niets anders meer overhad dan ernstige pancreatitis.'

'Heeft ze je teruggenomen?'

'Ja', zegt de dokter met een glimlach. 'En daarna kregen we nog twee kinderen, om het te vieren. Jammer genoeg lijken ze op hun vader.'

'Hoe heb je het voor elkaar gekregen?'

'Seks heeft een belangrijke rol gespeeld.'

'Nee, ik bedoel...'

De dokter raakt Griessels hand aan en hij lacht met zijn ogen dicht. 'Ik weet wat je bedoelt.'

'O.' En dan glimlacht Griessel voor het eerst.

'Eén dag tegelijk. En de AA. En het feit dat ik volkomen aan de grond was geraakt. Je had toen nog geen medicijnen die konden helpen, alleen disulfiram, dat spul dat je laat kotsen als je drinkt. Maar ik wist uit de literatuur dat het rotzooi was – als je écht wilt drinken, dan slik je die pil gewoon niet meer.'

'Zijn er nu medicijnen die je kunnen laten stoppen met drinken?'

'Geen enkel medicijn kan je laten stoppen met drinken. Dat kun je alleen zelf.'

Griessel knikt teleurgesteld.

'Maar het kan de ontwenning makkelijker maken.'

'Je delirium tremens laten ophouden.'

'Je hebt nog nooit een delirium meegemaakt, beste vriend. Dat komt pas drie tot vijf dagen nadat de ontwenning is begonnen. Die dingen van gisteren waren de gewone stuiptrekkingen en, vermoed ik, hallucinaties van een straffe drinker die ophoudt. Heb je iets raars geroken?'

'Ja.'

'Rare dingen gehoord?'

'Ja'. Geestdriftig.

'Acute ontwenning, maar nog geen delirium en daar mag je blij om zijn. Bij een delirium ga je door de hel en we hebben nog geen manier gevonden om het te stoppen. Als het er echt heftig aan toe gaat, heb je kans op *grand mal* epilepsie, een hartinfarct of een beroerte. En elk van deze drie kan je je leven kosten.'

'Shit.'

'Wil je echt stoppen, Griessel?'

'Ja.'

'Dan is vandaag je geluksdag.'

13

Ze is een kleurlingvrouw met drie kinderen en met een man in de gevangenis. Ze is receptioniste bij de Quay Delta Garage in Paardeneiland en het is nooit haar bedoeling geweest om iedereen op een dwaalspoor te brengen.

De *Argus* komt iedere middag tegen halféén bij haar binnen, vier kranten die naar de wachtkamer gaan zodat de klanten ze kunnen lezen terwijl er aan hun auto's wordt gewerkt. Ze heeft de gewoonte om snel even het nieuwskatern op te slaan en de koppen te bekijken. Maar vandaag doet ze het uiterst doelgericht, want ze verwacht iets.

Ze vindt het bericht op de voorpagina, net onder de vouw in de krant. Maar ze ziet al aan de kop dat er iets niet pluis is.

POLITIE IN VERBAND GEBRACHT MET AANSLAG OP VERMEENDE KINDERVERKRACHTER

Ze leest snel het bericht door en klikt met haar tong.

De Zuid-Afrikaanse Politiedienst zou verantwoordelijk kunnen zijn voor de moord op de vermeende kinderverkrachter Enver Davids, afgelopen nacht. De moord had het karakter van een volksgericht.

Een woordvoerder van het Kaapse Forum voor Mensenrechten, de heer David Rosenthal, zei dat zijn organisatie in dit verband 'gevoelige informatie' zou hebben ontvangen 'van een zeer betrouwbare bron binnen de Politiedienst'. De bron suggereerde dat de Eenheid voor Ernstige en Geweldsmisdrijven (EGM) bij de moord betrokken zou zijn.

De seropositieve Davids, die drie dagen geleden is vrijgespro-

ken van een aanklacht wegens kinderverkrachting en moord nadat de EGM DNA*-materiaal dat cruciaal was voor de zaak was kwijtgeraakt, werd vroeg in de ochtend dood aangetroffen in een straat in Kraaifontein.*

Hoofdinspecteur Mat Joubert, bevelvoerder van de EGM*, ontkent de beschuldiging met kracht. Volgens hem is de bewering dat twee van zijn rechercheurs Davids zouden hebben achtervolgd en doodgestoken 'kwaadwillig, misleidend en gespeend van enige waarheid'. Hij geeft toe dat de Eenheid boos en gefrustreerd was nadat een rechter hun werkwijze scherp had bekritiseerd en de zaak vervolgens niet-ontvankelijk verklaarde.*

De vrouw schudt haar hoofd.

Ze moet iets doen. Want vanochtend, toen ze in de donkere keuken het flesje Vicks voor de hoest van haar kind ging zoeken, had ze de bewegingen door het raam kunnen zien. Ze was getuige van de verschrikkelijke dans op de stoep, en ze had Davids' gezicht bij het licht van een straatlantaarn herkend. En één ding weet ze zeker. De man met de korte assegaai was geen politieman. Want ze kent de politie, ze kan ze van een kilometer afstand herkennen, ze heeft er al genoeg aan de deur gehad. Vanochtend weer, toen ze kwamen vragen of ze iets gezien had en ze het hoofdschuddend had ontkend.

Ze zoekt op de voorpagina het telefoonnummer van de *Argus* en belt. Ze vraagt naar de verslaggever wiens naam onder het artikel staat.

'Het was niet de politie die Enver Davids heeft vermoord,' zegt ze, zonder zichzelf bekend te maken.

'Met wie spreek ik?'

'Dat doet er niet toe.'

'En hoe weet u dit, mevrouw?'

Die vraag heeft ze verwacht. Maar ze zegt niets, want dan kunnen ze haar vinden, ze kunnen haar opsporen als ze te veel informatie geeft.

'Je zou kunnen zeggen dat ik informatie heb uit de eerste hand.'

‘Bedoelt u dat u bij de moord betrokken was, mevrouw?’

‘Het enige wat ik zeg is dat het niet de politie was. Absoluut niet.’

‘Bent u lid van PAGAD?’

‘Nee, dat ben ik niet. Het was geen groep. Het was maar één persoon.’

‘Bent u die persoon?’

‘Ik ga nu ophangen.’

‘Wacht, alstublieft. Hoe kan ik u geloven, mevrouw? Hoe weet ik dat u niet een of andere gek bent?’

Ze denkt een ogenblik na. Dan zegt ze: ‘Hij is met een speer vermoord. Een assegaai. Vraag dat maar na.’

En dan legt ze de hoorn neer.

Zo is de Artemis-affaire begonnen.

Joubert en zijn Engelse vrouw komen hem ’s avonds opzoeken. Het enige wat hij ziet, is hoe ze elkaar aanraken, de grote hoofdinspecteur en de roodharige vrouw met de zachte ogen. Vier jaar getrouwd en nog steeds zitten ze aan elkaar alsof ze nog in hun wittebroodsweken zijn.

Joubert vertelt hem van de aantijgingen, dat de Eenheid beschuldigd wordt van Davids’ dood. Margaret Joubert geeft hem tijdschriften. Ze praten over alles behalve zijn probleempje en dan groeten ze en Joubert legt een grote hand op zijn schouder en zegt: ‘Volhouden, Bennie.’ Als ze weg zijn, vraagt hij zich af wanneer hij en Anna elkaar voor het laatst aangeraakt hebben. Op déze manier.

Hij kan het zich niet herinneren.

Verdomd, wanneer hebben ze voor het laatst gevreeën? Wanneer had hij er voor het laatst zín in? Soms, in zijn halfdronken toestand overdag kon iets hem prikkelen om de mogelijkheid te overwegen, maar tegen de tijd dat hij thuiskwam, had de drank het lood in zijn potlood al lang weer doen smelten.

En Anna? Zou zij behoefte hebben? Ze drinkt niet. Ze was gewillig, in de tijd voor hij zwaar begon te zuipen. Altijd gereed als hij gereed was, soms twee keer per week, haar slanke vingers om zijn erectie en dan hun ritueel, hun spel, dat spontaan begon en nooit ophield. 'Hoe kom je daaraan, Bennie?'

'Uitverkoop bij Checkers, toen heb ik er vier gekocht.'

Of: 'Het is een bewijsstuk, dus laat geen vingerafdrukken achter – hij moet morgen terug.'

Of: 'Bij een Jood geruild voor drie ons *Boerewors*. Niet schrikken, hij heeft geen haar.' Elke keer zou hij iets anders verzinnen en zelfs als hij eens wat minder spitsvondig of wat banaler was, had ze gelachen. Elke keer. Hun seks was altijd plezierig, vrolijk, tot haar orgasme haar serieus overweldigde en achteraf hielden ze elkaar stil vast en dan zei ze: 'Ik hou van je, Bennie.'

Weggedronken, systematisch, zoals alles.

Het verlangen vult hem met emotie. Waar is de tijd gebleven, God, kan hij dit ooit weer terugkrijgen? Als hij de drank laat staan, zal het dan ooit weer hetzelfde worden? En dan vraagt hij zich af: wat doet ze als ze door begeerte overvallen wordt? Wat heeft ze de afgelopen twee, drie jaar gedaan? Zichzelf geholpen? Of is er...

Paniek. Stel dat er een ander is. Shit, hij zal ze verdomme overhoop knallen, niemand raakt zíjn Anna met een vinger aan.

Hij kijkt naar zijn handen, zijn gebalde vuisten, de witte knokkels. Rustig, rustig, de dokter heeft gezegd dat hij emotionele sprongen zal maken, hij zal bang worden... Rustig nou.

Hij ontspant zijn handen, trekt de tijdschriften naar zich toe. *Car*. Margaret Joubert heeft mannentijdschriften voor hem gekocht, maar hij heeft niets met auto's. Ook niet met *Popular Mechanics*. Er staat een ontwerp van een futuristisch vliegtuig op de omslag. *New York to London in 30 minutes?* schreeuwt de teaser.

'Nou, én?' zegt hij.

Drank is zijn ding. Maar daarover heb je geen tijdschriften.

Hij doet het licht uit. Het wordt een lange nacht.

De vrouw van het internetcafé in de Langstraat heeft oorringen over de volle lengte van haar oorschelp, één door haar wenkbrauw, en er zit iets glimmends op haar neusvleugel. Ze zou mooier geweest zijn zonder, denkt Tobela.

'Ik weet totaal niet hoe ik zo'n ding moet gebruiken,' zegt hij.

'Twintig rand per uur,' zegt ze, alsof dat alleen al hem diskwalificeert.

'Ik heb iemand nodig die het me uitlegt,' zegt hij geduldig, uitgerust na zijn middagslaapje.

'Wat wil je?'

'Ik hoor dat je kranten kunt lezen. En zien wat ze vorig jaar geschreven hebben ook.'

'Archieven. Dat noemen ze internetarchieven.'

'Aha,' zegt hij. 'Kun jij het me laten zien?'

'We geven eigenlijk geen cursussen.'

'Ik betaal.'

Hij ziet hoe de synapsen achter de grijsgroene ogen oplichten. De mogelijkheid om fors geld te verdienen aan een domme zwarte, maar ook de mogelijkheid dat het moeilijk, frustrerend werk kan betekenen.

'Tweehonderd rand per uur, maar dan moet je wachten tot mijn dienst voorbij is.'

'Vijftig,' zegt hij, 'en ik zal wachten.'

Even is ze uit het veld geslagen, maar ze herstelt zich goed.

'Honderd, graag of niet.'

'Honderd en jij koopt de koffie.'

Ze houdt haar hand op en glimlacht. 'Deal. Ik ben Simone.'

Hij ziet dat er op haar tong ook zo'n glimmend ding zit.

Viljoen. Hij was niet lang, nauwelijks een halve kop groter dan zij. Hij was niet bepaald mooi en hij droeg een koperen armband om zijn pols, en een dun gouden kettinkje om zijn nek waar ze nooit erg weg van was. Niet dat hij arm was – geld interesseerde hem gewoon niet. Hij reed in een acht jaar oud 4x4-bakkie waarvan de kleur, wat het ook geweest mocht zijn, in de Vrijstaatse zon verbleekt was. Want dat ding stond elke dag weer op de parkeerplaats bij Schoemanspark terwijl hij golflessen gaf, of in de *pro shop* golfballen verkocht, of één of twee rondjes speelde met de belangrijkere leden van de club.

Hij was een professionele golfspeler. In theorie. Hij had het tijdens de Sunshine Tour precies drie maanden uitgehouden. Toen was zijn geld op, want Viljoen kon onder druk niet putten. Hij had de bibberaties gekregen, 'de yips', zoals hij het noemde. Hij had zijn stand ingenomen en was weer weggelopen en had weer gekeken en gemikt en zijn golfclub opgeheven en telkens weer te kort geputt, de zenuwen hadden hem de das omgedaan.

'Toen werd hij resident pro bij Schoemanspark en daar vond ik hem die avond op de achttiende green met een fles in zijn hand. Het was vreemd. Het was alsof we elkaar herkenden. We leken op elkaar, zo half vanbuiten gezien. Wanneer je in een *koshuis* woont, ontdek je gauw genoeg dat je er niet helemaal bij hoort. Niet dat iemand iets zegt of doet. Iedereen is aardig tegen elkaar, je gaat uit, je lacht en je zit samen in de rats over examens, maar je weet dat je niet helemaal "binnen" bent.

Maar Viljoen zag het. Hij wist het, want hij was zelf ook zó.

We raakten aan de praat. Het was gewoon zo... makkelijk, vanaf het begin. En toen ik naar binnen moest, vroeg hij wat ik ging doen wanneer ik klaar was en toen zei ik dat ik een lift moest zien te krijgen naar het koshuis, dus ik kon niets doen en hij zei dat hij me zou brengen.

En toen iedereen weg was, vroeg hij of ik zijn caddie wilde zijn, want hij ging nu eerst een beetje golfen. Ik denk dat hij een beetje dronken was. Ik zei dat je 's nachts geen golf kunt spelen en hij zei dat iedereen dat dacht, maar hij zou het me laten zien.'

Een zomernacht in Bloemfontein... Ze kan het gemaaide gras ruiken, de nachtgeluiden horen, de halvemaan zien. Ze herinnert zich hoe het licht dat van de veranda van het clubhuis kwam weerkaatste op Viljoens getaande huid. Ze ziet weer zijn brede schouders voor zich, zijn eigenaardige glimlach en de uitdrukking in zijn ogen. En dat aura van hem, die onmetelijke eenzaamheid die hij met zich meedroeg. Het geluid wanneer de club het balletje raakt en het balletje het donker in schiet en hij, die zegt: 'Pak op en kom, caddie, en laat je niet van de wijs brengen door het gejuich van de schare.' Zijn stem was vriendelijk, altijd met een zweem van zelfspot. Voor elke slag namen ze eerst een slok uit een fles, semi-zoete witte wijn, nog koud van de koelkast. ''s Nachts heb ik nooit de yips,' zei hij en hij plaatste zijn houwen, lang en kort. Hij liet de bal in het donker over de perfecte lijn rollen, over de glooiingen van de baan, tot ze kletterend in de hole vielen. En op de fairway voor de zesde hole zoende hij haar, maar toen wist ze al dat ze te veel van hem hield en het was oké, het was helemaal, absoluut oké.

'Negen putts speelde hij in het donker en in die tijd raakte ik verliefd,' is het enige wat ze tegen de predikant zegt. Alsof ze de herinneringen aan die avond wil bewaren, alsof ze zullen verbleken als ze ze uit het donker zou halen en tegen het licht houden.

In de grote zandkuil naast de negende green gingen ze zitten en hij vulde zijn scorekaart in en verklaarde dat hij een ronde van 33 gespeeld had.

Wat veel, had ze plagerig gezegd.

Wat weinig, had hij gelachen. Een zacht geluid, bijna vertrouwelijk. Hij had haar opnieuw gezoend. Langzaam en zorgzaam, alsof hij er absoluut zeker van wilde zijn dat hij het goed deed. En even langzaam had hij haar uitgekleed en haar kleren een voor een opgevouwen en boven, op het gras buiten de kuil, neergelegd. Hij was over haar heen geknield en had haar gezoend, van haar nek tot bij haar enkels, en op zijn gezicht had een uitdrukking van absolute verwondering gelegen. Dat hij dit voorrecht had, dat hem deze magische kans gegund werd. En uiteindelijk was hij in haar gekomen en er lag een intensiteit, een geweldige emotie, in zijn ogen en zijn ritme versnelde, zijn dringendheid was steeds groter geworden en zij had zichzelf erin verloren.

Ze moet zichzelf terug dwingen naar deze kamer, waar de predikant met zoveel geduld lijkt te wachten tot ze haar zwijgen verbreekt.

Ze vraagt zich even af waarom herinneringen zo sterk aan geuren gekoppeld zijn, want ze kan hem nu, hier, ruiken – deodorant en zweet en zaad en gras en zand.

'Bij de negende hole maakte hij me zwanger,' zegt ze en ze strekt weer haar hand naar de doos tissues uit.

14

Barkhuizen, de dokter met de dikke bril en het lange haar, deze keer in een eigenwijze grijze vlecht, komt de volgende ochtend pas weer langs, nadat Bennie met tegenzin zijn ontbijt naar binnen heeft gewerkt.

'Het is goed dat je eet,' zegt hij. 'Hoe voel je je?'

Hij maakt een handgebaar om aan te geven dat dat er niet echt toe doet.

'Problemen gehad met eten?'

Hij knikt.

'Misselijk?'

'Een beetje.'

De dokter schijnt met een lampje in zijn ogen.

'Hoofdpijn?'

'Ja.'

Hij legt een stethoscoop op zijn borst en luistert, zijn vinger op Griessels pols.

'Ik heb een huis voor je gevonden.'

Griessel zegt niets.

'Je hebt het hart van een paard, vriend.' Hij haalt de stethoscoop weg, laat hem onder zijn witte jas glijden en gaat zitten. 'Het stelt niet veel voor. Een studio in Tuine, beneden een keuken en een kleine zitkamer, houten trap naar de slaapkamer boven. Douche, wasbak en een toilet. Twaalfhonderd rand per maand. Het gebouw is oud, maar netjes.'

Griessel wendt zijn hoofd af en staart naar de muur tegenover hem.

'Zie je het zitten?'

'Ik weet 't niet.'

'Wat dan, Bennie?'

'Net had ik er nog de pest in, dokter. En nu heb ik het gevoel dat het allemaal geen moer uitmaakt.'

'Waar had je de pest over in? Over wie?'

'Iedereen. Mijn vrouw. Mezelf. U.'

'Je moet niet vergeten dat je een rouwproces doormaakt, want je vriend de fles is dood. Je eerste reactie is dat je iemand daar de schuld van wil geven. Je hebt kerels die jarenlang in die woedefase blijven steken. Je hoort ze bij de AA, ze gaan tegen alles en iedereen tekeer, vloeken en schelden. Maar het helpt niets. En dan heb je de depressie. Die hoort bij de ontwenning. Depressie, lusteloosheid en moeheid. Daar moet je doorheen, je moet aan de andere kant uitkomen, voorbij de ontwenning en de woede, tot je bij berusting en aanvaarding komt. Je moet verder gaan met je leven.'

'Wat voor leven, verdomme?'

'Het leven dat je voor jezelf gaat maken. Je moet iets vinden wat de drank kan vervangen. Ontspanning, een hobby, beweging. Maar voorlopig bekijken we het dag voor dag, Bennie. En nu concentreren we ons alleen op morgen.'

'Ik heb niks meer. Twee koffers met kleren, dat is alles.'

'Je vrouw laat vandaag een bed bij dat appartement bezorgen, als je het wil hebben.'

'Hebt u met haar gepraat?'

'Ja. Ze wil helpen, Bennie.'

'Waarom heb ik haar hier nog niet gezien?'

'Ze zegt dat ze de vorige keer te goedgelovig is geweest. Ze zegt dat ze deze keer voet bij stuk moet houden. Ze wil je pas weer zien als je helemaal droog bent. En ik denk dat ze gelijk heeft.'

'Jullie hebben het allemaal leuk bedacht, hè?'

'Het Rode Complot, de grote samenzwering. Iedereen is tegen je. Tegen jou en de fles. Het is erg, ik weet het, maar jij bent een harde, Bennie. Jij kunt dat wel hebben.'

Griessel kijkt hem alleen maar aan.

'Laten we het over je medicatie hebben,' zegt Barkhuizen. 'Wat ik wil voorschrijven...'

'Waarom doet u dit, dokter?'

'Omdat medicijnen je kunnen helpen.'

'Nee dokter, waarom doet u zoveel moeite? Hoe oud bent u?'

'Negenenzestig.'

'Shit, dokter, is het niet allang tijd om met pensioen te gaan?'

Barkhuizen glimlacht en knijpt achter zijn brillenglazen even zijn ogen dicht. 'Ik had een strandhuis bij Witsand. We waren drie maanden met pensioen, toen lag de tuin er mooi bij, het huis was op orde en we hadden de buren ontmoet. En daar begin ik naar de fles te verlangen. Toen begreep ik dat dit niet was wat ik moest doen.'

'Toen kwam u terug.'

'Om kerels zoals jij het leven zuur te maken.'

Griessel kijkt hem lang aan. Dan zegt hij: 'De medicijnen, dokter.'

'Naltrexon. De handelsnaam is ReVia, vraag me niet waarom. Het werkt. Het maakt de ontwenning makkelijker en er zijn geen ernstige bijwerkingen, zolang je je aan het voorschrift houdt. Maar op één voorwaarde. Je komt de eerstkomende drie weken één keer per week bij me langs en je gaat geregeld naar de AA. Daarover valt niet te onderhandelen. Het is alles of niets.'

'Afgesproken.' Zonder aarzeling.

'Weet je het zeker?'

'Ik weet het zeker, dokter. Maar ik moet u eerst iets vertellen, zodat u weet waar u aan begint,' zegt hij en hij tikt met zijn wijsvinger tegen zijn slaap.

'Vertel op, Bennie.'

'Het gaat om de schreeuw, dokter. Ik wil weten of die medicijnen ook helpen tegen de schreeuw.'

De kinderen van de dominee komen goedenacht wensen. Ze kloppen zacht op de deur en hij aarzelt even. 'Pardon,' zegt hij tegen haar en dan roept hij: 'Binnen.' Twee opgeschoten jongens die grote moeite hebben om hun nieuwsgierigheid te bedwingen, de oudste misschien zeventien jaar oud. Hij is lang, zoals zijn vader, en zijn jonge lichaam is sterk. Zijn blik schiet over haar borstmaat en haar benen. Hij ziet het zakdoekje in haar hand en er ligt een aandacht in zijn blik die ze herkent.

'Trusten, pa,' zeggen ze om de beurt en ze geven hem een zoen.

'Trusten, mannen. Slaap lekker.'

'Trusten, mevrouw,' zegt de jongste.

'Trusten,' zegt de andere en als hij zijn vader zijn rug heeft toegekeerd, kijkt hij haar met openlijke belangstelling in de ogen. Ze weet dat hij haar kwetsbaarheid ziet, de mogelijkheden die dit biedt, onwillekeurig, als een hond die een bloedspoor ruikt.

Ze ergert zich. 'Welterusten,' zegt ze, haar ogen afgewend, onbeschikbaar.

Ze trekken de deur achter zich dicht.

'Richard is volgend jaar *hoofseun*,' zegt de predikant trots. Hij spreekt zijn naam uit als 'Riegaart'.

'Jullie hebben twee zonen?' Een mechanische vraag.

'Je hebt er je handen vol aan,' zegt hij.

'Dat kan ik me voorstellen.'

'Wil je nog iets hebben? Nog wat thee?'

'Ik wil even mijn neus poederen.'

'Natuurlijk. De gang door, tweede deur links.'

Ze staat op, strijkt haar rok glad, van voren en van achteren. 'Neem me niet kwalijk,' zegt ze, doet de deur open en loopt de gang door. Ze vindt het toilet, doet het licht aan, trekt de deur achter zich dicht en gaat zitten om te plassen.

Ze is nog steeds kwaad op de jongen. Ze is zich er altijd van bewust geweest dat ze een geur om zich heen heeft die mannen het signaal geeft: 'nee heb je...' Een combinatie van haar uiterlijk en haar persoonlijkheid, alsof ze wéten... Maar zelfs híer? Met een snotneus? Een domineeszoon?

Ze wordt zich bewust van het geklater van de straal urine in het stille huis.

Luisteren deze mensen dan niet naar muziek? Kijken ze geen televisie?

Het komt doordat ze er zo ziek van is. Het komt doordat ze niet meer zo wíl ruiken. Ze wil ruiken zoals de vrouw van dít huis, een trouwvrouw, een ik-wil-je-liefhebbenvrouw. Dat heeft ze altijd gewild.

Dan is ze klaar en ze veegt zich af, trekt door, opent de deur en doet het licht uit. Ze loopt terug naar de studeerkamer. De dominee is er niet. Ze gaat voor de boekenkast staan, kijkt naar de ruggen van de boeken die dik en dun naast elkaar staan, sommige oud en ingebonden, andere nieuw en fris, allemaal over God en de Bijbel.

Zoveel boeken. Waarom moeten ze zoveel boeken over God schrijven? Waarom is dat nodig? Waarom komt Hij niet gewoon naar beneden en zegt: 'Hier ben Ik, maak je geen zorgen'?

Dan kan Hij haar ook uitleggen waarom Hij haar die geur heeft gegeven. Niet alleen die geur, maar ook de zwakheid en de problemen. En waarom Hij die tuthola hier in de keuken, met haar degelijke jurk en haar deugdzame handen, nooit zó op de proef gesteld heeft? Waarom is zíj gespaard? Waarom heeft zíj zo'n goeie sul van een man gekregen? Wat zou zij doen als alle ouderlingen van de gemeente aan haar kwamen snuffelen met zo'n wazige blik die zei: 'Mijn verstand zit nu in mijn pik'?

Ze zou waarschijnlijk verontwaardigd naar adem snakken en vervolgens aan iedereen een traktatie uitdelen. Het tafereel laat haar hardop lachen, een kort, onvrouwelijk geluid en ze slaat haar hand voor haar mond. Maar het is te laat, want de dominee staat achter haar.

'Gaat het?' vraagt hij.

Ze knikt en blijft met haar rug naar hem toe staan tot alles onder controle is.

De hoeveelheid overweldigt Tobela bijna.

Het meisje met de oorringen geeft hem eerst een algemene inleiding over hoe internet werkt en dan laat ze hem met de muis op het scherm klikken. Hij sukkelt, het duurt even voor hij de coördinatie tussen het ding in zijn hand en de cursor op het scherm onder de knie heeft. Maar gaandeweg wordt hij er beter in. Ze wijst hem een paar links en pagina's, hokjes waarin hij woorden kan intikken, de grote 'backspace'-pijl voor als het misgaat.

En als ze zichzelf er eindelijk van heeft vergewist dat hij het verder alleen af kan en hij het afgesproken bedrag plechtig aan haar heeft overhandigd, begint hij zijn zoektocht.

'*Die Burger* en IOL hebben de beste online-archieven,' heeft ze gezegd, terwijl ze de www-verwijzingen voor hem opschreef. Daar heeft hij zijn zoekwoorden ingetikt en ze systematisch verfijnd. En dan komt de stortvloed.

Minstens 40 procent van alle gevallen van kinderverkrachting kan worden geweten aan de mythe dat het aids geneest.

Voor veel landen geldt dat mensen die kinderen seksueel misbruiken vaker plaatsgenoten zijn die op zoek zijn naar een talisman of een medicijn tegen aids dan pedofielen of sekstoeristen, zo verklaarden mensenrechtenactivisten donderdag tijdens een VN-conferentie.

Dagelijks krijgen duizenden schoolmeisjes in Zuid-Afrika en de West-Kaap op en rondom school te maken met seksuele intimidatie of seksueel geweld.

Van april 1997 tot maart dit jaar zijn bij de TygerBeer-afdeling voor Maatschappelijk Werk voor Getraumatiseerde Kinderen in het Tygerberg-ziekenhuis 1.124 kinderen behandeld wegens seksuele en lichamelijke mishandeling. En dit betreft alleen de kinderen die in het ziekenhuis terechtkomen, het werkelijke aantal is veel groter.

In Valhalla Park, Bonteheuwel en Mitchells Plain hebben seksueel misbruik en mishandeling van kinderen epidemische afmetingen aangenomen. Volgens een woordvoerder zijn er dit jaar al 945 gevallen van seksueel misbruik en kindermishandeling gemeld.

Kinderen, niet ouder dan drie jaar, kijken de maatschappelijk werkers van de TygerBeer-eenheid met wantrouwende ogen aan. Hoewel ze de luiers nog maar nauwelijks zijn ontgroeid, hebben deze slachtoffers van seksueel misbruik al geleerd dat volwassenen niet te vertrouwen zijn.

De twee teams die zich op het Kaapse Schiereiland bezighouden met huiselijk geweld werken aan meer dan 3.200 zaken. De meeste daarvan betreffen klachten wegens ernstige seksuele en andere overtredingen tegen kinderen.

Van elke honderd gevallen van kindermishandeling in de West-Kaap worden er slechts vijftien bij de politie gemeld. In 83 procent van die gevallen is de schuldige een bekende van het kind.

Als een overtreder als een 'gefixeerde pedofiel' gediagnosticeerd wordt, blijft de kans dat hij opnieuw uiting zal geven aan zijn pedofiele neigingen altijd aanwezig, aldus professor David Ackerman, klinisch psycholoog aan de Universiteit van Kaapstad.

Het ene bericht na het andere, een oneindige stroom van misdaad tegen kinderen. Moord, verkrachting, misbruik, intimidatie, aanranding, mishandeling. Na een uur heeft hij al genoeg gehad, maar hij dwingt zichzelf om verder te lezen.

Een driejarig meisje werd opgesloten in een kooi terwijl haar grootouders haar naar men zei seksueel aanrandden en nalieten om in haar meest elementaire behoeften te voorzien, zo verklaarde de politie van Mpumalanga woensdag. Sergeant Anelda Fischer zei dat de politie onlangs een tip had gekregen van een rondreizende predikant dat er een kind gevangen werd gehouden in een kampong buiten Witrivier.

Fischer zei dat toen de politie poolshoogte ging nemen, het kind al uit de kooi verwijderd was. Ze zei dat er echter bewijs was dat het kind met stokken of andere wapens geslagen was en dat het seksueel was misbruikt. Het schijnt ook dat het kind geen eigen kleren had en naakt om eten moest bedelen. Ze sliep op stukken plastic in de kooi.

Colin Pretorius, eigenaar en directeur van een kinderopvang in Parow, wordt ervan beschuldigd dat hij over een tijdperk van vier jaar elf jongens in de leeftijd van zes tot negen jaar seksueel zou hebben gemolesteerd. Hij is op een borgtocht van tienduizend rand vrijgelaten.

En dan, uiteindelijk, staat hij op en loopt hij wankelend naar de toonbank om voor het gebruik van internet te betalen.

Drie maanden hadden zij en Viljoen voor hij zichzelf een kogel door zijn kop schoot.

'In het begin was ik kwaad op hem. Niet verdrietig, dat kwam pas later, want ik hield echt van hem. En ik was bang. Hij liet mij zitten met die zwangerschap en ik wist niet wat ik moest doen, waar ik heen kon gaan. Maar ik was verschrikkelijk kwaad omdat hij zo'n lafaard was. Het was een week nadat ik hem, op een maandagavond, had verteld dat ik zwanger was. Ik nam hem mee naar de Spur en zei tegen hem dat er iets was wat hij moest weten en toen vertelde ik het hem en hij zat daar maar en zei niets. Toen zei ik tegen hem dat hij niet met me hoefde te trouwen, dat hij me alleen moest helpen, want ik wist niet wat te doen.

Toen zei hij: "Shit Christine, een lekkere vader zou ik zijn – ik ben een mislukkeling, een zuipende golfer met de yips."

Ik zei tegen hem dat hij geen vader hoefde te worden, ik wilde ook nog geen moeder worden, ik wist alleen niet hoe ik het aan moest pakken. Ik studeerde nog. Ik had een gekke vader. Als hij het te weten zou komen, van die baby, zou hij totaal door het lint gaan. Hij zou me laten opsluiten of zoiets.

Toen zei hij dat hij erover na zou denken, hij zou een plan

maken. De hele week belde hij me niet terug en die vrijdagavond, net voor ik moest gaan werken, besloot ik dat ik hem nog één keer zou bellen en als hij me dan nog steeds ontweek, dan, nou, oprotten, sorry hoor, maar het was een erg moeilijke tijd. En toen zeiden ze tegen me dat er een ongeluk was gebeurd, hij was dood, maar het was geen ongeluk. Hij had de deur van de pro shop op slot gedaan, was aan zijn bureautje gaan zitten en hij had de revolver tegen zijn oor gehouden.

Het heeft me twee jaar gekost om mijn kwaadheid te boven te komen en me weer te kunnen herinneren hoe goed die drie maanden samen met Viljoen waren geweest. Dat was toen ik me begon af te vragen wat ik mijn kind over haar vader zou vertellen. Want ze zal het ooit willen weten en...'

'Je hebt een kind?' vraagt de dominee, voor het eerst duidelijk verbluft.

'... en ik moet besluiten wat ik haar ga vertellen. Hij heeft niet eens een brief achtergelaten. Hij heeft niet eens iets voor haar geschreven. Hij heeft niet eens gezegd dat het hem speet, dat het door de depressie kwam of dat hij het lef niet had of wat dan ook. Toen besloot ik dat ik haar maar zou vertellen over die drie maanden, want dat waren de beste van mijn leven.'

Dan zwijgt ze en ze zucht diep. Na een poosje vraagt de dominee: 'Hoe heet ze?'

'Sonia.'

'Waar is ze?'

'Daar gaat mijn verhaal nu juist over,' zegt ze.

15

Griessel had het bijna gemist. Wanneer de twee verpleegsters ’s ochtends vroeg met het etenskarretje langskomen, zit hij al aangekleed en wel klaar om ontslagen te worden. Hij luistert niet echt naar het gesprek. Terwijl ze over de gang buiten zijn ziekenhuiskamer dichterbij komen, is zijn hoofd ergens anders.

‘... Toen kwam ze erachter dat het een oude truc van hem was, hij heeft het zelf toegegeven,’ vertelt de ene in sappig Kaaps. ‘Ze zegt dat hij had ontdekt dat alle single middle aged girls op vrijdagavond bij de Pick ’n Pay comfort food inslaan omdat ze alweer de hele avond voor de tv zitten en dus cruiset hij op die avond met zijn karretje door de winkelpaden. Hij kiest de mooiste die erbij zit en begint haar te versieren. Zo heeft ’ie Emmerentia aan de haak geslagen. O, goeiemorgen, Sarge, al wakker? We hebben omelet met kaas vandaag, *everybody’s favourite*.’

‘Nee dank je,’ zegt hij, neemt zijn koffertje in zijn rechterhand en loopt naar de deur. Dan blijft hij abrupt staan en zegt: ‘Op vrijdagavond?’

‘Sarge?’

‘Vertel dat nog eens, van Emmerentia en de Pick ’n Pay?’

‘Maar Sarge, zo *desperate* hoeft u echt niet te zijn, u ziet er nog best leuk uit,’ zegt de ene.

‘U lijkt wel een beetje op zo’n Russische edelman,’ zegt de andere. ‘Zulke sexy Slavische trekken...’

‘Nee, ik bedoel...’

‘Af en toe misschien een *bad hair day*, maar daar valt wat aan te doen.’

'En als ik me niet vergis is dat een trouwring, of niet?'
'Wacht, wacht, wacht.' Hij steekt zijn armen in de lucht. 'Ik ben niet geïnteresseerd in meisjes, ik...'
'Sarge toch! We zouden zweren dat u hetero...'
Hij staat op het punt om boos te worden, maar als hij naar hun gezichten kijkt, ziet hij dat ze hem voor de gek houden. Dan lacht hij hulpeloos, van diep uit zijn maag, met hen mee. De deur gaat open en daar staat zijn dochter Carla, in haar schooluniform, haar tas met boeken over haar schouder. Even lijkt ze in de war gebracht door het tafereel – dan opgelucht. Ze omhelst haar vader.
'Ik hoop maar dat het zijn kind is,' zegt de ene verpleegster.
'Onmogelijk, hij is zo *queer* als een kreeft.'
'Misschien zijn *boyfriend in drag*?'
En dan lacht Carla ook, met haar hoofd nog tegen zijn borst, en zegt eindelijk: 'Hallo, pap.'
'Je komt nog te laat op school.'
'Ik wilde alleen maar weten of alles oké is met je.'
'Alles is oké, mijn kind.'
De verpleegsters zijn onderweg naar buiten en hij vraagt ze weer om uit te leggen hoe het zit met Emmerentia.
'Waarom wilt u dat weten?'
'Ik ben met een zaak bezig en we weten niet hoe de slachtoffers gekozen worden.'
'Dus Sarge wil ons advies?'
'Graag.'
Ze schetsen de situatie voor hem, elkaar afwisselend als in een duet. Als Jimmy Fortuin zin heeft in een avontuurtje, gaat hij op vrijdagmiddag naar de Pick 'n Pay, dan wemelt het er van de eenzame vrouwen.
'Maar dan wel de al wat oudere, hè? De jongere hebben nog de guts om solo te *fly* in de disco's, of ze gaan met een groep, *strength in numbers*.'
'Dan kopen ze eten voor vrijdagavond en voor het weekend, iets lekkers, weet je wel, om zichzelf een beetje te verwennen. Comfortfood.'

'Tussen vijf en zeven, dan is Jimmy's *hunting season* geopend, want alles gebeurt onderweg van zijn werk naar huis. En hij heeft ze voor het kiezen, want Jimmy is een vleier, een slijmerd, een charmeur.'

'Alleen bij Pick 'n Pay?'

'Daar komt híj aan zijn trekken, maar ik neem aan dat het bij Checkers ook lukt.'

'Wat is dat toch met supermarkten...'

'Een zekere mate van uitzichtloosheid...'

'Wanhoop...'

'The Lonely Hearts Shopping Club.'

'Last stand at the OK Bazaars.'

'Sleepless in the Seven Eleven.'

'Begrijpt u wel?'

Hij zegt lachend dat hij het begrijpt, bedankt ze en groet.

Hij brengt Carla naar school in de auto die de Jouberts voor hem hebben achtergelaten.

'We missen je, pap,' zegt ze als hij bij het schoolhek stilhoudt.

'Niet zoveel als ik jullie.'

'Mama vertelde het, van die flat.'

'Dat is maar tijdelijk, mijn kind.' Hij neemt haar hand en knijpt er even in. 'Dit is de derde dag dat ik nuchter ben, vandaag,' zegt hij.

'Als je maar weet dat ik van je hou, pap.'

'En ik van jou.'

'Fritz ook.'

'Heeft hij dat gezegd?'

'Dat hoeft hij niet te zeggen.' Ze maakt haastig haar tas open. 'Ik heb dit voor je meegenomen.' Ze haalt er een envelop uit, geeft die aan hem. 'Misschien kun je ons af en toe bij school komen ophalen. We zullen het niet tegen mama vertellen.' Ze slaat haar armen om zijn hals en drukt zich stijf tegen hem aan. Dan opent ze het portier.

'Dag, pap,' zegt ze, haar gezicht ernstig.

'Dag, mijn kind.'

Hij kijkt haar na als ze haastig de trap op draaft. Zijn dochter, die haar donkere haar en haar eigenaardige ogen van hem geerfd heeft.

Hij maakt de envelop open. Er zit een foto in, de foto van hun gezin die twee jaar geleden op de schoolkermis is genomen. Anna's glimlach is stijf. Die van hem scheef – hij was die avond niet helemaal nuchter. Maar dit zijn ze met hun vieren, bij elkaar.

Hij draait de foto om. *Veel liefs, papa.* In Carla's mooie, krullende handschrift, het puntje op de 'i' in de vorm van een hart.

'Ik werkte gewoon door, die decembermaand, zwanger of niet. Ik belde naar huis en zei dat ik zou blijven, dat ik niet naar Upington zou komen, niet mee zou gaan naar Hartenbos. Mijn vader was het er natuurlijk niet mee eens. Hij reed dat hele eind naar Bloemfontein om voor me te bidden. Ik was doodsbang dat hij zou zien dat ik zwanger was, maar nee, hij had het in zijn hoofd te druk met andere dingen. Ik zei tegen hem dat ik bij Kallie en Colin in een buitenkamer logeerde en dat ik ze zou helpen, omdat er aan het einde van het jaar altijd veel recepties waren, veel bruiloften en personeelsfeestjes, en er waren maar weinig studenten die hielpen. En dat ik flink wat geld wilde verdienen, omdat ik financieel minder afhankelijk wilde zijn.

Dat was de laatste keer dat ik hem zag. Hij zoende me op mijn wang voor hij wegreed en dat is het dichtst dat hij ooit bij zijn kleindochter is geweest.

Kallie betrapte me op een ochtend met *morning sickness*. Hij bracht me ontbijt in de buitenkamer en stond me op te nemen terwijl ik overgaf boven de toiletpot. Toen zei hij: "Ik zie dat je in gezegende omstandigheden verkeert, liefje," en toen ik niets zei, vroeg hij: "Wat ga je eraan doen?"

En toen zei ik dat ik de baby zou laten komen. Dat was het eerste moment dat ik het voor mezelf echt wist. Ik weet dat het vreemd klinkt, maar met Viljoen en mijn vader en alles... Tot dusver was ik de enige geweest die ervan wist. Het was nog totaal onwerkelijk. Het was als een droom en misschien dacht ik nog dat ik wakker zou worden, of dat de baby vanzelf zou verdwijnen, of zoiets. Ik wilde er niet over nadenken, ik wilde gewoon doorgaan.

Toen vroeg hij of ik de baby zou laten adopteren, en ik zei dat ik het nog niet wist en dat ik naar de Kaap zou gaan, aan het einde van de maand zou ik de bus nemen naar Kaapstad, dus moesten ze me zoveel mogelijk uren laten werken. Toen vroeg hij me of ik wist wat ik deed en ik zei nee, geen idee, voor mij is het ook allemaal nogal nieuw.

Ze kwamen me uitzwaaien bij Hoffmanplein, met een cadeautje voor de baby, een blauw kruippakje, sokjes, schoentjes en slabbetjes en een envelop voor mij, een kerstbonus, zeiden ze. En een paar namen van homovrienden van ze in de Kaap, voor als ik hulp nodig had.

Die dag kon ik alleen maar huilen, de hele weg tot aan Colesberg. Toen voelde ik Sonia voor het eerst schoppen, alsof ze wilde zeggen dat het nu genoeg was, we moesten ons vermannen, we zouden het wel redden. En toen wist ik dat ik haar niet zou laten adopteren.'

In de drie laboratoriumverslagen vindt Griessel wat hij zoekt. Hij loopt naar het kantoor van Mat Joubert en wacht tot de hoofdinspecteur klaar is met telefoneren.

'Het forensische rapport sluit een assegaai niet uit,' zegt Joubert in het toestel. 'Maar er worden verdere tests gedaan, en de uitslag laat nog even op zich wachten. U moet over een dag of twee nog maar eens bellen. Precies. Graag gedaan. Bedankt. Tot ziens.'

Hij kijkt naar Griessel. 'Fijn om je terug te hebben, Bennie. Hoe voel je je?'

'Ik voel me schrikwekkend nuchter. Wat was dat over een assegaai?'

'Die Enver Davids-zaak. De *Argus* heeft opeens allerlei vragen. Je kunt er donder op zeggen dat hier problemen van komen.'

Griessel legt de laboratoriumverslagen voor Joubert neer en

zegt: 'Die smeerlap pikt ze op bij Woolworths. Op vrijdagmiddag. Kijk hier, ik had het over het hoofd gezien, want ik wist niet wat ik zocht, maar Forensische Opsporing heeft bij alle drie de slachtoffers de vuilnisemmers doorzocht en in twee daarvan zaten tasjes en bonnetjes van Woollies, in de derde alleen een bonnetje, maar ze zijn er alle drie geweest, bij die in The Waterfront, op de vrijdag van de moord, tussen... eh... halfvijf en zeven uur.'

Joubert kijkt naar de verslagen. 'Dat is een beetje mager, Bennie.'

'Weet ik, maar ik heb vanochtend een stel getuige-deskundigen aangehoord, Mat. Blijkbaar zijn wij getrouwde mensen de enigen die denken dat een supermarkt een plek is waar je boodschappen doet.'

'Vertel op,' zegt Joubert en hij vraagt zich even af hoelang dát licht in Bennie's ogen zal blijven branden.

Tobela vindt in de wandelpassage in de Kerkstraat een openbare telefoon die op munten werkt. In de versleten telefoongids zoekt hij het nummer van het departement Psychologie van de Universiteit van Kaapstad. Hij belt en vraagt naar professor David Ackerman.

'Ze zijn op zaalronde. Waar gaat het over?'

'Ik schrijf een artikel over misdaad tegen kinderen. Ik wil hem kort een paar vragen stellen.'

'Van welk tijdschrift bent u?'

'Ik ben freelance.'

'Professor Ackerman heeft het erg druk...'

'Het zal hooguit een paar minuten duren.'

'Ik zal u moeten terugbellen, meneer.'

'Ik ben voortdurend onderweg – kan ik vanmiddag weer bellen?'

'Met wie spreek ik?'

'Pakamile,' zegt hij. 'Pakamile Nzululwazi.'

16

De Kaap was haar aanvankelijk niet goedgezind.

Eerst was het de wind die waaide, een zuidoosterstorm, dagen achter elkaar. Toen werd bij Backpackers in Kloofnek, waar ze voor honderd rand per nacht een slaapvertrek moest delen met vijf klagende, hooghartige jonge Duitse toeristen, haar koffer gestolen. En appartementen waren schaars en duur, het openbaar vervoer ingewikkeld en onbetrouwbaar. Eén keer moest ze helemaal naar Seepunt lopen om naar een huis te gaan kijken, een teleurstellend hol met een gebroken ruit en graffiti op de muur.

Twee weken lang woonde ze bij Backpackers voor ze een zolderkamertje vond in een oud flatgebouw in de Belle Ombrestraat in Tamboerskloof. Wat eens een opslagruimte was, was veranderd in een kleine, leefbare eenkamerwoning – bad en toilet tegen de ene muur, het aanrecht en een keukenkastje tegen de andere, een bed, een bureautje en een oude, krakkemikkige hangkast. En nog een deur, die op het dak uitkwam, vanwaar ze de stad, de berg en de zee kon zien. Het was er tenminste schoon en netjes, voor zeshonderdtachtig rand per maand.

Het grootste probleem zat in haarzelf, want ze was bang – bang voor de geboorte die elke dag dichterbij kwam, de verzorging van de baby daarna, de verantwoordelijkheid, bang voor haar vaders woede als ze hem moest bellen of de brief moest schrijven... Ze had nog niet besloten. En vooral bang voor het geld dat binnenkort op zou raken. Elke dag trok ze bij de geldautomaat een bonnetje en woog ze het geld op haar rekening af tegen de meest noodzakelijke spullen die ze moest kopen: een wieg, babykleertjes, luiers, flessen, melkpoeder, dekentjes, pannen, een tweepitskookplaatje, beker, bord, mes, vork en een lepel, waterkoker, draagbare FM-radio. Het lijstje bleef maar groeien en het geld werd steeds minder tot ze werk vond als serveerster bij een koffiehuis in de Langstraat. Ze nam elke beschikbare dienst aan zolang het nog kon, zolang ze de bobbel onder haar borsten nog kon verbergen.

De cijfers op de bonnetjes beheersten haar leven, werden een obsessie. Zes acht nul was elke maand het eerste doel dat gehaald moest worden, het ononderhandelbare bedrag voor de huur. Dat was de laagwatergrens van haar boekhouding en de bron van onheil in haar dromen 's nachts. Ze ontdekte de vlooienmarkt bij het Groenpuntstadion en steggelde over elke prijs. Bij de tweedehandswinkels in Tuine en in de Kloofstraat kocht ze een wiegje, een fiets en een rood-met-blauw tapijt – het bed beschilderde ze op het dak met wit, loodvrij email en de fiets, een oud geelgroen racemodel met dunne banden en handremmen, kreeg ook een paar likken toen bleek dat er genoeg in het blik over was.

In een *Cape Ads* die iemand bij het koffiehuis had achtergelaten, vond ze een advertentie voor een draagzak en ze belde het nummer, onderhandelde net zo lang tot er wat van de prijs afging en liet hem bezorgen, want daarmee zou ze met het kind op haar rug fietstochtjes kunnen maken, de berg op en langs de zee naar de schommels, de klimrekken en het kindertreintje bij Mouillepunt.

Elke zaterdag trok ze twintig rand uit voor de lotto en zat ze bij de radio te wachten op de winnende nummers, die ze met een balpen op het kaartje noteerde. Ze fantaseerde wat ze met de jackpot zou doen: een huis stond boven aan de lijst, een van die gerenoveerde paleizen tegen de helling van de berg, met automatische garagedeuren, Perzische tapijten op de vloer en kelims en kunst aan de muur. Een grote babykamer met zeevogels en wolken tegen het plafond geschilderd en een stapel fris, veelkleurig speelgoed op de vloer. Een Land Rover Discovery met een babyzitje achterin. Een aparte kamer voor haar kleren – de labels van de ontwerpers eraan – en schoenen netjes in rijen op de vloer. Een espressoapparaat. En een tweedeurskoelkast van vlekvrij staal.

Ze zag jonge gezinnen op straat en in de Kompanjiestuine en het vervulde haar met afgunst dat zij wél compleet waren.

Op een middag, tegen drie uur, had ze op het dak gezeten met een kopje oploskoffie, toen ze geluiden hoorde die van ergens in het flatgebouw onder haar opstegen en die wezen op seks: een vrouwenstem die, uh-uh-uh-uh, stelselmatig de toonladders van extase beklom, steeds een beetje hoger, een beetje harder. In de eerste paar minuten waren de klanken betekenisloos, alleen maar nóg meer herrie uit de stad om haar heen. Tot ze snapte wat het was en ze een ogenblik geamuseerd glimlachte, vanwege het eigenaardige tijdstip, vanwege het voyeurisme van haar oor. Ze vroeg zich af of ze de enige luisteraar was, of deze geluidsgolven ook nog andere oren bereikten. Ze voelde een lichte seksuele prikkel door haar lichaam stromen. En toen kwam de jaloezie, met de geluiden die versnelden in ritme, sneller, harder, hoger. Haar jaloezie om alles wat ze niet had ging mee omhoog, tot het schrille orgasme haar liet opstaan en ze de bijna lege beker tot boven haar schouder optilde. Ze mikte niet op een bepaald punt, de woede in haar was meer algemeen, tegen alles wat tegen haar samenzwoor. Tegen de eenzaamheid, de omstandigheden, de mogelijkheden, de verspeelde kansen.

Ze had haar arm langzaam laten zakken, want ze wilde geen geld uitgeven aan een nieuwe beker.

Vroeg in maart kon ze het telefoongesprek niet langer uitstellen. Ze was helemaal naar The Waterfront gereden voor een openbare telefoon, want ze was bang dat ze het telefoontje konden traceren. Ze belde haar moeder bij het advocatenkantoor waar ze werkte. Het was een kort gesprek.

'Hemel, Christine, waar ben je?'

'Ik heb mijn studie eraan gegeven, mam. Alles is oké. Ik heb een baan. Ik wil nu alleen niet...'

'Waar ben je?' Hysterie in haar stem. 'De politie is al naar je op zoek. Je bezorgt je vader nog een beroerte, hij belt ze elke dag, daar in Bloemfontein.'

'Mam, zeg hem dat hij moet ophouden. Zeg maar tegen hem dat ik zijn godsdienst en zijn gezanik spuugzat ben. Ik ben niet in Bloemfontein en hij zal me niet vinden. Het gaat goed met me. Ik ben gelukkig. Laat me alleen met rust. Ik ben geen kind meer.' Ze wist niet waar haar woede vandaan kwam, misschien was het de vrees die hem losmaakte.

'Christine, dit kun je niet maken. Je kent je vader. Hij is woedend. We maken ons verschrikkelijke zorgen over je. Je bent ons kind. Waar bén je?'

'Mam, ik ga nu ophangen. Je hoeft je geen zorgen te maken, het gaat goed met me. Ik bel later weer om je te laten weten dat het goed gaat.' Later bedacht ze dat ze misschien iets had moeten zeggen als 'Ik hou van je, mam'. Maar ze had alleen maar de hoorn neergegooid en haar fiets gepakt, ervandoor.

Ze had pas weer gebeld toen Sonia een week oud was, vroeg in juni, want toen had ze grote behoefte gehad aan haar moeders stem.

Tobela drinkt een cola op het terras van de Wimpy in St George's Mall. Hij leest het artikel op de voorpagina van de *Argus*, dat speculeert over de dood van Enver Davids, sensatie geperst uit een anoniem telefoontje van een vrouwelijke beller.

Iemand heeft hem gezien met zijn assegaai. Maar hem niet aangegeven.

Hij had zich te veel op zijn doel geconcentreerd. Nee, hij was niet zorgvuldig genoeg geweest, niet helemaal gecalculeerd. Want er was een ooggetuige. Hij had moeten weten dat er publiciteit zou komen. Mediabelangstelling. Schreeuwende koppen, speculaties, beschuldigingen.

Kan de moord op de vermeende kinderverkrachter Enver Davids het werk zijn van een vrouwelijke vigilante – en niet van de Zuid-Afrikaanse Politiedienst, zoals tot dusver werd aangenomen?

Vreemde conclusies.

Kan de politie de vrouwelijke beller opsporen? Kan zij een beschrijving van hem geven?

Het doet er niet echt toe.

Hij bladert verder. Op bladzij drie staat een bericht over een peiling die is gehouden door een belprogramma op de radio. Moet de doodstraf weer worden ingesteld? Zevenentachtig procent van de luisteraars antwoordde met 'ja'.

Op bladzij twee staan korte brokjes over de misdaad van de afgelopen vierentwintig uur. Drie moorden in Khayelitsha. Een schietpartij tussen bendes kost een vrouw in Blue Downs het leven. In Constantia is een man gewond geraakt toen zijn auto gekaapt werd. Een overval op een transportauto in Montague Gardens, twee beveiligingsmannen op de intensive care. Een tweeënzeventigjarige vrouw uit Rosebank is in haar eigen huis verkracht, aangerand en beroofd. Een boer in de provincie Limpopo is op zijn boerderij doodgeschoten.

Geen kinderen vandaag.

Een serveerster brengt zijn rekening. Hij vouwt de krant op en leunt achterover in de plastic stoel. Hij ziet de mensen die door de winkelstraat lopen, sommige doelgericht, andere drentelend. De kraampjes, kleren en kunstwerken. De blauwe lucht, een duif die met wijd gespreide vleugels en staart neerdaalt op het plaveisel.

Alles is een déjà vu, een herinnering aan zijn bestaan. Een hotelkamer, ergens, met zijn half uitgepakte koffer, lange dagen die hij moet doorkomen, waarin hij de tijd moet doden tot zijn volgende doelwit. Parijs was zijn wachtplek, een andere stad, andere architectuur, andere talen, maar het gevoel was hetzelfde. En het enige verschil is dat zijn doelen destijds door anderen voor hem uitgekozen werden, op een somber kantoor in Oost-Berlijn, en door een koerier werden bezorgd, een stapeltje documenten met foto's en folio's met tikwerk, de regels dicht op elkaar. Zijn oorlog. Zijn strijd.

Een mensenleven geleden. De wereld is veranderd, maar wat is het makkelijk om weer terug te glijden in de oude routine – waakzaamheid, geduld, voorbereiding, planning, het wachten op de volgende stoot adrenaline.

Daar is hij weer. Terug in het harnas. De voltooiing van een cyclus. Het is alsof de periode tussenin nooit heeft bestaan, alsof Miriam en Pakamile een fantasie waren, als een reclamespot midden in een spannende film, een hinderlijk kijkje op iets wat op huiselijk geluk moet lijken.

Hij betaalt zijn frisdrank en loopt zuidwaarts naar de telefoons, draait opnieuw het nummer. 'Is professor Ackerman nu beschikbaar?'

'Een ogenblik alstublieft.'

Ze verbindt hem door. Hij gebruikt opnieuw die andere naam en de dekmantel van de freelance journalistiek. Hij zegt dat hij in de archieven van *Die Burger* een artikel heeft gelezen waarin de professor beweert dat een gefixeerde pedofiel altijd opnieuw in de fout kan gaan. Hij wil weten wat dat betekent.

De hoogleraar aan de andere kant zucht en wacht even voor hij antwoordt. Zijn Engels klinkt geaffecteerd.

'*Well*, het betekent eigenlijk wat er staat, meneer Nulwazi.'

'Nzululwazi.'

'Pardon, ik ben hopeloos met namen. Het betekent dat het officiële standpunt inhoudt dat, statistisch gezien, rehabilitatie in belangrijke mate mislukt. Met andere woorden, zelfs na langdurige gevangenisstraf is er geen garantie dat ze dezelfde overtreding niet opnieuw zullen begaan.' Er klinkt levensmoeheid door in de stem van de man.

'Het officiële standpunt.'

'Ja.'

'Verschilt dat van de werkelijkheid?'

'Nee.'

'Ik krijg de indruk dat u het niet met het officiële standpunt eens bent.'

'Dat heeft niets met eens of oneens te maken. Het is een kwestie van semantiek.'

'O?'

'Kunnen we dit onder ons houden, meneer Nulwazi?'

Hij negeert de uitspraak. 'Vanzelf.'

'En u zult me niet citeren?'

'Mijn woord erop.'

De professor wacht opnieuw voor hij antwoordt, alsof hij de waarde van zijn woorden weegt.

'Het punt is dat ik niet geloof dat ze gerehabiliteerd kunnen worden.'

'Helemaal niet?'

'Het is een verschrikkelijke ziekte. En we hebben er nog steeds geen medicijn voor gevonden. Het probleem is dat, hoezeer we ook zouden willen geloven dat we dichter in de buurt van een oplossing komen, het lijkt alsof die niet bestaat.' Nog steeds die desperate, moedeloze vermoeidheid. 'Ze komen uit de gevangenis en vroeg of laat vallen ze terug en hebben we er weer een beschadigd kind bij. En de schade is gróót. Onmetelijk. Het verwoest levens, totaal en al. Het veroorzaakt een onvoorstelbaar trauma. En het lijkt alsof er elk jaar meer bij komen. Joost mag het weten. Of onze maatschappij creëert er steeds meer, of de wetteloosheid in dit land moedigt ze aan om eraan toe te geven. Ik weet het niet...'

'Dus wat u zegt, is dat ze niet vrijgelaten zouden moeten worden?'

'Kijk, ik weet dat het onmenselijk is om ze voor eeuwig in de gevangenis te houden. Pedofielen hebben het zwaar in strafinrichtingen. In dat milieu worden ze als uitvaagsel beschouwd. Ze worden verkracht, in elkaar geslagen en vernederd. Maar ze dienen hun tijd uit, gaan in therapie en dan komen ze eruit en gaan ze opnieuw de fout in. Sommigen vrijwel meteen, anderen twee of drie jaar later. Ik weet niet wat de oplossing is, maar we zullen er iets op moeten vinden.'

'Ja,' zegt Tobela. 'We zullen er iets op moeten vinden.'

Hoe saai moet het dagelijkse bestaan van de predikant wel niet zijn, want hij zit er nog steeds, met evenveel belangstelling. Hij luistert nog steeds aandachtig naar haar verhaal, zijn uitdrukking sympathiek-neutraal, zijn armen ontspannen op het bureau. In het huis is het stil, en buiten ook, alleen de insecten gaan tekeer. Vreemd. Ze is gewend aan de eeuwige verkeersgeluiden, in de stad zijn mensen altijd in beweging. Altijd onderweg.

Hier is niets om naartoe te gaan.

'Ik had geen geld meer. En als je geen geld hebt, moet je tijd hebben, want dan sta je met je kind op de arm in lange rijen voor inentingen of een hoestdrankje of iets om de diarree te stoppen. Als je een kind hebt en je moet werken, moet je de oppas betalen. Als je als serveerster werkt, moet je dubbel betalen voor iemand die 's avonds kan oppassen. En dan moet je 's winters om één uur 's nachts met je baby naar huis lopen, of je moet een taxi betalen. Als je niet bereid bent om 's avonds te werken, dan mis je de betere ploegen met de grotere fooien. Dus koop je niets voor jezelf en je probeert de ene week dit en de volgende dat tot je beseft dat je het nooit zult winnen.

Ik kon er niet meer tegen, het was gewoon allemaal te veel. Elke maandag keek ik in de *Times Job Supplement* en stuurde telkens weer mijn cv op. Secretaresse, vertegenwoordiger, typiste. En dan, als je geluk hebt en ze nodigen je uit voor een gesprek, dan is het elke keer hetzelfde. "Geen ervaring? O, je hebt een kind. Ben je gescheiden? O. Sorry, we zoeken ervaring. We zoeken iemand met een auto. We zoeken iemand die kan boekhouden. Sorry, we geven de voorkeur aan een zwarte." Ik liet het koffiehuis schieten, want de fooien waren te laag en het was nog winter ook en dan is het seizoen voorbij. Ik ging bij Trawlers werken, zo'n visrestaurant in de Kloofstraat dat pas geopend was, en op een avond zegt zo'n vent tegen me "Wil jij écht geld verdienen?" En ik zeg "Ja". En hij vraagt "Hoeveel" en ik heb niets door en ik zeg "Zoveel mogelijk". En hij zegt "Driehonderd rand" en ik vraag "Driehonderd rand wát – per dag?". En hij glimlacht zo'n beetje en zegt "Meer per nacht, eigenlijk". Zo'n gewone vent, misschien veertig, met een brilletje en een buikje en ik zeg "Wat moet ik doen?" en hij zegt "Dat weet je best" en er gaat nog steeds geen lichtje branden. En hij zegt "Breng een pen, dan schrijf ik mijn hotelkamer voor je op" en op dat moment snap ik het en ik sta hem alleen maar aan te kijken, ik wilde hem zijn huid vol schelden, wat dacht hij wel van me, ik was zo kwaad, maar wat kon ik doen, hij was de klant. En ik loop weg om zijn rekening te gaan halen en opeens is hij verdwenen. Hij had honderd rand fooi achtergelaten en een briefje met zijn hotelnummer en daar staat "vijfhonderd rand?" en "voor een uurtje" en ik stop het in mijn zak, want ik ben bang dat iemand het ziet.

Vijfhonderd rand. Als je huur zeshonderdtachtig is, dan is vijfhonderd veel geld. Als je de oppas vier vijftig per uur moet betalen en extra in het weekend, want dat is waar de fooien zitten, dan kan vijfhonderd een groot gat vullen. Als je drieduizend nodig hebt, alleen maar om de maand door te komen en je weet nooit of je het zult halen en je moet sparen voor een auto, want als je je kind gaat halen en het regent... Dan haal je dat papiertje uit je zak en je denkt na. Maar wie begrijpt dat? Welke blánke begrijpt dat?

Dan denk je, wat is het verschil? Je ziet het elke dag, er komt een stel binnen en hij laat de beste wijnen komen, bestelt het duurste op de kaart, en waarom? Om met haar naar bed te kunnen. Wat is het verschil? Driehonderd voor eten of vijfhonderd voor seks?

In ieder geval vielen ze op me, de mannen. Zelfs toen ik zwanger was, in het koffiehuis en later, bij Trawlers, nog meer. De hele tijd, sommigen kijken alleen maar op zo'n bepaalde manier naar je, anderen zeggen iets als "wat een joekels" of "lekker kontje, schat", sommigen vragen je gewoonweg wat je doet op vrijdagavond, of "ben je al bezet, schoonheid?". De meest arroganten laten hun mobiele nummer op de rekening achter, alsof zij Gods geschenk aan de mensheid zijn. Sommigen vleien je, stellen eerst allerlei belangstellende vragen. "Waar kom je vandaan?" "Hoelang woon je al in de Kaap?" "Wat studeer je?" Maar je weet wat ze willen, want de volgende vraag is "Heb je je eigen huisje?" of "Tsjonge, we zijn zo lekker aan het kletsen, wanneer ben je klaar, dan praten we verder". Eerst denk je dat je iets bijzonders bent, want sommige zijn leuk en grappig, maar dan hoor je dat ze tegen iedereen zo zijn, ook tegen de lelijke serveersters. De hele tijd, allemaal, zoals dat konijntje met zijn oplaadbare batterijen, het houdt niet op, het doet er niet toe of ze zestig of zestien zijn, of ze getrouwd zijn of single, ze zijn op jacht en dat houdt nooit op.

Dan kom je op je kamertje, je denkt erover na en je ziet wat je níét hebt en je bedenkt dat het eigenlijk geen verschil maakt, “vijfhonderd rand” denk je en je ligt je af te vragen hoe het zal zijn, hoe erg kan het zijn om een uur met die vent door te brengen?’

17

Griessel zoekt de hele dag naar een lokvogel, een al wat oudere politievrouw die ze op vrijdagavond met een boodschappenkarretje door Woolworths kunnen laten paraderen, in de hoop dat de smeerlap háár zal uitkiezen. Uiteindelijk noemt iemand ene sergeant Marais op bureau Claremont, zo eind dertig, die geschikt zou kunnen zijn. Hij belt haar op om te zeggen dat hij bij haar langskomt.

Hij neemt de M5, want dat is sneller en hij slaat bij Landsdowne af om op de Main Road te komen. Bij de afslag, vlak langs de weg, staat het reclamebord, lang en breed. Castle Lager. Bier. God weet, hij heeft in jaren geen bier gedronken, maar op dat bord staat een glas waar de waterdruppels aan de buitenkant vanaf lopen en de witte schuimkraag erop en het vocht heeft de kleur van pis en hij moet stoppen voor een verkeerslicht en daar zit hij maar te kijken naar dat verdomde glas bier. Hij kan de smaak in zijn mond proeven. De bittere, droge smaak.

Hij kan voelen hoe het door zijn keel glijdt, maar vooral kan hij de medicijnen voelen, hoe de warmte zich vanuit zijn maag door zijn hele lichaam verspreidt.

Hij komt pas weer bij zinnen als er achter hem iemand toetert, ongeduldig, doordringend. Hij schiet overeind en trekt op en dan beseft hij pas wat er gebeurd is, dan schrikt hij van de intensiteit van de betovering.

Hij denkt: wat moet ik in hemelsnaam doen? Hoe vecht je tegen zoiets, mét of zonder pillen? Jemig, hij heeft al jaren geen bier meer gedronken.

Hij merkt dat hij zich aan het stuur vastklampt en hij probeert diep adem te halen, hij probeert zijn adem terug te krijgen, en hij rijdt.

Hij weet dat de sergeant geschikt is nog voor ze van achter het bureautje is opgestaan. Ze heeft dat afgeleefde over zich, meer mijlen op de teller dan haar bouwjaar zou doen vermoeden, haar blonde haar geverfd. Ze stelt zich voor als André. Haar voortand staat een beetje scheef als ze lacht. Ze kijkt hem aan alsof ze verwacht dat hij een opmerking over haar naam zal maken.

Hij gaat tegenover haar zitten en vertelt haar over het dossier, over zijn vermoedens. Hij zegt dat zij perfect zou zijn, maar hij kan haar niet dwingen om aan de operatie deel te nemen.

'Ik doe mee,' zegt ze.

'Het kan gevaarlijk zijn. We moeten wachten tot hij iets probeert.'

'Ik doe mee.'

'Praat vanavond eerst eens met je man. Slaap er een nachtje over. Dan bel je me morgen.'

'Niet nodig. Ik doe het.'

Hij gaat met haar chef praten, vraagt toestemming, ook al heeft hij die niet nodig. Een grote kleurling die klaagt dat hij geen mensen overheeft, dat ze nu al onderbemand zijn en dat Marais een sleutelfunctie heeft, wie moet haar werk doen als zij er niet is? Griessel zegt dat het alleen om de vrijdagavond gaat, vanaf vijf uur, en dat haar overuren niet voor rekening van zijn bureau komen. De kapitein knikt. 'Dan is het goed.'

Aan het eind van de middag rijdt hij naar Tuine, het adres van zijn appartement op een papiertje op de stoel naast hem.

Vriendestraat, wat is dat verdomme voor een naam? Mount Nelson's Mansions. Nummer honderdachtentwintig.

Hij heeft nog nooit in dit deel van de stad gewoond. Zijn leven lang woonde hij in de noordelijke voorsteden, sinds zijn schooltijd in Parow Arrow, behalve dat jaar op het Politiecollege in Pretoria en die drie jaar in Durban als agent. Shit, als hij daaraan terugdenkt – de hitte, de humiditeit, de geur van curry en *dagga*. Alles was Engels geweest. In die tijd had hij een accent gehad dat je met een knuppel kon snijden en die Souties en Indiërs hadden hem gepest en uitgelachen, het hing ervan af of ze collega's of arrestanten waren. *Fuckin' rock spider. Fuckin' hairyback pig. Fuckin' dumb Dutchman policeman.*

Mount Nelson's Mansions. Een ijzeren omheining en een groot veiligheidshek. Hij moet eerst buiten het terrein, aan de rand van de straat, parkeren en op een knop bij het bordje CONCIËRGE drukken om binnen te komen en zijn sleutels en zijn afstandsbediening voor het hek te krijgen. Een rood bakstenen gebouw dat beslist nooit een 'mansion' is geweest. Niet mooi, niet lelijk, het staat gewoon tussen twee andere witgepleisterde flats, misschien dertig, veertig jaar oud.

De beheerder is een oude Xhosa. '*You're a policeman?*' vraagt hij.

'*I am.*'

'*That is good. We need a policeman here.*'

Hij haalt zijn koffers uit de auto en zeult ze de trappen op. Honderdachtentwintig. Een houten deur die vernis nodig heeft, een kijkgaatje in het midden, twee sloten. Hij zoekt de juiste sleutels, duwt de deur open. Bruine houtblokjes op de vloer, verder verdomme helemaal niets, behalve de ontbijtcounter zonder barkrukken, een paar keukenkastjes van verbleekt melamine en een oud Defy-fornuis met drie pitten en een oven. De houten trap naar boven. Hij laat de koffers beneden en klimt omhoog. Er staat een bed boven, het eenpersoonsbed dat in de garage opgeslagen was, zíjn garage. Zijn voormalige garage. Alleen het houten onderstel en een matras met een overtrek met een verbleekt patroon van blauwe boemetjes. Het beddengoed ligt in een hoopje op het voeteneind. Kussen, sloop, lakens, dekens. Er is een inbouwkast. Een deur naar het badkamertje.

Hij loopt weer naar beneden om de koffers te gaan halen.

Zelfs geen stoel, verdomme. Als hij wil zitten, is hij op het bed aangewezen.

Niets om mee te eten of te drinken of water mee te koken.

Hij heeft niets. Hij heeft nu minder dan toe hij naar het Politiecollege ging.

Shit.

In zijn hotelkamer pakt Tobela de telefoongids en zoekt onder de 'P'. Daar staat de naam: *Colin Pretorius*, voluit, en het adres, *Chantellestraat 122, Parow*. Hij rijdt naar het Sanlamcentrum aan de Voortrekkerweg. Bij CNA koopt hij een plattegrond van Kaapstad en zoekt het adres op.

Als de zon achter de Tafelberg verdwijnt, rijdt hij de Hannes Louw Rylaan af, slaat bij Fairfield links af, dan rechts af de Simoneweg in en ten slotte, na een flinke omweg, links af, de Chantellestraat in. De even nummers bevinden zich aan de rechterkant. 122 is een onopvallend huis, diefwering, veiligheidshek, de tuin netjes, twee sierdennen, een paar struiken, een gemaaid groen grasperk, achter en aan de zijkanten een betonnen muur. Geen teken van leven. Aan de garagemuur, boven de deur, hangt een blauw-en-zilver bord. *Cobra Security. Armed Rapid Response.*

Hij heeft een probleem. Hij is een zwarte man in een blanke buurt. Hij weet dat het feit dat hij in een bakkie rijdt, zal helpen, hem in de schemer kleurloos en anoniem houdt. Maar niet voor eeuwig. Aarzelt hij te lang, rijdt hij te vaak voorbij, dan zal iemand zijn huidskleur opmerken en achterdochtig worden.

Hij rijdt een rondje zodat hij opnieuw langs nummer 122 komt, let deze keer op de buurhuizen, op de lange strook park die met de Simoneweg mee buigt. En dan moet hij weg, terug naar het winkelcentrum, want er zijn een paar zaken die hij nodig heeft.

Griessel zit op zijn onopgemaakte bed en kijkt naar de hangkast. Zijn kleren nemen minder dan een derde van de beschikbare ruimte in beslag. Het is de open ruimte die hem fascineert.

Thuis was zijn hangkast vol, kleren die hij in geen jaren gedragen had, die te klein waren, of zo verschrikkelijk uit de mode dat Anna hem verbood om ze nog langer aan te trekken.

Hier is het aantal van elke kledingsoort op de vingers van één hand te tellen, de kleren die ze voor hem ingepakt heeft – behalve de stapel onderbroeken, dat moeten er een stuk of acht, negen zijn, hij heeft ze op een hoopje op de middelste plank gelegd.

Wasgoed. Wat doet hij daarmee? Nu al liggen de vuile kleren van de afgelopen twee dagen in een bundel onder in de kast, naast het ene paar schoenen dat daar staat. En strijken... Jemig, het is jaren geleden dat hij voor het laatst een strijkbout vastgehouden heeft. Eten koken, afwassen. Stofzuigen! Want de slaapkamer heeft een vaalbruin vloerkleed.

'Shit,' zegt hij en hij staat op.

Hij denkt weer aan de bieradvertentie.

God nee, dat is wat hem in deze situatie heeft laten belanden. Hij mag niet. Hij moet iets te doen krijgen. Er zit een stapel dossiers in zijn aktetas. Maar waar kan hij werken? Op het bed? Hij heeft een kruk nodig voor de ontbijtcounter. Het is nu te laat om er één te gaan zoeken. Hij wil koffie. Misschien is de Pick 'n Pay in het Garden Centre nog open. Hij pakt zijn portemonnee, zijn mobiel en de sleutels van zijn nieuwe appartement en loopt de trap af, naar de lege huiskamer beneden.

Tobela koopt een kleine zaklantaarn, batterijen, een verrekijker en een set schroevendraaiers en gaat met de plattegrond in een restaurant zitten.

Zijn eerste probleem is om de wijk binnen te komen. Hij kan niet in de buurt van het huis parkeren, want het bakkie staat op zijn naam geregistreerd. Iemand kan het kenteken opschrijven. Of onthouden. Hij moet hem liever ergens parkeren en verder lopen, maar het risico blijft groot. Bijna elk huis heeft het bord van een particuliere beveiligingsfirma aan de muur. Dat betekent patrouillewagens, bezorgde blikken, klaar om een alarmnummer te bellen. 'Er loopt een zwarte door onze straat.'

Overdag maakt hij een betere kans – hij kan een tuinman op weg naar zijn werk zijn – maar 's nachts stapelen de risico's zich op.

Hij bestudeert de kaart. Zijn vinger volgt de Hannes Louw Rylaan vanaf de kruising met de N1. Als hij ten noorden van de snelweg parkeert en dan de smalle strook braakliggend terrein en de parken gebruikt... Dat is de langzame, verre optie, maar het kan.

In de zaak waarin Colin Pretorius terechtstaat op aanklacht van kinderverkrachting en -mishandeling heeft een elfjarige jongen gisteren getuigd hoe de beschuldigde hem drie jaar geleden naar zijn kantoor ontbood en hem materiaal van pornografische strekking liet zien. De beschuldigde sloot de deur, begon zichzelf te betasten en moedigde de jongen aan om hetzelfde te doen.

Het volgende probleem is om het huis binnen te komen. De voorkant is te open, hij zal achter binnen moeten zien te komen, waar de betonmuur hem aan het zicht van de buren onttrekt. En dan is er de diefwering. Het contract met de beveiligingsfirma betekent een alarmstelsel. En een *panic button*.

De vrouw, wier naam niet openbaar gemaakt mag worden, verklaarde dat de stresssymptomen bij haar vijfjarige zoon, waaronder acute agressie, bedplassen en een concentratiestoornis, zijn ouders noodzaakten om met hem naar een kinderpsycholoog te gaan. Tijdens een drie maanden durende behandeling heeft de jongen het misbruik door Pretorius, hoofd van een kinderopvang, onthuld.

Er zijn twee mogelijkheden. Om Pretorius op te wachten als hij thuiskomt. Of om te proberen binnen te komen. De eerste is te onvoorspelbaar, te oncontroleerbaar. De tweede is moeilijk, maar niet onmogelijk.

Hij rekent zijn frisdrank af. Hij heeft geen honger. Daarvoor is hij te gespitst, een vage spanning, zijn zenuwen tot het uiterste gescherpt. Hij haalt zijn bakkie op de parkeerplaats en rijdt.

Tijdens de arrestatie is beslag gelegd op Pretorius' computer, cd-roms en video's. Inspecteur Dries Luyt van de Eenheid voor

Gezinsgeweld verklaarde tegenover het hof dat de omvang en de aard van de kinderpornografie 'het ergste is dat de eenheid ooit heeft gezien'.

Hij wordt één met het verkeer.

Hij en Pakamile, het weekeinde voor zijn dood, in het berglandschap van Mpumalanga, voorbij Amersfoort. Op hun motorfietsen, samen met zes andere leerlingen in de heldere ochtendzon, tussen de mooie houten huizen, de ogen van zijn zoon strak op de instructeur die met zoveel geestdrift met ze praat.

'De grootste vijand van de motorfietser is fixatie op het eindpunt. Dat zit in ons bloed. De coördinatie tussen ogen en hersenen werkt nu eenmaal zo. Als je naar een kuil in de weg of een rots kijkt, dan bots je ertegenop. De oplossing is om niet direct naar het obstakel te kijken. Vechtpiloten leren om hun hoofd af te wenden op het moment dat ze een projectiel afvuren. Als je het probleem voor je op de weg hebt gezien, weet je immers al dat het er is. Zoek naar de route óm het gevaar heen, houd je ogen op de lijn naar veiligheid. Dan volgen jij en de motorfiets automatisch.'

Terwijl hij daar zat, bedacht hij dat dit niet alleen een rijles was – het leven zat ook zo in elkaar. Al besefte hij het pas laat, bijna te laat. Want soms zie je de stenen op de weg niet. Zoals toen hij na de oorlog was teruggekomen. Strijdvaardig, gespannen, vol vuur voor het Nieuwe Zuid-Afrika. Klaar om zijn opleiding, zijn kennis, zijn ervaring te gebruiken. Een alumnus van de KGB-universiteit, met een graad van de Stasi-sluipschuttersschool, veteraan, na zeventien eliminaties in de steden van Europa.

En niemand wilde hem hebben.

Behalve Orlando Arendse. Zes jaar lang beschermde hij smokkelroutes, inde hij drugsschulden, tot hij uiteindelijk de stenen en de kuilen ontdekte, tot hij besefte dat hij een andere route moest kiezen als hij zichzelf niet te pletter wilde lopen.

En nu?

Hij parkeert boven bij de Hendrik Verwoerd Rylaan, tegen

de buik van de Tygerberg, vanwaar je de hele Kaap tot aan de Tafelberg kunt overzien, flonkerend in de nacht.

Nu is hij hier om obstakels op de weg van de samenleving op te ruimen.

Als Griessel met beide handen vol Pick 'n Pay-tassen terugkomt bij zijn appartement, staat dokter Barkhuizen bij zijn voordeur, zijn hand opgeheven om aan te kloppen.

'Ik kom kijken of alles oké is.'

En als ze later in kleermakerszit op de keukenvloer zitten en oploskoffie drinken uit twee splinternieuwe gebloemde bekers, vertelt Griessel hem van de bierreclame en de dokter zegt dat dit nog maar het begin is. Hij zal dingen beginnen op te merken die voorheen onzichtbaar waren. Het zal lijken of de hele wereld hem uitdaagt, of het heelal hem aanmoedigt om een slokje te nemen, voor de gezelligheid een glaasje mee te drinken. 'Het menselijk brein is iets fantastisch, Bennie. Soms lijkt het alsof het, zonder dat we ons daarvan bewust zijn, zijn eigen gang gaat. Als je lang genoeg drinkt, begint het van die chemische balans te houden. En als je ophoudt, maakt het plannen om die balans te herstellen. Het is alsof er een fabriek van slinkse gedachten in je zit en de beste worden doorgepompt naar je bewustzijn. "Ach, het is alleen maar bier." "Wat kan één borrel nou voor kwaad doen?" Nog zo'n doeltreffende is "Ik verdien het, ik heb de hele week afgezien en nu verdien ik een slokje". Of, erger nog, "Ik moet nu wat drinken, anders loopt alles uit de hand".'

'Hoe moet je daar verdomme tegen vechten?'

'Door mij te bellen.'

'Ik kan toch niet elke keer...'

'Jawel. Wanneer dan ook, dag en nacht.'

'Dat kan toch niet altijd zo doorgaan?'

'Dat gebeurt ook niet, Bennie. Want ik zal je technieken leren om het monster zelf te temmen.'

'O.'

'Het andere waar ik over kom praten, zijn die stemmen.'

De verwaarloosde struiken in het park dat aan de Simoneweg grenst, werpen lange schaduwen. Hij zit tussen de struiken, zijn verrekijker gericht op Pretorius' huis, driehonderd meter verderop in de Chantellestraat.

Een witte woonwijk bij avond. Fort Blanco. Geen buitenspelende kinderen. Vergrendelde deuren, garages en veiligheidshekken die dankzij de afstandsbediening automatisch openschuiven, de blauwe flikkering van televisieschermen in de voorkamers. De straten zijn stil, met uitzondering van de witte Toyota Tazz van Cobra Security die op onregelmatige tijden patrouilleert, of een bewoner die laat thuiskomt.

En ondanks al die maatregelen, de muren, de torens en de grachten, zijn de kinderen ook hier niet veilig – er is maar één indringer als Pretorius voor nodig om alle schansen nietig te verklaren.

Er is leven in het huis van de pedofiel, lichten die aan- en uitgaan.

Hij overweegt de mogelijkheden, overdenkt een route die hem buiten het bereik van de straatlantaarns via de achtererven naar de muur van Pretorius' huis zal voeren. Ten slotte besluit hij dat de snelste optie degene is met de meeste kans op succes: over straat.

Hij staat op, steekt de verrekijker in zijn zak en rekt zich uit. Hij spitst zijn oren voor verkeer, stapt uit de schaduw en begint doelgericht te lopen.

'Dokter, het zijn geen stemmen. Het is niet alsof ik gebabbel hoor. Het is... alsof er iemand schreeuwt. Maar niet daarbuiten, het zit vanbinnen, hierachter, in mijn hoofd. En "horen" is ook het goede woord niet, want er zijn ook kleuren. Sommige stemmen zijn zwart, sommige rooi, verdomd, het klinkt alsof ik zo gek ben als een deur, maar het is waar. Ik kom bij de plaats van de moord. Neem maar de zaak waar ik nu mee bezig ben. De vrouw ligt op de vloer, ze is gewurgd met het snoer van een waterkoker, je kunt aan de wonden in haar nek zien dat ze van achteraf is gewurgd. Dan begin je te bedenken hoe het gebeurd is – dat is je werk, je moet uitvinden hoe de puzzel in elkaar steekt. Je weet dat ze hem binnengelaten heeft, want er zijn geen sporen van braak. Je weet dat ze samen in die kamer zijn geweest, want er staat een fles wijn met twee glazen, of koffiekopjes. Je weet dat ze hebben zitten praten, zij was op haar gemak, ze vermoedde niets, ze stond daar gewoon, en hij stond achter haar, hij was bezig om iets te zeggen en dan, plotseling, zit dat ding om haar nek en ze schrikt, wat...?!, ze probeert haar vingers onder dat snoer te krijgen. Misschien draait hij haar om, want hij is gestoord, hij wil haar ogen zien, hij wil haar gezicht zien, want hij is een controlfreak en nu kijkt ze hem aan en ze weet...'

Hij moet snel besluiten. Hij loopt om het huis heen, voorbij de achterdeur, en hij ziet dat dit de beste ingang is, er is geen veiligheidshek, alleen een gewoon slot. En hij moet naar binnen, want hoe langer hij buiten blijft, hoe groter de kans dat hij gezien wordt.

Hij heeft de assegaai achter zijn rug, onder zijn hemd, de steel vlak onder zijn nek, het lange lemmet onder zijn riem. Hij brengt zijn rechterhand omhoog, trekt het wapen onder zijn kleren vandaan. Hij tilt zijn gelaarsde voet op, mikt op het slot en schopt met al zijn kracht de houten deur open.

Een uitspraak in de rechtszaak waarin kinderopvangeigenaar Colin Pretorius terechtstaat op verschillende aanklachten van kinderverkrachting en -molestatie en het bezit van kinderpornografie wordt morgen verwacht. Pretorius heeft geen verklaring afgelegd.

De keuken is donker. Hij holt verder, naar de lichten. In de gang slaat hij links af, naar waar hij vermoedt dat de zitkamer is. Geluid van de televisie. Hij holt, de assegaai in zijn hand. Woonkamer, bank, stoelen, het ingeblikte geluid van een sitcom. Niemand. Hij draait zich om, ziet een beweging aan de andere kant van de gang. Daar staat de man, verstard in de lichtbundel die uit een deur komt, zijn mond halfgeopend.

Een moment lang staan ze tegenover elkaar aan de uiteinden

van de gang. Dan gaat zijn prooi ervandoor en hij zet de achtervolging in. Het alarm moet in de slaapkamer zijn. Hij moet hem tegenhouden. De deur aan het einde van de gang slaat dicht. Hij laat zijn schouder zakken, zes, vijf, vier treden, de deur valt met een klap dicht, drie, twee, één, een sleutel wordt omgedraaid in het slot en dan raakt hij de deur, het geluid van een kanonsschot, de pijn die door zijn lichaam schiet.

De deur blijft dicht.

Hij haalt het niet. Hij gaat achteruit, hij zal de deur open moeten trappen, maar dan is het al te laat, Pretorius zal het alarm activeren.

'Dat beeld in mijn kop, dokter... Het is alsof ze boven een afgrond hangt en zich vastklampt aan het leven. En als hij haar wurgt, dan kan ze voelen hoe ze haar greep verliest, naarmate de kracht uit haar wegtrekt. Ze weet dat ze niet moet vallen, ze wil niet, ze wil leven, ze wil naar boven klimmen, maar hij perst alle kracht uit haar en ze begint weg te glippen. Er is een verschrikkelijke angst, want het is donker daarbeneden, het is zwart, of rood, of bruin daar, en dan kan ze zich gewoon niet langer vasthouden en ze valt.'

Even is er paniek in zijn hoofd: de gesloten deur, de scherpe pijn in zijn schouder, de wetenschap dat het alarm nu begint te loeien. Dan zuigt hij zijn adem diep in, neemt een besluit en trapt met zijn hak de deur open. De adrenaline nu dik. Hout dat versplintert. De deur is open. Het alarm begint te janken, ergens tegen het dak. Pretorius staat bij de hangkast, strekt zijn hand uit naar boven, zoekt een wapen. Hij duwt de man tegen de kast, de lange, magere gestalte, bebrild, met een slordige kuif. Hij valt. Tobela is boven op hem, een knie op zijn borst, de assegaai op zijn keel.

'Ik ben hier vanwege de kinderen,' zegt hij hard boven het geluid van het alarm uit, nu kalm.

De ogen die naar de assegaai kijken, knipperen. Er is geen vrees. Iets anders. Verwachting. Een verzuchting.

'Ja,' zegt Pretorius.

Hij stoot de punt van het lange mes door zijn borstbeen.

'En het moment dat ze valt, schreeuwt ze. De dood is daarbeneden en het leven hierboven en de schreeuw stijgt op, stijgt altijd op, blijft hier. Hij beweegt snel, het lijkt op... op water dat je uit een emmer gooit. Dat is alles wat overblijft. Vol van verschrikkelijke angst. En... verlies.'

Griessel zwijgt even en als hij weer praat, is het zachter. 'Wat mij het bangst maakt, is dat ik weet dat het niet echt is, dokter. Als ik het probeer te beredeneren, dan weet ik dat het mijn eigen verbeelding is. Maar waar komt het vandaan? Waarom doet mijn hoofd dat? Waarom is die schreeuw zo scherp, zo helder, zo hard? En zo... verdomd wanhopig? Ik ben niet gek. Niet helemaal – ik bedoel, ze zeggen toch dat als je weet dat je een beetje gek bent, dan gaat het goed met je, want de echte gekken hebben het niet door?'

Barkhuizen lacht. Bennie wordt erdoor verrast, maar het is een instemmende lach en hij grinnikt mee.

Hij rent het huis door, het alarm eentonig, kermend. De achterdeur door, om het huis heen, naar de verlichte straat. Hij zwenkt naar rechts. Hij kan het park aan de overkant zien, de veiligheid van het donker en de schaduwen. Hij voelt duizenden ogen op zich gericht. Zijn benen malen regelmatig rond, zijn adem jaagt, instinctief trekt hij zijn hoofd tussen zijn schouders, spant hij zijn rugspieren voor de kogel die gaat komen, zijn oren gespitst voor een uitroep, voor het geluid van een patrouillewagen, zijn voetstappen luid op het asfalt.

Als hij tussen de struiken is, vertraagt hij zijn pas, door het licht van de lantaarns heeft hij moeite om in het donker te zien. Hij moet voorzichtiger zijn weg banen, nergens over struikelen. Hij kan het zich niet veroorloven om te vallen en iets te verstuiken of te verrekken.

'Je weet waar het echt vandaan komt,' zegt Barkhuizen.

'Huh?'

'Je weet het, Bennie. Als je er goed over nadenkt. Er zijn bijkomende factoren. Je werk. Ik denk dat jullie allemaal permanent aan posttraumatische stress lijden – met zoveel moord en doodslag. Maar dat is niet de échte reden. De oorsprong ligt ergens anders. Dat wat het drinken veroorzaakt, wat mij ook aan het zuipen bracht.'

Griessel kijkt hem lang aan en dan laat hij zijn hoofd zakken. 'Ik weet het,' zegt hij.

'Zeg het, Bennie.'

'Dokter...'

'Zeg het.'

'Ik ben bang om eraan te gaan, dokter. Ik ben zo bang voor de dood.'

Hij zit achter het stuur. Zijn ademhaling is nog niet bedaard, het zweet gutst van hem af, zijn hart gaat wild tekeer. Jemig, hij is veertig – te oud voor dit soort dingen.

Hij steekt de sleutel in het contact.

Er is één verschil. Zijn zeventien doelwitten voor de KGB... Hij deed zijn werk meestal onverschillig, mechanisch, soms onwillig als het een bleke pennenlikker met kromme schouders en waterige ogen was.

Maar nu niet. Nu is het anders. Toen de assegaai het hart van de man binnendrong, was er een gevoel van euforie. Van absolute gerechtigheid.

Misschien heeft hij, eindelijk, zijn roeping gevonden.

18

Ze belde hem de volgende ochtend op zijn hotelkamer. Vanuit een telefooncel, met Sonia op haar arm.

'Vijfhonderd rand,' zo maakte ze zichzelf bekend, met een vlakke stem die moest verhullen hoe zenuwachtig ze was.

Het kostte hem slechts luttele seconden om het verband te leggen en hij zei: 'Kun je om zes uur hier zijn?'

'Ja.'

'Kamer 1036, de Holiday Inn tegenover de ingang van The Waterfront.'

'Zes uur,' zei ze.

'Hoe heet je?'

Het was alsof haar hart stilstond. Ze wilde haar eigen naam niet noemen, maar ze kon ook geen andere naam bedenken. Ze wilde niet te lang aarzelen, want dan zou hij weten dat het een verzinsel was – ze zei het eerste wat in haar op kwam.

'Bibi.'

Later zou ze zich afvragen: waarom juist die naam? Betekende het iets, was er een of andere psychologische connotatie mee verbonden, een leidraad om zichzelf beter te begrijpen? Van Christine naar Bibi. Een sprong, een nieuwe identiteit, een nieuwe creatie. Het was een geboorte, in zekere zin. Het was ook een muur. Eerst dun, als papier, doorzichtig, breekbaar. Eerst.

'Ik heb het me al vaak afgevraagd,' zegt ze, want ze wil het verhaal deze keer goed vertellen.

'Het geld was belangrijk. Zoals wanneer je meedoet met de lotto en je gaat bedenken wat je allemaal met de jackpot gaat doen. Je geeft het uit aan jezelf, aan je kind en jezelf. Verstandige aankopen, je smijt het niet over de balk. Jij wordt geen slechte rijke. Daarom ga je winnen. Want ze zijn het aan je verschuldigd. Je verdient het.

Maar het geld was niet het belangrijkste. Er was iets anders, iets wat al sinds mijn schooltijd meespeelde. Toen ik naar bed ging met die vriend van mijn vader. En die leraar. Hoe ik me toen voelde. Ik had ze in mijn macht, maar ik had mezelf niet in mijn macht. Ik weet niet hoe ik het zeggen moet. Ik was niet ín mezelf. En toch ook weer wel.'

Dit zijn niet de goede woorden, denkt ze, en ze maakt met haar handen een gebaar van frustratie. De dominee reageert niet, blijft afwachtend zitten, misschien vastgenageld.

Ze sluit haar ogen in concentratie en zegt: 'Het makkelijke is de macht. Op een middag, toen ik naar huis liep, kreeg ik van oom Sarel, een vriend van mijn vader, een lift aangeboden. Toen ik het portier van zijn auto dichttrok en naar hem keek, toen zag ik al dat hij me wilde hebben. En toen vroeg ik me af wat hij zou zeggen, wat hij zou doen? Hij hield het stuur met beide handen stijf vast, want hij zat te trillen en hij wilde niet dat ik het doorhad. Toen voelde ik hoe sterk ik was. En ik speelde met hem. Hij zei dat hij met me wilde praten, even maar, konden we een stukje rijden? Hij was te bang om me aan te kijken, ik zag dat hij doodsbenauwd was en ik voelde me onwijs cool en ik zei: "Hè ja, leuk." Ik acteerde, ik speelde dat ik onschuldig was, dat is wat hij wilde. En hij praatte maar, een hoop onzin, hij bleef maar praten en hij stopte bij de rivier en ik ging door met mijn act en hij vertelde me dat ik hem allang was opgevallen en dat hij me sexy vond, maar hij respecteerde me en toen legde ik mijn hand op zijn pik en ik keek naar zijn gezicht en zijn ogen en zijn mond begonnen zo vreemd te doen en dáárvan werd ik... opgewonden.

En het was lekker om te weten dat ze me wilden hebben, het was lekker om te zien hoe graag hij me wilde, het geeft je het gevoel dat je gewénst bent, je vader denkt dat je niets bent, maar zij denken daar anders over. Grote mensen die denken dat jij fantastisch bent.

Maar toen hij met me vree, toen was het alsof ik niet in mijn lichaam was. Het is iemand anders, ik sta ernaast, ik kan alles voelen, ik kan zijn pik voelen en zijn lijf en alles, maar ik sta erbuiten. En ik kijk naar die man en dat meisje en ik denk: wat doet ze – ze zal pijn gaan voelen. Maar ook dat is oké.

Dat was het vreemdste van alles, dat pijn voelen oké is.'

Ze had iemand gevonden om haar die avond bij Trawlers te vervangen. Ze bracht de dag met Sonia door, fietste langs de zee naar het zwembad in Seepunt, en langzaam terug. Ze dacht na over wat ze zou aantrekken en er was iets van afwachting in haar en dat oude gevoel buiten zichzelf te staan, het vage bewustzijn van pijn voelen en de eigenaardige bevrediging daarin.

Ze bracht haar dochter tegen vier uur naar de oppas. Ze bleef lang in bad liggen, waste en föhnde haar haar, trok een string, het gebloemde coltruitje, een spijkerbroek en sandalen aan en nam tegen halfzes haar fiets, zodat ze rustig kon rijden, want ze wilde niet natgezweet en buiten adem bij het hotel aankomen. Het lijkt wel een afspraakje, dacht ze. En terwijl ze tussen het spitsverkeer in de Kloofstraat door slalomde, zag ze hoe de mannen in hun auto's hun hoofden omdraaiden. Ze glimlachte bij zichzelf, want niet een van hen wist wat ze was en waar ze heen ging. *Hier komt de hoer op de fiets.*

Het was niet zo erg.

Hij was een gewone kerel. Hij had geen vreemde verzoeken. Hij ontving haar met bijna overdreven hoffelijkheid en praatte met haar op fluistertoon. Hij wilde dat ze hem streelde, hem aanraakte en bij hem kwam liggen. Maar eerst moest ze zich uitkleden en hij had gesidderd en gezegd: 'God, wat een lichaam heb jij,' en hij had zijn vingerpunten langzaam over haar kuiten, haar dijen en haar buik laten gaan. Hij had haar borsten gezoend en aan haar tepels gesabbeld. En toen de seks. Hij had zijn orgasme snel en kreunend en met dichtgeknepen ogen bereikt, hij was boven op haar blijven liggen en had gevraagd: 'Hoe was het voor jou?' Ze had gezegd dat het fantastisch was, want dat was wat hij wilde horen.

En toen ze om 19.20 uur met haar fiets de lange hellingen weer op reed, bedacht ze met een zekere deernis dat wat hij eigenlijk wilde, was met haar praten. Over zijn werk, zijn huwelijk, over zijn kinderen. Wat hij eigenlijk wilde, was de eenzaamheid van die vier hotelkamermuren verdrijven. Wat hij eigenlijk wilde, was een luisterend oor.

Later, toen het haar beroep was geworden, zou ze zich realiseren dat de meesten van hen zo waren. Ze betaalden om een uur lang weer iemand te zijn.

Maar die avond kon ze er alleen maar aan denken dat ze geluk had gehad, want hij had ook een hufter kunnen zijn. En in haar appartement, toen Sonia sliep, had ze de vijf nieuwe briefjes van honderd rand uit haar portemonnee gehaald en voor zich uitgespreid. Bijna een week werk bij Trawlers. Als ze er één per dag kon doen, niet meer dan vijf dagen per week. Tienduizend rand per maand. Als ze alle rekeningen betaald had, zou er zevenduizend overblijven om uit te geven. Zevenduizend rand.

Drie dagen later kocht ze een mobiele telefoon en zette ze een advertentie in de *Snuffelgids* van *Die Burger*. Ze had de andere onder het kopje *Volwasse Dienste* eerst zorgvuldig bestudeerd voor ze haar eigen bewoording had gekozen: 'Bibi. Nieuw en fris. 22-jarige blondine met een droomlijf. Genot gewaarborgd, alleen voor top-zakenmannen.' En het nummer.

Hij was op een maandag voor het eerst verschenen. Haar telefoon was net na negen uur overgegaan. Ze had hem doelbewust niet onmiddellijk opgenomen. En toen, met een rustige stem: 'Hallo.'

Hij had geen hotelkamer. Hij wilde naar haar toe komen. Ze zei nee, ze deed alleen escort. Hij klonk teleurgesteld. En voor de telefoon weer luidde, dacht ze: waarom niet? Maar er waren te veel redenen. Dit was het huis van haar en Sonia – waar zij, Christine, veilig was. Veilig, het adres dat alleen zij kende. Zo zou ze het houden.

Er ontwikkelde zich een patroon. Als ze 's ochtends belden, waren het mannen uit de omgeving die bij haar langs wilden komen. 's Middags en 's avonds was het hotelwerk. De eerste week verdiende ze tweeduizend, want ze nam maar één telefoontje per avond aan en zette de telefoon dan uit – en donderdagavond was Sonia niet lekker geweest en had ze besloten om niet te werken. In de tweede week besloot ze er twee per dag te doen, één 's middags, één 's avonds. Zo erg zou dat niet zijn, het gaf haar tijd om flink in bad te gaan, weer parfum op te doen... Het kon haar inkomsten verdubbelen, het kon compenseren voor de avonden dat er geen klanten waren.

Klanten. Dat was niet haar woord. Ze had op een middag een telefoontje gehad, een vrouwenstem. Vanessa. 'We zitten in hetzelfde vak. Ik heb je advertentie gezien. Heb je zin om koffie te gaan drinken?'

Dat was haar inlijving in wat Vanessa, echte naam Truida, de VDKH noemde: de Vereniging van Dure Kaapse Hoeren. 'Net zoiets als de Bond van Plattelandsvrouwen, we openen alleen niet met schriftlezing en gebed.' Vanessa was die ene achter 'Jonge roodharige studente, noordelijke voorsteden. Leer me hoe. Upmarket en exclusief.'

In een koffiebar in het voetgangersdeel van de Kerkstraat vertelde ze haar levensverhaal, een vrouw met een scherp gezicht en een gave huid, een litteken op haar kin en rode haren uit een dure fles. Ze kwam uit Ermelo. Ze wilde graag aan de benauwenis van haar geboortedorp en het burgerlijke leven van haar ouders ontsnappen. Ze had een jaar lang een secretaresse-opleiding gevolgd bij een Technikon in Johannesburg en ze had een baan gevonden bij een onderhoudsbedrijf voor luchtcompressors in Midrand. Ze raakte verliefd op een jonge Zweed die ze in een discotheek in Sandton had ontmoet. Karl. De man met het onbegrensde libido. Ze hadden soms hele weekeinden in bed doorgebracht. Ze was verslaafd aan hem geraakt, aan de orgasmen, intens en veelvuldig, aan de constante prikkeling, de geweldige energie. Ze wilde hem, tegen elke prijs, blijven bevredigen, al vergde dat elke week een beetje meer, een stapje verder het onbekende in. Zoals de kikker die zich levend laat koken als de temperatuur van het water maar langzaam genoeg wordt opgevoerd. Ze was gehypnotiseerd door zijn lichaam, zijn penis, zijn wereldwijsheid. Drank, speelgoed, ecstasy, rollenspel. Toen belde hij op een zaterdagavond een prostituee zodat ze met z'n drieën konden zijn. En een maand later nam hij haar voor het eerst mee naar een bordeel, een groot, mooi huis op een landgoed in Bryanston. Ze besefte slechts vaag dat hij hier geen onbekende was. De eerste week moest ze toekijken hoe hij twee van hen neukte, de tweede week moest ze meedoen – vier lijven die friemelden als slangen – en ten slotte wilde hij toekijken terwijl zij met twee mannelijke klanten seks had in een grote slaapkamer met een hemelbed.

Toen ze bij die plek in Bryanston voor het eerst hoorde wat de meisjes verdienden, lachte ze vol ongeloof. Zes weken nadat Karl haar in de steek gelaten had, reed ze erheen en zei dat ze werk zocht. Omdat ze hoopte dat ze hem daar zou zien, omdat ze het geld wilde, omdat ze zo verloren was. Maar niet verloren genoeg om blind te zijn voor hoe het er daarbinnen aan toe ging. Te veel van de meisjes onderhielden mannen, mannen die ze sloegen, die elke zondag hun geld afpakten om er drank of drugs mee te kopen. Te veel waren er zelf afhankelijk van het bijkomende voordeel van cocaïne, soms heroïne, die volop beschikbaar was. En de club hield de helft van alle inkomsten in. Toen ze Karl uit haar hoofd had gezet, was ze naar de Kaap gekomen, alleen, ervaren en doelgericht.

'De kunst is om te sparen, want je wilt niet over tien jaar net als die vijftigrandhoeren op straat staan en hopen dat iemand snel gepijpt wil worden. Blijf van de drugs af en spaar. Ga met pensioen als je dertig bent.'

En: 'Weet je dat je zijn naam moet vragen?'

'Nee.'

'Als ze bellen, vraag dan met wie je spreekt. Vraag een naam.'

'Wat maakt dat uit? De meesten liegen.'

'Als ze liegen, is dat goed nieuws. Alleen getrouwde mannen liegen. En ik heb nog nooit problemen met een getrouwde vent gehad. Het zijn die kerels die geen vrouw kunnen krijgen voor wie je moet oppassen. De grote truc is om de naam die hij noemt, te gebruiken terwijl je met hem praat. Keer op keer. Zo verkoop je jezelf via de telefoon. Denk eraan, hij is nog bezig de markt te verkennen, want er zijn heel wat advertenties en heel wat mogelijkheden en hij kan die vijfhonderd rand niet van zijn ziekenfonds terugvragen. Noem zijn naam, ook al is het een valse. Daarmee zeg je dat je hem gelooft, hem vertrouwt. Dat hij voor jou belangrijk is. Het streelt zijn ego, het geeft hem het gevoel dat hij bijzonder is. En dat is de reden dat hij belt. Zodat iemand hem bijzonder kan laten voelen.'

'Waarom geef je mij al die tips?'

'Waarom niet?'

'Zijn we niet een soort concurrenten van elkaar?'

'Lieve schat, het draait allemaal om vraag en aanbod. De vraag van behoeftige mannen is onbeperkt in deze stad, maar het aanbod van hoeren die echt vijfhonderd rand waard zijn... Bah, je zou sommigen eens moeten zien. En die kerels merken dat heus wel.'

En: 'Zoek een aparte plek om te werken. Je wil geen klanten die jou thuis komen lastigvallen. Dat doen ze, ze komen stomdronken op een zaterdagavond zonder afspraak aan je deur en huilen: "I love you, I love you."'

En: 'Ik heb al eens een maand van vijfenvijftigduizend gehad, shit, ik kreeg mijn benen geen moment bij elkaar, het was een beetje erg. Maar als je continu drie kerels per dag kunt doen, verdien je in een goeie maand makkelijk dertigduizend, belastingvrij. Je moet zeilen als de wind waait, want sommige maanden zijn stil. December is fantastisch. Adverteer ook in de *Argus*, dan weten de toeristen je te vinden. En bij *Sextrader* op internet. En als de beller praat met een accent, vraag je zeshonderd.'

En: 'Het is de schuld van hun vrouwen. Ze zeggen allemaal hetzelfde. Mammie wil niet meer vrijen. Mammie wil me niet pijpen, wil geen nieuwe standjes proberen. Wij zijn therapeuten, echt waar, ik zie toch hoe ze binnenkomen en hoe ze weggaan.'

Vanessa vertelde haar over de andere leden van de VDKH – Afrikaans en Engels, blank, bruin, zwart, een klein, teer vrouwtje uit Thailand. Christine had er hooguit drie of vier ontmoet, met een paar andere via de telefoon gesproken, want ze had niet veel zin om betrokken te raken – ze wilde haar afstand, haar anonimiteit behouden. Maar sommige adviezen volgde ze op. Ze huurde een kamer bij het Garden Centre en stelde haar doelstellingen bij. Het geld stroomde binnen.

Haar dagen en weken begonnen structuur te krijgen. De ochtenden waren voor Sonia, net als de weekeinden, behalve die paar keer dat ze was geboekt voor een weekeinde op een jacht, maar dan was het geld de moeite waard. Ze werkte van twaalf uur 's middags tot negen uur 's avonds en haalde dan haar dochter op bij de oppasmoeder die dacht dat ze verpleegster was.

En elke derde maand belde ze haar moeder.

Ze had een auto gekocht, contant, een blauwe Volkswagen Citi Golf uit 1998. Ze waren verhuisd naar een groter appartement, een ruime tweekamerflat in hetzelfde gebouw. Ze had hem stukje bij beetje gemeubileerd, als een legpuzzel. Ook satelliettelevisie, een automatische wasmachine en een magnetron. Een mountainbike van zesduizend rand omdat de verkoper haar van top tot teen had opgenomen en haar toen de modellen van zevenhonderdnegenennegentig rand had laten zien.

Een jaar nadat ze de eerste advertentie had geplaatst ging ze met Sonia twee weken op vakantie in Knysna. Op de terugweg stopte ze bij een verkeerslicht in het dorp en keek naar het bord dat aangaf dat links Kaapstad lag en rechts Port Elizabeth. Op dat moment wilde ze rechts afslaan, ze wilde ergens anders heen, een nieuwe stad, een nieuw leven.

Een gewoon leven.

Haar vaste klanten hadden haar gemist. Er stonden heel wat berichten op haar voicemail toen ze haar mobiel voor het eerst weer aanzette.

Ze was bijna twee jaar in de Kaap toen ze op een dag weer eens naar huis belde. Haar moeder huilde toen ze haar dochters stem hoorde. 'Je vader is al drie weken dood.'

Het huilen, kon ze horen, was niet alleen om het verlies. Er klonk ook verwijt in door. Verwijt dat zei dat Christine de schuld was van zijn hartaanval. Verwijt dat haar moeder dit alles alleen moest doormaken. Dat ze niemand had gehad om op te steunen. Desondanks was de emotie die ze voelde, verrassend scherp en diep, zodat ze reageerde met een uitroep vol pijn.

'Waarom dat geluid?' vroeg haar moeder.

Ze wist het zelf niet. Ze voelde verlies en schuld en zelfmedelijden en berouw, maar het was het verlies dat haar verstomde. Omdat ze hem zo had gehaat. Ze begon te huilen en ze zou pas later alle redenen daarvoor uitpluizen: over haar afwezigheid, over haar schuld. Over haar moeders alleen-zijn en haar plotselinge vrijheid. Over het definitieve verlies van haar vaders goedkeuring. Over het eerste besef dat de dood ook op háár wachtte.

Maar ze kon niet begrijpen waarom het eerste wat ze zei, over Sonia ging. 'Ik heb een kind, mama.'

Het was er zomaar uit gekomen, als een dier dat eindeloos op de loer heeft gelegen voor de deur van zijn hok.

Het duurde lang voor haar moeder antwoord gaf, lang genoeg om haar te laten wensen dat ze het nooit gezegd had. Maar haar moeders reactie was anders dan ze verwacht had: 'Wat is zijn naam?'

'Háár naam, mam. Haar naam is Sonia.'

'Is ze twee jaar oud?' Want haar moeder was niet op haar achterhoofd gevallen.

'Ja.'

'Mijn arme, arme kind.' En toen huilden ze samen, om alles. Maar toen haar moeder later vroeg: 'Wanneer kan ik mijn kleinkind zien? Met Kerstmis?' was ze ontwijkend. 'Ik werk met Kerstmis, mam. Misschien in het nieuwe jaar.'

'Ik kan langskomen. Ik kan oppassen terwijl jij werkt.' Ze hoorde de wanhoop in haar moeders stem, een vrouw die iets goeds en moois in haar leven nodig had na zó veel jaren vol problemen. En ze wilde het haar moeder geven, op dat moment. Ze wilde zo graag haar schuld vereffenen, maar er was nog altijd een geheim dat ze niet kon delen.

'We komen langs, mam. In januari, dat beloof ik je.'

Die dag werkte ze niet.

Die avond, nadat Sonia in slaap was gevallen, sneed ze zichzelf voor het eerst. Ze wist niet waarom ze het deed. Misschien om haar vader. Ze zocht in de badkamer, maar kon niets vinden. Toen ging ze naar de keuken. In een la zag ze het mes liggen dat ze gebruikte om groente schoon te maken. Ze pakte het en ging in de kleine woonkamer zitten, ze liet haar ogen over haar lichaam glijden en wist dat ze niet kon snijden waar het te zien zou zijn – niet in háár beroep. Toen koos ze haar voet. De onderkant, het stuk tussen de bal van haar voet en haar hiel. Ze stak het mes erin en trok het terug. Toen het bloed begon te vloeien, schrok ze, ze hinkte naar de badkamer en hield de voet boven het bad. Voelde de pijn. Keek naar de druppels die langs de rand van het bad naar beneden liepen.

Later boende ze het bloedspoor weg. Voelde de pijn onder haar voet. Weigerde om erover na te denken. Wist dat ze het opnieuw zou doen.

Ook de volgende dag werkte ze niet. Het was begin december, bonusmaand. Ze wilde niet meer. Ze wilde een leven waarin ze tegen haar dochter kon zeggen: 'Oma Martie komt logeren.' Ze had genoeg van de leugens, tegen de oppasmoeders, of tegen andere moeders bij de crèche. Ze had genoeg van haar klanten en hun zielige behoeften, hun afhankelijkheid. Ze wilde 'ja' kunnen zeggen als er bij de McDonald's weer eens een hoffelijke, aantrekkelijke man bij hun tafeltje kwam staan die vroeg of hij voor Sonia en haar een ijsje mocht kopen. Al was het maar één keer.

Maar het was vakantiemaand, de maand van het grote geld.

Ze had een schikking met zichzelf getroffen. Ze zou in december werken, zoveel ze kon. Zodat ze het zich kon permitteren om in januari bij haar moeder in Upington te gaan logeren. En als ze terugkwamen, zou ze ander werk zoeken.

Ze kwam al haar beloftes na. Martie van Rooyen ging tijdens

die twee weken in Upington op in haar kleindochter. En ze voelde iets van haar dochters bestaan aan. 'Je bent anders, Christine. Hard.'

Ze loog tegen haar moeder over haar werk, zei dat ze van alles en nog wat deed, hier en daar. Ze sneed zich in haar moeders badkamer in haar andere voet. Die keer vertelde het bloed haar dat ze moest ophouden. Met alles.

De volgende dag zei ze tegen haar moeder dat ze hoopte in het nieuwe jaar een vaste baan te krijgen. En die kreeg ze ook.

Ze werd aangenomen als vertegenwoordigster bij een klein bedrijfje dat uit zeewierextract medicinale gezichtscrèmes vervaardigde. Ze moest apotheken in de binnenstad en in de zuidelijke voorsteden bezoeken. Ze hield het twee maanden vol. De eerste terugslag kwam toen ze bij een Link-apotheek in Noordhoek binnenstapte en in de apotheker één van haar voormalige klanten herkende. De tweede was toen haar nieuwe baas zijn hand op haar been legde toen ze met zijn auto onderweg waren. Wat de doorslag gaf, was haar salarisstrookje aan het einde van de maand. Bruto inkomen: negenduizend en nog wat. Netto inkomen: zesduizendvierhonderd rand, inclusief commissie, na aftrek van belasting en werkloosheidsverzekering en wie weet wat nog meer.

Toen begon ze opnieuw na te denken. Ze was eenentwintig jaar oud. Ze had als escort gemiddeld meer dan dertigduizend rand per maand verdiend, waarvan ze elke maand twintigduizend had gespaard. Nadat ze de auto had gekocht en andere grotere uitgaven had gedaan had ze nog steeds bijna tweehonderdduizend op de bank. Als ze nog vier jaar werkte... tot Sonia naar school ging. Maar vier jaar. Twee-, tweehonderdvijftig mille per jaar sparen, misschien meer. Dan kon ze zich een gewone baan permitteren. Maar vier jaar.

Het was bijna gelukt. Maar toen pakte ze op een dag haar mobiel op en Carlos Sangrenegra zei: 'Conchita?'

19

Hij checkt uit bij het hotel in Parow, want zijn behoeften zijn veranderd. Hij wil nu grotere anonimiteit, zijn komen en gaan mag niet langer opgemerkt worden. Hij rijdt naar de stad, want daar kan hij tijd doorbrengen zonder de aandacht te trekken. Bij een openbare telefoon in Golden Acre belt hij de rechercheur in Umtata en vraagt of er al nieuws is over Khoza en Ramphele.

'Ik dacht dat u ze zou vangen.'

'Het lukt niet,' zegt hij.

'Nog niet zo makkelijk, hè?'

'Nee.'

'Nou,' zegt de speurder, geïrriteerd dat Tobela zich zo snel gewonnen geeft, 'van deze kant valt eigenlijk ook niet zoveel te melden.'

'Eigenlijk niet.'

'Niets.'

In Adderleystraat koopt hij *Die Burger* en hij loopt naar de Spur in de Strandstraat om te ontbijten. Nadat hij besteld heeft, slaat hij de krant voor zich open. Het hoofdbericht gaat over de poging om het WK Voetbal in 2010 naar Zuid-Afrika te halen. Onder aan de voorpagina staat de kop *Homostel vast wegens dood van kind*. Hij leest. Een vrouw is in hechtenis genomen op aanklacht van moord op de vijfjarige dochter van haar vriendin. Het kind is, vermoedelijk tijdens een woedeaanval, met een biljartstok tegen het hoofd geslagen.

Zijn koffie komt. Hij scheurt een staafje suiker open, giet het boven zijn kopje leeg en roert.

Waar gaat hij heen?

Als kinderen er niet op kunnen vertrouwen dat het rechtssysteem van een land hen zal beschermen, op wie kunnen ze dan wel vertrouwen?

Hoe kan hij dat bereiken? Hoe kan hij het punt bereiken dat hij de kinderen zal beschermen door dat wat hij doet? Dat iedereen weet: je kunt een kind met geen vinger meer aanraken. Zodat er geen twijfel meer over bestaat: de doodstraf is heringevoerd.

Hij probeert met een voorzichtige slok de temperatuur van zijn koffie.

Hij is te haastig. Het komt. Het zal even duren voor de boodschap duidelijk is, maar het komt. Hij moet alleen zijn doel niet uit het oog verliezen.

'Geen sprake van,' zegt Woolworths' hoofd Public Relations, een blanke vrouw, voor in de veertig. Ze zit naast sergeant André Marais in een vergaderzaal op het hoofdkantoor van de winkelketen in de Langmarkstraat. Het contrast tussen beide vrouwen is groot. Het komt alleen maar door het geld, denkt Griessel. En door de omgeving. Zet deze vrouw met haar keurig verzorgde nagels drie maanden lang tegen een politiesalaris in een stijf grijs pakje achter de balie van bureau Claremont en kijk wat er gebeurt.

Ze zitten met zes mensen om de ronde tafel: January, filiaalchef van de winkel in The Waterfront, Kleyn, de dame van de pr, Marais, Griessel, en zijn partner voor deze maand, inspecteur Cliffie Mketsu.

'Toch wel.' Griessel geniet ervan om deze vrouw hard aan te pakken. 'Want anders, mevrouw Kleyn...' Hij en Mketsu hebben afgesproken dat Griessel de schoft zal zijn, Cliffie de vredelievende Xhosa-rechercheur.

'Wat, anders?' Haar felrode mond is klein en ongelukkig onder haar rechte neus en overdadig opgemaakte ogen. Voor Griessel kan antwoorden, zegt ze: 'En het is *me.* Kleyn.'

'McClean?' zegt Cliffie, enigszins uit het veld geslagen, en ze haalt haar visitekaartje naar zich toe. 'Maar hier staat toch...'

'*Me.*,' zegt ze. 'Dus geen ge-mevrouw en geen ge-juffrouw. Maar dat is een moderne aanspreekvorm waar jullie bij de politie zeker nog nooit van gehoord hebben.'

'Laat ik u vertellen waar wij bij de politie wél van gehoord hebben, me. Kleyn,' zegt Griessel. Hij denkt dat het niet moeilijk moet zijn om tegenover deze vrouw de schoft uit te hangen. 'We hebben gehoord dat we vanmiddag een persconferentie kunnen beleggen om de media te vertellen dat er een seriemoordenaar rondwaart tussen de schappen van Woolworths. En of ze het nietsvermoedende publiek toch alsjeblieft op het hart willen drukken om uit de buurt te blijven voor er nog een onschuldige Woollies-klant met het snoer van een waterkoker wordt gewurgd. Die werkwijze, daarvan heeft dat achterlijke zootje bij de politie wél gehoord, me. Kleyn. Dus kom me niet aanzetten met je "geen sprake van" alsof ik zojuist heb voorgesteld om een winkelwagentjesrace door de paden te gaan houden.'

Zelfs onder de dikke laag make-up kan hij zien dat ze een dieprode kleur begint aan te nemen.

'Bennie, Bennie,' zegt Cliffie met een strelende stem. 'Ik denk niet dat het nodig is om met dreigementen te gaan strooien. We moeten ook begrip hebben voor het standpunt van me. Kleyn. Zij heeft alleen het belang van haar klanten voor ogen.'

'Ze heeft alleen het belang van de firma voor ogen. Ik stel voor dat we met de pers gaan praten.'

'Dat is afpersing,' zegt Kleyn, nu minder zelfverzekerd.

'Onnodig,' zegt Cliffie. 'Ik weet zeker dat we tot een vergelijk kunnen komen, mevrouw.'

'We zullen wel moeten,' zegt January, bedrijfsleider van het Waterfront-filiaal.

'Zei ik mevrouw? Neemt u me niet kwalijk, alstublieft,' zegt Cliffie.

'Ik kan me dat soort publiciteit niet permitteren,' zegt January.

'Macht van de gewoonte,' zegt Cliffie.

'Ik laat me niet afpersen,' zegt Kleyn.

'Natuurlijk niet, me. Kleyn.'

'Ik ga,' zegt Griessel en hij staat op.

'Mag ik iets zeggen?' vraagt sergeant André Marais met zachte stem.

'Natuurlijk, me. Marais,' zegt Cliffie joviaal.

'Bent u bang dat de klanten in uw winkel iets overkomt?' vraagt ze Kleyn.

'Natuurlijk. Kun je je voorstellen wat voor publiciteit dat zou betekenen?'

'Ja,' zegt Marais. 'Maar er is een manier om dat risico helemaal te elimineren.'

'O?' zegt Kleyn.

Griessel gaat weer zitten.

'Het enige wat we in de winkel willen doen, is om de verdachte zo ver te krijgen dat hij contact met mij legt. We vermoeden dat hij een praatje aanknoopt en het voor elkaar krijgt dat zo'n vrouw hem bij haar thuis uitnodigt. We kunnen in de winkel nog geen confrontatie aangaan of hem arresteren, daar is nog geen reden voor. Dus is er echt geen risico op een confrontatie.'

'Ik weet het niet...' zegt Kleyn, terwijl ze nadenkend haar lange, rode vingernagels bestudeert.

'Zal het u geruststellen als ik de enige van de politie in de winkel ben?'

'Rustig aan, sergeant,' zegt Griessel.

'Inspecteur, ik neem een radio mee en we weten dat de winkel een veilige omgeving is. Jullie kunnen buiten staan, waar dan ook.'

'Mij lijkt het een goed plan,' zegt Cliffie.

'Ik zie niet in waarom we een goede politieprocedure zouden moeten veranderen, alleen maar omdat de Gestapo het wil,' zegt Griessel. Hij staat opnieuw op.

Kleyn zuigt hoorbaar haar adem in, alsof ze wil reageren, maar hij geeft haar geen kans. 'Ik kan maar beter gaan. Als jullie uitverkoop willen houden, dan doen jullie dat maar zonder mij.'

'Uw voorstel bevalt me,' zegt Kleyn tegen André Marais, snel, zodat Griessel het kan horen voor hij de deur uit is.

Tobela staat bij de receptie van het City Lodge Hotel bij The Waterfront als de *Argus* binnenkomt. De bezorger laat de stapel kranten met een doffe klap op het houten oppervlak vallen, vlak naast hem. De kop van het hoofdbericht ligt onder zijn neus, maar hij is bezig om de registratiekaart in te vullen en hij heeft zijn aandacht niet bij de grote voorpagina-letters.

VIGILANTE MIKT OP KINDERVERKRACHTERS

Hij stopt met schrijven als de betekenis tot hem doordringt, zijn pen bevroren boven het papier. Wat staat daar – wat weten ze? De receptionist is bezig met het toetsenbord van een computer. Hij dwingt zichzelf om eerst de kaart verder in te vullen en te overhandigen. De receptionist geeft hem de elektronische kaartsleutel van zijn kamer en verduidelijkt hem hoe hij er komt.

'Kan ik een krant meenemen?'

'Natuurlijk, ik zet hem gelijk op uw rekening.'

Hij neemt er één, pakt zijn tas en loopt in de richting van de trappen. Hij leest.

Eén dag voor hij veroordeeld zou worden wegens verschillende aanklachten van verkrachting en kindermishandeling, is crècheeigenaar Colin Pretorius (34) vermoedelijk het tweede slachtoffer geworden van wat wel eens een met een assegaai uitgeruste vigilante zou kunnen zijn, vastbesloten om misdaden tegen kinderen te wreken.

Hij realiseert zich dat hij is blijven staan, dat zijn hart bonkt. Hij kijkt op, neemt de trap naar de eerste verdieping, wacht tot hij boven is voor hij verder leest.

Inspecteur Bushy Bezuidenhout van de Eenheid voor Ernstige en Geweldsmisdrijven (EGM), die het onderzoek leidt, sluit de mogelijkheid niet uit dat het steekwapen in deze zaak hetzelfde is als het mes dat is gebruikt bij de moord op Enver Davids drie dagen geleden.

In een exclusief verslag, gebaseerd op een anonieme telefoonoproep aan onze redactie, onthulde de Argus *gisteren dat het steekwapen een assegaai is...*

Wat weten ze? Zijn ogen zoeken, flitsen over de kolommen. *Inspecteur Bezuidenhout gaf toe dat de politie op dit moment nog geen verdachten heeft. Gevraagd of de moordenaar een vrouw kon zijn, antwoordde hij dat hij niet op deze mogelijkheid kon ingaan. (Zie pagina 16: De Artemis-factor)*

Hij maakt zijn kamerdeur open, zet de tas op de vloer neer en spreidt de krant op het bed uit. Hij bladert naar pagina 16.

De Griekse mythologie kende een vrouwelijke beschermer van kinderen, een meedogenloze goddelijke jageres, Artemis genaamd, die ongerechtigheden kon bestraffen met woeste en dodelijke accuratesse – en met zilveren pijlen. Maar hoe waarschijnlijk is een vrouwelijke wreker van misdaden tegen kinderen?

'Het is mogelijk dat deze moordenaar een vrouw is,' zegt criminologe Dr. Rita Payne. 'We gaan tot het uiterste als het gaat om de bescherming van onze kinderen, en er zijn verschillende gevallen bekend van moeders die hun toevlucht nemen tot ernstige misdaad, zelfs moord, om wat hun kinderen is aangedaan, te wreken.'

Maar er is één reden waarom de vermoede hedendaagse Artemis niet vrouwelijk zou kunnen zijn: 'Een assegaai is een onwaarschijnlijk wapen voor een vrouw. In gevallen waarin vrouwen steekwapens gebruikten om een slachtoffer te snijden of te steken, ging het telkens om een gelegenheidswapen, niet één dat met voorbedachten rade werd gebruikt,' aldus dr. Payne.

Dit sluit de mogelijkheid van een vrouwelijke vigilante echter nog niet helemaal uit...

Het zit hem niet lekker, al die publiciteit. Hij duwt de krant van zich af en staat op, schuift het gordijn voor het raam open. Hij kijkt uit op het kanaal en de toegangsweg naar The Waterfront. Hij staart naar de onophoudelijke stroom auto's en voetgangers en vraagt zich af wat het is dat hem dwarszit, waar deze nieuwe spanning in hem vandaan komt. Het feit dat de politie de zaak onderzoekt alsof hij een gewone misdadiger is? Hij wist dat dat ging gebeuren, hij had zich er geen illusies over gemaakt. Komt het doordat de krant alles zo banaal voorstelt?

Wat doet het ertoe of het een man of een vrouw is? Waarom concentreren ze zich niet liever op de kern van de zaak?

Iemand doet iets. Iemand vecht terug.

'Artemis.'

Hij spuugt het woord uit, maar het laat een bittere smaak achter in zijn mond.

Sinds ze hem over Sonia verteld heeft, lijkt het alsof de dominee moe is geworden. Zijn dunne haar ligt dichter tegen zijn hoofd, platgestreken door de grote hand die er steeds vaker even overheen gaat. Zijn baard krijgt een schaduw in het licht van de bureaulamp, het lichtblauwe katoenen hemd is gekreukeld, de opgerolde mouwen hangen halfstok en ongelijk. Zijn ogen rusten op haar met nog steeds dezelfde intensiteit, dezelfde onverdeelde aandacht, maar er is nu iets anders bijgekomen. Het lijkt alsof ze een vermoeden ziet, voorkennis van een tragedie.

'Je was erg overtuigend vandaag, Bennie,' zegt Cliffie Mketsu als ze achter sergeant André Marais aan naar de auto lopen.

'Om razend van te worden, zo'n verdomde me,' zegt Griessel en hij ziet sergeant Marais' rug voor hem verstijven.

'Je denkt natuurlijk dat ik iets tegen vrouwen heb, sergeant,' zegt hij. Hij weet wat er met hem aan de hand is. Hij weet dat hij langs de rand van de afgrond loopt. God allemachtig, die pillen helpen geen moer – zuipen wil hij, zijn hele lijf is één groot dorstig keelgat.

'Nee inspecteur,' zegt Marais met een onderdanigheid die hem irriteert.

'Zo ligt het niet. Het gaat me om vrouwen zoals zíj.' Met een hoog stemmetje: '*Een moderne aanspreekvorm waar jullie bij de politie zeker nog nooit van gehoord hebben.* Waarom hebben ze altijd en eeuwig commentaar op die verdomde politie? Waarom?'

Twee kleurlingen komen hen op de stoep tegemoet. Ze kijken naar Griessel.

'Bennie...' zegt Cliffie, terwijl hij een hand op zijn arm legt.

'Goed, goed,' zegt Griessel en hij haalt de sleutels uit zijn jaszak wanneer ze bij de politieauto komen. Hij doet open, stapt in, rekt zich uit om de andere deuren van slot te halen. Mketsu en Marais stappen ook in. Hij steekt de sleutel in het contact.

'Waarom moet ze zonodig een me zijn? Waarom? Wat is er mis met mevrouw? Of met juffrouw? Zesduizend jaar was het verdomme goed genoeg en nu moet zij zonodig zo'n rot-me zijn.'

'Bennie.'

'Waarom, Cliffie?' Hij kan het niet. Hij moet drinken. Hij zoekt naar het papiertje in zijn jaszak, hij kan zich niet herinneren waar het is.

'Ik weet het niet, Bennie,' zegt Cliffie. 'Laten we gaan.'

'Wacht even,' zegt hij.

'Als ik háár was, had ik ook me willen zijn,' zegt André Marais zachtjes vanaf de achterbank.

Hij vindt het papier, maakt de veiligheidsgordel weer los, zegt: 'Momentje,' en hij stapt uit. Hij leest het nummer dat op het papier staat en belt vanaf zijn mobiel.

'Barkhuizen,' zegt de stem aan de andere kant.

Hij loopt over de stoep, bij de auto vandaan. 'Dokter, die pillen van jou helpen dus mooi geen moer. Ik kan niet meer. Ik kan mijn werk niet doen. Ik ben een complete schoft. Ik wil iedereen in elkaar slaan. Zó kan ik niet doorgaan, dokter, ik ga nu verdomme een liter brandewijn kopen en het op een zuipen zetten, hoor je wel?'

'Ik hoor je, Bennie.'

'Mooi dokter, ik wilde het je alleen maar even vertellen.'

'Dank je, Bennie.'

'Dank je, Bennie?'

'Het is jouw keuze. Maar doe me één lol, voor je die eerste slok neemt.'

'Wat, dokter?'

'Bel je vrouw. En je kinderen. En vertel hun hetzelfde verhaal.'

20

Ze kijkt naar Sonia. Het kind ligt op het grote bed, één hand onder haar lijfje, het andere knuistje tegen haar open mondje. Haar fijne haar glanst in de namiddagzon die door het raam valt. Ze zit doodstil en bekijkt haar kind aandachtig. Deze keer zoekt ze niet naar gelaatstrekken die haar aan Viljoen herinneren, verlustigt ze zich niet in de perfectie van haar ledematen.

Het lichaam van haar kind. Ongeschonden. Onaangeroerd. Heilig, vlekkeloos, schoon.

Ze zal haar leren dat haar lichaampje iets moois is. Dat zíj mooi is. Dat ze mooi mág zijn. Dat ze aantrekkelijk en begeerlijk mag zijn – dat is geen zonde, geen vloek, maar een zegen. Iets waarvan ze kan genieten, waarop ze trots kan zijn. Ze zal Sonia leren dat ze, opgemaakt en mooi aangekleed, de aandacht van mannen kan trekken als ze over straat loopt, en dat dat goed is. Natuurlijk. Dat ze, als soldaten in oneindige gevechtslinies, haar vesting zullen bestormen. Maar dat ze een wapen heeft dat ervoor zorgt dat alleen die welke zíj uitkiest, haar mogen veroveren: liefde voor zichzelf.

Dat is het geschenk dat ze haar dochter zal geven.

Ze staat op en haalt het nieuwe mes dat ze bij @Home gekocht heeft. Ze neemt het mee naar de badkamer en doet de deur achter zich dicht. Ze gaat voor de spiegel staan en haalt het lemmet langzaam, zachtjes over haar gezicht, van haar wenkbrauw tot onder haar kin.

Ze wil zo graag harder drukken. Ze wil zo graag de huid openrijten en de pijn voelen.

Ze trekt haar T-shirt uit, knipt haar beha achter haar rug los en laat hem op de grond vallen. Ze houdt de punt van het mes tegen haar borst. Ze trekt een cirkel rond haar tepel. In haar verbeelding ziet ze het lemmet flitsen terwijl ze lange halen in haar borst kerft. Ze ziet de littekens, kriskras.

Nog maar twee jaar.

Ze gaat op de rand van het bad zitten en zwaait haar voeten eroverheen. Ze legt haar linkervoet op haar rechterknie. Het mes vooraan, tegen het kussentje naast de grote teen. En dan snijdt ze, diep en snel, rechtdoor tot aan haar hiel.

En wanneer ze de plotselinge pijn voelt en naar het bloed kijkt dat zich op de bodem van het bad verzamelt, denkt ze: Je bent ziek, Christine. Je bent ziek. Je bent ziek.

'In het begin was Carlos nogal verfrissend. Anders. Tegen mij. Ik denk dat het in Colombia veel meer oké is om naar een sekswerker te gaan dan hier bij ons, want hij had nooit zo'n houding van "stel nou dat iemand me heeft gezien" zoals de meeste van mijn klanten. Hij was zo'n klein, mager mannetje, hij had geen ons vet aan zijn lijf. Hij lachte altijd. Hij was altijd blij om me te zien. Hij zei dat ik de mooiste *conchita* was in de hele wereld. "Jij bent Carlos z'n *blonde bombshell.*" Zo praatte hij over zichzelf. Hij zei nooit "ik". "Carlos wil je klonen, en je naar Colombia exporteren. Carlos vindt je erg mooi."

Hij had mooie handen, dat is iets wat ik me van hem zal herinneren. Smalle handen, zoals die van een vrouw. Hij maakte een hoop lawaai als we seks hadden, geluiden en Spaanse woorden. Hij schreeuwde zó hard dat iemand eens op de deur kwam kloppen om te vragen of alles oké was.

Die eerste keer gaf hij me extra geld, tweehonderd rand. "Want jij bent de beste." En toen belde hij een paar dagen later weer. "Herinner je je Carlos nog? Nou, Carlos kan niet meer zonder je."

Hij maakte me aan het lachen, in het begin. Toen hij naar mijn kamer in het Gardens Centre kwam. Voor ik naar hem toe ging, voor ik wist wat hij deed. Voor hij jaloers begon te raken.'

Vóór Carlos schreef ze de brief.

'Jij was een goede moeder. Het was papa die er een puinhoop van maakte. En ik. Daarom laat ik Sonia bij jou achter.' Ze wilde er iets aan toevoegen, woorden die zeiden dat haar moeder een tweede kans met een meisje verdiende, maar ze had elke keer de regels doorgekrast, het papier verfrommeld en dan was ze opnieuw begonnen.

Ze was 's nachts op de rand van het bad gaan zitten en had met de punt van het mes over haar polsen gestreeld, tussen één en drie, alleen, Sonia sliep in de vrolijke kinderkamer met de zeemeeuwen tegen het plafond en Mickey Mouse aan de muur. Ze wist dat ze het mes niet diep kon laten snijden, want ze kon haar kind niet zomaar alleen laten. Ze moest een ander plan bedenken, de schade beperken.

Ze vroeg zich af hoeveel bloed er in het bad zou kunnen vloeien.

Hoe groot zou de verlichting zijn als al het kwaad eruit was?

Carlos Sangrenegra met zijn geradbraakte Engels en zijn Spaanse accent, zijn strakke spijkerbroeken en de snor die hij met zoveel zorg had laten groeien. En met het gouden kruisje aan de dunne ketting om zijn nek, het enige wat hij omhield als ze naar bed gingen, hoewel ze het niet vaak ín bed deden. '*Doggie*, Conchita, Carlos houdt van *doggie*.' Hij zat met zijn benen wijd op de vloer, zij gebogen over de rand van het bed. Hij was vanaf het begin anders. Hij was als een kind. Alles maakte hem opgewonden. Haar borsten, haar haarkleur, haar ogen, haar lichaam, haar geschoren schaamhaar.

Hij kwam binnen en kleedde zich uit, stijf rechtop en gereed, hij wilde niet eerst praten, hij had geen problemen.

'Wil je niet eerst wat praten?'

'Carlos betaalt geen vijfhonderd rand om te praten. Dat kan hij overal gratis doen.'

Zij mocht hem wel, die eerste paar keren, misschien omdat hij zo intens van haar genoot, omdat hij daar niet uitgepraat over raakte. En omdat hij bloemen meebracht, soms cadeautjes, en altijd wat extra's achterliet als hij wegging. In haar perceptie was het iets Zuid-Amerikaans, die vrijgevigheid, want ze had nog nooit eerder een Latijns-Amerikaanse klant gehad. Duitsers en Engelsen, Ieren (meestal dronken), Amerikanen, Nederlanders (vonden altijd wel iets om over te klagen) en Scandinaviërs (over het geheel genomen misschien de beste minnaars). Maar Carlos was iets nieuws. Een Colombiaan.

Zijn land van herkomst zei haar niets. Het was niet meer dan een vaag onthouden oranje vlekje in een schoolatlas.

'Wat doe je voor de kost?' Na zijn theatrale orgasme, hij met zijn hoofd tussen haar borsten.

'Wat Carlos doet? Weet je dat niet?'

'Nee.'

'Iedereen weet wat Carlos doet.'

'O.'

'Carlos is professionele minnaar. 's Werelds zwaargewicht sekskampioen. Iedere beurt een *knock-out*. Jij kan het weten, conchita.'

Toen lachte ze maar.

Hij douchte en kleedde zich aan, haalde nog meer biljetten uit zijn portemonnee en legde ze op het nachtkastje. 'Carlos geeft je een beetje extra.' Met die stijgende stem van hem, alsof het een vraag was, maar daar was ze al aan gewend. En toen stak hij een hand in de zak van zijn spijkerbroek en zei: 'Weet je niet wat Carlos doet?'

'Nee.'

'Weet je niet wat het nummer één exportartikel van Colombia is?'

'Nee.'

'Ach, conchita, je bent ook zo onschuldig,' zei hij. Hij hield een zakje in zijn hand, doorschijnend plastic met fijn, wit poeder erin. 'Weet je wat dit is?'

Ze maakte een handgebaar om aan te geven dat ze er maar naar raadde. 'Cocaïne?'

'Cocaïne ja, natuurlijk is het cocaïne. Colombia is de grootste cocaïneproducent ter wereld, conchita.'

'O!'

'Wil je?' Hij hield het pakje voor haar in de lucht.

'Nee, bedankt.'

Toen lachte hij, uitbundig. 'Wil jij geen A-kwaliteit, superspeciale, nummer één-, onversneden Colombiaanse sneeuw?'

'Ik gebruik geen drugs,' zei ze een beetje verlegen, alsof ze zijn land ermee beledigde.

Zijn gezicht plotseling ernstig. 'Ja, Carlos' conchita is clean.'

De eerste voortekens schreef ze toe aan zijn Latijnse bloed, nóg iets wat verfrissend anders was.

Hij belde en zei: 'Carlos komt eraan.'

'Nu?'

'Natuurlijk nú. Carlos mist zijn conchita.'

'Ik mis jou ook, maar ik kan pas om drie uur met je afspreken.'

'Drie uur?'

'Ik heb ook nog andere klanten, weet je.'

Hij liet een Spaans woord vallen, twee bitse lettergrepen.

'Carlo-o-o-o-s,' ze rekte zijn naam, paaiend.

'Hoeveel betalen ze je?'

'Hetzelfde.'

'Nemen ze bloemen voor je mee?'

'Nee, Carlos...'

'Geven ze je extra?'

'Nee.'

'Waarom dan met ze afspreken?'

'Ik moet m'n brood verdienen.'

Hij zweeg tot ze zijn naam noemde.

'Carlos komt morgen. Carlos wil de eerste zijn, begrijp je? Eerste liefde van de dag.'

'Toen belde hij op een dag en zei dat hij me zou laten ophalen. En er kwamen twee kerels die ik niet kende in een grote BMW, zo één met een routekaart op een televisieschermpje voorin, en ze namen me mee naar Kampsbaai en we stapten uit, maar je kon het huis niet zien, het staat tegen de berghelling aan. Je gaat met een lift naar boven. Overal ramen en het uitzicht was fantastisch, maar er stonden nauwelijks meubels. Toen zei Carlos dat hij het net gekocht had en dat ik hem moest helpen, want hij had geen verstand van inrichting en dat soort dingen.

Misschien was het die avond dat ik het voor het eerst begreep. Toen ik er een halfuur was, keek ik op mijn horloge. Carlos ergerde zich en zei: "Zit niet de hele tijd op je horloge te kijken."

Toen ik nog iets wilde zeggen, zei hij: "Carlos zal voor je zorgen, *hokay*?"

Toen aten we op het balkon, op een deken, en Carlos kletste alsof we vriendje en vriendinnetje waren en de twee anderen die me hadden opgehaald, waren daar ergens en hij zei tegen me dat het bodyguards waren en dat ik nergens bang voor hoefde te zijn.

En toen vroeg hij me: "Hoeveel verdien je in een maand, conchita?" Ik wilde het niet zeggen. Er zijn er heel wat die het vragen, maar ik zeg het nooit – het gaat ze niet aan. En ik zei tegen hem: "Dat is mijn zaak."

Toen kwam hij ermee op de proppen: "Carlos wil niet dat zijn vriendinnetje andere kerels ziet. Maar hij weet dat je je brood moet verdienen, dus hij betaalt je alles wat je verdient. Dubbel."

Toen zei ik: "Nee Carlos, dat kan niet," en toen werd hij kwaad, voor het eerst. Hij smeet al het eten op die deken door elkaar en schreeuwde tegen me in het Spaans, ik dacht dat hij me ging slaan. Toen pakte ik mijn handtas en zei dat ik beter weg kon gaan. Ik was bang, hij was een ander mens, zijn gezicht... En die bodyguards kwamen naar buiten en praatten met hem en toen bedaarde hij plotseling en zei alleen maar: "Sorry, conchita, Carlos heeft erge spijt," maar ik vroeg hem of ze me alsjeblieft naar huis wilden brengen, toen zei hij dat hij het zelf zou doen en de hele weg had hij alleen maar spijt en hij maakte grapjes en toen ik uitstapte, gaf hij me tweeduizend en ik nam het maar aan, want ik dacht, als ik het moet teruggeven, wordt hij weer kwaad.

De volgende ochtend belde ik Vanessa en zei, wat moet ik doen, die vent denkt dat ik zijn vriendinnetje ben en hij wil me betalen om bij hem te zijn en zij zei, dat is slecht nieuws, je moet hem zien kwijt te raken, want zoiets kon mijn hele handel bederven. Toen zei ik maar bedankt en tot ziens, want ik kon haar niet vertellen dat deze kerel in de drugs zat en een verschrikkelijk temperament had en dat ik geen idee had hoe ik van hem af kon komen.

En toen belde Carlos en hij zei dat hij zo verschrikkelijk veel spijt had, het was zijn werk dat hem zo maakte, en hij stuurde bloemen en toen dacht ik dat het oké was. En toen sloegen ze een van mijn klanten in elkaar, precies voor de deur van mijn kamer in het Gardens Centre.'

De hoofdslaapkamer van het huis in Kampsbaai had een hemelbed gekregen. Hij had een dure, bekende binnenhuisarchitect ingehuurd die bij de slaapkamer was begonnen en alles was wit: gordijnen, beddengoed, draperieën aan het bed als de zeilen van een schip. Hij pronkte ermee als een jongetje, hij hield in de gang het hele stuk haar ogen dicht en zei: 'Ta-daa!' en wachtte op haar reactie. Hij vroeg het vier, vijf keer: '*You like the masters's bedroom?*' en zij zei: 'Het is prachtig,' want dat wás het.

Hij dook op het bed en zei: 'Kom bij Carlos,' en hij was uitbundig, nog luidruchtiger dan gewoonlijk en ze probeerde te vergeten dat de lijfwachten zich ergens in het huis ophielden.

Later lag hij naast haar en trok zachtjes kleine kringetjes om haar tepel met de punt van zijn gouden kruisje. 'Waar woon je, conchita?'

'Dat weet je...'

'Nee, waar woon je?'

'Gardens Centre,' antwoordde ze, in de hoop dat hij het zou laten rusten.

'Jij denkt dat Carlos dom is omdat hij er dom uitziet? Daar werk je, maar waar is je huis, waar is de plek met jouw foto's op de koelkast?'

'Ik kan geen ander huis bekostigen, je betaalt me te weinig.'

'Carlos betaalt je te weinig? Carlos betaalt je te veel. De geldman zegt de hele tijd tegen me: "Carlos, denk erom, we zijn hier om winst te maken."'

'Je hebt een boekhouder?'

'Natuurlijk. Denk je dat Carlos een kleine jongen is? Cocaïne is big business, conchita, very big business.'

'O.'

'Dus neem je Carlos mee naar jouw huis?'

Nooit, dacht ze, nooit, en ze zei: 'Op een dag...'

'Je vertrouwt Carlos niet?'

'Mag ik je wat vragen?'

'Conchita, je mag Carlos alles vragen.'

'Heb jij mijn klant in elkaar laten slaan?'

'Welke klant?' Maar hij kon niet liegen en zijn ogen namen plotseling een slinkse uitdrukking aan. Een kind is het, dacht ze en dat maakte haar bang.

'Gewoon een klant. Drieënvijftig jaar oud.'

'Waarom denk je dat Carlos hem geslagen heeft?'

'Jij niet. Misschien de bodyguards?'

'Kocht hij drugs?'

'Nee.'

'Ze slaan alleen mensen in elkaar die hun drugs niet betalen, *hokay*?'

'Oké.' Ze wist wat ze wilde weten. Maar het hielp haar niets.

21

Griessel en Cliffie zitten bij het visrestaurant honderd meter van de ingang van Woolworths af, allebei met een kleine oortelefoon. Ze horen André Marais voor de zoveelste keer 'test één twee, test één twee' zeggen, deze keer met een ingeblikte stem op de achtergrond: 'Volgende alstublieft.'

Cliffie Mketsu knikt, zoals hij elke keer doet. Het irriteert Griessel enorm. Marais kan het toch verdomme niet zien als ze knikken, zij loopt over de etenswarenafdeling van Woolworths en zij zitten hier. Zij draagt alleen een microfoon, geen oortje, het is eenrichtingscommunicatie, maar Cliffie knikt.

Aan een tafeltje tegenover hen drinken een man en een vrouw rode wijn. De vrouw is al wat ouder, maar mooi, met een flinke bos haar, zoals Farrah Fawcett, grote, ronde, gouden oorbellen en heel wat ringen aan haar vingers. De man ziet eruit alsof hij haar zoon zou kunnen zijn, maar hij raakt telkens even haar hand aan. Ze irriteren Griessel. Omdat ze wijn drinken. Omdat hij de donkere smaak in zijn mond kan proeven. Omdat ze rijk zijn. Omdat ze samen zijn. Omdat ze kunnen drinken en samen kunnen zijn en wat kan hij? Hij mag hier zitten, samen met Knikkende Cliffie Mketsu, slimme Cliffie, bezig met zijn Masters-opleiding in Politiekunde, een goede politieman, maar wereldvreemd, hopeloos verstrooid, alsof hij met zijn hoofd de hele tijd bij zijn boeken is.

Zullen hij en Anna ooit weer zó uit kunnen gaan? Elkaars handen vasthouden, van een wijntje nippen en elkaar in de ogen kijken? Hoe doen mensen dat? Hoe kun je het na twintig jaar huwelijk opnieuw romantisch maken? Maar eigenlijk doet het er ook geen moer toe, want nippen, dat zit er voor hem niet meer in. Niet als je alcoholist bent. Dan drink je helemaal niets. Niets. Geen druppel, verdomme, je mag niet eens aan rode wijn ruiken.

Hij heeft tegen dokter Barkhuizen gezegd dat hij zich zou gaan bezatten en de dokter zei: 'Bel je vrouw en kinderen en vertel het ze,' want hij wist dat Griessel dat nooit zou kunnen en toen wilde hij zijn mobiel wel tegen die verdomde stoeptegels kapotgooien, hij wilde iets breken en toen schreeuwde hij maar, hij wist niet wat, geen woorden. En toen hij zich omdraaide, zaten Cliffie Mketsu en André Marais in de auto stijf voor zich uit te kijken en deden alsof er niets was gebeurd.

'Vaughn, komt het goed door?' vraagt Cliffie via de microfoon aan het andere team dat op de tweede verdieping, boven de afdeling etenswaren, naar Woolworths-kleding staat te kijken.

'*Roger*, beste vriend,' zegt inspecteur Vaughn Cupido, alsof het een spelletje is. Hij en Jamie Keyter zorgen voor back-up. Niet *Jymie* – hij noemt zichzelf *Jaa-mie*. Iedereen heeft tegenwoordig uitheemse namen, alsof er iets verkeerd is met gewone, degelijke Boerenfamilienamen. Ze zijn in elk geval niet Griessels eerste keus, want Cupido is een losbol en Keyter is een windbuil, pas overgeplaatst vanaf bureau Table View nadat hij de kranten had gehaald met zo'n verhaal waarin de sensatie niet te erg wordt gehinderd door de feiten. 'Rechercheur legt eigenhandig sydicaat van motordieven bloot.' Met zijn opgepompte Virgin Active-spierballen en het soort gezicht dat alle schoolmeisjes laat zwijmelen, een van de weinige blanke toevoegingen aan de Eenheid van Ernstige en Geweldsmisdrijven. Dat is het team dat André Marais moet beschermen en een verdomde seriemoordenaar moet vangen: een alcoholist, een academicus, een losbol en een snoever.

En dan is er nog iets wat hem bezighoudt, twee, drie dingen die plotseling door elkaar gaan lopen: zijn de oudere vrouw en het jonge mannetje tegenover hem getrouwd? Met elkaar? Stel dat Anna zo'n jonge vent heeft die vrijdagsavonds haar hand vasthoudt? Want hij kan niet geloven dat ze geen lust meer voelt, dit heeft hij inmiddels voor zichzelf uitgemaakt. Haar soort geestdrift zet je niet zomaar op een ochtend af alsof je het gas van een fornuis uitdraait, omdat haar man een verdomde drinkebroer is. Op haar werk ontmoet ze heel wat mannen – wat zou ze doen als er een vent naar haar toe komt die jong en nuchter en belangstellend is? Ze is nog aantrekkelijk, ondanks de kraaienpootjes rond haar ogen vanwege het gezuip van haar man. Er is niets verkeerd met haar lichaam. Hij weet hoe mannen zijn, hij weet dat ze het zullen proberen. Hoelang zal ze 'nee' blijven zeggen? Hoelang?

Hij pakt zijn mobiel, wil weten waar ze op vrijdagavond is. Hij belt, houdt de telefoon aan de kant waar geen oortje zit.

Hij gaat over.

Hij kijkt naar Farrah Fawcett en haar loverboy.

Ze kijken elkaar in de ogen en het is wellust, hij zou zweren dat het pure geilheid is.

'Ik de... misschien... ...t,' zegt André Marais via de oortelefoon.

'Wat?' zegt Griessel en hij kijkt naar Cliffie, die zijn schouders ophaalt en met de punt van zijn wijsvinger tegen het gehoorstuk van de radio tikt.

'Hallo,' zegt zijn zoon.

'Hallo, Fritz.'

'Hallo pap.' Er klinkt geen blijdschap in de stem van het kind.

'Hoe gaat het ermee?'

En dan kan hij het antwoord niet verstaan, want het gehoorstuk in zijn oor kraakt opnieuw en hij vangt slechts een frase op van wat sergeant André Marais zegt: 'Niet betaal...'

'Wat doen jullie, Fritz?'

'Niets. Alleen Carla en ik zijn thuis.' Zijn zoon klinkt ontstemd, er ligt een dofheid in zijn stem.

'Hoe is jullie ontvangst, Vaughn,' vraagt Cliffie met een diepe frons.

'Ik kan niet horen wat ze zegt,' zegt Cupido. 'Haar microfoon doet 't niet zo best.'

'Alleen jij en Carla?'

'Mama is er niet.'

'Ik koop gewoonlijk alleen oplos,' zegt André Marais, luid en duidelijk.

'Ze praat met iemand,' zegt Cliffie.

En dan horen ze een mannenstem door de ether, vaag: 'Ik kan 's ochtends niet zonder een bakkie echte koffie.'

'Pap, ben je er nog?'

'Ik moet terugbellen, Fritz, ik ben op het werk.'

'Oké.' Het is alsof hij het verwacht heeft.

'Wat... naam?'

'...dré.'

'Verdomd,' zegt Cupido, 'die rotmicrofoon!'

'Dag Fritz.'

'Dag pap.'

'Misschien zijn we te ver weg,' zegt Jamie Keyter.

'Blijf waar je bent,' zegt Griessel.

'Leuk om je te ontmoeten,' zegt de sergeant beneden op Woolworths' etensafdeling.

'We hebben beet,' zegt Cupido.

Cliffie knikt.

Mama is er niet.

'Blijf nou kalm,' zegt Griessel, maar hij praat eigenlijk alleen tegen zichzelf.

Tobela's diepe stem maakt een geluid van frustratie en hij staat met een plotselinge, geïrriteerde beweging op van het hotelbed. Hij is tegen drie uur gaan liggen, de gordijnen dichtgetrokken om de zon buiten te sluiten, zijn ogen dicht, en luisterde naar zijn eigen hartslag, zijn hoofd gonsde van het tekort aan slaap, zijn ledematen waren zwaar. Moe. Hij probeerde door doelbewust ademhalen de spanning uit zich te laten wegvloeien. Hij probeerde om het heden even te vergeten en aan de rustige wateren van de Catarivier te denken, aan de mist die als geesten over de ronde berghellingen op zijn land rolden.

Alleen maar om kort daarop te beseffen dat zijn gedachten

afgedwaald waren en nu, op het ritme van het bloed in zijn slapen, andere informatie doorpompten naar zijn bewustzijn.

Pretorius die naar het wapen boven in zijn hangkast grijpt.

De eindeloosheid van de momenten vóór hij de man bereikt, het alarm dat jankt, jankt, op het ritme van het kloppen van zijn hart.

Een gezette vrouw met een biljartkeu die boven een meisje uittroont, het voorwerp opheft en laat vallen, opheft en laat vallen met een demonische tevredenheid op haar ronde gezicht en het bloed uit het hoofd van het kind dat rondspat en hij weet dat dit het probleem is – de vrouw, de vrouw, hij heeft nog nooit een vrouw terechtgesteld. Zijn oorlog was tegen mannen, altijd. Uit naam van de Struggle, zeventien keer, zestien in de steden van Europa, één in Chicago, mannen, verraders, sluipmoordenaars, vijanden, ter dood veroordeeld in de comitékamers van de Koude Oorlog en hij was degene die het vonnis moest voltrekken. En nu twee in de naam van de Nieuwe Strijd. Dieren. Maar mannelijk.

Is er eerbaarheid in de terechtstelling van een vrouw?

En hoe meer hij zijn gedachten probeert te verdringen, hoe meer krabbelen ze naar hem terug, tot hij met dat diepe geluid opspringt en de gordijnen opentrekt. Er is beweging buiten, helder zonlicht en kleur. Hij kijkt uit op het kanaal en de ingang van The Waterfront. Arbeiders stromen te voet in de richting van de stad, naar de taxihaltes in de Adderleystraat. Bruin en zwart, in de heldere overallkleuren van mensen die met hun handen werken. Hun bewegingen zijn doelgericht, haastig om aan het weekeinde te beginnen, ergens thuis, of in een *sjebeen*. Met familie. Of vrienden.

Zijn familie is dood. Hij wil het venster openrukken en naar hen schreeuwen: Rot op jullie, mijn familie is dood!

Hij haalt diep adem, legt zijn palmen op de koele vensterbank en laat zijn hoofd hangen. Slapen moet hij, zo kan hij niet doorgaan.

Hij draait zich om. De deken op het bed is gekreukeld. Hij trekt hem recht, strijkt erover met zijn grote handen, trekt en plukt tot hij egaal is. Hij loopt naar de kussens en klopt ze op, legt ze zachtjes neer, netjes, naast elkaar.

Hij gaat op bed zitten, haalt het telefoonboek uit de la van het nachtkastje, zoekt het nummer en belt Boss Man Madikiza bij de Yellow Rose.

'Met Tiny. De man die John Khoza zoekt, weet je wel?'

'Natuurlijk, mijn broer.' Het lawaai van de nachtclub is 's middags al te horen op de achtergrond.

'Al iets gehoord?'

'Haiziko. Niets.'

'Hou je oor maar op de grond.'

'Altijd.'

Hij staat op, opent de kledingkast. Het stapeltje schone kleren op de bovenste plank is geslonken, het opgevouwen vuile wasgoed staat hoog, kousen, ondergoed, broeken en hemden elk op hun eigen afgepaste hoop.

Hij haalt twee kleine plastic houders met zeeppoeder en wasverzachter uit zijn tas, sorteert het wasgoed in kleine bundels. Het ritueel is twintig jaar oud, van toen hij in de steden van Europa leerde om uit een koffer te leven. Om paraat te zijn, geordend en georganiseerd. Want het telefoontje kan elk moment komen. In die tijd maakte hij er een spel van, het op kleur sorteren van kledingstukken deed hem glimlachen, want het was apartheid – de witte was hier, het zwarte goed daar, de bonte kleren op hun eigen hoop, elke groep doodsbenauwd dat de kleur van de ander zou afgeven. En hij had de zwarte stapel altijd het eerst gewassen, want 'hier gaat zwart voor'.

Hij doet het nu weer, maar uit gewoonte. Drukt en wrijft in het zeperige water, spoelt, spoelt nog een keer, dan de blauwe, lekker ruikende wasverzachter, spoelt opnieuw, draait de kleren tot lange wurmen om het water eruit te krijgen, tot zijn armspieren opzwellen. Hangt alles op. Haalt de bonte was, de witte was moet wachten tot het laatst.

Morgenochtend zal hij de receptie bellen en een strijkbout en een plank vragen en dan zal hij het deel doen waar hij het meest van houdt; de hemden en broeken met een sissend, warm ijzer en gelijkmatige halen net zo lang strijken tot hij ze met scherpe naden en een volmaakt glad oppervlak in de kast op een hanger kan doen.

Hij hangt het laatste witte hemd over de stoel en staat dan besluiteloos in het midden van het vertrek.

Hij kan hier niet blijven.

Hij moet de uren om krijgen voor hij weer kan proberen te slapen, hij moet dat van die vrouw goed overdenken.

Hij neemt zijn portemonnee, stopt hem in een broekzak, pakt de kaartsleutel voor de hotelkamerdeur en dan gaat hij weg, de trappen af, naar buiten. Hij loopt de hoek om, tot hij bij de Dock Road komt, waar de mensen nog steeds hun weekeinde tegemoet lopen. Hij gaat achter een groep van vijf kleurlingen lopen en houdt gelijke tred met hen, de Coen Steytlerlaan af. Hij luistert naar ze, volgt het losse, richtingloze gesprek met grote aandacht, de hele weg naar de Adderleystraat.

Het is niet André Marais' schuld dat Operatie Woollies in complete chaos ontaardt. Wanneer de man tussen de stellingen met wijn en zoutjes een praatje met haar aanknoopt, vertolkt ze haar rol van eenzame oudere vrouw behendig en met vage, voorzichtige belangstelling.

Achteraf realiseert ze zich dat ze een oudere man had verwacht, want deze is hooguit dertig, nogal lang, enigszins gezet, met de schaduw van een vijf uur oude baard. En zijn keuze van kleren is eigenaardig, de snit van het geruite colbertje ouderwets, het groene hemd een pietsje te helder, de bruine schoenen glanzen niet. 'Ongevaarlijk' is het woord dat bij haar opkomt, maar ze weet dat als het om misdaad gaat, uiterlijk er niets toe doet.

Hij vraagt haar, in Engels met een Afrikaans accent, of ze weet waar de filterkoffie staat, en ze antwoordt in het Afrikaans dat ze denkt dat het die kant op is.

Met een verlegen glimlach vertelt hij dat hij verslaafd is aan filterkoffie en zij zegt dat ze eigenlijk alleen maar oploskoffie koopt, omdat ze geen dure koffie kan betalen. En hij zegt dat hij 's ochtends niet zonder een bakkie echte koffie kan – verontschuldigend en innemend, alsof het een kleine zonde is. 'Italian Blend,' zegt hij.

Het eigenaardige, zou ze later tegen Griessel zeggen, is dat ze hem op dat moment wel mocht. Hij had iets weerloos over zich, een menselijkheid die ergens in haarzelf weerklank had gevonden.

Hun karretjes stonden naast elkaar, het hare met tien of twaalf artikelen erin, het zijne leeg. 'O?' zegt ze, er redelijk zeker van dat hij niet degene is die ze zoeken. Ze moet hem zien af te schudden.

'Ja, die koffie is sterk,' zegt hij. 'Het houdt me wakker als ik op patrouille ga.'

En dan voelt ze de kramp in haar ingewanden, want ze weet dat hij liegt. Ze kent politiemannen, ze kan ze op een kilometer afstand herkennen en híj is er geen, dat weet ze zeker.

'Ben jij bij de politie?' vraagt ze, in een poging om onder de indruk te lijken.

'Kapitein Johan Reyneke,' zegt hij, steekt een haast vrouwelijke hand naar haar uit en glimlacht zijn grote voortanden bloot. 'Wat is jouw naam?'

'André,' zegt ze, haar hart dat sneller klopt. Kapiteins gaan niet op patrouille – als hij liegt, dan is daar een reden voor.

'André,' zegt hij, alsof hij haar naam in zijn geheugen wil prenten.

'Mijn moeder wilde een kind naar haar vader vernoemen, en toen kregen ze alleen maar meisjes.' Ze gebruikt het oude standaardantwoord, ook al ligt er geen vraag in zijn stem. Ze houdt haar stem met moeite in bedwang.

'O, ik vind 'm wel leuk. Weer eens wat anders. Wat voor werk doe je, André?'

'Ach, administratief, niets opwindends.'

'En je man?'

Ze kijkt hem recht in de ogen en jokt. 'Ik ben gescheiden,' zegt ze. Dan slaat ze haar ogen neer, alsof ze zich ervoor schaamt.

'Geeft niet,' zegt hij. 'Ik ben ook gescheiden. Mijn kinderen zijn in Johannesburg.'

Ze wil zeggen dat haar kinderen al het huis uit zijn, deel van de vermomming waar zij en Griessel over hebben gesproken, maar dan komt er een stem van achter haar, een vrouwenstem, een beetje schril. 'André?'

Ze kijkt over haar schouder en herkent de vrouw, Mollie, ze weet niet meer wat haar achternaam is. De moeder van een klasgenootje van haar zoon, een van die overijverige, vreselijk meelevende ouders en ze denkt, ach God toch, niet nu.

'Hoi,' zegt André Marais en ze kijkt naar de man en ze ziet hoe zijn ogen zich vernauwen en ze trekt een gezicht, wil tegen hem zeggen dat ze deze onderbreking liever niet had gehad.

'Hoe gaat het, André? Wat doe jij hier? Dat is nou toevallig.' Mollie komt dicht bij haar staan, met haar mandje in de hand, en dan beseft ze dat die twee winkelwagentjes niet zomaar zo dicht bij elkaar staan, dat het een betekenis heeft. Ze ziet de lichaamstaal van de man en de vrouw en ze maakt de optelsom. 'O, sorry, ik hoop niet dat ik iets onderbreek.'

André weet dat ze de vrouw moet zien kwijt te raken, want ze kan aan de manier waarop Reyneke met zijn handen het winkelwagentje vasthoudt, zien dat hij gespannen is. Juist nu komt het erop aan en ze wil zeggen: 'Ja, je onderbreekt iets' of 'Ga alsjeblieft weg'. Maar voor ze de juiste woorden heeft gevonden, klaart Mollies gezicht op en zegt ze: 'O, jullie werken zeker samen – ben jij óók bij de politie?' en ze steekt haar hand naar Reyneke uit. 'Ik ben Mollie Green. Zijn jullie bezig met een operatie of zoiets?'

Voor André Marais staat de tijd stil. Ze ziet de uitgestoken hand, Reyneke die hem negeert, zijn ogen die van de ene vrouw naar de andere gaan, in een langzame beweging, ze kan de raderen in zijn hoofd zien malen. En dan duwt hij zijn karretje naar voren, haar kant uit en hij scheeuwt iets en het wagentje raakt haar en ze verliest haar evenwicht.

Mollie die gilt, onsamenhangend.

André zoekt steun bij de stelling met wijn, flessen die naar beneden tuimelen en breken wanneer ze de vloer raken. Ze valt op haar zitvlak, haar armen maaien door de lucht, op zoek naar evenwicht, dan tast ze naar haar handtas, krijgt hem te pakken, zoekend naar haar dienstpistool terwijl haar verstand haar zegt dat ze Griessel moet waarschuwen. Haar andere hand is op het microfoontje, ze drukt het tegen haar mond en ze zegt: 'Het is hem, het is hem!'

Reyneke die bij haar is, het pistool uit haar hand rukt. Ze wil overeind komen maar haar sandalen glijden weg in de wijn en ze valt, haar elleboog in een glasscherf. Ze voelt de scherpe pijn. Ze wentelt haar lichaam, wil zien waar hij heen gaat. 'Hoofdingang!' schreeuwt ze, maar ze beseft dat ze haar gezicht van de microfoon af heeft gedraaid en ze grijpt hem opnieuw. 'Hoofdingang, hou hem tegen!' schreeuwt ze. 'Hij heeft mijn vuurwapen!' En dan ziet ze het bloed dat uit haar arm komt, een dikke stroom, en ze tilt haar elleboog op en ziet dat die tot op het bot is opengereten.

Griessel en Cliffie springen op en beginnen te rennen zodra ze over de radio Mollie Greens gil horen. Cliffie neemt de bocht verkeerd, botst tegen een tafel waar twee mannen sushi zitten te eten. 'Pardon, pardon,' zegt hij en hij ziet Griessel voor zich, zijn Z88 in de hand, hij ziet de gezichten van de omstanders, hoort hier en daar kreten. Ze rennen, hun schoenzolen klapperen op de vloer. Hij hoort Marais' stem door de microfoon: 'Hoofdingang, hou hem tegen!'

Griessel die Woolworths' brede deur binnenstormt, het dienstpistool in beide handen, gericht op iets in de winkel en dan moet Cliffie remmen en zijn schoenen glijden uit op de gladde vloer en net voor hij tegen Griessel opbotst, ziet hij de verdachte, met wapperende jaspanden, een groot vuurwapen in de hand, die tien passen van ze vandaan blijft stilstaan, zelf moeite heeft om overeind te blijven.

En dan liggen Cliffie en Griessel in een kluwen op de grond en er weerklinkt een schot en een kogel fluit en slaat ergens in.

Cliffie hoort Griessels vloek, hoort overal om hen heen hoge, schrille gillen. 'Sorry, Bennie, sorry,' zegt hij en als hij weer opkijkt, ziet hij dat de verdachte zich omgedraaid heeft en naar de roltrap rent. Cupido en Keyter, pistool in de hand, komen via de andere roltrap naar beneden, maar het is eigenlijk de roltrap die naar bóven gaat en een ogenblik lang is het ontzettend grappig, iets uit een oude Charlie Chaplin-film: twee politiemannen die verbeten naar beneden springen, maar niet bepaald vordering maken. Hun gezichten, de eigenaardigste uitdrukkingen op de gezichten, frustratie, ernst, doelgerichtheid en de absolute zekerheid dat ze bezig zijn om zichzelf totaal belachelijk te maken.

Griessel is opgesprongen en holt achter de verdachte aan. Cliffie komt overeind, zet de achtervolging in, de roltrap op, grote sprongen naar boven. Griessel is rechtsaf geslagen en dan ziet hij de voortvluchtige, op weg naar de uitgang op de tweede verdieping. Hij hoort Griessel schreeuwen, de verdachte die omkijkt, hij ziet de vrees op het gezicht van de man en dan blijft hij staan en hij richt het pistool op Griessel en het schot knalt en iets trekt door Cliffie heen, werpt hem van zijn voeten en smijt hem tegen Men's Suits: Formal aan. Hij weet dat hij getroffen is, ergens in zijn borst, hij is verstrengeld in broeken en colberts, hij kijkt naar beneden, het gat zit bij zijn hart. Hij gaat dood, denkt Cliffie Mketsu, hij is in zijn hart geraakt. Hij kan nu niet doodgaan. Griessel moet komen helpen. Hij rolt om. Hij heeft een zwaar gevoel in zijn lichaam. Lichthoofdig. Hij beweegt kledingstukken met zijn rechterhand, zijn linkerarm is gevoelloos. Hij ziet hoe Griessel zich op de voortvluchtige stort en hem op de grond gooit. Een mannelijke etalagepop met strandkleren aan wankelt en valt om. Een pikant zonnehoedje beweegt in een sierlijke boog door de lucht, een stapel T-shirts spat uiteen, hij ziet Griessels rechterhand die op en neer beweegt. Griessel beukt met zijn pistool op de man in. Hij kan het bloed vanhier af in het rond zien sproeien. Op en neer beweegt Griessels hand. Daar zal Bennie van opknappen, hij moet al die woede kwijtraken. Sla hem, Bennie, sla hem – dat is de man die op mij heeft geschoten.

Tobela Mpayipheli staat op de hoek van de Adderleystraat en de Riebeeckstraat voor een stoplicht te wachten wanneer hij naast zich een stem hoort.

'Waarom kijk jij zo *sêd*?'

Een straatkind, zijn handen op de magere jongensheupen. Tien, elf jaar oud?

'Zie ik er *sad* uit?'

'Je ziet eruit alsof de kat de hele melkfabriek heeft leeggestolen. Geef eens wat geld voor een brood.'

'Hoe heet je?'

'Hoe heet jíj?'

'Tobela.'

'Geld voor een brood, Tobela.'

'Eerst zeggen hoe je heet.'

'Moses.'

'Wat ga je met het geld doen?'

'Waar heb ik het voor gevraagd?'

En dan is er nog één, kleiner, magerder, de kleren te groot, een loopneus. Hij haalt zonder na te denken een zakdoek tevoorschijn.

'Vijf rand,' zegt de kleinere en hij steekt zijn hand uit.

'Rot op, Randall, ik zag hem het eerst.'

Hij wil Randalls neus afvegen, maar het kind springt achteruit. 'Raak me niet aan,' zegt het kind.

'Ik wil je neus schoonmaken.'

'Voor wát?'

Dat is een goede vraag.

'Geef je ons geld?' vraagt Moses.

'Wanneer hebben jullie voor het laatst gegeten?'

'Laat me eens kijken, welke maand hebben we?'

In de schemer van de namiddag verschijnt er nog een magere gestalte, een meisje, haar kroeshaar te lang en door de war. Ze zegt niets, staat alleen maar met een uitgestrekte hand naast hem, de andere houdt de punten van een grote, versleten mannenjas bij elkaar.

'Nee zeg,' zegt Moses. 'Ik dacht dat ik 't voor elkaar had.'

'Zijn jullie familie van elkaar?'

'Hoe moeten wij dat weten?' zegt Moses en de andere twee giechelen.

'Willen jullie eten?'

'Shi-hit,' zegt Moses. 'Dat heb ik weer. *'n Fokken stupid darkie.*'

'Tjonge, wat een straattaal.'

'Ik ben een straatkind, *for fuck's sake.*'

Hij bekijkt het drietal. Vuile, kale voeten. Schitterende, levendige ogen. 'Ik ga naar de Spur. Willen jullie mee?'

Verstomd.

'Nou?'

'Ben jij een *pervert*?' vraagt Moses met zijn ogen tot spleetjes geknepen.

'Nee, ik heb honger.'

Het meisje port Moses met een elleboog in zijn ribben en kijkt hem met grote ogen aan.

'De Spur zal ons eruit gooien,' zegt Randall.

'Ik zal zeggen dat jullie mijn kinderen zijn.'

Een ogenblik lang zijn ze alle drie stil en dan lacht Moses, een kekkelend geluid dat steeds hoger wordt. 'Onze *dêddie.*'

Tobela begint te lopen. 'Komen jullie?'

Hij is al tien, twaalf passen verder als hij de kleine hand van het meisje voelt die een vinger van zijn rechterhand beetpakt en daar blijft, de hele weg naar de Spur in de Strandstraat.

22

'Ik dacht dat ik mezelf wilde snijden vanwege mijn vader. Misschien vanwege Viljoen. Ik dacht dat ik het werk wel aankon, dat ik er vrede mee had. Ik begreep niet dat het het werk was dat me zó maakte. Toen niet. Ik moest er eerst mee stoppen.'

Carlos belt haar al vroeg, net na negen uur, en hij wil haar boeken voor de hele nacht. 'Carlos wil geen gevecht over geld. Drieduizend, hokay? Maar je moet er sexy uitzien, conchita. *Very sexy*, we hebben een officieel feest. Een zwarte jurk, maar laat je tieten zien. Carlos wil met je pronken. Mijn mannen halen je op. Zeven uur.' Hij hangt op.

Ze wacht tot haar woede is uitgeraasd. Ze zit op de rand van het bed, de mobiel nog bij haar oor. Ze voelt de machteloosheid, weet dat haar woede niets uitmaakt.

Sonia drukt zich tegen haar aan, pop in de hand. 'Gaan we fietsen, mama?'

'Nee, lieverd, we gaan winkelen.'

'Winkelen, winkelen, winkelen.' Alsof dat het liefste is dat ze doet, huppelt het kind naar haar kamer.

'Hé jij.'

Sonia blijft in de deuropening staan, kijkt over haar schouder, ondeugend.

'Ikke?' Ze kent haar rol in dit ritueel.

'Ja, jij. Kom hier.'

Ze holt, nog in haar groene pyjama, over het tapijt, tot in haar moeders armen.

'Jij bent mijn liefde,' begint Christine hun rijmpje en zoent haar in haar nek.

'Jij bent mijn leven,' giechelt Sonia.

'En je schoonheid laat me beven.'

'Jij bent mijn héé-mel, jij bent mijn huis.' Haar hoofd ligt tegen Christines borst.

'Jij bent mijn eigen paradijs,' zegt ze, terwijl ze het kind tegen zich aan drukt. 'Ga je aankleden. *It's time to shop till we drop.*'

'Shoptill hedrop?'

'Shoptill hedrop. Precies.'

Drie jaar en vier maanden. Nog maar twee jaar, dan gaat ze naar school. Nog maar twee jaar, dan is haar moeder klaar met hoereren.

Ze belt Carlton Hair en Mac en maakt een afspraak voor het einde van de middag. Ze neemt Sonia mee, rijdt naar Hip Hop tegenover Cavendish Square. De verkoopsters hebben meer aandacht voor het kind met haar blonde krullenbol dan voor haar.

Ze staat met een zwarte jurk aan voor de spiegel. De hals is laag, de rok kort, de rug bloot.

'*That is very sexy*,' zegt de gekleurde verkoopster.

'Nietes,' zegt Sonia. 'Mijn mama is mooi.'

Ze lachen. 'Ik neem 'm.'

Het is nog te vroeg voor haar afspraak bij de kapper en de visagist. Ze neemt haar dochter mee naar Naartjie in het Cavendish Centre. 'Nu mag je voor jezelf ook een jurk uitzoeken.'

'Ik wil ook een zwarte.'

'Ze hebben geen zwarte.'

'Ik wil ook een zwarte.'

'Zwarte zijn alleen voor grote mensen, meis.'

'Ik wil ook groot zijn.'

'Nee, dat wil je niet. Geloof me maar.'

Als ze Sonia wegbrengt, kijkt de oppas afkeurend naar haar kleren.

'Ik weet niet hoelang het gaat duren. Het is het beste als ze hier blijft slapen.'

'Met zo'n jurk gaat het heel lang duren.'

Ze negeert de opmerking, drukt haar dochter stijf tegen zich aan. 'Lief zijn, mama komt morgenochtend terug.'

'Doei, mama.'

En net voor ze de deur achter zich dicht trekt, hoort ze Sonia zeggen: 'Mijn mama ziet er heel mooi uit.'

'Vind je?' vraagt de oppas zuur.

Het is een vreemde avond. In het ontvangstgedeelte van het huis in Kampsbaai, binnen, en buiten rond het zwembad, staan zo'n zestig mensen, voor het merendeel mannen in jacquet. Hier en daar een blondine met haar borsten duidelijk zichtbaar, of lange benen die door de split in haar rok loeren en die eindigen in schoenen met naaldhakken. Décorstukken, denkt ze, binnenhuisarchitectuur. Ze hangen aan de arm van hun man, glimlachen alleen maar, zeggen niets.

Ze begrijpt al snel dat dit is wat Carlos van háár verwacht. Hij is extatisch over haar voorkomst. 'Ah, conchita, zo is het perfect,' zegt hij als ze aankomt.

Dit zijn de Verenigde Naties – Spaanstaligen. Chinezen, of tenminste Oosters, kleine mannetjes die haar met hongerige ogen volgen, Arabieren in toga's, of hoe je het ook al wilt noemen, die haar negeren, allemaal met een snor. Twee Duitsers. Engelsen. Een Amerikaan.

Carlos, de Gastheer. Joviaal, glimlachend, grapjes makend, maar ze merkt dat hij gespannen is, zenuwachtig. Ze volgt zijn voorbeeld, houdt een glas in haar hand, maar drinkt niet.

'Weet je wie deze mensen zijn?' vraagt hij later fluisterend in haar oor.

'Nee.'

'Carlos zal het je later vertellen.'

Drank en hapjes komen en gaan. Ze kan zien dat de mannen niet meer nuchter zijn, maar alleen de gesprekken en het gelach worden iets harder. Tien uur, elf uur, twaalf uur.

Ze staat alleen bij een pilaar, Carlos die ergens in een keuken nog hapjes bestelt. Ze voelt een hand die onder haar rok tussen haar benen gedrukt wordt, vingers die naar haar schaamlippen zoeken. Ze verstijft. Dan is de hand weg. Ze kijkt over haar schouder. Er staat een Chinees achter haar, klein en kordaat, hij ruikt aan zijn vingers. Hij glimlacht naar haar, loopt weg. Al wat ze kan bedenken, is dat Carlos dit niet moet zien.

Twee Arabieren hebben op het blad van een glazen tafeltje met hun creditcards wat cocaïne in lijntjes gerangschikt en deze met een escort gedeeld, de tepel van haar linkerborst zichtbaar boven het decolleté van haar zwarte jurk. Een van de mannen snuift diep boven de tafel, leunt achterover, opent langzaam zijn ogen. Hij strekt zijn hand langzaam naar haar uit, neemt de tepel tussen zijn vingers. Knijpt erin. Het gezicht van de vrouw vertrekt. Hij doet haar pijn, denkt Christine. Ze kan haar ogen niet van hen afhouden.

Op een gegeven moment, als het al laat is, is haar blaas vol. Ze loopt naar boven, zoekt de privacy van Carlos' badkamer en suite. De slaapkamerdeur is dicht en ze maakt hem open. Een blondine met een bloedrode jurk houdt zich aan een van de hoekpalen van het hemelbed vast, het kledingstuk opgetild om haar billen te ontbloten. Achter haar zit een van de Spaanse mannen, zijn broek op zijn enkels.

'Wil je kijken?'

'Nee.'

'Wil je neuken?'

'Ik hoor bij Carlos.'

'Carlos is niets. Jij zoent mijn meisje, ja?'

Ze doet de deur zachtjes dicht, hoort de man binnen lachen.

Nog later. Er is nog maar een klein groepje bij het zwembad over – twee vrouwen, zes, zeven mannen. Stomdronken. Ze heeft nog nooit groepsseks gezien en het fascineert haar. Vier mannen en één vrouw.

Carlos komt achter haar staan. 'Wat denk je?'

'Het is vreemd,' liegt ze.

'Carlos houdt niet van groepen. Carlos is een één-conchitaman.' Hij slaat zijn armen om haar heen, maar ze blijven kijken. Kleine, ritmische golfjes op het zwembadoppervlak.

'Het ziet er sexy uit,' zegt hij.

Ze legt haar hand op zijn gulp, voelt dat hij stijf is. Het is tijd om haar geld te verdienen.

'Eerst moet Carlos wat drinken,' zegt hij en hij gaat een fles halen.

Ze weet niet of het de drank is, maar Carlos is anders in bed – wanhopig, ernstig, alsof hij zichzelf moet bewijzen.

'Ik wil dat je me pijn doet,' zegt ze.

Misschien heeft hij het niet gehoord. Misschien wil hij het niet. Hij gaat gewoon door.

Als hij klaar is en natgezweet naast haar ligt, met zijn hoofd tussen haar borsten, vraagt hij: 'Vond je Carlos goed?'

'Fantastisch.'

'Ja. Carlos is fantastische minnaar,' zegt hij in alle ernst. Dan is hij stil, zó lang dat ze zich afvraagt of hij in slaap is gevallen.

Hij staat plotseling op, loopt naar zijn broek die op de vloer ligt en haalt er een pakje sigaretten uit. Hij steekt er twee aan, geeft er één aan haar en komt bij haar zitten, zijn benen onder zich gevouwen, zijn ogen rood.

'Die lui...' zegt hij met een zeker venijn en een diepe frons van afkeer op zijn voorhoofd. Ze kent hem goed genoeg om te weten dat hij niet nuchter is.

Ze trekt aan de sigaret.

'Ze hebben Carlos niet eens bedankt voor het feest. Ze komen, ze zuipen en snuiven en vreten en naaien en dan gaan ze weer, geen afscheid, geen "dankjewel, Carlos, voor je gastvrijheid."'

'Het was een mooi feest, Carlos.'

'*Sí,* chonchita. Heeft een hoop geld gekost, beroemde kok, beste *licores*, beste *putas*. Maar ze hebben geen respect voor Carlos.'

Carlos is niets, zei de man in zijn kamer.

'Weet je wie dat zijn, conchita? Weet je dat? Het zijn *banditos*. Het is *sheet*. Ze verdienen geld met drugs. Mexicanen!' Hij spuugt het woord uit. 'Ze zijn niets, *burros*, *mulas* voor de

Yankees. Cubanen. Wat zijn dat voor mensen? En die Afghanen. Boeren, zeg ik je.'

'Afghanen?'

'*Sí*. Die *arses holes* in die jurken. *Conchas*!'

Dus de Arabieren waren Afghanen. 'O.'

'En die Chinezen, die Thai en die Vietnamezen, wat zijn dát? *Mierda*, Carlos zal het je vertellen, ze hebben niets anders dan kippen en bananen en heroïne. *They fuck their modders*. Maar ze komen naar Carlos, naar dit prachtige huis en ze hebben geen manieren. Weet je wie dat zijn, conchita? Zij zijn drugs. De Afghanen en de Vietnamezen en de Thai, zij brengen heroine. Ze brengen het hierheen, omdat het hier veilig is, hier geen politie. Ze nemen cocaïne mee terug. Dan, de Sangrenegra-broers brengen heroïne naar Amerika en naar Europa. En de Zuid-Amerikanen, die helpen met de aanvoer, maar *leetle*, omdat de Sangrenegra-broers de aanvoer beheersen. Carlos en Javier. Javier is mijn *beeg brother*. Hij is de grootste man in drugs. Iedereen kent hem. We nemen heroïne, we geven cocaine, we geven geld, we, hoe zeg je dat, *distribuya*. De hele wereld over. Carlos zal Javier het gebrek aan respect vertellen. Ze denken Carlos is *leetle brother*, Javier is niet hier, dus ze kunnen mij in de zeik nemen? *They cannot sheet on me*, conchita. *I will sheet on them*.' Minachtend dooft hij de sigaret in de asbak.

'Kom, conchita, Carlos laat je wat zien.' Hij neemt haar bij de arm, trekt haar mee. Hij raapt zijn broek op, haalt er een bos sleutels uit, pakt haar hand en leidt haar naar buiten, over de gang, de trap af, door de keuken, nog een trap af, tot in een bijkeuken, het huis nu helemaal verlaten. Hij maakt achter in de bijkeuken een deur open, half uit het zicht. Drie sloten, elk met zijn eigen sleutel.

'Carlos zal het je laten zien. Sangrenegra geen kleine jongens.' Hij drukt op een lichtknopje. Nog een deur. Een klein elektronisch cijferkastje tegen de muur. Hij toetst een code in. 'Nul, acht, twee, vier, vier, negen, ken je dat nummer, conchita?'

'Ja.' Het zijn de eerste zes cijfers van haar mobiele nummer.
'Dat is hoeveel Carlos van je houdt.'
Een metalen deur schuift open. Binnen flikkert fluorescerend licht. Hij trekt haar aan de hand naar binnen. Een grote ruimte, zo groot als een dubbele garage. Planken tot tegen het dak. Plastic tassen op de planken, van hoek tot kant, met wit poeder erin.
En dan ziet ze het geld.
'Zie je, conchita? Zie je?'
'Ik zie het,' zegt ze, maar haar stem is weg en het komt eruit als een fluistering.

Ze zijn in het zwembad, alleen zij en Carlos. Ze zit op het trappetje, haar onderlichaam in het water. Hij staat in het water, zijn handen om haar heen, zijn gezicht tegen haar buik.
'Conchita, wil je Carlos vertellen waarom je... je weet wel.'
'Hoer bent geworden.'
'Je bent geen hoer,' zegt hij afkeurend. 'Escort. Waarom je escort geworden bent.'
'Je wil de waarheid niet horen, Carlos.'
'Wél, conchita. Wél. De echte waarheid.'
'Soms denk ik dat je verwacht dat ik een lief meisje ben. Ik ben geen lief meisje.'
'Wél. Je hebt een goed hart.'
'Zie je wel, als ik je de waarheid vertel wil je 'm niet horen.'
Hij strekt zijn armen zodat hij haar kan aankijken. 'Weet je wat? Zo denkt Carlos niet. Kijk eens naar mij, conchita. Ik zit in de drugs. Ik heb mensen vermoord. Maar ik ben niet slecht. Ik heb een goed hart. Snap je? Je kunt goed zijn, en toch dingen doen die niet zo goed zijn. Dus vertel nou.'
'Omdat ik het lekker vind om te neuken, Carlos.'
'Sí?'
'Sí,' zegt ze. 'Dat is mijn drug.'
'Hoe oud was je? Toen je eerste keer neukte?'
'Ik was vijftien.'
'Vertel aan Carlos.'

'Ik zat op school. En die jongen, hij was zestien. Hij was heel knap. Hij liep elke dag met me mee naar huis. En op een dag zei hij dat ik met hem mee naar huis moest gaan. Ik was heel nieuwsgierig. En dus ging ik. En hij zei dat ik prachtige borsten had. Hij vroeg of hij ze mocht zien. En toen liet ik ze zien. En toen vroeg hij of hij ze aan mocht raken. En ik zei ja. En toen begon hij me te kussen. Op mijn tepels. Hij begon aan mijn tepels te sabbelen. En toen gebeurde het, Carlos. Die drug... Zoiets had ik nog nooit gevoeld. Het was zo intens. Ik vond het zo lekker.'

'En toen naaide hij je?'

'Ja. Maar hij was onervaren. Hij kwam te snel klaar. Hij was zo opgewonden. Ik had geen orgasme. Dus daarna wilde ik meer. Maar niet met jongens. Met mannen. Daarom verleidde ik mijn onderwijzer...'

'*You fucked your teacher*?'

'Ja.'

'En wie nog meer?'

'Een vriend van mijn vader. Ik ging naar zijn huis toe toen zijn vrouw weg was. Ik zei dat ik met hem wilde praten. Ik zei dat ik erg nieuwsgierig was naar seks, maar dat ik er met mijn ouders niet over kon praten, omdat ze zo conservatief waren. En dat ik wist dat hij anders was. Hij vroeg of ik wilde dat hij het voordeed. Ja, zei ik. Maar weet je wat, Carlos? Hij was net zo opgewonden als die jongen. Hij kon zichzelf niet in bedwang houden.'

'Wie nog meer?'

'Op de universiteit heb ik met een heleboel jongens geneukt. Gratis. En toen op een dag dacht ik bij mezelf, hoezo gratis? En zo is het gekomen.'

'Kijk,' zegt Carlos en hij wijst naar zijn erectie daarbeneden, 'Carlos houdt van jouw verhaal.'

'Naai me dan, Carlos. Want ik vind het zo lekker.'

Wasserman, de bekroonde toneelschrijver, professor in Afrikaans en Nederlands. Drieënvijftig jaar oud, met een zacht lichaam, een ruige baard en een mooie, mooie stem. Ze moet aan het begin van de sessie in bad gaan liggen zodat hij over haar heen kan pissen, anders krijgt hij geen erectie. Maar daarna is hij normaal, behalve de leesbril – om haar borsten beter te kunnen zien. Hij komt eens in de veertien dagen, om drie uur 's middags, want hij heeft een jongere vrouw die 'misschien ook nog wat wil hebben'. Hij heeft tijd nodig om zich weer 'op te laden' voor de avond. Maar zijn jonge vrouw laat niet toe dat hij op haar pist, daarvoor komt hij bij Christine.

Ze wachten hem op, precies om vier uur. Wanneer hij de deur opendoet om haar appartement bij het Gardens Centre te verlaten, slaan ze hem met een houweel, breken zijn kaak en zijn tanden.

Ze hoort ze en ze grijpt een kamerjas. 'Nee!' schreeuwt ze. Ze hebben balaklava's op, maar ze weet dat het de lijfwachten zijn. Eén kijkt haar in de ogen terwijl hij de op de grond liggende Wasserman een trap geeft. Dan schoppen ze hem allebei. Zeven ribben kapot.

'Ik bel de politie!' De ene lacht. Dan slepen ze hem aan zijn voeten naar het trappenhuis, sleuren hem twee verdiepingen naar beneden en laten hem daar bloedend en kreunend achter.

Ze grijpt haar mobiel en rent naar beneden, naar hem toe. Ze bukt zich over hem heen. Zijn toestand maakt haar misselijk. Ze raakt met haar vingertoppen zijn gehavende gezicht aan. Hij opent zijn ogen en kijkt haar aan. Een vraagteken door de pijn heen.

'Ik bel een ambulance,' zegt ze. Ze houdt zijn hand vast terwijl ze praat.

Hij maakt een geluid.

'Ik kan hier niet blijven,' zegt ze. 'Ik kan hier niet blijven.' Want er zal politie komen. Vragen. Arrestatie. Zij en Sonia kunnen zich dat niet permitteren.

Hij kreunt alleen maar, ligt op zijn zij, het bloed in een plasje bij zijn gezicht.

Ze hoort deuren opengaan.

'De ambulance is onderweg.' Ze drukt Wassermans hand en

dan holt ze naar boven, naar haar kamer, draait de deur achter zich op slot. Ze kleedt zich koortsachtig aan. Carlos. Wat moet ze doen?

Wanneer ze zachtjes weggaat, loopt ze eerst naar beneden. Ze ziet dat er mannen van de bewaking om Wasserman heen staan, onder aan de trap. Ze hebben haar niet in de gaten. Ze loopt een verdieping naar boven, probeert kalm te blijven. Ze loopt langzaam, wil geen aandacht trekken. Ze drukt op het knopje van de lift, wacht. Stemmen beneden. De lift laat een eeuwigheid op zich wachten.

Carlos.

Ze belt hem als ze op straat staat. Hij neemt zijn mobiel niet op.

Ze gaat naar haar appartement, zit in de huiskamer op een stoel met de mobiel in haar hand. Wat moet ze doen?

Later belt ze de ambulancedienst. Ze hebben Wasserman naar het City Park-ziekenhuis gebracht. Ze belt het ziekenhuis. 'We kunnen geen informatie geven.'

'Ik ben zijn zuster.'

'Ogenblik.'

Ze moet naar synthesizermuziek luisteren, een metalige klank in haar oor.

Eindelijk neemt de Eerste Hulp op. 'Hij ligt op de intensive care, maar hij redt het wel.'

Carlos. Ze belt opnieuw zijn nummer. Hij gaat alleen maar over. Ze wil in de auto stappen en naar zijn huis rijden. Ze wil hem slaan, met een houweel zijn kop verbrijzelen. Hij heeft het récht niet. Hij kan het niet maken. Ze wil naar de politie, ze wil hem van de aardbol af blazen, ze stikt van woede. Ze zoekt een telefoonboek, vindt het nummer van de politie.

Nee. Te veel problemen.

Ze huilt, uit frustratie. Haat.

Ze haalt Sonia op als ze gekalmeerd is. En wanneer ze met haar dochter aan de hand over straat loopt, ziet ze de BMW aan de overkant, het raam achter naar beneden gedraaid. Daar zit hij en hij kijkt, maar niet naar háár. Zijn ogen rusten op het kind en er ligt een vreemde uitdrukking op zijn gezicht. Het voelt alsof iemand haar bij haar hart beet heeft en haar dood wil knijpen.

De BMW stopt naast haar wanneer ze Sonia in de auto helpt.

'Nu weet ik alles, conchita.' Hij kijkt naar Sonia, kijkt naar haar kind. Als ze op dat moment een vuurwapen had gehad, had ze op hem geschoten, in zijn gezicht.

II Bennie

23

Griessel heeft zich tussen de bazen nooit ongemakkelijk gevoeld, vooral omdat hij hen gezamenlijk of afzonderlijk onder de tafel kon drinken. Of wérken. Hij houdt er in ieder geval een hoger oplossingscijfer op na dan zij hadden toen ze nog rechercheurs waren, alcoholist of niet. Maar vanavond voelt hij zich niet op zijn gemak. Ze staan in het zitkamertje buiten de intensive care-afdeling van het City Park-ziekenhuis, ook al zijn er nog stoelen vrij: de hoofdinspecteurs Esau Mtimkulu en Mat Joubert, de eerste en tweede in bevel bij de EGM, commissaris John Afrika, het provinciale hoofd recherche, en Griessel. Cupido en Keyter zitten net buiten gehoorsafstand, hun oren gespitst, maar ze horen niets. Want als er een Lid op de IC ligt, spreken de grote meneren met gedempte stemmen.

'Geef me het nummer van die Woolworths-man, Mat,' zegt commissaris Afrika, een gekleurde veteraan die zijn strepen heeft verdiend in Khayelitsha, op de Vlakte en bij de oude Moord-en-Roof-brigade. 'Ik hoor dat ze al bij de minister zijn gaan uithuilen, maar ze kunnen de pot op. Ik regel het wel met hem. Dat is het minste van onze problemen...' Hier komt het, denkt Griessel. Hij had die schoft niet in elkaar moeten slaan, hij weet het, nog nooit in zijn leven is hij zó tekeergegaan. Als de zaak geseponeerd wordt omdat hij zijn zelfbeheersing heeft verloren, als een verdomde seriemoordenaar de straat opgestuurd wordt omdat Bennie Griessel kwaad is op de hele wereld...

'Bennie,' zegt commissaris Afrika, 'jij beweert dat zijn gezicht zo bezeerd is toen je op hem dóók?'

'Ja, commissaris.' Hij kijkt de man in de ogen en ze weten alle vier, daar in die kring, wat er nu gebeurt. 'Die etalagepop stond precies op de verkeerde plek. Reynekes gezicht viel tegen het gezicht van de pop aan. Zo is hij ook aan die sneeën gekomen.'

'Hij moet die pop wel verdomd hard geraakt hebben,' zegt hoofdinspecteur Mtimkulu.

'Toen ik op hem dook, hield ik zijn armen vast, want hij had een vuurwapen. Daardoor kon hij zich niet met zijn handen beschermen. Vandaar dat hij hem zo hard geraakt heeft.'

'En toen legde hij een bekentenis af?'

'Toen hij daar lag te bloeden, toen huilde hij alleen maar "ik kan er niets aan doen, ik kan er niets aan doen", maar door Cliffies schotwond was mijn... eh... aandacht afgeleid. Pas later, in de verhoorkamer, vroeg ik wat dat betekende. Dat hij er niets aan kon doen.'

'Wat zei hij toen?'

'Toen wilde hij eerst niets zeggen. Toen... vroeg ik Cupido en Keyter om naar buiten te gaan, zodat ik alleen met hem kon praten.'

'En toen bekende hij?'

'Toen bekende hij, commissaris.'

'Zal het voor de rechtbank standhouden?'

'Dat hele gedoe in de verhoorkamer staat op video, commissaris. Ik heb gewoon gevraagd om met de verdachte alleen te worden gelaten en toen ze naar buiten waren, keek ik hem alleen maar aan, lang. En toen zei ik: "Ik weet dat je er niets aan kunt doen. Ik begrijp het." En toen begon hij te praten.'

'Volledige bekentenis.'

'Ja, chef. Alle drie de vrouwen. Details die niet in de krant stonden. Wie zijn advocaat ook mag zijn, hij zit vast. En er is ook een vorige veroordeling. Verkrachting, vier jaar geleden. In Montagu.'

'En de enige getuige van het etalagepop-incident is Cliffie Mketsu?'

'Dat klopt, Mat.'

Ze kijken alle vier in de richting van de klapdeuren die naar de intensive care leiden.

'Oké,' zegt de commissaris. 'Mooi werk, Bennie. Dat is echt mooi werk...'

De klapdeuren gaan open. Er komt een dokter op hen af, zo'n jongetje dat eruitziet alsof hij nog op de universiteit zou moeten zitten. Er zit bloed op zijn groene operatiekleren.

'Hij haalt het wel,' zegt de dokter.

'Zeker weten?' vraagt Griessel.

De dokter knikt. 'Hij heeft ontzettend veel geluk gehad. De kogel is bijna overal langs gegaan, alleen de linkerlong in het S4-gebied is lelijk beschadigd. Het gaat om het topje van de bovenste lob, het voorste segment. Het is mogelijk dat we dat moeten verwijderen, een klein stukje misschien, maar dat bekijken we pas als hij gestabiliseerd is.'

We, denkt Griessel. Waarom hebben ze het altijd over *ons*, alsof ze tot de een of andere geheime organisatie behoren?

'Dat is goed nieuws,' zegt de commissaris zonder overtuiging.

'O, en hij had een boodschap voor ene Bennie.'

'Dat ben ik.'

'Hij zegt dat die man slecht terecht is gekomen, tegen die kassala.'

Alle vier kijken ze de dokter met grote belangstelling aan.

'Kassala?' vraagt Griessel.

'Ja.'

'Doe me een lol, dokter. Zeg tegen hem dat het de etalagepop was.'

'De etalagepop.'

'Ja. Zeg tegen hem dat die vent tegen de pop aan is gevallen en de pop tegen de kassala.'

'Ik zal het tegen hem zeggen.'

'Bedankt, dokter,' zegt Griessel en hij draait zich om naar de commissaris, die knikt en zich omdraait.

Hij koopt een Zinger-burger en een blikje Fanta Orange bij Kentucky Fried Chicken en neemt het mee naar huis. Hij eet op de vloer van zijn 'zitkamer', met tegenzin. Het komt door de vermoeidheid, de nawerking van de adrenaline. Het komt ook door de dingen die in zijn achterhoofd liggen te wachten waar hij niet echt aan wil denken. Daarom concentreert hij zich op zijn eten. De Zinger vult hem niet helemaal. Hij had er patat bij moeten nemen, maar hij houdt niet van de patat van KFC. De kinderen eten ze gewoonlijk met smaak. Die eten zelfs die dunne, kartonachtige frietjes van McDonald's, maar hij niet. De patat van Steers, ja. Die grote, vette, BBQ-patat van Steers. De burgers van Steers zijn ook onovertroffen. Fatsoenlijk eten. Maar hij weet nog niet waar de dichtstbijzijnde Steers is en hij weet niet of ze zo laat nog open zijn en dan is de Zinger op en er zit saus op zijn vingers.

Hij wil de plastic tas, het lege kartonnen bakje en het blikje weggooien, maar realiseert zich dat hij geen vuilnisbak heeft. Hij zucht. Hij moet gaan douchen – hij heeft het bloed van Reyneke en Cliffie nog op zich.

Je hebt zes maanden, Bennie – dat is wat we je geven. Zes maanden om te kiezen tussen ons en de drank. Hoe moet je voor zes maanden meubels kopen? Hij kan verdomme toch niet zes maanden lang op de vloer eten. Thuiskomen in zo'n lege plek. Hij heeft toch zeker recht op één of twee stoelen. Een kleine televisie. Maar laat hij eerst gaan douchen en deze kleren uittrekken, dan kan hij op het bed gaan zitten om een lijstje te maken voor morgen. Zaterdag. Hij heeft vrij, dit weekeinde.

Schrikwekkend. Twee dagen. Open. Misschien moet hij overwegen om naar kantoor te gaan, zijn papierwerk bij te werken.

Hij spoelt zijn handen onder de keukenkraan af, stopt het bakje, het blikje en het gebruikte KFC-servet in het rood-met-witte plastic tasje en legt het in een hoek van het keukentje neer. Hij loopt de trap op terwijl hij de knopen van zijn hemd losmaakt. Godzijdank hoeven ze geen jasje-dasje meer te dragen. Toen hij bij Moord-en-Roof begon, liep iedereen nog in pak.

Waar was Anna vanavond?

Het plastic douchegordijn is aan één kant gescheurd en het

water loopt over de vloer. Er staan verbleekte vissen op. Hij moet zorgen voor een badkamermatje. Een nieuw douchegordijn. Hij wast zijn haar en zeept zijn lichaam in. Spoelt zich af, de stroom water krachtig, warm en lekker.

Wanneer hij de kranen dichtdraait, hoort hij zijn mobiel overgaan. Hij grijpt de handdoek, wrijft er vluchtig mee over zijn hoofd, is in drie passen bij het bed en pakt het toestel op.

'Griessel.'

'Ben je nuchter, Bennie?'

Het is Anna.

'Ja.' Hij wil protesteren tegen de vraag, hij wil zich erover opwinden, maar hij weet dat hij het recht niet heeft.

'Wil je de kinderen zien?'

'Ja, heel...'

'Je kunt ze zondag komen ophalen. Voor een dag.'

'Oké, bedankt. En jij? Kan ik jou ook...'

'Ik denk dat we het voorlopig eerst bij de kinderen laten. Tien uur? Van tien tot zes?'

'Goed.'

'Tot ziens, Bennie.'

'Anna!'

Ze zegt niets, maar ze heeft nog niet opgehangen.

'Waar was je vanavond?'

'Waar was jíj, Bennie?'

'Ik was aan het werk. Ik heb een seriemoordenaar gevangen. Cliffie Mketsu is door zijn long geschoten. Dat is waar ik was.' Even voelt hij zich moreel boven alles verheven; hij staat op een puistje, op een molshoopje, maar het is beter dan niets. 'Waar was jij?'

'Uit.'

'Uit?'

'Bennie, ik heb vijf jaar thuis gezeten terwijl jij dronken of de hort op was. Of dronken én de hort op. Vind je ook niet dat ik eindelijk wel eens een vrijdagavond uit heb verdiend? Dat ik het verdiend heb om naar de film te gaan, voor het eerst in vijf jaar?'

'Ja,' zegt hij. 'Dat heb je verdiend.'

'Tot ziens, Bennie.'

Ben je alleen naar de film geweest? Dat had hij willen vragen, maar zijn morele voetstuk is te snel afgebrokkeld en hij hoort hoe de verbinding in zijn oor verbroken wordt. Hij gooit de handdoek op de grond, haalt een zwarte korte broek uit de kast, trekt hem aan. Hij haalt pen en papier uit zijn aktetas, gaat op het bed zitten. Hij kijkt naar de handdoek op de vloer. Morgenochtend ligt hij er nog en dan is hij klam. Hij staat op, hangt hem in de badkamer op het rekje, loopt terug naar het bed, rangschikt de kussens zo dat hij ertegenaan kan zitten. Hij begint met zijn lijstje.

Wasgoed.

Er is een wasserette bij het Garden Centre. Dat eerst, morgen.

Vuilnisbak

Strijkbout

Strijkplank

Koelkast?

Kun je zonder koelkast leven? Wat moet hij erin stoppen? Geen melk, hij drinkt zijn koffie zwart. En zondag komen de kinderen en Carla houdt van koffie, ze heeft, als ze haar huiswerk doet, altijd en eeuwig een beker in de hand. Zal zij genoegen nemen met melkpoeder? Misschien is een koelkast nog niet nodig, hij zal zien.

~~Koelkast~~?

Douchegordijn

Badkamermat

Stoelen/bank. Voor de zitkamer.

Krukken. Voor het ontbijthoekje.

Hoe gaat hij met zijn politiesalaris verdomme twee huizen onderhouden? Heeft Anna daar weleens over nagedacht? Maar hij hoort haar al: 'Je kon je drinkgewoonte van je politiesalaris betalen, Bennie. Geld voor drank was er altijd.'

Als de kinderen komen, zal hij er een koffiebeker bij moeten kopen. Nog meer borden, messen, vorken, lepels. Schoonmaakmiddelen voor de afwas, voor stoffige oppervlakken, voor de badkamer en het toilet.

Hij maakt nieuwe kolommen op zijn papier, schrijft alles op, maar hij kan die andere dingen niet uit zijn hoofd krijgen.

Hij heeft vandaag iets ontdekt. Hij moet het aan Barkhuizen vertellen. Want dat hij bang zou zijn om dood te gaan, is niet helemaal waar. Vanmiddag, toen hij op de bovenste verdieping van Woolworths op Reyneke afstormde, met het pistool dat op hem gericht was en het schot dat afging, het schot dat Cliffie Mketsu raakte omdat Reyneke voor geen meter kon schieten...

Toen wist hij dat hij niet bang was om dood te gaan. Toen wist hij dat hij dood *wílde*.

Hij wordt vroeg wakker, net na vijven. Hij denkt aan Anna. Is ze alleen naar de bioscoop geweest? En dan besluit hij het van zich af te zetten. Niet zo vroeg al, niet vandaag. Hij staat op, trekt alleen een broek, een shirt en gympen aan en loopt zonder zich te wassen naar buiten.

Hij kiest zijn richting en driehonderd meter verderop in de straat ziet hij de ochtend, voelt hij de luwte van de vroege zomer, hoort hij de vogels en de ongelooflijke stilte in de stad. Kleuren, teksturen en licht van kristal.

Tafelberg die naar hem toe overhelt, de top iets tussen goud en oranje, kloofjes en scheuren zijn pikzwarte schaduwen in het licht van de opkomende zon.

Hij loopt via de Bo-Oranjestraat naar boven, gaat het park binnen en gaat op de hoge muur van het waterreservoir zitten om te kijken. Links gaat de Leeukop over in de rondingen van de Seinheuwel en in de diepte vormen de duizenden stadsramen in het zonlicht een fonkelend mozaïek. De zee, diepblauw, achter Robbeneiland, tot voorbij Melkbosstrand. Links van de Duiwelspiek liggen de voorsteden. Een 747 komt aangevlogen over de Tygerbergen en een ogenblik lang strijkt de schaduw van het toestel over hem heen.

Shit, denkt hij. Wanneer heeft hij dit voor het laatst gezien?

Hoe kan het dat hij het gemist heeft?

Hoewel, denkt hij grinnikend bij zichzelf, als je 's ochtends je roes ligt uit te slapen, kan het gebeuren dat je de zonsopkomst boven de Kaap weleens mist. Hij moet het onthouden, dit onverwachte voordeel van de geheelonthouding.

Een kwikstaartje komt bij hem zitten, wippend met zijn staart, kordate stapjes als die van een zelfingenomen brigadiertje van de binnendienst. 'Wat?' zegt hij tegen de vogel. 'Heeft jouw vrouw je óók in de steek gelaten?' Hij krijgt geen antwoord. Hij blijft zitten tot het kwikstaartje achter een onzichtbaar insect aan vliegt, en dan staat hij op en kijkt opnieuw naar de berg en het geeft hem een eigenaardig gevoel van voldoening. Alleen híj ziet dit, vanochtend. Verder geen ziel.

Dan loopt hij terug naar zijn flat, doucht, scheert zich, kleedt zich aan en rijdt naar het ziekenhuis. Cliffie moet rusten, zeggen ze tegen hem. Hij is stabiel. Buiten gevaar. Hij vraagt ze om te zeggen dat Bennie geweest is.

Het is even voor zevenen. Hij rijdt via de N1 naar het noorden, de snelweg is nog stil, want de Kaap komt op een zaterdagochtend pas tegen tien uur op gang. De Brackenfell Boulevard af en via de bekende afritten naar zijn huis. Hij rijdt slechts één keer voor het huis langs, langzaam. Geen teken van leven. Het gras is gemaaid, de brievenbus leeg, de deur van de garage op slot. Inventarisatie van een politieman. Dan geeft hij gas, want hij wil niet dat zijn gedachten de voordeur binnengaan.

Hij drinkt koffie bij een Wimpy in Panorama, want ontbijten doet hij nooit, tot de winkels opengaan.

Hij koopt een tweezitsbank en twee stoelen bij Mohammed 'Love Lips' Faizals pandjeswinkel in Maitland. De gebloemde bekleding is een tikje verbleekt. Er zitten vage koffievlekken op de leuning van een van de stoelen. 'Te duur, L.L.,' zegt hij over het prijskaartje van zeshonderd rand.

'Omdat jij het bent, Sarge, vijfenvijftig.'

Faizal heeft al eens achttien maanden in de Pollsmoor-gevangenis gezeten voor handel in gestolen goederen en hij is er redelijk zeker van dat ten minste driekwart van de autoradio's aangedragen is door junks uit Observatory.

'Vierhonderd, L.L. Moet je die vlekken zien.'

'Eén keer laten stomen en het is zo goed als nieuw, Sarge. Vijfhonderd en dan maak ik geen cent winst.'

Faizal weet dat hij geen sergeant meer is, maar sommige dingen zullen nooit veranderen. 'Vierhonderdvijftig.'

'Jemig, Sarge, ik heb vrouw en kinderen.'

Hij ziet de basgitaar toevallig, alleen de hals die achter een stalen kast met splinternieuw gereedschap uitsteekt.

'En die bas?'

'Muziekliefhebber, Sarge?'

'Ik heb in mijn tijd weleens een bas z'n strot gekieteld...'

'Niet te geloven, wie had dat gedacht? Dit is een Fender, Sarge, verpand door een wannabe rapper uit Blackheath, maar zijn ticket verloopt pas volgende week vrijdag. Er zit een nieuwe Dr. Bass Rx210b-cabinet bij met een ingebouwd 3u-rack, twee 250 watt Eminence 10 inch-speakers en een LeSon-tweeter.'

'Ik heb geen idee waar je het over hebt.'

'Een gigantische versterker, Sarge. Hij blaast je zó omver.'

'Hoeveel?'

Faizal kijkt hem vreemd aan. 'Meen je dat echt, Sarge?'

'Misschien.'

'Dit is een echt onderpand, Sarge. *Clean stuff.*'

'Ik geloof je op je woord, L.L. Relax.'

'Wil je nu opeens een band beginnen?' De achterdocht is er nog steeds.

Griessel grinnikt. 'En dan noemen we hem Violent Crimes?'

'Waarom dan?'

'Wat ben je van plan om voor die gitaar en die versterker te vragen, L.L.?'

'Tweeduizend, minstens. Als die wannabe zijn kaartje niet inlevert.'

'O.' Dat is te veel voor hem. Hij weet niet meer wat die dingen kosten. 'Vierhonderdvijftig voor het zitkamerstel?'

Faizal zucht. 'Vierhonderdvijfenzeventig, gratis thuisbezorgd, inclusief een set van zes onderzetters met *tasteful nudes depicted there upon.*'

Hij koopt drie barkrukken bij die winkel in Parow waar ze uitsluitend dennenhouten meubels verkopen en hij betaalt honderdvijfenzeventig rand per stuk en dat is afgrijselijk veel, maar hij laadt ze in zijn auto, twee op de achterbank en één voorin, en brengt ze naar zijn flat, want morgen komen de kinderen en dan moeten ze tenminste iets hebben om op te zitten. Tegen elf uur zit hij met een krant bij de wasserette en wacht tot zijn kleren schoon en droog zijn, zodat hij ze in zijn nieuwe plastic wasmandje kan stoppen en ze op zijn nieuwe strijkplank met zijn nieuwe strijkbout kan gaan strijken.

En dan belt Mat Joubert en hij zegt: 'Ik weet dat je vrij hebt, Bennie, maar ik heb je nodig.'

'Wat is er aan de hand?'

'Het gaat om die vent met zijn assegaai, maar ik vertel je alles als je komt. We zijn bij Fisantekraal. Op een boerderij. Je rijdt via de Wellingtonweg door Durbanville, rechtsaf de R312 op en dan net voorbij de treinbrug links. Bel me als je daar bent, dan leg ik het je uit.'

Hij kijkt naar het display op de wasmachine. 'Geef me veertig minuten,' zegt hij.

Het is een paardenplek. *High Grove Rijschool. Rijlessen voor volwassenen en kinderen. Buitenritten.* Voor hij bij het huis komt, rijdt hij eerst langs de stallen, alles in een staat van gedeeltelijk verval, zoals ál dit soort plekken, nooit genoeg geld om alles te repareren. Politieauto's, een SAPD-bakkie, het busje van Forensische Opsporing. De ambulance is zeker al weg.

Joubert staat in een kring met vier andere rechercheurs, maar twee mensen van hun eenheid, de andere twee zeker van bureau Durbanville. Wanneer hij stilhoudt, zijn er honden om hem heen, blaffend, kwispelend, twee kleintjes en twee zwarte schaapshonden. Hij stapt uit, ruikt de paardenmest en de luzerne.

Joubert komt hem met uitgestoken hand tegemoet. 'Hoe gaat het, Bennie?'

'Nuchter, bedankt.'

Joubert glimlacht. 'Ik merk het. Is het zwaar?'

'Alleen als ik niet drink.'

De chef lacht. 'Ik heb respect voor je volharding, Bennie. Niet dat ik getwijfeld heb...'

'Dan ben jij de enige.'

'Kom, dan praat ik je bij.'

Hij neemt hem mee naar een lege stal, gaat op een baal paardenvoer zitten. De zon projecteert door gaatjes in het zinken dak volmaakt ronde stippen op de vloer. 'Ga zitten, Bennie, dit kan wel even duren.'

Hij gaat zitten.

'Het slachtoffer is Bernadette Laurens. Ze is donderdag op borgtocht van vijftigduizend rand vrijgelaten. Aanklacht wegens moord op haar vriendins vijfjarige dochter. Ze woonden hier als een paartje. De naam van de vriendin is Elise Bothma. Vorig weekeinde is het kind met een biljartkeu tegen het hoofd geslagen, één klap...'

'Lesbitariër?'

Joubert knikt. 'Afgelopen nacht begonnen de honden te blaffen. Laurens stond op om te kijken wat er aan de hand was. Toen ze niet naar bed terugkwam, is Bothma haar gaan zoeken. Vijftien meter van de voordeur af vond ze het lijk. Eén steekwond in het hart. Ik wacht nu op het verslag van de patholoog, maar het kan die assegaai-kerel zijn.'

'Omdat ze een kind gedood heeft.'

'En de steekwond.'

'De kranten beweren dat het om een assegaai-vrouw gaat.'

'De kranten staan vol stront. Een vrouw had met geen mogelijkheid de vorige twee slachtoffers kunnen vermoorden. Enver Davids was een bajesklant, zwaargebouwd, sterk. Als je uitgaat van de plaats delict had Colin Pretorius gelegenheid om zich te verzetten, maar hij maakte geen schijn van kans. Laurens was een sterke vrouw, rond de één meter tachtig, tachtig kilo. En vrouwen schieten, ze steken niet met een mes. In elk geval niet als er meerdere slachtoffers zijn. En je weet het zelf: de kans dat een vrouw bij meerdere moorden betrokken is, is één procent.'

'Ik ben het met je eens.'

'Een van de schaapshonden loopt mank, vanochtend. Bothma vermoedt dat hij misschien geslagen of geschopt is toen het gebeurde. Maar verder niet veel. De mensen van Durbanville komen helpen om de buren te ondervragen.'

Griessel knikt.

'Ik wil dat jij de zaak overneemt, Bennie.'

'Ik?'

'Om verschillende redenen. Ten eerste ben jij de meest ervaren rechercheur van de eenheid. Ten tweede ben je, naar mijn mening, de beste. Ten derde heeft de commissaris jouw naam genoemd. Hij is na gisteren erg ingenomen met je werk en hij weet wanneer er problemen op komst zijn. Hier komt een circus van, Bennie. Met de media. Wraakmoordenaar, vergelding van misdaad tegen kinderen, doodstraf... Je kunt het je wel voorstellen.'

'En ten vierde, ik heb de tijd, nu ik geen vrouw en kinderen meer heb.'

'Het was geen deel van mijn redenering. Maar dit kan ik je wel vertellen: ik dacht dat het je misschien zou helpen – je zó bezig zou houden dat je geen tijd hebt om aan drank te denken.'

'Niets kan me zó bezighouden.'

'En de laatste reden waarom ik het aan jou vraag, is dat ik weet dat je van dit soort dingen geniet.'

'Dat is waar.'

'Doe je mee?'

'Natuurlijk doe ik mee, verdomme. Ik deed al mee toen je het woord "assegaai" noemde. Je had de rest kunnen laten zitten. Je weet dat dat soort "positieve feedback" bij mij nooit gewerkt heeft.'

Joubert staat op. 'Ik weet het. Maar het moest gezegd worden. Je moet weten dat je gewaardeerd wordt. O, en de commissaris zegt dat je alle mankracht krijgt die je nodig hebt. We hoeven het hem maar te laten weten als we hulp nodig hebben. Hij zal zijn stem laten horen waar het telt. Maar voorlopig is Keyter je partner, hij is onderweg...'

'Ammenooit...'

'Cliffie ligt in het ziekenhuis, Bennie, en er is niemand anders fulltime beschikbaar.'

'Keyter is een hufter, Mat. Een klein snoeverig bureau-agentje met een *attitude* en een grote kop. Hij weet niks. Je had het toch over "alle mankracht die je nodig hebt"?'

'Voor de praktische ondersteuning, Bennie. Ik kan geen mensen van de Eenheid afstaan. Je weet dat iedereen tot over zijn oren in het werk zit. En Keyter is nieuw. Hij moet leren. Jij moet zijn mentor zijn.'

'Mentor.'

'Maak een rechercheur van hem.'

'Het is op dit soort momenten,' zegt Griessel, 'dat ik weet waarom ik alcoholist ben.'

24

Hij, Keyter en de honden zitten in Elise Bothma's zitkamer. Keyter, in een wit overhemd, een strakke spijkerbroek en nieuwe, helderblauwe Nike Crosstrainers, stelt de vragen alsof hij een ervaren rechercheur is. 'En wat voor hondje is dit, mevrouw? Het lijkt me dat er iets van een dwergkeeshond in zit, maar blaffen ze niet vreselijk 's nachts, ik hoor dat ze zo blaffen, de echte dwergkeesjes.... Het lijkt wel alsof deze iets van een teckel in zich heeft. U zegt dat jullie de honden hoorden en toen ging juffrouw Laurens naar buiten om te kijken?'

Ze is een tengere vrouw. Haar ogen zijn rood en haar stem is zacht en ze heeft de vraag aan het uiteinde van de hondentoespraak niet verwacht. 'Ja,' zegt ze. Ze zit ineengedoken, heft haar hoofd niet op. Haar handen zijn verstrengeld in een nat zakdoekje. In het vertrek hangt een penetrante geur van honden en rooibosthee.

'Weet u hoe laat dat was?' vraagt Keyter.

Ze zegt iets, maar ze kunnen het niet verstaan.

'U moet harder praten. We kunnen geen woord verstaan.'

'Het was denk ik net voor tweeën,' zegt Elise Bothma en ze zakt dan weer terug, alsof het een grote inspanning was.

'Maar u weet het niet zeker.'

Ze schudt alleen haar hoofd.

'Weet je hoe laat ze het bureau gebeld heeft?' vraagt Keyter aan Griessel.

Hij wil het liefst opstaan om die hufter naar buiten te sleuren en hem te vragen wie hij denkt dat hij is, verdomme, maar dit is niet het goede moment.

'Twee uur vijfendertig,' zegt Griessel.

'Oké,' zegt Keyter. 'Laten we aannemen dat de honden net voor tweeën begonnen te blaffen en toen stond ze op om te gaan kijken. Nam ze iets mee? Een wapen? Een biljartkeu of zoiets?'

Bothma siddert en Griessel besluit dat dit het laatste is wat hij door de vingers ziet voor hij Keyter mee naar buiten neemt. 'Een revolver.'

'Een revolver?'

'Ja.'

'Wat voor revolver?'

'Weet ik niet. Hij was van haar.'

'En waar is die revolver nu?'

'Weet ik niet.'

'Heeft iemand een revolver bij het lijk gevonden?'

Griessel schudt alleen zijn hoofd.

'Dus die revolver is nu weg?'

Bothma knikt haast onmerkbaar.

'En toen, wanneer bent u opgestaan om te gaan kijken?'

'Ik weet niet hoe laat het was.'

'Maar waarom bent u gaan kijken? Wat bracht u tot dat besluit?'

'Het duurde te lang. Ze was te lang weg.'

'En toen zag u haar liggen.'

'Ja.'

'Precies zoals wij haar aangetroffen hebben?'

'Ja.'

'En niets anders?'

'Nee.'

'En toen belde u het bureau?'

'Nee.'

'O?'

'De alarmcentrale.'

'O. En toen wachtte u binnen tot ze kwamen?'

'Ja.'

'Oké,' zegt Keyter. 'Oké. Dat is het verhaal.' Hij staat op. 'Dank u wel en gecondoleerd met uw verlies en zo.'

Bothma maakt weer die lichte knikbeweging met haar hoofd, maar geen oogcontact.

Griessel staat op en Keyter maakt aanstalten om te vertrekken. Hij is verbaasd wanneer hij ziet dat Griessel naast de vrouw op de bank gaat zitten. Hij komt niet terug, staat daar alleen maar, half ongeduldig.

'Hoelang waren jullie bij elkaar?' vraagt Griessel haar, zacht en meelevend.

'Zeven jaar,' zegt Bothma en ze drukt het zakdoekje tegen haar wangen.

'Wat?' zegt Keyter vanaf de deur. Griessel kijkt hem veelbetekenend aan en legt een vinger op zijn lippen. Keyter komt weer zitten.

'Ze was opvliegerig.' Een stelling. Bothma knikt.

'Deed ze u soms pijn?'

Knikt.

'En deed ze uw kind ook pijn?'

Het hoofd antwoordt 'ja' en de tranen stromen.

'Waarom bleef u bij haar?'

'Want ik had niets.'

Griessel wacht af.

'Wat kon ik doen? Waar kon ik heen? Ik heb geen baan. Ik werkte voor haar. Deed de boeken. Zij zorgde voor ons. Eten en kleren. Ze was goed voor ons. Ze heeft Cheryl leren paardrijden. Ze was meestal aardig tegen haar. Wat kon ik doen?'

'Was u kwaad op haar om wat ze Cheryl aangedaan heeft?'

De magere schouders schokken.

'Maar u bleef bij haar?'

Ze slaat haar kleine handjes voor haar gezicht en huilt. Griessel steekt een hand in zijn broekzak, haalt er een zakdoek uit. Hij houdt hem haar voor. Het duurt een tijdje voor ze het ziet.

'Dank u.'

'Ik weet dat het moeilijk is,' zegt hij.

Ze knikt.

'U was heel kwaad op haar.'

'Ja.'

'U dacht erover om haar iets aan te doen.'

Bothma antwoordt niet direct. Een schaapshond krabt zichzelf op het tapijt. 'Ja.'

'Om haar met een mes te steken?'

Nu schudt Bothma haar hoofd.

'De revolver?'

Knikt.

'Waarom hebt u het niet gedaan?'

'Ze had hem verstopt.'

Hij zweeg.

'Ik heb haar niet doodgemaakt,' zegt Elise Bothma en ze kijkt naar hem op. Hij ziet dat ze groene ogen heeft. 'Ik héb het niet gedaan.'

'Ik weet het,' zegt Griessel. 'Ze was te sterk voor u.'

Hij wacht tot Keyter in zijn auto zit en dan komt hij voor het raampje staan en hij praat zacht, want er zijn nog meer politiemannen op het erf. 'Ik wil dat je een paar zaken verdomd goed begrijpt,' zegt hij en Keyter kijkt verbaasd naar hem op.

'Eén. Je doet je bek niet meer open tijdens een ondervraging, behalve als ik je toestemming geef. Begrepen?'

'Jemig, wat heb ik gedaan?'

'Begrepen?'

'Oké, oké.'

'Twee. Ik heb niet om jou gevraagd. Jij bent aan mij gegeven. Met de instructie dat ik jou moet leren om een rechercheur te worden. En drie. Als je iets wil leren, moet je luisteren. Begrepen?'

'Ik bén verdomme al rechercheur.'

'Jij, rechercheur? Vertel me dan eens, meneer de rechercheur, waar begin je te zoeken naar een moordenaar? Wat is de eerste plaats waar je zoekt?'

'Oké,' zegt Keyter onwillig.

'Wat oké, Jaaa-mie?'

'Oké, ik hoor je.'

'Wat hoor je?'

'Wat je zegt.'

'Vertel op, Jaaa-mie.'

'Waarom zeg je de hele tijd Jaaa-mie? Ik hoor je, oké? Je kijkt eerst in de buurt van het slachtoffer.'

'Heb je daar gekeken?'

Keyter zegt niets, houdt alleen het stuur in de tien-voor-twee-stand vast.

'Je bent een rechercheur van niets. Twee jaar op bureau Table View stelt niets voor. Inbraakjes en autodiefstal tellen hier niet, Jaaa-mie. Je houdt je bek, je luistert en je leert. Of je rijdt nu naar Mat Joubert en je zegt tegen hem dat je niet met mij kunt samenwerken.'

'Oké,' zegt Keyter.

'Wat oké?'

'Oké, ik zal mijn mond houden.'

'En leren.'

'En leren.'

'En stap nu maar weer uit, want we zijn hier nog niet klaar.' Hij doet een stap achteruit, maakt ruimte zodat het autoportier open kan. Keyter stapt uit, slaat het portier dicht en legt zijn armen over elkaar. Hij leunt tegen zijn auto.

'Zijn we er zeker van dat ze het niet gedaan heeft?' vraagt Griessel.

Keyter haalt zijn schouders op. As hij ziet dat dat niet genoeg is, zegt hij 'nee', maar voorzichtig.

'Heb je gehoord wat ik daarbinnen zei?'

'Ja.'

'Denk je dat ze het gedaan kan hebben?'

'Nee.'

'Maar ze wílde het doen?'

'Ja.'

'Nu moet je nadenken, Jaaa-mie. Verplaats je in haar schoenen.'

'Huh?'

'Denk zoals zij zal denken,' zegt Griessel en hij onderdrukt de impuls om zijn ogen ten hemel te slaan.

Keyter haalt zijn armen van elkaar en legt twee vingers tegen zijn slapen.

Griessel wacht.

'Oké,' zegt Keyter.

Griessel wacht.

'Oké, ze is te klein om Laurens neer te steken.' Hij kijkt naar Griessel voor goedkeuring. Griessel knikt.

'En ze kan de revolver niet te pakken krijgen.'

'Dat klopt.'

De vingers wrijven over de slapen.

'Nee, verdomd, ik weet het niet,' zegt Keyter met een geërgerd handgebaar en hij gaat rechtop staan.

'Hoe zou jíj je voelen?' zegt Griessel, het geduld dat als lood aan zijn stem hangt. 'Je kind is dood. En het is je geliefde die het gedaan heeft. Hoe zou jíj je voelen? Je haat, Jamie. Je zit hier thuis en je haat. Zij zit in een politiecel en je weet dat ze ooit op borgtocht vrijkomt. En je zou haar verrot willen slaan om wat ze gedaan heeft. Je ziet het voor je, hoe je haar doodschiet, of steekt. En dan hoor je op de radio over die man met zijn mes die de jacht heeft geopend op mensen die met kinderen rotzooien. Of je leest het in de krant. Wat doe je, Jamie? Je huilt en je hoopt. Je wenst. Want jij bent te klein en zwak en je hebt een superheld nodig. Je denkt: stel dat hij zou komen, met zijn grote assegaai. En je houdt van die gedachte. Maar de week is lang, Jamie. Je denkt later: wat als hij níet komt om haar dood te maken. Bothma zei dat de revolver verstopt was. Dus tien tegen één dat ze er een beetje naar heeft gezocht. Waarom, Jamie? Omdat die man met zijn assegaai misschien niet komt. En dan, wat is de logische volgende stap? Je zoekt je eigen assegaai-man. En waar begin je te zoeken? Waar vind je iemand die net zo de pest aan Laurens heeft als jij? Want ze was driftig. Een harde vrouw. Waar zoek je?'

'Oké,' zegt Keyter en schopt met zijn Nike Crosstrainer tegen een graspol. 'Oké, ik hoor je. Je zoekt hier, op dit erf.'

'Er is nog hoop voor je, Jamie.'

'De arbeiders?'

'Precies. Wie maakt de stallen schoon? Wie snijdt het voer? Tegen wie ging Laurens tekeer als ze te laat op het werk kwamen? Wie is bereid om voor vijfhonderd rand een kleine gunst te doen?'

'Ik hoor je.'

'Ik wil dat je met ze gaat praten, Jamie. Kijk naar lichaamstaal, kijk naar ogen. Beschuldig niemand. Praat alleen. Vraag of ze iets gezien hebben. Vraag of Laurens een moeilijke werkgever was. Meelevend. Vraag of ze al van die assegaai-man gehoord hebben. Geef mensen de kans om te praten. Soms praten ze te graag en te veel. Luister, Jamie. Luister met allebei je oren en met je ogen en met je hoofd. Bij een moordonderzoek kijk je eerst van veraf, naar alles. En dan kom je een stap dichterbij en je kijkt opnieuw. Nog een stap. Je stort je er niet halsoverkop in – je sluipt.'

'Ik hoor je.'

'Ik ga naar de stad, naar het bureau. We zoeken de andere dossiers bij elkaar. Ik zal de onderzoeksbeambten vragen om me alles over Davids en Pretorius te vertellen. Bel me als je klaar bent, dan kom je.'

'Oké, Bennie.' Dankbaar.

'Oké,' zegt hij, draait zich om naar zijn auto en denkt: Verdomme, straks begin ik net zo te praten als hij.

25

Hij is nog in vergadering met de twee onderzoeksbeambten als Cloete, de voorlichter, belt en zegt dat de media horen dat er nog een Artemis-moord is gepleegd.

'Een wat?'

'Je weet wel, die assegaai-affaire.'

'Artemis?'

'De *Argus* is met die onzin begonnen, Bennie. Een of andere Griekse god die met een spies stak, of zoiets. Is het waar?'

'Dat een Griekse god met een...'

'Nee, nee, dat dat mens van Laurens die dat kind heeft doodgeslagen, het jongste slachtoffer is.'

De media. Shit. 'Al wat ik nu kan zeggen, is dat Laurens vanochtend dood buiten haar huis is gevonden. De lijkschouwing is nog niet afgehandeld.'

'Ze zullen meer willen hebben.'

'Ik heb op dit moment niets meer.'

'Bel je me als er meer is?'

'Natuurlijk,' liegt hij. Hij is beslist niet van plan om de media met informatie te gaan voeren.

Faizal belt hem net voor hij naar het mortuarium gaat om te vragen of hij het zitkamerstel kan komen afleveren. Hij rijdt naar de flat om de deur open te maken en racet dan naar Soutrivier, want Pagel wacht op hem.

Hij hoort de muziek wanneer hij de voordeur van het Staatslijkenhuis achter zich dichtdoet en hij grinnikt. Zo weet je dat professor Phil Pagel, de hoofdpatholoog, op het werk is. Want Pagel speelt alleen Beethoven, op een hifi-set van tienduizend rand op zijn kantoor, zo hard als nodig is.

'Ha, Nikita,' zegt Pagel met oprecht genoegen wanneer Griessel om het hoekje van de deur loert. Hij zit achter een computer en moet opstaan om de muziek zachter te zetten. 'Hoe gaat het, mijn vriend?'

Pagel noemt hem al twaalf jaar lang 'Nikita'. De eerste keer dat hij Griessel ontmoette, zei hij: 'Ik weet zeker dat de jonge Chroesjtsjov er zo uit moet hebben gezien,' en Griessel moest diep nadenken wie Chroesjtsjov ook alweer was. Hij had nog altijd een overdreven respect voor hoogst geleerde en gecultiveerde mensen, hij, met alleen middelbare school en een paar politiediploma's. Hij heeft eens tegen Pagel gezegd: 'Shit, professor, ik wilde dat ik zo slim was als u.' En toen keek Pagel hem zo aan en zei: 'Ik heb altijd gedacht dat jij de slimste van ons twee was, Nikita. En je bent nog *streetwise* ook.'

Dat had hem geraakt. En ook het feit dat Pagel, die zo dikwijls te zien was op de societybladzijde van de krant – Vrienden van de Opera, Red het Symphonie-orkest, Aids Action Campaign – hem als gelijke behandelde. Vanaf het begin. Het lijkt wel alsof Pagel niet oud wordt – lang, mager en onmogelijk aantrekkelijk, er zijn mensen die zeggen dat hij lijkt op de ster uit een of andere soapserie die Griessel nog nooit heeft gezien.

'Het gaat goed, dank u, professor. En met u?'

'Voor de wind, mijn vriend. Ik ben nu net klaar met die ongelukkige juffrouw Laurens.'

'Professor, ze hebben de hele affaire nu aan mij gegeven – Davids, Pretorius, alles. En Bushy en zijn mannen zeggen tegen me dat u ook denkt dat het een assegaai is.'

'Niet denkt. Redelijk zeker. Wat is er anders aan je, Nikita? Ben je naar de kapper geweest? Kom, ik laat het je zien.' Hij loopt vooruit, de gang door, doet de klapdeuren naar het postmortemlaboratorium met een behendige duw van zijn handpalmen open. 'Het is lang geleden dat we voor het laatst een assegaai zijn tegengekomen – het is geen voorkeurswapen meer. Twintig jaar geleden was het meer algemeen.'

Er hangt een geur van dood, formaline en goedkope luchtverfrisser in het vertrek, de airconditioning bijna koud. Pagel ritst de zwarte lijkzak open. Laurens' overschot ligt erin, als in een cocon, naakt. Een enkele wond in het midden van haar bovenlichaam, tussen twee kleine borsten.

'Wat bij Davids niet aanwezig was,' zegt Pagel terwijl hij geroutineerd twee rubberen handschoenen aantrekt, 'is de uitgangswond. De insteekwond was breed, zo tegen de zes centimeter, maar er zat niets achter. Mijn conclusie was een heel breed lemmet, of twee steken met een dunner lemmet, hoewel dat onwaarschijnlijk is. Maar "assegaai" was niet in me opgekomen. Bij Pretorius was er wel een uitgangswond, twee komma zeven centimeter breed, en een insteekwond van zes komma twee. Dat was het moment waarop er bij mij een lampje ging branden.'

Hij draait Laurens' lijk op haar zij. 'Kijk, Nikita. Uitgangswond precies erachter, net naast de ruggenwervel. Ik moest een deel van de insteekwond wegsnijden voor de chemische analyse, dus je kunt het niet meer zien, maar deze was zelfs nog breder – zes komma zeven, zes komma zeven vijf.'

Hij laat het lichaam weer zorgzaam op de rug liggen, trekt het kleed eroverheen.

'Dat duidt op een paar zaken, Nikita, die jij interessant hoort te vinden. Het lemmet is lang, ik vermoed tegen de zestig centimeter. We zien hier heel wat steekwonden van vleesmessen, je weet wel, van het soort dat je bij Pick 'n Pay koopt, met een lemmet van ongeveer vijfentwintig centimeter. Zo'n wond vertoont duidelijk maar één snijkant en soms is er een uitgangswond, maar feitelijk nooit groter dan een centimeter. Insteekwond gewoonlijk drie, hooguit vier centimeter. Hier hebben we te maken met twee snijkanten, net zoals bij een bajonet, maar veel breder en dunner. Aanzienlijk breder. Een bajonet doet ook meer schade aan de ingewanden, daar zijn ze voor ontworpen, wist je dat? Dus je hebt een lemmet van zestig lang, met een dunne steekpunt die naar achter toe steeds breder wordt, tot net onder de zeven centimeter. Volg je het, Nikita?'

'Ik ben helemaal bij, professor.'

'Dat betekent een klassieke assegaai, er is niets dat er zelfs maar bij benadering op lijkt. Zelfs een zwaardwond niet. Zwaarden zijn natuurlijk heel schaars, ik denk dat ik er in mijn leven maar twee gezien heb. Bij een zwaard heeft de uitgangswond een grotere lengte en de zijkanten zijn veel meer egaal. Maar dat is niet alles. Toen de chemische analyse terugkwam, waren er een paar verrassingen. Microscopische hoeveelheden as, dierlijke vetten en een paar stoffen die ze eerst niet konden thuisbrengen, ze moesten de tabellen erop naslaan. Toen bleek dat het Cobra was. Je weet wel, dat spul dat mensen gebruiken om hun vloer glanzend mee te krijgen. Die dierlijke vetten waren rund. Dat vind je niet bij zwaarden. Toen heb ik wat rondgezocht, Nikita, want het is lang geleden dat ik voor het laatst een assegaai had, je vergeet zoveel van dat soort dingen. Kom, we gaan naar mijn kantoor, de aantekeningen liggen daar. Er is wat anders aan je, wacht, niets zeggen...' Pagel loopt vooruit, terug naar zijn kantoor.

Griessel kijkt naar beneden, naar zijn kleren. Er is verdorie niets anders aan hem.

'Ga zitten, mijn vriend, ik moet even de feiten op een rij krijgen.' Hij haalt een zwarte map van de plank tegen de muur, bladert erdoorheen.

'De as. Ze gebruiken die om het lemmet mee te poetsen, de ijzersmeden. Eigenlijk moet je zeggen de assegaaismeden, want het is het enige wat ze maken. Een oude methode, ze gebruikten het destijds ook om Kaaps zilver mee te laten glanzen, je ziet nog van die stukken in de antiekwinkels, de verwering is typisch. Hier blijkt uit dat de assegaai op de traditionele manier is gemaakt. Maar ik kom daar nog op terug. Hetzelfde met het rundvet en het Cobra. Dat is niet voor het lemmet, maar voor het heft. De Zoeloes gebruiken het om het hout ermee te behandelen, om het lekker glad en glanzend te maken. Om het hout te preserveren, anders trekt de steel krom.

'Nou goed, je zult zeggen dat dit alles je niet veel helpt, want hoe vang je zo'n man – met Cobra Vloerpolitoer? Ik heb rondgebeld, Nikita, een paar vrienden in de souvenirbranche. Zij zeggen dat er tegenwoordig drie soorten assegaaien op de markt zijn. Wat we kunnen negeren, is dat spul dat ze op de vlooienmarkt op het Groentemarkplein verkopen. Dat komt uit het noorden, zelfs helemaal uit Malawi en Zambia, en het is slecht gemaakt, met korte, dunne lemmeten en ijzeren stelen en een hoop Afrikaanse ijzerdraadfrutsels eraan. Het is voor de toeristen gemaakt en aapt gewoonlijk de rituele assegaai van de een of andere Afrikaanse stam na.

'De tweede soort is de zogenaamde antieke of historische spies of assegaai – óf de korte steekassegaai, óf de lange werpspies. Beide soorten hebben een lemmet dat bij ons wondprofiel past, maar er is één groot verschil: het lemmet van de antieke assegaai is pikzwart van het bloed van runderen, schapen en bokken, want de Zoeloes gebruiken hem om te slachten. Om het dier dood te maken. De asresten zouden ook in veel grotere hoeveelheden onder de microscoop zichtbaar zijn. Moet je je voorstellen, Nikita, ze verkopen die oude assegaaien voor vijf-, zesduizend rand per stuk. Tot tienduizend, als er een goed oudheidscertificaat is.

Bij niet een van jouw slachtoffers hebben we resten dierenbloed aangetroffen, wat betekent dat jouw assegaai óf antiek is, maar goed schoongemaakt, óf hij is van de laatste soort: precies dezelfde vorm en makelij als de antieke, maar recent vervaardigd. En het roest zegt ons dat het laatstgenoemde het geval is. Ik heb ze gevraagd om de oxidatieneerslag in de wond onder de spectrometer te bekijken, en er was vrijwel niets. Geen roest, geen ouderdom. Jouw assegaai is in de laatste drie, vier jaar gemaakt, misschien zelfs wel binnen de laatste achttien maanden.

O, nog iets: ik vermoed dat de assegaai na elke moord niet vreselijk degelijk wordt schoongemaakt. We hebben resten van het bloed en DNA van de eerste twee slachtoffers uit Laurens' steekwond gehaald. Wat betekent dat het hetzelfde wapen is en waarschijnlijk dezelfde moordenaar.'

Daar gaat zijn theorie dat Bothma iets met Laurens' moord te maken zou hebben. Hij knikt tegen Pagel.

'Nu is het zo, Nikita, dat er nog maar weinig mensen zijn die traditionele assegaaien maken. Er is weinig vraag naar. Die bestaat hoofdzakelijk op het afgelegen platteland van KwaZulu, waar de tradities nog in gebruik zijn, waar ze runderen nog slachten op de oude manier. Waar ze nog rundvet voor de stelen gebruiken en Cobra kopen om de veranda mee te poleren. Ik denk ook niet dat we praten over een lange werpspies. De invalshoek van de wond is niet hoog genoeg. Ik denk dat het een steekassegaai is, gemaakt door een ijzersmid ergens op de Makathinivlakte, in het afgelopen jaar. De vraag, natuurlijk, is hoe hij daarvandaan hiernaartoe is gekomen, in de handen van een man die een appeltje te schillen heeft met mensen die kinderen leed aandoen... Een eigenaardige wapenkeus.'

'Een man, professor? Definitief?'

'Ik denk het. Het zit 'm in de diepte van de wond. Om een assegaai door een borstbeen heen te krijgen, is niet zo moeilijk, maar om hem er dwars doorheen te krijgen, aan de achterkant een rib te breken en aan de rugkant vier, vijf centimeter uit te steken, vraagt heel wat kracht, Nikita. Of veel woede en adrenaline, maar als het een vrouw is, is het een amazone.'

'Het is een goede wapenkeus, professor. Stil. Doeltreffend. Je kunt hem niet traceren zoals een vuurwapen.'

'Maar zelfs een steekassegaai is niet klein, Nikita. Anderhalve meter, zelfs langer.'

Griessel knikt. 'De vraag is: waarom een assegaai? Waarom niet een gigantisch jachtmes of een bajonet? Als je wilt steken, is er heel wat gereedschap.'

'Behalve als je iets duidelijk wilt maken.'

'Daar denk ik ook aan, maar welke stelling dan, verdomme? Wat zeg je? Ik ben een Zoeloe en ik houd van kinderen?'

'Of misschien wil je dat de politie denkt dat je een Zoeloe bent, maar je bent eigenlijk een Boer uit Brackenfell.'

'Of je wilt alleen maar aandacht vragen voor jouw zaak.'

'Je kunt het niet ontkennen, Nikita, het is een goede zaak. Mijn eerste impuls is dat we hem zijn gang moeten laten gaan.'

'Shit nee, professor, dat ben ik niet met u eens.'

'Je moet toegeven dat er veel voor zijn zaak valt te zeggen.'
'Iets voor te zeggen? Wat dan?'
'Hoezeer ik ook geloof in het rechtssysteem, het is niet volmaakt, Nikita. En hij vult een interessante leemte. Of leemtes. Denk je niet dat er daarbuiten nu een paar kerels zijn die zich twee keer zullen bedenken voor ze kinderen iets zullen aandoen?'
'Professor, kindermishandelaars zijn lager dan kreeftenkak. En elke kindermishandelaar die ik gevangen heb, wilde ik zelf met een stomp voorwerp verrot slaan. Maar dat is het punt niet. Het punt is, waar trek je de streep? Maak je iedereen dood die niet te rehabiliteren is? Psychopaten? Junks die mobiele telefoons stelen? Een Seven Eleven-eigenaar die zijn .44 Magnum grijpt omdat een manisch-depressieve kleptomaan een blik sardientjes steelt? Valt er voor zíjn zaak ook iets te zeggen? Verdomd, professor, zelfs de psychiaters kunnen het er niet over eens worden wie rehabiliteerbaar is, iedereen heeft voor het hof een ander verhaal. En nu willen we dat elke woesteling met een assegaai in zijn handen dat even besluit? En dat hele gedoe over de doodstraf... Nu wil iedereen hem opeens terug hebben. Tussen u en mij, ik ben niet per definitie tegen de doodstraf. Er zijn klootzakken die ik achter de tralies gezet heb, die hem dik verdienen. Maar één ding staat als een paal boven water: de doodstraf heeft als afschrikwekkend middel nog nooit gewerkt. Vroeger, toen we ze ophingen en ze roosterden in de elektrische stoel, werd er net zoveel gemoord. Dus ik geloof dat er weinig voor te zeggen valt.'
'Een sterke redenering.'
'Chaos, professor. Als we toelaten dat iedereen het recht in eigen hand neemt, is dat de eerste stap naar chaos.'
'Je bent nuchter, Bennie.'
'Huh?'
'Dat is wat er anders aan je is. Je bent nuchter. Hoelang?'
'Een paar dagen, professor.'
'Goeie genade, Nikita, het lijkt alsof ik een stem uit het verleden hoor.'

26

Nog voor hij bij zijn auto is, belt Jamie Keyter om te zeggen dat hij verslag wil komen uitbrengen en Griessel zegt: 'Kom maar naar de Fireman's,' zonder nadenken. Terwijl hij via de Albertstraat naar de stad rijdt, is zijn hoofd bij de assegaaien en de moorden en bij de vraag of er iets goeds kan komen van een vigilante.

'Een sterke redenering,' had de professor gezegd, maar waar kwam dat vandaan? Hij had niet nagedacht. Hij had alleen maar gepraat. En hij kon zweren dat een deel van hem verbaasd had meegeluisterd en na zijn redenering hoofdschuddend had gevraagd: 'Pardon?'

Want plotseling is hij de grote misdaadfilosoof. Hoe komt hij daarbij?

Doordat hij is gestopt met drinken. Dáárdoor komt het.

En dan is het alsof iemand aan de zoomlens draait en hij de afgelopen vijf, zes jaar scherper kan zien. Heeft hij dan zo'n lange tijd niet gedacht? Niet nagedacht? Dat hij alleen mechanisch zijn werk deed, volgens het boekje, volgens de regels, de bepalingen van de wet. Plaats delict, dossier, voetwerk, informatie, inleveren, getuigen, klaar. Met de drank die als een gouden mistlaag over alles heen ligt, zijn buffer tegen het denken.

Want wat hij nu is en nu denkt, is niet zoals het in het begin was. In het begin zag hij zijn werk in termen van 'wij' en 'zij', twee tegenpolen, twee aparte groepen aan weerszijden van de wet, er vast van overtuigd dat er een absoluut verschil was, een scheidslijn. Wat de reden ook mocht zijn. Misschien genetisch, misschien psychologisch, maar zo was het nu eenmaal: sommige mensen pleegden misdaden en andere niet en het was zijn werk om de samenleving van de eerste groep te zuiveren. Geen oneindig proces, maar wel een flinke klus. Eigenlijk was het simpel. Identificeren, arresteren en elimineren.

En nu, aan de andere kant van de dranktunnel, in zijn herontdekte nuchterheid, merkt hij dat hij dit niet langer gelooft.

Nu weet hij dat iedereen zo is. De misdaad ligt ergens op de loer, in ieders onderbewuste is er een slang in winterslaap. En in de hitte van gierigheid, of jaloezie, haat, wraak, angst, springt die slang met zijn brede bek overeind en hapt toe. Je kunt alleen maar van geluk spreken als het jou niet overkomt, als je levenspad tussen de problemen door slingert en je bij het eindpunt komt en het ergste wat je hebt gedaan, was om op het werk een pakje schuifspeldjes te stelen.

En daarom zei hij tegen Pagel dat er een collectieve streep getrokken moest worden. Dat er een systeem moest zijn. Orde, geen chaos. Je kunt het niet aan het individu overlaten om te bepalen wat gerechtigheid is en die toe te passen. Niemand is zuiver, niemand is objectief, niemand is waterproof.

De Albertstraat gaat over in de Nieumarkstraat, in de Strandstraat en hij vraagt zich af wanneer hij zo is begonnen te denken. Waar was het overgangspunt? Of was het een proces van ontnuchtering? Collega's die gevallen zijn voor de verleiding, steunpilaren van de gemeenschap die hij in boeien heeft afgevoerd? Of zijn eigen verval? De ontdekking van zijn eigen zwakheden? De eerste keer dat hij besefte dat hij op het werk dronken was en ermee weg kon komen? Toen hij zijn hand tegen Anna oplichtte?

Het doet er niet toe.

Hoe vang je een vigilante? Dat is wat ertoe doet.

Moord is motief. Wat is het motief van de assegaaiman? Waarom?

Is er een motief? Of is hij net als een seriemoordenaar – het motief verscholen in de kortsluiting van een paar verkeerde draden in zijn brein? En dan heb je niets, geen enkel spoor dat naar een oorsprong toe leidt, niets waaraan je kunt gaan tornen en trekken tot er iets losraakt en je het beet krijgt en kunt beginnen met binnenhalen.

Bij een seriemoordenaar wacht je. Je bekijkt elk slachtoffer en elke plaats delict en je bouwt een profiel op en je legt alle bewijsstukken naast elkaar. Dan wacht je tot er zich een beeld begint te vormen en je hoopt dat het ergens op slaat, je hoopt dat het de werkelijkheid weerspiegelt. Je wacht tot hij een fout maakt. Je wacht tot hij barst van zelfvertrouwen en minder voorzichtig wordt en hij een bandenspoor of een druppeltje zaad of een vingerafdruk achterlaat. Of je hebt mazzel en je hoort twee verpleegsters over supermarkten praten en je neemt een enorm risico en de eerste avond dat je naar hem begint uit te kijken, win je de jackpot.

Vroeger hadden ze het over Griessels Geluk, hoofdschuddend: 'Jemig, Bennie, jij hebt verdomde mazzel, vriend,' en daar had hij de pest over in. Hij had nooit 'mazzel', hij had instinct. En de moed om dat te volgen. En destijds had hij daar ook de ruimte voor, dat is waar. 'Ga door, Bennie,' zei kolonel Willie Theal, zijn eerste chef bij Moord en Roof. 'Alleen het resultaat telt.' Die brandmagere Willie Theal, over wie die dikke sergeant, wijlen Nougat O'Grady, altijd zei: '*There, but for the Grace of God, goes Anorexia.*' In de tijd toen de Strafproceswet een soort vage richtlijn was die je gebruikte als het je uitkwam. En nu lag O'Grady ook alweer in zijn graf en Willie Theal zat in Prins Albert met longkanker en een politiepensioen en als je tegenwoordig vergeet om zo'n etterbak voor je hem arresteert te vertellen wat zijn rechten zijn, wordt de zaak summier niet-ontvankelijk verklaard.

Maar dat is deel van het systeem en het systeem zorgt voor orde en zo is het goed, nu moet hij alleen nog orde in zijn eigen leven scheppen. Wat makkelijk zou moeten zijn, want de strafproceswet van de alcoholist, dat zijn de Twaalf Stappen.

Verdomd. Waarom kan hij die toch niet gewoon blindelings volgen? Waarom kan hij geen discipel worden, zonder nadenken, zonder een wanhoopsgevoel in zijn maagstreek te ontwikkelen wanneer hij de Tweede Stap leest, over dat je moet geloven dat een Kracht groter dan jijzelf je van je drankdolheid zal genezen?

Hij slaat rechts af, de Buitengracht in, vindt een parkeerplaats, stapt uit en loopt in de vroege avond op het neonlicht af. *Fireman's Arms*. De zuidooster trekt aan zijn kleren, alsof ze hem wil tegenhouden en dan is hij de deur door en de taverne ontsluit zich voor hem, het veilige, warme hart, de muffe geur van sigarettenrook en bier dat in de loop van tientallen jaren druppeltje voor druppeltje op het tapijt is gemorst. Camaraderie in de gebogen schouders die boven een glas hurken, de televisie in de hoek toont de crickethoogtepunten op Supersport. Hij staat een ogenblik stil, laat de atmosfeer over zich heen komen.

Thuiskomst. Hij voelt het verlangen om daar te gaan zitten, bij de houten bar met zijn honderden littekens. Om een brandewijn met Coke te bestellen. Om eens goed voor de eerste diepe teug te gaan zitten en te voelen hoe de synapsen daar boven in zijn hoofd beginnen te knetteren van genot en hoe de hitte door hem heen glijdt. Eén borrel maar, zegt zijn hoofd, en dan vlucht hij, duwt de deur open en loopt naar buiten. Een rilling trekt door zijn lichaam, want hij kent dat refrein: één borrel maar. Hij loopt naar de auto, haastig. Hij moet instappen, de deur dichtdoen en rijden. Nu.

Zijn mobiel gaat, hij pakt hem en zijn hand trilt alweer. 'Griessel.'

'Bennie, met Mat.'

'Jemig.' Buiten adem.

'Wat zeg je?'

'Goeie timing.'

'O?'

'Ik... eh... was net onderweg naar huis.'

'Ik zit op het kantoor van de provinciale commissaris. Kun je even langskomen?' Een stem die zegt: geen vragen stellen, ik kan nu niet praten.

'Caledonplein?'

'Ja.'

'Ik ben er zo.'

Hij belt Keyter en zegt dat er iets tussen is gekomen.

'Oké.'

'We praten morgen verder.'

'Oké, Bennie.'

Er zitten vier mensen in het kantoor van de commissaris. Griessel kent er slechts drie – de provinciale commissaris zelf, recherchehoofd John Afrika en Mat Joubert.

'Inspecteur, mijn naam is Lennie le Grange en ik ben parlementslid,' zegt de vierde met een uitgestoken hand. Griessel geeft een hand. Le Grange heeft een donkerblauw kostuum aan, zijn helderrode das doet denken aan een thermometer. Zijn greep voelt koel en benig aan.

'Het spijt me oprecht om u om deze tijd van de avond te moeten lastigvallen – ik hoor dat u een lange dag hebt gehad. Gaat u vooral zitten, we zullen u niet lang ophouden. Hoe gaat het met het onderzoek?'

'Zo goed als maar kan,' zegt hij en hij zoekt met zijn ogen steun bij Joubert.

'Inspecteur Griessel is nog bezig om zich in het dossier in te graven,' zegt Joubert als ze allemaal om de ronde vergadertafel van de commissaris gaan zitten.

'Natuurlijk. Inspecteur, laat ik ter zake komen. Ik heb het twijfelachtige voorrecht om voorzitter te zijn van de parlementaire commissie die zich bezighoudt met justitie en staatkundige ontwikkeling. En zoals u misschien al uit de media hebt begrepen, zijn we bezig met de ontwikkeling van een nieuw Wetsontwerp inzake Seksuele Overtredingen.'

Griessel begrijpt weinig uit de media. Maar hij knikt met zijn hoofd.

'Nou goed. Dit wetsontwerp behelst onder meer het voorstel voor een Register van Seksovertreders, een lijst met namen van iedereen die al schuldig is bevonden aan een seksueel misdrijf – verkrachters, seks met een minderjarige, noem maar op. Onze aanbeveling is dat dit Register beschikbaar zal worden gesteld voor het publiek. We willen bijvoorbeeld verhoeden dat ouders hun kinderen regelrecht in handen van een pedofiel sturen als ze hun kind op de kleuterschool doen.

En om eerlijk te zijn, dit element van het wetsontwerp is controversieel. Er zijn mensen die stellen dat het een inbreuk op het grondwettelijke recht op privacy is. Dat is één van die zaken die zorgt voor verdeeldheid tussen de partijen. In dít stadium lijkt het erop dat we het wetsontwerp erdoor krijgen, maar de meerderheid is niet groot. Ik weet zeker dat u nu begint te begrijpen waarom ik hier ben.'

'Ik begrijp het,' zegt Griessel.

Het parlementslid haalt een wit foliovel uit de zak van zijn colbert.

'En om de boel nog wat interessanter te maken, wil ik u iets voorlezen uit *Die Burger* van twee weken geleden. Ik hield een persconferentie en toen werd ik zó geciteerd: "'*Als er gevolgen zijn voor de seksuele overtreder, zoals vigilante-aanvallen of dat hij geen baan kan krijgen, dan is dat maar zo. Een seksovertreder verbeurt zijn recht op privacy. Het recht op privacy is niet belangrijker dan het recht van een vrouw of een kind op lichamelijke integriteit,' aldus advocaat Lennie le Grange, voorzitter van de parlementaire commissie voor justitie en staatkundige ontwikkeling gisteren.*"'

Le Grange kijkt Griessel veelbetekenend aan. 'Ik met mijn grote mond, inspecteur. Je zegt dit soort dingen omdat je hartstochtelijk gelooft dat onze kinderen en onze vrouwen beschermd moeten worden. Je zegt het omdat je denkt dat de oppositie zich laat opjagen door vergezochte spookbeelden. Ik bedoel, een vigilante... Misschien dacht ik dat het nooit zou gebeuren. Of als het zou gebeuren, dan zou het gaan om een eenmalig incident waarbij de politie snel zou ingrijpen en de daders zou arresteren. Maar je houdt geen rekening... Niet met wat er nu gebeurt.'

Le Grange buigt zich over het bureau. 'Ze gaan me mijn eigen woorden laten opeten. Maar dat hoort bij mijn beroep. Dat is het risico dat ik loop. Dat kan me niet schelen. Maar wat me wel kan schelen, is het wetsontwerp. En daarom vraag ik u om hier een einde aan te maken. Zodat we onze kinderen en onze vrouwen kunnen beschermen.'

'Ik begrijp het,' zegt hij opnieuw.

'Wat heb je nodig, Bennie?' vraagt de commissaris, alsof ze oude vrienden zijn.

Hij aarzelt voor hij antwoord geeft. Hij kijkt naar de politicus en het West-Kaapse politiehoofd en dan zegt hij: 'Het enige wat we nu niet hebben, commissaris. Tijd.'

'En verder?' Aan de klank van zijn stem kan hij horen dat dit niet het antwoord is dat hij wilde horen.

'Wat Bennie zegt, is dat dit soort zaken ingewikkeld is. Het probleem is het ontbreken van een voor-de-hand-liggend motief,' zegt Mat Joubert.

'Precies,' zegt Griessel. 'We weten niet waarom hij het doet.'

'Waarom zou wie dan ook het doen,' vraagt Le Grange. 'Toch zeker om kinderen te beschermen? Dat is duidelijk.'

'Motief,' zegt John Afrika, 'is gewoonlijk een manier om iemand te identificeren, meneer Le Grange. Als het enige motief van de assegaaiman is om kinderen te beschermen, dan maakt dat van hem een van ongeveer tien miljoen bezorgde mannen in dit land. Iedereen wil kinderen beschermen, maar er is er maar een die bezig is om moorden te plegen om dit te doen. Wat maakt hem anders? Waarom heeft hij voor déze oplossing gekozen? Dát moeten we weten.'

'Er zijn een paar zaken die kunnen helpen,' zegt Griessel.

Iedereen kijkt hem aan.

'We moeten weten of Enver Davids de eerste was. Zover we weten, was hij de eerste in de West-Kaap. Maar misdaden tegen kinderen gebeuren overal. Misschien is hij ergens anders begonnen.'

'Wat helpt dat?' vraagt Le Grange.

'De eerste kan belangrijk zijn. De eerste kon om persoonlijke redenen zijn. Persoonlijke wraak. En daarna heeft hij besloten dat het hem bevalt. Misschien. Dat moeten we in overweging nemen. Het tweede dat zal helpen, zijn andere assegaaimoorden of -aanvallen. Het is een uitzonderlijk wapen. De staatspatholoog zegt dat ze ze nooit meer tegenkomen. Je koopt geen nieuwe assegaai bij de Seven Eleven. Waarom heeft hij de moeite gedaan om er één te vinden? Dan is er de vraag waar hij hem heeft gevonden. Volgens Professor Pagel in Zoeloeland. Kunnen de collega's in Durban helpen? Weten zij wie die dingen maken en verkopen? Kunnen ze inlichtingen inwinnen? En het laatste wat we kunnen doen, is een lijst van alle gerapporteerde misdaden tegen kinderen in de afgelopen achttien maanden. Vooral die waarbij de verdachten niet opgespoord zijn.'

'Je denkt dat hij wraak neemt?' vraagt advocaat Le Grange.

'Dat is een van de mogelijkheden,' zegt Griessel. 'We moeten alles overwegen.'

'Er zijn honderden dossiers,' zegt de commissaris.

'Daarom zegt Bennie dat tijd het belangrijkste is wat hij nodig heeft,' zegt Mat Joubert.

'Bliksems,' zegt Le Grange.

'Amen,' zegt John Afrika.

De zuidooster waait zo erg dat ze gebukt naar hun auto's moeten hollen.

'Goed gedaan daarbinnen, Bennie,' schreeuwt Joubert boven het geloei van de wind uit.

'Jij ook.' En dan: 'Weet je, als je meer had gezopen, dan had je nu ook inspecteur kunnen zijn.'

'In plaats van een hoofdinspecteur die met al die politieke stront opgezadeld zit?'

'Precies.'

Joubert lacht. 'Zo kun je het ook bekijken.'

Ze komen bij Griessels auto. 'Ik ga even bij Cliffie langs,' zegt hij.

'Ik ga mee. Ik zie je daar.'

Hij duwt de deur van de ziekenhuiskamer zachtjes open en ziet ze zitten – de vrouw en twee kinderen om het bed, allemaal in de gele poel van het bedlampje. Mketsu's vrouw houdt zijn hand vast, de kinderen aan weerskanten, hun ogen op hun gewonde vader. En Cliffie die daar ligt, met een zachte glimlach, bezig om iets te vertellen.

Hij blijft staan, hij heeft plotseling geen zin om te storen. Er is ook iets anders, een besef van verlies, jaloezie, maar dan ziet Cliffie hem en zijn glimlach wordt breder en hij zegt: 'Kom binnen, Bennie.'

Voor de deur van zijn appartement staat een klein glazen potje met één onbekend rood bloemetje erin. En een briefje eronder, twee keer dubbelgevouwen.

Hij raapt het op, maakt het briefje open en de hoop laait in hem op. Anna?

Welcome to our building. Pop in for tea when you have the time.

En onderaan: *Charmaine. 106.*

Shit. Hij kijkt de gang af, in de richting van 106. Het is stil. Ergens hoort hij het geluid van een televisie. Hij maakt snel de deur open en gaat naar binnen, doet hem zachtjes dicht. Hij zet het bloempotje op de ontbijtcounter. Hij leest het briefje nog eens, verfrommelt het dan en gooit het in zijn nieuwe prullenbak. Niet iets wat de kinderen morgen moeten zien rondslingeren.

Zijn zitkamerstel. Hij doet een stap achteruit en bekijkt het. Probeert het door de ogen van de kinderen te zien. In ieder geval lijkt het nu minder leeg, huiselijker. Hij gaat op een stoel zitten. Niet slecht. Hij staat op, strekt zich enigszins genoeglijk op de bank uit. Hij voelt de vermoeidheid, heeft zin om zijn ogen dicht te doen.

Lange dag. Nummer zeven sinds hij voor het laatst gedronken heeft.

Zeven dagen. Nog maar honderddrieënzeventig te gaan.

Hij denkt aan de Fireman's Arms en zijn hoofd dat tegen hem zegt: maar één borreltje. Hij denkt aan Cliffies gezin. Het beroerde is dat hij niet weet of zij ooit weer zo bij elkaar zullen zitten. Hij en Anna en Carla en Fritz. Hoe krijg je dat terug? Hoe bouw je zo'n band?

Dan herinnert hij zich de foto en hij springt op om hem te zoeken. Hij vindt hem in zijn aktetas en gaat weer liggen, met het licht aan. Hij kijkt ernaar. Bennie, Anna, Carla en Fritz.

Uiteindelijk staat hij op, loopt naar de slaapkamer boven en gaat op de vensterbank boven het bed zitten. Dan gaat hij douchen. Zijn mobiel luidt als hij helemaal is ingezeept. Hij maakt een nat spoor tot aan het bed en neemt op. Het kan Anna zijn.

'Griessel.'

'Met Cloete, Bennie. De zondagskranten maken me gek,' zegt de pr-officier.

'Zeg gewoon dat ze het dak op kunnen.'

'Dat kan ik niet. Het is mijn werk.'

'Wat hebben die aasgieren nodig?'

'Ze willen weten of Laurens Artemis is.'

'Of zij Artemis is?'

'Je weet wel, of het Artemis is die haar heeft doodgestoken.'

'We weten niet hoe die klootzak heet.'

Cloete ergert zich. 'Is het hetzelfde moordwapen, Bennie?'

'Ja, het is hetzelfde moordwapen.'

'En dezelfde M.O.?'

'Ja.'

'En kan ik ze dat vertellen?'

'Het zal geen verschil maken.'

'Voor mij zal het een gigantisch verschil maken,' zegt Cloete. 'Want dan zullen ze verdomme ophouden om me te bellen.' Hij legt de telefoon neer.

27

Hij klopt om drie minuten voor tien als een vreemdeling aan bij de deur van zijn eigen huis. Anna doet open, en dan vraagt ze: 'Ben je nuchter, Bennie?' en hij zegt: 'Ja.'

'Weet je het zeker?'

Hij kijkt haar in haar ogen om te zeggen dat zijn eerste 'ja' voldoende was. Hij ziet dat ze er mooi uitziet. Ze heeft iets met haar haar gedaan. Het is korter. Ze is opgemaakt, haar lippen rood en glanzend.

Ze neemt de tijd voor ze reageert. 'Ik roep de kinderen.' Wanneer hij zijn voet optilt om naar binnen te gaan, doet ze de deur voor zijn neus dicht. Hij staat eerst verstomd en dan daalt de vernedering op hem neer. Hij laat zijn hoofd zakken, want hij is te bang dat de buren buiten staan en hem zo zullen zien. Dan weet iedereen dat hij eruit geschopt is. Deze straat is als een klein dorp.

De deur gaat open en Carla stormt op hem af en valt hem om de hals. Ze drukt zich tegen hem aan en zegt: 'Papa', zoals ze deed toen ze klein was. Haar haar ruikt naar aardbeien. Hij houdt haar tegen zich aan en zegt: 'Mijn kind.'

Hij ziet Fritz in de deuropening staan met een rugzak in zijn hand.

'Hallo, pap.' Verlegen.

'Hallo, Fritz.'

'Je brengt ze om zes uur terug,' zegt Anna, die achter haar zoon staat.

'Afgesproken,' zegt hij.

Ze doet de deur dicht.

Waarom ziet ze er zo mooi uit? Wat gaat ze vandaag doen?

Carla praat te veel, te opgewekt en Fritz, die achterin zit, zegt geen woord. Griessel kan in het spiegeltje zien dat zijn zoon alleen maar uit het raam van de auto staart, uitdrukkingsloos. Hij ziet in Fritz' profiel iets van Anna's gelaatstrekken. Hij vraagt zich af waar Fritz aan denkt. Aan de laatste avond toen zijn vader thuis was en zijn moeder sloeg? Hoe kan hij dat goedmaken? En Carla babbelt door over het eindexamenfeest dat eraan komt en de intriges over wie wie meegevraagd heeft, alsof ze hoogstpersoonlijk van deze dag een succes zal gaan maken.

'Ik had bedacht dat we bij de Spur konden gaan eten,' zegt hij als Carla even naar adem hapt.

'Oké,' zegt ze.

'We zitten niet meer op de lagere school,' zegt Fritz.

'De Spur is een familierestaurant, domoor,' zegt Carla.

'De Spur is voor kleine kinderen,' zegt Fritz.

'Jij mag kiezen, Fritz,' zegt Griessel. 'Wat je maar wilt.'

'Maakt niet uit.'

Als ze de trap oplopen naar zijn appartement, bedenkt hij dat het moeilijk voor de kinderen moet zijn. Deze kleine, kale plek. Papa's strafkamp. Hij opent de deur en doet een stap achteruit zodat ze naar binnen kunnen. Carla verdwijnt dadelijk de trap op. Fritz blijft in de deuropening staan en neemt de plek in zich op.

'Cool,' zegt hij.

'O?'

'Vrijgezellenplek,' antwoordt zijn zoon terwijl hij naar binnen gaat. 'Heb je geen tv?'

'Nee, ik...'

'Wat een lief huisje heb je, pap,' zegt Carla boven aan de trap. Dan gaat zijn mobiel, hij haalt hem van zijn riem en zegt: 'Griessel,' en Jamie Keyter zegt: 'Ik dacht ik kom even bij je langs om te rapporteren. Waar woon je?'

Hij zal met Keyter moeten praten, al wil hij hem hier niet hebben. Hij geeft aanwijzingen en groet.

'Ik moet vandaag nog een klein beetje werk doen,' zegt hij tegen de kinderen.

'Wat voor werk?'
'Een zaak. Mijn partner komt hier even langs.'
'Wat voor zaak, pap?' vraagt Carla.
'Een vent die mensen met een assegaai doodsteekt.'
'Cool,' zegt Fritz.
'Artemis? Werk je aan die Artemis-affaire?' vraagt Carla opgewonden.
'Ja,' zegt hij en hij vraagt zich af of hij ooit eerder met zijn kinderen over zijn werk heeft gepraat. Terwijl hij nuchter was.
Carla duikt op zijn nieuwe rustbank met de vlekken van onbekende oorsprong en zegt: 'Maar dat is toch geen man? Volgens de televisie is het een vrouw. Artemis. Ze neemt wraak op iedereen die met kinderen rotzooit.'
'Het is een man,' zegt Griessel en gaat op een van de nieuwe stoelen zitten, tegenover zijn zoon. Fritz' benen hangen over de leuning. Hij heeft een tijdschrift uit zijn rugzak gehaald. *PC Gaming.* Hij bladert erdoorheen.
'O,' zegt Carla, teleurgesteld. 'Weet je wie het is?'
'Nee.'
'Hoe weten jullie dat het een man is?'
'Het is gewoon erg onwaarschijnlijk dat het een vrouw is. Seriemoordenaars zijn gewoonlijk mannen. Vrouwen gebruiken eigenlijk nooit...'
'Charlize Theron was een seriemoordenaar,' zegt Carla.
'Wie?'
'Ze heeft er een Oscar voor gekregen.'
'Voor die moorden?'
'Papa weet niet wie Charlize Theron is,' zegt Fritz van achter zijn tijdschrift.
'Echt wel,' zegt Carla en ze kijken hem aan om een einde aan de ruzie te maken en hij weet dat dit het moment is om tegen ze te zeggen wat hij moet zeggen, het gesprek dat hij in zijn hoofd had toen hij vanochtend naar Brackenfell reed.
'Ik ben een alcoholist,' zegt hij.
'Pap...'
'Wacht, Carla. Er zijn dingen waar we over moeten praten.

Op een keer. Het helpt niet als we doen alsof ze niet bestaan.'

'We weten wel dat je drinkt,' zegt Fritz. 'We weten het.'

'Hou je mond,' zegt Carla.

'Waarom? Dat hebben we de hele tijd gedaan en het heeft niets geholpen en nu gaan ze scheiden omdat papa zuipt als een vis.'

'We gaan scheiden?'

'Pap, hij weet niet waar hij het over heeft...'

'Heeft je moeder gezegd dat we gaan scheiden?'

'Ze heeft gezegd dat je mag terugkomen als je ophoudt met drinken. En we weten allemaal dat je dat niet kunt.' Fritz' gezicht gaat weer schuil achter het tijdschrift, maar hij kan de kwaadheid in zijn zoons stem horen. En de machteloosheid.

'Ik ben gestopt.'

'Al acht dagen,' zegt Carla.

Fritz zit bewegingloos achter *PC Gaming*.

'Jij denkt dat ik niet kan stoppen?'

Fritz slaat het tijdschrift dicht. 'Als je had willen stoppen, waarom heb je het dan niet veel eerder gedaan? Waarom?' De tranen liggen dicht onder de oppervlakte. 'Waarom heb je dat allemaal gedaan? Waarom heb je mama geslagen? Ons uitgescholden? Dacht je dat het leuk was om je eigen vader zo te zien?'

'Fritz!' Maar ze krijgt hem niet stil.

'Om je elke avond laveloos naar bed te brengen? Om je 's ochtends in je stoel te zien zitten, terwijl je zo stinkt, en je herinnert je niet eens wat je gedaan hebt? Wij hebben nooit een vader gehad. Alleen een dronken vent die daar woont. Je kent ons niet. Je weet niets. Je weet niet dat we de drank verstoppen. Je weet niet dat we geld uit je portemonnee stelen zodat je geen brandewijn kunt kopen. Je weet niet dat we geen vrienden mee naar huis kunnen nemen, omdat we ons schamen voor onze vader. We kunnen niet bij onze vrienden gaan logeren, want we zijn te bang dat je mama in elkaar slaat als we er niet zijn. Je denkt dat we het nog steeds leuk vinden om naar de Spur te gaan. Je denkt dat Charlize Theron een misdadiger is. Je weet niets en je zuipt.'

Dan kan hij zijn tranen niet meer inhouden en hij stormt de trap op. Griessel en Carla blijven achter en hij durft haar niet aan te kijken. Hij zit daar maar, in zijn stoel, en hij voelt de schande. Hij ziet de puinhoop die hij van zijn leven heeft gemaakt. De totale, onomkeerbare puinhoop.

'Je bent gestopt,' zegt Carla.

Hij zegt niets.

'Ik weet dat je gestopt bent.'

Onrust heeft Tobela zondagochtend al vroeg de Tafelberg op gedreven. Hij is naar Kirstenbosch gereden en heeft de berg van achteraf beklommen, via Skeleton Gorge, tot hij zwetend op de top stond en over alles uit kan kijken. Maar het hielp niet.

Nu trekt hij aan het gevoel, duwt ertegen, hij zoekt naar redenen, maar het komt maar niet.

Het is niet alleen de vrouw.

'O hemel,' had ze gezegd. Hij was uit de schaduw van de struiken gekomen en had in het donker het vuurwapen in haar hand gegrepen en er een scherpe draai aan gegeven, zodat ze het wel moest loslaten. De honden blaffend om hen heen, de schaapshond die met scherpe tanden in zijn been probeerde te bijten. Tot hij het dier een trap moest geven en Laurens haar laatste woord vormde.

'Nee.'

Ze verzette zich met haar handen toen hij de assegaai ophief. Toen het lange lemmet naar binnen ging, kwam er een soort vrede over haar heen. Net als bij Colin Pretorius. Verlossing. Dat is wat ze wilden. Maar in hém was er een kreet, een uitroep die zei dat hij geen oorlog kon voeren tegen vrouwen.

Hij hoort hem nog steeds, maar er is ook iets anders. Hij voelt zich opgesloten. Als tussen muren. Als in een smalle gang. En hij moet eruit. Naar waar het open is. Hij moet bewegen. Verder gaan.

Hij loopt over de kruin van de berg richting Kampsbaai. Hij klimt over rotsen tot de Atlantische Oceaan aan zijn voeten ligt.

Waar komt deze drang opeens vandaan? Om zijn motor te gaan halen en een weg voor zich te hebben die altijd maar verder gaat. Hij heeft het toch goed gedaan. Hij twijfelt niet meer. In de Spur, met de straatkinderen, heeft hij antwoorden gekregen die hij nooit gezocht heeft. Ze zijn naar hem toe gekomen, alsof ze gestuurd werden. Wat mensen ze aandoen. Omdat zij de makkelijkste prooi zijn.

Hij loopt verder. De berg strekt zich uit naar het zuiden, maakt bochten die je niet verwacht. Hoe ver kun je zo lopen, via de top van de berg? Tot aan Kaappunt?

Hij doet wat goed is, maar hij wil hier weg.

Want hier voelt hij zich opgesloten.

Waarom? Hij heeft nog geen fout gemaakt. Dat weet hij. Maar er is iets verkeerd. Het is te klein. Hij gaat staan. Het is zijn instinct, denkt hij. Om te blijven bewegen. Om toe te slaan en te verdwijnen. Zo ging dat, destijds. Twee, drie weken van voorbereiding en dan deed je je werk en je stapte in een vliegtuig en je was weg. Nooit twee keer achter elkaar op dezelfde plek, dat was vragen om moeilijkheden. Dan laat je sporen achter, dan trek je de aandacht. Zwakke strategie. Maar nu is het al te laat, want hij heeft de aandacht getrokken. Veel aandacht.

Daarom moet hij ervandoor. Daarom moet hij in zijn bakkie stappen en rijden.

28

Hij zet de waterkoker aan.

'Ik zal wel koffie zetten, pap,' zegt Carla.

'Ik wil het graag doen,' zegt hij. En dan: 'Ik weet niet eens hoe jullie je koffie drinken.'

'Ik met melk en zonder suiker en Fritz heeft melk en drie suiker.'

'Drie?'

'Jongens,' zegt ze met een schouderophaal.

'Heb jij een vriendje?'

'Soort van.'

'O?'

'Er is een jongen...'

'Is melkpoeder oké?'

Ze knikt. 'Hij heet Sarel en ik weet dat hij me leuk vindt. Hij is best wel schattig. Maar ik wil nu niet te veel ineens, nu de examens eraan komen.'

Hij herkent Anna's stem in haar, in de intonatie en de verstandigheid. 'Heel slim,' zegt hij.

'Want volgend jaar wil ik gaan studeren, pap.'

'Prima.'

'Psychologie.'

Zodat ze haar vaders kop kan uitpluizen?

'Misschien kan ik een beurs krijgen als ik goeie cijfers heb, daarom wil ik nu niet te veel ineens. Maar mama zegt dat ze wat geld opzijgezet heeft voor als we gaan studeren.'

En hij weet er niets van. Hij schenkt het water in de kopjes, dan het melkpoeder, de suiker voor Fritz.

'Ik zal hem even zijn koffie brengen.'

‘Maak je over hem maar geen zorgen, pap. Hij is gewoon een typische puber.’

‘Hij heeft het moeilijk met zijn vaders alcoholisme,’ zegt hij, en hij loopt de trap op. Fritz ligt op Griessels bed, met de foto in zijn handen, de foto van hen als gezin.

‘Drie suiker,’ zegt hij.

Fritz zegt niets. Griessel gaat op het voeteneind van het bed zitten. ‘Het spijt me,’ zegt hij.

Fritz zet de foto terug op de vensterbank.

‘Maakt niet uit.’ Hij komt overeind en pakt de koffie aan.

‘Ik heb spijt van alles wat ik je aangedaan heb. En je moeder en Carla.’

Fritz kijkt naar de damp die van de koffiebeker opstijgt. ‘Waarom, pap? Waarom drink je?’

‘Ik werk eraan, Fritz.’

‘Ze zeggen dat het erfelijk is,’ zegt zijn zoon en hij probeert de temperatuur van de vloeistof met een voorzichtige slok.

Jamie Keyter heeft een sporthemdje aan en een strak kakikleurig broekje. De korte mouwtjes van het hemd zijn te krap en zijn tot boven twee bultende spierballen opgekropen. Hij zit op een van de barkrukken bij de ontbijtcounter en drinkt zijn koffie met twee suiker en melk. Terwijl hij praat, kijkt hij telkens even in Carla’s richting. Het bevalt Griessel niets.

‘En ik loop naar dat huisje, zo’n hutje, en je ziet niets, je hoort alleen dat tv-gedoe daarbinnen, dat van die maffe groene vent die van die prijzen in groentaal weggeeft en ik klop, maar ze horen me niet. En toen deed ik de deur open en daar zitten ze te drinken. Alle vier, met het glas in de hand. Cheers! Maar zodra ze me zien, beginnen ze meteen rond te hollen en is het de hele tijd meneer zús en meneer zó. En dat huisje is vuil en leeg. Typisch groen: ze hebben niets, maar in de hoek staat zo’n gigantische tv en er wonen wel vier groenen in die hut, twee oude en twee jonge. Ik snap niet dat mensen zo kunnen leven. En ze willen niet praten, ze zitten je maar aan te kijken. En als ze praten, dan liegen ze. Dat jonge meisje werkt in het huis en het is alleen maar: "Miss Laurens was een goede *miesies*, ze was goed voor ons allemaal." Ze liegen, Bennie, ik zweer het je.' Hij kijkt veelbetekenend naar Carla, die op de bank ligt.

'Heb je gevraagd naar haar woedeaanvallen?'

'Ja, en dan zeggen ze alleen maar dat het niet zo was, ze was een goeie *miesies* en dan kijken ze weer tv en ze staren met van die domme blikken naar de doos met wijn. Een stelletje verdomde zuiplappen, als je het mij vraagt.' Hij kijkt nog steeds naar Carla.

'En ze hebben niets gezien?' Hij weet het antwoord al.

'Niets gezien, niets gehoord.'

'De patholoog zei dat het hetzelfde wapen is. Dezelfde assegaai als bij de vorige moorden.'

'Oké,' zegt Keyter.

'Heb je ze ook gevraagd naar Bothma? Hoe zij is?'

'Nee zeg, die kennen we toch.'

Hij laat het gaan. Hij wil nu, waar de kinderen bij zijn, niets zeggen.

'Zo,' zegt Keyter tegen Carla. 'Wat doe jij?'

'Eindexamenjaar.'

'Oké,' zegt hij. 'Ik hoor je.'

'Wat?' vraagt ze.

'Als ik je een rand geef, bel je me dan als je klaar bent?'

'Dat had je gedroomd,' zegt ze. 'En wat is jouw probleem eigenlijk?'

'Mijn probleem?'

'Groenen? Alleen racisten zeggen zoiets.'

'Ik heb geen racistische haar op mijn hoofd.'

'Ja, right.'

Griessel is in gedachten verzonken. Hij mist hun gesprek. 'Je moet me een gunst doen, Jamie.'

'Oké, Bennie.'

'Het dossier over Cheryl Bothma, het dochtertje. Zoek uit wie daarmee bezig is.'

'Ik dacht dat je gisteren met ze gepraat had?'

'Ik heb alleen gepraat met die jongens die bezig zijn geweest met de assegaaimoorden. Ik bedoel het dossier over het kind. Toen ze Laurens arresteerden.'

'Ik hoor je.'

'Natuurlijk hoor je me.'

'Nee, ik bedoel, ik hoor wat je zegt. Maar wat heeft dat voor zin?'

'Er klopt iets niet. Ik weet niet wat het is. Bothma, gisteren...'

'Maar de patholoog zegt dat het dezelfde vent is?'

'Ik heb het niet over de moord op Laurens. Ik heb het over de moord op het kind.'

'Maar dat is onze zaak niet.'

'Het is ons werk.'

'Wat een griezel,' zegt Carla als ze eindelijk van Keyter af zijn.

'Een eikel,' roept Fritz vanboven.

'Fritz!' zegt Griessel.

'Ik kan nog wel een lelijker woord verzinnen, pap.'

'Maar hoe komt hij aan het geld?' vraagt Carla.

'Welk geld?'

'Heb je het dan niet gezien, pap? Zijn kleren. Poloshirt, Daniel Hechter-broek, Nikes.'

'Wie is Daniel Hechter?'

'Hij is met Charlize Theron getrouwd, pap!' schreeuwt Fritz vanboven. 'Maar het is geen moordenaar.'

Voor het eerst schiet Carla in de lach en dan lacht Griessel maar mee.

Terwijl ze bij de Ocean Basket in de Kloofstraat op hun eten zitten te wachten, hoort Carla hem uit over de Artemis-zaak. Hij vermoedt dat het haar manier is om stiltes te vermijden. En dan, midden in het gesprek, vraagt ze: 'Waarom ben je politieman geworden, pap?'

Hij heeft geen antwoord paraat. Hij aarzelt en ziet dat Fritz opkijkt van zijn tijdschrift en hij weet dat hij dit goed moet aanpakken. Hij zegt: 'Omdat ik politieman bén.'

Zijn zoon trekt zijn wenkbrauwen op.

Griessel haalt zijn schouders op. 'Ik wist gewoon dat ik een politieman was. Vraag me niet waarom. Iedereen heeft een bepaald beeld van zichzelf. En dit is hoe ik mezelf zag.'

'Ik zie mezelf niet,' zegt Fritz.

'Jij bent nog te jong.'

'Ik ben zestien.'

'Het komt nog.'

'Ik ben geen politieman. En verder ga ik niet drinken. Alle politiemannen drinken.'

'Iedereen drinkt.'

'Politiemannen drinken meer.' En dan buigt hij zich weer over zijn tijdschrift en mengt zich niet meer in het gesprek. Tot ze klaar zijn met eten en Griessel terloops aan Carla vraagt of ze een Afrikaans liedje kent met de woorden: '*'n Bokkie wat by my kom lê, sy kan maar lê, ek is 'n loslappie.*'

Ze is nog bezig om met haar duim naar haar broer te wijzen als Fritz, zonder op te kijken, al vraagt: 'Welke opname?'

'Weet ik niet, ik hoorde het laatst op de radio.'

'Was het een medley of was het het hele liedje?'

'Het hele liedje.'

'Kurt Darren,' zegt Fritz.

Griessel weet niet wie Kurt Darren is, maar hij geeft het niet toe. Hij zit niet op nog een Charlize Theron-grap te wachten.

'Kurt Darren moet een goeie bassist krijgen,' zegt Griessel.

Er gebeurt iets op het gezicht van zijn zoon. Het is alsof de zon doorbreekt. 'Precies, precies, zijn mix is helemaal verkeerd. Het is een stokoud liedje, maar het moet rocken. Die van Theuns Jordaan is beter. Dat is die vent die die medley met 'Loslappie' heeft gemaakt, maar hij is al net zo bang voor een fatsoenlijke bas. Er is er maar één Afrikaanse zanger die verstand heeft van bas, maar die zingt dat liedje niet. En dat verdomd jammer.'

'Wie dan?'

'Anton Goossen.'

'Anton Goossen ken ik,' zegt Griessel opgelucht. 'Dat is toch die man die dat ding over die ezelskar heeft gezongen?'

‘Ezelskar?’

‘Ja, hoe heette dat liedje ook alweer? “Kruidjie-roer-my-nie”?’

‘Dat is een eeuw geleden, pap,’ zegt Fritz verbijsterd. ‘Dat soort dingen zingt The Goose niet meer. Hij rockt nu. Met zijn Bushrockband.’

‘Ongelooflijk.’

‘Nee, weet je wat ongelooflijk is? Die man die bas speelt in de Bushrockband, dat is dezelfde man die Theuns begeleidt met zijn ‘Loslappie’-medley. En hij had Anton L’Amour op leadgitaar, maar Theuns is te middle of the road. Niet *bad*, maar hij wil niet rocken. Hij wil niet als een *bad-ass* gezien worden. Diff-olie is *bad-ass*. En...’

‘Diff-olie.’

‘Ja. En...’

‘Diff-olie is de naam van een groep?’

‘Sorry pap, hoelang ben je dronken geweest? Je hebt Diff-olie en Kobus en Akkedis en Battery 9 en Beeskraal en Valiant Swart en ze zijn allemaal cool. Maar pap, je moet eens naar Antons live-concert luisteren als je bas en echte rock wilt horen. Anton houdt wel van heavy bas, hij draait ’m wijd open. Het enige nadeel van dat concert is dat achterlijke publiek.’

‘Dat achterlijke publiek?’

‘Jip. Maar dat zal The Goose leren om een concert te geven in het Staatsteater. Ze zijn gigantisch aan het rocken en in plaats van dat die mensen helemaal uit hun dak gaan, klappen ze in hun handen. Nou vraag ik je. Het is verdomme geen schoolconcert, het is een rockconcert, maar zij staan alleen maar schutterig in hun handen te klappen. Flippin’ Pretoria.’

‘Mister Boere-rock,’ zegt Carla en ze slaat haar ogen ten hemel.

‘Beter dan die Leonard Cohen-troep waar jij naar luistert.’

Griessel is bezig om een vermaning te formuleren als hij begint te lachen. Hij kan er niets aan doen en hij weet waarom: omdat hij het honderd procent met zijn zoon eens is.

Als hij uitgelachen is, zegt Fritz, meer tegen zichzelf dan tegen Griessel: ‘Zó kan ik mezelf zien.’

'Hoe?'

'Bassist.'

'Zeker bij Karen Zoid,' zegt zijn zuster.

Hij trekt zijn neus naar Carla op. 'Alleen mensen die er geen verstand van hebben denken dat zij heavy metal maakt. Of hardrock. Je leest *Die Huisgenoot* te veel. Diep in haar hart is Zoid een ballad queen, geen rock chic. Maar ze is wel fantastisch, en dat is een feit.'

'En jij bent gigantisch verliefd op haar.'

'Nee,' zegt Fritz met hoorbare spijt. 'Karen is bezet.' Dan wendt hij zich weer tot zijn vader. 'Dus jij houdt ook van bas?'

'Zo'n beetje,' zegt Griessel. 'Zo'n beetje.'

Cloete belt opnieuw als ze onderweg zijn naar Brackenfell.

'Ik dacht dat je zo de pest aan de media had, Bennie.'

'Wat?'

'Gisteravond. Toen zei je nog dat die aasgieren het dak op konden en vanochtend zie ik dat je liever zélf met ze praat.'

'Waar heb je het over?'

'De voorpagina van de *Rapport*, Bennie. De voorpagina, verdomme: "Een bron dicht bij veteraan-recherche-inspecteur Bennie Griessel van de Schiereilandse Eenheid voor Ernstige en Geweldsmisdrijven (EGM) zegt dat het team nog steeds de mogelijkheid onderzoekt dat de vigilante niet verantwoordelijk was voor de moord op Laurens." Ik weet zeker dat ik ze dat verdomme niet verteld heb, Bennie.'

'En ik verd... ook niet.' Hij bedenkt zich dat de kinderen bij hem in de auto zitten. 'Ik was het niet.'

'Zeker het spookmeisje uit Uniondale.'

'Ik zweer het je, k was het niet...' En hij zwijgt, want hij weet wie het was. Spierballen Keyter. Hij.

'Doet er niet toe. Het punt is, de dagbladen willen nu een vervolg, want opeens heeft iedereen een mening. Zelfs de politici. De Democratische Partij zegt dat het de schuld is van het African National Congress, de Partij voor de Doodstraf zegt dat dit de stem van het volk is en de *Sunday Times* heeft een enquête gehouden en zevenenvijftig procent van de natie zegt dat die assegaaivent een held is.'

'Jemig.'

'En nu bellen de dagbladen me gek. Ze willen een vervolg. Toen dacht ik, aangezien jij toch al mijn werk doet, kun je deze vragen er ook wel bij nemen.'

'Nogmaals, Cloete, ik was het niet.'

Cloete zwijgt even, dan vraagt hij: 'Is er nog nieuws?'

'Sinds gisteren?'

'Ja.'

'Niets.'

'Bennie, je moet me wat geven. De dagbladen ruiken bloed.'

'Eén ding, Cloete, maar je moet Mat Joubert eerst om toestemming vragen.'

Cloete zegt niets.

'Hoor je me?'

'Ik hoor je.'

'We waren gisteravond bij de commissaris. Het plan is om morgen een onderzoeksteam samen te stellen. We halen er mensen van de verschillende bureaus bij.'

'Om wat te doen?'

'Dat ga ik de pers niet vertellen.'

'Daar heb ik niets aan, Bennie. Een onderzoeksteam. Wat zou dat?'

'Praat met Joubert.'

'Ik praat liever met de bron dicht bij veteraan-rechercheinspecteur Bennie Griessel,' zegt Cloete en hij gooit de hoorn erop.

'Waar ging dat over?' vraagt Fritz vanaf de achterbank.

'De media,' zucht Bennie.

'Net hyena's,' zegt Fritz.

'Aasgieren,' zegt Griessel.

'*Yep*,' zegt Fritz. 'Als er ergens een karkas ligt, dan zwermen ze eromheen.'

Hij zet ze om drie minuten voor zes bij het huis van zijn vrouw af en Fritz zegt 'Volhouden, pap,' en springt de auto uit.

'Het was een heerlijke dag, pap,' zegt Carla en ze omhelst hem.

'Zeg dat wel,' zegt hij.

'Dag pap, tot volgende week.'

'Dag, mijn kind.'

Ze stapt uit en gaat naar binnen. Hij kijkt nog even naar de garagedeuren die ooit voor hem opengingen. Dan komt Fritz naar buiten met iets in zijn hand. Hij komt bij Griessels raampje staan en steekt het naar hem uit.

Griessel neemt het van hem aan. Een cd-doosje. *Anton & vrinne & die bushrockband.*

'Veel plezier,' zegt Fritz.

Zijn appartement is stil. Leeg, plotseling. Hij gaat op de bank zitten waar Carla heeft gezeten. Hij laat het cd-doosje door zijn handen gaan. Hij heeft niets om de cd op te draaien.

Hij moet iets doen. Hij kan hier niet naar de stilte blijven zitten luisteren. Er gaan te veel problemen door zijn hoofd.

Waar was Anna vandaag? Voor wie had ze zichzelf zo mooi gemaakt? Waarom?

Waarom denkt Fritz dat ze gaan scheiden? Heeft ze iets gezegd? Terloops iets laten vallen? 'Je vader stopt toch niet met drinken.' Is dat wat zijn vrouw denkt?

Natuurlijk denkt ze dat, verdomme. Hoe kan ze anders, met zijn geschiedenis? En als ze weet hoe het afloopt, wat belet haar dan om de leemte alvast te vullen? Om de een of andere jonge, aantrekkelijke, nuchtere hufter toe te laten om haar mee uit te nemen. En wat laat ze nog meer toe? Wat? Hoe gretig is ze? Anna, die altijd zei: 'Ik hou ervan om aangeraakt te worden.' Wie zit er nu verdomme aan haar? Want God weet, veteraan-recherche-inspecteur Bennie Griessel is het niet.

Hij staat op van de bank, zijn handen ergens naar op zoek.

Wat een dag. Zijn kinderen. Zijn fantastische kinderen. Die hij nauwelijks kent. Zijn zoon met de basgitaargenen en de verwijten. Carla die zo wanhopig probeert te doen alsof alles normaal is, alsof alles goed zal komen. Alsof ze alleen maar hard genoeg moet geloven, dan zal haar wilskracht hem nuchter houden.

Wij hebben nooit een vader gehad. Alleen een dronken vent die daar woont.

Shit. De schade die hij heeft berokkend. Het brandt in hem, de volle omvang ervan, de vele implicaties. Het vreet aan hem, van binnenuit, en hij kijkt op en hij beseft dat zijn ogen een fles zoeken, zijn handen willen inschenken, zijn ziel zoekt naar medicijnen voor deze pijn. Eén borreltje maar om het beter te maken, om het draaglijk te maken, en op dat moment beseft hij dat hij geen schijn van kans heeft. Hier staat hij te midden van alle stront van zijn leven die hem wil versmoren, de stront die zijn gezuip veroorzaakt heeft – en hij wil drinken. Hij weet met absolute zekerheid dat als er nu een fles in het appartement was, hij hem had opengemaakt. Zijn hoofd is al begonnen om alle mogelijkheden af te gaan – waar kan hij heen voor een borrel, wat is er nog open op zondagavond?

Hij maakt een geluid achter in zijn keel en hij schopt tegen een van zijn tweedehandse nieuwe zitkamerstoelen. Wat is het verdomme met hem, dat van hem zo'n ontzettende hufter heeft gemaakt? Wat?

Hij zoekt met trillende handen naar zijn mobiel. Hij belt het nummer en als Barkhuizen antwoordt, zegt hij: 'Shit, dokter. Shit.'

29

Om halfzes 's ochtends loopt hij bij het reservoir en het gevoel komt hem vaag bekend voor, maar hij kan het nog niet thuisbrengen. Hij kijkt naar de berg. En de zee. Hij hoort de vogels en hij bedenkt dat hij nog een dag zonder drank overleefd heeft. Al scheelde het gisteravond niet veel.

'Wat is dat in mij, dokter?' had hij Barkhuizen wanhopig gevraagd. Want hij wil de oorzaak weten. De wortel van het kwaad.

En de oude man had het gehad over chemie en genen en omstandigheden. Lange, rustige redeneringen, hij kon horen dat Barkhuizen hem probeerde te kalmeren. De beklemming, de vretende angst was langzaam uit hem weggeëbd. Aan het einde van het gesprek zei de dokter dat het niet uitmaakte waar het vandaan kwam. Wat telde, was wat hij vanaf nu zou doen en dat was waar. Maar toen Griessel doodmoe in bed lag, wilde hij het nog steeds weten, want hij kan niet vechten tegen iets wat hij niet kent.

Hij wilde terug naar de oorsprong, wilde zich proberen te herinneren hoe het was toen het drinken begon. De slaap had hem overvallen voor hij dat punt bereikte.

Tegen vijf uur was hij wakker, fris en uitgerust, met die assegaai-affaire in zijn hoofd, plannen en ideeën. Het had hem in korte broek en T-shirt naar het park gejaagd, en hij had die zelfde voldoening gevoeld. De ochtend en het uitzicht zijn alleen van hem.

'Mijn naam is Bennie Griessel en ik ben alcoholist en dit is mijn negende dag zonder drank,' zegt hij hardop tegen de ochtend in het algemeen. Maar dat is niet de reden waarom hij iets in zich voelt borrelen. Pas wanneer hij onderweg is naar zijn werk, beseft hij wat het is. Hij schudt zijn hoofd, want het is als een stem uit zijn verleden, een vergeten vriend. Het besef dat de poppen vandaag aan het dansen gaan. De zoektocht gaat beginnen. Het is de eerste tinteling van adrenaline, afwachting, een laatste, korte stilte voor de storm. Wat hem het meest verbaast, is hoe hij ernaar uitziet.

Mat Joubert vertelt de rechercheurs van de ochtendploeg dat Griessel de assegaaizaak gaat leiden en tussen het lauwe applaus door hoort hij grappenmakers die roepen: 'De Klippies-en-Coke-brigade' en: 'Aha, we willen hem dus niet echt vangen'.

Joubert steekt zijn handen op. 'De officieren die Bennie zullen bijstaan, zijn Bushy Bezuidenhout, Vaughn Cupido en Jamie Keyter.'

Fantastisch, denkt Griessel. Nu heeft hij de versierder, de opschepper en een semi-bruikbare rechercheur bij elkaar. Waar zijn al die kerels gebleven waar je werkelijk wat aan had? Hij maakt onwillekeurig een bestekopname. Mat Joubert en hij zijn de enigen die nog over zijn uit de goeie ouwe tijd. En Joubert heeft het tenminste nog tot bevelvoerder geschopt, tot hoofdinspecteur. De rest is nieuw. En jong. Hij is de enige inspecteur van boven de veertig.

'De commissaris maakt vanochtend vier mensen van de Eenheid voor Gezinsgeweld en tien uniformleden vrij om met het onderzoek te helpen,' zegt Joubert. Hier en daar klinkt gefluit. De politieke druk moet aanzienlijk zijn, want dit is een groot team. 'Ze zullen de oude collegezaal in de B-vleugel als operatiecentrum gebruiken. Sommigen van jullie hebben daar spullen opgeslagen – ontruim het lokaal alsjeblieft onmiddellijk ná de briefing. En geef Bennie en zijn team alle medewerking die jullie kunnen. Bennie?'

Griessel staat op.

'Dronken, maar rechtop,' zegt iemand zachtjes. Enkele rechercheurs lachen onderdrukt. Er hangt een sfeer van afwachting in het vertrek, alsof ze weten dat hij zichzelf opnieuw belachelijk gaat maken.

Laat ze maar, denkt hij. Hij loste al moorden op toen zij nog bezig waren om speurwerk te doen naar hoe ze hun wiskundehuiswerk konden overschrijven zonder betrapt te worden.

Eerst staat hij alleen maar, wachtend tot ze helemaal stil zijn. Dan begint hij te praten. 'De voornaamste reden waarom we tijdens de ochtendbriefing zaken bespreken, is dat dertig hoofden beter zijn dan één. Ik wil jullie vertellen hoe we de zaak gaan benaderen. Zodat jullie gaten in mijn redenering kunnen schieten. En betere voorstellen kunnen doen. Alle ideeën zijn welkom.'

Hij kan zien dat hij hun aandacht heeft. Hij vraagt zich even af of het alleen maar verbazing is dat hij vijf zinnen achter elkaar kan zeggen. 'Het slechte nieuws is de grote overeenkomsten tussen de moorden door de assegaaivigilante en seriemoorden. De slachtoffers zijn, meen ik, onbekend aan de moordenaar. De keuze van slachtoffers is relatief onvoorspelbaar. Het motief is onconventioneel en, al kunnen we erover speculeren, nog redelijk onbekend. Ik weet niet hoeveel van jullie je de Rodelintmoorden van zo'n zes jaar geleden herinneren: elf prostituees die over een tijdperk van drie jaar werden vermoord. De meesten kwamen uit Seepunt, het moordwapen was een mes en de lijken werden allemaal gevonden met verminkingen aan borst en genitaliën en een rood lint om de nek. Daar zaten we met hetzelfde probleem. De keuze van slachtoffers was beperkt tot een bepaalde categorie, het motief was psychologisch, seksueel en voorspelbaar en het moordwapen constant. We konden een profiel opbouwen, maar niet duidelijk genoeg om een verdachte te identificeren. In dit geval weten we dat hij geobsedeerd is door mensen die kinderen vermoorden of molesteren. Dat is onze categorie, ongeacht geslacht of ras. Daaruit kunnen we min of meer afleiden wat het motief is. En de keuze van wapen is een assegaai, die gebruikt wordt om één noodlottige wond toe te dienen. Psychologen zullen zeggen dat dit op een heel georganiseerde moordenaar duidt, een man met een missie. Maar het zijn de verschillen tussen typische seriemoordenaars en onze assegaaiman waarop we ons moeten richten. Hij verminkt zijn slachtoffers niet. Er is geen seksuele ondertoon. Die ene wond is diep. Een verschrikkelijke doorboring... Er is woede, maar waar komt die vandaan? De enige redelijke afleiding is dat we hier met wraak te maken hebben. Is hijzelf als kind gemolesteerd? Dat lijkt me een sterke mogelijkheid. Het klopt. En als dat het motief is, dan hebben we een probleem. Hoe spoor je zo'n verdachte op? Maar er is ook een mogelijkheid dat hij een kind verloren heeft door een misdaad. Misschien heeft het systeem hem in de steek gelaten. We zullen moeten kijken naar de baby die door Enver Davids verkracht is. Is daar een vader die wraak wilde nemen? De familie van de kinderen die door Pretorius zijn gemolesteerd. Maar het kan ook zijn dat hij niet bij een van déze misdaden betrokken was. Wat zijn ras betreft: we moeten ons niet blindstaren op de assegaai. Het kan opzettelijk zijn, om ons op een dwaalspoor te brengen. Hier is iemand aan het werk die net zo makkelijk Davids te grazen kon nemen in een kleurlingbuurt als dat hij in de vooravond Pretorius' huis kon binnenkomen in een blanke buurt. We moeten onze opties openhouden. Maar ik zou zweren dat die assegaai íets zegt. Iets belangrijks. Enig commentaar tot zover?'

Ze zitten allemaal doodstil te luisteren.

'We gaan deze zaak uit vier richtingen benaderen. De eerste is om te kijken of we verdachten kunnen vinden in de omgeving van de oorspronkelijke kindslachtoffers. De tweede is om naar alle onopgeloste misdaden tegen kinderen te kijken. We moeten beginnen in de West-Kaap, want daar is hij aan het werk. En als daar niets is, zullen we het moeten uitbreiden. Een lang proces, ik weet het. Een naald in een hooiberg. Maar het moet gedaan worden. De derde richting is het moordwapen. We weten dat het een typische Zoeloe-assegaai is. We weten dat die hoogstwaarschijnlijk in het afgelopen jaar of zo op de traditionele manier met de hand is gemaakt. Dat betekent dat we misschien kunnen vaststellen waar. Hoe die dingen verspreid en verkocht worden. Maar waarom zou iemand een assegaai kiezen? We moeten ook met de forensische psychologen praten. Kunnen jullie het allemaal nog volgen?'

Hij ziet Bushy Bezuidenhout en Mat Joubert knikken. De anderen gapen hem nog steeds alleen maar aan.

'Het probleem met alle drie deze strategieën is dat het speculatief is. We moeten het doen en hopen dat het wat oplevert, maar er zijn geen garanties. Het zal ook tijd kosten – en daarvan hebben we niet veel. De media zitten erbovenop en de politiek... Daarom wil ik ook het vierde proberen. En daarbij heb ik jullie hulp nodig. De vraag die ik mezelf gesteld heb, is hoe hij zijn slachtoffer kiest. En ik denk dat er maar twee manieren zijn: hij is deel van het systeem, óf hij ziet het in de media. Alle drie de slachtoffers tot dusver waren in het nieuws. Davids toen hij vrijgesproken werd, Pretorius tijdens de rechtszaak, Laurens toen ze werd gearresteerd. Dus hij is ergens deel van het rechtssysteem, politieman, aanklager of parketwachter of zoiets...' Ze schuifelen voor het eerst rond terwijl hij praat. '... of hij is gewoon deel van het publiek dat de tijd heeft om de krant te lezen of tv te kijken. Dat is waarschijnlijker. Maar de ene manier of de andere – dat is hoe we hem kunnen vangen. De komende week of wat wil ik op de hoogte worden gehouden van elke ernstige misdaad tegen kinderen. We zoeken dan een geval dat we kunnen opblazen in de media. We zoeken iets wat iedereen aan het praten zal krijgen.'

Jamie Keyters stem komt van ergens tegen de muur: 'Je wilt een val voor hem opzetten, Bennie?'

'Dat klopt. We willen hem er met open ogen in laten lopen.'

'Baas,' zegt Bushy Bezuidenhout, 'er is iets waarvan ik wil dat jullie het van het begin af weten.'

Griessel, Keyter, Bezuidenhout en Cupido zitten in Jouberts kantoor te wachten tot de collegezaal ontruimd is.

'Zeg het maar, Bushy,' zegt Joubert.

'Ik heb geen problemen met deze vent.'

'De assegaaiman?'

'Ja.'

'Ik weet niet zeker of ik je begrijp, Bushy.'

'Bennie zegt dat hij zoiets als een seriemoordenaar is. Ik zie dat niet zo. Deze man is bezig om te doen wat wij allang hadden moeten doen. En dat is om deze smerige klootzakken die kinderen lastigvallen aan hun nek op te hangen. Jemig, baas, ik heb aan de oorspronkelijke Davids-zaak gewerkt. Lester Mtetwa en ik stonden te huilen bij het lijk van dat baby'tje. Toen we Davids gearresteerd hadden, moest ik Lester tegenhouden, hij wilde dat verdomde beest overhoopschieten, zo ontsteld was hij.'

'Ik begrijp het, Bushy. We hebben dat gevoel allemaal gehad. Maar de grote vraag is: gaat het je ervan weerhouden om je werk te doen? Om hem te pakken te krijgen?'

'Ik zal mijn best doen.'

'Bennie?'

Hij kan het zich niet permitteren om Bushy te verliezen. 'Bushy, het enige wat ik van je vraag: als je het gevoel hebt dat je iets niet kunt doen, zeg het dan gewoon tegen me.'

'Goed.'

'Ik begrijp jouw probleem niet,' zegt Keyter tegen Bezuidenhout.

'Jamie,' zegt Griessel.

'Wat? Ik zeg alleen maar...'

'Ik ben het met je eens,' zegt Cupido. 'Hij moordt, daarmee is alles gezegd.'

'Luister,' zegt Bezuidenhout. 'Jullie zijn verdomme nog niet eens droog achter je oren en nu willen jullie...'

'Bushy! Laat zitten.' Griessel wendt zich tot Cupido en Keyter. 'Iedereen heeft het recht om te voelen wat hij voelt. Zolang dat het onderzoek niet beïnvloedt, dan respecteren we elkaar. Begrijpen jullie me goed? Op dit soort stront zit ik niet te wachten.'

Ze knikken, maar zonder geestdrift.

'Van stront gesproken,' zegt Joubert. Alle hoofden draaien in zijn richting. 'Die lokval, Bennie...'

'Ik weet het. Het is een risico.'

'Ik zit niet te wachten op nog een Woolworths, Bennie. Ik wil geen mensen in het ziekenhuis. Ik wil niet dat er een situatie ontstaat waarin burgers gevaar lopen. Als er een kans bestaat dat het in een mislukking ontaardt, dan houden jullie ermee op. Dat moet je me beloven.'

'Beloofd.'

Volgens Keyter is het inspecteur Tim Ngubane die de moord op Cheryl Bothma heeft onderzocht. Griessel vindt Ngubane in de theekamer.

'Tim, ik heb je hulp nodig.'

'Indrukwekkende speech vanmorgen, Bennie,' zegt Ngubane in het Engels.

'Ja, ik, eh...'

'Je hebt werkelijk overal aan gedacht.'

'Ik hoop het.'

'Wat kan ik voor je doen?'

'Dat kind van Bothma...'

'Ja.'

'Jij bent met die zaak bezig geweest.'

'Anwar en ik.'

'Was het een makkelijke zaak?'

'Kat in 't bakkie. Toen we aankwamen, stond Laurens ons met haar polsen tegen elkaar op te wachten, klaar voor de handboeien. Huilde haar ogen uit haar hoofd, "Ik had het niet zo bedoeld", je kent dat wel.'

'Ze heeft bekend?'

'Volledige bekentenis. Zei dat ze dronken was en dat het kind maar doorging, vervelend was, ongehoorzaam, echt een kleine tiran. Niet naar haar moeder luisterde...'

'Bothma.'

'Ja, de moeder. En toen ging Laurens door het lint. Ze greep de biljartkeu, ze had het kind eigenlijk op haar achterste willen slaan, maar omdat ze dronken was...'

'Vingerafdrukken op de stok?'

'Ja.'

'Alleen háár vingerafdrukken?'

'Wat bedoel je, Bennie?'

'Niets.'

'Het was een uitgemaakte zaak, Bennie. Ze heeft verdorie bekend. Wat wil je nog meer?'

'Tim, ik wil niet moeilijk doen. Ik ben alleen nieuwsgierig. Ik heb Bothma...'

'Je bent niet alleen nieuwsgierig. Wat weet jij dat ik niet weet?'

'Heb je haar bloed gecontroleerd?'

'Waarom?'

'Alcohol.'

'Waar moest ik dat in vredesnaam voor doen? Ik kon de drank ruiken. Ze bekende, verdomme. En toen kwamen de vingerafdrukken terug en die van haar zaten op de biljartkeu. Dat is verdomme genoeg. Wat is je probleem?'

'Ik heb geen probleem, Tim.'

'Jullie verdomde *whiteys*,' zegt Ngubane. 'Jullie denken dat jullie de enigen zijn die speurwerk kunnen doen.'

'Tim, dat heeft er niets mee te maken.'

'Rot op, Bennie. Het heeft er alles mee te maken.' Ngubane draait zich om en loopt weg. 'Ik was tenminste in staat om die kegel van haar te ruiken,' zegt hij. 'Dat kan niet van iedereen in dit gebouw gezegd worden.'

Hij verdwijnt door de gang.

Tegen elf uur wacht het assegaaiteam nog op computers en extra telefoonlijnen, maar Griessel wil niet langer wachten. Hij roept zijn team bij elkaar en begint opdrachten uit te delen. De hoogste officier van de Gezinsgeweldeenheid is een kleurlingvrouw, kapitein Helena Louw. Hij maakt haar groepsleider voor het onderzoek naar eerdere zaken waarbij minderjarigen het slachtoffer waren. Hij geeft Bezuidenhout vijf uniformleden om hem te helpen met het heronderzoeken van de eerste twee assegaaislachtoffers. Hij neemt Cupido apart en praat lang en ernstig met hem over de verantwoordelijkheid om het assegaai-aspect te onderzoeken. 'Al vlieg je ervoor naar Durban, Vaughn, maar ik wil weten waar dat ding vandaan komt. Je maakt jezelf de grootste assegaaienkenner in de geschiedenis van de mensheid. Begrepen?'

'Begrepen.'

'Vooruit. Aan het werk.' Dan verheft hij zijn stem zodat iedereen hem kan horen. 'Ik zal me tussen de teams bewegen en zelf ook nog een aantal zaken bekijken. Mijn mobiele nummer staat op het bord. Wat dan ook, dag of nacht. Bel me.'

Hij loopt naar buiten, de trap af. Hij hoort de voetstappen achter hem, weet wie het is.

Keyter houdt hem net buiten de hoofdingang tegen.

'Bennie...'

Hij blijft staan.

'Bennie, en ik dan?'

'Wat, en jij dan, Jamie?'

'Ik heb geen groep.'

'Hoe bedoel je?'

'Je hebt mij niets te doen gegeven.'

'Maar dat hoeft toch ook niet. Jij bent immers onze niet-officiële persvoorlichter, Jaaa-mie.'

'Ik... Ik hoor niet wat je...'

'Je hoort me drommels goed, kleine etter. Je praat achter mijn rug om met de kranten. En dat betekent dat ik jou niet kan vertrouwen, Jaaa-mie. Als jij een probleem met mij hebt, praat dan maar met de hoofdinspecteur. Ga hem maar vertellen waarom ik jou niets te doen geef.'

'Het komt door dat grietje bij *Die Burger*, Bennie. Ik ken haar uit de tijd van het autosyndicaat. Ze heeft me gek gebeld, Bennie. De hele dag. Je weet niet hoe het is...'

'Ik weet niet hoe het is? Hoelang denk je dat ik al politieman ben?'

'Nee, ik bedoel...'

'Het kan me niet schelen wat je bedoelt, Jaaa-mie. Je laat mij maar één keer vallen.' Hij draait zich om en loopt naar zijn auto en denkt bij zichzelf dat hij zich in moet houden, want hij kan het zich niet permitteren om een collega in elkaar te slaan.

Voorbij Durbanville neemt hij het Fisantekraalpad. Hij heeft nooit begrepen waarom dit stuk Kaap zo lelijk en zonder wijngaarden is. Rooikransstruiken, Port Jacksons en advertentieborden voor nieuwe woonwijken. Waar moet de Kaap al die nieuwe mensen laten? De wegen zijn nu al overvol – het is tegenwoordig van 's ochtends tot 's avonds spitstijd.

Hij slaat rechts af, de R312 op, neemt de brug over het spoor en stopt bij de onverharde weg die linksaf gaat. Er staat een klein, handbeschilderd bordje met HIGH GROVE RIJSCHOOL. 4 KM erop. Assegaaiman moet het gezien hebben, in het donker, en uitgekeken hebben naar een plek waar hij zijn auto kon achterlaten. Maar hoe ver zou hij bereid zijn om te lopen?

Hij rijdt langzaam, probeert zich in te denken wat iemand 's nachts kan zien. Niet veel. Er zijn geen lichten in de omgeving. Veel schuilplaatsen, de rooikrans die in dichte, lelijke klossen groeit. Hij stopt, pakt zijn mobiel, belt Keyters nummer.

'Detective Sergeant Jamie Keyter, Serious and Violent Crimes Unit.'

'Wat moet dat met dat Engels, Jamie?'

'Eh... hallo, Bennie,' zegt Keyter met een voorzichtige klank in zijn stem. 'Dat is maar voor het geval dat.'

'Het geval dat wát?'

'O... eh... Je weet wel.'

Hij weet het niet, maar hij laat het maar zo. 'Wil je helpen, Jamie?'

'Ja, Bennie.' Gretig.

'Bel het weerbureau op het vliegveld. Ik wil weten wat de stand van de maan was, vrijdagnacht. En of het bewolkt was. 's Nachts, specifiek, zeg maar tussen twaalf en vier.'

'De stand van de maan?'

'Ja, Jamie. Volle maan, halve maan, weet je wel?'

'Oké, oké, ik hoor je, Bennie. Ik bel je zo.'

'Dank je, Jamie.'

Afritten naar andere boerderijen met belachelijke namen. *Eagle's Nest.* Maar een adelaar zou hier niet dood gevonden willen worden. *Sussex Heights* en het is maar plat. *Schoongezicht*. Misschien Vuilgezicht, ja. *The Lucky Horseshoe Range.* En dan de *High Grove Rijschool.* Als hij de dader was, zou hij de afrit voorbijgereden zijn. Misschien een heel stuk verder, eerst de omgeving verkend hebben. Dan omgedraaid zijn.

Hij doet het. Ongeveer een kilometer voorbij de afrit naar High Grove houdt de weg op bij een hek. Hij stopt twintig meter van het hek vandaan, stapt uit. De zuidoostenwind laat zijn haar rechtop staan. Er ligt een oude steengroeve achter het hek, vervallen, duidelijk al lang niet meer in gebruik. Het hek is gesloten.

Als hij het was, zou hij hier gestopt zijn. Want je wil niet de oprit van High Grove op rijden. Niet als je daar van tevoren nog nooit bent geweest. Je weet niet wat je zult aantreffen, je weet niet wie je zal zien.

Zijn telefoon gaat.

'Griessel.'

'Met Jamie, Bennie. Die man bij het weerbureau zegt dat het halve maan was, Bennie, en nul procent wolken.'

'Nul procent.'

'Dat klopt.'

'Dank je, Jamie.'

'Kan ik nog iets voor je doen, Bennie?' Slijmerige stem.

'Blijf gewoon stand-by, Jamie. Blijf stand-by.'

Heldere nacht, het licht van een halve maan. Genoeg om te zien. Genoeg om de lichten van je auto uit te laten. Hij zou hier gestopt zijn. Hier ergens, want over dit stuk weg komt geen verkeer, het loopt dood. De weg naar het hek toe is te hard om sporen te vertonen. Maar om tot hier te komen, moest hij omgedraaid zijn. Hij begint aan de kant van High Grove langs het hek te lopen, zijn ogen die sporen in de zanderige bodem zoeken. Waar zou hij geparkeerd hebben? Misschien daar vóór, waar de rooikransbomen zo ver over de draad hangen.

Grijswitte graspollen en zandgrond naast het hek.

En dan ziet hij de sporen, twee vage rijen autobanden. En op één plek de onmiskenbare holte waar een buitenband een tijdlang heeft stilgestaan.

Ik heb je, bliksem!

Hij loopt voorzichtig, vormt zich een beeld van hoe het is gegaan. Assegaaiman is doorgereden tot het hek van de steengroeve en toen omgedraaid. Nu staat de neus van de auto in de richting van de afrit naar High Grove. Hij ziet de schuilplaatsen tussen de rooikransen in het maanlicht, zijn lampen zeker uit. Verlaat de weg hier ongeveer, rijdt tot pal naast het hek. Opent het portier, zet een voet op de grond. Griessel zoekt sporen van zijn schoenen.

Niets. Te veel gras.

Hij gaat op zijn hurken zitten. Een sigarettenpeuk is alles wat hij nodig heeft. Een paar speekselresten voor DNA-onderzoek. Maar hij ziet niets, slechts een dik zwart insect dat door het gras scharrelt.

Nog steeds zittend pakt hij zijn mobiel, belt nog eens naar Keyter.

'Ik heb nog een job voor je.'

'Ja, Bennie?'

30

Hij weet dat het nog wel een uur zal duren voor Forensische Opsporing opdaagt. Hij wil vaststellen welke weg Assegaaiman heeft genomen om bij het huis te komen. Is hij hier over het hek geklommen, zonder te weten waar het woonhuis was? Het is mogelijk, maar niet waarschijnlijk. Over de weg zou beter zijn. Daar kun je autolichten van ver af zien aankomen en heb je genoeg tijd om in de schaduw van een rooikrans weg te duiken.

Griessel loopt langzaam de weg af. De wind komt hem schuins tegemoet. De zon is op zijn rug, zijn schoenen knarsen op het grind. Zijn ogen zoeken voetsporen. Hij wordt zich bewust van een tevreden gevoel. Hij is alleen hier. In het voetspoor van de moordenaar. Alleen. Hij is nooit een teamspeler geweest. Zijn beste speurwerk deed hij op eigen houtje.

En nu is hij de leider van het onderzoeksteam.

Joubert die zijn alcoholisme verborgen houdt voor de commissaris en de provinciale commissaris. Of misschien liegt hij er alleen over, want al zijn die lui aan de top allemaal nog maar kortgeleden aangesteld, de Macht is zoals een klein dorp. Iedereen weet alles van iedereen.

Maar waarom? Omdat Joubert medelijden heeft met Anna? Of uit loyaliteit met een collega met wie hij samen de oorlog heeft doorstaan? De enige twee oud-strijders die nog over zijn, die de streken van het oude bewind en de positieve discriminatie van het nieuwe tijdperk overleefd hebben, die zich erdoorheen geslagen hebben zonder in de politiek en de apenstreken verstrikt te raken?

Nee. Omdat er niemand anders is. Hij heeft ze vanochtend

eens zitten opnemen. Er zitten goede mensen tussen, enthousiaste jonge rechercheurs, slimme en harde werkers, mannen met ambitie, maar ze hebben geen ervaring. Ze hebben geen twintig jaar afzeik-politiewerk achter zich. Leider van het onderzoeksteam omdat hij een veteraan is, dronken maar rechtop.

Maar het doet er niet toe. Hij kan er maar beter voor zorgen dat het goed uitpakt, want dit is het laatste wat hij heeft. *Last stand at the High Grove corral.*

Hij loopt tot aan het begin van de oprit naar de boerderij. Geen voetsporen. Hij loopt de oprit op, de wind nu in zijn rug. Hij weet dat het huis vierhonderd meter naar het noorden ligt. De vraag is hoelang het duurde voor de honden Assegaaiman in de stilte van de nacht hoorden? Want hij zou zijn blijven staan, van de weg af gegaan zijn, een schuilplaats gezocht hebben, een punt waar vandaan hij het erf kon overzien.

De stallen liggen nu voor hem, aan zijn linkerkant. Een kleurling is bezig met een hooivork. De man ziet hem niet. Hij loopt door, kan het huis zien, tweehonderd meter verderop. De plek waar Laurens lag.

Dan beginnen de honden te blaffen.

Hij staat stil. De arbeider kijkt op.

'Goeiemiddag, meneer,' zegt de man voorzichtig.

'Goeiemiddag.'

'Kan ik helpen, meneer?'

'Ik ben van de politie,' zegt hij.

'O.'

'Ik kijk alleen maar een beetje rond.'

'Dat is goed, meneer.'

De tuin rond het erf begint hier, struiken en bomen in oude, verwaarloosde beddingen. Hij zou daar, rechts van hem, tussen de struiken gedoken zijn, als de honden begonnen te blaffen. Dan, tussen de planten door tot vlak bij het huis. Schuilplaatsen te over. Hij volgt de denkbeeldige route, zoekend naar sporen. Meet de afstand, vormt zich een beeld. Je kunt van achter de tuinplanten het hele erf overzien. Je kunt een vrouw in haar nachtkleren gadeslaan, met een vuurwapen in de hand. Je kunt de honden zien die zenuwachtig tegen het donker blaffen. Hier ben je nu, dicht bij het huis, dicht bij haar. Je negeert haar geroep. 'Wie is daar?' Of misschien dreigend. 'Kom tevoorschijn of ik schiet!' Je wacht tot ze je haar rug toe draait en dan kom je snel uit de schaduw vandaan. Grijpt het vuurwapen. Heft de assegaai op. De hond bijt je in je broek. Je schopt.

Zoiets.

Hij zoekt schoenafdrukken in de bedding.

Niets.

Is dat mogelijk? Of was die kerel koelbloedig en kalm genoeg om de sporen uit te vegen?

De arbeider staat hem nog steeds gade te slaan.

'Hoe heet je?'

'Willem, meneer.'

Hij loopt naar de man toe, steekt zijn hand uit. 'Ik ben Bennie Griessel.'

'Aangenaam, meneer, aangenaam.'

'Niet zo best, hè Willem, wat er gebeurd is...'

'Nee meneer, helemaal niet best.'

'Eerst het kind en toen juffrouw Laurens.'

'Ach meneer, en we weten niet wat er nu van ons moet worden.'

'Hoe bedoel je, Willem?'

'De boerderij was van miesies Laurens. Nu zal hij zeker verkocht worden.'

'Misschien zijn de nieuwe eigenaren goede mensen, Willem.'

'Misschien, meneer.'

'Want ik hoor dat Laurens nogal moeilijk kon zijn.'

'Meneer, zij was niet zo moeilijk. Ze was goed voor ons.'

'O?'

'De mensen op de boerderijen hier betalen allemaal het minimumloon, meneer, maar miesies Laurens gaf ons duizend rand, schoon in de hand, en we hoefden niet voor het huis te betalen.'

'Ze dronk, naar het schijnt, Willem.'

'Nee hoor meneer, dat is niet waar.'

'En ze had een verschrikkelijk humeur...'

'Nee, meneer.'

'Nee?'

'Ze was alleen maar streng.'

'Werd ze nooit kwaad?'

Willem schudt zijn hoofd en kijkt in de richting van het huis. Daar, in een kamerjas, vlak voor het huis, staat Elise Bothma.

Het is al laat in de middag als hij terugkomt bij het EGM-gebouw. Hij treft Mat Joubert in zijn kantoor met een stapel dossiers voor zich.

'Heb je tien minuten, baas?'

'Ik heb zo veel tijd als je nodig hebt.'

'We hebben misschien een bandenspoor van Assegaaimans auto.'

'Bij de boerderij?'

'Net buiten het terrein, tegen het hek. Forensische Opsporing heeft een gipsafgietsel gemaakt. Ze laten het weten. Als jij er een beetje druk op kan zetten, doe je me een groot plezier.'

'Ik bel Ferreira even.'

'Mat, dat kind van Bothma...'

'Ik hoor dat je daar een probleem mee hebt?'

'Heb je dat gehoord?'

'Tim kwam hier langs, meteen na de lunch. Van streek. Volgens hem ben je een racist.'

'Shit.'

'Rustig, Bennie. Ik heb met hem gepraat. Waarom heb je een probleem met die zaak?'

'Het was Laurens niet, Mat.'

'Waarom niet?'

'Toen we Bothma zaterdagmiddag ondervroegen... Er wás gewoon iets – ik wist dat ze ergens over loog. Eerst vermoedde ik dat het over de dood van Laurens ging. Maar toen ging ik nadenken. Keyter heeft de arbeiders ondervraagd. Ik heb zelf vanochtend met ze gepraat. Ik denk niet dat het Laurens was.'

'Je denkt dat het Bothma was?'

'Ja.'

'En Laurens heeft de schuld op zich genomen om haar te beschermen? Jemig, Bennie...'

'Ik weet het. Maar het is gebeurd.'

'Heb je bewijzen?'

'Ik weet dat Bothma degene was met het slechte humeur.'

'En dat is alles?'

'Mat, ik weet dat het te mager is voor de rechtbank...'

'Bennie, Laurens heeft een verklaring afgelegd. Ze heeft schuld bekend. Haar vingerafdrukken staan op de biljartstok. En ze is dood. We hebben geen schijn van kans.'

'Geef me een uur met Bothma...'

Joubert leunt achterover in zijn stoel en tikt met de punt van zijn balpen op het dossier voor hem. 'Nee, Bennie. Dat is Tims zaak. Het beste wat ik kan doen, is hem te vragen om er zelf nog eens goed naar te kijken. Jij hebt de assegaaizaak.'

'Het hangt met elkaar samen. Als Laurens onschuldig was, betekent dit dat onze vigilante de verkeerde persoon gestraft heeft. Dat verandert alles.'

'Hoezo?'

Griessel zwaait met zijn arm. 'De hele wereld daarbuiten staat verdorie aan zijn kant – de man die de doodstraf heringevoerd heeft. De edele ridder die het werk van die treurige politie moet opknappen. Zelfs Bushy zegt dat we hem met rust moeten laten, dat hij zijn gang maar moet gaan. Stel je voor dat er ergens een getuige is. Iemand die hem gezien heeft. Of iets weet. Hij kan een vrouw of een vriendin hebben, iemand die hem steunt, omdat ze denken dat hij doet wat goed is.'

Joubert tikt weer met zijn pen. 'Ik hoor wat je zegt.'

'Ik haat die uitdrukking.'

'Bennie, ik zal met Tim praten. Dat is het beste wat ik kan doen. Maar voor de rechtbank zullen ze geen spaan van ons heel laten.'

'We hebben de rechtbank niet nodig. Niet nu, in ieder geval. Het enige wat ik wil, is dat de media weten dat we Bothma verdenken. En dat Laurens misschien onschuldig was.'

'Ik zal met Tim praten.'

'Dank je, Mat.' Hij draait zich om, op het punt om de kamer te verlaten.

'Margaret en ik vroegen ons af of je geen zin had om te komen eten,' zegt Joubert voor hij bij de deur is.

Hij blijft staan. 'Vanavond?'

'Ja. Of morgenavond. Wanneer het je uitkomt. Ze moet toch koken.'

Hij realiseert zich dat hij sinds vanochtend nog niets anders heeft gegeten dan dat ene broodje in de koffiekamer. 'Dat...' Maar dan ziet hij zichzelf bij de Jouberts aan tafel zitten, omringd door Mats vrouw en kinderen. Hij, alleen. 'Ik... ik kan niet, Mat.'

'Ik weet hoe druk het is.'

'Daar gaat het niet om.' Hij gaat op de stoel tegenover de bevelvoerder zitten. 'Het is alleen... Ik mis mijn gezin.'

'Ik begrijp het.'

Plotseling wil hij met iemand praten. 'De kinderen. . Ik heb ze gisteren gehad.' Hij voelt de emotie opwellen. Dát niet, niet nu. Hij brengt zijn hand naar zijn ogen, buigt zijn hoofd. Hij wil niet dat Joubert hem zo ziet.

'Bennie...' Hij kan Mats verlegenheid horen.

'Nee, Mat, het is alleen... Verdomd, ik heb er zo'n puinhoop van gemaakt.'

'Ik begrijp het, Bennie.' Joubert staat op, loopt om het bureau heen.

'Nee, verdomd. Jemig. Ik bedoel... Ik ken ze niet, Mat.'

Joubert zegt niets, legt alleen zijn hand op Griessels schouder.

'Het is verdorie alsof ik tien jaar lang weg ben geweest. Jemig, Mat, en het zijn goede kinderen. Mooi.' Hij veegt met zijn mouw zijn neus af en snuift. Joubert klopt ritmisch op zijn schouder.

'Sorry, ik had niet gedacht dat ik een potje zou gaan zitten grienen.'

'Het is oké, Bennie.'

'Het komt door de ontwenning. Verdomd emotioneel.'

'Ik ben trots op je. Het is nu al, hoelang, een week?'

'Negen dagen. Dat is niks. Wat is negen dagen in vergelijking met de schade van tien jaar?'

'Het komt goed, Bennie.'

'Nee, Mat. Ik weet niet of het ooit weer goed zal komen.'

Wanneer hij het kantoor van het onderzoeksteam in de oude collegezaal binnenloopt, zitten ze al op hem te wachten. Hij is moe. Dat gejank bij Joubert heeft hem uitgeput. Kapitein Helena Louw wenkt hem. Hij gaat naast haar staan. 'Hoe gaat het, kapitein?'

'Langzaam, inspecteur. We hebben...'

'Mijn naam is Bennie.'

Ze knikt en wijst naar de computer voor haar. 'We hebben een database aangelegd van alle onopgeloste zaken waarbij kinderen het slachtoffer waren. Het zijn er heel wat.' Ze heeft iets rustigs over zich, een langzame manier van praten. 'We beginnen bij de ernstigere gevallen. Moord. Verkrachting. Seksueel misbruik. Honderdzesenvijftig tot nu toe.'

Griessel fluit zacht tussen zijn tanden.

'Ja inspecteur, het is een schande. En dat is dan nog alleen het Schiereiland. God weet hoeveel het er over het hele land zijn. We nemen de namen van de kinderen, de nabestaanden en de verdachten op. De aard van het misdrijf en de plaats waar het gebeurd is. Als het te maken heeft met bendes, dan geven we dat aan met een 'B', want die zaken liggen een beetje anders. We vermelden ook het wapen, als er één is. En de datums van de misdaden zelf. Dat is het zo ongeveer. Dan kunnen we tenminste kruisverwijzingen doen. En telkens wanneer er nieuwe informatie binnenkomt, kunnen we die vergelijken met wat we al hebben.'

'Dat klinkt goed.'

'Maar zal het helpen?'

'Je weet nooit wat er zal helpen. Maar we kunnen ons niet permitteren om het níet te doen.'

Hij weet niet of hij haar overtuigd heeft. 'Kapitein, ik heb nog twee dingen nodig.'

'Zeg maar Helena.'

'Ik heb nog een veld in de database nodig. Voor voertuigen. We hebben een bandenspoor gevonden. Misschien komt daar iets uit.'

'Uitstekend.'

'Ik weet niet hoe we de laatste kwestie moeten aanpakken. Ik vraag me de hele tijd af hoe hij zijn besluiten neemt. De moordenaar. Hoe besluit hij wie zijn volgende slachtoffer is?'

Ze knikt.

'Er zijn twee mogelijkheden. De ene is dat hij deel is van het systeem – politieman of aanklager of zoiets. Maar als je zegt dat het er meer dan honderdzesenvijftig zijn... En de slachtoffers zijn een ratjetoe wat hun locatie en hun misdaden betreft. Ik heb het gevoel dat hij ervan hoort via de media. Radio, of kranten. Misschien tv. Mijn probleem is dat ik geen krant lees en te weinig naar de radio luister. Maar ik wil weten wanneer er over de slachtoffers is geschreven. Wat ik zoek, is de datum van de berichten tegenover de datum van de assegaaimoorden. Ben ik duidelijk?'

'Helemaal duidelijk. Vind je het goed dat we op het schoolbord hier zo'n schema maken?' Ze wijst op de voorste muur van de oude collegezaal.

'Perfect,' zegt hij. 'Dank je.'

Griessel staat op. Jamie Keyter zit achter in de hoek vol verwachting naar hem te kijken. Cupido en Bezuidenhout zitten naast elkaar, ieder aan een eigen bureau. Hij pakt een stoel en gaat tegenover hen zitten.

'Met die assegaai wordt het niks,' zegt Cupido. Hij leunt achterover en vist een in papier gewikkeld voorwerp op, lang en smal. Hij vouwt het bruine papier weg en laat de assegaai op zijn bureau vallen, het blinkende lemmet glanzend in het neonlicht.

'Walla!' zegt hij. Hij spreekt de 'w' hard uit, zoals in 'Willie'.

'Voilà,' corrigeert Bezuidenhout met een overdreven accent. 'Het is verdorie een Frans woord. Het betekent "moet je dit zien".'

'Nu ben jij opeens het grote talenwonder?'

'Ik help je alleen maar zodat je jezelf niet voor schut zet.'

Griessel zucht. 'De assegaai...' zegt hij.

'Te leen van Pearson's African Art. In de Langstraat. Zeshonderd rand, inclusief btw. Geleverd door Zulu Dawn, een distributeur in Pinetown. Ik heb met ene meneer Vijay Kumar gepraat, hoofd Verkoop bij Zulu Dawn. Volgens hem hebben ze vertegenwoordigers die rondrijden en ze opkopen, er zijn minstens dertig plekken in KwaZulu die die dingen maken.'

'Wat je maar kunst noemt,' zegt Bezuidenhout.

'Bushy...' zegt Griessel.

'Ik zeg alleen maar wat. Alles is tegenwoordig kuuuunst. Ik zou nog geen vijftig rand voor dat ding overhebben.'

'Maar jij bent geen Duitse toerist met euro's, vadertje,' zegt Cupido. 'Feit is dat onze verdachte hem op elke straathoek kon kopen. Volgens Pearson's zijn er alleen in de stad al vijf, zes straathandelaren die dat spul verkopen. En dan zitten er nog een paar plekken bij The Waterfront, twee in Stellenbosch en één in de zuidelijke voorsteden. Die domme blanken uit Europa houden ervan, net als van Afrikaanse maskers van over de honderd. En struisvogeleieren. Ze verkopen struisvogeleieren voor tweehonderd rand per stuk. En dan zijn die dingen nog leeg ook...'

'Ik wil dat Forensische Opsporing dat ding bekijkt, Vaughn...'

'Meteen voor gezorgd. Ze zijn al bezig. Ik heb er twee te leen, ik heb deze alleen meegenomen zodat jij hem kon zien, Bennie. F.O. zal hem vergelijken met de chemische analyses van de drie steekwonden.'

'Bedankt Vaughn. Goed werk.'

'Dat hoor ik graag. Maar het lijkt erop dat ik geen trip naar Durban ga scoren.'

'Je laat me weten wat F.O. zegt, nietwaar?'

'Absoluut. En morgen ga ik al die plekken af waar ze assegaaien verkopen. Horen of ze verkoopgegevens hebben die getraceerd kunnen worden. Bewijzen van creditcards, btw-bonnetjes, wat dan ook. Kijken wat ik kan vinden.'

'Kijk vooral naar de namen uit de database, alsjeblieft. Vergelijk de namen die jij tegenkomt met de namen die kapitein Louw daarin heeft zitten.'

'Komt voor de bakker, chef.'

Griessel draait zich om naar Bezuidenhout. 'Iets gevonden, Bushy?'

Bezuidenhout trekt een stapel dossiers naar zich toe met een houding die zegt dat ze nu pas bij het belangrijke werk komen. 'Ik weet het niet.' Hij pakt ze er een voor een bij. 'De Enver Davids-verkrachting,' zegt hij. 'Sterkste mogelijkheid tot dusver. De ouders van de baby wonen in de krottenwijk op de hoek van de Vanguard Road en de Ridge Way. De inwoners noemen het Biko City, de gemeente noemt het niets. De vader is werkloos, hij is zo'n man die 's ochtends aan de kant van de Durbanweg gaat staan en zijn hand opsteekt als de aannemers met hun bakkies langskomen, op zoek naar goedkope arbeidskrachten. De moeder werkt bij een papierverwerkingsfabriek in Stikland. Ze kopen oude kartonnen dozen op en maken er pleepapier van. Dawn Soft. Wat die "dageraad" met "zacht" te maken heeft, mag Joost weten, maar ik ben alleen maar een politieman. In elk geval, ze beweren dat ze in de nacht van de moord op Davids samen in hun huisje in Biko City zaten. Maar toen de vader van Davids' dood hoorde, zei hij, en ik citeer, "daar zijn we mooi vanaf". Hij zei dat als hij had geweten hoe hij die ellendeling in handen kon krijgen, dan had hij hem zelf doodgestoken. Maar hij zegt dat hij het niet gedaan heeft en hij bezit geen assegaai. De buren zeggen dat ze niets van die nacht afweten. Niets gezien, niets gehoord.'

'Mmm,' zegt Griessel.

Bezuidenhout haalt nog een dossier van de stapel. 'Hier is een lijst van alle kinderen die door Pretorius gemolesteerd zijn. Elf. Niet te geloven! Elf waarvan we het weten. Ik ben zolang begonnen met bellen, de ouders van de meeste kinderen wonen in de omgeving van Bellville. Ik begin morgen met ze. Dat wordt een lange dag. En ik zal ervoor zorgen dat hun namen ook in de database opgenomen worden.'

'Gebruik de uniformleden, Bushy.'

'Bennie, ik wil niet moeilijk doen, maar ik praat liever zelf met ze. Die uniforms zijn te onbehouwen.'

'Laat ze met de buren praten of zoiets. We moeten ze gebruiken.'

'Wat denk je van Jamie?'

'Wat is er met hem?'

'Hij doet niets.'

'Wil je hem hebben?'

'Ik kan hem gebruiken.'

'Bushy...' Dan bedenkt hij zich. 'Jamie,' roept hij in Keyters richting.

'Ja, Bennie?' antwoordt Keyter gretig. Hij springt op, gooit bijna zijn stoel omver.

'Je gaat morgen met Bushy mee.'

Hij staat naast hen. 'Oké, Bennie.'

'Je doet de eerste verhoren samen met hem. Begrijp je?'

'Oké.'

'En je léért, Jamie. Daarna zal Bushy je vertellen wat je zelf kunt doen.'

'Ik hoor je.'

'Jamie...'

'Ja, Bennie.'

'Dat moet je niet zeggen.'

'Wat moet ik niet zeggen?'

'"Ik hoor je." Ik schijt zeven soorten stront van irritatie als je dat zegt.'

'Oké, Bennie.'

'Het is nog Anglicaans ook,' zegt Bezuidenhout.

'Anglicaans?' vraagt Cupido.

'Je weet wel. Als iemand een Engelse uitdrukking precies zo in het Afrikaans vertaalt.'

'Een anglicisme,' zegt Griessel moe.

'Dat zei ik.'

Griessel zegt niets.

'Je zei "Anglicaans", sukkel. Tsjonge-jonge, wat een talenwonder!' zegt Vaughn Cupido, terwijl hij opstaat.

31

Hij wil naar huis. Niet naar zijn appartement, maar naar zijn huis. Waar zijn vrouw en zijn kinderen zijn. Hij heeft een barstende koppijn en voelt zich slap, alsof zijn brandstof op is. Maar hij rijdt naar de stad. En vraagt zich af wat de kinderen doen. En Anna.

Dan herinnert hij zich iets. Hij wil haar bellen. Over dat wat hem al sinds gisteren dwarszit. Onder het rijden pakt hij zijn mobiele telefoon en zoekt haar naam op in de lijst met nummers. Hij drukt op het knopje. De telefoon gaat over.

'Hallo Bennie.'

'Hallo Anna.'

'De kinderen zeggen dat je nog nuchter bent.'

'Anna... Ik wil iets weten. Onze overeenkomst...'

'Welke overeenkomst?'

'Je hebt gezegd dat als ik de drank zes maanden kan laten staan...'

'Dat klopt.'

'Dan neem je me terug?'

Ze zegt niets.

'Anna...'

'Bennie, het is nog maar net een week.'

'Al negen dagen, verdomme.'

'Je weet dat ik niet wil dat je vloekt.'

'Het enige wat ik je vraag, is of je het meent, van die overeenkomst.'

Het blijft stil aan de andere kant van de lijn. En net wanneer hij iets wil zeggen, hoort hij haar. 'Laat eerst die drank maar eens zes maanden staan, Bennie. Dan praten we verder.'

'Anna...' Maar ze heeft de verbinding verbroken.

Hij heeft te weinig energie over om zijn humeur te verliezen. Hij zucht alleen maar en laat de telefoon in zijn borstzak glijden.

Waarom, denkt hij. Waarom zou hij zichzelf zo uitsloven? Waarom vecht hij tegen de drank? Vanwege een belofte die nu opeens geen belofte meer is?

Ze heeft een ander. Hij weet het. Hij is verdomme rechercheur, hij kan twee en twee bij elkaar optellen.

Dit is haar manier om van hem af te komen. Maar hij zal het er niet bij laten zitten. Hij gaat niet voor niets door deze hel. Nee, o bliksem, niet zoals hij zich nu voelt. Eén glas en zijn hoofdpijn is weg. Eentje maar. Het speeksel loopt in zijn mond, hij kan de drank al proeven. Twee glazen om energie op te doen, benzine voor zijn tank, voor het aansturen van het assegaaimanonderzoeksteam. Drie, en ze mag er zo veel vriendjes op na houden als ze wil.

Hij weet dat het zal helpen. Het helpt tegen alles. En niemand hoeft het te weten. Slechts hij en de zoete smaak in zijn flatje en dan een fatsoenlijke nachtrust. Om dat gedoe met Anna de baas te worden. En de zaak. En de eenzaamheid. Kijkt op zijn horloge. De drankwinkels zijn nog open.

Als hij met de flessen Klipdrift en cola in een plastic tas bij zijn voordeur aankomt, staat er een bakje op de drempel, in aluminiumfolie gewikkeld. Hij doet eerst de deur open, zet de flessen binnen neer en loopt dan terug om het bakje op te rapen. Hij ziet dat er een briefje op geplakt zit. Hij maakt het plakband los.

For the hard-working policeman. Enjoy. From Charmaine – 106.

Charmaine? Wat moet dat mens toch? Hij peutert het folie eraf. Het is een glazen ovenschaaltje met een deksel. Hij maakt het open. De geuren van curry met rijst dampen hem tegemoet. Tsjonge, dat ruikt lekker. Zijn honger neemt de overhand. Hij pakt lichthoofdig een lepel en gaat aan de ontbijtcounter zitten. Hij neemt een hapje, vult zijn mond ermee. Schaapscurry. Het vlees is zacht tussen zijn tanden, de geuren verspreiden zich door zijn lichaam. Charmaine, Charmaine, wie je ook bent, kóken kun je, dat is een ding dat zeker is. Hij schept zijn lepel nogmaals flink vol, vist er met zijn vingers een laurierblaadje uit, likt het eerst af voor hij het naast zijn bord neerlegt. Hij neemt nog een grote hap. Behaaglijk. Nog één. De curry is heet en hij voelt hoe de vlammen hem uitslaan. Zijn lepel komt in het ritme. Jemig, wat had hij een honger. Hij moet iets doen aan zijn eten. Hij moet brood meenemen naar zijn werk.

Hij kijkt naar de fles Klippies naast hem op de bar. Straks. Met een volle maag in zijn nieuwe zitkamerstoel zitten en zijn brandewijn drinken zoals het hóórt: langzaam, met smaak.

Hij eet systematisch door tot hij ook de laatste lepel curry naar binnen gewerkt heeft, schraapt met zorg nog een reepje vlees met een beetje saus op en brengt het naar zijn mond.

Wauw. Lekker. Duwt het schaaltje van zich af.

Nu moet hij het natuurlijk naar Charmaine van 106 terugbrengen. In zijn gedachten probeert hij zich een beeld van haar te vormen. Waarom vermoedt hij dat ze een nogal stevige jonge vrouw is? Omdat haar eten zo lekker is? Een tikje eenzaam? Hij staat op en spoelt het schaaltje onder de kraan af, dan het deksel en zijn lepel. Hij droogt het af, pakt het folie, vouwt het op en legt het in het bakje. Neemt zijn sleutels, trekt de deur achter zich dicht, loopt de gang af.

Ze weet dat hij bij de politie is. Zeker van de opzichter gehoord. Hij moet tegen haar zeggen dat hij getrouwd is. En dan moet hij uitleggen waarom hij hier alleen woont... Hij blijft staan. Heeft hij echt zin om door al die ellende heen te gaan? Hij kan het schaaltje ook gewoon voor haar deur achterlaten.

Nee. Hij moet haar bedanken.

Misschien is ze er niet, hoopt hij. Of ze slaapt, of zoiets. Hij klopt zo zacht mogelijk aan, meent dat hij binnen het geluid van een televisie hoort. Dan gaat de deur open.

Ze is klein en ze is oud. Aan de verkeerde kant van de zeventig, schat hij.

'Jij moet de politieman zijn,' zegt zij en ze glimlacht een spierwit kunstgebit bloot. 'Ik ben Charmaine Watson-Smith. Kom binnen, alsjeblieft.' Ze heeft een zwaar Brits accent en grote ogen achter dikke brillenglazen.

'Ik ben Bennie Griessel,' zegt hij en zijn Engelse uitspraak klinkt hem opeens erg Afrikaans in de oren.

'Prettig om kennis te maken, Bennie,' zegt ze, terwijl ze het etensbakje van hem overneemt. 'Heeft het gesmaakt?'

'Heerlijk.' De binnenkant van het appartement is gelijk aan dat van hem, maar dan vol. Vol meubels, vol portretten tegen de muren, vol snuisterijen in vitrinekasten, op boekenplanken en kleine bijzettafeltjes: porseleinen beeldjes, poppetjes en fotolijstjes. Gehaakte kleedjes en boeken. Een reusachtig tv-toestel met een of andere soapserie erop.

'Ga alsjeblieft zitten, Bennie,' zegt ze, terwijl ze het geluid van de tv afzet.

'Ik wil je niet storen. Ik kom alleen even langs om je te bedanken. Het was erg aardig van je.' Hij gaat op de punt van een stoel zitten. Hij wil niet lang blijven. Zijn fles wacht op hem. 'En de curry was fantastisch.'

'O, graag gedaan. Toen ik hoorde dat je bij de politie bent, vond ik het niet meer dan mijn plicht. Aangezien je geen vrouw hebt...'

'Ik... uhm, toch wel. Maar we zijn...' Hij zoekt naar het woord. '... *separated*.'

'Ach, wat jammer nou. Ik vermoedde al zoiets, toen ik gisteren je kinderen zag...'

Er ontgaat haar niet veel. 'Ja,' zegt hij.

Ze komt tegenover hem zitten. Het lijkt alsof ze zich gereedmaakt voor een lang gesprek. Hij wil nu niet...

'En wat voor soort politieman ben je precies?'

'Ik werk bij de Eenheid voor Ernstige en Geweldsmisdrijven. Recherche-inspecteur.'

'O, wat vind ik dat fijn om te horen. Precies de man die ik zoek.'

'Die je zoekt?'

Ze buigt zich naar voren en fluistert op samenzwerende toon: 'Er bevindt zich een misdadiger in dit gebouw.'

'O?'

'Kijk, ik krijg elke ochtend de *Cape Times*,' zegt ze, nog steeds met overdreven fluisterende stem.

'Ja.' Er begint hem iets te dagen. Gratis curry-avonden bestaan niet.

'Die wordt bij mijn brievenbus in de hal beneden bezorgd. En iemand steelt hem. Let wel, niet iedere ochtend. Maar vaak. Ik heb alles al geprobeerd. Ik heb zelfs al in de tuin naar de binnendeur staan kijken. Ik meen dat jullie, politiemannen, dat posten noemen, nietwaar?'

'Dat klopt.'

'Maar de dader is ongrijpbaar. Ik heb nog geen enkele vordering gemaakt.'

'*My goodness*,' zegt hij, want hij weet niet wat hij anders moet zeggen.

'Maar nu hebben we een echte rechercheur in het gebouw,' zegt ze voldaan, terwijl ze achterover leunt in haar stoel.

Dan klinkt Griessels telefoon in zijn borstzak.

'Het spijt me,' zegt hij. 'Ik moet deze nemen.'

'Vanzelfsprekend, *my dear*.'

Hij haalt zijn telefoon te voorschijn. 'Griessel.'

'Bennie, met Anwar,' zegt inspecteur Anwar Mohammed. 'We hebben haar.'

'Wie?'

'Je assegaaivrouw. Artemis.'

'Assegaaivrouw?'

'*Yep*. Ze heeft zojuist een volledige verklaring afgelegd.'

'Waar zijn jullie?'

'Petuniastraat 23 in Bishop Lavis.'

Hij staat op. 'Je zult me moeten uitleggen hoe ik daar kom. Ik bel je zodra ik in de buurt ben.'

'Oké, Bennie.'

Hij verbreekt de verbinding. 'Het spijt me echt, maar ik moet gaan.'

‘Natuurlijk. De plicht roept, zo te horen.’

‘Ja, het heeft te maken met die zaak waar ik aan werk.’

‘*Well*, Bennie, het was fijn om je te ontmoeten.’

‘Insgelijks,’ zegt hij onderweg naar de deur.

‘Hou je van geroosterd lamsvlees?’

‘O ja, maar doe alsjeblieft geen moeite.’

‘Dat is geen enkele moeite,’ zegt ze met een grote witte glimlach. ‘Nu je aan mijn zaak werkt.’

De Petuniastraat is in rep en roer. Onder de straatlantaarns staan een paar honderd toeschouwers, zodat hij langzaam moet rijden en moet wachten tot ze voor hem opzij gaan. Voor nummer 23 flitsen de blauwe zwaailichten van drie arrestatiewagens en de rode van een ambulance. De twee Toyota-busjes van Forensische Opsporing en de videoploeg staan half op de stoep geparkeerd. Voor het buurhuis staan twee busjes van de SABC en e.tv.

Hij stapt uit en baant zich een weg door de omstanders. Op het grasperk wil een gekleurde agent in uniform hem tegenhouden. Hij vertoont zijn plastic kaart en zegt dat ze meer mensen moeten laten komen om de meute in bedwang te houden.

‘Meer mensen zijn er niet, het hele bureau is al hier,’ komt het antwoord.

Griessel gaat door de open voordeur naar binnen. Twee uniformleden zitten in de zitkamer televisie te kijken.

‘Nee, o bliksem,’ zegt Griessel tegen ze. ‘Die mensen komen nu al door de deur naar binnen en jullie zitten hier tv te kijken?’

‘Ach wat,’ antwoordt één van hen. ‘Zo gaat dat in Bishop Lavis. De mensen zijn nieuwsgierig, maar fatsoenlijk.’

Anwar Mohammed heeft zijn stem gehoord en komt uit een kamer, dieper het huis in.

‘Stuur die kerels naar buiten, Anwar, dit is verdomme een plaats delict.’

‘Jullie horen wat de inspecteur zegt, hè?’

De uniformleden staan traag op. 'Het is *Frasier*,' zegt de ene en hij wijst naar het tv-toestel.

'Kan me niet schelen wat het is. Ga aan het werk,' zegt Mohammed. Dan, tegen Griessel: 'Hier ligt het slachtoffer, Bennie.' Hij neemt hem mee naar de keuken.

Griessel ziet eerst het bloed – een dikke boog rood die onder aan de deur van het keukenkastje begint en dan naar boven loopt, tot aan het plafond. Rechts, tegen het fornuis en de koelkast, nog meer bloed in de typische spatten van een slagader die geraakt is. Hij ziet het lijk. Een man ligt in de hoek van de kleine ruimte, in foetushouding. De twee leden van het cameRateam zijn bezig om lampen op te zetten om het vertrek te filmen. Het lamplicht laat het roodbruine bloed op het hemd van het slachtoffer glimmen. Het houten heft is ongeveer een meter lang, het bebloede lemmet ongeveer dertig centimeter lang en drie, vier centimeter breed.

'Dit is mijn assegaaiman niet,' zegt Griessel.

'Hoe weet je dat?'

'De hele M.O. is anders, Anwar. En het lemmet is te klein.'

'Misschien moet je eerst met het meisje praten.'

'Het meisje?'

'Negentien. En mooi.' Mohammed gebaart met zijn hoofd naar de deur. Hij gaat voor.

In de zitkamer zit ze. Haar zwarte haar is lang en steil, haar ellebogen rusten op tafel, haar hoofd in haar handen. Er zit bloed op haar armen. Griessel loopt om de tafel heen en pakt de stoel naast haar. Hij gaat zitten. Mohammed komt achter hem staan.

'Juffrouw Oktober,' zegt Mohammed zacht.

Ze heft haar hoofd op, kijkt naar Griessel. Hij ziet dat ze mooi is, een fijn gezicht en diepe, donkere ogen, bijna zwart.

'Goedenavond,' zegt hij.

Ze knikt alleen maar met haar hoofd.

'Mijn naam is Bennie Griessel.'

Ze reageert niet.

'Juffrouw Oktober, deze inspecteur houdt zich bezig met alle assegaaizaken. Vertel hem over de andere,' zegt Mohammed.

'Ik was het,' zegt ze. Griessel ziet dat haar ogen onrustig zijn. Haar handen beven licht.

'Wie is die man daarbinnen?' vraagt hij.

'Mijn vader.'

'U hebt hem...'

Ze knikt. 'Ja.'

'Waarom?'

Ze knippert traag met haar grote ogen.

'Wat heeft hij gedaan?'

Ze kijkt naar Griessel, maar hij is er niet zeker van of ze hem ziet. Als ze praat, klinkt er onverwacht veel kracht in haar stem door, alsof het die van iemand anders is. 'Hij sliep met me. Twaalf jaar lang. En ik mocht het tegen niemand zeggen.'

Griessel hoort de woede.

'En toen las u over die man met zijn assegaai?'

'Het is geen man. Het is een vrouw. Ik ben het.'

'Ik zei het je toch,' zegt Mohammed.

'Hoe bent u aan die assegaai gekomen?'

'Bij het station.'

'Welk station?'

'Het treinstation in Kaapstad.'

'Op de vlooienmarkt bij het station?'

Ze knikt.

'Wanneer hebt u hem gekocht?'

'Gisteren.'

'Gisteren?' zegt Mohammed.

'En toen wachtte u hem op toen hij vanavond thuiskwam?'

'Hij wilde niet ophouden. Ik had hem gevraagd om op te houden. Gesmeekt.'

'Woonden jullie hier alleen?'

'Mijn moeder is dood. Al twaalf jaar.'

'Juffrouw Oktober, als u de assegaai gisteren pas gekocht hebt, hoe kunt u die andere mensen dan gedood hebben?'

Haar zwarte ogen bewegen over Griessels gezicht. Dan wendt

ze haar blik af. 'Ik heb het op tv gezien. Toen wist ik het. Dat was ik.'

Hij steekt zijn hand uit en legt die op haar schouder. Ze krimpt in elkaar en een moment lang ligt er vrees in haar ogen. Of haat, hij weet het niet precies. Hij laat zijn hand zakken.

'Ik heb de M.D. laten komen,' zegt Mohammed zacht achter hem.

'Dat is goed, Anwar,' zegt hij. Want de Maatschappelijke Dienst zal beter weten wat ze met haar aan moeten. Hij staat op en neemt Mohammed aan zijn elleboog mee naar buiten. In de keuken, naast het lijk, zegt hij: 'Hou haar maar in de gaten. Laat haar niet alleen.'

Voor Mohammed kan antwoorden, horen ze Pagels stem in de deuropening. 'Navond, Nikita, navond, Anwar.'

'Navond, professor.'

De patholoog is in zijn avondkleding, met zijn tasje in de hand. Hij schuift langs de cameraploeg en gaat op zijn hurken bij de man op de grond zitten.

'Dat is niet onze assegaai, Nikita,' zegt hij, terwijl hij zijn tasje openmaakt.

'Ik weet het, professor.'

'Bennie,' roept een stem vanuit de zitkamer.

'Hier,' antwoordt hij.

Cloete, de pr-officier, stapt binnen. 'Tsjonge, het is druk hier.' Hij bekijkt het slachtoffer. 'Die komt niet meer terug.'

'Ben je patholoog tegenwoordig?' vraagt een van de cameramannen.

'Pas maar op, professor, Cloete is op uw baan uit,' zegt de andere.

'Dat komt doordat Bennie nu nuchter is. Eén job opportunity minder voor Cloete.'

'Maar Bennie ziet er nog steeds even beroerd uit.'

'Nou, wat zijn we weer grappig vanavond,' zegt Griessel. Tegen Cloete: 'Kom, we praten binnen.' Hij ziet dat Mohammed achter hen aan loopt. 'Anwar, zorg eerst dat er iemand bij dat meisje de wacht houdt voor je komt.'

'Wil ze ontsnappen?'

'Dat is niet waar ik bang voor ben,' zegt Griessel en hij gaat in de zitkamer op een stoel zitten. Het tv-toestel staat nog steeds afgestemd op een sitcom. Gelach stijgt op. Griessel leunt voorover en zet het toestel uit.

'Heb je buiten die lui van het tv-journaal gezien?'

Griessel knikt. Voor hij iets kan zeggen, begint de mobiel in zijn zak te piepen. 'Sorry,' zegt hij tegen Cloete en hij beantwoordt de oproep: 'Griessel.'

'Tim Ngubane hier. Joubert zegt dat je op zoek bent naar lokaas. Voor die assegaai-affaire...'

'Ja.'

'Wat dacht je van een Colombiaanse drugsbaron met een voorkeur voor vijfjarige meisjes?'

'Klinkt goed, Tim.'

'Goed? Het is perfect. En ik heb hem voor je.'

'Waar ben je?'

'Kampsbaai, *home to the rich and famous*.'

'Ik kom zo gauw ik kan.'

Nog voor hij zijn mobiel kan opbergen, stoomt Cloete alweer voort. Hij wijst naar buiten: 'Iemand heeft ze laten weten dat het Artemis was. De kranten ook. Ik moest het van hen horen.' Verwijtend.

'Ik ben hier net aangekomen.'

'Ik zeg niet dat jij het was, maar de hemel weet...'

'Cloete, het spijt me van gisteren. Een van mijn teamleden heeft met de media gepraat. Het zal niet nog eens gebeuren.'

'Wat heb je van me nodig, Bennie?'

'Wat bedoel je?'

'Als jij je excuses aanbiedt, betekent dat dat je iets wilt hebben. Wat is er aan de hand?'

'Dit is een moeilijke. Negentienjarig meisje heeft haar vader met een assegaai doodgestoken omdat hij haar misbruikt heeft. Maar zij heeft de andere moorden niet gepleegd.'

'Weten jullie het zeker?'

'Zo zeker als wat.'

'Hoe wil je dat ik dit aanpak?'

'Cloete, die hele assegaaizaak is politiek. Tussen ons gezegd en gezwegen, dat meisje daarbinnen is zo'n beetje door onze moordenaar geïnspireerd, als je begrijpt wat ik bedoel. Maar als we dat tegen de media zeggen, krijgt de commissaris een hartverzakking, want hij heeft weer druk vanboven.'

'De minister?'

'Parlementaire commissie.'

'Shit.'

'Je moet ook met Anwar praten, zodat we allemaal met hetzelfde verhaal komen. Maar mijn idee is dat we het alleen hebben over een huiselijke ruzie en een scherp voorwerp. Laat het wapen voorlopig maar zitten.'

'Dat is niet wat je van me nodig hebt, hè Bennie, of wel soms?'

'Nee, je hebt gelijk. Je moet me nog een gunst doen.'

Cloete schudt in ongeloof zijn hoofd. 'Ik ben verdorie niets anders dan een hoer. Tussen jullie en de media. Een politiehoer, dat ben ik.'

32

Het dorpje is te klein.

Hij kon het niet verkennen. Want vanmiddag, toen hij de lange boog van de hoofdstraat af reed, waren er ogen op hem gevestigd geweest. De ogen van kleurlingen voor een paar winkels, de ogen van zwarte pompbedienden bij het benzinestation dat slechts uit een paar pompen en een uitgewoonde caravan bestond. De ogen van Uniondale's blanke inwoners die met een tuinslang in de hand hun dorre tuinen laafden.

Tobela wist dat hij maar één kans had om het huis te vinden. Hij zou niet kunnen zoeken, hij zou niet heen en weer kunnen rijden. Want hier wist iedereen van de schande van Scholtz en ze zouden zich een zwarte in een bakkie herinneren – een vreemde zwarte in een gehucht waar iedereen iedereen kent.

Hij moest genoegen nemen met een naambordje in de hoofdstraat dat de weg aanduidde. Dat was genoeg. Hij had vanuit het dorp de R339 genomen die oostwaarts liep, in de richting van de berg. Terwijl de weg om het dorp heen krulde, zag hij een plek om te stoppen, peperbomen en kleine kloven in de lage bergen langs de weg waar hij het bakkie in het donker kon achterlaten. Hij was doorgereden, over de pas, de Kamannasierivier volgend, en had twaalf kilometer verderop brandstof getankt naast de Coöperatie even buiten Avontuur.

Waar ga je heen? had de pompbediende in het Xhosa gevraagd.

Port Elizabeth.

Waarom rijd je dan déze route?

Omdat die stiller is.

Veilige reis, mijn broer.

De pompbediende zal zich hem herinneren. En dat dwong hem om terug te rijden naar de hoofdweg en rechtsaf te slaan, richting Langkloof, want de ogen van de pompbediende konden hem nog volgen. En als hij van de route afweek, zou de man zich afvragen waarom en hem nóg beter onthouden.

Hij moest in ieder geval de tijd doden tot het donker. Hij reed een verre omweg. Onverharde wegen, langs wildboerderijen en uiteindelijk terug, de pas weer over. Tot hij hier, boven Uniondale, in het maanlicht naast zijn bakkie stond en de lichtjes van het dorp onder zich zag. Hij moet door het ruige veld, over de heuvel lopen. Sluipen. Tussen huizen door. Hij moet honden vermijden. Hij moet het goede huis zoeken. Naar binnen gaan en doen wat hij moet doen. Terugkomen en ervandoor.

Het is te moeilijk. Hij weet te weinig over het terrein, over de ligging van het huis. Hij weet niets eens of ze wel thuis zijn.

Rijd weg. Nú. Het risico is te groot. Het dorp is te klein.

Hij haalt de assegaai onder de passagiersstoel van het bakkie vandaan. Hij staat op een rots en kijkt uit over het dorp. Zijn vingerpunten strelen de gladde houten steel.

Hij heeft de hele nacht.

Tussen Bishop Lavis en Kampsbaai gaat zijn telefoon twee keer.

De eerste die hem belt, is Greyling van Forensische Opsporing: 'Bennie, die man van jou rijdt in een bakkie.'

'O?'

'En als ik me niet vergis, gaat het om een vierdeursmodel. De bandafdruk die je hebt gevonden, komt van een RTSA Wrangler. Een Goodyear 215/14, wat tien tegen één betekent dat het om een 4x2 met diff lock gaat.'

'Welk merk?'

'Jemig nee, dat zou ik je niet kunnen zeggen. Het probleem is – het hele spul komt met Wranglers van de fabriek – Ford en Mazda, Isuzu, Toyota, noem maar op.'

'Hoe weet je dat het geen gewoon bakkie is?'

'Een gewoon bakkie heeft CV2000-banden van Goodyear, een 195/14 – de G22 heet 'ie. Het probleem is dat ongeveer elke minibustaxi met hetzelfde soort banden rijdt, dus dat is hopeloos. En een 4x4 heeft 215/15-banden. Maar deze afdruk is absoluut van een 215/14, die gebruikt wordt bij de 4x2. En tachtig procent van alle 4x2's zijn vierdeurs of zo'n andere met maar twee deuren, een Club Cab. Wat ook betekent dat jouw verdachte geen arme sloeber is, want een vierzits kost tegenwoordig een vermogen.'

'Tenzij hij gestolen is.'

'Tenzij hij gestolen is, ja.'

'Dank je, Arrie.'

'Graag gedaan, Bennie.'

Voor hij de kans krijgt om over deze nieuwe informatie na te denken, gaat zijn mobiel opnieuw.

'Hoi pap.' Het is Fritz.

'Ha Fritz.'

'Wat ben je aan het doen, pap?' Zijn zoon die een praatje wil maken?

'Ik ben aan het werk. Het lijkt wel een circus vandaag. Alles gebeurt tegelijk.'

'Met die vigilante? Heeft hij alweer iemand om zeep geholpen?'

'Nee, hij niet. Iemand anders die denkt dat ze de assegaaiman is.'

'Cool!'

Griessel lacht. 'Vind je dat cool?'

'Absoluut. Maar ik wilde eigenlijk weten of je die cd al gedraaid hebt.'

Oeps. Hij is die muziek helemaal vergeten. 'Ik kwam er gisteravond pas achter dat ik geen cd-speler heb. En vandaag had ik geen tijd om er één te gaan kopen. Het is een gekkenhuis...'

'O, oké...' Maar hij hoort een zekere teleurstelling. 'Als je die wil, heb ik nog wel een draagbare cd-speler. Alleen doen zijn bassen het niet zo goed.'

'Bedankt Fritz, maar ik moet er toch maar één kopen voor

het appartement. Ik zal er morgen iets op verzinnen, dat beloof ik.'

'Mooi. En dan laat je het me weten.'

'Zodra ik ernaar geluisterd heb.'

'Niet te hard werken, pap. En Carla zei dat ik de groeten moest doen en dat het gaaf was, gisteren.'

'Dank je, Fritz. Doe haar de groeten terug.'

'Doe ik, pap. De mazzel.'

'Slaap lekker.'

Hij zit achter het stuur en staart het donker in. Emotie welt in hem op. Misschien wil Anna hem niet meer hebben, maar de kinderen wel. Ondanks de schade die hij heeft aangericht.

Het dramatische verschil tussen de plaats delict in Bishop Lavis en die in Kampsbaai valt hem onmiddellijk op. In de rijke buurt zijn er geen omstanders, maar minstens twee keer zoveel politiewagens. En de uniformleden drommen op de stoep samen alsof ze een oproer verwachten.

Hij moet een eind doorrijden om te kunnen parkeren en loopt tegen de helling op terug. Alle huizen hier hebben drie verdiepingen om uitzicht te hebben op de nu onzichtbare Atlantische Oceaan, allemaal zijn ze gebouwd in dezelfde stijl van beton en glas – moderne paleizen die het grootste deel van het jaar leegstaan terwijl hun eigenaars in Londen, Zürich of München bezig zijn om de euro's te laten binnenstromen.

Bij de trappen houdt een uniform hem tegen. 'Sorry, maar inspecteur Ngubane wil binnen alleen kernpersoneel,' zegt de agent.

Hij haalt zijn legitimatiebewijs uit zijn portemonnee en laat het zien. 'Waarom zijn er hier zoveel mensen?'

'Vanwege de drugs, inspecteur. We moeten helpen om de drugs af te voeren als ze hier klaar zijn.'

Hij loopt naar boven, naar de voordeur, en kijkt naar binnen. Het vertrek is zo groot als een zaal. Twee, drie zitgedeelten op verschillende hoogten, een eetgedeelte en rechts, aan de kant van het balkon, een blauw, schitterend binnenhuiszwembad.

Twee teams van de forensische recherche zijn bezig om met ultravioletlampen naar bloedvlekken te zoeken. Op de bovenste verdieping, op een lange leren rustbank, zitten vier mannen netjes op een rij, geboeid en met gebogen hoofden, alsof ze nu al berouw hebben. Naast hen staan twee uniformleden, elk met een vuurwapen op de arm. Griessel loopt naar boven.

'Waar is inspecteur Ngubane?' vraagt hij een van de uniformen.

'Bovenste verdieping,' wijst deze.

'Wie van deze klootzakken heeft met dat kind gerotzooid?'

'Dit zijn alleen maar handlangers,' zegt het uniform. 'De inspecteur is bezig met de grote baas. En niet alleen omdat hij met het kind gerotzooid heeft.'

'O?'

'Het kind is zoek...'

'Hoe kom ik boven?'

'Daar is de trap,' wijst de agent met de loop van zijn hagelgeweer.

In de gang op de eerste verdieping is inspecteur Timothy Ngubane verwikkeld in een heftige discussie met een dikke blanke rechercheur. Griessel herkent hem aan het verbleekte wit-met-blauwe petje met een rode disa en de woorden *WP Rugby* erop: hoofdinspecteur Wilhelm 'Boef' Beukes, voormalig lid van de oude Moord-en-Roofbrigade en de Narcoticabrigade en nu een specialist op het gebied van de georganiseerde drugshandel.

'Ik kan u daar nu niet binnenlaten,' zegt Ngubane tegen Beukes.

'Waarom niet? Dat meisje is daar niet.'

'Er kunnen daarbinnen bewijzen zijn, chef, en ik kan het risico...' Dan ziet hij Griessel. 'Bennie,' zegt hij, met een zekere mate van verlichting.

'*Hi*, Tim. Boef, hoe gaat het ermee?'

'Klote, bedankt. De grootste drugsvondst van de laatste tien jaar en ik moet verdorie een nummertje trekken.'

'Onze prioriteit is om het kind te vinden, chef,' zegt Ngubane.

'Maar ze is hier niet. Dat weten jullie al.'

'Maar er kan bewijsmateriaal zijn. Ik vraag u alleen om nog even te wachten.'

'Schiet op,' zegt Beukes en hij loopt weg, de gang in.

Ngubane zucht diep en lang. 'Een waanzinnige avond,' zegt hij tegen Griessel. 'Absoluut waanzinnig. Ik heb iedereen daarbeneden aan het werk...'

'Waar beneden?'

'Er is een opslagruimte in de kelder met meer drugs dan wie dan ooit ook bij elkaar heeft gezien, en de hele SAPD is hier – de financiële tak en Georganiseerde Misdaad en die drugsjongens van F.O., en ze hebben allemaal hun eigen filmploegen en fotografen bij zich, en ik kan ze niet naar binnen laten, omdat er sporen zouden kunnen zijn die naar het meisje leiden.'

'En de verdachte?'

'Die zit hier.' Ngubane duidt op de deur achter hem. 'En hij praat niet.'

'Kan ik naar binnen?'

Ngubane maakt de deur open. Griessel kijkt naar binnen. Het is geen groot vertrek. Rommelig. Een man zit op een kartonnen doos. Dik zwart haar, een zwarte hangsnor, wit hemd, opengeknoopt, de zak op zijn borst ziet eruit alsof hij gescheurd is. Een fikse bloeduitstorting op zijn jukbeen.

'Hij heet Carlos,' zegt Ngubane doelbewust in het Afrikaans, zodat Sangrenegra hem niet kan verstaan en hij haalt een klein opschrijfboekje uit zijn broekzak. 'Carlos San... gre... ne... gra.' Hij spreekt de lettergrepen voorzichtig uit.

'Fuck you,' zegt Sangrenegra met venijn.

'Heeft iemand hem geslagen?'

'De moeder. Van het meisje. Hij is een Colombiaan. Zijn visum is al lang... *expired*.'

'Wat is er gebeurd, Tim?'

'Kom binnen. Ik wil die *kont* niet alleen laten.'

'Je kunt al lekker vloeken in het Afrikaans.'

Ngubane beweegt het vertrek in, Griessel komt achter hem

aan. 'Dat leren ze je wel, bij de politie.' Hij doet de deur achter zich dicht. De kamer lijkt bedoeld als studeerkamer. Planken tegen de muur, gloeiend, donker hout, maar het is er leeg. Kartonnen dozen op de vloer.

'Wat zit er in die dozen?' vraagt Griessel.

'Kijk zelf maar,' zegt Ngubane en hij gaat op de enige stoel zitten, een duur kantoormeubel met bruin leer en een hoge leuning.

Griessel maakt een van de twee dozen open. Er zitten boeken in. Hij haalt er één uit. *A Tale of Two Cities* staat in goud op de rug van het leren omslag.

'Kijk wat erin zit.'

Hij doet het boek open. Er zitten geen bladzijden in – alleen een plastic vulling waarvan de randen op papier lijken.

'Geen grote lezer, hè Carlos?' zegt Griessel.

'Fuck you.'

'Rond acht uur krijgt bureau Caledonplein een telefoontje van een vrouw. Ze huilt. Ze zegt dat haar kind ontvoerd is en dat ze weet wie het heeft gedaan. Ze sturen er een paar mensen op af en het is een flat in de Belle Ombrestraat en daar vinden ze die vrouw. Ze is in de war en ze heeft een hoofdwond en ze zegt dat iemand haar overvallen heeft en haar kind heeft meegenomen. Ze was... *unconscious*?'

'Bewusteloos.'

Ngubane knikt. 'Ze geeft de naam van die vent en ze geeft dit adres en ze zegt dat hij haar verkracht heeft ook. Ze zegt dat ze hem kent en dat hij op kinderen... Je weet wel. En toen zei ze dat hij een drugsbaron was.'

Griessel knikt en kijkt naar Sangrenegra. De bruine ogen gloeien. Een magere man, dikke aderen op zijn armen, blauwe spijkerbroek en sportschoenen. Handen geboeid achter zijn rug.

'De geüniformeerde politie belt de chef van het bureau en die belt ons en ik ben aan dienst en ik praat met Joubert en we roepen de hulp in van het bijzondere bijstandsteam. En we zijn allemaal hier en het bijstandsteam komt met zijn helikopter en alles. Treffen vijf mannen aan. Carlos en die vier van beneden. En zij vinden daarbeneden die drugs en ze vinden de kleren van het kind in de kamer van meneer hier en ze vinden bloed in zijn BMW en een hondje, van dat kinderspeelgoed, gevuld, maar het kind is weg en deze kont wil niet praten. Hij zegt dat 'ie nergens van af weet.'

'Het kind. Is het een meisje?'

'Drie jaar oud. Drie jaar.'

Walging overspoelt hem, een rode gloed. 'Waar is ze?' vraagt Griessel aan Carlos.

'Fuck you.'

Hij springt op en grijpt de man bij zijn haren, rukt zijn hoofd achterover en trekt aan zijn donkere lokken. Hij drukt zijn gezicht tegen dat van Sangrenegra. 'Waar is ze, gore klootzak?'

'Weet ik niet!'

Griessel trekt aan het haar. Sangrenegra's gezicht vertrekt. 'Zij liegen. Die hoer, zij liegen. Ik niets weten.'

'Hoe zijn die kleren van dat meisje in jouw kamer gekomen, kont?' Hij rukt nog een keer, zo hard hij kan, de frustratie vreet aan hem.

'Zij heeft ze daar gelegd. Ze is een hoer. Ze was míjn hoer.'

'Gatver,' zegt Griessel vol afschuw en geeft een laatste ruk aan het haar voor hij loslaat. Zijn hand voelt vettig aan. Hij veegt hem af aan Sangrenegra's hemd. 'Je liegt. Jij kont.'

'Ik heb hetzelfde proces doorgemaakt,' zegt Ngubane achter hem, zijn stem rustig, alsof er niets is gebeurd.

'Vraag het mijn mannen maar,' zegt Sangrenegra.

Griessel lacht zonder humor. 'Wie heeft dit gedaan?' vraagt hij en drukt met één vinger hard tegen de blauwe plek op Carlos' wang.

De Colombiaan spuugt naar hem. Hij heft zijn hand op om hem te slaan.

'Hij zegt dat hij vandaag bij de klaagster was,' zegt Ngubane. 'Hij zegt dat ze een prostituee is. Ze heeft hem gevraagd om naar haar flat te komen. Het kind was er niet. En toen sloeg ze hem, zonder reden. Toen sloeg hij haar terug.'

'Zegt 'ie dat?'
'Dat zegt 'ie.'
'En de moeder?'
'De Maatschappelijke Dienst is bij haar. Ze is... *traumatised.*'
'Wat denk jij ervan, Tim?' Griessel merkt dat hij buiten adem is. Hij gaat op een doos zitten.
'Het kind is in zijn auto geweest, Bennie. Het bloed. En de hond. Ze wás er. Hij is ergens met haar naartoe gereden. Er zit twee uur tussen de aanranding van de klaagster en het moment dat we hier aankwamen. Hij heeft het kind ergens mee naartoe genomen. Hij dacht zeker dat hij kan doen wat hij wil, omdat de moeder een callgirl is. En toen is er in zijn auto iets gebeurd. Het kind is bang geworden, of zoiets. En toen heeft hij haar gesneden. Zo ziet het bloed eruit. Tegen de leuning van de achterbank. Het ziet eruit als een... *artery*. Toen wist hij dat hij in moeilijkheden zat. Toen heeft hij het kind iets aangedaan.'
'Jasses.'
'Ja,' zegt Ngubane.
Griessel kijkt naar Sangrenegra. Carlos kijkt minachtend terug.
'Ik denk dat we voor het kind weinig hoop moeten hebben. Als het nog geleefd had, dan had die kont wel geprobeerd om te onderhandelen.'
'Kan ik iets proberen?' vraagt Griessel.
'Ga je gang,' zegt Ngubane.
'Carlos,' zegt Griessel. 'Heb je weleens van Artemis gehoord?'
'Fuck you.'
'Ik zal je een verhaal vertellen, Carlos. Er loopt daarbuiten een vent rond. Hij heeft een grote assegaai. Weet je wat een assegaai is, Carlos? Dat is een speer. Een Zoeloe-wapen. Met een lang lemmet, heel scherp. Nou is die vent een groot probleem voor ons, omdat hij mensen vermoordt. En weet je waarom hij ze doodmaakt, Carlos? Hij vermoordt mensen die met kinderen rotzooien. Weet je zeker dat je daar nog nooit van gehoord hebt, Carlos?'
'Fuck you.'

'Wij proberen die vent te pakken te krijgen. Omdat hij de wet overtreedt. Maar in jouw geval kunnen we een uitzondering maken. Dus dit is wat ik ga doen. Ik ga alle kranten en de televisie vertellen dat jij dit prachtige kleine meisje ontvoerd hebt, Carlos. Ik geef ze jouw adres. En we publiceren een foto van je. En ik ga erop toezien dat jij op borgtocht vrijgelaten wordt. En ik hou al je vrienden achter slot en grendel en laat jou, in dit grote huis, alleen. Wij zitten buiten om er zeker van te zijn dat je niet teruggaat naar Colombia. En dan wachten we tot die kerel met zijn speer je gevonden heeft.'

'Fuck you.'

'Nee, Carlos. Jij bent degene die genaaid wordt. Denk maar eens na. Want als hij komt, kijken wij de andere kant uit.'

Sangrenegra zegt niets, staart Griessel alleen maar aan.

'Die assegaaiman heeft al drie mensen gedood. Eén steek, recht door het hart. Met dat lange lemmet.'

Geen reactie.

'Vertel me waar het meisje is. En het kan anders lopen.'

Carlos kijkt hem alleen maar aan.

'Wíl je dood, Carlos? Vertel me alleen waar het meisje is.'

Een ogenblik aarzelt Sangrenegra. Dan schreeuwt hij, met hoge stem: 'Carlos niet weten! Carlos verdomme niet weten!'

33

Als ze Sangrenegra een arrestatiewagen in duwen en de deur dichtslaan, zegt Ngubane: 'Ik moet me verontschuldigen, Bennie.'

'O?'

'Over vanochtend.' Griessel realiseert zich dat hij het al vergeten is, het was een lange dag.

'We worden een beetje paranoïde, vrees ik,' zegt Ngubane. 'Sommige blanke politiemannen... Ze denken dat we vullis zijn.'

Griessel zegt niets.

'Ik was bij Cliffie Mketsu. In het ziekenhuis. Hij zegt dat jij anders bent.'

Ja, ik ben anders, wil Griessel zeggen. Mijn probleem is dat ik aan iedereen een hekel heb. 'Hoe gaat het met Cliffie?'

'Goed. Volgens hem heb jij meer ervaring dan de rest van ons bij elkaar. Daarom wilde ik je vragen, Bennie, wat kan ik nog meer doen? Hoe vind ik dat kind terug?'

Hij kijkt naar Ngubane, naar zijn keurige pak, het witte hemd en de rode das, naar het zelfvertrouwen dat hij uitstraalt. En in zijn achterhoofd gaat hem een licht op over zichzelf.

'Zijn er nog andere huizen, Tim? Die drugsjongens hebben meestal meer dan één huis, voor het geval dat.'

'Goed.'

'Praat met Beukes. Zij kennen die Sangrenegra vast al langer dan vandaag. Zij weten wel of er nog meer huizen zijn.'

'Goed.'

'Is Forensisch Onderzoek naar het huis van de moeder geweest?'

Hij knikt. 'Ze hebben zijn vingerafdrukken gevonden. En bloed afgenomen van de moeder. Om haar DNA te vergelijken met het bloed in de auto. Ze zeggen dat ze zo kunnen nagaan of het van het kind is.'

'Ik denk niet dat ze nog leeft, Tim.'

'Ik weet het.'

Ze staan een ogenblik zwijgend naast elkaar. 'Vind je het goed dat ik de moeder een bezoekje breng?'

'Natuurlijk. Ga je deze man als lokaas gebruiken?'

'Hij is perfect. Maar ik moet met de moeder praten. En dan moeten we met de hoofdinspecteur praten, omdat Georganiseerde Misdaad erbij betrokken is, en ik kan je nu al vertellen dat die er niet blij mee zullen zijn.'

'*Fuck them.*'

Griessel lacht. 'Dat dacht ik nou ook.'

En als hij door de stad naar Tamboerskloof rijdt, flitsen zijn gedachten heen en weer tussen Boef Beukes, Timothy Ngubane en de kinderen die hij in de Langstraat ziet. Halftwaalf 's nachts en overal waar je kijkt, zie je kinderen. Tieners op een maandagavond in de bovenpunt van de Langstraat, bij de clubs, de restaurants en de winkeltjes. Ze staan op de stoep, glazen en sigaretten in hun handen, kleine groepjes bij elkaar naast geparkeerde auto's. Hij vraagt zich af waar de ouders zijn. En of ze weten waar hun kinderen zijn. Hij beseft dat hij niet weet waar zijn kinderen zijn. Maar Anna hoort het te weten. Als ze thuis is.

Beukes. Die vroeger nog samen met hem gewerkt heeft. Samen met hem gedronken heeft. Toen zijn kinderen klein waren en hij nog heel. Wat is er verdomme toch gebeurd? Hoe is hij van een paar borrels samen met zijn maten opgeklommen tot een volslagen alcoholist?

Hij is begonnen met drinken toen Moord-en-Roof nog in Belville-Zuid zat. De President in Parow was hun stamkroeg, niet dat het ook maar enigszins op een presidentieel hotel leek, maar aan de lange mahoniehouten bar was altijd wel een politieman te vinden, hoe laat je er ook binnenviel. Of die plek achter Sanlam in Stikland waar ze die lekkere pizza's hadden, de Glockenberg of zoiets, hemel, dat is een mensenleven geleden. De Glocken*burg*. Tegenwoordig zit er een Spur Steak Ranch, maar destijds was het een gigantische taveerne. Waar hij op een avond, toen hij al aardig aangeschoten was, het podium op was geklommen en tegen de band had gezegd dat ze nu eens moesten ophouden met al die rommel en fatsoenlijke rock-'n-roll moesten spelen en geef mij die bas eens, kennen jullie 'Blue Suede Shoes'? Zijn collega's bij de grote tafel die schreeuwden, lawaai maakten en applaudisseerden en het kwartet zei zenuwachtig ja, dat kenden ze wel, jonge Afrikanerknulletjes met donsbaarden en lang haar die Smokie speelden en hij hing de bas om zijn nek en ging achter de microfoon staan en hij zong 'One for the money...' en daar gingen ze en het kookte, tussen het lawaai vanaf de dansvloer en de opluchting van het orkest dat hij niet hopeloos was. Het kookte, alles haalden ze uit dat verdomde lied en de mensen kwamen van de bar af aanlopen en zelfs van buiten. En hij, Bennie Griessel, bewoog zijn vingers langs de hals van de basgitaar en hij legde een bastapijt voor de rock-'n-roll, en toen ze klaar waren, schreeuwde iedereen om meer, meer, meer. En hij haalde uit met meer. Elvis-songs en hij zweette en hij speelde en hij zong, tot Anna hem, wie weet hoe laat, kwam halen, hij zag haar, daar achter in de Glock. Eerst woedend en met haar armen over elkaar, want waar is haar man, kijk eens hoe laat het is. En toen liet de muziek haar ook smelten, toen kwam ze los en ze zwaaide met haar heupen en ze klapte in haar handen en schreeuwde: '*Go*, Bennie, *go*!' want het is haar Bennie daar op dat podium, verdorie, haar Bennie.

Hemel, een mensenleven geleden. Toen was hij nog geen alcoholist, alleen een rechercheur die stevig dronk. Net als iedereen. Net als Mat Joubert en Boef Beukes en die dikke agent Tony O'Grady, de hele bende. Stevige drinkers, want jemig, wat wérkten ze, toen in die late jaren tachtig. Als slaven, terwijl de hele wereld op ze neerkeek. Halsbandmoorden, bejaardenmoorden, homomoorden, bendes, gewapende overvallen waar je maar keek. Het hield niet op. En als je zei dat je bij de politie was, dan werd het stil in de kamer en iedereen keek naar je alsof je lager dan kreeftenkak was en dat, zeiden ze altijd, was zo laag als je maar kon zinken.

Toen was hij net als Tim Ngubane nu. Vol zelfvertrouwen. Hemel, en hij kon werken. Hard, ja. Maar slim. Hij had ze stuk voor stuk gepakt, moordenaars, bankrovers, ontvoerders. Hij was meedogenloos en geestdriftig. Lichtvoetig. Dát was het – hij dánste terwijl de anderen maar wat rondsjokten. Hij was anders. En hij had gedacht dat het altijd zo zou blijven. Maar stront weet hoe het mensen moet overweldigen.

En misschien is dat het probleem. Misschien krijgt de drank alleen de dansers te pakken, want kijk Beukes en Joubert nu eens, die zuipen niet net als een stel vissen, ze sjokken nog steeds rond. En hij? Hij is nu kapot. Maar ergens in zijn achterhoofd heeft hij nog steeds dat vermoeden dat hij beter is dan alle anderen, dat hij verdomme de beste rechercheur van het land is, basta.

En dan lacht hij om zichzelf, achter zijn stuur, boven in de Langstraat, ter hoogte van het badhuis, want hij is een wrak, een dronkenlap, een vent die nog maar een paar uur geleden een fles Klippies gekocht heeft na negen dagen van nuchterheid en die nog geen halfuur geleden zijn zelfbeheersing heeft verloren met die Colombiaan omdat hij zoveel rotzooi met zich meedraagt. En hier zit hij en hij denkt dat hij het pronkstuk van de Zuid-Afrikaanse politie is.

Maar wat is er gebeurd? Tussen Boef Beukes en de Glockenburg en nu? Wat is er verdomme gebeurd? Dan is hij bij de Belle Ombrestraat en daar is geen parkeerplaats vrij en hij zet de auto zo half op de stoep.

Voor hij de deur opendoet, denkt hij eerst aan het lijk vanavond, in Bishop Lavis. Er waren geen doodsgillen in zijn hoofd. Geen verschrikkelijke stemmen.

Waarom niet? Waar zijn ze heen? Waren ze deel van het zuipen, was het de alcohol?

Hij talmt nog even en dan duwt hij de deur open, want hij

heeft geen antwoorden. Hij stapt het flatgebouw met tien of twaalf verdiepingen binnen en neemt de lift naar boven. Er staan twee zwarte politiemannen in burgerkleding, elk met een hagelgeweer, voor haar deur. Griessel vraagt ze wie ze zijn. De ene antwoordt dat ze van Georganiseerde Misdaad zijn en dat Boef Beukes ze gestuurd heeft, omdat ze nu een doelwit is.

'Kenden jullie Sangrenegra al voor dit gebeurde?'

'Je kunt beter met Beukes praten.'

Hij knikt en opent de deur. Een jonge vrouw springt op in de zitkamer en komt op hem af. 'Hebben jullie haar gevonden?' vraagt ze en hij kan de hysterie in haar stem horen. Achter haar, op de bank, zitten twee politiemensen van het zachtere soort, kleiner en magerder, met bezorgde handen die op hun schoot ineengeslagen liggen, meewarig. De Maatschappelijke Dienst. De Leden van de Macht die ter plaatse aankomen als de rotzooi al opgeruimd is. Een man en een vrouw.

'Nog niet,' zegt hij.

Ze staat midden in de kamer en maakt een geluid. Hij ziet dat haar oog gezwollen is en dat er een snee is die iemand behandeld heeft. Haar ogen zijn rood van het huilen. Ze balt haar vuisten en haar schouders hangen. De kleurlingvrouw van M.D. staat op, loopt naar haar toe en zegt: 'Kom zitten, het is beter als je zit.'

'Mijn naam is Bennie Griessel,' zegt hij en hij steekt zijn hand uit.

Ze schudt zijn hand en zegt: 'Christine van Rooyen'. Hij denkt bij zichzelf dat ze er anders uitziet dan de gemiddelde hoer. Maar dan ruikt hij haar, een mengsel van parfum en zweet, ze ruiken allemaal zó, ze krijgen het niet afgewassen.

Maar ze ziet er zo anders uit dan de hoeren die hij kent. Hij vraagt zich af waarom. Ze is lang, net zo lang als hijzelf. Niet broodmager, krachtig gebouwd. Haar huid is glad. Maar dat is het niet.

Hij vertelt dat hij met Ngubane samenwerkt en dat hij beseft dat dit een moeilijke tijd voor haar is. Maar misschien weet ze iets wat kan helpen. Ze zegt dat hij door moet lopen en loopt naar een schuifdeur, maakt die wijder open en daar is een balkon met witte plastic tuinstoelen en ze gaat zitten. Hij krijgt de indruk dat ze van de M.D.-mensen wil wegkomen en dat zegt iets. Hij gaat in het halfdonker op een stoel zitten en vraagt haar hoe goed ze Sangrenegra kent.

'Hij was mijn klant.' Hij ziet de merkwaardige vorm van haar ogen. Ze doen hem aan amandelen denken.

'Een vaste klant?'

In het licht dat uit de zitkamer komt, kan hij nog net haar rechterhand zien. Hij ligt op de leuning van de stoel, de vingers in de palmen gevouwen, de nagels in haar vlees gedrukt.

'Eerst was hij net als allemaal,' zegt ze. 'Niets vreemds. En toen vertelde hij me van de drugs. En toen ontdekte hij dat ik een kind heb...'

'Weet u wat we bij hem thuis hebben aangetroffen?'

Ze knikt. 'Die zwarte man heeft gebeld.'

'Heeft Carlos u ooit meegenomen naar andere plekken? Andere huizen?'

'Nee.'

'Hebt u enig idee waar hij... eh... uw dochter mee naartoe zou hebben genomen?'

'Sonia,' zegt ze. 'Mijn dochter heet Sonia.'

De vingers bewegen in haar palm, de nagels drukken dieper. Hij wil een hand naar haar uitsteken. 'Waar zou hij Sonia mee naartoe hebben genomen?'

Ze schudt haar hoofd. Ze weet het niet. En dan zegt ze: 'Ik zie haar nooit meer terug.' Met de kalmte die alleen absolute wanhoop kan brengen.

Om deze tijd van de nacht is het maar vijf minuten rijden van de Belle Ombrestraat naar zijn flat. En het eerste wat hij ziet als hij het licht aandoet, is de fles brandewijn. Hij staat op de ontbijtcounter als een kleine wachttoren die het landschap van het vertrek bewaakt.

Hij sluit de deur achter zich, neemt de fles en draait hem in zijn handen rond. Hij kijkt naar het klokje op het etiket en naar de goudbruine vloeistof. Hij voelt het effect van de drank in zijn vezels, een lichthoofdigheid, een hoge gisting vlak onder zijn schedel.

Hij zet de fles neer alsof die heilig is.

Hij moet de kurk eraf halen en de brandewijn door de gootsteen spoelen.

Maar dan zal hij het ruiken en hij weet niet of hij de geur zal kunnen weerstaan.

Hij moet eerst rustig worden. Hij leunt met zijn handpalmen op de bar en haalt diep adem.

God, dat was op het randje, eerder vanavond.

Maar zijn honger heeft hem ervan weerhouden om het op een drinken te zetten.

Hij haalt diep adem.

Fritz zou hem gebeld hebben om te vragen of hij al naar de cd had geluisterd en hij zou dronken zijn geweest en zijn zoon zou het gehoord hebben. En dat zou slecht geweest zijn, als hij nu aan de stem van zijn zoon denkt. Het was niet de belangstelling van zijn kind naar zijn mening over muziek. Het was iets anders. Een hunkering. Een verlangen. Een begeerte om contact te leggen met zijn vader. Om een band met hem te hebben. *We hebben nooit een vader gehad.* En nu wil zijn zoon een vader hebben. Zo graag. En hij had het bijna verpest. Bijna.

Hij zuigt nog een diepe teug lucht in en trekt de deur van een keukenkastje open. Het is leeg. Hij pakt de fles snel op en zet hem in het kastje, doet het deurtje dicht. Hij loopt de trap op. Hij is niet meer zo moe. Tweede adem, als je hoofd zo bezig is dat je alleen maar doorgaat, als je gedachten van het één naar het ander springen.

Hij doucht, stapt in bed en sluit zijn ogen en hij ziet de prostituee en er is een reactie daarbeneden, een zwelling, en hij denkt, hallo, hallo, hallo. En hij voelt zich schuldig, want zij heeft zojuist haar kind verloren en dít is hoe hij reageert. Maar het is gek, want hoeren hebben hem nooit veel gedaan. Hij kent er genoeg. Ze oefenen een beroep uit dat problemen aantrekt, ze werken in een wereld niet ver verwijderd is van de serieuze misdaad. En ze zijn allemaal min of meer hetzelfde – ongeacht het tarief dat ze vragen.

Iets aan Christine van Rooyen was anders dan de prostituees die hij kent. Maar wat? En dan, als hij zich haar naast de anderen voorstelt, ziet hij het. Prostituees, van de tippelaarsters in Seepunt tot het selecte groepje dat tegen grof geld de buitenlandse toeristen in het Raddison Hotel bedient, hebben twee dingen gemeen. Die typische bitterzoete geur. En de schade. Ze hebben iets deprimerends over zich. Net als een huis, een verwaarloosd huis, je weet dat er nog iemand woont, maar je kunt aan het verval zien dat het ze niet meer kan schelen.

En deze is niet zo. Of minder. Ergens brandt er nog een licht.

Maar dat is niet wat hem nu een erectie bezorgt. Het is iets anders. Het lichaam? De ogen?

Jemig, hij heeft Anna nog nooit bedrogen. Behalve met de drank. Misschien is dat hoe Anna redeneert: hij was haar ontrouw, hij heeft de drank met algehele passie bemind. En daarom mag zij nu ook de kat in het donker knijpen. En zijn hoofd zegt hem dat ze er het recht toe heeft, maar de jaloezie springt in hem overeind, laat hem woelen in bed. Hij slaat hem dood, de klootzak. Als hij ze zou betrappen. Als hij zijn eigen huis, zijn eigen slaapkamer zou binnenlopen en ze daar... Hij ziet het tafereel te scherp voor zich. Hij draait zich met geweld om, trekt het laken op, verbergt zijn hoofd onder het kussen. Hij wil dit niet zien. Een of andere aantrekkelijke jonge klootzak die zijn vrouw ligt te pompen en hij ziet Anna's gezicht, de uitdrukking van extase, die intieme, kleine, goddelijke glimlach die aangeeft dat ze nu in haar eigen wereldje van extase is en haar stem, hij herinnert zich haar stem, die fluistering. Ja, Bennie, ja, Bennie, ja, Bennie. Maar nu noemt ze de naam van iemand anders en hij springt op, staat naast het bed en weet: hij schiet die klootzak dood. Hij wil haar bellen. Nú. Hij wil drinken. Hij wil de fles uit het keukenkastje gaan halen en hij doet een stap in de richting van de klerenkast. Hij trekt zijn vuist terug en dan houdt hij zichzelf tegen.

Rustig, zegt hij hardop.

Hij voelt een afwezigheid, daaronder. Zijn erectie is weg.

Geen wonder, verdomme.

Het is een oud huis van natuursteen met een zinken dak. Hij klimt over de slaphangende draad van de afscheiding en moet eerst langs het karkas van een Ford-bakkie op vier grote houtblokken voor hij het nummer kan zien, voor op een van de pilaren van de veranda. De zeven hangt scheef.

Binnen is het donker. Tobela loopt weer terug, naar de achterdeur. Hij draait aan de knop. De deur is open. Hij beweegt naar binnen, doet de deur zachtjes achter zich dicht, de assegaai in zijn linkerhand. Hij is in de keuken. Er hangt een penetrante lucht in het huis. Muf, zoals vispaté. Hij laat zijn ogen eerst aan het diepere donker binnenshuis gewend raken. Dan hoort hij in het volgende vertrek een geluid.

Wanneer de twee mensen van de Maatschappelijke Dienst weg zijn, brengt ze de mannen met de geweren die buiten haar deur de wacht houden een grote kan koffie en twee bekers. Dan sluit ze de deur achter zich en loopt het balkon op.

De stad ligt voor haar, een dier met wel duizend flitsende ogen dat laat in de nacht dieper en langzamer ademhaalt. Ze houdt de witte reling vast, het metaal koud onder haar handen. Ze denkt aan haar kind. Aan Sonia's ogen die smeken.

Het is haar schuld. Zij draagt de verantwoordelijkheid voor de angst van haar kind.

Uit de zitkamer komt een snurkend geluid zoals dat van een mannetjesvarken: kort, krachtig en cru.

Tobela kijkt om de deurpost en ziet de man op de rustbank, onder een deken.

Waar is de vrouw?

De Scholtzen. Hun tweejarige zoon is twee weken geleden in een ziekenhuis in Oudtshoorn na een hersenbloeding overleden.

De districtsgeneesheer heeft verwondingen gevonden: op de kleine organen, de dunne, breekbare ribben, de ellepijp, jukbeen en schedel. Samen vormden ze een legpuzzel van mishandeling. 'Dit is het ergste wat ik in vijftien jaar als schouwarts heb gezien,' zo citeerde de zondagskrant zijn getuigenverklaring voor het hof.

Hij loopt over de ruwe vloer, naar Scholtz toe. De halve maan van zilveren ringen in zijn oor glimt in het donker. Op zijn dikke arm een web van zwarte tatoeagelijnen, het motief onduidelijk in het donker. Zijn mond hangt open en aan de bovenpunt van elke ademtocht maakt hij dat dierlijke geluid.

Waar is de vrouw? Hij wrijft met zijn duim over de houten steel van de assegaai en sluipt voorbij, dieper het huis binnen. Er zijn twee slaapkamers. De eerste is leeg, tegen de muur nu kleurloze kindertekeningen.

Er is afschuw in hem. Wat gaat er in de koppen van deze mensen om? Hoe kunnen ze de kunst van hun kind op zijn kamermuur hangen en hem er even later met zijn hoofd tegenaan rammen? Of hem met een vuist bewerken zodat de ribben versplinteren?

Dieren.

Hij ziet de vrouw in het dubbele bed in de andere kamer, haar contouren onder het laken. Ze draait zich om. Ze prevelt iets, onhoorbaar, onduidelijk.

Hij staat stil. Hij staat voor een dilemma. Nee, twee.

Christine laat de balkonreling los en gaat naar binnen. Ze doet de schuifdeur achter zich dicht. Ze pakt het groentemes uit de bovenste keukenla. Het heeft een lang, dun lemmet, licht gebogen, de punt klein en scherp. Dat is wat ze nu nodig heeft.

Hij wil de vrouw niet terechtstellen. Dat is zijn eerste probleem.

Een oorlog tegen vrouwen is geen oorlog. Niet zijn strijd, een Struggle waar hij deel van wil uitmaken. Dit weet hij, na Laurens. Laat het rechtsproces, hoe gebrekkig het ook is, maar verantwoordelijkheid nemen voor de vrouwen.

Maar als hij haar met rust laat, wat doet hij dan met de man? Dat is zijn tweede probleem. Hij wil hem wakker maken. Hij wil hem een wapen geven en tegen hem zeggen: 'Vecht voor je recht om het schedeltje van een tweejarig kind in te slaan, zodat je kunt zien waar de gerechtigheid ligt.' Maar de vrouw zal wakker worden. Ze zal hem zien. Ze zal de lichten aandoen. Ze zal hem in de weg staan.

Nadat ze de deur heeft dichtgedaan, gaat Christine in de badkamer op de rand van het bad zitten. Ze neemt de fles Dettol en draait de dop eraf. Ze steekt het lemmet van het mesje in de bruine vloeistof. Ze legt haar linkervoet op haar rechterknie en kiest de plek, tussen haar hiel en de bal van haar voet. Ze drukt de scherpe punt van het lemmet zachtjes tegen de spierwitte, zachte huid.

Sonia's ogen.

Hij gaat de deur door van de slaapkamer waar de vrouw ligt, staat vlak bij haar. Dan ziet hij de sleutel en hij weet wat hij moet doen.

Hij trekt de sleutel uit het slot. Het maakt een schrapend geluid en hij hoort haar ademhaling lichter worden. Snel trekt hij de deur dicht. Er kraakt iets. Hij steekt de sleutel aan de buitenkant in het slot. Hij gaat er moeilijk in.

Hij hoort haar daarbinnen iets zeggen, een verdwaasd, onverstaanbaar woord. Hij krijgt de sleutel in het slot en draait hem om.

'Chappie!' roept de vrouw.

Het gesnurk van de man op de bank is opgehouden. Tobela draait zich naar hem om.

'Chappie!' roept ze, harder. 'Wat doe je?'

De man komt op de bank overeind, gooit de deken van zich af.

'Ik ben hier vanwege het kind,' zegt Tobela.

Hij ziet Scholtz' schouders. Een sterke man. Zo is het goed.

‘Er loopt hier een kaffer door het huis!’ schreeuwt de man naar zijn vrouw.

Ze stoot het lemmet in haar voet, zo diep ze kan. Ze kan het niet verhinderen om geluid te maken, het valt over haar lippen.

Maar de pijn is intens. Hij brandt het zeer dood, hij overheerst alles, net zoals ze heeft gehoopt.

34

Hij droomt wilde, verwarde dromen waaruit hij telkens wakker schrikt en die hem twee keer laten opstaan voor hij tegen drie uur weer insluimert. Hij is bezig om met Anna te praten, een gesprek zonder nut of richting, als de mobiele telefoon hem wakker belt. Hij grijpt ernaar, mist. Het instrument valt van de vensterbank en belandt ergens op het bed. Hij ziet het verlichte scherm, krijgt hem weer in handen.

'Ja?' Hij kan zijn verwardheid niet verbergen.

'Inspecteur Griessel?'

'Ja.'

'Sorry dat ik u wakker maak. Met Tshabalala van de recherche in Oudtshoorn. Het gaat om uw assegaaimoordenaar.'

'Ja?' Hij zoekt met zijn hand naar zijn horloge op de vensterbank.

'Ik vermoed dat hij gisteren in Uniondale was.'

'Uniondale?' Hij vindt het horloge, kijkt erop. 04:21.

'We hebben hier een kindermishandelaar, Frederik Johannes Scholtz, samen met zijn vrouw op borgtocht vrij. Afgelopen nacht in zijn huis doodgestoken.'

'Uniondale,' zegt hij opnieuw. 'Waar ligt Uniondale?'

'Zo'n honderdtwintig kilometer ten oosten van ons.'

Het klopt niet. Te ver van de Kaap af. 'Hoe weet je dat het de assegaaiman is?'

'De vrouw van de overledene. De verdachte heeft haar in de slaapkamer opgesloten. Maar ze kon horen wat er gebeurde...'

'Heeft ze hem gezien?'

'Nee, hij heeft de deur op slot gedaan terwijl ze sliep. Toen hoorde ze Scholtz daarbinnen. En hij zei dat die vent een assegaai had.'

'Wacht, wacht,' zegt Griessel. 'Hij heeft haar in de slaapkamer opgesloten? Hoe heeft hij die man uit de slaapkamer gekregen?'

'De vrouw zegt dat ze niet meer in één bed sliepen, sinds de dood van het kind. Hij sliep in de zitkamer. Ze werd wakker toen Scholtz begon te schreeuwen. En toen hoorde ze hem zeggen: "Hij heeft een assegaai." Maar er is nog iets...'

'Ja?'

'Ze zegt dat hij schreeuwde dat het een zwarte was.'

'Een zwarte?'

'Ze zegt dat hij tegen haar schreeuwde: "Er loopt hier een kaffer door het huis!"'

Het past niet. Een zwarte? Het past niet bij het beeld dat hij zich in gedachten van de assegaaiman heeft gevormd.

'Hoe betrouwbaar het is, weet ik niet. Het lijkt alsof ze in het donker gevochten hebben.'

'Hoe ziet de wond eruit?'

'Noodlottige wond in de borst, maar het lijkt alsof hij geprobeerd heeft om hem met zijn handen af te weren. Hij heeft een paar sneeën in zijn handen. En er zijn meubels die omgegooid en gebroken zijn. Ze hebben duidelijk één of twee rondes gevochten.'

'De borstwond – is er een uitgangswond aan de rugkant?'

'Daar ziet het wel naar uit. De districtsgeneesheer is nog bezig.'

'Luister,' zegt Griessel. 'Ik zal onze patholoog vragen om hem te bellen. Er zijn een paar forensische dingen die jullie moeten doen. Dat is belangrijk...'

'Relax,' zegt Tshabalala. 'We hebben alles onder controle.'

Hij doucht en kleedt zich aan voor hij Pagel belt, die het vroege telefoontje met gratie aanneemt. Hij geeft hem de nummers die hij moet bellen. Dan rijdt hij naar de Quickshop bij de Engenpomp in de Annandalestraat. Hij koopt een stapel kant-enklare broodjes en een grote beker koffie, rijdt dan naar zijn werk. De wegen zijn stil, de kantoren nog stiller.

Hij gaat achter zijn bureau zitten en probeert na te denken, met een pen in zijn hand.

Uniondale, verdomme. Hij maakt een van de sandwiches open. Spek en eieren. Hij haalt het plastic dekseltje van de koffie. De damp trekt langzaam omhoog. Hij ruikt het aroma, neemt een slok.

Het duurt een dag of wat voor ze weten of het dezelfde assegaai is, hoeveel druk de commissaris ook uitoefent. Hij bijt in zijn broodje. Het is redelijk vers.

Een zwarte. Scholtz die in het donker met een aanvaller vecht, angstig, hij ziet het lange mes van de assegaai. Heeft hij alleen maar een conclusie getrokken? Kon hij hem echt zien?

Een zwarte man met een bakkie. In Uniondale. Grote verrassingen. Te groot. Het plotselinge uitwijken naar een plek vijfhonderd kilometer van de Kaap af.

Als hij ergens niet op zit te wachten, dan is het wel een copycat. En deze zaak kan makkelijk copycats met zich mee brengen. Vanwege de kinderen.

Hij begint aantekeningen te maken in het misdaaddossier, voor hem.

'Nee, o bliksem,' zegt Mat Joubert en hij schudt zeer beslist zijn hoofd.

Griessel en Ngubane staan om zeven uur 's ochtends in het kantoor van de hoofdinspecteur. Alle drie zijn ze te opgewonden om te gaan zitten.

'Ik heb...' zegt Ngubane.

'Mat, maar een paar dagen. Twee of drie,' zegt Griessel.

'Jemig Bennie, heb je enig idee van de problemen die we krijgen als hij ervandoor gaat? Het land uit? Deze ellendelingen hebben valse paspoorten alsof het confetti is. Er is geen mogelijkheid...'

'Ik...' zegt Ngubane.

'We hebben de mankracht, Mat. We kunnen die plek hermetisch afsluiten. Hij kan geen kant op.'

Joubert schudt nog steeds zijn hoofd. 'Wat denk je dat Boef Beukes gaat doen? Hij heeft de grootste drugsvangst van zijn leven gedaan en jij wil zijn grote vis op borgtocht laten gaan? Hij zal tekeergaan als een mager varken.'

'Mat, ik heb gisteravond...' zegt Ngubane.

'Beukes kan naar de pomp lopen. Laat hem maar schreeuwen. Zo'n stuk aas krijgen we nooit meer.'

'Nee, o bliksem.'

'Luister naar mij,' blaft Ngubane gefrustreerd en ze kijken naar hem. 'Ik heb gisteravond met een van die mensen van Forensische Psychologie op het hoofdkantoor gepraat. Ze is hier, in de Kaap. Ze helpt Anwar met een serieverkrachter in Khayelitsha. Ze zegt dat Sangrenegra, als hij de kans krijgt, naar het kind toe zal gaan. Of ze leeft of niet. Zij zegt dat er een goede kans bestaat dat hij ons naar haar toe zal brengen.'

Joubert gaat zwaar op zijn stoel zitten.

'Dat versterkt onze zaak,' zegt Griessel.

'Denk aan het kind,' zegt Ngubane.

'Laat de commissaris besluiten, Mat. Alsjeblieft.'

Joubert kijkt naar ze op, zoals ze schouder aan schouder over zijn bureau heen leunen. 'Hier komt rottigheid van,' zegt hij. 'Ik kan het van mijlen ver zien aankomen.'

Pagel belt hem voor achten. Het ziet ernaar uit dat de Uniondale-assegaai hetzelfde lemmet heeft, maar hij moet wachten op verdere weefselmonsters die per auto onderweg zijn vanuit Oudtshoorn. Hij bedankt de professor en roept zijn team in de teamkamer bij elkaar.

'Er hebben een paar interessante ontwikkelingen plaatsgevonden,' vertelt hij hun.

'Uniondale?' vraagt Vaughn Cupido met een zekere betweterigheid.

'Het was op Kfm-nieuws,' zegt Bushy Bezuidenhout, uitsluitend om Cupido's pret te bederven.

'Wat zeiden ze?'

'Artemis, Artemis, Artemis,' zegt Cupido. 'Waarom moeten de media ze altijd een naam geven?'

'Daar verkoop je kranten mee,' zegt Bezuidenhout.

'Maar dit is de radio...'

'Wat zeiden ze?' vraagt Griessel harder.

'Ze zeggen dat er vermóed wordt dat het om Artemis gaat, maar dat dit niet bevestigd kan worden,' zegt Keyter vroom.

'Onze assegaaiman is zwart,' zegt Griessel. Dat krijgt ze stil. Hij vertelt ze wat hij weet van het zitkamergevecht in het kleine dorpje. 'En dan is er de kwestie van de sporen van een buitenband, gisteren. Forensische Opsporing denkt dat die kerel in een bakkie rijdt, waarschijnlijk een 2x4. Het is geen doorbraak, maar het kan helpen. Het kan ons helpen focussen...' Hij ziet Helena Louw haar hoofd schudden. 'Kapitein, je bent het er niet mee eens?'

'Ik weet het niet, inspecteur.' Ze staat op en loopt naar het mededelingenbord aan de muur. Er hangen krantenknipsels op, netjes in rijen, van elkaar gescheiden door wollen draden.

'We hebben de publiciteit rond ieder van de slachtoffers bij elkaar gezocht,' zegt ze en wijst met haar hand naar het bord. 'De eerste drie stonden in alle kranten en waren waarschijnlijk ook op de radio, hier in de Kaap. Maar toen we vanochtend hoorden over Uniondale, ben ik gaan kijken.'

Ze tikt met haar vinger op het enige bericht in een hokje tussen rode wollen draden. 'Het stond alleen in *Rapport*.'

'Wat wil je daarmee zeggen, zus?' vraagt Cupido.

'Afrikaans, slimmerd,' zegt Bushy Bezuidenhout. '*Rapport* is een Afrikaanstalige krant. En zwarten lezen die krant niet zomaar.'

'Ik hoor je,' zegt Jamie Keyter en dan, onmiddellijk: 'Sorry, Bennie.'

'Bruin,' zegt Griessel. 'Misschien is hij bruin.'

'Wij kleurlingen waren altijd al handig met een mes,' zegt Cupido trots.

'Of misschien was het alleen maar erg donker in dat huis,' zegt Griessel.

Joubert verschijnt met een somber gezicht in de deuropening. Hij wenkt Griessel om naar buiten te komen. 'Neem me niet kwalijk,' zegt hij en hij loopt naar buiten. Hij doet de deur achter zich dicht.

'Je hebt vier dagen, Bennie,' zegt de hoofdinspecteur.

'De commissaris?'

Joubert knikt. 'Het komt door de politieke druk. Hij ziet dezelfde risico's als ik. Maar je hebt tot vrijdag.'

'Prima.'

'Jemig, Bennie, ik vind het maar niets. Wat mij betreft is het risico te groot. Als dit misloopt... Als je de assegaaiman wilt pakken, moet je de media bespelen. Georganiseerde Misdaad is woedend. Het kind is nog steeds zoek. Er zijn gewoon te veel...'

'Mat, ik zorg ervoor dat het lukt.'

Ze kijken elkaar in de ogen.

'Ik zorg ervoor.'

Hij neemt alle tien de uniformleden van het onderzoeksteam mee als hij samen met Bezuidenhout, Cupido en Keyter naar het huis aan de Shanklin Crescent in Kampsbaai rijdt om het terrein te verkennen.

Hij weet dat zijn probleem de achterkant van het kasteelachtige huis is. Het ligt tegen de berg, met een gepleisterde muur om indringers buiten te houden, maar die is minder dan twee meter hoog – en het gebied is uitgestrekt.

'Als hij tot hier komt en hij ziet ons, dan is hij weg – we zullen hem in de bossen niet kunnen vinden. Dus de mannen die hier liggen, mogen niet gezien worden, maar zíj moeten alles kunnen zien. En als jullie hem zien, moeten jullie hem de kans geven om over de muur te komen. Begrijpt iedereen dat?'

Ze knikken zedig.

'En als ik hem was, zou ik langs de berghelling naar beneden komen. Daar kan hij makkelijk schuilen. De straat is te moeilijk, te open. Maar twee ingangen en het is zo ongeveer onmogelijk om van die kant af het huis binnen te komen. Dus zullen we hier tegen de berg de meeste mensen inzetten.'

Hij kijkt op zijn stadsplattegrond. 'Daarboven loopt de pas over Kloofnek, die bij Clifton naar beneden afdaalt. Als hij daar niet wil parkeren, zal hij er ten minste een paar keer overheen rijden. Wie van jullie kan met een camera overweg?'

Keyter steekt zijn hand op, als een geestdriftig schoolkind.

'Alleen Jamie?'

'Ik kan het proberen,' zegt een zwarte agent met schrandere ogen.

'Hoe heet je?'

'Johnson Madaka, inspecteur.'

'Johnson, jij en Jamie moeten een plek zoeken waar jullie de weg in de gaten kunnen houden. Ik wil foto's van elk bakkie dat daar rijdt. Jamie, ga met de politiefotografen over camera's praten. Als jullie problemen hebben, bel je me.'

'Oké Bennie,' zegt Keyter, ingenomen met zijn taak.

Hij verdeelt ze in twee teams – één voor overdag en één voor 's nachts. Hij bepaalt precies welke punten in de straat en tegen de berghelling bemand moeten worden. Hij vraagt Bezuidenhout om uit te zoeken of er ergens in de straat huizen leegstaan en of zij die kunnen gebruiken. 'Ik ga nu met Cloete praten en de media zullen zeker pas tegen de avond losbranden. Jullie kunnen gaan rusten, maar tegen zes uur wil ik de nachtploeg op zijn post hebben.'

Hij loopt Jouberts kantoor binnen. Cloete en de hoofdinspecteur zitten met begrafenisgezichten op hem te wachten en Cloete zegt: 'Ik wil dat je weet, Bennie, dat ik hier niets mee te maken heb gehad.'

'Waarmee?' vraagt hij en Cloete geeft hem de *Argus* aan.

POLITIE VERDEELD OVER ARTEMIS

Op de voorpagina.

'Ze hebben geen nieuws, dat is verdomme het probleem,' zegt Cloete.

Hij leest het bericht.

Hoge politiefunctionarissen zijn diep verontwaardigd over de benoeming van een bewezen alcoholist als aanvoerder van het onderzoeksteam dat zich bezighoudt met de moorden van de Artemis-vigilante op het Kaapse Schiereiland. Een bron in de hoogste kringen van de SAPD *noemt het een 'grote blunder' en 'een gedoodverfde mislukking'.*

De topagent onder vuur is recherche-inspecteur Bennie Griessel, een veteraan van de Ernstige en Geweldsmisdrijven-Eenheid, die slechts twee weken geleden na wat mogelijk een drankorgie is geweest, opgenomen moest worden in het Tygerberg Ziekenhuis. Een ziekenhuiswoordvoerder bevestigde dat Griessel opgenomen moest worden, maar weigerde om commentaar te geven over zijn ziekte.

'Shit,' zegt Griessel en het enige waar hij aan kan denken, zijn de kinderen.

'Bennie...' zegt Joubert en Griessel weet wat er gaat komen en hij zegt: 'Je gaat me niet van de zaak af halen, baas.'

'Bennie...'

'O nee, Mat. Niets ervan. Je haalt me er niet vanaf.'

'Laat me...'

'Wie zijn die klootzakken?' vraagt hij Cloete. 'Wie heeft dit aan ze doorgespeeld?'

'Ik weet het niet, Bennie, ik zweer het je.'

'Bennie,' zegt Joubert. 'Ik heb het niet voor het zeggen. Je weet dat ik je er niet vanaf zou halen als ik het voor het zeggen had.'

'Dan ga ik met je mee naar de commissaris.'

'Nee. Jij hebt genoeg te doen. Jullie moeten de media in stelling brengen. Ga jij door. Laat ik gaan praten.'

'Jullie kunnen me er niet vanaf halen, Mat.'

'Ik zal mijn best doen.' Maar Griessel kan zijn lichaamstaal lezen.

Tijdens zijn overleg met Cloete heeft hij moeite om zich te concentreren. Hij wil weten wie die schoften zijn die hem aan de media hebben uitgeleverd. Zijn ogen dwalen terug naar de *Argus* die op Jouberts bureau ligt.

Jamie Keyter, de grote kranteninformant? Hij zal hem doodslaan, die kleine etterbak. Maar hij twijfelt: dit is te politiek voor Keyter, te verfijnd. Dit is interdepartementeel. Georganiseerde Misdaad die lucht heeft gekregen van zijn plannen. Dat denkt hij. Hij heeft vier mensen van de Gezinsgeweldeenheid in zijn onderzoeksteam. En de Eenheid voor Gezinsgeweld ressorteert in de nieuwe structuren onder GM, Joost mag weten waarom. Is kapitein Helena Louw de verklikster? Misschien zij niet. Een van de andere drie?

Als hij klaar is bij Cloete, rijdt hij naar de stad. Hij koopt bij een stoplicht een krant en parkeert bij een laadplek in de Caledonstraat. De SAPD-Eenheid voor Georganiseerde Misdaad zit in een oud kantoorgebouw, vlak om de hoek van het Caledonplein. Hij moet de lift nemen naar de derde verdieping en hij voelt hoe de woede hem voortdrijft en hij houdt zichzelf voor om rustig te blijven, hij mag de boel nu niet verpesten. Maar wat maakt het uit, ze gaan hem van de zaak af halen, ze gaan hem de laan uit sturen.

Hij loopt naar binnen en vraagt de zwarte vrouw bij de receptie waar hij Boef Beukes kan vinden en zij vraagt: 'Hebt u een afspraak?'

'Wis en waarachtig,' zegt hij driftig, de krant in zijn hand.

'Ik zal vragen of hij u kan ontvangen.' Ze strekt haar hand uit naar de telefoon en hij denkt, wat is dit voor onzin, politiemannen die zich als bankdirecteuren achter een secretaresse verschuilen. Hij legt met een klap zijn identiteitskaart voor haar neer en zegt: 'Ik wil alleen maar weten waar zijn kantoor is.'

Met grote ogen die zijn gedrag duidelijk afkeuren, zegt ze: 'Tweede deur links,' en hij loopt naar buiten, de gang af. De deur staat open. Daar zit Beukes, met zijn belachelijke WP-petje op zijn kop. Er is nog een rechercheur bij hem, op een stoel, keurig in overhemd met das en Griessel gooit de krant voor hem neer en zegt: 'Komt dit van jullie, Boef?'

Beukes kijkt naar Griessel en dan naar de krant. Griessel plant zijn handen op het bureaublad. Beukes leest. De rechercheur in zijn pak zit Griessel alleen maar op te nemen.

'Au,' zegt Beukes na de tweede alinea. Maar hij klinkt niet echt verbaasd.

'Niks "au", Boef. Ik wil het weten.'

Beukes schuift de krant rustig naar hem terug en zegt: 'Waarom ga je niet even zitten, Bennie?'

'Ik wil niet zitten.'

'Ken je mij als iemand die zijn vrienden een dolk in de rug zal steken?'

'Boef, zeg het me alleen – hebben jullie hier iets mee te maken?'

'Bennie, je beledigt me. Er zijn er nog maar tien of twaalf van ons over uit de oude tijd, waarom zou ik jou te grazen nemen? Je moet je verraders bij Geweldsmisdrijven zoeken, ik hoor dat jullie daar één grote gelukkige familie zijn, met al die positieve discriminatie.'

'Jullie hebben de pest in, Boef, over Sangrenegra. Jullie hebben een motief.' Hij kijkt naar de andere rechercheur die er met een strak gezicht bij zit.

'Motief?' vraagt Beukes. 'Denk je echt dat het ons kan schelen als jullie Sangrenegra een paar dagen bezighouden? Denk je dat dat voor ons een verschil zal maken...?'

'Kijk me in de ogen, Boef. Kijk in mijn ogen en zeg dat dit niet van jullie komt.'

'Ik begrijp dat je overstuur bent. Dat zou ik ook geweest zijn. Maar koel eerst een beetje af en vraag je dan eens goed af: heb ik mijn vrienden ooit zo verraden?'

Griessel kijkt hem aan. Hij ziet de jaren op Beukes' gezicht. Politiejaren. Hij heeft ze ook. Ze waren samen, in de donkere dagen van de jaren tachtig. Samen uitgejouwd, samen door het slijk gegaan. En Beukes was geen verrader. Maar dit is dezelfde Macht niet meer.

Hij pakt zijn krant op. 'Ik houd de zaak open, Boef.' Hij kijkt naar de andere rechercheur. Hij is blank. Van middelbare leeftijd. Hij vraagt zich af waarom hij hem niet kent. Dan loopt hij naar buiten.

Griessel gaat achter in de rechtszaal zitten en wacht het moment af waarop de openbaar aanklager zegt: 'De Staat heeft in deze zaak geen principiële bezwaren tegen borgtocht, edelachtbare.' Hij let op Sangrenegra en ziet de verbazing, hoe hij plotseling verstijft naast zijn procureur.

'Maar we verzoeken om een zo hoog mogelijke borgtocht vast te stellen, minimaal twee miljoen rand. En dat het paspoort van de verdachte wordt ingetrokken. We verzoeken de rechtbank ook om te eisen dat de verdachte zich elke dag voor twaalf uur 's middags meldt bij het politiebureau in Kampsbaai. Dat is alles, edelachtbare.'

De landdrost schuift met zijn papieren, maakt wat aantekeningen en dan stelt hij de borgtocht vast op twee miljoen rand. De procureur en zijn cliënt overleggen, onverstaanbaar fluisterend, en hij vraagt zich af wat er gezegd wordt. Net voor Sangrenegra de rechtszaal verlaat, zoeken zijn ogen de publiekstribune af. Griessel wacht tot de Colombiaan hem ziet. En dan grijnst hij naar hem.

Sangrenegra's schouders zakken door, alsof er een groot gewicht op wordt gelegd.

Hij is onderweg naar Faizals pandjeswinkel in Maitland wanneer Tim Ngubane hem belt.

'Het bloed in Sangrenegra's BMW is van het kind. Het DNA komt overeen,' zegt hij.

'Shit,' zegt Griessel.

'Dus je moet hem heel zorgvuldig in het oog houden, Bennie.'

'Doen we,' zegt hij en hij wil eraan toevoegen: als ik vanavond nog aan de zaak werk. Hij laat het erbij.

'Tim, ik heb een vermoeden dat Georganiseerde Misdaad al langer achter Sangrenegra aan zit dan ze willen toegeven. Het is maar een gevoel. Ik was zojuist bij Boef Beukes. Hij weet iets, hij verbergt iets.'

'Wat bedoel je, Bennie?'

'Ik vraag me steeds meer af of ze Sangrenegra niet achtervolgd hebben voor hij het kind ontvoerde.'

Ngubane wacht even voor hij antwoordt. 'Wil je beweren dat ze iets weten? Over het kind?'

'Ik beweer niets. Ik vraag het me alleen maar af. Maar misschien kun jij proberen om iets te weten te komen. Praat met kapitein Louw. Zij is van Gezinsgeweld, maar ze maakt deel uit van mijn onderzoeksteam. Misschien ligt haar loyaliteit bij het kind. Misschien kan zij iets ontdekken.'

'Bennie, als ze iets weten... Ik kan het niet geloven.'

'Ik weet het. Ik heb het er zelf ook moeilijk mee. Maar bekijk het vanuit hun standpunt. Ze rommelen wat met Nigeriaanse syndicaatjes die crack dealen in Seepunt en dan stuiten ze opeens op iets wat honderd keer groter is. Wat ze op echte politiemannen laat lijken. Colombia. De Heilige Graal. Er zat voor een kapitaal aan drugs in die opslagruimte. Als ik hen was, had ik nu tot aan de landelijke politiechef kabaal geschopt over jurisdictie. Maar ze zitten daar maar. Waarom? Ze weten iets. Ze zijn ergens mee bezig. En ik denk dat ze er al een hele tijd mee bezig zijn.'

'Jee...' zegt Ngubane.

'Maar we moeten maar zien.'

'Ik zal met de kapitein gaan praten.'

'Tim, het nummer van die kopdokter uit Pretoria... Heb je dat nog?' vraagt Griessel.

'Die uit Pretoria?'

'Ja.'

'Ik stuur je een sms'je.'

35

De basgitaar is niet meer op de markt. Faizal zegt dat de rapper uit Blackheath is komen betalen en het instrument weer meegenomen heeft. Wat hij nu zoekt, zegt Griessel, is een cd-speler, niets overdrevens, gewoon iets waarmee hij thuis naar muziek kan luisteren.

'Voor in de auto, portable of hifi?' vraagt Faizal.

Draagbaar, zegt Griessel na enig nadenken, maar hij wil goede bassen hebben.

'Portable met speakers of portable met headphones?'

In een flatgebouw kun je beter een koptelefoon gebruiken. Faizal haalt een Sony Walkman te voorschijn en zegt: 'Dit is de D-NE710, hij kan ook mp3's afspelen, je kunt vierenzestig tracks programmeren, maar het belangrijkste is dat hij een equaliser en een *bass boost* heeft, de geluidskwaliteit is *awesome*, Sarge. Prima koptelefoon. En voor het geval je in bad ligt te chillen en hij valt van het zeepbakje af, is hij nog waterproof ook.'

'Hoeveel?'

'Vierhonderd, Sarge.'

'Jeetje, L.L., wat ben je toch een uitbuiter. Vergeet het maar.'

'Sarge, hij is splinternieuw, er zit nauwelijks stof op, geen vorige eigenaar. Driehonderdvijftig.'

Griessel pakt zijn portemonnee en houdt Faizal twee briefjes van honderd rand voor.

'Denk toch aan mijn bloedjes van kinderen, Sarge,' zegt de winkelier. 'Zij moeten ook eten.'

Hij staat op straat naast zijn auto met zijn nieuwe cd-speler in zijn handen. Hij heeft zin om naar huis te rijden, de deur op slot te doen en naar de muziek te luisteren die zijn zoon hem heeft gegeven.

Want ze gaan hem van de zaak af halen. Hij weet het. Er is te veel politiek om een alcoholist als leider te handhaven. Te veel druk. Het beeld van de Dienst. Al praten hij en andere dinosauriërs zoals Mat Joubert nog steeds van de Macht, tegenwoordig is het de Dienst, de politiek-correcte, door de strafproceswet gereguleerde, ontmande en van zijn macht beroofde Dienst waar een alcoholist geen onderzoeksteam mag aanvoeren. En dan nog maar te zwijgen over die verdomde grondwet waarin de rechten van de crimineel zijn vastgelegd. Dus laten ze hem maar van de zaak af halen, laten ze die hele verdomde affaire maar aan iemand anders geven, aan een van die jonge honden, dan zal hij wel vanaf de zijlijn toekijken hoe de chaos uitbreekt.

Hij opent het autoportier en stapt in. Hij maakt de doos van de cd-speler open, schuift het plastic kapje opzij en drukt de batterijen op hun plaats. Hij buigt voorover en haalt de cd uit het dashboardkastje. Hij kijkt naar de titels achter op het doosje. Verschillende artiesten die muziek van Anton Goosen zingen. Live. Hij herkent bijna niets. 'Waterblommetjies.' Jemig, dat is lang geleden! Twintig jaar? Nee. Dertig! Dertig jaar geleden. Sonja Herholdt zong 'Waterblommetjies' en het hele land zong mee. Hij was een beetje verkikkerd op haar, destijds. Zo'n vaag tienergevoel, begeerte. Een ik-zal-je-koesteren-en-beschermen-en-geregeld-onder-handen-nemen-begeerte. Ze was zo... rein. En onschuldig. Lieveling van het volk, de Boeren-Prinses-Di voor iemand die nog ooit van Prinses Di gehoord had. Met die ogen van haar, die zoete stem en dat blonde haar dat zo, hij weet niet hoe die stijl heette, maar het was *seventies-cool*, voor zover iets toen cool kon zijn.

Hij was zestien. Puberteit in Parow. Het enige waar hij in die tijd aan kon denken, was seks. Hij dacht niet altijd aan de daad zelf, hij dacht vooral na over de vraag hoe hij zover kon komen. Met de meisjes uit Parow was dat in de jaren zeventig vrijwel onmogelijk. Afrikaanse middenklasse, de ijzeren greep van de Nederduits Gereformeerde Kerk en meisjes die niet dezelfde fouten wilden maken als hun moeders. Het beste wat je als man kon bereiken, was een lekkere vrijpartij op zaterdagavond, achter in de bioscoop. Als je het geluk had dat je hun aandacht wist te trekken. En toen was hij basgitaar gaan spelen om hun aandacht te krijgen, want hij was geen atleet en geen academisch zwaargewicht, hij was gewoon het zoveelste gozertje met een lading puistjes en een strijd tegen de schoolregels om zijn haar te laten groeien.

In de voorlaatste klas, tijdens een feestje in een garage, was er zo'n viermansband, jongens van zijn eigen leeftijd, uit Rondebosch. Souties, niet erg goed, de drummer was maar zo-zo en de ritmegitaar kende hooguit zes akkoorden. Maar de meisjes maakte dat niets uit. Hij zag hoe ze naar de bandleden keken. En hij wilde dat ze zo naar hém keken. Tijdens de pauze praatte hij met de leider van de groep. Toen hij vertelde dat hij op gehoor een beetje akoestische gitaar en een beetje piano kon spelen, zei die jongen tegen hem: zorg voor een basgitaar, vader, want iedereen speelt akoestische gitaar en iedereen speelt drums, maar basgitaristen zijn schaars.

Toen begon hij rond te vragen en hij slaagde erin om tegen een spotprijs een basgitaar op de kop te tikken bij een legervent uit Goodwood wiens Ford Cortina dringend nieuwe cilinders nodig had. Op zijn kamer leerde hij zichzelf spelen, met behulp van een boek dat hij bij Bothner's aan de Voortrekkerweg had gekocht. Hij koesterde zijn droom en hij legde zijn oor te luisteren tot hij hoorde van een band uit Bellville die een bassist zocht. Vijf man sterk: leadgitaar, ritmegitaar, drums, keyboard en bas. En voor hij wist wat er gebeurde, stond hij op het podium van een Engelse lagere school en legde het fundament onder Uriah Heep's 'Stealin'' en hij zong dat nummer, verdomme – hij, Bennie Griessel, stond in een te strak T-shirt en met zijn Afrikaanse haardos voor al die bakvisjes te zingen: *'Take me across the water, 'cause I got no place to hide, I done the rancher's daughter, and it sure did hurt his pride'* en ze keken naar hem, die meiden keken hem met zulke ogen aan.

Het leverde hem zolang hij nog op school zat maar één seksuele ervaring op. Want wat hij niet wist, was dat terwijl de band speelde, de jongens op de dansvloer in het voordeel waren. En tegen de tijd dat het feest voorbij was, moesten al die meiden naar huis. Maar het bracht hem de muziek. De diepe noten die hij van de snaren af plukte en die door de geluidsversterker in zijn borst resoneerden. Het besef dat zijn bas de basis was van elk liedje, de onderbouw, de ordenende structuur. Vervolgens kon de leadgitaar zijn loopjes maken en kon het orgeltje wegdrijven, maar ze moesten altijd weer terugkeren naar de vaste vorm die hij, Bennie, dicteerde. Al wist hij dat hij nooit goed genoeg zou zijn om professioneel te worden.

Anders dan het politiewerk, waarvan hij vanaf het begin had beseft dat het zíjn ding was. Daar kwamen alle lijnen bij elkaar, daarvoor had zijn kop de juiste bedrading meegekregen.

En nu willen ze hem van de assegaaizaak af halen. Hij legt de cd weg en haalt zijn telefoon tevoorschijn, want hij wil met die psychologe praten voor ze hem aan de kant schuiven, hij wil een paar van zijn theorieën toetsen voor ze hem eraf halen.

Op haar voorstel spreken ze af bij de Newport Deli in Mouillepunt, want is ze 'gek op die plek'. Ze zitten buiten op het terras aan een hoog, rond tafeltje.

Kapitein Ilse Brody, Eenheid voor Forensische Psychologie, Ernstige en Geweldsmisdrijven, Hoofdkantoor, leest hij op het visitekaartje dat ze over het kleine tafeltje naar hem toe schuift. Ze rookt, een vrouw van in de dertig met een trouwring en kort zwart haar. 'Je hebt geluk,' zegt ze, 'ik vlieg vanavond terug.' Rustig, vol zelfvertrouwen. Gewend om in een mannenwereld te werken.

Hij herinnert zich haar. Hij was twee, drie jaar geleden op een van haar cursussen. Hij zegt niets, want hij weet niet meer hoe nuchter hij toen was.

Ze bestellen koffie. Zij bestelt een stuk taart met chocolade bovenop en noten onder met een naam die Italiaans klinkt, maar die hij niet goed verstaat.

‘Heb je gehoord van de assegaaimoorden?’ vraagt hij.

‘Iedereen hier in het zuiden heeft het erover, maar ik ken de details niet. Ik hoor dat de media eerst suggereerden dat het een vrouw was.’

‘Het kan geen vrouw zijn. Het wapen, de M.O., alles...’

‘Er is nog een reden.’

‘O?’

‘Ik kom er nog op. Vertel me eerst alles wat je weet.’

Hij brengt haar op de hoogte. Hij houdt van de intensiteit waarmee ze luistert. Hij begint bij Davids en eindigt bij Uniondale. Hij weet dat ze bijzonderheden over de plaats delict nodig heeft. Hij geeft ze, alles wat hij weet. Maar twee dingen noemt hij niet: het bakkie en het feit dat de verdachte zwart zou kunnen zijn.

‘Mmm,’ zegt ze, terwijl ze haar aansteker in haar rechterhand ronddraait. Haar handen zijn klein. Ze doen hem aan die van een bejaarde denken. Er zitten dunne grijze haartjes tussen het zwart, bij haar slapen.

‘Het feit dat hij ze in hun eigen huis opzoekt, is interessant. Het eerste wat je kunt afleiden, is dat hij intelligent is. Bovengemiddeld. En vastbesloten. Ordelijk, georganiseerd. Hij heeft guts.’

Griessel knikt. Dat de assegaaiman lef heeft, heeft hij zelf ook al bedacht, maar dat van die intelligentie is nieuw voor hem.

‘Het zal moeilijk zijn om een beroepsgroep te kiezen. Geen loondienst, daarvoor is hij te slim. Iets wat hem toelaat om zijn eigen gang te gaan, hij is niemand uitleg verschuldigd. Hij kan naar Uniondale rijden zonder dat iemand hem iets vraagt. Een handelsreiziger? Zijn eigen bedrijf? Hij moet een redelijk goede conditie hebben. En hij is redelijk sterk.’

Ze haalt een sigaret uit een wit pakje met een rood vierkantje erop en steekt hem in haar mond. Griessel houdt van haar mond. Hij vraagt zich af wat voor invloed haar werk op haar heeft. Om je, uit de gruwelijkheid van de dood, in je hoofd een beeld te vormen van de verdachte, tot ze hem kan zien, met beroep en al.

'Hij is blank. Drie blanke slachtoffers in blanke buurten. Dat is lastig als je niet blank bent.' Ze steekt de sigaret aan.

Precies, denkt hij.

'In de dertig, zou ik zeggen.' Ze trekt lang aan de sigaret en blaast een lange witte pluim de lucht in. Het is windstil, hier waar de berg de zuidoostenwind tegenhoudt. 'Maar wat je echt wilt weten, is waarom hij een assegaai gebruikt. En waarom hij dat doet.'

Hij vraagt zich af waarom hij zich zo bewust is van haar mond. Hij verschuift zijn blik naar een punt op haar voorhoofd, zodat hij zich kan concentreren.

'Ik denk dat die assegaai op twee dingen kan duiden. Of hij probeert je ervan te overtuigen dat hij niet blank is, om het onderzoek te vertragen. Of hij is uit op mediasensatie. Duidt iets erop dat hij al met de media heeft gecommuniceerd?'

Griessel schudt zijn hoofd.

'Dan houd ik het op de eerste mogelijkheid. Maar het blijft raden.'

'Waarom schiet hij ze niet gewoon dood? Dat is wat ik me afvraag.'

'Ik denk dat dat samenhangt met zijn motieven,' zegt ze en ze trekt nogmaals aan haar sigaret. Er is iets mannelijks aan de manier waarop ze rookt, misschien omdat ze meestal samen met mannen rookt. 'Het is beslist niet omdat hij zelf gemolesteerd of mishandeld is. Dan zouden zijn slachtoffers en zijn modus operandi heel anders zijn geweest. Daarom kan het ook geen vrouw zijn geweest. Als mannen schade oplopen, als ze mishandeld of gemolesteerd worden, dan willen ze anderen hetzelfde aandoen. Vrouwen zijn anders. Als ze op jongere leeftijd schade hebben opgelopen, dan wreken ze dat niet op anderen. Ze wreken het op zichzelf. Dus geen vrouw. En als het een man is die schade heeft opgedaan, dan zullen kinderen zijn doelwit zijn. Maar deze achtervolgt de mensen die de schade hebben aangericht. En hij is geestelijk te sterk. Ik denk dan ook eerder dat zijn kind een slachtoffer is. Of ten minste een direct familielid. Misschien een jongere zuster of broer. Iets persoonlijks, een vendetta. Een pure vigilante. Ze zijn schaars, hier bij ons is het meestal een groepsding met een heel specifieke dynamiek.'

'En de assegaai?'

'Ik moet je zeggen dat die assegaai me dwarszit. Laten we het eerst hebben over steken in plaats van schieten. Steken is persoonlijker. Intiem en direct. Dat past voor mij bij dat persoonlijke verlies. Het geeft hem het gevoel dat hij zélf wraak neemt. Er is geen afstand tussen hem en het slachtoffer, hij treedt niet namens een groep op, hij vertegenwoordigt alleen zichzelf. Maar hij had het ook met een mes kunnen doen. Omdat hij slim is, weet hij dat een mes morsig kan zijn. En minder doeltreffend. Hij wil het snel afhandelen. Er leeft niet de drang om rond te hangen op de plek waar het gebeurd is. Hij laat geen boodschappen achter. Maar misschien wil hij ze intimideren met de assegaai, misschien is het alleen om meteen de overhand te krijgen, zodat hij zijn werk kan doen en klaar. En nu zit ik lekker te speculeren, want ik kan het niet met zekerheid zeggen.' Ze drukt de sigaret in een klein glazen asbakje uit.

Hij zegt haar dat hij zelf ook gedacht heeft dat het slachtoffer blank is. En hij vermoedt dit nog steeds, maar er zijn bewijzen die duiden op het tegendeel. Hij vertelt haar over Uniondale en over het feit dat de kindermishandeling alleen in *Rapport* heeft gestaan. Ze drukt het topje van haar wijsvinger in de taartkruimels op haar bord en likt ze af. Nog eens. Hij vraagt zich af of ze weet dat dit hem aan seks doet denken en dan voelt hij een lichte verbazing dat hij überhaupt aan seks denkt en dan zegt ze eindelijk: 'Als hij zwart is, heb je grotere problemen.'

Voor de derde keer gaat de vinger naar het bord en naar haar mond en nu kijkt hij weer naar haar mond. Haar hoektand, een van haar hoektanden, wijkt naar binnen.

'Dan moet ik nog een paar uitroeptekens zetten achter intelligentie en motief. En de assegaai komt hierdoor in een heel ander licht te staan. Dan moeten we het hebben over symboliek, over traditionele waarden en traditionele gerechtigheid.

Hij is ontwikkeld, thuis in een stedelijke omgeving. Hij komt niet van een boerderij – daarvoor eist het te veel vaardigheid om drie blanke slachtoffers terecht te stellen in blanke buurten zonder dat iemand je ziet. Hij leest Afrikaanse kranten. Hij is zich bewust van het politieonderzoek. Dat is mogelijk ook waarom hij naar Uniondale is gegaan. Om de aandacht af te leiden. Je moet hem niet onderschatten.'

'Als hij zwart is.'

Ze knikt. 'Onwaarschijnlijk, maar niet onmogelijk.' Ze kijkt op haar horloge. 'Ik moet gaan afronden,' zegt ze en ze opent haar handtas.

Hij vertelt haar snel over Sangrenegra en hij vraagt of ze denkt dat de lokval zal werken.

Ze heeft haar portemonnee in haar hand. 'Het was beter geweest als je je strik ergens buiten de Kaap had gespannen. Hier voelt hij de druk.'

'Ik betaal,' zegt hij. 'Maar zal hij komen?'

Ze pakt een briefje van tien rand. 'Ik betaal de helft,' zegt ze en ze legt het geld onder het schoteltje met de rekening. 'Hij komt. Als je je kaarten via de media goed speelt, zal hij komen.'

Hij rijdt langs de kust, want hij wil eerst weer naar Kampsbaai. Hij ziet de nieuwe bouwprojecten aan zee in Groenpunt: grote flatgebouwen in aanbouw, met advertentieborden die het eindproduct romantisch uitbeelden. VANAF R1.4 MILJOEN. Hij vraagt zich af of het dit deel van de stad erbovenop zal helpen. Wat gaan ze met de *bergies* doen die hier op de meent bivakkeren? En dan die oude, versleten gebouwen ertussendoor, waar de verf in lange slierten vanaf bladdert en waar de kamers per uur worden verhuurd.

Dan denkt hij aan Christine van Rooyen. Hij moet haar gaan vertellen wat ze van plan zijn, maar hij zal zijn woorden voorzichtig moeten kiezen.

Via de Kustweg door Seepunt, waar het er langs de zee heel wat beter uitziet. Maar hij weet dat dit front bedrieglijk is – verder naar achteren niets dan verval en verwering, donkere hoeken en vuile steegjes. Broedplekken. Hij stopt voor een verkeerslicht en ziet de steigers rond een gebouw aan de boulevard. Hij vraagt zich af wie de strijd gaat winnen. Het is Europa tegen Afrika – rijke Britten en Duitsers tegen de drugsnetwerken van Nigeria en Somalië, de Zuid-Afrikanen tot toeschouwers gemarginaliseerd. Het hangt ervan af hoeveel geld hier gaat binnenkomen. Als het genoeg is, wint het geld en zal de misdaad een andere plek gaan zoeken, in de richting van de zuidelijke voorsteden, denkt hij. Of op de Kaapse Vlakte.

Het geld moet winnen, want het uitzicht hier is te mooi. Dat is wat geld vermag. De mooiste plekjes inpikken voor de rijken. En politiemannen verbannen naar Brackenfell.

Bij de rotonde links, Queensstraat in, dan rechtsaf over Victoria Drive, het hele stuk langs de zee, door Bantrybaai. Een Maserati, een Porsche en een BMW X5 staan naast elkaar voor een flat geparkeerd. Hij heeft zich hier nooit thuis gevoeld. Dit is een ander land.

Clifton. Een vrouw met twee jonge kinderen loopt over de weg. Ze draagt een grote strandtas en een ingeklapte parasol. Ze heeft een bikini aan en een lap stof om haar heupen, maar die waait op. Ze is lang en mooi, haar bruine haar tot onderaan haar rug. Ze kijkt de weg af, over hem heen. Hij is onzichtbaar in zijn middenklassepolitieauto.

Hij rijdt tot waar de Laer Kloofstraat links omhoogloopt en dan neemt hij de weg die achterom gaat, richting Round House. Hij rijdt drie keer heen en weer en probeert het huis te benaderen zoals de assegaaiman dat zal doen. Hij kan hier niet parkeren, het is te open. Hij zal ver moeten lopen, misschien boven, uit de richting van de Seinheuwelweg. Of verder naar beneden. Zodat hij, als hij met Sangrenegra klaar is, bergafwaarts kan vluchten.

Of komt hij niet door de bossen? Durft hij via de straat te komen?

Hij heeft guts, heeft Ilse Brody gezegd. Hij heeft lef en hij is slim.

Hij belt Bushy Bezuidenhout en vraagt waar hij is. Bezuidenhout zegt dat ze een huis schuin tegenover dat van Sangrenegra hebben gevonden. Eigendom van een Italiaan die in het buitenland woont. Ze hebben de sleutels van een makelaar gekregen. Ze mogen binnen alleen niet roken. Griessel zegt dat hij onderweg is.

Zijn mobiele telefoon gaat onmiddellijk weer over. 'Griessel.'

'Bennie, met John Afrika.'

De commissaris. Hoofd van de recherche.

Shit, denkt hij.

36

Hij wil douchen, eten en slapen.

Tobela rijdt door de Yorkstraat in George, ziet de Protea Forester's Lodge en het is hem anoniem genoeg. Hij stopt voor het gebouw en legt zijn hand op zijn tas met kleren wanneer de nieuwslezer op de radio begint te praten over de Colombiaan en het kind.

Hij luistert ernaar met één hand nog op de schouderband van de tas, de andere op de grendel van het portier en zijn ogen gericht op de voordeur van het hotel.

Nadat hij alles gehoord heeft, blijft hij zo drie, vier minuten zitten. Dan laat hij de tas los, start het bakkie en zet het in zijn achteruit. Hij maakt een U-bocht, rijdt de Yorkstraat uit en slaat bij de C.J. Langenhovenstraat rechtsaf naar de Outeniquapas.

De politiemannen die voor de deur van Christine van Rooyens appartement moeten staan, zijn niet op hun post. Griessel klopt aan, bedenkend dat ze waarschijnlijk binnen zijn.

'Wie is daar?' komt haar stem van achter de deur en hij noemt zijn naam. De agenten zijn niet binnen, anders zou ze het niet hebben gevraagd. De deur gaat open. Het eerste wat hij ziet, is haar gezicht, en ze ziet er niet goed uit. Ze is bleek, haar ogen gezwollen.

'Kom binnen.' Ze heeft een trui aan, maar het is niet koud. Haar schouders zijn krom. Hij vermoedt dat ze nu weet dat ze haar kind nooit meer zal zien. Ze gaat op de sofa zitten. Hij ziet dat de televisie aanstaat – een soapserie – het geluid nu onhoorbaar. Heeft ze zo de dag om gekregen?

'Weet je dat hij borgtocht gekregen heeft?' vraagt hij.

Ze knikt.

'Weet je dat wij dat geregeld hebben?'

'Ze hebben 't me verteld.' Haar stem vlak, alsof het er voor haar allemaal niet meer toe doet.

'We verwachten dat hij ons naar Sonia toe zal brengen.'

Christine kijkt alleen maar naar de televisie, waar een man en een vrouw tegenover elkaar staan. Ze maken ruzie.

Hij zegt: 'Het is een mogelijkheid. We hebben forensische psychologen die ons helpen. Zij zeggen dat er grote kans is dat hij naar haar toe zal gaan.'

Ze wendt haar blik weer naar hem toe. Ze weet het, denkt hij. Ze weet het nu.

'Wil je koffie?' vraagt ze.

Hij denkt even na. Hij heeft honger. Hij heeft sinds het ontbijt niets meer gegeten. 'Zal ik iets te eten gaan halen?'

'Ik heb geen honger.'

'Wanneer heb je voor het laatst gegeten?'

Ze geeft geen antwoord.

'Je moet eten. Wat kan ik voor je halen? Al is het maar iets kleins.'

'Wat dan ook.'

Hij staat op. 'Pizza?'

'Wacht,' zegt ze en ze loopt naar de keuken. Tegen de grote tweedeurskoelkast is met een magneet een Mr Delivery-boekje bevestigd. 'Ze brengen het wel,' zegt ze en ze geeft hem het boekje. Ze gaat weer zitten. 'Ik wil niet dat je nu weggaat.'

'Waar zijn die twee politiemannen die voor de deur stonden?'

'Weet ik niet.'

Hij bladert door het boekje. 'Waar heb je trek in?'

'Wat dan ook. Alleen geen knoflook of uien.' Ze bedenkt zich. 'Het maakt niet uit. Doe maar wat.'

Hij pakt zijn mobiel, belt en bestelt. Hij aarzelt even als hij het adres moet geven en zij geeft het hem. Hij zegt dat hij een zakelijk telefoontje moet plegen en vraagt of hij op het balkon kan gaan staan. Ze knikt. Hij schuift de deur open en gaat buiten staan. De wind waait. Hij trekt de deur achter zich dicht en zoekt Ngubanes nummer op zijn mobiel. Hij belt.

'Tim, weet jij waarom die lui van Georganiseerde Misdaad de moeder niet meer bewaken?'

'Nee. Ik ben er vandaag niet geweest. Ik heb gebeld, maar ze zei niets.'

'Jemig, wat een sukkels.'

'Misschien denken ze dat ze niet meer in gevaar is.'

'Misschien denken ze dat zij hun zaak niet meer is.'

'Wat kunnen we doen?'

'Ik heb geen mensen meer over. Mijn hele team is in Kampsbaai bezig.'

'Ik zal met de chef praten.'

'Bedankt, Tim.'

Hij kijkt uit over de stad. De laatste zonnestralen weerkaatsen in de ramen van de hotels in het Strandgebied. Is ze in gevaar? Zijn EGM-span houdt Sangrenegra in de gaten. De vier mannen die tegelijk met hem opgepakt werden, zitten nog in de cel.

Boef Beukes moet het weten. Hij moet weten hoe groot Sangrenegra's contingent is. Hoeveel mannen niet in dat huis in Kampsbaai wonen. En het moeten er meer zijn. Plaatselijke handlangers, helpers, betrokkenen, zo'n grote drugsoperatie doe je niet met slechts vijf man. Hij belt EGM en vraagt of kapitein Helena Louw er nog is. Ze verbinden hem door en hij vraagt haar of ze Boef Beukes' mobiele nummer heeft.

'Een ogenblikje,' zegt ze. Dan is ze terug en ze geeft het hem.

'Dankjewel, kapitein.' Kan hij haar vertrouwen? Nu de Eenheid voor Gezinsgeweld deel uitmaakt van de structuur van Georganiseerde Misdaad? Waar liggen haar loyaliteiten?

Hij belt Beukes' nummer.

'Met Bennie, Boef. Ik wil weten waarom jullie Christine van Rooyens bewakers teruggetrokken hebben.'

'Dat is nu toch jullie show.'

'Jemig, Boef, dacht je niet dat je het ons even had kunnen zeggen?'

'Hebben jullie ons iets verteld? Toen jullie besloten om Carlos als aas uit te hangen? Hebben jullie het fatsoen gehad om met ons te overleggen?'

'En haar veiligheid interesseert jullie niet?'

'Het is een kwestie van mankracht.' Maar er is iets in zijn stem. Hij liegt.

'Je kunt de pot op,' zegt Griessel. Hij beëindigt het telefoontje, houdt de mobiel in zijn hand en bedenkt zich dat dat het probleem is met die verdomde Dienst, de competitie, de concurrentie, alles draait alleen nog maar om de normen van het prestatiecontract en geen baan is meer veilig. En nu steekt iedereen elkaar een mes in de rug.

Commissaris John Afrika die hem belde toen hij onderweg was naar Christine van Rooyen. Bennie, ben je nuchter? had hij gevraagd. En hij zei ja, commissaris, en John Afrika had gevraagd, blijf je nuchter, en hij zei, ja commissaris. Afrika zei: ik krijg die mensen wel die naar de kranten gehold zijn, Bennie. Mat Joubert zegt tegen me dat jij het beste bent wat hij heeft. Hij zegt dat je tegenwoordig op water loopt en daarmee is voor mij de kous af, hoor je wel, Bennie? Ik sta achter je en dat zal ik ook tegen de kranten zeggen. Maar verdomd, Bennie, als je me in de steek laat...

Want als hij de commissaris in de steek laat, dan kan de commissaris de normen van zijn prestatiecontract wel vergeten.

Maar hij waardeert het dat de man hem steunt. Een kleurling. Hij is uitgeleverd aan de genade van een kleurling die vroeger zoveel stront van de blanken moest slikken. Op hoeveel genade kon John Afrika rekenen, destijds?

Hij zei: 'Ik zal u niet in de steek laten, commissaris.'

'Dan is het goed, Bennie.' En toen bleef het een paar minuten stil en toen zuchtte John Afrika: 'Dat achterbakse gedoe wordt nog eens mijn dood. Ik krijg er maar geen grip op.'

Griessel denkt na over zijn gesprek met Beukes. Georganiseerde Misdaad is ergens mee bezig. Hij weet het. Daarom zijn ze naar de kranten gehold. Daarom hebben ze de twee bewakers teruggetrokken.

Waarom?

Hij trekt de schuifdeur open, hij kan niet eeuwig hierbuiten blijven rondhangen.

Terwijl hij zijn mobiel in zijn zak stopt, net voor hij naar binnen gaat, probeert hij te denken zoals Boef Beukes zou denken. Dan weet hij wat er aan de hand is en hij blijft staan. Christine van Rooyen is GM's aas. Georganiseerde Misdaad gebruikt haar als lokval. Maar voor wie? Voor Sangrenegra?

Zijn bezoek aan Beukes' kantoor. Die andere rechercheur daar, in zijn mooie pak en zijn das. Niemand loopt er tegenwoordig meer zo bij. Niemand heeft het geld om er zo bij te lopen. Wie was dat verdomme? De Schorpioenen?

Nooit. Kerels zoals Beukes zouden liever in de wc hun polsen doorsnijden voor ze met de Schorpioenen samenwerkten.

Hij merkt dat Christine van Rooyen is opgestaan en naar hem kijkt.

'Alles goed met je?'

'Ja,' zegt hij. Maar zal het met haar ook goed aflopen?

In de zwoele namiddag van een Hogeveldse zomerdag stopt de gestolen BMW 320d voor de Quickshop bij het pompstation aan de New Road, tussen de oude weg naar Pretoria en de Zestiende Laan in Midrand. John Khoza en Andrew Ramphele stappen uit en gaan de automatische glazen deuren door. Ze lopen langzaam naar de snackbar achter in de winkel.

Terwijl Ramphele twee kipburgers bestelt, kijkt Khoza naar de vier hoeken van het grote vertrek. Er is maar één televisiecamera. Hij hangt tegen de oostelijke muur, tegenover de kassa.

Hij zegt iets tegen Ramphele, die knikt.

Griessels mobiel gaat over terwijl ze op de pizza's wachten.

'Bennie, de baas zegt dat we haar getuigenbescherming mogen geven, maar dat kost tijd,' zegt Ngubane.

'Hoeveel tijd?'

'Waarschijnlijk pas morgen. Sneller gaat het niet.'

'Oké, Tim. Bedankt.'

'Wat ga je doen? Voor vannacht?'

'Ik verzin wel iets,' zegt hij.

Khoza wacht tot de laatste van de vier klanten in de winkel heeft betaald en naar buiten is gegaan. Dan loopt hij naar de vrouw bij de kassa, steekt zijn hand in de binnenzak van zijn spijkerjack en haalt een pistool te voorschijn. Hij houdt het tegen haar gezicht en hij zegt: 'Gewoon opendoen, *sister*, en ons het geld geven. Dan hoeft niemand een schrammetje op te lopen.'

'Ik zal vannacht op je bank moeten slapen,' zegt Griessel.

Christine van Rooyen kijkt naar hem en knikt.

'Vanaf morgen krijg je getuigenbescherming. Ze zijn nu bezig om het te regelen, maar zoiets duurt even.'

'Wat betekent dat?' vraagt ze.

'Dat hangt ervan af.'

Er wordt op de deur geklopt. Griessel staat op en pakt zijn Z88-dienstpistool. 'Zeker de pizza's,' zegt hij.

De Toyota-microbus van de Speciale Eenheid van de Zuid-Afrikaanse Politiedienst stopt bij het pompstation om te tanken. De negen politiemannen zijn stijf en dorstig. In Louis Trichardt hebben ze voor het laatst hun benen gestrekt. Ze stappen uit. De jonge zwarte agent, de scherpschutter van het team, weet dat het zijn plicht als laagste in rang is om de frisdrankbestelling op te nemen.

'Wat willen jullie drinken?' vraagt hij.

En dan komen er twee mannen uit de deur van de Quickshop, elk met een pistool in de ene hand en een groene, paarse en rode plastic tas in de andere.

'Hé,' zegt de scherpschutter en hij laat zijn hand naar het vuurwapen op zijn heup zakken. De andere acht leden van de Speciale Eenheid kijken instinctief naar wat de agent ziet. En even kunnen ze hun ogen niet geloven.

Maar dan ook maar heel even.

‘Waarom zei je net dat je niet wilde dat ik wegging?’ vraagt Griessel, maar ze heeft haar mond vol pizza en ze wacht tot ze klaar is met kauwen voor ze antwoord geeft.

‘Je bent de eerste die ik vandaag zie,’ zegt ze. Ze zwijgt en hij kan zien dat ze vecht tegen haar tranen.

Hij begint iets te begrijpen. Hij stelt zich haar dag voor. Haar kind is weg, en waarschijnlijk dood. De verschrikkelijke bezorgdheid, de twijfel. Angst, misschien, want de bewakers bij de deur zijn weg. Ze is alleen, tussen deze vier muren. ‘Het spijt me,’ zegt hij.

‘Je hoeft nergens spijt van te hebben. Het is mijn schuld. Helemaal mijn schuld.’

‘Hoe kun je dat zeggen?’

Ze sluit haar ogen. ‘Als ik geen hoer was geweest, had ik hem nooit ontmoet.’

Het eerste wat in zijn hoofd opkomt, is om haar te vragen waarom ze hoer is geworden. ‘Zo werkt het niet,’ zegt hij. Ze schudt haar hoofd alleen maar, haar ogen nog steeds gesloten. Hij wil opstaan en naar haar toe gaan, zoals ze daar zit, en zijn arm om haar schouders leggen.

Hij blijft waar hij is. ‘Het is iets psychologisch,’ zegt hij. ‘We zien het vaak. Slachtoffers of familie die denken dat het hun schuld is. Je moet je niet verantwoordelijk voelen voor wat iemand anders doet.’

Ze reageert niet. Hij kijkt naar de pizza op het bord voor hem en schuift hem van zich af, veegt zijn handen af aan een papieren servet. Hij kijkt naar haar. Ze heeft een spijkerbroek aan. Ze zit met haar blote voeten onder zich gevouwen op de stoel. Wat moet hij tegen haar zeggen? Wat zou hij willen horen als het zijn kind was?

‘Ik ben eigenlijk langsgekomen om je iets anders te vertellen.’

Ze spert haar ogen open. ‘Ik wil geen slecht nieuws horen.’

‘Ik denk niet dat het slecht nieuws is. Ik denk alleen dat je het recht hebt om het te weten. Weet je van die Artemis-affaire waar de kranten tegenwoordig bol van staan?’

Ze werpt met een plotselinge hoofdbeweging haar haar achterover en ze zegt: 'Ja. En ik wilde dat hij kwam om Carlos te vermoorden.' Ze zegt het met een haat die hij kan begrijpen.

'Dat is mijn zaak. Die assegaaiman. En ik wil Carlos gebruiken om hem te vangen.'

'Hoe?'

'We weten dat hij zijn slachtoffers kiest wanneer de media iets over ze schrijven. Over hun misdaden. En we hebben de media vandaag heel wat informatie over Carlos gegeven. Over hoe hij Sonia... ontvoerd heeft. Over zijn drugsachtergrond. We denken dat dit de assegaaiman zal lokken.'

'En dan?'

'Dat is nog een reden waarom we Carlos zo zorgvuldig in de gaten houden.'

Het duurt even voor ze antwoordt. Hij ziet het proces op haar gezicht, de ogen die zich vernauwen, de mond die verstrakt. 'Dus het gaat niet om Sonia,' zegt ze.

'Het gaat wél om haar. Alles wijst erop dat hij ons naar haar toe gaat brengen.' Hij doet zijn best om overtuigend te klinken, maar hij voelt zich schuldig. Hij heeft Sangrenegra verteld wat ze gaan doen. Hij heeft Carlos vanochtend in de rechtszaal in zijn ogen gekeken en opnieuw de boodschap overgedragen: jij bent aas. Hij weet dat Carlos nergens heen gaat, want Carlos weet dat de politie hem in de gaten houdt. De kans dat de Colombiaan ze waar dan ook naartoe zal leiden, is nihil.

'Ik geloof je niet.'

Kan ze aan de klank van zijn stem horen dat hij liegt? 'Mijn zwarte collega heeft vanochtend met de psychologe gepraat. Zij zegt dat mannen zoals Carlos naar hun slachtoffers teruggaan. Ik geef je mijn woord. Het is waar. Er is een kans. Een mogelijkheid. Ik kan je niet beloven dat het gebeurt, maar de mogelijkheid bestaat.'

Haar gezicht verandert, het venijn verkrummelt en hij ziet dat ze gaat huilen en hij zegt nogmaals: 'De mogelijkheid bestaat,' maar het helpt niet.

Ze slaat haar handen voor haar gezicht en ze zegt: 'Jullie

moeten hem met rust laten. Zodat hij Carlos vermoordt.' Dan schokken haar schouders. Hij kan het niet meer uithouden. Schuld en medelijden dwingen hem om op te staan en naar haar toe te gaan. Hij legt zijn hand op haar schouder. 'Ik begrijp het,' zegt hij.

Ze schudt haar hoofd.

'Ik heb ook kinderen,' zegt hij en hij ruikt haar, het parfum, het vage zweet.

Hij gaat op de leuning van de stoel zitten. Hij legt zijn arm achter haar nek, tot zijn hand op haar verste schouder ligt. Hij klopt wat met zijn vingers, geruststellend. Hij voelt zich een idioot, want ze is stijf onder zijn aanraking. 'Ik begrijp het,' zegt hij weer.

Dan beweegt ze en hij voelt hoe ze verslapt en ze vlijt haar hoofd tegen hem aan, ze slaat haar arm om zijn heup en ze huilt.

37

Er gaat van alles door hem heen terwijl ze zo tegen hem aan geleund zit, weggedoken in zijn arm. Het is alsof er, voor het eerst sinds Anna hem eruit geschopt heeft, een kalmte over hem heen komt. Een soort vrede.

Hij neemt het appartement in zich op. De zitkamer en de keuken vormen één groot vertrek, gescheiden door een bar van witte melamine. Rechts achter hem verdwijnt er een gang dieper het huis in. Naar de slaapkamers? Hij ziet de grote koelkast en de grote flatscreen-televisie. Nieuwe spullen. Tegen de koelkast zijn kindertekeningen geplakt met magneten in de vorm van veelkleurige dieren. Een krokodil, een neushoorn, een leeuw. Hij ziet een koffiezetapparaat in de keuken, blinkend chroom, met tuiten en knopjes. Maar de krukken bij de toonbank zijn versleten, de ene zitkamerstoel is oud en doorgezakt. Het is alsof hier twee werelden samenkomen.

Tegen de zitkamermuur links van hem hangt een schilderij. Oorspronkelijk en groot. Een landelijk tafereel, een blauwe berg in de verte en op de voorgrond een groene vallei, een veld waar het gras hoog en weelderig groeit. Een klein meisje holt door het gras. Een klein figuurtje, links, en het landschap laat haar nog kleiner lijken, maar hij kan het blonde haar zien wapperen. Vier of vijf passen voor haar is er een rode ballon met een stukje touw eraan, een dun, bijna onzichtbaar zwart streepje tegen het blauw van de bergen. De hand van het meisje is uitgestrekt naar het touw. Het gras buigt van haar weg. Het moet de wind zijn, denkt hij. Die blaast de ballon van haar vandaan. Hij vraagt zich af of ze snel genoeg rent om hem te kunnen vangen.

Hij heeft een halve erectie.

Ze kan het niet voelen, want ze raakt hem daar niet aan. Haar adem is nu rustiger, maar hij kan haar gezicht niet zien.

Hij slaat zijn benen over elkaar om zijn erectie te verbergen. Hij kan het niet helpen, er is hier van alles wat hem raakt. De wetenschap dat seks haar werk is. Ze is aantrekkelijk. En ze is kwetsbaar. Gekwetst. Iets in hem reageert daarop, neemt ergens in zijn hoofd bestek op en stuurt reacties uit, primitieve opdrachten: grijp je kans, want de tijd is rijp. Hij weet dat zijn hoofd zo werkt. Zijn hoofd – en dat van de rest van zijn geslacht. Ook de geesteszieken, zij die meer willen dan alleen seksueel hun slag slaan. Zoals seriemoordenaars. Zij zoeken de zwakken uit, de makkelijke prooien, voor hun duistere daden. Prostituees, dikwijls. Niet altijd doelbewust, met voorbedachten rade en uitgekiende strategieën. Instinct. Ergens, uit het Voor-Dranktijdperk, rijst er een herinnering op, iets wat hij toen al voor zichzelf had uitgemaakt. Wat hem zo'n goede politieman maakt, is dat hij anderen op grond van zelfkennis kan begrijpen. Hij kan zijn eigen zwakheden, zijn eigen angsten en instincten gebruiken, omdat hij ze kent. Hij kan ze uitvergroten, luider maken, alsof je een volumeknop opendraait, tot het niveau waar ze anderen laten moorden of verkrachten, stelen of liegen. En terwijl hij daar zit, weet hij dat dit een van de dingen is geweest waardoor hij is gaan drinken. Het langzame besef dat hij net als zij was en zij net als hij, dat hij nergens boven verheven was. Zoals toen hij gisteravond of de nacht daarvoor, hij weet het niet precies meer, Anna en haar jonge, denkbeeldige minnaar voor zijn geestesoog had gezien en de jaloezie met een donkere hand de knoppen had omgezet had en hij wilde schieten. Als hij ze zo betrapte en hij had zijn dienstpistool op zijn heup, dan zou hij de klootzak doodschieten, recht tussen zijn ogen, daar was verdomme geen twijfel over mogelijk.

Maar dat is niet de belangrijkste reden waarom hij drinkt. Nee. Niet de enige reden. Er zijn er nog meer. Grote en kleine. Dat begint hij nu te beseffen. Hij is een combinatie van eigenschappen, waarop de drank juist zo makkelijk vat heeft.

Wat hij is, heeft gevolgen. De manier waarop de dunne draadjes in zijn kop verbinding maken, heeft implicaties. Het maakt dat hij naar een plaats delict kan kijken en dingen kan zien, het maakt een drang in hem wakker om te jagen. Het maakt de zoektocht zoet, het geeft hem hierboven in zijn schedel een verslavend gevoel van genoegen. Maar diezelfde bedrading laat hem ook zuipen. Als je wilt jagen en zoeken, moet je de dood in de ogen kijken. En wat als de dood je bang maakt? Dan drink je maar, want het is deel van je. En als je lang genoeg drinkt, dan legt de drank zijn eigen bedrading aan, zijn eigen gedachten, zijn eigen rechtvaardiging. Zijn eigen, dikke bril waardoor je jezelf en het leven ziet.

Wat moet je ermee? Wat moet je met de gevolgen, de verschillende kanten van de munt, als het je leven verwoest? De politie verlaten, 's nachts in een witte Toyota Tazz van Chub Security door de straten van Brackenfell rijden en briefjes bij mensen onder de deur door schuiven? *U hebt uw raam open laten staan. Uw alarm ging af.* Of ga je achter de kleine zwartwitschermpjes van de camerabeveiliging in een winkelcentrum zitten kijken naar opgedofte mammies die pappies geld komen uitgeven?

Dan jaag je nooit meer en ga je dood, vanbinnen.

Plotseling wordt hij overspoeld door wanhoop, als iemand die opgesloten zit in een doolhof. Hij wil aan iets anders denken – aan de vrouw die tegen hem aan ligt en de wetenschap dat dat iets bevredigt. Dat hij vastgehouden wil worden. Dat hij het nodig heeft om aangeraakt te worden. Dat hij, sinds hij zijn huis uit geschopt is, daar een steeds grotere behoefte aan heeft.

Hij peinst over haar.

Waarom was het nodig dat ze een hoer werd? Een Afrikaans meisje. Niet mooi als een model. Aantrekkelijk, sexy.

Hebben alle vrouwen dat potentieel? Ligt het te wachten op bepaalde omstandigheden? Of is het, zoals bij hemzelf, net zo'n ingewikkelde combinatie?

Hij had hier vanavond niet naartoe hoeven komen. Maar het had de hele dag al door zijn hoofd gespeeld: dat hij langs wilde gaan.

Is het toeval dat hij zich onderweg hierheen zijn eerste seksuele ervaring zo scherp herinnerde? En tegelijkertijd had nagedacht over hoe het geheugen en de drank werkten en hij in zijn hoofd een beeld had gezien van synapsen die overdekt waren met alcohol en hoe langer hij nuchter bleef, des te verder daalde het peil van de drank zodat de herinneringen weer verschenen, zoals wanneer een waterput leegloopt en oude, verroeste spullen weer tevoorschijn komen.

Hij wil zich niet alles herinneren, maar hij denkt aan het meisje met het gouden kettinkje om haar nek en haar naam in gouden letters tegen haar keel. Yvette. Ze had een T-shirt aangehad met horizontale witte en blauwe strepen en een spijkerbroek en ze had te veel parfum opgedaan, maar het had hemels geroken.

Eigenaardig detail dat hij zich herinnerde, vanmiddag. Ze hadden in Welgemoed tegen de Tygerberg een gig gehad voor de zestiende verjaardag van de zoon van een of andere rijke stinkerd. Ze hadden zich buiten bij het zwembad opgesteld, op de geïmporteerde kleitegels. Die rijke stinkerd had de hele tijd om ze heen gedraaid en telkens aan de drummer gevraagd: 'Heb je rubbertjes voor de poten van je drumstel?' Toen hij een eind uit de buurt was, zei de drummer: 'Ik heb rubbertjes voor je dochter', en toen lachten ze. De rijke stinkerd, een van die kerels die erbij lopen alsof ze zelf nog zestien zijn, bleef staan en zei: 'Wat zei je daar?' En de drummer zei: 'Ik zei alleen dat ik rubbertjes heb,' maar met zo'n grijns. Die rijke stinkerd stónd daar alleen maar, wetend dat hij bezig was om zichzelf belachelijk te maken en dat hij er weinig aan kon doen.

En toen ze speelden, was het meisje daar. Langzaam was hij zich van haar bewust geworden. Ze bewoog zich aan de rand van de grote groep, zo half in de schemer. Alsof ze geen deel van hen was. Of geen deel wilde zijn. Soms danste ze alleen. Ze keek naar hem en hij zag eerst haar ogen, grote bruine ogen die leken alsof ze verdrietig waren. Lang, steil bruin haar. En toen zag hij de kleine borstjes en de mooie, ronde billen in de spijkerbroek en hij zag de mogelijkheden en hij begon voor haar te spelen.

De mogelijkheden waren bijna te veel voor hem. Alsof hij bang was dat hij onrealistische visioenen zag. Toen wachtte hij tot later, die avond, tot hun allerlaatste pauze, en hij ging naar haar toe en hij zei 'Hoi' en zij zei 'Hoi' en ze keek hem aan met een verloren glimlach die zei, ik weet wat jij denkt. En toen gebeurde er verdomd iets heel merkwaardigs. Ze pakte zijn hand en nam hem mee, langs het huis, het donker in. En ze maakte een deur aan de zijkant van het huis open, beneden. Het was een berging of zoiets en ze sloot de deur en het was stikdonker daarbinnen, hij kon niets zien. Ze drukte zich tegen hem aan, haar handen om zijn nek, en ze zoende hem en hij proefde drank op haar tong en Spearmint Beechies en hij rook haar parfum. En toen greep de lust hen in het stikdonker, ze zoenden en ze kleedden elkaar op de tast uit en hij voelde haar lichaam – hij liet zijn handen over haar gezicht, haar nek, haar borstjes, haar heupen en haar billen glijden. Ze botsten tegen onzichtbaar tuingereedschap aan en op de een of andere manier vonden ze een plek om te liggen, een zeil over een stapel zakken, niet zacht, maar niet zo hard als de vloer, een geur van terpentijn en oude verf, dat kan hij zich nog herinneren. Maar vooral de geur van haar parfum. Alleen de geluiden van hun ademhaling en hun dringendheid. En ze nam zijn jongeheer en stak hem in haar mond. God, dat zal hij nooit vergeten, even was ze nergens te voelen en toen was haar hand om zijn ding en toen was er iets warms en nats omheen en toen trof het hem als een mokerslag, verdomd, zijn pik was in haar mond. Al zijn masturbatiedromen kwamen uit. En hij wilde het zien, hij wilde het verschrikkelijk graag zien, hij wilde het in zijn hoofd opslaan, dit toneel, zodat hij zou weten hoe het eruitzag en het kon onthouden, maar er was nergens licht, helemaal nergens, en hij kreunde, deels uit goddelijke bevrediging en deels uit frustratie omdat hij niet kon zien en hij strekte zijn arm uit en hij voelde tot hij haar schaamhaar vond, zijn vinger die naar binnen gleed, en hij voelde de hitte, alsof het daar vanbinnen roodgloeiend was.

Achteraf maakte ze de deur open zodat er licht binnen kon komen, want ze moest haar kleren vinden en aantrekken. Hij keek naar haar silhouet, haar contouren vaag afgetekend tegen het beetje lucht vanbuiten. Dat was het laatste wat hij van haar zag. Hij ging terug, verlegen, bang dat hij zich in de berging niet helemaal goed had aangekleed. Niemand had hem gemist. Hij zocht haar, maar ze was er niet meer.

Yvette. Dat was het enige wat hij wist. Hij lag die nacht in zijn bed met een vreemde melancholie in zich. En met haar geur aan zijn vingers en aan zijn lichaam. Maar ook die was de volgende dag weg. Net als zij.

Terwijl zij in de badkamer is, loopt hij snel naar zijn auto om de muziek en de cd-speler te halen.

Als ze terugkomt, is haar haar schoon en nat en is ze bezig om een bed voor hem op te maken op de bank. Ze legt een grote blauwe handdoek voor hem neer en zegt dat hij gerust de badkamer kan gebruiken. Hij zegt dat hij graag wil douchen en hij is zich bewust van een zekere spanning tussen hen. Of is hij de enige die dat voelt?

Hij gaat vannacht een huis delen met een hoer. Hij durft haar niet aan te kijken en forceert zijn beleefde glimlach.

'Welterusten dan maar.'

'Slaap lekker,' antwoordt ze.

'Jij ook.' Ze verdwijnt in de gang en doet een deur dicht. Hij gaat naar de badkamer. Die is nog vol stoom van haar douche en vol van haar geuren – zeep, shampoo en crème. Het ruikt anders dan in Anna's badkamer. Voller. Rijker.

Hij kleedt zich uit, vouwt zijn kleren netjes op en legt ze op de gesloten deksel van het toilet, met zijn dienstpistool bovenop. Hij kijkt naar zijn lichaam. Naakt in de badkamer van een hoer. Hij ziet zijn borsthaar dat ook al grijs begint te worden en zijn buikje – typisch een man van middelbare leeftijd. Zijn penis verkeert in dat niemandsland tussen lust en rust, een half gerookte sigaar. En hij denkt: niet bepaald een Griekse god. Niet bepaald aantrekkelijk voor Christine van Rooyen. En hij grijnst naar zichzelf in de beslagen spiegel.

Hij doucht. Hij gebruikt haar half doorschijnende wijnrode zeep. En shampoo uit een witte fles. Hij spoelt zich af en stapt eruit. Droogt zich af. Trekt alleen zijn broek aan, draagt zijn andere kleren en zijn vuurwapen in zijn hand terug naar de zitkamer. Hij legt alles netjes op een stapeltje naast de bank en gaat zitten. Kijkt naar zijn bed. Het is een grote, brede bank. Lang genoeg. Hij pakt het Anton Goosen-doosje op en bekijkt het opnieuw. Hij haalt de tweede schijf van de dubbel-cd eruit en stopt die in de walkman. Zet de koptelefoon op. Doet de schemerlamp naast de bank uit, zwaait zijn voeten op de bank en legt de speler op zijn maag. Drukt op *play*.

De rechercheur in Midrand krijgt pas tijd om de vingerafdrukken van de twee verdachten te nemen als de negen leden van de Speciale Eenheid klaar zijn met hun grappen en hun gelach en zijn vertrokken. Dan laat hij ze weer in hun cellen opsluiten.

Hij gaat aan zijn bureau zitten en neemt systematisch alle bewijsstukken door. In een van de doorschijnende plastic zakjes ziet hij de identiteitsbewijzen die de mannen van de Speciale Eenheid in de BMW hebben aangetroffen. Hij haalt ze eruit en kijkt naar de namen.

Laten we eens kijken, denkt hij, en hij pakt de telefoon. Laten we eens kijken wat jullie twee nog meer uitgespookt hebben.

Het nummer dat hij belt, is dat van het Criminele Inlichtingencentrum van de SAPD in Pretoria.

Als het applaus na de laatste track is weggestorven, blijft hij met gesloten ogen en een gezwollen hart liggen. Wat heeft hij de afgelopen jaren allemaal niet verloren? Hij is niet meer dan een drinkebroer en er is zo'n gat in zijn leven, een zwarte vlek zonder bewustzijn. Alles is volwassen geworden. Zijn kinderen, de taal van z'n muziek... Zijn land, verdomme. Alles behalve hij. Nu wil zijn kop hem de alternatieven onthullen, hoe anders het had kunnen zijn. Hij wil het nu niet weten. Hij zet de koptelefoon af.

Stadsgeluiden, vaag, buiten. Zijn ogen nu gewend aan het donker. Straatlicht van buiten komt door het kantgordijn, zodat hij genoeg kan zien. De contouren van de meubels, de donkere vorm van het schilderij tegen de muur. Kleine rode en groene lichtjes van de koelkast en de televisie.

Hij wil het Fritz laten weten. Hij rekt zich uit naar het tafeltje, vindt zijn mobiel en doorloopt het keuzemenu tot bij de tekstberichten. Hij heeft wat problemen met de toetsen van het kleine paneel. *Cd is bassparadijs. Bedankt. Pa.*

Hij verstuurt de sms, legt de cd-speler en de mobiel op zijn stapeltje kleren en draait zich om. Slapen moet hij. Hij wil niet meer denken, voor vandaag heeft hij genoeg gedacht. Hij ligt te woelen op de bank, heeft problemen om zijn slaaphouding te vinden. Het beste is met zijn rug tegen de leuning. Te warm voor de deken. Slapen nu.

Hij denkt één keer aan Christine van Rooyen, daar in die kamer, en dan schudt hij het beeld van zich af en hij probeert aan Anna te denken en vindt ook daar geen vrede en dan denkt hij maar aan de muziek en hij doet wat hij deed toen hij zeventien was, hij ziet zichzelf op het podium. Van het Staatsteater. Samen met Anton en Vrinne. Hij speelt de basgitaar. Speelt zonder te denken, vloeit gewoon samen met de muziek, laat zijn vingers lopen waar ze willen en dan hoort hij de kamerdeur opengaan en een zachte voetstap op het tapijt. Ze moet zeker naar de badkamer. Maar dan is ze bij hem. Gaat op de bank liggen. Haar rug naar hem toe. Ze schuift tegen hem aan zodat ze als lepeltjes liggen. Hij durft geen adem te halen. Hij moet doen alsof hij slaapt. Hij moet zijn adem rustig en gelijkmatig houden. Hij ruikt haar, haar schouder vlak bij zijn gezicht.

Ze zoekt troost. Ze zoekt slechts aanwezigheid. Ze wil gewoon niet alleen zijn, ze mist haar kind, ze is gekwetst en vol pijn. Hij weet het.

Hij maakt een geluid waarvan hij hoopt dat zij het als het geluid van een slapende zal ervaren en hij legt zijn hand op haar heup. Een troostend gebaar. Half op dunne stof en half op haar naakte huid.

Hij voelt de warmte van haar lichaam. En nu krijgt hij verdomme een erectie, hij begint daarbeneden oneerbiedig te bloeien en hij wil het tegenhouden. Hij moet ergens aan denken. Hij maakt weer een vaag slaapgeluid en schuift zijn heupen verder achteruit, jemig, ze mag het niet weten. Hij had zijn onderbroek moeten aanhouden, die zou dat verdomde ding in toom hebben gehouden. Misschien is ze niet helemaal wakker. Hij probeert naar haar ademhaling te luisteren, maar het enige wat zijn zintuigen registreren, zijn haar geur en haar hitte.

Dan schuift ze weer achteruit. Tegen hem aan. Hierboven. Daaronder.

Hij wil zich verontschuldigen. Hij wil iets mompelen van 'sorry', maar hij is te bang dat ze half slaapt en dan maakt hij het alleen maar erger. Hij ligt doodstil. Denkt aan de muziek. Speelt de basgitaar bij 'geef de harlekijn nog wijn, skoebiedoewaa, skoebiedoewaa, rode wijn voor zijn lach en traan en pijn, skoebiedoewaa, skoebiedoewaa...'

Ze beweegt haar arm, haar hand, legt die op de zijne. Ze houdt hem even vast op haar heup en trekt hem dan mee, schuift hem onder haar nachthemd, o shit, tot op haar borst, haar palm op de rug van zijn hand en ze drukt en hij voelt haar, hij voelt de zachtheid en ze zucht, diep, en ze drukt zijn hand stijf en hard tegen zich aan. Beweegt weer, haar billen weg van zijn buik en dan is haar hand daar, achter haar rug, bij zijn broek en ze krijgt de knoop los, hij weet niet hoe. Ritst zijn broek open, laat haar hand naar binnen glijden en pakt hem beet. Houdt hem vast. De lust is een hoge, perfecte noot in zijn hoofd, een leadgitaar die vliegt op de maat van de bass van zijn hart en dan drukt ze hem van achter af bij zich naar binnen.

Lang na zijn orgasme liggen ze nog zo, maag tegen rug, hij nog steeds in haar, nu slap en klein. En de eerste woorden die ze zegt, bijna fluisterend, zijn: 'Jij bent ook stuk.'

Hij denkt lang na voor hij begint te praten. Hij vraagt zich af hoe ze het weet. Hoe ze het kon zien. Of aanvoelen. Waarom ze bij hem is komen liggen. Haar behoefte? Of een cadeau voor hem? Troost?

Dan vertelt hij het haar. Van Anna. Van zijn kinderen. Van zijn gezuip. Zonder te denken of te structureren, hij laat het gewoon vloeien zoals het in zijn hoofd opkomt, zijn arm nu stijf om haar heen, zijn handen zachtjes om de volheid van haar borst. Haar gezicht ligt tegen hem aan, de fijne haartjes tegen zijn nachtstoppels.

Hij vertelt haar hoe hij was, in de tijd voor de drank. Hij was een optimist, een extrovert. Een grapjas. Degene die iedereen kon laten lachen, op de gekste momenten. In de teamkamer, als de spanning hoog opliep en iedereen geprikkeld was, kon hij een absurde kant van de zaak zien en met een kwinkslag door al die stront heen breken, zodat ze het uit bulderden en slap tegen elkaar aan hingen van het lachen. Degene die iedereen als eerste belde als er een braai werd gehouden. Twee, drie keer per maand gingen de mensen van Moord en Roof ergens barbecuen, impulsief. Om drie uur op een vrijdagmiddag, alleen maar om de nimmer eindigende druk te verlichten, bij Blouberg of Silwermyn of gewoon naast het kantoor in Bellville-Zuid. Bier, vlees en brood, lachen, praten, drinken, en hij stond boven aan de lijst, want hij was sergeant Bennie Griessel, geboren speurder en onofficiële, cynische hofnar die zo lekker de draak kon steken met het werk, de bureaucratische structuren en de positieve discriminatie. Zodat ze er allemaal weer even tegen konden.

En nu, aan deze kant van de drank, braaien ze nog steeds. Maar niemand die hem belt. Niemand wil hem erbij hebben, de man die zuipt en loopt te zwalken, die geen twee verstaanbare woorden achter elkaar kan zeggen, die tegen anderen op botst, vloekt en scheldt en naar huis gebracht moet worden naar een vrouw die met tegenzin de deur opendoet. Want zij heeft geen trek in deze dronkaard of de vernedering.

Hij vertelt Christine van Rooyen dat hij nu elf dagen nuchter is en dat hij die man aan deze kant van de drank niet kent.

Alles om hem heen is veranderd. Zijn kinderen, zijn vrouw, zijn collega's. Jemig, tussen al die storm en drang van jonge politiemannen in de Dienst is hij nu een oude zak die zijn tijd heeft gehad.

Maar het belangrijkste is dat hij denkt dat hij is veranderd. En hij weet nog niet hoe. En hoeveel. Een onbekende man van in de veertig met een groot gat in zijn leven.

Dit alles vertelt hij haar en ergens vraagt ze: 'Waarom wil je je vrouw terug hebben?' en hij denkt lang na voor hij antwoord geeft. Het punt is, zegt hij, dat hij gelukkig was, destijds. Zij waren gelukkig. Anna is de vrouw met wie hij aan het leven begonnen is. Ze hadden niets, straatarm, alleen elkaar. Samen een huis gekocht, samen elk dubbeltje omgedraaid. Samen gelachen. Zich samen verwonderd over het magische van de geboorte van Carla en Fritz. Samen feest gevierd als hij bevordering kreeg. Ze hebben een geschiedenis samen, het soort geschiedenis dat ertoe doet. Ze waren vrienden en ze waren minnaars en dat is wat hij terug wil. De band, de kameraadschap, het vertrouwen. Want dat is een groot deel van wie hij was, van wat hem gemaakt heeft hoe hij was.

En hij wil weer zo zijn.

Als hij Anna niet kan terugkrijgen, heeft hij niets. Dat is het punt.

Ze zegt: 'Zulke dingen komen niet terug,' en voor hij daarop kan reageren, vraagt ze: 'Hou je nog steeds van haar?' Hoelang hij ook nadenkt, hij moet haar het antwoord schuldig blijven. Hij wil iets onzinnigs zeggen als 'wat is liefde', maar hij zwijgt alleen maar en plotseling heeft hij er genoeg van om over zichzelf na te denken en hij zegt: 'En jij?'

'Wat van mij?'

'Waarom was het nodig om... prostituee te worden?'

'Sekswerker,' zegt ze, maar met zachte zelfspot.

Ze beweegt langzaam en zijn penis glipt uit haar. Hij ondergaat een kort ogenblik van verlies. Ze draait zich om, zodat ze met haar gezicht naar hem toe ligt en hij zijn hand van haar borst moet halen.

'Zou je het zo gevraagd hebben als ik bloemen had verkocht?' Haar stem klinkt niet vijandig, maar vlak, zonder emotie. Ze wacht niet op antwoord. 'Het is gewoon werk.'

Hij ademt in om te antwoorden, maar zij zegt: 'Mensen denken dat het iets vreselijks is. Slecht. Het beschadigt je. Jouw werk beschadigt jou ook. Dat heb je me net verteld. Maar als je politieman bent, dan is dat oké. Maar o wee als je een hoer bent.'

Hij bedenkt dat als ze geen sekswerker was geweest, Sonia nu veilig in haar bedje zou liggen, maar hij weet dat hij dat nooit kan zeggen.

'Toen ik begon, vroeg ik me ook af wat er anders aan mij was. Want alle klanten vragen hetzelfde. "Waarom ben je escort geworden?" Dan begin je jezelf vragen te stellen en te denken dat er iets mis met je moet zijn. En dan denk je, maar waarom zou dit fout zijn. Waarom kan het niet goed zijn. Waarom kan het niet gewoon zo zijn dat ik verder denk dan andere mensen. Wat is seks? Is dat dan zoiets verschrikkelijks? Wie maakt het zoiets verschrikkelijks?'

Ze staat op en loopt van hem weg en hij heeft spijt dat hij iets gevraagd heeft. Hij wilde haar niet overstuur maken. Hij had beter moeten nadenken. Hij wil zeggen dat het hem spijt, maar ze is de gang al door. Hij wordt zich bewust van zijn broek die nog steeds opengeritst is en hij houdt de twee helften bij elkaar en maakt hem dicht.

Ze komt terug, hij ziet haar donkere schaduw bewegen en dan is ze weer bij hem, maar ze gaat bij zijn voeten zitten.

'Wil je een sigaret?'

'Alsjeblieft.'

Ze steekt twee sigaretten in haar mond en klikt met een aansteker. In het licht van het vlammetje ziet hij haar borsten, haar gezicht en haar naakte schouders.

Ze geeft hem een sigaret. Hij neemt een diepe haal.

'Ik was altijd anders,' zegt ze en ze blaast een pluim rook uit die een spookachtige schaduw op de muur werpt. 'Het is moeilijk uit te leggen. Als je klein bent, begrijp je niets. Je denkt alleen maar dat er iets verkeerd is met je. Mijn ouders... Ik kom uit een goed nest. Mijn vader was bij het leger en mijn moeder was het grootste deel van de tijd thuis en daar waren ze tevreden mee. Met dat wereldje van hen. Met zo'n leven. En hoe ouder ik werd, hoe moeilijker ik dat kon begrijpen. Hoe kon dit alles zijn? Hoe kon dit genoeg zijn? Je gaat naar school, je zoekt een man of een vrouw, je voedt je kinderen op, na je pensioen ga je aan zee wonen en dan ga je dood. En je valt niemand lastig, je doet wat goed is. Dat zijn mijn vaders woorden. "Mijn kind, je moet doen wat goed is." Goed voor wie? De mensen? Wie zijn zij om te besluiten wat goed is? Je betaalt parkeergeld, je rijdt niet te hard en je maakt geen herrie na tien uur 's avonds. En je stelt je dienstbaar op. Nog een van mijn vaders classics. 'Je moet dienstbaar zijn, mijn kind.' Aan je familie, je dorp, je land. Hoezo? Wat heeft zoveel dienstbaarheid hen ooit opgeleverd? Mijn vader was het leger dienstbaar en hij overleed voor hij zijn pensioen kon krijgen. Mijn moeder was dienstbaar aan ons en ze was nooit in de Kaap of in Europa of waar dan ook. Door al die dienstbaarheid was er nooit ergens geld voor. Niet voor kleren, auto's, meubels of vakanties. Maar zij vonden dat oké, want je wil het niet breed laten hangen, want dat is ook al niet goed.

Iedereen wil dat je gewoon bent. Alles wat iedereen je leert, is bedoeld om ervoor te zorgen dat je toch vooral niet anders bent. Maar ik was anders. Ik kon er niets aan doen. Het is iets in mij. Als mijn ouders, de school of wie dan ook zei dat iets zo hoorde, dan vroeg ik me af hoe het voelde om het tegenovergestelde te doen. Ik wilde weten hoe de andere kant eruitzag. Dus ging ik kijken. Ik rookte wat en ik dronk wat. Maar als je vijftien of zestien bent, dan hebben zowat alle regels te maken met seks. Dit mag niet en dat mag niet, want je moet een fatsoenlijk meisje zijn. Toen wilde ik weten: hoezo moet je een fatsoenlijk meisje zijn? Waarvoor? Zodat je een fatsoenlijke man kunt krijgen? Een fatsoenlijk leven, met fatsoenlijke kinderen? En een fatsoenlijke begrafenis met veel mensen? Ik deed precies wat goed was. En hoe meer ik dat deed, des te meer kwam ik erachter dat de andere kant een stuk interessanter was. En de meeste mensen willen niet fatsoenlijk zijn, ze hebben vanbinnen allemaal die drang om anders te zijn, maar niemand heeft het lef. Ze zijn bang dat iemand er iets van zal zeggen. Ze zijn bang om die saaie dingen in hun leven te verliezen. Die onderwijzer bijvoorbeeld, hij was zo dienstbaar. Toen versierde ik hem. En toen sliep ik met hem tijdens een KJA-kamp op Die Eiland en toen zei hij, god, Christine, ik verlang al zo lang naar je. Toen vroeg ik hem waarom hij daar dan niets aan gedaan had? Daar had hij geen antwoord op. En die vriend van mijn vader. Wanneer hij bij ons op bezoek kwam, keek hij zo stiekem naar me en dan ging hij naast zijn vrouw zitten en hield haar hand vast. Ik wist wat hij wilde. Toen versierde ik hem en toen zei hij tegen mij dat hij op jonge meisjes viel, maar dit was zijn eerste keer.'

Ze drukt de sigaret uit en keert zich half naar hem toe.

'Hij was net zo oud als jij,' zegt ze en even denkt hij dat hij hoon in haar stem hoort.

Ze leunt naar achteren, met haar rug tegen zijn benen. Ze vouwt haar armen onder haar borsten.

'Weet je waarom mijn ouders me naar de universiteit hebben gestuurd? Om een goede man te vinden. Gestudeerd. En met een goede baan. Zodat ik een goed leven kon krijgen. Een goed leven. Wat heeft een goed leven voor zin? Wat heeft het voor zin als je op een dag doodgaat en het enige wat je van jezelf kunt zeggen, is dat je een goed leven gehad hebt? *Boring*, maar goed.

'En op de universiteit had ik een vriendje – een derdejaars student Medicijnen en zijn ouders woonden in Heuwelsig en ze hadden geld. En toen zag ik hoe ze leefden. Toen zag ik dat je helemaal niet dienstbaar en gewoon en goed hoeft te zijn zolang je maar geld hebt. Als je geld hebt, dan kun je niet alleen spullen kopen. Je kunt anders zijn en niemand zegt er iets van. Toen wist ik wat ik wilde. Maar hoe krijg je dat? Je kunt met een rijke vent trouwen, maar dan is het nog steeds niet jouw geld. Toen ging ik in de weekeinden bij een cateringbedrijf werken en tijdens een avond op een golfbaan stond ik buiten te roken en die man kwam naar me toe, hij had een garage in de Zastronstraat, en hij zei "Hoeveel verdien jij?" en ik vertelde het hem. Toen zei hij "Waarom verdien je geen duizend rand per avond?" en ik vroeg "Hoe?" en hij zei "Met je lichaam, schat". Toen gaf hij me zijn kaartje en hij zei "Denk erover na" en die maandag belde ik hem. En toen deed ik het. In een flat, zeven mannen die samen een appartement hadden in Hilton en soms belden ze me in het *koshuis*, en dan ging ik er rond lunchtijd of 's avonds naartoe.

'En toen, vlak voor het eindexamen, raakte ik zwanger,' zegt ze. 'Ik slikte de pil, maar dat werkte niet. Toen vertelde ik het ze en ze zeiden dat ze mijn abortus zouden betalen en toen zei ik nee. En toen gaven ze me geld en toen kwam ik naar de Kaap.'

38

Orlando Arendse volgt elke ochtend dezelfde routine. In zijn grote, mooie huis in West Beach, Milnerton, staat hij om zes uur op. Zonder hulp van een wekker. Hij trekt zijn pantoffels en een wijnrode kamerjas aan. Hij pakt zijn leesbril van het nachtkastje, laat zijn slapende vrouw in de slaapkamer achter en loopt naar de keuken. Hij legt de leesbril op de keukentafel en maalt een mengsel van vijftig procent Italiaanse en vijftig procent Mocca Java-koffiebonen – genoeg voor vier grote bekers. Hij vult de koffiemachine met water, doet het filter erin en gooit de gemalen koffie er voorzichtig in. Dan drukt hij op het knopje.

Hij loopt naar de voordeur, maakt hem open en gaat naar buiten. Hij kijkt omhoog om te zien wat het weer vandaag gaat doen en loopt over de geplaveide oprit naar het grote, automatische veiligheidshek. Hij loopt rechtop en in een stevige pas, ondanks zijn zesenzestig jaar, waarvan hij het grootste deel heeft doorgebracht op de Kaapse Vlakte. Rechts van het hek is de brievenbus. Hij maakt hem open en haalt *Die Burger* eruit.

Hij vouwt de krant nu nog niet open, maar kijkt alvast vluchtig naar de kop van het hoofdartikel terwijl hij de krant op een armlengte afstand houdt, want hij heeft zijn leesbril niet op.

Dan loopt hij terug naar de voordeur en net voor hij naar binnen gaat, kijkt hij links en rechts over zijn schouder. Het is instinctief gedrag, niet langer functioneel.

Hij gaat bij de keukentafel van Oregon pine zitten en legt de krant netjes opengevouwen voor zich. Hij pakt zijn leesbril, zet hem op zijn neus. Zijn rechterhand glijdt naar de zak van zijn kamerjas. De zak is leeg, voelt hij, en hij klikt geërgerd met zijn tong tegen zijn tanden. Hij rookt niet meer. Zijn vrouw en zijn dokter spannen samen tegen hem.

Hij leest alleen de voorpagina. Tegen die tijd loopt het koffieapparaat met een laatste zucht door en Orlando Arendse zucht, zoals elke ochtend, mee. Hij staat op, haalt twee bekers uit de kast boven het apparaat en zet ze op het aanrecht neer. Hij schenkt er één vol en snuift behaaglijk het aroma op. Geen suiker of melk. Puur. De rest gooit hij in een fles, zodat hij vers kan blijven. Dan gaat hij met zijn beker in de hand achter de krant zitten. Hij slaat de voorpagina om en kijkt naar de kleine foto van een van de redacteuren, een mooie vrouw. Dan schuift zijn blik naar bladzij twee en begint hij in alle ernst te lezen.

Gewoonlijk staat hij tegen zeven uur op om koffie uit de fles in de andere beker te schenken en die naar zijn vrouw te brengen. Maar om tien voor zeven, als hij bezig is om een cricketbericht op de sportpagina te lezen, maakt het elektronische kastje in het voorportaal zijn irriterende geluid.

Orlando staat geërgerd op en loopt naar de hal. Hij drukt op een knopje en houdt zijn mond bij de microfoon. 'Ja?'

'Orlando?'

Hij kent die diepe stem, maar hij kan hem niet meteen thuisbrengen.

'Ja?'

'Tobela hier.'

'Wie?'

'Tiny. Mpayipheli.'

Hij holt door een groene vallei met kniehoog gras en hij jaagt achter de ballon aan. Hij strekt zijn hand uit om bij het touwtje te komen en dan struikelt hij en hij valt en het ding schiet de lucht in en hij wordt wakker op de bank in Christine van Rooyens zitkamer en hij ruikt de seks aan zijn lichaam en hij vraagt zich af wat hij in godsnaam heeft gedaan.

Hij gaat rechtop zitten en wrijft in zijn ogen. Hij weet dat hij te weinig geslapen heeft, hij kan het aan zijn hoofd en zijn lichaam voelen, maar dat is het niet wat er zo zwaar op hem drukt en hij wil er nu niet over nadenken. Hij staat op, wankelt op zijn benen. Hij pakt zijn stapeltje kleren en schoenen en loopt naar de badkamer. Hij schuift zijn Z88-pistool en zijn mobiele telefoon met zijn teen onder de bank. Hij wil zijn tanden poetsen, maar dat moet wachten. Hij gaat onder de douche staan en draait de kranen open.

Jemig. Nu is hij niet alleen een zuiplap meer, maar ook nog eens een vent die zijn vrouw besodemietert. Een hoerenloper. Een verdomde zwakkeling die zich niet kan inhouden, die haar zijn hele levensgeschiedenis vertelt. Wat is er toch mis met hem, hij is verdomme geen tiener meer.

Hij schrobt zichzelf af met de zeep, wast zijn geslachtsdeel twee, drie, vier keer. Wat gaat hij nu met haar doen? Hoe ver is Getuigenbescherming? Hij moet bellen. Hoe hebben Bushy Bezuidenhout en zijn mannen het vannacht gehad in Kampsbaai? Terwijl hij in de armen van een prostituee lag. Met voorbedachten rade, dat is het probleem – hij is hierheen gekomen omdat hij eropuit was. Eropuit dat ze hem aanraakte omdat hij het zo verdomd hard nodig had dat iemand hem aanraakte. Omdat hij dacht dat een hoer hem makkelijker zou aanraken. Omdat hij verdomme geen zes maanden kan wachten tot zijn vrouw hem misschien weer aanraakt.

Komt onder de douche vandaan, droogt zichzelf agressief af. Getver, hij moet zijn tanden poetsen, zijn mond smaakt alsof een muishond erin gescheten heeft. Hij ruikt aan zijn broek. Die ruikt nog steeds naar seks, zo kan hij niet naar zijn werk. Hij zal zijn mobiel gaan pakken, Tim Ngubane opbellen en horen of Getuigenbescherming haar al kan komen halen.

Waarom moest ze zo nodig bij hem komen liggen? Waarom moest ze hem haar verhaal vertellen, alsof het verdomme zíjn schuld was?

Hij staat nog steeds zo, met zijn broek tegen zijn neus, als ze de badkamerdeur opendoet en met angstige stem zegt: ‘Ik denk dat er iemand aan de deur is.’

Arendse heeft Tiny Mpayipheli vijf jaar geleden voor het laatst gezien. Als ze aan de houten keukentafel zitten, ziet hij dat de Xhosa veranderd is. Nog steeds dezelfde reus van een vent met een stem als een basviool. Nog steeds van die pikzwarte ogen die hem hadden laten sidderen toen hij er voor het eerst in keek. Maar de lijnen op zijn gezicht zijn een beetje dieper en het kortgeschoren haar heeft er bij de slapen grijs bij gekregen.

'Ik wil alles weten over Carlos Sangrenegra,' zegt zijn gast en neemt een slok koffie.

Arendse kijkt naar de voorpagina van *Die Burger* en dan naar de zwarte man tegenover hem. Hij ziet de absolute ernst. Hij staat op het punt om iets te zeggen, om tien dingen te vragen, maar dan valt alles langzaam op zijn plaats. Hij kijkt nog eens naar de krant, dan opnieuw naar Mpayipheli en dan snapt hij het. Alles.

'Jemig, Tiny.'

De Xhosa zegt niets, kijkt hem alleen aan met die arendsogen van hem.

'Wat is er gebeurd?' vraagt Arendse.

Mpayipheli kijkt hem lang aan en schudt dan zijn hoofd, maar één keer.

'Ik ben met pensioen,' zegt Arendse.

'Jij kent mensen.'

'Alles is veranderd, Tiny. Het is niet meer zoals vroeger. Ze hebben ons kleurlingen aan de kant geschoven. Ook in de drugshandel.'

Geen reactie.

'Je hebt iets van me te goed. Dat is waar.' Arendse staat op en loopt naar het koffieapparaat. 'Laat ik eerst mijn vrouw haar koffie brengen, anders blijft ze daar over doorzeuren. Daarna zal ik wat telefoontjes plegen.'

Griessel wil de broek aantrekken, maar hij is te haastig. Hij verliest zijn evenwicht als hij op één been staat om het andere in de pijp te krijgen. In zijn val stoot hij zijn voorhoofd met een doffe klap tegen de rand van de wastafel. Hij vloekt en springt op en slaagt erin om zijn broek aan te trekken, maakt alleen de knoop dicht en springt met grote treden de badkamer uit, naar zijn vuurwapen dat onder de bank ligt.

Als hij zich bukt om het op te rapen, voelt hij de duizeligheid in zijn hoofd. Hij krijgt de Z88 te pakken en loopt naar de deur.

'Wie is daar?' Hij haalt de veiligheidsgrendel van het pistool.

Even hoort hij niets en dan is er het geluid van voetstappen buiten, van meer dan één mens. Voetstappen die bij de deur weg bewegen, de gang af, klinkt het. Hij draait met zijn linkerhand de sleutel om, rukt de deur open en zwaait met de loop van zijn pistool over de gang. Rechts ziet hij iemand in de lift verdwijnen. Hij rent erheen. Zijn hoofd is nog niet helder.

De liftdeur is dicht. Hij aarzelt maar even en rent dan naar het trappenhuis, rechts van de lift, stormt met twee treden tegelijk naar beneden.

Zes verdiepingen, verdomme. Met zijn linkerhand op de leuning, het vuurwapen in zijn rechterhand, alleen een broek aan, naar beneden, naar beneden. Op de derde verdieping kunnen zijn benen hem niet meer bijhouden, hij glijdt weg en alleen zijn hand op de trapleuning voorkomt dat hij valt. Hij ziet benen voor zich en kijkt op. Een uitzonderlijk dikke vrouw in een knalpaars joggingpak staat voor hem, haar mond een ronde O, haar gezicht natgezweet.

'Pardon,' zegt hij en hij hijst zichzelf overeind, schuift langs haar en neemt de volgende trap.

'Je bloedt,' hoort hij de dikke vrouw zeggen. Instinctief raakt hij met zijn hand zijn voorhoofd aan, kijkt ernaar en het is nat, warm en rood. Rennen. Wat moet hij doen als hij beneden komt en het is er meer dan één? Zijn adem jaagt, zijn borst brandt, zijn benen klagen.

Tweede verdieping, eerste verdieping, begane grond.

Hij houdt het pistool voor zich, maar de grote hal is leeg. Hij rukt de glazen deur open en rent naar buiten, het zonlicht van de ochtend in, en beneden, op de kruising van de Belle Ombrestraat en de Kloofnekweg, scheurt een witte Opel met gierende banden de hoek om.

Als het telefoontje uit Midrand binnenkomt, moet de rechercheur in Umtata het dossier eerst gaan zoeken op een vergeten stapel tegen de muur.

En dan herinnert hij zich die twee die bij het pompstation dat kind hebben doodgeschoten. En de vader die het dossier gekocht heeft.

Hij tikt met de nagel van zijn middelvinger tegen het buitenblad van het dossier. Hij vraagt zich af of de man nog belangstelling heeft. Of er iets te halen valt.

Hij zoekt de gegevens van de vader tussen de documenten en aantekeningen. Hij vindt een nummer met het kengetal van Cathcart. Hij trekt de telefoon naar zich toe en toetst het nummer in. De telefoon gaat lang over. Hij legt de hoorn neer.

Hij moet het later nog maar eens proberen.

Ze hoorde dat iemand de deur probeerde open te maken, zegt ze terwijl ze de wond op zijn voorhoofd met een warm, nat washandje schoonmaakt. De geur van Dettol prikt in zijn neus. Ze staat tegen hem aan terwijl hij op de sofa zit. Ze heeft een dunne kamerjas aan. Hij wil haar niet zo dicht bij hem hebben.

Eerst wist ze het niet zeker. Terwijl hij onder de douche was, had ze in de keuken de waterkoker aangezet en toen hoorde ze het en ze zag de deurklink bewegen. Ze was bij de deur gaan staan en zei: 'Is daar iemand?' Toen bleef het even stil en toen rukte er iemand aan de deur en toen holde ze naar hem toe, in de badkamer.

'Je hebt een bult en een snee.' Ze doet een stap achteruit om het resultaat van haar werk te bekijken.

Ze is zachter vanmorgen, maar hij wil er niet over nadenken.

'Getuigenbescherming komt zo meteen,' zegt hij, want hij heeft gebeld nog voor zij met de snee aan de gang ging.

'Ik zal me gaan klaarmaken.'

'Ze brengen je naar een safe house. Je zult wat kleren moeten inpakken.'

Hij kijkt naar haar op. Ze staat voor hem en kijkt hem met een onpeilbare uitdrukking aan. Ze steekt haar hand uit naar zijn gezicht, raakt met haar vingertoppen zijn kin aan, zacht. Ze streelt zijn jukbeen, tot aan de pleister die ze heeft opgeplakt.

Voor de deur van zijn appartement staat een in folie gewikkeld bakje. Hij pakt het op, opent de deur en gaat naar binnen. Het vertrek voelt dood aan, alsof er niemand woont. Hij zet het etensbakje op de bar en loopt de trap op. Zijn benen zijn stijf van de inspanning, vanochtend. Hij poetst lang en grondig zijn tanden, spoelt zijn mond. Wast zijn gezicht. Hij zoekt schone kleren, trekt ze haastig aan en holt de trap af. Hij is de deur al uit als hij zich de etensbak herinnert. Hij draait zich om. Charmaine heeft weer een briefje geschreven. Hij leest het.

Care of your food and living; and, believe it,
My most honour'd lord,
For any benefit that points to me,
Either in hope or present, I'd exchange
For this one wish, that you had power and wealth
To requite me, by making rich yourself.
Timon of Athens

Hij heeft geen idee wie die Griek is.

Bushy Bezuidenhout kijkt demonstratief op zijn horloge als Griessel het huis tegenover dat van Sangrenegra binnenkomt.

'Het spijt me, Bushy. Het is een woeste ochtend.'

'Behoorlijk, zie ik. Wat is er met je hoofd gebeurd?'

'Een lang verhaal,' zegt hij en hij kan in de rode ogen van zijn collega het woord 'dronkenschap' met een vraagteken.

'Hoe gaat het hier?'

'De mensen van de nachtploeg zijn al weg. Alleen ik heb op je gewacht.'

Hij voelt zich diep schuldig en even overweegt hij om te vertellen waar hij was. Maar hij heeft Mat Joubert telefonisch al verslag gedaan van zijn nacht. Dat wil hij niet nog een keer. 'Bedankt, Bushy.'

'Hier is niets gebeurd. Geen verdachte voertuigen, geen voetgangers, behalve een oud dametje verderop in de straat dat vanochtend haar twee honden uitgelaten heeft. Carlos' laatste lichten gingen tegen kwart over twaalf uit.'

'Vanochtend al iets gezien?'

'Niets. Maar hij moet zich voor twaalven gaan melden bij het politiebureau, dus hij zal zo dadelijk wel in beweging komen.' En dan, als iets wat later bij hem opkomt. 'We hadden zijn telefoon moeten aftappen.'

Griessel denkt erover na. De kans dat de assegaaiman Carlos zal bellen, is niet groot. 'Misschien.'

'Dan ga ik maar.'

'Ik blijf tot acht uur vanavond hier, Bushy.'

'Nee, laat maar. Zo lang slaap ik toch niet.'

Vaughn Cupido is op de derde verdieping met een grote verrekijker.

'Krimmeneel, Bennie, wat is er met die kop van jou gebeurd?'

'Lang verhaal.'

'Ik heb alle tijd.'

Griessel zet zijn etensbak op een ladekast en gaat naast Cupido staan. Hij houdt zijn hand op voor de verrekijker. Cupido overhandigt de kijker en Griessel richt hem op Sangrenegra's huis.

'Er valt niet veel te zien,' zegt Cupido.

Dat is waar. De meeste ramen hebben weerkaatsend glas. 'Hij moet naar het politiebureau.'

'Fielies zal hem met een auto achtervolgen.' Cupido tikt tegen een portofoon op zijn heup. 'Hij zal ons op de hoogte houden.'

Griessel geeft de verrekijker terug. 'Ik denk niet dat hij overdag zal komen.'

'Die assegaaikerel?'

Griessel knikt.

Cupido gaat in een leunstoel zitten vanwaar hij nog steeds uitzicht naar buiten heeft. 'Je weet maar nooit. Ik probeer mezelf in zijn schoenen te verplaatsen, maar het lukt me niet. Wat zit er in dat bakje?'

Griessel leunt tegen de muur. Hij zou liever op het grote tweepersoonsbed achter hen willen liggen. 'Middageten.'

'Terug bij het vrouwtje, Bennie?'

'Nee.'

'Zelf gemaakt?'

'Vraag ik jou hoe jíj verdomme je eten geregeld hebt, Vaughn?'

'Oké, oké, ik probeer alleen maar het gesprek gaande te houden. Observeren is niet bepaald het toppunt van spanning. Dus, vertel eens over die bult. Of is dat ook off-limits?'

'Ik heb mijn hoofd tegen een wasbak gestoten.'

'Tuurlijk.'

'Jemig, Vaughn, wat denk je wel niet? Dat ik stomdronken was? Is dat wat jullie allemaal denken? Wil je verdomme mijn adem ruiken? Zodat jullie naar de krant kunnen rennen en die verdomde journalisten kunnen vertellen wat voor mislukking ik ben? Vooruit, hier heb je mijn mobiel, bel ze maar. Kom op, pak aan. Denk je dat het mij wat kan schelen? Denk je dat ik daar nog mee kan zitten?'

'Shit, Bennie, rustig maar. Ik sta aan jouw kant.'

Griessel slaat zijn armen over elkaar heen. De portofoon aan Cupido's heup piept. 'Vaughn, Fielies hier, hoor je mij?'

'Stand-by.'

'Hebben we iemand op nummer 48?'

'Niet dat ik weet.'

'Er zit een man met een gigantische verrekijker op de tweede verdieping. Ik denk dat hij niet weet dat ik hem kan zien.'

'Kijkt hij naar Carlos?'

'Yep.'

'Zeg tegen hem dat ik zal gaan kijken,' zegt Griessel.

'Wacht,' zegt Cupido. 'Hier komt Koning Carlos.'

Griessel kijkt naar buiten, naar Sangrenegra's huis. De deur van de dubbele garage is bezig om open te gaan. 'Shit,' zegt hij. 'Geef mij de portofoon.' Hij neemt hem van Cupido over. 'Fielies, Bennie hier. Heeft die vent alleen een verrekijker?'

'Meer kan ik niet zien.'

'Carlos is onderweg. Kijk goed naar het raam...'

'Alleen een verrekijker. Wacht, nu is hij weg...'

Alsjeblieft geen sluipschutter, denkt Griessel. 'Zit iedereen op dezelfde frequentie?' vraagt hij aan Cupido. Die knikt.

'Stand-by, iedereen.'

'Daar is de verrekijker weer,' zegt Fielies.

'Rij achter Carlos aan, Fielies.' En tegen Cupido: 'Wie dekt hem?'

'Hij staat er alleen voor. Je weet dat we geen mankracht hebben voor back-up.'

'Fielies...'

'Stand-by.'

'Verlies hem alsjeblieft niet uit het oog.'

Als Carlos' BMW uit het zicht is verdwenen, loopt Griessel naar buiten, de straat over. Het is warm buiten, windstil aan deze kant van de berg. De hitte slaat tegen hem op, hij zweet en hij vraagt zich af of de geuren van de nacht opnieuw boven kunnen komen. Nummer 48 is nog een rijkeluishuis, witgeverfd beton, het neemt het hele erf in beslag. Geen speelruimte voor kinderen. Alleen speelruimte voor grote mensen. Hij kijkt omhoog naar de ramen op de tweede verdieping. Er is een kamer die uitkijkt op de straat en op Sangrenegra's huis, de gordijnen zijn opengeschoven. Maar nu is er niemand.

Hij loopt naar de voordeur en belt aan. Hij hoort de bel binnen niet overgaan. Hij begrijpt nooit waarom mensen hun verdomde voordeurbel niet hoorbaar maken. Hoe weet je anders of dat ding werkt? Je staat je het leplazarus te drukken en die dingen zijn meestal stuk en jij staat als een idioot voor de deur te wachten, maar niemand hoort iets.

Hij drukt opnieuw, geïrriteerd. Eén, twee, drie keer.

Hij wacht. Niets. Geen geluid.

Fielies heeft duidelijk iets gezien. De verrekijker. Die verdwijnt en weer verschijnt.

Hij hamert met zijn vuist op de deur.

Hij heeft een sterk vermoeden wie daar zit, daarboven. En ze zullen vast niet open willen doen.

Hij slaat opnieuw op de voordeur. Doem, doem, doem, doem, het geluid echoot daarbinnen. Open doen, klootzakken.

Geen reactie, geen geluid van voetstappen.

Hij pakt zijn mobiel en zoekt het nummer van Boef Beukes dat hij gisteravond gebeld heeft. Drukt op het groene knopje. Maar hij gaat alleen over. Beukes weet dat hij het is, die belt. En hij weet zeker al waarom, want die sukkel daarboven met zijn verrekijker heeft zijn baas vast en zeker al gebeld om te vertellen dat die lui van EGM aan de deur zijn komen rammelen.

Hij slaat nog één laatste keer op de deur, meer uit frustratie dan uit verwachting.

Dan draait hij zich om.

39

Hij heeft voor zichzelf een stoel uit de luxe zitkamer gehaald, de trap op gedragen en naast die van Cupido gezet. Ze hebben Sangrenegra zien terugkomen en geluisterd naar Fielies' verslag. De Colombiaan was naar de politie en is onmiddellijk weer teruggereden.

Ze zaten te wachten en voerden zo nu en dan nietszeggende gesprekken. Ze probeerden de aandacht van het team vast te houden, van de rechercheurs verderop in de straat, en die die achter het huis in het veld verscholen zaten.

En nu is het 15.34 en de slaap is als lood in hem. Hij moet verdomme met open ogen hebben zitten slapen, want als Cupido met een scherpe ondertoon in zijn stem 'Bennie...' zegt, schiet hij van schrik overeind en kijkt de straat af. Er staat een bestelbus voor Carlos' deur. Met een groot blauw kruis op de zijkant. EERSTE HULP VOOR ZWEMBADEN. INTENSIVE CARE EENHEID.

Een zwarte man stapt uit. Groot. Blauwe overall aan.

Griessel pakt de portofoon. 'Stand-by, iedereen.'

De zwarte man loopt naar de achterkant van de bestelbus, haalt er pijpen, netten en andere spullen uit.

'Dat staat op het bordje tegen de muur,' zegt Cupido, met de verrekijker voor zijn ogen.

'Wat?'

'Tegen de muur van Carlos' huis. Daar, naast de garagedeur. "Zwembadonderhoud door Eerste Hulp voor Zwembaden". En een nummer.'

De zwembadman loopt naar de voordeur. Hij drukt op de intercom. En wacht.

'Het nummer is vier acht zeven nul-nul, nul-nul.'

Griessel belt en wacht.

De deur daarbeneden gaat open. Carlos verschijnt. Hij houdt de deur open. De zwarte man pakt al zijn spullen op en gaat naar binnen.

'Het nummer dat u hebt gedraaid, is niet in gebruik,' zegt een vrouwenstem in zijn oor. 'Shit,' zegt hij. 'Ben je zeker van dat nummer?'

'Vier acht zeven vier maal nul.'

'Dat heb ik...' Dan realiseert hij zich dat hij het kengetal van Kaapstad er niet voor heeft gezet en hij vloekt en toetst 021 in en dan weer het nummer en nadat de telefoon vier keer is overgegaan, antwoordt er een vrouw.

'Eerste Hulp voor Zwembaden, goedemiddag, met Ruby. Wat kan ik voor u doen?'

'Met recherche-inspecteur Bennie Griessel van Ernstige Geweldsmisdrijven. Kunt u me zeggen of jullie een Sangrenegra in jullie administratie hebben? Shanklin Crescent 45 in Kampsbaai.' Hij probeert zijn stem dringend te laten klinken zodat ze niet moeilijk zal doen.

'Het spijt me, meneer, dit soort gegevens kan ik u via de telefoon niet geven.'

Hij blijft met grote moeite kalm en zegt: 'Ruby, dit is een noodgeval, ik ben van de politie en ik heb geen tijd om...' 'Te verkloten', wil hij zeggen en hij moet een ander woord zoeken. '... alsjeblieft, Ruby, ik verzoek je vriendelijk...'

Ze is stil aan de andere kant en misschien is het de wanhoop in zijn stem, maar eindelijk zegt ze: 'Hoe was die naam ook alweer?'

'Sangrenegra.' Hij spelt het voor haar. Aan de overkant van de straat is de deur van het huis nog dicht.

Hij hoort vaag hoe Ruby op een toetsenbord tikt. 'We hebben geen Sangrenegra in ons bestand, meneer.'

'Weet je het zeker?'

'Ja meneer, ik weet het zeker. Onze computer liegt niet.' Bits.

'Oké. Ik moet het heel precies weten. Staat Shanklin Crescent 45 in Kampsbaai in jullie computer?'

'Moment.'

'Postbode,' zegt Cupido en hij wijst met zijn vinger de straat af. Een man in uniform komt op zijn fiets aangereden, van brievenbus naar brievenbus. Bij Carlos' huis is alles stil.

'Meneer?'

'We hebben Shanklin Crescent 45 in Kampsbaai wél in onze administratie staan...'

Hij voelt de opluchting.

'Deze cliënt is een bedrijf, lijkt het.'

'O ja?'

'De Colombian Coffee Company.'

'Oké,' zegt Griessel. De spanning begint weg te ebben.

'Hier komt hij,' zegt Cupido. De grote zwarte man komt via de voordeur naar buiten. Hij houdt alleen een witte plastic zwembadpijp in zijn handen.

'Een goede klant, zo te zien. Alles betaald,' zegt Ruby.

'Hij gaat zeker iets uit zijn wagen halen,' zegt Cupido.

Griessels ogen volgen de zwarte man in de blauwe overall. Het lijkt alsof het pak iets te krap zit. De man opent het portier aan de bestuurderskant.

'De onderhoudsbeurt...'

De man gooit de zwembadpijp naar binnen.

'... vindt altijd op vrijdag plaats.'

De man stapt in het bestelbusje.

'Wat?' zegt Griessel.

'Het klopt niet,' zegt Cupido. 'Hij gaat ervandoor...'

'Het onderhoud is op vrijdag.'

'... en zijn spullen staan nog binnen.'

Griessel grijpt zijn portofoon en zegt: 'Houd hem tegen, houd die zwembadman tegen, iedereen!' Hij stormt met zijn mobiel in de ene en de portofoon in de andere hand de trap af en Ruby zegt: 'Pardon?' door de telefoon en hij schreeuwt in de portofoon: 'Fielies, keer je wagen en houd die zwembadman tegen!'

'Bent u daar nog, meneer?'

'Ik rij al, Bennie.'

Hij valt bijna als hij de bocht in de laatste trap neemt en hij denkt wat zit het heelal toch vreemd in elkaar, een jaar lang loop je geen trappen en dan plotseling, op een dag, krijg je meer trappen voor je kiezen dan je benen aankunnen. 'Hallo?' zegt Ruby op zijn mobiel. 'Hij is de hoek om!' schreeuwt Fielies via de portofoon.

'Rij, Fielies!'

Griessel rent de straat over naar Carlos' huis en hij hoort de voetstappen achter zich en kijkt om en ziet Cupido en één, twee agenten, schoenzolen die tegen het asfalt klappen.

'Meneer, bent u daar nog?'

De postbode op zijn fiets is voor hem en de man zet grote ogen op en zijn mond gaat open en hij zegt iets en Griessel wijkt uit en is even bang dat hij tegen hem op zal lopen.

'Hallo?'

Zijn knie botst tegen de achterband van de fiets en hij denkt dat als hij nu valt, de mobiel en de portofoon naar hun grootje zijn. Hij hervindt zijn evenwicht. Hij trapt Carlos' voordeur open en rent naar binnen en ziet hem naast het zwembad liggen, en overal waar hij kijkt, ligt er bloed. Dan is hij bij de Colombiaan, die op zijn buik ligt, en hij keert hem om en ziet dat hij morsdood is, een gigantisch gat in zijn borst. Hij zegt: 'Kut, kut, kut,' en Ruby zegt: 'Nu heb ik er genoeg van!' en de mobiel maakt drie piepgeluiden en de drie politiemannen achter hem komen naast hem tot stilstand en dan is het doodstil.

Op de hoek van de Shanklin Crescent en de Eldon Lane bedenkt rechercheur Malcolm Fielies dat de zwembadman zowel linksaf als rechtsaf kan zijn gegaan. Hij gokt op links, en dan ziet hij de bestelbus voor hem rechtsaf slaan en hij trapt het benzinepedaal van de Volkswagen Golf diep in en de banden krijsen en hij rijdt.

Hij volgt hem als de man bij de Cranberry Crescent rechts afslaat, hij ziet op een bordje dat de weg rondloopt en hij denkt, nu heb ik je, klootzak, laat maar eens zien hoe je hieruit komt! Maar de weg is recht als een liniaal en dan ziet hij de remlichten voor hem en die vent slaat linksaf en Fielies vloekt en hij schreeuwt in zijn portofoon: 'Ik zit achter hem!' maar hij weet dat het korte-afstandsspul is en hij weet niet of Bennie hem nog kan horen.

Hij gooit de portofoon op de stoel naast hem en gaat linksaf. Geneva Drive. Hij vermoedt dat dit de straat is die omhoogloopt naar de Kampsbaai Rylaan, de weg naar de stad, en hij zet de Golf in een lagere versnelling. Hij hoort de motor tekeergaan en hij jaagt verder.

Hij haalt hem in, hij haalt die klootzak langzaam maar zeker in, maar die klootzak kan wel rijden.

Hij grist de politieradiomicrofoon van zijn haakje en hij krijgt de centrale. Hij wil nog zeggen dat hij dekking nodig heeft, maar dan maakt de Geneva Drive een scherpe bocht naar links, zo verdomd onverwachts en hij voelt hoe de achterkant van de auto begint te glijden en hij klampt met beide handen het stuur vast. De banden gieren en hij ziet dat hij de stoep gaat raken. Kijk voorbij de bocht, dat heeft hij geleerd. Hij kijkt voorbij de bocht. Te snel. Daar gaat de achterkant en hij tolt, helemaal in de rondte, en dan slaat de motor af. Hij zegt keihard 'Klootzak'. Hij draait het sleuteltje om en het gromt, daar voorin, en het krast, en dan pakt de Golf en rechercheur Malcolm Fielies schiet ervandoor met banden die benauwd schreeuwen. Bij de T-kruising met Kampsbaai Rylaan staat hij stil en hij kijkt links en rechts en weer links en nergens is een spoor van de bestelbus te bekennen.

Het zwembadniveau van het huis staat vol politiemannen en forensische mensen en Griessel zit aan de kant met zijn mobiel in zijn handen. Hij bedenkt dat hij Christine van Rooyen haar laatste kans om te weten wat er met haar dochter gebeurd is, heeft ontnomen. Hij bedenkt dat als het kind nog leeft en ergens is, ze haar nu nooit meer zullen vinden.

Hij weet dat de hoofdinspecteurs Esau Mtimkulu en Mat Joubert, eerste en tweede in bevel bij EGM, en commissaris John Afrika, het provinciale hoofd van de recherche, nu daarbeneden bij het zwembad over zijn toekomst staan te twisten. En als ze hem de laan uit sturen, dan is het goed, want hij was ervan overtuigd gebleven dat de assegaaiman blank was, zelfs nadat hij een goede getuigenverklaring had gehoord die het tegendeel beweerde. Daarom had hij niet sneller gereageerd op het zwembadwagentje. Daarom had hij eerst gebeld.

Zijn fout. Te veel geloof in zijn verdomde instinct, te hooghartig, te zelfverzekerd en nu zal hij ervoor moeten boeten.

De telefoon gaat.

'Griessel.'

'Inspecteur, de helikopter heeft het voertuig van die zwembadlui gevonden bij de Seinheuwelweg. We sturen er nu een patrouillewagen op af.'

'En de verdachte?'

'Nee, die is weg. Het gaat alleen om de auto.'

'Leg me uit waar het is.'

'Het is die weg die vanuit de Kloofnekweg naar de uitkijkpunten op de Seinheuwel loopt, inspecteur. Na ongeveer vijfhonderd meter heb je aan je linkerhand een groep bomen.'

'Laat niemand in de buurt van het voertuig komen, alsjeblieft. Ze moeten het alleen bewaken.' Hij is al opgestaan en hij loopt eerst naar Cupido. 'Vaughn, ze hebben het busje gevonden op de Seinheuwel. Denk eens goed na – had hij handschoenen aan?'

'Absoluut niet. Ik heb hem goed bekeken.'

'Weet je het zeker?'

'Heel zeker.'

Griessel loopt naar de drie hogere officieren. Ze staken hun discussie als hij dichterbij komt. 'Hoofdinspecteur,' zegt hij tegen Joubert, 'de helikopter heeft het zwembadbusje op Seinheuwel gevonden. En we denken dat er een goede kans is op vingerafdrukken. Hij had geen handschoenen aan. Ik wil Forensische Opsporing meteen...'

Hij ziet de drie gezichten en weet dat er een mededeling komt.

'Bennie,' zegt John Afrika. Zacht, zodat alleen zij vieren het kunnen horen. 'Je begrijpt wel dat hoofdinspecteur Joubert het nu overneemt, hè?'

Hij heeft het verdomme verdiend, maar het doet pijn en hij wil het niet laten blijken en hij zegt: 'Ik begrijp het, commissaris.'

'Je bent nog steeds deel van het team, Bennie,' zegt Mat Joubert.

'Ik...' zegt hij, zonder dat hij weet wat hij wil zeggen.

'Neem F.O. mee, Bennie. Bel me als jullie iets vinden.'

Ze vinden niets.

De assegaaiman heeft het stuur, de versnellingspook en de deurgrendel met een lap of zoiets afgeveegd en dan herinnert Griessel zich dat hij iets achter uit het busje heeft gehaald. De forensische onderzoeker spuit met zijn spuit en veegt met zijn kwastje en hij zegt: 'Wacht, hier zit iets.'

Griessel gaat naar hem toe en kijkt. Buiten op de achterdeur zit een vingerafdruk, duidelijk zichtbaar op de witte verf.

'Hij hoeft niet van hem te zijn,' zegt de man van F.O.

Griessel zegt niets.

Hij zit in zijn appartement aan de ontbijtcounter en eet van de dunne plakjes lamsbout uit Charmaine Watson-Smith' etensbakje. Maar zijn gedachten zijn bij de fles Klipdrift in de kast boven zijn hoofd.

Waarom niet? Hij kan geen enkel goed antwoord op zijn vraag bedenken.

Hij heeft geen trek, maar eet omdat hij weet dat het moet.

Vannacht had hij grootse theorieën over waarom hij drinkt. Griessel, de diepe denker. Het komt hierdoor en daardoor en het is van alles – behalve de waarheid. En de waarheid is: hij is een mislukkeling. Dat is alles. Een zuipende, hoeren naaiende en vrouwen slaande mislukkeling.

Waar is dat grappenmakertje met zijn basgitaar gebleven? Daar dacht hij vannacht aan en nu weet hij het. Dat ventje was al een mislukkeling, hij had het alleen nog niet door. *You can fool some of the people some of the time...* Maar je kunt het leven niet voor de gek houden, vader. Het leven kijkt uiteindelijk overal doorheen.

Hij staat op. Moe. Hij schraapt het laatste restje eten boven zijn vuilnisbak uit het bakje, wast het en droogt het af. Hij wil nu niet bij de oude vrouw langsgaan. Hij zal het morgenochtend met een briefje voor haar deur neerzetten.

Je kunt het leven niet voor de gek houden.

Zijn mobiel gaat over in zijn zak.

Laat dat stomme ding maar gaan.

Hij haalt hem te voorschijn, kijkt op het schermpje.

ANNA.

Wat moet ze? Kun je de kinderen zondag komen halen? Ben je nuchter? Kan het haar werkelijk schelen of hij nuchter is? Echt? Ze gelooft toch niet dat hij het in zich heeft. En ze heeft gelijk. Zij kent hem beter dan wie dan ook. Zij heeft het proces gezien, meegemaakt. Zij is getuige nummer één. Het leven heeft hem ontmaskerd en zij zat op de eerste rij. Ze weet dat ze over zes maanden een procureur gaat bellen om te zeggen, laten we een eind maken aan dat gedoe met die alcoholist-man van mij die nog steeds zuipt. Die zes maanden zijn alleen bedoeld om de kinderen te laten zien dat ze niet harteloos is.

Laat haar maar bellen. Laat haar maar bellen tot ze een ons weegt.

1 OPROEP GEMIST.

1 leven gemist, verdomme.

De mobiel gaat opnieuw over. Het is het nummer van kantoor. Wat moeten die nu weer?

'Griessel.'

'We hebben hem, Bennie,' zegt Mat Joubert.

40

Wanneer hij bij EGM binnenkomt, zitten ze allemaal in het lokaal van het onderzoeksteam te wachten. Hij voelt de opwinding, ziet het aan de gezichten, hoort het in de stemmen.

Joubert zit naast Helena Louw die met haar computer bezig is. Bezuidenhout en zijn nachtploeg zijn er ook. Keyter staat met een agent te praten, de camera die hij te leen gekregen heeft verdomme nog steeds om zijn nek, een lange lens voor zijn buik.

Griessel gaat aan een van de tafeltjes zitten.

Joubert kijkt op, ziet hem en wenkt. Hij staat op en loopt naar hem toe. 'Kom naast me zitten, Bennie.'

Hij gaat zitten. Joubert staat op. 'Mag ik jullie aandacht?'

Het wordt stil in het vertrek.

'We hebben een verdachte geïdentificeerd, dankzij vingerafdrukken die inspecteur Griessel en zijn team op het voertuig van het zwembadbedrijf hebben aangetroffen. Zijn naam is Tobela Mpayipheli. Hij is een veertigjarige Xhosa uit de Oost-Kaap. Zijn officiële adres is Cata, een boerderij in het district Cathcart. Dat ligt in de Oost-Kaap. Mpayipheli heeft eerder dit jaar zijn zoon verloren tijdens een gewapende overval op een benzinepomp. De twee verdachten zijn gearresteerd, maar zijn tijdens het verhoor uit aanhouding ontsnapt. Het lijkt erop dat alles daarmee is begonnen. Hij is trouwens in het bezit van een Isuzu KB-bakkie, wat klopt met de bandafdruk die inspecteur Griessel gevonden heeft en we kunnen ervan uitgaan dat dit het voertuig is waarmee hij hier in de Kaap en in Uniondale was. Dat is alle informatie die we op dit moment hebben.'

Griessels telefoon gaat opnieuw over en hij schrikt en haalt hem uit zijn zak.

Anna.

Hij drukt het gesprek weg.

'Nou goed,' zegt Joubert. 'Omdat ik inspecteur Griessel ga vragen om naar de Oost-Kaap te gaan, zal ik aan deze kant het fort moeten bewaken.'

Hij wil nergens heen.

'We zullen de hele Kaap moeten omspitten om Mpayipheli te vinden. Hij moet ergens zijn. Bennie zal gaan uitvinden of hij familie of vrienden hier heeft, maar intussen zullen we elke mogelijke accommodatie moeten benaderen of bezoeken. We wachten nu...'

Jouberts ogen gaan naar de deur en iedereen volgt zijn blik. Boef Beukes is binnengekomen. Achter hem staat de man met het kostuum die Griessel bij Beukes op kantoor heeft gezien. Joubert knikt in hun richting.

'We wachten nu op fatsoenlijke pasfoto's van Binnenlandse Zaken en dan krijgen jullie allemaal een exemplaar, samen met de beste beschrijving die we kunnen samenstellen. Er is al een opsporingsbevel uitgestuurd voor het bakkie en we gaan wegblokkades oprichten langs de N1, de N2, de N7, de R27, de R44 en vier plekken op de R300 rond Khayelitsha en Mitchells Plain. We gaan ook informatie aan de media doorgeven en de hulp van het publiek inroepen. We behoren over een uur of wat een rooster te hebben opgesteld, zodat jullie kunnen beginnen om logementen te bellen of te bezoeken. Blijf in de buurt tot alles klaar is.'

Joubert komt onmiddellijk bij Griessel zitten. 'Sorry Bennie, er was geen tijd om je te waarschuwen.'

Griessel haalt zijn schouders op. Het maakt niet uit.

'Gaat het?'

Hij wil vragen wat dat betekent, maar hij knikt alleen maar.

'We hebben voor negen uur een vlucht voor je geboekt naar Port Elizabeth. Dat is de laatste vandaag.'

'Ik zal mijn spullen gaan pakken.'

'Ik heb je nodig daar, Bennie.'

Hij knikt opnieuw. Dan staan Boef Beukes en meneer Rode Stropdas bij hen. De onbekende man houdt een grote bruine envelop vast.

'*Mat, can we have a word*,' zegt Beukes en Griessel vraagt zich af waarom hij Engels praat.

'Het is een gekkenhuis, Boef,' zegt Joubert.

'*We have some information...*' zegt Beukes.

'We luisteren.'

'*Can we talk in your office?*'

'Wat moet dat met dat Engels, Boef? Of oefen je voor als je de *Argus* belt?' vraagt Griessel.

'*Can I introduce you to special agent Chris Lombardi of the* DEA,' zegt Beukes en keert zich om naar Rode Das.

'Ik werk voor de Amerikaanse narcotica-brigade, en ik ben sinds drie maanden in uw land,' zegt Chris Lombardi. Met zijn kale schedel en zijn lange, vlezige oren doet hij Griessel aan een boekhouder denken.

'Inspecteur Beukes en ik zijn deel van een interdepartementele operatie waarbij onderzoek wordt gedaan naar het vervoer van drugs tussen Azië en Zuid-Amerika, waarbij Zuid-Afrika, en Kaapstad in het bijzonder, een belangrijke rol lijkt te spelen.' Lombardi's Engels heeft een sterk Amerikaans accent, als dat van een filmster.

Drie maanden, denkt Griessel. Die klootzakken houden Carlos al drie maanden in de gaten.

Lombardi haalt een A4-formaat vel papier uit de bruine envelop en legt het op Jouberts bureau. Het is een zwart-witte portretfoto van een man met donkere krullen en een glad geschoren gezicht. 'Dit is César Sangrenegra. Ook bekend als *El Muerte*. Hij is de tweede in bevel binnen het Guajira-kartel, een van de grootste Colombiaanse drugssmokkelbendes in Zuid-Amerika. Hij is een van de drie beruchte Sangrenegra-broers en we hebben reden om aan te nemen dat hij vanmorgen vroeg in Kaapstad is aangekomen.'

'Carlos' broer,' zegt Griessel.

'Ja, hij is de broer van wijlen Carlos. En dat is deel van het probleem. Maar laat me bij het begin beginnen.' Lombardi haalt nog een foto uit de envelop. 'Dit is Miguel Sangrenegra, alias *La Rubia*, of *La Rubia de la Santa Marta*. "Rubia" betekent "blond", en zoals je kunt zien, is deze man helemaal niet blond. Hij is de patriarch van de familie, tweeënzeventig jaar oud, en met pensioen sinds 1995. Maar met hem is het allemaal begonnen. In de jaren vijftig was Miguel koffiesmokkelaar in het Caraïbische Gebied en daardoor had hij een perfecte uitgangspositie om in de jaren zestig en zeventig over te gaan op marihuana. Hij komt uit de stad Santa Marta in de Colombiaanse provincie Guajira. Nou is Guajira niet het meest vruchtbare deel van Colombia, maar het heeft één merkwaardig voordeel. Dankzij de bodemkwaliteit en de chemie brengt het een zeer populaire marihuanasoort voort, Santa Marta Gold genaamd. In de VS is het erg geliefd en de straatwaarde is veel hoger dan welke andere wietsoort ook. In de Guajira verwijzen ze naar Santa Marta Gold als La Rubia. En dat is wat Miguel begon te smokkelen, vandaar zijn bijnaam.'

Lombardi haalt een kaart uit de envelop en spreidt hem uit op Jouberts bureau.

'Dit is Colombia en dit gebied, aan de Caraïbische kust, is Guajira. Zoals je kunt zien, wat de provincie mist aan bodemvruchtbaarheid, maakt het goed door zijn geografische ligging. Bekijk de lengte van die kustlijn maar. Als je marihuana naar de VS zou willen smokkelen, dan zou je ofwel een boot naar de kust van Guajira sturen, of een vrachtvliegtuig. Miguel kende de boeren die dat spul in de bergen verbouwden, en hij kende de kust als zijn broekzak. Dus werd hij een *marimbero*. Een marihuana-smokkelaar. De Colombianen noemen het *marimba*. In elk geval, hij verdiende een fortuin in de jaren zeventig. Maar toen, in de late jaren zeventig en de jaren tachtig, werd cocaïne internationaal de meest gevraagde drug. En het zwaartepunt van de drugsmacht, het geld, en de aandacht van de overheid, verplaatsten zich naar midden-Colombia. Naar mensen als Pablo Escobar en het Medellín-kartel. Carlos Lehder, de Ochoa-broers, José Rodríguez-Gacha...

Miguel hield niet van cocaïne en hij had er niet de juiste contacten voor, dus hij hield het op marimba, verdiende goed geld, maar bereikte nooit de duizelingwekkende hoogten van rijkdom en macht van een Escobar of een Lehder. Maar op de lange duur werkte dit in zijn voordeel. Want toen we jacht begonnen te maken op de grote kartels, kon Miguel rustig doorgaan met zijn handeltje. En in de jaren negentig stapte zijn familie in het vacuüm dat was ontstaan nadat de grote jongens uit de weg waren geruimd.'

Er komt nog een foto uit de bruine envelop.

'Dit is Miguel Sangrenegra's oudste zoon, Javier. Hij is kort en mager, net als zijn moeder. En we denken dat hij ook de hersens en de ambitie van zijn moeder heeft meegekregen. Hij was degene die zijn vader onder druk zette om het familiebedrijf uit te breiden naar cocaïne. Miguel verzette zich, en Javier zette de oude man aan de kant. Niet direct, maar langzaam en stilletjes stuurde hij hem met pensioen op zo'n manier dat iedereen hem bleef respecteren.

'Laten we het nu over Carlos hebben.' Nog een foto, deze keer van de jongste broer. Zwart-wit, met een grof raster. In een zonnige straat in een Zuid-Amerikaans dorp stapt een jongere Carlos uit een Land Rover Discovery.

Griessel kijkt op zijn horloge. Hij moet gaan inpakken. Hij vraagt zich af waar het verhaal naartoe gaat.

'Carlos was het zwarte schaap van de familie. De minst intelligente van de broers, een beetje een playboy, met een voorliefde voor jonge meisjes. Hij kreeg het voor elkaar om een veertienjarig meisje uit Barranquila, het naburige dorp, zwanger te maken, en om problemen te voorkomen stuurde Javier stuurde hem naar Kaapstad. Hij had hier iemand nodig die hij kon vertrouwen. Om zijn operaties te coördineren. Want tegen 2001 was het Guajira-kartel, zoals het inmiddels werd genoemd, echt een internationale onderneming geworden. En ze hadden een vinger in de pap in het hele spectrum van de drugshandel.

Carlos deed het aardig hier. Hij wist uit de problemen te blijven en slaagde erin om te doen wat er van hem verwacht werd met hulp van een team dat erg loyaal was aan Javier – de vier die we nu te pakken hebben. En toen raakte hij verzeild in die puinhoop met dat kind van die prostituee. En nu, zoals jullie weten, is Carlos dood.

En daar komt César Sangrenegra op het toneel. *El Muerte*. De Dood, noemen ze hem. Als Javier het brein achter het kartel is, dan is César de sterke arm. Hij is een killer. Het gerucht gaat dat hij in de afgelopen tien jaar meer dan driehonderd mensen om zeep heeft gebracht. En dan bedoel ik niet dat hij opdracht heeft gegeven om tegenstanders uit de weg te ruimen. We hebben het over eigenhandig het mes erin steken.'

De laatste foto's komen uit de envelop. Lombardi spreidt ze uit over de tafel. Mannen met afgesneden geslachtsdelen die in hun mond gestoken zijn. Vrouwenlijken met verwijderde borsten.

'En dit is de stropdasmethode. Kijk eens hoe de tong door de doorgesneden hals wordt getrokken. *El Muerte* heeft een nogal ziek gevoel voor humor. Hij is groot en sterk en in optimale conditie. Hij is volkomen meedogenloos. Ze noemen hem een psychopaat. De mensen in de Guajira beginnen al te beven als zijn naam wordt genoemd.'

'Wat komt hij nu in Kaapstad zoeken?' vraagt Mat Joubert.

'Dat is de reden waarom we hier zijn,' zegt Boef Beukes.

'Zie je, er is een eenvoudige regel in de Guajira,' zegt Lombardi. 'Als iemand iets van jou afpakt – geld, bezittingen, wat dan ook – dan wordt gezegd dat hij rondloopt met *culebras* op zijn rug. Dat betekent "slangen". Hij loopt rond met een slang op zijn rug, een giftig beest dat elk moment kan toeslaan, dat ervoor zorgt dat je voortdurend angstig over je schouder kijkt. De *guajiro* geloven onvoorwaardelijk in *justicia*. Gerechtigheid. Wraak.'

'Wat bedoel je daarmee?' vraagt Griessel.

'Ik bedoel dat u, inspecteur Griessel, verantwoordelijk zult worden gehouden voor Carlos' dood. U, de assegaaiman en de prostituee. Jullie lopen allemaal rond met *culebras* op de rug.'

De recherche-inspecteur met een slang op zijn rug gaat te laat komen. Hij pakt overhaastig zijn koffer in en wanneer hij in de keuken komt, grist hij de fles brandewijn uit de kast en neemt die ook mee.

Hij scheurt een vel papier uit zijn notitieboekje en in slordige hanenpoten schrijft hij een bedankbriefje voor Charmaine Watson-Smith. Even schiet het door hem heen dat het enige rijmpje dat hij kent, begint met '*There was a young man from Australia...*' en dan kan hij zich de rest niet eens meer herinneren, maar het doet er ook niet toe, want het is niet helemaal van toepassing.

Hij zet het afgewassen etensbakje voor haar deur en haast zich dan naar de ingang van het flatgebouw. Onder het lopen beseft hij wat er met Charmaines krant gebeurt wanneer die verdwijnt. Hij blijft staan, draait zich om, draaft terug naar haar appartement en klopt aan. Hij raapt het etensbakje op.

Het duurt even voor ze opendoet.

'Nee maar, inspecteur...'

'*Madam*, het spijt me, ik moet het vliegtuig halen. Ik wilde u alleen even bedanken. En ik weet wat er met uw krant gebeurt.'

'O?'zegt ze en pakt het bakje van hem aan.

'Iemand neemt hem mee wanneer hij naar buiten gaat. Ze nemen hem mee. 's Ochtends.'

'Lieve help...'

'Ik moet ervandoor. Als ik terug ben, zal ik de zaak verder onderzoeken.'

'Dank u wel, inspecteur.'

'Nee, mevrouw, ik moet ú bedanken. Dat...' en even kan hij er niet opkomen wat 'schapenvlees' in het Engels is en hij wil zeggen 'sheep's meat' en hij weet dat het verkeerd is. '... *lamb*, dat lamsvlees was fantastisch.' Hij draaft terug naar de ingang en hij realiseert zich dat hij zal moeten racen, want hij is nu verschrikkelijk laat.

Als de tweede brandewijn met cola als een goddelijke hittegolf door hem heen trekt, zakt hij onderuit in zijn vliegtuigstoel en zucht diep en behaaglijk. Hij is een mislukkeling, een zuiplap, zo is het nu eenmaal – hij is geboren om te zuipen, gemaakt om te zuipen. Daarin blinkt hij uit, dan voelt hij zich goed en heel en één met het heelal. En dan schiet het rijmpje hem te binnen.

There was a young man from Australia
Who painted his arse like a dahlia.
The colours were bright
And the look was all right
But the smell was a hell of a failure

En hij grinnikt en vraagt zich af hoeveel hij er zich nog meer kan herinneren, nu zijn kop het weer doet. In zijn grapjasdagen schudde hij ze achter elkaar uit zijn mouw. *There was a young man from Brazil, who swallowed a dynamite pill...* Misschien moest hij er één over zichzelf verzinnen. *A detective inspector who drank...*

Hij neemt nog een slok uit het verdomd kleine plastic vliegtuigglaasje met de twee blokjes ijs en hij denkt, nee,

There was a dumb cop from the Cape,
who let a black spearman escape.

Als de stewardess zijn kant uit komt, en houdt hij zijn glas op en tikt ertegen met zijn wijsvinger en ze knikt, maar niet bepaald overdreven vriendelijk. Zeker bang dat hij bij haar in het vliegtuig smoordronken zal worden. Ze kan gerust zijn, met haar strak achterovergekamde haar en haar rode mondje. Hij mag dan een mislukte politieman zijn die zijn vrouw slaat en met hoeren naar bed gaat, maar hij kan tegen drank, vadertje. Het is het enige wat hij met grote, geroutineerde behendigheid voor elkaar krijgt.

He thought he was white,
and that's not all right.

Maar wat rijmt er verdorie op 'Cape' en 'escape'? Het enige wat hij kan verzinnen, is 'rape'. Misschien moet hij nog eens opnieuw beginnen, daar komt dat rode mondje met zijn volgende neut.

On his back's not a snake, but an ape.

'Gaat het, meneer?' vraagt de vrouw bij Budget Rent-a-Car met een lichte frons en hij zegt: 'Zo recht als de regen', en hij zet een zwierige handtekening bij elk rotkruisje dat ze op het formulier heeft gemaakt. Ze geeft hem de sleutels en hij loopt naar buiten, de avondwind van Port Elizabeth in, en hij bedenkt dat hij zijn mobiel verdomme zal moeten aanzetten, maar hij moet eerst die auto vinden. Ze hebben hem een witte Nissan Almera gegeven, staat er op het dingetje aan de sleutel. Hij kan hem verdomme niet vinden. Met zijn koffer in zijn hand loopt hij tussen de rijen auto's door, ze zijn verdorie bijna allemaal wit. Hij kan zich niet voor de geest halen hoe een Almera eruitziet. Hij heeft ooit een Sentra gehad, een showroommodel dat hij bij Schus in Bellville tegen een spotprijs op de kop had weten te tikken, nooit gedonder gehad met die auto. Jemig, hoe lang is dat wel niet geleden? Hier heb je die stomme Almera, pal voor zijn neus. Hij drukt op het knopje op de sleutelhanger, de auto zegt 'biep' en de lampen flikkeren. Hij opent de achterbak, legt zijn koffer erin en haalt zijn mobiel tevoorschijn.

Hij moet tegen de auto leunen om overeind te blijven. Hij moet toegeven dat hij misschien een beetje dronken is.

U HEBT DRIE NIEUWE BERICHTEN. BEL 121 OM UW BERICHTEN TE BELUISTEREN.

Hij drukt op de knopjes. Een vrouwenstem. 'U hebt drie nieuwe voicemailberichten. Eerste bericht...'

'Bennie, met Anna. Waar ben je? Carla is nog niet thuis. We weten niet waar ze is. Bel me als je nuchter bent.'

Hoe laat heeft Anna gebeld? Vanmiddag, toen hij het gesprek wegklikte. Waarom is ze zo in paniek?

'Tim Ngubane hier. Het is nu elf minuten voor negen. Ik wilde je alleen even laten weten dat Christine van Rooyen vermist wordt, Bennie. Ik kreeg een telefoontje van Getuigenbescherming – blijkbaar is ze er zelf vandoor gegaan. Ze hadden haar ondergebracht in een huis in Boston, en ze is gewoon weg. Ik houd je op de hoogte. *'Bye.'*

Ze is er zelf vandoor gegaan? Waarom zou ze dat nou doen? Hij drukt op de zeven om het bericht te verwijderen.

'Bennie. Met Anna. Ik heb nu met Mat Joubert gepraat. Hij zegt dat je naar P.E. bent. Bel me, alsjeblieft. Carla is nog steeds niet thuis. We hebben iedereen al gebeld. Ik ben verschrikkelijk ongerust. Bel me als je dit bericht hoort. Alsjeblieft!'

Er ligt een wanhoop in Anna's stem die door de alcohol heen dringt, die hem doet beseffen dat er problemen zijn. Hij drukt op de negen en verbreekt de verbinding. Hij staat tegen de Almera aan. Hij kan haar niet bellen, want hij is dronken.

Waar is Carla? Jemig, hij moet koffie of zoiets hebben, hij zal verdomd gauw nuchter moeten worden. Hij stapt in de auto. De stoel voor de bestuurder is verdomme tegen het stuur aan geschoven, hij moet eerst met zijn hand daarbeneden naar de hefboom zoeken voor hij fatsoenlijk kan gaan zitten. Zet de auto in beweging.

Niet zo vreselijk dronken, hij moet alleen zijn hoofd erbij houden. Hij rijdt weg, moet naar het hotel. Koffie drinken. En lopen, net zo lang lopen tot het waas is opgetrokken, dan kan hij Anna bellen, ze mag niet horen dat hij bezopen was. Ze weet het al. Zeventien jaar ervaring, verdomme – ze zal hem bliksemsnel doorhebben. Hij had niet moeten drinken. Hij heeft die fles ook nog ingepakt. Hij had de hele nacht door kunnen zuipen en nu is Carla weg en er begint een vermoeden bij hem te dagen en hij wil er niet over nadenken.

Zijn mobiel gaat.

Hij kijkt. Het is Anna niet.

Wie belt hem om elf uur 's avonds?

Hij moet stoppen, hij is niet nuchter genoeg om te praten terwijl hij rijdt.

'Griessel.'

'Spreek ik met recherche-inspecteur Bennie Griessel?' De stem aan de andere kant van de lijn spreekt Engels, maar de 'g' zacht en het accent komen hem bekend voor.

'Ja.'

'Hokay. Inspecteur Griessel, u moet heel goed luisteren, want dit is erg belangrijk. Luistert u goed naar mij?'

'Met wie spreek ik?'

'Ik vraag u nogmaals: luistert u heel goed naar mij?'

'Ja.'

'Ik begrijp dat u op jacht bent naar de moordenaar van Carlos Sangrenegra. Dat klopt?'

'Ja.' Zijn hart bonkt.

'Hokay. Dat is goed. Want u moet hem naar mij toe brengen. Begrijpt u?'

'Wie bent u?'

'Ik ben de man die uw dochter heeft, inspecteur. Ik heb haar hier bij mij. Nu moet u goed, heel goed luisteren. Ik heb mensen die met u samenwerken. Ik weet alles. Ik weet het als u een stommiteit uithaalt, begrijpt u? Als u iets doms doet, hak ik een van Carla's vingers af, begrijpt u? Als u tegen andere politie zegt dat ik uw dochter heb, dan snijd ik haar, begrijpt u?'

'Ja,' zegt hij met grote moeite, want er flitst van alles door zijn hoofd.

'Hokay, ik ga u bellen. Elke dag. 's Ochtends en 's middags ga ik u bellen, drie dagen lang. U moet die man die Carlos vermoord heeft vinden en dan moet u hem naar mij toe brengen.'

'Ik weet niet waar ik u kan vinden...' De paniek stroomt door naar zijn stem, hij kan het niet tegenhouden.

'U bent bang. Dat is goed. Maar u moet rustig blijven. Als ik bel en u zegt dat u die man hebt, dan vertel ik u waar u heen moet gaan, u begrijpen?'

'Ja.'

'Drie dagen. U hebt drie dagen om deze man te vinden. Daarna vermoord ik haar. Hokay, nu moet ik iets doen, want ik weet hoe mensen in elkaar zitten. Morgen denkt u dat u slimmer bent dan die telefoonman. Dus ik moet iets doen zodat u het zich morgen nog herinnert, hokay?'

'Oké.'

'Carla is hier bij me. We nemen haar kleren af. Uw dochter heeft een goed lichaam. Ik hou van haar tieten. Nu ga ik mijn mes in haar tiet drukken. Dat doet pijn, en het zal bloeden. Maar ik wil dat u luistert. Ik wil dat u zich dit herinnert. Dit geluid.'

III Tobela

41

'Ga uw gang,' zegt Sangrenegra en hij loopt bij hem vandaan.

Tobela noemt zijn naam. 'Carlos.' Dat ene woord galmt door het grote vertrek. De Colombiaan keert zich om.

Hij trekt de assegaai snel en behendig aan zijn steel uit de witte zwembadpijp. 'Ik ben hier vanwege het meisje,' zegt hij.

'Nee,' zegt Carlos.

Hij zegt niets, komt slechts dichter bij de plek waar de man naast het zwembad staat.

'Zij liegen,' zegt Carlos, terwijl hij achteruitloopt.

Hij verstevigt zijn greep op de assegaai.

'Alsjeblieft,' zegt Carlos. 'Ik heb dat kind niet aangeraakt.' Hij houdt zijn lege handen omhoog. Vrees ligt over zijn hele gezicht. 'Alsjeblieft. Zij liegen. De hoer, zij liegen.'

Woede overvalt hem. Om de lafhartigheid van die man, om zijn ontkenning, om alles waar hij voor staat. Hij beweegt snel, heft zijn assegaai op.

'De politie...' zegt Carlos en dan komt het lange lemmet naar beneden.

Christine van Rooyen kijkt naar de ogen van de predikant die rood en moe zijn, maar ze weet dat ze nog steeds zijn aandacht heeft.

Ze staat op uit haar stoel en buigt zich over het bureau. Als ze zó staat, met haar armen uitgestrekt naar de kartonnen doos, licht gebogen, steken haar borsten naar voren. Ze wéét het, maar ze weet ook dat het er niet meer toe doet. Ze trekt de doos naar haar kant van het bureau en duwt de kleppen weg.

'Nu moet ik dit uitleggen,' zegt ze, terwijl ze haar hand in de doos steekt. Ze haalt twee krantenknipsels tevoorschijn. Ze vouwt er één open. Ze kijkt vluchtig naar de foto en het bericht, vooral naar het jonge meisje dat samen met een man uit een helikopter klimt. Ze legt het knipsel op het bureaublad neer en strijkt het met haar handpalm glad.

'Het is mijn schuld,' zegt ze, terwijl ze het bericht omdraait zodat de predikant het beter kan zien. Ze tikt met haar vinger op de foto. 'Ze heet Carla Griessel,' zegt Christine.

Terwijl de predikant het bekijkt, steekt ze opnieuw haar hand in de doos, om het volgende bericht eruit te halen.

Als hij Sangrenegra's voordeur uit komt, ziet hij vanuit zijn ooghoek een beweging. Aan de overkant, in het grote huis, achter een raam. De onzekerheid over Carlos' reactie, over de woordkeus van de Colombiaan, en het overweldigende gevoel dat hij in de gaten gehouden wordt, beginnen in zijn maag.

Alles is verkeerd.

Vijf artikelen op het bureau, in een ongelijke rij. De twee knipsels aan de rechterkant. Dan het wit-met-bruine hondje, een knuffelbeest met grote, zachte ogen en een rood tongetje dat uit de glimlachende bek hangt. Daarnaast een klein wit plastic buisje medicijnen. En als laatste, uiterst links, een grote spuit.

Christine schuift de doos weer opzij.

Hij is nog niet leeg.

'De volgende ochtend, nadat Carlos Sonia voor het eerst had gezien, belde ik Vanessa.'

Hij stopt met gierende banden naast zijn bakkie, grijpt de witte pijp met de assegaai en springt uit het busje.

Langzaam, zegt zijn hoofd. Langzaam. Nu geen fouten maken.

Hij maakt zijn bakkie open, duwt de rugleuning naar voren, legt de pijp erachter. Ritst zijn sporttas open, zoekt een kledingstuk. Haalt er een wit-met-blauw T-shirt uit. Hij heeft het gekocht bij de motorfietsrijschool bij Amersfoort. Eén voor hem en één voor Pakamile. Hij loopt terug naar het zwembadbusje.

Een naderende sirene, hij weet niet precies uit welke richting, hoe dichtbij. Adrenaline die zijn hart laat overslaan.

Langzaam.

Hij veegt het stuur van het busje af met het T-shirt. De versnellingspook.

Sirene steeds dichterbij.

Het handvat aan de binnenkant van de deur. De slinger van het raam.

Wat nog meer?

Nog een sirene, ergens in de stad.

Wat heeft hij nog meer aangeraakt? De achteruitkijkspiegel? Hij veegt, maar hij heeft te veel haast, doet het niet behoorlijk.

Langzaam. Hij veegt het spiegeltje opnieuw af, van voren en van achteren.

Slaat het portier dicht. Veegt de buitenkant af.

Zijn oog valt op het stipje van de helikopter die in de blauwe lucht om de Duiwelspiek heen komt.

Ze zoeken hem.

Toen hij bij Sangrenegra's huis wegscheurde, net voor hij de straathoek omging, zag hij iets in het spiegeltje. Of heeft hij het zich maar verbeeld?

Ze weten van hem.

Hij vloekt in het Xhosa, een enkele lettergreep. Een wandelaar komt uit de richting van de Seinheuwel bergafwaarts de hoek om.

Hij doet vier lange passen om in zijn bakkie te komen.

'Ik wist niet hoe het zou aflopen,' zegt ze tegen de predikant, in een poging om wat er nu komt, te rechtvaardigen. Ze hoort haar stem, het gebrek aan intonatie. Ze is zich bewust van een vermoeidheid in haar, alsof ze geen kracht over heeft voor het laatste rechte stuk tot aan de finish. Het komt doordat ze er al zo vaak over nagedacht heeft, het voor zichzelf heeft proberen te verklaren.

De eerste keer toen ze het knipsel zag, Carla Griessels ogen en het verschrikkelijke besef dat dit háár schuld was en de verschrikkelijke opluchting dat ze nog in staat was om schuld en berouw te voelen. Na alles. Na alle leugens. Na al het bedrog. Al die jaren. Kan ze de pijn van een ander nog voelen. Kan ze nog deernis hebben. Kan ze nog medelijden hebben met iemand anders dan zijzelf. En het schuldgevoel dat ze die opluchting voelde.

Ze haalt diep adem om haar laatste krachten te verzamelen, want dit is de verduidelijking die ertoe doet.

'Ik was bang,' zegt ze. 'Dat moet je begrijpen. Ik was doodsbenauwd. De manier waarop Carlos naar Sonia keek... Ik dacht dat ik hem kende. Dat was een van de problemen. Ik ken mannen. Ik moest ze wel kennen. En Carlos was het stoute kind. Zo half onschuldig. Hij was veeleisend, bezitterig en jaloers, maar hij wilde zo graag aardig gevonden worden. Hij liet mijn klanten aftuigen, maar hij deed het ruwe werk nooit zelf. Tot dat moment dacht ik dat ik hem misschien in bedwang zou kunnen houden. Dat is zo belangrijk. Met al die mannen. Om de touwtjes in handen te hebben zonder dat ze het doorhebben. En toen zag ik zijn gezicht. En ik realiseerde me dat alles wat ik had bedacht, verkeerd was. Ik kende hem niet. Ik had hem niet onder controle. En toen raakte ik in paniek. Volledig.

Ik... Niet dat ik een uitgewerkt plan had. Er speelde van alles door mijn hoofd. Die Artemis-kerel, dat spul bij Carlos thuis, die drugs en zo, en de paniek om hoe hij naar Sonia had gekeken. Ik denk dat als je echt bang bent, als je doodsbenauwd bent, dan begint er in je hoofd iets te werken dat je zelf niet kent, dan neemt dat de leiding over. Ik weet niet of je het kunt begrijpen, want je moet het meegemaakt hebben.

Toen belde ik Carlos en ik zei dat ik met hem wilde praten.'

Hij rijdt met de radio aan. Hij kiest doelbewust alternatieve routes en hij rijdt instinctief naar het oosten: naar Wellington, de Bainskloof door, via de Michellspas naar Ceres en over onverharde wegen naar Sutherland.

Eerst ontkent hij de mogelijkheid dat Sangrenegra onschuldig kan zijn.

Het zijn de andere elementen die eerst op hun plek vallen – de beweging in het huis aan de overkant, de man die hij in de spiegel de weg over meende te zien rennen. De uitdagende krantenberichten. Carlos' woorden, 'de politie'... Hij wilde iets zeggen, hij wist iets.

Ze hebben hem opgewacht. Ze hebben een lokval opgezet en hij is er met open ogen ingetuind, als een amateur, te zeker, te vol zelfvertrouwen.

En hij vraagt zich af wat ze weten. Hadden ze een camera in dat huis aan de overkant van de straat? Is zijn foto nu onderweg naar de kranten en de televisie? Kan hij het wagen om naar huis te gaan?

Maar steeds meer de mogelijkheid dat Carlos onschuldig is.

Zijn tegenwerpingen. Zijn gezicht.

Het grote verschil tussen Carlos en de anderen, die hem verwelkomden als verlossing. Of gerechtigheid.

Hemel. Als de Colombiaan onschuldig is, is Tobela Mpayipheli een moordenaar.

En dertig kilometer ten westen van Fraserburg, terwijl de radio-ontvangst telkens wegvalt, hoort hij voor het eerst het nieuwsbulletin.

'Een onderzoeksteam van de politie-eenheid voor Ernstige Geweldsmisdrijven was net te laat om de zogenaamde Artemis-vigilante tegen te houden... Verschillende wegblokkades op het Kaapse Schiereiland en in het Boland opgesteld in een poging... Een Isuzu KB 260, bouwjaar 2001, met het kenteken...'

Dat is het moment waarop het zelfverwijt wegvalt, als hij weet dat zíj het weten en de oude strijdlust in hem bovenkomt. De wetenschap dat hij dit al eerder heeft meegemaakt. De prooi. Dat er al eerder over alle vreemde en bekende continenten jacht op hem is gemaakt. Hij kent deze situatie, hij is er door de besten op voorbereid, ze kunnen niets met hem doen dat hij niet al eerder ervaren heeft, opgelost heeft.

Dat is het moment dat hij weet dat hij volledig terug is in de Struggle. Net als heel, heel vroeger, toen er iets was wat de moeite waard was om tot de dood toe te beschermen. Als je het morele gelijk aan jouw kant hebt, zie je het verste. Het brengt een grote kalmte over hem, zodat hij precies weet wat hij moet doen.

Ze ontmoet Carlos bij de Mugg & Bean aan The Waterfront. Als ze hem aan ziet komen lopen, is er een zelfvoldaanheid in zijn pasje, de armen die vrolijk zwaaien, het hoofd half scheef. Als een opgeschoten jongen die zijn zin heeft gekregen. Wacht maar, Carlos, denkt ze, je hebt geen idee.

'Zo, hoe gaat het met je dochter, conchita?' zegt hij grijnzend terwijl hij gaat zitten.

Ze moet een sigaret aansteken om haar angst te verbergen.

'Goed.' Kortaf.

'Ah, conchita, niet boos zijn. Het is jouw schuld. Jij houdt dingen voor Carlos verborgen. En het enige wat Carlos wil, is om je te kennen, voor je te zorgen.'

Ze zegt niets, kijkt hem alleen maar aan.

'Ze is heel mooi. Zoals haar moeder. Ze heeft jouw ogen.' Hij denkt dat dat haar beter zal laten voelen.

'Carlos, ik zal je geven wat je wil.'

'Wat ik wil?'

'Je wil niet dat ik er andere klanten op na houd. Je wil niet dat ik dingen voor je verberg. Zo is het toch?'

'*Sí.* Zo is het.'

'Dat is goed, maar er zijn wel regels.'

'Carlos zal goed voor jou en de leetel conchita zorgen. Dat weet je.'

'Het gaat niet om het geld, Carlos.'

'Wat dan ook, conchita. Wat wil je?'

Hij rijdt vanaf Merweville door de dorre uitgestrektheid van de Grote Karoo naar Prins Albert. De zon gaat in allerlei kleurschakeringen onder.

Volgens de radio denken ze dat hij nog in de Kaap is.

Hij rijdt in het donker de Swartbergpas over en voorzichtig aan de andere kant naar beneden, naar Oudtshoorn. Op die vreemde eenbaansasfaltweg tussen Willowmore en Steytlerville beseft hij dat de vermoeidheid bezig is om de overhand te nemen en hij zoekt een plek langs de weg om te slapen. Hij gaat gemakkelijk zitten, sluit zijn ogen en tegen halfvier in de ochtend sluimert hij in, maar met het eerste licht is hij alweer wakker, zijn ledematen stijf, zijn ogen branderig, zijn gezicht en zijn mond die vragen om water en een wasbeurt.

In een smerig toilet bij een pompstation in Kirkwood poetst hij zijn tanden en plenst hij koud water in zijn gezicht. Dit is Xhosa-gebied en er is niemand die zelfs maar de moeite neemt om naar hem te kijken. Hij koopt bij Chicken Licken kippenboutjes voor onderweg en rijdt verder. Naar huis.

Tegen halfelf passeert hij de Hogsbackpas en vijfendertig minuten later rijdt hij zijn eigen terrein op en hij ziet de sporen in het roodbruine stof van het pad.

Hij stapt uit.

Maar één voertuig. De smalle banden van een personenauto. Het terrein op. Niet terug.

Er is iemand die hem opwacht.

'Mijn dochter heet Sonia.'

'Wat een prachtige naam.' Alsof hij het meent.

'Maar ik neem haar niet mee naar jouw huis, Carlos. We kunnen samen ergens heen gaan. Picknicken, of de film, maar niet naar jouw huis.'

'Conchita, maar ik heb dat zwembad...'

'En je hebt die bodyguards met pistolen en honkbalknuppels. Ik wil niet dat mijn dochter dat ziet.'

'Het zijn geen bodyguards. Het is mijn crew.'

'Kan me niet schelen.'

'Hokay, hokay, Carlos stuurt ze weg als jij komt.'

'Dat doe je toch niet.'

'Nee? Waarom niet?'

'Omdat ze altijd bij je zijn.'

'Nee, conchita, ik zweer het je,' zegt hij en hij beweegt zijn hand in de vorm van een kruis over zijn bovenlichaam.

'Als ik mijn dochter bij me heb, slaap ik niet met je en we blijven niet logeren. Dat staat vast.'

'Carlos begrijpen,' zegt hij, maar hij heeft moeite om zijn teleurstelling te verbergen.

'En we doen het rustig aan. Ik zal haar eerst over jou moeten vertellen. Ze moet langzaam aan je gewend raken.'

'Hokay.'

'Goed, morgenavond zullen we zien of je het echt meent. Ik kom naar jouw huis en dan is het alleen jij en ik. Geen bodyguards.'

'Sí. Natuurlijk.'

'Dan blijf ik bij je. Ik zal eten voor je maken en we zullen praten.'

'Waar is Sonia dan?'

'Veilig.'

'Bij de oppas?' Zelfingenomen, omdat hij het weet.

'Ja.'

'En misschien kunnen we in het weekeinde ergens heen gaan? Jij en ik en Sonia?'

'Als ik merk dat ik je kan vertrouwen, Carlos.' Maar ze weet dat ze hem heeft waar ze hem hebben wil. Het proces kan beginnen.

42

Tobela laat het bakkie achter de heuvels bij de plantage Waterval achter en loopt langs de Catarivier naar zijn huis, de assegaai in zijn linkerhand.

Een kilometer voor het woonhuis in zicht komt, draait hij naar het noordoosten, zodat hij het erf van bovenaf kan benaderen. Ze verwachten natuurlijk dat hij van de weg af komt.

Hij blijft twintig minuten zitten kijken, maar ziet alleen de auto voor het huis. Geen antennes, niets waaruit blijkt dat het een politieauto is. Stilte.

Het klopt niet.

Hij zorgt ervoor dat de grote schuur tussen hem en het huis blijft, controleert of de deuren nog gesloten zijn. Gebukt naar het huis, onder de ramen door, de hoek om, naar de voorkant waar de auto staat.

Er is één rij voetsporen in het stof. Ze beginnen bij het portier aan de kant van de bestuurder en lopen in een rechte lijn naar het trapje van de veranda.

Eén man.

Zijn hoofd zoekt naar mogelijkheden terwijl hij met zijn rug tegen de muur van de veranda zit. En dan vermoedt hij iets. Die rechercheur uit Umtata. Die het nieuws gehoord heeft. Die hem kent, die alles weet, vanaf het begin.

Hij komt meer geld halen.

Hij komt overeind, opgelucht en doelgericht, en loopt met grote passen het trapje naar zijn veranda op, door de voordeur naar binnen, de assegaai nu in zijn rechterhand.

De man zit op de stoel, met een pistool op zijn schoot.

'Ik dacht wel dat je zou komen,' zegt de blanke man.

'Wie ben jij?'

'Mijn naam is Bennie Griessel,' zegt hij en hij tilt de loop van de Z88 op zodat hij naar Tobela's torso wijst.

Christine pakt de speelgoedhond van het bureau en laat hem door haar handen gaan. 'Het heeft veel moeite gekost om de juiste hond te vinden,' zegt ze. 'Er is elk jaar ander speelgoed op de markt.'

Haar vingers strelen de lange bruine oren. 'Ik had er één voor haar gekocht toen ze drie was. Dit is haar lieveling, ze neemt hem overal mee naartoe. Dus moest ik er nog één kopen en ze omruilen, want die waarmee ze gespeeld heeft, daar zat haar DNA-materiaal op. De computers van de politie kunnen van alles onderzoeken. Dus ik moest de echte meenemen.'

Hij staat tegenover de blanke man en hij berekent zijn kansen, meet de afstand tussen de assegaai en het pistool en dan laat hij zijn lichaam ontspannen, want dit is niet het juiste moment om iets te doen.

'Dit is mijn huis,' zegt hij.

'Dat weet ik.'

'Wat moet je?'

'Ik wil dat je gaat zitten en je mond houdt.' De blanke man wijst met de loop van de Z88 naar de tweezitsbank tegenover hem. Er is iets in zijn ogen en in zijn stem, een verbetenheid, een vastberadenheid.

Tobela blijft een ogenblik staan, haalt zijn schouders op en gaat zitten. Hij kijkt naar Griessel. Wie is hij? De rode ogen, een zweem van gebarsten adertjes rond zijn neus, wat erop duidt dat de man te veel drinkt. Zijn haar te lang en slordig – óf hij probeert zijn uiterlijk uit de jaren zeventig intact te houden, óf het kan hem niet schelen. Waarschijnlijk dat laatste, want zijn kleren zijn verfomfaaid, de bruine schoenen dof. Hij heeft de vage geur van een diender om zich heen hangen en de Z88 bevestigt dat, maar de politie komt meestal in groepen, ten minste met twee. De politie staat je met boeien en bevelen op te wachten, ze vragen je niet in je eigen huis om te gaan zitten.

'Ik zit,' zegt hij en hij legt de assegaai naast de bank op de vloer.

'Nu moet je ook je mond houden.'

'Is dat wat we gaan doen? Elkaar een beetje zitten aankijken?'

De blanke man antwoordt hem niet.

'Schiet je me dood als ik praat?'

Geen reactie.

'De pillen waren makkelijk,' zegt Christine. Ze wijst naar het witte medicijnenbuisje op het bureau. 'En het jurkje. Ik heb het niet hier, het ligt nog bij de politie. Maar het bloed... Ik kreeg het eerst niet voor elkaar. Hoe moest ik mijn kind uitleggen dat ik een naald in haar arm zou steken, dat het pijn zou doen en dat haar bloed in de spuit zou lopen en dat ik het op een stoel van iemands auto zou spuiten? Dat vond ik het moeilijkst. En ik maakte me zorgen. Ik wist niet of het bloed zou gaan stollen. Ik wist niet of het genoeg zou zijn. Ik wist niet of de politie zou kunnen zien dat het geen vers bloed was. Ik wist niet wat er allemaal bij DNA-onderzoek komt kijken. Zou de computer kunnen zien dat het bloed een dag lang in de koelkast heeft gelegen?'

Ze klemt de hond tegen haar borst. Ze kijkt de predikant niet aan. Ze kijkt naar waar haar vingers met de oren van het knuffelbeest verstrengeld zijn.

'En toen Sonia in bad zat, ging ik met die naald naar binnen en ik loog tegen haar. Ik zei dat ik het moest doen, want ik moest met een beetje van haar bloed naar de dokter. Toen vroeg ze "Waarom?" en ik wist niet wat ik moest zeggen. Ik vroeg of ze zich de inenting kon herinneren die ze op de crèche had gekregen, zodat ze geen erge ziektes zou krijgen. En ze zei "Mama, dat deed pijn" en ik zei "Maar die pijn was gauw over – ook deze pijn gaat gauw over, het is hetzelfde, zodat je gezond blijft". Toen zei ze "Oké, mama" en ze kneep haar oogjes stijf dicht en ze stak haar armpje uit. Ik heb nog nooit iemand bloed afgenomen, maar als je hoer bent, dan word je elke maand op aids getest, dus ik weet wat ze doen. Maar als je kind "au, mama, au" zegt, dan tril je en je staat te hannesen en je schrikt als het bloed niet meteen komt...'

Hij vraagt: 'Waar wachten we op? Wat moet je?' Maar de man zit alleen maar naar hem te kijken, met de hand met het pistool die in zijn schoot rust, en hij zegt niets. Alleen zijn ogen knipperen zo nu en dan, of dwalen even af naar het raam.

Hij vraagt zich af of de man zwakzinnig is. Of drugs gebruikt, want hij heeft een geweldige intensiteit in zich, iets wat hem opvreet. De ogen staan nooit helemaal stil. Soms springt zijn knie op alsof het een strakgespannen veer is. Het pistool heeft een eigen, lichte vibratie, een bijna onzichtbare beving.

Onstabiel. Dus gevaarlijk. Haalt hij het, als hij zichzelf aan de leuning optrekt, zichzelf over de afstand van iets meer dan twee meter tussen hen lanceert? Als hij het moment kiest waarop de ogen naar het raam flitsen? Als hij de Z88 kan laten afbuigen?

Hij meet de afstand. Hij kijkt in de bruine ogen.

Nee.

Maar waar zitten ze op te wachten? In zoveel spanning?

Een deel van het antwoord komt als de mobiel twee keer overgaat. Elke keer schrikt de blanke man, een subtiele verstijving van het lichaam. Hij pakt de mobiel, die op zijn schoot ligt, op, kijkt naar het schermpje en blijft dan doodstil zitten. Hij laat de telefoon overgaan tot hij vanzelf stil wordt. Vijftien, twintig seconden later komt het dubbele piepje dat er een bericht achtergelaten is. Maar Griessel doet er niets aan. Hij luistert de berichten niet af.

Ze wachten op instructies, begrijpt Tobela. Die via de mobiel verschaft zullen worden. En dat veroorzaakt die spanning. Bezorgdheid. Maar waarom? Wat heeft dit met hem te maken?

'Zit je in de problemen?'

Griessel kijkt hem alleen maar aan.

'Kan ik je ergens mee helpen?'

De man kijkt naar het raam, dan weer terug.

'Vind je het erg als ik een tukje ga doen?' vraagt Tobela.

Want dat is het enige wat hij kan doen. En hij heeft het nodig.

Geen reactie.

Hij zakt onderuit, strekt zijn benen, legt zijn hoofd op het kussen van de bank en sluit zijn ogen.

Dan gaat de mobiel opnieuw over en deze keer drukt de blanke man op een knopje en hij zegt: 'Griessel' en 'Ja, ik heb hem.' Hij luistert. Hij zegt: 'Ja.' En weer: 'Ja.' Luistert. 'En dan?'

Tobela kan vaag een mannenstem door de telefoon horen, maar hij kan geen woord verstaan, alleen het geluid van een stem.

Griessel haalt de telefoon van zijn oor en staat op, bewaart een veilige afstand.

'Kom,' zegt hij. 'We gaan rijden.'

'Ik zit lekker, bedankt.'

Een schot davert door de stilte in het vertrek en de kogel scheurt een gat in de bank, naast hem. Vulsel en stof wolken op, dalen dan traag neer. Tobela kijkt naar de blanke man, die niets zegt. Dan staat hij op, zijn handen een eind van zijn lichaam.

'Rustig maar,' zegt hij tegen Griessel.

'Naar de auto.'

Hij loopt.

'Wacht.'

Hij kijkt achterom. Griessel staat bij de assegaai. Hij kijkt ernaar, kijkt dan naar hem, alsof hij een besluit moet nemen. Dan bukt hij zich en raapt de assegaai op.

Tobela weet wat dat betekent. De man wil geen bewijsstukken achterlaten. En dat is geen goed nieuws.

Hij mag haar pas om halfvijf komen halen, maar tegen kwart over vier wordt er op haar deur geklopt en wanneer ze opendoet, staat Carlos voor haar, met een brede glimlach en een bos bloemen in zijn hand.

Hij komt binnen en zegt: 'Zo, conchita, hier woon je dus. Dit is jouw huisje. Leuk. Heel leuk.'

Ze moet kalm en vriendelijk blijven, maar de spanning wordt

haar bijna te veel. Want de speelgoedhond ligt nog open en bloot op tafel en de spuit met bloed nog in de koelkast.

Ze had ze in de boodschappentassen willen verbergen, bij de ingrediënten voor het eten dat ze gaat maken. Sonia's kledingstuk zit klein opgevouwen in haar handtas. Carlos wil zien waar ze slaapt, waar haar dochters kamer is. Hij is onder de indruk van haar grote televisietoestel ('Carlos zal er zo één kopen, conchita. Voor jou en Sonia'). Hij dwaalt in de richting van haar koelkast. '*Now dees ees a freedge*,' zegt hij vol bewondering en hij pakt het handvat en trekt eraan en ze zegt: 'Carlos', scherp, zodat ze schrikt van haar eigen stem, en hij kijkt haar aan als een kind dat iets stouts gedaan heeft.

'Kun je me helpen om de boodschappen naar de auto te brengen?' Ze kan hem met een paar van de plastic tassen naar beneden sturen, naar de auto.

'Sí. Natuurlijk. Wat ga je voor ons maken?'

'Dat is een verrassing, dus niet de koelkast opendoen.'

'Maar ik wil zien hoe groot hij is.'

'Volgende keer.' Die er niet zal komen.

De blanke man zit links achter in de auto en hij laat Tobela besturen.

'Rijden.'

'Waarheen?'

'Gewoon rijden.'

Tobela rijdt de oprit naar de boerderij af. Hij kan in de achteruitkijkspiegel niet zien wat er op de achterbank gebeurt. Hij draait zijn hoofd, alsof hij kijkt naar iets buiten de auto. Vanuit zijn ooghoek ziet hij Griessel met een wegenkaart op zijn knieen zitten.

Hij probeert de puzzelstukjes in elkaar te passen. Hij is er redelijk zeker van dat Griessel van de politie is. De Z88, de houding. De blanke man wist waar de boerderij was en dat Tobela daar naartoe zou kunnen gaan. Belangrijker: er zijn geen andere politiemensen op komen dagen. Justitie denkt blijkbaar dat de boerderij gedekt is.

Griessel wachtte tot het juiste telefoontje kwam. *Ja, ik heb hem.* Maar dit is geen standaard politiepraktijk. Onmogelijk. Wie is er nog meer naar hem op zoek? Voor wie heeft hij nog meer waarde?

'Rij naar George,' zegt Griessel. Tobela kijkt om, ziet dat de wegenkaart nu opgevouwen is.

'Naar George?'

'Je weet waar dat is.'

'Dat is bijna zeshonderd kilometer.'

'Je hebt er gisteren over de duizend gereden.'

De politieman weet dat hij gisteren uit de Kaap is vertrokken. Hij beschikt over ambtelijke informatie, maar hij is hier niet ambtshalve. Er klopt niets van. Hij moet iets proberen. Hij kan op de onverharde weg iets met de auto doen, want hij heeft een veiligheidsriem om, Griessel niet. Hij kan het rempedaal intrappen, de blanke grijpen als hij naar voren vliegt. Proberen om het pistool te pakken te krijgen.

Niet zonder gevaren.

Is het nodig om risico te nemen? George? Wat is er op George? Als de politieman hier ambtshalve was, zouden ze nu onderweg zijn geweest naar Cathcart, Seymour, Alice of Port Elizabeth. Of naar Grahamstad, de dichtstbijzijnde stad met versterking, cellen en officieren van justitie.

Hij is een van de meest gezochte verdachten, dat weet hij. En als je bij de SAPD zit en je vangt de Artemis-vigilante, dan bel je mannen met geweren en helikopters, je legt je mobiele telefoon niet neer voor je je gevangene niet in tien paar handboeien hebt.

Tenzij je voor iemand anders werkt. Tenzij je een politieman bent die zijn salaris wil aanvullen...

Hij overdenkt de mogelijkheden en er is maar één logische conclusie.

'Sinds wanneer werk je voor Sangrenegra?' Hij draait de spiegel met zijn linkerhand. Rode ogen die terugkijken. Hij krijgt geen reactie.

'Dat is het probleem met dit land. Geld is belangrijker dan gerechtigheid,' zegt hij.

'Is dat hoe jij jouw moorden rechtvaardigt?' zegt de politieman achter hem.

'Moord? Er was maar één moord bij. En ik wist niet dat Sangrenegra onschuldig was. Jullie hebben hem als lokaas gebruikt.'

'Sangrenegra? Hoe weet je dat hij onschuldig was?'

'Ik heb het aan zijn ogen gezien.'

'En Bernadette Laurens? Wat zeiden haar ogen?'

'Laurens?'

De politieman zegt niets.

'Maar ze had toch bekend?'

'Dat hoor ik van iedereen.'

'En ze was het niet?'

'Ik denk van niet. Ik denk dat ze de moeder van het kind wilde beschermen. Zoals anderen hun kinderen beschermen.'

Het komt zo onverwachts dat Tobela met stomheid geslagen is.

'Daarom hebben we een rechtssysteem. Een proces. Dat is waarom we het recht niet in eigen hand moeten nemen,' zegt Griessel.

Tobela worstelt met de mogelijkheden, met wegredeneren en aanvaarding van schuld. Maar hij kan zichzelf niet zo ver brengen om de balans naar één kant te laten doorslaan.

'Waarom heeft ze dan bekend?' vraagt hij hardop, maar in zichzelf.

Er komt geen reactie van achteren.

43

Als ze de boodschappentassen naar Carlos' keuken dragen, kan ze aan niets anders denken dan aan de spuit met bloed.

Het huis is onnatuurlijk stil en leeg zonder de lijfwachten, voetstappen en zinsneden echoën in de grote ruimten. Hij omhelst haar in de keuken nadat ze de boodschappen hebben neergezet. Hij drukt haar met verrassende tederheid tegen zich aan en hij zegt: '*Dees ees right,* conchita.'

Ze maakt haar lichaam zacht. Ze laat haar buik tegen de zijne vloeien. 'Ja,' zegt ze.

'*We weel be happy.*'

Als antwoord zoent ze hem op de mond, met grote behendigheid, tot ze kan voelen hoe daarbeneden de erectie zich begint te ontwikkelen. Ze legt haar hand erop en laat haar vingers de lijn van de schacht volgen. Carlos' handen zijn op haar rug. Hij tilt haar jurk stukje voor stukje op, tot hij haar billen vrij heeft, zijn vingers onder het elastiek van haar slipje. Zijn adem versnelt.

Ze beweegt haar lippen over zijn wang, tot in zijn nek, over het kruis dat op zijn borsthaar hangt. Haar tong trekt een natte streep naar beneden. Ze maakt zich los en zakt op haar knieën, haar vingers vaardig met de rits. Met de ene hand trekt ze zijn onderbroek weg, met de andere haalt ze de penis tevoorschijn. Lang en dun en dooraderd staat hij daar, als een magere soldaat met een te grote blinkende helm.

'Conchita.' Zijn stem is een fluisterende dringendheid daarboven, want ze heeft het nog nooit zonder condoom gedaan.

Ze streelt met de vingers van allebei haar handen, van de schaamharen tot aan de punt.

'We zullen gelukkig zijn,' zegt ze en ze steekt hem zachtjes in haar mond.

Tobela Mpayipheli en zijn blanke passagier, die als een koloniale grootgrondbezitter achterin zit, rijden Mwangalala en Dyamala voorbij, waar dikke koeien weiden in het malse groene gras. Ze slaan rechtsaf naar de R63. Fort Hare ligt er in de zomervakantie stil bij. Vijf minuten later is Alice druk. Fruitventers op de trottoirs, vrouwen met mandjes op het hoofd en kinderen op de rug die statig en ongehaast over de weg en de straten lopen. Vier mannen rond een bordspel op een straathoek. Tobela vraagt zich af of de politieman dit alles ziet. Of hij, door het open raam en de warme wind vanbuiten, de Xhosa-uitroepen kan horen die de brede straat over geslingerd worden. Er heerst een sfeer van bezit. Dit is hun plek.

Dertig kilometer verder is Fort Beaufort en dan draait hij naar het zuiden. Vier, vijf keer zien ze de Katrivier aan hun linkerkant tussen de heuvels door slingeren. Ooit was hij van plan geweest om Pakamile hier mee naartoe te nemen: zij tweeën, rugzakken, wandelschoenen, een tweepersoons tent. Om de jongen te laten zien waar hij is opgegroeid.

Hij kent elke kronkel van de Kat. Hij kent de diepe poelen bij Nkqantosi waar je van de rotsen af kunt springen om diep beneden in het groenbruine water je ogen open te maken en de zonnestralen te zien die zich een weg banen door het donker. Het zandstrandje zuidelijk van Komkulu. Waar hij dertig jaar geleden de krijger in zijn binnenste ontdekte. Mtetwa, de jonge buffel die hem had uitgedaagd, een onrecht dat hij moest rechtzetten. Het eerste.

En in de verte, onzichtbaar vanaf hier, zijn lievelingsplek. Vier kilometer van waar hij uitmondt in de Grote Visrivier, maakt de Kat een zwierige bocht, alsof hij nog even wil verwijlen voor hij naamloos verdwijnt – een meander die zo zwenkt dat hij bijna een eiland vormt. Zo'n tien kilometer van de Zendingskerkpastorie waar hij woonde, maar hij kon er in een uur naartoe rennen, langs de geheime wildpaadjes tegen de heuvels en door de kloven. Om tussen het riet te gaan zitten waar de vinken met hun felle kleuren kwetterend vrouwtjes naar hun hangnesten lokten. Om te luisteren naar de wind. Om de dikke leguaan te bespieden die op een zwarte rotspunt lag te stoven in de hitte. In de namiddag kwamen de bosbokken uit de struiken, als schimmen, en lieten hun koppen naar het water zakken. Eerst de gratie van de ooien, de gloeiende roodbruine pelzen. Later kwamen de rammen, twee aan twee, donkerbruin als de schemering, bonkig, de korte, vlijmscherpe hoorns die nerveus op en neer bewogen.

Hij had zich afgevraagd of ze er nog waren. Of hij en zijn zoon de afstammelingen zouden zien van de dieren waarop hij als kind met ingehouden adem had liggen wachten. Kenden ze nog dezelfde paadjes tussen het riet en het palmiet?

Kent hij ze nog? Zou hij hier nu kunnen stoppen, zijn schoenen uittrekken en tussen de doornbomen verdwijnen? Op hetzelfde drafje de voetpaden opzoeken, dat hardloopritme vinden dat je het gevoel geeft dat je eeuwig zou kunnen doorgaan, zolang er nog een heuvel aan de horizon is om te overwinnen?

Als Carlos met een fles wijn en een glas voor de televisie zit, haalt ze de spuit met het bloed uit de tas en legt hem voorzichtig achter in een kast met stapels pannen, splinternieuw en ongebruikt.

Ze zoekt een verstopplek voor de speelgoedhond voor ze hem onder de pakjes groente in de plastic tas vandaan haalt.

Haar handen beven, want ze zal Carlos niet kunnen horen voor hij naast haar in de keuken staat.

Twee uur lang rijden ze in stilte door. Voorbij Grahamstad, in het donker van de vroege avond, zegt hij: ‘Heb je ooit van Nxele gehoord?’ Zijn tong maakt een scherp klikgeluid bij het uitspreken van de naam.

Hij rekent niet op een antwoord. En dan nog. Blanken kennen dat deel van de geschiedenis niet.

‘Nxele. Hij moet een grote vent zijn geweest. Twee meter

lang. En hij kon praten. Hij heeft zichzelf één keer van een Xhosa-brandstapel af gepraat. En toen werd hij kapitein, zonder dat hij koningsbloed had.'

Het kan hem niet schelen of de blanke man luistert. Hij houdt zijn ogen op de weg. Hij wil de loomheid verdrijven, wil vertellen wat dít landschap in hem wakker maakt. Hij wil de spanning tussen hen op de een of andere manier verlichten.

'Dat was uitzonderlijk, in die tijd, bijna tweehonderd jaar geleden. Hij leefde in een tijd toen de mensen onderling aan het bakkeleien waren – en nog tegen de Engelsen ook. En toen kwam Nxele en hij zei tegen ze dat ze moesten ophouden om voor de blanke God te knielen. Ze moesten luisteren naar de stem van Mdalidiphu, de God van de Xhosa's, die zei dat ze niet voor Hem in het stof op hun knieën hoefden te gaan. Je moet leven. Je moet dansen. Je moet je hoofd opheffen en het leven grijpen. Je moet met je vrouw slapen zodat we meer kunnen worden, zodat we dit stuk aarde kunnen vullen en de blanke man verdrijven. Zodat we ons land kunnen terugnemen.

Je zou kunnen zeggen dat hij de vader van de eerste Struggle was. En toen bracht hij tienduizend krijgers bij elkaar. Heb je gekeken hoe we vandaag gereden zijn, Griessel? Heb je het gezíen? Kun je je voorstellen hoe het eruitziet wanneer tienduizend krijgers díe heuvels over trekken? Ze hadden zich ingesmeerd met rode oker. Ze hadden allemaal zes of zeven lange werpassegaaien in hun hand, en een schild. En ze renden. Nxele had ze gezegd dat ze stil moesten zijn, ze mochten niet zingen, niet roepen. Ze wilden de Engelsen hier bij Grahamstad verrassen. Tienduizend krijgsmannen in gelid, en alleen hun voeten die geluid maakten. Als een lange rode slang door de valleien, over de bergen en de rivieren. Moet je je indenken dat jij een Engelsman in Grahamstad bent en je wordt op een ochtend in april wakker, je kijkt op naar de heuvels en het ene moment is alles nog net als altijd en het volgende moment verschijnt er opeens zo'n leger boven op de toppen en je ziet niets anders dan het blinken van zeventigduizend lemmeten, maar je hoort niets, het is alleen maar stil. Doodstil.

Nxele bewoog tussen hen door. Hij zei dat ze een van de lange spiesen op hun knie moesten breken. Hij zei dat Mdalidiphu de Engelse kogels in water zou veranderen. Ze moesten met z'n allen op de kanonnen en de geweren afstormen. Ze moesten de lange spiesen werpen als ze dichtbij genoeg waren. En werpen konden ze, die mannen. Van zestig meter afstand konden ze de spies door de lucht laten trekken om het hart van een Engelsman te vinden. En nadat ze de laatste lange spies geworpen hadden, moesten ze de assegaai met de gebroken steel houden. Nxele wist dat je geen lange spies kunt gebruiken als je het wit in de ogen van je vijand niet kunt zien. Dan heb je een wapen nodig om de weg voor je mee open te steken.

Ze zeggen dat het een heldere dag was. Ze zeggen dat de Engelsen hun ogen niet konden geloven toen ze de Xhosa's daar boven op de kruin zagen bewegen. Doodstil. Maar iedereen wist wat zijn plek in de linie was.

De Roodjassen verschansten zich hierbeneden. Daarboven wachtten de Xhosa's met hun rode lichamen op het teken. En precies toen de blanken aan hun gedekte tafels wilden gaan zitten voor het middageten, kwamen ze naar beneden.

Vanaf het moment dat mijn oom mij dit verhaal voor het eerst vertelde, wilde ik een van hen zijn, Griessel. Ze zeggen dat toen de krijgers naar beneden stormden, er een verschrikkelijke kreet opsteeg. Ze zeggen dat die kreet in elke soldaat zit. En als je je in een oorlogssituatie bevindt, als de strijdlust door je aderen pompt, dan komt die kreet naar buiten. Dan breekt hij zich uit je keel en hij geeft je de kracht van een olifant en de snelheid van een antilope. Ze zeggen dat iedere man tot dat moment bang is, en daarna bestaat er geen angst meer. Dan ben je alleen nog maar een krijger en niets kan je tegenhouden.

Mijn hele leven lang heb ik deel van hen willen zijn. Ik wilde daar zijn, in de voorhoede. Ik wilde mijn spiesen gooien en de korte assegaai tot het laatst bewaren. Ik wilde het buskruit ruiken en het bloed. Ze zeggen dat het beekje in het dorp die dag roodgekleurd was. Ik wil een Engelsman in zijn ogen kijken, hij moet zijn bajonet opheffen en we moeten als soldaten tegenover elkaar staan, ieder vechtend voor zijn eigen zaak. Ik wil op een eervolle manier oorlog voeren. Als zijn lemmet sneller is dan het mijne, als zijn kracht groter is, dan is het goed. Dan ga ik dood als een man. Als een krijgsman.'

En dan blijft hij lang stil. Een eind voorbij de afslag naar de monding van de Boesmansrivier zegt hij: 'Er is geen eer meer. Welke Struggle je ook kiest.'

Het is weer stil in de auto, maar toch heeft Tobela het gevoel dat het nu anders is.

'Wat is er gebeurd, die dag?' komt Griessels stem van achteren.

Tobela grinnikt in het donker. Om heel wat dingen.

'Het was een verschrikkelijke veldslag. De Engelsen hadden kanonnen en geweren. Schrapnel. Duizend Xhosa's zijn gesneuveld. Sommige hebben ze de volgende dag kilometers verderop gevonden, met handen vol gras die in de gapende wonden gedrukt waren om het bloeden te stelpen. Maar het scheelde weinig. Even leek het erop dat de strijd in het voordeel van de Xhosa's beslist zou worden, dat Nxele's linies te snel en te veel waren, dat de Engelsen niet gauw genoeg konden herladen. De aarde stond stil. De strijd balanceerde op een mespunt. En toen werden de Roodjassen als door een wonder gered. Zijn naam was Boesak, hoe is het mogelijk, hè? Hij was een Khoijager die later soldaat was geworden. Hij was met honderddertig man op patrouille geweest en precies op die dag kwamen ze terug. Net op tijd voor de Engelsen, op het moment dat de Britse kapitein het bevel wilde geven om terug te trekken. Boesak en honderddertig van de beste schutters uit het land. En ze mikten op de grootste krijgers, de Xhosa's die vooraan vochten, die tussen de mannen door liepen en ze aanmoedigden. Het hart van de aanval. Ze maaiden ze een voor een neer, als de bullen in een kudde. En toen was alles voorbij.'

Ze probeert de pillen in een meelzeefje fijn te malen, maar ze zijn te hard.

Ze neemt de broodplank en een theelepel en drukt de pillen

stuk – er schieten deeltjes weg die op de vloer vallen en ze raakt in paniek. Ze neemt nog meer pillen, drukt. De theelepel klapt op de broodplank.

Zou Carlos het horen?

Ze veegt het gele poeder van de broodplank in een bakje dat ze opzijzet. Is het fijn genoeg?

Ze dekt de tafel. Ze kan geen kaarsen of kandelaren vinden, legt alleen de placematjes en het bestek op tafel. Ze roept Carlos om te gaan zitten en dan brengt ze het eten: ossenhaas gevuld met gerookte oesters, gebakken aardappels en *petits pois.*

Carlos die niet kan ophouden om complimentjes te maken, terwijl zij weet dat het eten niet zoveel voorstelt. Hij probeert nog steeds bij haar in het gevlei te komen. Hij zegt: 'Zie je wel, conchita, geen crew. Alleen jij en ik. Geen probleem.'

Ze zegt dat hij ruimte moet overhouden voor het nagerecht, peren in wijn en kaneel. En ze gaat echte Irish coffee voor hem maken en het is heel belangrijk voor haar dat hij het drinkt, want zo heeft ze het lang geleden leren maken, toen ze in Bloemfontein bij een cateraar werkte.

En hij zegt dat hij hem tot op de laatste druppel zal opdrinken en daarna zullen ze de liefde bedrijven, hier op tafel.

Ergens op de N2, vijftig kilometer voor Port Elizabeth, laat Griessel hem stoppen.

'Moet je pissen?'

'Ja.'

'Dan is dit het moment.'

En als ze allebei hun blaas geleegd hebben, vier meter van elkaar af, met de blanke man die zijn pistool in de ene hand en zijn orgaan in de andere vasthoudt, rijden ze weer verder.

In de buitenwijken van de stad stoppen ze voor brandstof zonder uit te stappen.

Als ze de afslag naar Hankey passeren en de weg begint af te dalen naar de Gamtoosvallei, komt Griessels stem van achteren: 'Toen ik jong was, speelde ik basgitaar. In een band.'

Tobela weet niet of hij moet reageren.

'Ik dacht dat dat het was, wat ik wilde zijn.

Eergisteravond heb ik naar muziek geluisterd die mijn zoon me gegeven heeft. Toen het afgelopen was, lag ik in het donker en ik herinnerde me iets. Ik herinnerde me de dag toen ik besefte dat ik nooit meer dan een middelmatige basgitarist zou zijn.

Ik was van school af, het was decembervakantie en in Groenpunt werd een Battle of the Bands gehouden. Wij erheen om te luisteren, ik en de jongens van mijn band. Toen was er zo'n gozer, zo'n korte met spierwitte haren, in een of andere rockband en ze speelden alleen maar covers. Jemig, wat een tovenaar! Stond doodstil, maakte geen enkele beweging. Hij keek niet eens naar de hals, hij stond daar maar met zijn ogen dicht en zijn vingers vlogen en die klanken kwamen in zo'n stroom. Toen wist ik mijn plek. Toen zag ik iemand die geboren was voor de basgitaar. Verdomd, ik kon zien dat ons gevoel hetzelfde was. De muziek doet hetzelfde vanbinnen, hij maakt je open. Maar voelen en doen is niet hetzelfde. Dat is wat het zo pijnlijk maakt. Zo wil je zijn, zo ongelooflijk krimmeneel briljant, maar je hebt het niet in je.

En toen wist ik dat ik nooit een echte bassist zou zijn, maar ik wilde ergens zo in zijn. Zo goed. Zo... vaardig. Wat dan ook. Toen begon ik me af te vragen hoe je dat vindt. Waar moet je dat ene ding zoeken waar jij voor gemaakt bent? Stel je voor dat het niet bestaat? Stel dat je in alles middelmatig bent? Middelmatig geboren, je gaat middelmatig door het leven en dan ben je dood en niemand merkt het verschil.

En terwijl ik nog aan het zoeken ben, ga ik bij de politie, want wat ik toen niet wist, is dat je zulke dingen weet zonder ze te weten. Ergens in je hoofd is er iets dat je stuurt naar iets wat je kunt doen. Maar het duurde een tijdje voor ik het doorhad. Want ik had niet gedacht dat politieman zijn iets was wat je kon voelen, net als muziek.

En het gebeurt ook niet zomaar. Je moet eerst schoolgeld betalen, je moet goed leren, je moet fouten maken. Maar op een dag heb je een dossier in handen waar niemand anders de ballen van snapt en je bekijkt de verklaringen en de aantekeningen en de verslagen en opeens valt alles op z'n plek. En je voelt het, vanbinnen. Je hoort de muziek, je voelt het ritme en je weet: dít is waarvoor ik gemaakt ben.'

Tobela hoort de blanke man zuchten. Hij wil zeggen dat hij hem begrijpt.

'En dan kan niets je tegenhouden,' zegt Griessel. 'Niemand. Behalve jijzelf.'

'Iedereen denkt dat je goed bent. Iedereen zegt het tegen je. "Shit, Bennie, je bent een kei. Jemig, vriend, precies in de roos." En je wil het geloven, want je kunt zien dat ze gelijk hebben, maar er is zo'n rottig stemmetje vanbinnen dat zegt dat je gewoon die Parow Arrow bent die nog nooit ergens echt goed in was. Meneertje middelmaat. En ooit zullen ze erachter komen. Vroeg of laat word je ontmaskerd en dan lacht iedereen zich dood omdat je durfde te denken dat je iets voorstelde.

Dus, voor dat gebeurt, moet je het ze zelf laten zien. Moet je jezelf kapotmaken. Want als je het zelf doet, heb je er tenminste nog enigszins beheer over.'

Een geluid in het donker, bijna als een lach. 'Verdomd tragisch.'

44

Hij valt aan tafel in slaap. Ze ziet het aankomen, Carlos' tong die steeds meer begint te slepen. Hij vervalt in het Spaans, alsof ze elk woord begrijpt.

Hij steunt zwaar op de placemat, zijn ogen hebben moeite om haar scherp te blijven zien.

Het voltrekt zich alsof ze er zelf geen deel van uitmaakt, alsof het in een andere tijd en een andere ruimte gebeurt. Hij krijgt een dwaze glimlach op zijn gezicht. Hij mompelt.

Hij laat zijn hoofd oneindig vertraagd op het tafelblad zakken. Hij plant zijn twee handpalmen op het oppervlak. Hij zegt een laatste, onverstaanbaar woord en dan is zijn adem diep en rustig en ze bedenkt zich dat ze hem zo niet alleen kan laten. Als zijn lichaam slap wordt, valt hij om.

Ze staat op en gaat achter hem staan. Steekt haar arm onder de zijne door, haakt de vingers van haar beide handen in elkaar. Tilt hem op. Hij is loodzwaar, een dood gewicht. Hij maakt een geluid en ze schrikt, weet niet of hij diep genoeg slaapt. Ze blijft staan, het voelt alsof ze hem niet zal kunnen houden. En dan sleept ze hem, tree voor tree, naar de grote rustbank. Ze valt erop neer, met Carlos boven op haar.

Hij zegt iets, maar glashelder. Haar lichaam krimpt in elkaar. Ze blijft een moment zitten, tot ze beseft dat hij buiten bewustzijn is. Ze rolt hem met grote moeite over zich heen, zodat hij schuins op de bank ligt. Ze wurmt zichzelf onder hem uit en staat naast de bank, terwijl haar adem door haar keel giert en het zweet haar uitbreekt. Ze heeft een dringende behoefte om te gaan zitten, om haar wankelende benen de kans te geven om zich te herstellen.

Ze dwingt zichzelf om door te gaan. Ze belt eerst een taxi, zodat ze kunnen komen, want ze weet niet hoeveel tijd ze zal hebben.

Ze controleert of het buisje met de pillen in haar handtas zit. Ze pakt de hond en de spuit met bloed en loopt de trap af naar de garage.

De BMW zit op slot. Ze vloekt. Loopt weer terug. Ze kan de sleutels niet vinden. Ze raakt in paniek en ze merkt dat haar handen beven terwijl ze zoekt. Tot ze eraan denkt om in Carlos' broekzak te voelen en ze de sleutels daar vindt.

Weer terug naar de garage. Ze drukt op het knopje op de sleutelhanger en het elektronische geluid klinkt schril en onverwachts in de lege ruimte. Ze trekt de deur open. Ze drukt de speelgoedhond onder de passagiersstoel. Ze pakt de spuit, legt haar duim op de drukker en richt de punt op de rugleuning van de achterbank. Haar hand trilt verschrikkelijk. Ze slaakt een kreet van ergernis en legt haar linkerhand op haar rechterpols om de hand te stabiliseren. Ze moet dit voor elkaar krijgen. Dan drukt ze de spuit in één keer krachtig in en zwaait hem van rechts naar links. De donkerrode straal raakt de stof. Fijne druppeltjes spatten achterwaarts op haar arm en in haar gezicht.

Ze bekijkt het resultaat van haar arbeid. Het ziet er niet goed uit. Het ziet er niet echt uit.

Haar hart bonkt verschrikkelijk. Er is nu niets meer aan te doen. Ze stapt uit, kijkt nog één keer om. Ze is niets vergeten. Doet de deur dicht.

Er zitten nog een paar druppels bloed in de spuit. Ze moet ze op het jurkje smeren. En het kledingstuk ergens achter in zijn kast verstoppen.

Keer op keer overdenkt hij de woorden van de politieman. Hij neemt aan dat de blanke man hem probeert uit te leggen waarom hij corrupt is geworden. Waarom hij nu doet wat hij doet.

'Hoe hebben ze jou gevonden?' vraagt hij later, voorbij de afslag naar Humansdorp.

'Wie?'

'Sangrenegra. Waarom ben je voor ze gaan werken?'

'Ik werk niet voor Sangrenegra.'

'Voor wie dan wel?'

'Ik ben bij de SAPD.'

'Op dit moment niet.'

Het duurt even voor Griessel begrijpt wat hij bedoelt. Weer die cynische lach vanaf de achterbank. 'Jij denkt dat ik corrupt ben. Jij denkt dat ik dat bedoelde toen ik net zei...'

'Wat dan wel?'

'Ik zuip, dat doe ik. Ik zuip mijn hele leven naar de kloten. Mijn vrouw, mijn kinderen, mijn werk en mezelf. Ik heb nog nooit een cent van wie dan ook aangenomen. Dat was ook niet nodig. De drank is doeltreffend genoeg als je jezelf naar de mallemoer wil helpen.'

'Waarom rijden we hier dan – waarom zit ik niet in een cel in Port Elizabeth?'

Het komt als een uitbarsting en hij hoort de woede én de angst in de stem van de blanke man: 'Omdat ze mijn dochter hebben. De broer van Carlos Sangrenegra heeft mijn dochter te pakken. En als ik jou niet aan ze uitlever, dan gaan ze...'

Griessel zegt niets meer.

Nu heeft Tobela alle puzzelstukjes bij elkaar en het complete beeld bevalt hem niets.

'Hoe heet ze?'

'Carla.'

'Hoe oud is ze?'

Griessel wacht lang voor hij antwoordt, alsof hij eerst over de zin van dit gesprek moet nadenken. 'Achttien.'

Dan beseft hij dat de blanke man hoopt, en hij weet dat hij hetzelfde zou doen, als hij in zijn situatie verkeerde. Want je kunt niets anders doen.

'Ik zal je helpen,' zegt hij.

'Ik heb jouw hulp niet nodig.'

'Wel.'

Griessel reageert niet.

'Denk je heus dat ze tegen je zullen zeggen "hartelijk bedankt, hier is je dochter, ga maar weg"?'

Stilte.

'Het is jouw besluit, politieman. Ik kan je helpen. Maar het is jouw besluit.'

Om elf minuten over zeven in de ochtend ramt hij op haar deur, zoals ze verwacht had dat hij zou doen. Ze doet open. Hij stormt naar binnen, grijpt haar bij haar arm en schudt haar door elkaar.

'Waarom heb je dat gedaan? Waarom?' De greep van zijn vingers op haar bovenarm is pijnlijk en ze slaat hem met haar linkerhand tegen zijn hoofd, zo hard ze kan.

'*Beetch!*' gilt Carlos en hij laat haar arm los en slaat haar met de vuist tegen haar wenkbrauw. Ze valt bijna, vindt dan haar evenwicht terug.

'Jij klootzak,' schreeuwt ze zo hard ze kan en ze haalt met haar vuist naar hem uit. Hij trekt zijn hoofd weg, slaat haar met een vlakke hand tegen haar oor. Het klinkt als een kanonsschot tegen haar hoofd. Ze slaat opnieuw, treft hem met haar vuist tegen zijn jukbeen.

'*Beetch!*' schreeuwt hij opnieuw, zijn stem schril. Hij grijpt haar handen, trekt haar omver. Als haar achterhoofd het tapijt raakt, blijft ze even duizelig liggen. Ze knippert met haar ogen, hij is boven op haar. '*Faaking beetch.*' Hij slaat haar opnieuw tegen haar hoofd. Ze weet een hand los te krijgen, krabt hem met haar nagels.

Hij grijpt haar pols beet, kijkt naar haar. 'Je vindt het lekker, hè beetch, dat Carlos je zo ziet.'

Hij pint haar vast, met allebei haar handen boven haar hoofd. 'Dit vind je nog veel lekkerder,' zegt hij, grijpt haar nachthemd en trekt. Het kledingstuk scheurt.

'Ga je me eindelijk eens goed naaien?' zegt ze. 'Want dat zal de eerste keer zijn, slapjanus.'

Hij slaat haar opnieuw en ze proeft bloed in haar mond.

'Je kunt helemaal niet naaien. Niemand ter wereld naait zo beroerd als jij.'

'Hou je bek, beetch!'

Ze spuugt naar hem, spuugt bloed en speeksel in zijn gezicht, op zijn hemd. Hij grijpt haar borst en knijpt erin tot ze het uitschreeuwt van pijn. 'Vind je dat lekker, hoer? Vind je dat lekker?'

'Ja. Nu kan ik je tenminste voelen.'

Hij knijpt opnieuw. Ze schreeuwt.

'Waarom heb je me verdoofd? Waarom? Je steelt mijn geld! Waarom?'

'Ik heb je verdoofd omdat je zo'n waardeloze minnaar bent. Daarom.'

'Eerst ga ik je naaien. Dan vinden we het geld.'

'Help me!' schreeuwt ze.

Hij legt zijn hand op haar mond.

'Hou verdomme je bek.'

Ze bijt in het zachte vlees van zijn handpalm. Hij gilt en slaat opnieuw naar haar. Ze draait haar hoofd weg, schreeuwt met alles wat ze in zich heeft: 'Help me, alstublieft, help me!'

Haar ene hand komt los, ze worstelt en slaat en krabt en schreeuwt. Ergens klinkt een mannenstem, van buiten, of vanaf de gang, ze kan het niet horen. 'Wat gebeurt daar?'

Carlos hoort het. Hij beukt met twee handen tegelijk op haar borst. Hij staat op. Hij is buiten adem. Hij heeft een zwelling op zijn wang.

'Ik kom terug,' zegt hij.

'Beloof me dat je me goed pakt, Carlos. Beloof me dat tenminste, jij waardeloze klootzak.' Ze ligt op de grond, naakt, bloedend en hijgend. 'Al is het maar één keer.'

'*I weel keel you,*' zegt hij en hij strompelt naar de deur. Maakt hem open. 'Je hebt mijn geld gestolen. Ik vermoord je.' En dan is hij weg.

Voorbij Plettenbergbaai vraagt hij aan Griessel: 'Waar moet je me heen brengen?'

'Dat hoor ik als we in George aankomen. Dan bellen ze weer.'

Ze bekijkt zichzelf in de spiegel voor ze de politie belt. Ze bloedt. De linkerkant van haar gezicht is rood. Het begint te zwellen. Ze heeft een wond boven haar oog. Er staan dieprode vingersporen op haar borsten.

Het ziet er perfect uit.

Ze pakt haar mobiele telefoon en gaat op de bank zitten. Ze zoekt het nummer dat ze gisteren in het geheugen heeft opgeslagen. Haar vingers werken secuur. Ze kijkt naar de telefoon. Ze beeft niet.

Ze laat haar hoofd zakken, probeert de pijn te voelen, de vernedering, de woede, de haat, de vrees. Ze zuigt haar adem diep in en laat hem dan sidderend ontsnappen. Eerst komt er maar één traan, dan nog één en nog één. Tot ze flink aan het huilen is. Dan drukt ze op het knopje op de telefoon.

Hij gaat zeven keer over. 'Zuid-Afrikaanse Politiedienst, Caledonplein. Waarmee kunnen we u helpen?'

De mobiel van de politieman gaat over terwijl ze in Knysna voor het ene na het andere stoplicht stilhouden.

Griessel praat zacht en binnensmonds en Tobela kan niet horen wat hij zegt. Het gesprek duurt minder dan een minuut.

'Ze willen dat we blijven rijden,' zegt hij uiteindelijk.

'Waarheen?'

'Swellendam.'

'Zitten ze daar?'

'Ik weet het niet.'

'Ik moet mijn benen strekken.'

'Laten we eerst het dorp uit gaan.'

'Denk je dat ik wil ontsnappen, Griessel? Denk je dat ik hiervan zou willen weglopen?'

'Ik denk niets.'

'Ze hebben jouw dochter omdat ik Sangrenegra vermoord heb. Het is mijn verantwoordelijkheid om dat goed te maken.'

'Hoe wilde je dat doen?'

'We zullen wel zien.'

Griessel denkt na over zijn woorden, zegt dan: ‘Stop maar wanneer je wil.’

En zeventig kilometer verder, in de lange, wijde bochten die de N2 tussen George en Mosselbaai maakt, valt er iets op de stoel naast Tobela. Als hij naar beneden kijkt, ligt de assegaai daar. Het lemmet is dof in het schijnsel van het dashboard.

45

Eerst komt er een stel uniformagenten. Ze is hysterisch, ze huilt en ze schreeuwt: 'Carlos heeft mijn kind, Carlos heeft mijn kind!' De agenten laten haar vertellen wat er gebeurd is en proberen haar te kalmeren.

Er dagen andere politiemensen op. Ze bestellen een ambulance voor haar. Haar appartement staat plotseling vol. Ze huilt onbedaarlijk. Terwijl een broeder bezig is om haar gezicht schoon te maken, wordt ze door een zwarte rechercheur ondervraagd.

Hij stelt zichzelf voor als Timothy Ngubane, hij komt naast haar zitten en zij vertelt, tussen het snikken door, haar verhaal en hij schrijft in een notitieboekje en hij zegt ernstig en oprecht: 'We zullen haar vinden, mevrouw.' Dan roept hij bevelen en er zijn weer minder mensen.

Later komen die twee van de Maatschappelijke Dienst en dan een grote vent met een WP-petje, die geen enkel meeleven met haar toont. Hij vraagt haar om het verhaal nogmaals te vertellen. Hij schrijft niets op. Plotseling, in de loop van het gesprek, dringt het tot haar door dat hij haar niet gelooft. Hij kijkt op een bepaalde manier naar haar, met een kleine glimlach die slechts een moment duurt. Haar hart wordt koud. Waarom gelooft hij haar niet?

Als ze klaar is, staat hij op en zegt: 'Ik laat twee mannen bij je achter. Voor de deur.'

Ze kijkt hem alleen maar vragend aan.

'We zouden niet willen dat er iets met je gebeurde, of wel soms?'

'Maar jullie hebben Carlos toch opgepakt?'

'Dat klopt.' Weer dat kleine glimlachje, als van iemand die een geheim deelt.

En zij wil Vanessa bellen om te horen hoe het met Sonia gaat en ze wil hier weg. Ze wil weg van al deze mensen, al deze problemen, de vretende spanning, want het is nog niet voorbij.

Nog een rechercheur. Zijn haar is te lang en in de war. 'Mijn naam is Bennie Griessel,' zegt hij en hij steekt zijn hand uit en zij pakt hem en kijkt in zijn ogen en dan wendt ze haar blik weer af, want er brandt een merkwaardige intensiteit in hem. Alsof hij alles al gezien heeft.

Hij neemt haar mee naar buiten, het balkon op, en stelt haar met een zachte stem vragen, met een deernis die ze zou willen omhelzen. Maar ze kan hem niet in de ogen kijken.

Ze verlaten de N2 en rijden Swellendam binnen. Er is een benzinepomp midden in het dorp, voorbij een museum en pensionnetjes en restaurants met plattelandse Afrikaanse namen, verlaten in de nanacht.

Wanneer Griessel uitstapt, ziet Tobela dat hij de Z88 niet in zijn hand heeft. Hij stapt ook uit. Zijn benen zijn stijf en hij heeft kramp in zijn schouderspieren. Hij strekt zijn ledematen, voelt de diepte van zijn vermoeidheid, zijn rode, branderige ogen.

Griessel laat de Nissan volgooien. Dan komt hij tegenover Tobela staan, zwijgend. Hij kijkt alleen maar naar hem. Tobela merkt dat de blanke er slecht uitziet. Donker om de ogen, diepe lijnen in zijn gezicht.

'De nacht is te lang,' zegt hij tegen Griessel.

De rechercheur knikt. 'Het is bijna voorbij.'

Tobela knikt terug.

'Ik wil dat je weet dat we Khoza en Ramphele gevonden hebben,' zegt Griessel.

'Waar?'

'Ze zijn eergisteren in Midrand opgepakt.'

'Waarom vertel je me dat?'

'Omdat... Wat er vannacht ook gebeurt – ik zal ervoor zorgen dat ze nooit meer ontsnappen.'

Ze ligt in bed en ze houdt zich voor dat ze de drang moet onderdrukken om op te staan en bij de rechercheur te gaan liggen die op haar bank slaapt, want het zal om de verkeerde redenen zijn.

Griessels mobiel luidt en hij pakt hem op en zegt 'Ja' en 'Ja' en 'Zes kilometer' en 'Ja' en 'Oké'.

En dan hoort Tobela hem zeggen: 'Ik wil haar stem horen.'

Op straat in Swellendam is het stil. 'Carla,' zegt Griessel en Tobela voelt een hand die zijn hart fijnknijpt, want er ligt een verschrikkelijke emotie in de stem van de blanke als hij zegt: 'Papa komt je halen, hoor je? Papa komt je halen.'

Ze wil vastgehouden worden. Ze wil dat hij haar vasthoudt, want ze is bang. Bang voor Carlos en bang voor de rechercheur met het rugbypetje en bang dat alles in haar gezicht zal ontploffen. Bang dat Griessel met die ogen van hem haar zal doorzien, dat hij haar met die geweldige energie van hem zal openbreken en dat is niet goed, want ze wil bij hem gaan liggen om hem blind te maken.

Ze mag niet.

Ze staat op.

'Infanta,' zegt Griessel. 'Zes kilometer buiten het dorp is er een afslag naar Infanta. Daar staat een auto. Vanaf daar rijden ze achter ons aan.'

Ze stappen weer in de Nissan, Tobela voor en Griessel achter.

'Infanta,' hoort hij de blanke zeggen, alsof hij niets van de naam begrijpt.

Op het dashboard de gele lcd-cijfers van het klokje. 03:41.

Hij rijdt het dorp uit, terug naar de N2.

'Rechtsaf. In de richting van de Kaap.'

Een brug over. *Breederivier* staat er op het bordje. Dan ziet hij de wegwijzer. *Malgas. Infanta.*

'Hier is het,' zegt Griessel.

Hij doet het linker knipperlicht aan. Een onverharde weg. Hij ziet het voertuig staan, vierkant in de koplampen van de Nissan. Een Mitsubishi Pajero. Bij het voertuig staan twee mannen. Een wapen in de ene hand, de andere voor de ogen tegen het licht. Hij stopt.

Er komt er maar één dichterbij. Tobela draait het raam open.

De man kijkt niet naar hem, maar naar Griessel. '*Ees dees da killa?*'

'Ja.'

De man is glad geschoren, zijn schedel ook. Alleen een klein dotje haar onder zijn lip. Hij kijkt naar Tobela. 'Jij gaat er vannacht aan.'

Tobela kijkt terug, in de ogen van de man.

'Ben jij de vader?' vraagt de Kaalkop aan Griessel en hij antwoordt: 'Ja'.

De man grijnst. 'Je dochter heeft een lekker kutje.'

Griessel, achter hem, maakt een geluid en Tobela denkt: Niet nu. Je moet nu niets proberen.

Kaalkop lacht. Dan zegt hij: 'Hokay. Jullie rijden rechtdoor. Wij rijden achter jullie aan. We zullen eerst kijken of jullie geen vrienden meegenomen hebben. Vooruit.'

Zij hebben alles onder controle. Ze zoeken niet eens naar wapens, want ze weten dat zij de troefkaart in handen hebben.

Tobela trekt op. Hij vraagt zich af wat er in Griessels hoofd omgaat.

De twee rechercheurs van Getuigenbescherming hebben hagelgeweren wanneer ze haar komen halen.

Ze pakt een koffer. Ze begeleiden haar in de lift naar beneden, ze stappen in een auto en rijden weg.

Het huis ligt in Boston, oud en nogal uitgewoond, maar de ramen hebben diefwering en er is een veiligheidshek bij de voordeur.

Ze laten haar het huis zien. In de hoofdslaapkamer kan ze 'doen alsof ze thuis is', er liggen kruidenierswaren in de keuken, de badkamer heeft linnengoed. Er staat een televisie in de zitkamer en er liggen stapels tijdschriften op de koffietafel, oude nummers van *Sports Illustrated*, FHM en een paar *Huisgenoten*.

'Dus zo brengen ze de drugs het land binnen,' zegt Griessel als ze een halfuur lang over de onverharde weg hebben gereden.

Tobela zegt niets. Zijn gedachten zijn bij het eindpunt. Hij heeft de wapens van het tweetal in de Pajero gezien. Nieuw spul, handkarabijnen, Heckler & Koch misschien wel, familie van de G36. Duur. Doeltreffend.

'Infanta en Witsand, daar gaat elke sukkel met een skiboot vissen,' zegt Griessel. 'Ze brengen het spul met van die kleine bootjes het land in. Zeker vanaf schepen.'

Dit is waarmee de rechercheur zich bezighoudt. Hij wil niet aan zijn kind denken. Hij wil niet weten wat ze met zijn dochter hebben gedaan.

'Weet je hoeveel het er zijn?' vraagt Tobela.

'Nee.'

'Je moet je Z88 herladen.'

'Ik heb maar één schot gelost. Bij jou thuis.'

'Elke ronde telt, Griessel.'

Ze is in de zitkamer als er tegen lunchtijd aan de deur geklopt wordt. De twee rechercheurs kijken eerst door een kijkgaatje en maken dan de verzameling sloten op de voordeur open.

Ze hoort de zware voetstappen en dan staat de grote man met het WP-petje voor haar en hij zegt: 'Jij en ik moeten praten.'

Hij gaat op de stoel naast haar zitten en de twee rechercheurs van Getuigenbescherming blijven in de deuropening staan.

'We moeten haar niet zenuwachtig maken, mannen,' zegt Beukes.

Ze lopen met tegenzin de gang af. Ze hoort de achterdeur open- en dichtgaan.

'Waar is het geld?' vraagt hij als het stil is in huis.

'Welk geld?' Haar hart klopt in haar keel.

'Je weet waar ik het over heb.'

'Ik weet het niet.'

'Waar is je dochter?'

'Dat moet je aan Carlos vragen.'

'Carlos is dood, jij slet. En hij heeft je dochter nooit gehad. Jij weet het en ik weet het.'

'Hoe kunt u dat nou zeggen?' Ze begint te huilen.

'Hou die verdomde tranen maar voor je. Dat lukt je bij mij niet. Wees maar blij dat ík hem gisterochtend achtervolgde. Als het een van de anderen was geweest...'

'Ik weet niet waar u het over hebt.'

'Laat ik je uitleggen wat ik bedoel. Het team dat eergisteravond dienst had, zegt dat jullie met een BMW zijn huis zijn binnengegaan. En midden in de nacht laat jij verdomme een taxi voorrijden en je draagt de ene Pick 'n Pay-tas na de andere naar buiten en je hebt haast. Wat zat er in die tassen?'

'Ik had eten voor hem gemaakt.'

'En dat heb je allemaal weer mee teruggenomen?'

'Alleen wat ik niet gebruikt had.'

'Je liegt.'

'Ik zweer 't.' Ze huilt en haar tranen zijn oprecht, want ze is bang, doodsbang.

'Wat ik niet weet, is waar je met die verdomde taxi naartoe bent gegaan. Want dat achterlijke stel zogenaamde collega's van mij heeft er niet aan gedacht om iemand achter jou aan te sturen. Want hun taak is om hem te observeren. Dat krijg je met die politiemannen van vandaag de dag. Verdomd zwart gespuis. Maar gisterochtend was het een ander verhaal, want toen zat ik in de zaal, liefje. Carlos rijdt weg alsof de duivel hem op de hielen zit, linea recta naar jouw flatje. En tien minuten later komt hij moederziel alleen naar buiten met die gigantische rode plek op zijn gezicht, maar geen kind te zien. En het volgende moment heeft de politieradio het alleen nog maar over Sangrenegra en voor ik iets kan doen, staat het huis vol met Speciale Eenheden en EGM en wie weet wat nog meer. Maar één ding weet ik zeker: jouw kind was niet bij hem. Eergisteravond niet en gisterochtend ook niet. Van al dat geld in die kluis van hem is er een pakhuis vol randen weg. Alleen randen. Ik vraag me af waarom. Waarom zou iemand, als er zoveel dollars en euro's en ponden liggen, alleen randen meenemen? Dat lijkt me typisch iets voor een amateur. Iemand die geen trek heeft in al dat gedoe met de valutahandel. Iemand die de tijd heeft gehad om te bedenken wat ze wil stelen. Wat ze kan gebruiken. Wat ze in Pick 'n Pay-tassen mee naar buiten kan nemen.'

Ze begint iets te begrijpen en ze vraagt onwillekeurig: 'Hoe weet je dat er randen weg zijn?'

'Rot op, hoer. Ik kan je één ding wel vertellen, deze zaak is nog niet voorbij. Niet voor jou, in ieder geval.'

Griessels mobiel luidt en hij neemt op en dan zegt hij tegen Tobela: 'Ze zeggen dat we langzamer moeten rijden.'

Hij neemt gas terug. De Nissan rammelt op de onverharde weg. Achter hen schemeren de koplampen van de Pajero dof door de stofwolken. Links schitteren de lichtjes van Witsand op de Breederivier.

'Hij zegt dat we bij dat bord daar linksaf moeten.'

Hij rijdt nog langzamer, ziet het bord met *'Kabeljoubank'* erop. Hij steekt zijn richtingaanwijzer aan en slaat af. Het weggetje versmalt tussen twee rijen grensdraden. Het loopt naar beneden, naar de rivier. Hij ziet in het spiegeltje dat de Pajero achter hen aan is gekomen.

'Alles onder controle?' vraagt Tobela de rechercheur.

'Ja.'

In zichzelf voelt hij het bruisen, de wetenschap dat ze nu in de buurt zijn.

In het licht van de koplampen ziet hij drie, vier boten op sleepwagentjes. En twee voertuigen. Een minibus en een bakkie. En figuren die bewegen. Hij stopt, zo'n honderd meter van de voertuigen vandaan. Hij draait het sleuteltje om en de motor van de Nissan wordt stil. Hij houdt de koplampen doelbewust aan.

'Stap uit en stop dat pistool van je weg,' zegt hij en hij pakt de assegaai, steekt die van achteren, bij zijn nek, onder zijn hemd. Er is te weinig ruimte in de auto, de hoek is te klein. Hij hoort hoe het mes de stof van zijn hemd scheurt, voelt de koelte van het lemmet tegen zijn rug. Het moet maar zo. Hij opent het portier en stapt uit. Griessel staat aan de andere kant van de Nissan.

Vier mannen komen vanaf de minibus aanlopen – een van hen is lang en breed, aanzienlijk groter dan de andere. Achter hen houdt de Pajero stil.

Tobela staat naast de auto, zich bewust van de vier voor hen, de twee achter hen. Hij hoort hun voetstappen op het gruis, ruikt het stof en de rivier en de vis op de boten, hoort de golven van de zee aan de andere kant. Hij voelt de stijfheid van zijn hele lichaam, maar de moeheid is weg, zijn aderen vol van de adrenaline. Het is alsof de wereld langzamer wordt, alsof hij meer tijd heeft om te denken en te doen.

Het kwartet loopt op hem af. De grote neemt hem van kop tot teen op.

'Jij bent de speerman,' zegt de man alsof hij hem herkent. Hij is even lang als Tobela, sluik zwart haar dat tot over zijn brede schouders hangt. Hij draagt geen vuurwapen. De anderen hebben machinepistolen.

'Waar is mijn dochter?' vraagt Griessel.

'Ik ben de speerman,' zegt Tobela. Hij wil de aandacht hebben, want hij weet niet hoe stabiel Griessel is.

'Mijn naam is César Sangrenegra. Jij hebt mijn broer vermoord.'

'Ja. Ik heb je broer vermoord. Mij kun je krijgen. Laat het meisje en de politieman gaan.'

'Nee. Wij willen justicia.'

'Nee, dat kun je...'

'Houd je kop dicht, zwarte.' Speeksel spat van Césars lippen, de druppels vormen blinkende boogjes in het licht van de Nissan. 'Justicia. Weet je wat dat betekent? Hij heeft Carlos in de val gelokt, deze politieman. Dacht je dat ik naar mijn vader kon teruggaan en zeggen dat ik hem niet vermoord heb? Daar komt niets van in. Ik wil dat je het weet, politieman, voor je doodgaat. Ik wil dat je weet dat we je dochter genaaid hebben. We hebben haar een stevige beurt gegeven. Ze is jong. Lekker! En als je dood bent, zullen we haar opnieuw te pakken nemen. En nog eens. We zullen haar net zo lang naaien tot ze erin blijft. Hoor je me?'

'Ik vermoord je,' zegt Griessel en Tobela hoort dat hij op het punt staat te breken.

Hij lacht naar Griessel, hoofdschuddend. 'Je kunt niets doen. Wij hebben jouw *keed*. En die hoer zullen we ook nog wel vinden. Die hoer die leugens over Carlos vertelt. Die ons geld steelt.'

'Je bent een lafaard,' zegt Tobela tegen César Sangrenegra. 'Je bent geen man.'

César lacht hem uit, recht in zijn gezicht. 'Wil je me uitdagen? Wil je dat ik mijn geduld verlies?'

'Ik wil dat je je leven verliest.'

'Dacht je dat ik die speer op je rug niet had gezien? Dacht je dat ik net zo dom was als mijn broer?' Hij keert zich om naar een van zijn handlangers. *'Déme el cuchillo.'*

De man trekt een mes uit een lange schede aan zijn heup. César neemt het van hem aan.

'*I will keel you slowly*,' zegt hij tegen Tobela. 'Pak je speer.'

46

Als hoofdinspecteur Boef Beukes weg is, loopt ze naar de slaapkamer van het huis, waar haar spullen zijn.

Ze opent haar handtas, haalt haar paspoort eruit en legt het op het bed. Ze pakt haar portemonnee, sigaretten en een aansteker. Ze doet de handtas dicht en tilt haar rok op. Ze schuift haar paspoort en haar portemonnee in haar slipje. Ze houdt de sigaretten in haar hand.

Ze loopt naar het voorhuis en zegt: 'Ik ga buiten roken.'

'Achter,' zegt die met de snor. 'We willen niet dat je er voor uit gaat.'

Ze knikt, loopt de keuken door en gaat via de achterdeur naar buiten. Ze doet de deur achter zich dicht.

Er staan fruitbomen in de achtertuin. Het gras staat hoog. Een betonnen muur om het erf. Ze loopt er recht op af en gaat voor de muur staan. Ze legt de sigaretten op de grond en kijkt tegen de muur op. Ze zuigt haar adem diep in en springt. Haar handen grijpen de rand van de muur. Ze trekt zichzelf op, zwaait één been eroverheen. De bovenkant van het beton is scherp tegen haar knie.

Ze hijst haar hele lichaam tot boven op de muur. Aan de andere kant ligt ook een achtertuin. Groente in nette rijen. Ze springt, landt in de modder van een natte bedding. Ze staat op. Een van haar sandalen blijft in de modder steken. Ze pakt hem op en trekt hem weer aan. Ze loopt om het huis heen, naar de voorkant.

Voor hij om de hoek verschijnt, hoort ze eerst de poten van het dier op het cementpaadje. Een grote bruine hond. Het dier blaft diep en deinst een ogenblik achteruit, zíjn schrik net zo groot als de hare. Ze houdt haar handen beschermend voor zich. De hond blijft met stramme poten staan, grommend, groot, de scherpe tanden bloot.

'Hallo, hondje, hallo,' zegt ze.

Ze staan tegenover elkaar, zij en de hond die haar weg langs het huis verspert.

Niet laten merken dat je bang bent, dat weet ze, dat herinnert ze zich ergens van. Ze laat haar handen zakken, recht haar rug.

'Goed zo, jongen.' Ze probeert haar stem strelend te laten klinken, ook al klopt haar hart in haar keel.

Het dier gromt opnieuw.

'Rustig maar hondje, brave hond.'

De hond schudt zijn kop en niest.

'Vrouwtje wil er alleen maar langs, hondje, vrouwtje wil er alleen maar langs.'

De nekharen van de hond zakken. De tanden verdwijnen. De staart begint onzeker te zwaaien.

Ze doet een pas naar voren. De hond komt dichterbij, maar hij gromt niet. Ze steekt haar hand uit naar zijn kop.

De staart begint sneller te kwispelen. Hij drukt zijn kop tegen haar hand. Proest opnieuw.

Ze loopt langzaam door, de hond achter haar aan. Ze ziet het hek van de voortuin. Ze loopt sneller.

'Hallo,' komt er een stem van de veranda van het huis.

Daar staat een bejaarde man. 'Kan ik u helpen?' vraagt hij.

'Ik loop alleen maar even langs,' zegt ze, haar hand op het hek. 'Ik loop alleen maar even langs.'

Hij reikt naar de assegaai achter zijn nek en César Sangrenegra's beweging is subtiel en snel en het lange mes snijdt door Tobela's hemd en over zijn ribben, een scherpe, brandende pijn. Hij voelt het bloed langs zijn buik naar beneden lopen.

Hij doet een stap achteruit en ziet de grijns op het gezicht van de Colombiaan. Hij houdt de assegaai in zijn rechterhand, buigt zijn knieeën voor een beter evenwicht. Hij beweegt naar rechts, kijkt naar Césars ogen, je moet nooit naar het lemmet kijken. Geen waarschuwing te bekennen. César steekt toe. Tobela springt achteruit en het mes flitst langs hem heen. Hij steekt met zijn assegaai. César is er al niet meer. Weer komt het mes. Hij trekt zijn arm weg, het lemmet schampt zijn arm. Nog een pas achteruit. De man is snel. Lichtvoetig, tien kilo lichter dan hij. Beweegt weer, naar links, César mikt rechts, is dan aan zijn linkerkant, Tobela wijkt achteruit, tot tegen de voorkant van de Nissan, hij mag zich niet klem laten zetten tegen de auto, drie, vier korte passen naar rechts, het mes beweegt zo snel, mist hem op een paar millimeter.

Tobela weet dat hij in moeilijkheden is, de grote man met het lange haar is behendig. Sneller dan hij. Lichter, jonger. En hij heeft het andere grote voordeel – hij kan doden, Tobela niet. Carla Griessels leven hangt ervan af dat hij César niet doodmaakt.

Hij moet de lengte van de assegaai gebruiken. Hij verplaatst zijn greep, houdt de steel nu helemaal achteraan vast, zwaait hem met een zwiepend geluid door de nacht, heen en weer, heen en weer. Hij voelt de wond aan zijn arm, ziet hoe het bloed in een boog wegspat als hij met de assegaai zwaait. César die achteruit beweegt, maar kalm. De handlangers maken de cirkel groter. Een van hen roept iets in het Spaans en de andere vier lachen.

Ze kijken elkaar in de ogen, de Colombiaan schiet plotseling vooruit, het mes flitst, dan is hij weer weg.

De man speelt met hem. César is zich bewust van zijn grotere snelheid. Tobela moet het verschil compenseren. Hij moet zijn kracht, zijn gewicht gebruiken, maar tegenover een mes is dat onmogelijk.

Hij kan aan de ogen van de Colombiaan zien dat er iets aankomt. Tobela doet alsof hij achteruitloopt, beweegt dan naar voren, hij moet alleen het mes op afstand houden, verder naar voren, binnen het bereik van de arm met het mes, haalt uit met de assegaai. César grijpt ernaar, krijgt het lemmet van de spies met zijn linkerhand beet, trekt het onverwachts naar zich toe, zodat Tobela zijn balans verliest. Hij ziet alleen het bloed op

Césars hand waar de assegaai diep in zijn vlees snijdt, hier komt het mes, hij houdt zijn eigen linkerhand op om af te weren, krijgt Césars arm te pakken, duwt hem weg. César verplaatst zijn greep op de assegaai, zijn hand nu op de steel.

Zo blijven ze staan. Het mes buigt af naar beneden, de punt boort zich in Tobela's biceps, diep, de pijn intens. Hij zal zijn houvast moeten verschuiven, hem dichter bij de pols moeten pakken. Snel en doeltreffend. Verplaatst zijn hand plotseling, het lemmet dat in zijn biceps steekt, redt hem, houdt de hand even op dezelfde plaats. Hij weet dat de wond ernstig is. Hij krijgt de pols beet, met al zijn gewicht. Zijn bovenarm schreeuwt. Brengt zijn knie omhoog, schopt César zo hard hij kan in zijn buik. Ziet aan zijn ogen dat het raak was.

Hij moet er nu een eind aan maken, in dit ogenblik van gering voordeel. Hij duwt de hand met het mes weg. Zijn linkerarm zal het niet volhouden, de spier is te diep getroffen. Hij verlegt zijn evenwicht, trekt de assegaai uit de greep los, laat het wapen in het stof vallen. Zijn beide handen zijn nu om de arm met het mes, draaien die arm op Césars rug. Jemig, hij is sterk. Terwijl hij de arm omhoog duwt, schopt hij hem in zijn knieholte en César wankelt, hij draait de arm nog een paar centimeter verder. De Colombiaan stoot een geluid uit en de handlangers beginnen te schreeuwen. Ze komen in beweging, halen hun wapens van hun schouders, te laat. Hij draait de arm tot er iets knapt en de vingers het mes loslaten.

Zijn rechterhand duwt Césars arm tegen zijn rug, de linkerhand houdt het mes vast. Zijn arm ligt om Césars keel en hij drukt de punt van het mes in de holte van zijn keel. Diep. César gilt en trekt en duwt. Sterk. Hij moet deze kracht neutraliseren. Draait de arm nog een beetje, tot er pezen scheuren. Césars knieën begeven het. Hij houdt de man overeind, als een schild voor zich.

Drukt de punt van het mes dieper in de hals. Voelt hoe het bloed over zijn hand loopt. Hij voelt de schrille pijn in zijn eigen arm. Hij weet niet hoeveel bloed hij verliest. Zijn hele linkerkant is kletsnat, warm.

'Je staat op de rand van de dood,' zegt hij zacht in Césars oor. Handlangers die karabijnen en machinepistolen op hen gericht houden.

De Colombiaan hangt doodstil tegen hem aan.

'Als ik het mes beweeg, snijd ik een slagader door,' zegt hij. 'Hoor je me?'

Een geluid.

'Je mannen moeten hun wapens laten vallen.'

Geen reactie. Zal het lukken? Hij dacht dat hij de hiërarchie in de drugswereld kende. De autocratie.

'Ik tel tot drie. Dan snijd ik.' Hij spant de spier in zijn arm alsof hij zich klaarmaakt en het gaat niet best, hij weet dat er zenuwen doorgesneden zijn.

'Eén.'

César verzet zich, maar zijn arm is te ver achterover gebogen, de pijn moet verschrikkelijk zijn.

'Twee.'

'*Coloque sus armas.*' Bijna onhoorbaar.

'Harder.'

'*Coloque sus armas.*'

De handlangers doen niets, staan daar alleen maar. Tobela begint de mespunt langzaam te bewegen, dieper de keel in.

'*¡Ahora!*'

De eerste komt in beweging, legt een wapen voorzichtig op de grond. Nog één.

'Nee,' roept een van de mannen uit de Pajero, die met het kaalgeschoren hoofd.

Hij staat naast Griessel, de Heckler & Koch tegen de slaap van de rechercheur. 'Of deze gaat eraan.'

'Schiet maar,' zegt Tobela.

'Laat César gaan.'

'Nee.'

'Anders schiet ik deze dood.'

'Je doet maar. Hij is een politieman. Ik ben een moordenaar.' Hij draait het mes in Césars keel.

'*¡Ahora!*' De uitroep is hees en hoog en desperaat en hij weet dat hij met het lemmet ergens langs is geschraapt.

Kaalkop kijkt naar César, dan weer naar Griessel, spuugt een woord uit. Hij gooit de karabijn in het stof.

'Nú,' zegt Tobela in het Afrikaans. 'Nu moet je je dochter halen.'

Bij een kruising in de Elfde Laan tikt ze op het portierraampje van de vrouw in de Audi en zegt: 'Alstublieft, mevrouw, ik heb uw hulp nodig.'

De vrouw bekijkt haar van top tot teen, ziet de modder op haar benen, en gaat ervandoor.

'Trut!' roept Christine van Rooyen haar achterna.

Ze loopt in de richting van de Frans Conradie Rylaan, kijkt telkens even achterom. Ze moeten al weten dat ze weg is. Ze moeten haar al zijn gaan zoeken.

Bij het stoplicht kijkt ze naar links en naar rechts. Aan de overkant zijn winkels. Als ze daar maar kan komen. Onopgemerkt. Ze rent. Een auto remt en toetert naar haar. Ze blijft rennen. Aankomend verkeer. Ze staat op de vluchtheuvel, wacht. Dan is de weg vrij. Ze draaft verder. De sandalen zijn niet gemaakt voor dít soort dingen.

Ze gaat linksaf, tegen de helling op. Nu is het niet ver meer. Ze haalt het. Ze moet Vanessa bellen. Geen taxi. Die kunnen ze natrekken, dan weten ze waar ze uitgestapt is. Vanessa moet haar komen halen. Vanessa en Sonia. Naar het station. Op de trein, ergens heen. Weg. Ze kan een auto kopen in Beaufort-West of George of zo. Ze moet alleen maken dat ze wegkomt. Verdwijnen.

Griessel loopt hem voorbij, terwijl hij César in zijn omhelzing vasthoudt. De politieman loopt langzaam, met lege handen. Tobela vraagt zich af waar het pistool is. Vraagt zich af wat de uitdrukking in de ogen van de blanke betekent.

Griessel loopt naar de minibus.

Hij maakt hem open. Tobela kan zien dat er beweging is, binnen. Hij hoort Griessel iets zeggen. Hij buigt zich naar binnen. Hij ziet twee armen om Griessels nek.

Hij kijkt naar de handlangers. Ze staan. Onrustig. Gereed, hun ogen op César.

Hij overtuigt zich van zijn greep op de Colombiaan. Hij weet niet meer wiens bloed het is dat over hem heen loopt. Hij kijkt weer naar de minibus. Griessel staat nog steeds met zijn bovenlijf in het voertuig, zijn dochters armen om hem heen. Hij vermoedt dat hij de stem van de rechercheur hoort.

'Griessel,' zegt hij, want hij weet niet hoelang hij het nog volhoudt.

Een van de handlangers schuifelt met zijn voeten.

'Rustig blijven. Of ik snijd zijn keel door.'

De man kijkt hem met een onpeilbare uitdrukking aan.

'Schiet,' zegt César, maar de woorden komen samen met bloed naar buiten, onduidelijk.

'Kop dicht, of je gaat eraan.'

'Schiet.' Meer hoorbaar.

De handlangers komen dichterbij. Kaalkop doet een stap naar zijn wapen.

'Ik vermoord César nú.' De pijn in zijn bovenarm bereikt een nieuw hoogtepunt. Zijn hoofd suist. Waar is de politieman? Hij kijkt snel. Daar staat Griessel, met de Z88, en zijn dochter, hand in hand.

Iedereen kijkt naar Griessel. Hij strompelt naar de eerste handlanger.

'Hij?' vraagt Griessel zijn dochter.

Ze knikt naar hem. Griessel heft zijn pistool op en schiet. De man slaat achterover.

Vader en dochter naar de volgende. 'En hij?'

Ze knikt. Hij mikt op het hoofd van de man en haalt de trekker over. Het tweede schot davert door de late nacht en de man valt. Kaalkop duikt naar zijn wapen. Tobela weet dat het er nu op aankomt en hij haalt het mes over Césars keel en laat hem vallen. Hij weet waar het dichtstbijzijnde machinepistool ligt, neemt een duik, hoort nog een schot. Houdt zijn ogen op het vuurwapen. Valt op het gruis, grijpt ernaar, hoort nog een schot. Krijgt zijn vingers op het metaal. Duizelig, hij heeft veel bloed verloren. Zijn linkerarm doet het niet. Hij rolt om. Kan niet goed zien in de schijnwerpers van de Nissan. Probeert op te staan, kan zijn evenwicht niet vinden.

Komt op zijn knieeën.

Kaalkop ligt op de grond. César ligt op de grond. Drie anderen ook. Griessel met zijn Z88 gericht op de laatste. Carla is nu vlak bij Tobela. Hij ziet haar gezicht. Op dat moment weet hij dat hij dit nooit zal vergeten.

Haar vader keert zich naar de laatste toe.

'En deze?'

Zijn dochter kijkt naar de man en knikt.

IV Carla

47

Voorbij Calvinia ziet hij de wolken die de bergen omringen, het spierwitte van de cumulustorens in de zon van de late ochtend, de rechte lijn die dit vormt boven de dorre aarde. Hij wil het Carla aanwijzen. Hij wil haar vertellen van zijn theorie dat het de contouren van het landschap zijn die dit weer veroorzaken.

Ze slaapt in de stoel naast hem.

Hij kijkt naar haar. Hij vraagt zich af of het een droomloze slaap is.

Voor hen ontvouwt zich een grote vlakte. De weg loopt lijnrecht naar het noorden, naar Brandvlei – een pikzwart lint dat zich uitstrekt zo ver je kunt zien.

Hij vraagt zich af wanneer ze wakker wordt, want ze mist alles.

De predikant kijkt naar het krantenknipsel. Er staat een foto bij van twee mensen die uit een helikopter klimmen. Een man en een jonge vrouw. Het haar van de man is verward en donker, met wat grijs bij de slapen. Een bijna Slavisch gezicht, zijn uitdrukking strak. Zijn hoofd is bezorgd naar de jonge vrouw gewend.

Er is een overeenkomst tussen hen, een vaag verband in de stand van de ogen en de lijn van de kin. Vader en dochter, misschien.

Ze is mooi, regelmatige gelaatstrekken onder het zwarte haar. Maar er is iets in de manier waarop ze haar hoofd houdt, hoe ze naar beneden kijkt. Alsof ze oud en onaantrekkelijk is. Misschien verbeeldt de dominee het zich maar omdat het jasje over haar schouders te groot voor haar is. Misschien wordt hij beïnvloed door de kop van het bericht: ONTVOERINGSDRAMA EINDIGT IN BLOEDBAD.

In het grote kantoor van Ernstige Geweldsmisdrijven zitten John Afrika, Mat Joubert en Bennie Griessel. Keyter komt binnen, groet. Ze groeten niet terug.

'Ik vraag het je maar één keer, Jamie,' zegt Griessel en zijn stem is zacht, maar hij dreunt door het vertrek. 'Heb jij het gedaan?'

Keyter kijkt naar ze, zenuwachtig van de één naar de ander.

'Ik... Ik hoor... Waar heb je het over, Bennie?'

'Heb jij Sangrenegra die informatie gegeven?'

'God, Bennie...'

'Was jij het?'

'Nee. Nooit.'

'Hoe kom je aan al dat geld, Jamie? Voor die kleertjes. En die dure mobiele telefoon van je? Waar komt dat geld vandaan?' Griessel is half opgestaan uit zijn stoel.

'Bennie,' zegt John Afrika, zijn stem paaiend.

'Ik...' zegt Jamie Keyter.

'Jamie,' zegt Joubert. 'Je kunt het maar beter vertellen.'

'Het is niet wat jullie denken,' zegt hij en zijn stem trilt.

'Wát?' vraagt Bennie, die met moeite weer is gaan zitten.

'Ik *moonlight*, Bennie.'

'Je *moonlight*?'

'Modellenwerk.'

'Modellenwerk?' zegt John Afrika.

'Voor tv-reclames.'

Niemand zegt iets.

'Voor de Fransen. En de Duitsers. Maar ik zweer het, ik zal het niet meer doen.'

'Kun je dat bewijzen, Jamie?'

'Ja, chef. Ik heb video's. Koffiereclames en smeerkaas. En kleren. En ik heb er voor de Zweden één gedaan over melk, ik moest mijn hemd uittrekken, maar dat is alles, chef, ik zweer...'

'Tv-reclames,' zegt John Afrika.

'Gatver,' zegt Griessel.

'Alleen vanwege mijn kleren, Bennie? Dacht je alleen vanwege mijn kleren dat ik het was?'

'Er was een fax, Jamie. Die is hiervandaan gestuurd. Vanaf het EGM-apparaat. Met Mpayipheli's foto's erop.'

'Dat kan iedereen geweest zijn.'

'Jij bent de enige die er zo bij loopt, Jamie.'

'Maar ik was het niet.'

Er daalt een stilte in het vertrek.

'Je kunt gaan, Jamie,' zegt Joubert.

De jonge rechercheur draalt. 'Ik zat te denken, Bennie...'

Ze kijken naar hem, half ongeduldig.

'Ik vroeg me af hoe ze je dochters adres gekregen hebben. En jouw mobiele nummer. En al die dingen...'

'Wat bedoel je?'

'Ze moeten hem gebeld hebben. Carlos' broer. Niet alleen maar faxen gestuurd hebben.'

'Ja?'

'Hij moet een mobiel gehad hebben, commissaris. Die broer. En op een mobiel staan altijd gemiste oproepen en ontvangen oproepen en gekozen nummers.'

Het duurt even voor ze snappen wat hij bedoelt.

'Shit,' zegt Griessel en hij staat op.

'Sorry, Bennie,' zegt Keyter en hij deinst achteruit, maar Griessel is hem al voorbij, op weg naar de deur.

Tegen halféén zijn ze in Brandvlei en hij besluit om te stoppen bij een winkeltje met cementen tafels onder een rieten afdak. Kleurlingkinderen spelen blootsvoets in het stof.

Carla wordt wakker en vraagt waar ze zijn. Griessel vertelt het haar. Ze kijkt naar het winkeltje.

'Wil je iets eten?'

'Niet echt.'

'Laten we wat drinken.'

'Oké.'

Hij stapt uit en wacht op haar. Het is snikheet buiten de auto. Ze trekt eerst sportschoenen aan, stapt uit, rekt zich uit en loopt dan om de auto heen. Ze heeft een wit bloesje met korte mouwen aan en een gebleekte spijkerbroek. Zijn mooie dochter. Ze gaan aan een cementtafel zitten. Het is een beetje koeler onder het riet.

Hij ziet dat ze naar de kleurlingkinderen met hun speelgoedauto's van gebogen ijzerdraad kijkt. Hij vraagt zich af wat er door haar heen gaat.

'Hoe ver is het nog naar Upington?'

'Ongeveer honderdvijftig tot bij Kenhardt, dan nog zeventig naar Keimoes en dan zeker nog vijftig naar Upington. Dus iets minder dan driehonderd,' rekent hij snel uit.

Een kleurlingvrouw brengt hun de menukaart. Eén gelamineerd foliovel, wit, met bovenaan *Café Oase.* Er staat een amateuristische palmboom naast de woorden. Carla bestelt druivensap met prik. 'Doet u er maar twee,' zegt Griessel.

Als de vrouw wegloopt, zegt hij: 'Ik heb nog nooit Grapetiser gedronken.'

'Nog nooit?'

'Als er geen brandewijn bij zat, interesseerde het me niet.'

Ze glimlacht, maar verder dan haar mondhoeken gaat het niet.

'Het lijkt wel een andere wereld, hier,' zegt ze, terwijl ze de hoofdstraat af kijkt.

'Dat is het ook.'

'Denk je dat je iets in Upington zult vinden, pap?'

'Misschien.'

'Maar waarom, pap? Wat heeft het voor zin?'

Hij gebaart met zijn hand dat hij het zelf ook niet precies weet. 'Ik weet het niet, Carla. Zo ben ik nu eenmaal. Daarom ben ik bij de recherche. Ik wil de redenen weten. En de feiten. Ik wil het begrijpen. Al maakt het misschien niets uit. Losse eindjes... Ik hou er niet van.'

'Vreemd,' zegt ze. Ze strekt haar hand naar hem uit en laat haar vingers onder de zijne kruipen. 'Maar fantastisch.'

Hij belt de nummers op César Sangrenegra's Ontvangen Oproepenlijst vanaf de vergadertelefoon in Jouberts kantoor. Bij de eerste drie krijgt hij een bandje, in het Spaans. De vierde gaat lang over, voor hij uiteindelijk overschakelt op de voicemail.

'Hallo, Bushy hier. Als ik de boeven gevangen heb, bel ik je terug.'

'Vanwege Carlos zal ik niet naar de hel gaan,' zegt Christine van Rooyen. 'Want ik heb zijn ogen gezien toen hij naar Sonia keek. En ik weet dat de Heer me zal vergeven dat ik een sekswerker was. En ik weet dat Hij zal begrijpen dat ik dat bloed moest aftappen. En dat ik het geld meegenomen heb.' Ze kijkt naar de predikant. Hij wil het niet beamen.

'Maar Hij heeft iedereen gestraft vanwege Carla Griessel.' Ze maakt het tweede krantenknipsel open. GROOT CORRUPTIESCHANDAAL BIJ DE POLITIE staat erboven.

'Carlos' broer en zijn bodyguards. Die Artemis-kerel. Allemaal dood. En deze politiemannen gaan de gevangenis in,' zegt ze en ze tikt op de twee foto's bij het bericht.

'Maar wat moet er van míj worden?'

'Ik kende ze niet eens,' zegt Bushy Bezuidenhout.

'Maar jij hebt ze de informatie gegeven,' zegt Joubert.

'Tegen betaling, jij stuk stront,' zegt Griessel.

Joubert legt zijn grote hand bezwerend op de arm van de inspecteur.

Bezuidenhout veegt het zweet van zijn voorhoofd en hij schudt zijn hoofd. 'Ik draai hiervoor niet alleen de bak in.'

'Geef ons de namen van de anderen, Bushy. Je weet het, als je meewerkt...'

'Jemig, chef.'

'Geef me vijf minuten alleen met die klootzak,' zegt Griessel.

'Jemig, Bennie, ik wist niet wat ze van plan waren. Ik had geen idee. Dacht je dat ik...'

De rest van zijn woorden versmoort in Griessels geschreeuw. 'Wie, Bushy? Zeg op!'

'Beukes, verdomme. Beukes met dat rotpetje van hem kwam met een kruiwagen vol geld in een verdomde bruine envelop aanzetten...'

Mat Jouberts stem snerpt door het vertrek. 'Bennie, nee. Ga zitten. Ik kan jou niet laten gaan.'

Veertien kilometer voorbij Keimoes ziet hij het verkeersbord en hij slaat rechts af, in de richting van Kanoneiland. Ze rijden de rivier over die rustig en bruin onder de brug door stroomt, en tussen groene wijngaarden door. De struiken buigen door onder het gewicht van de reuzentrossen.

'Waanzinnig,' zegt Carla en hij weet wat ze bedoelt. De vruchtbaarheid hier, de verrassing daarvan. Maar hij snapt ook dat ze iets waarneemt, dat ze minder in zichzelf gekeerd is en hij krijgt weer hoop.

Ze volgen de lange, door dennen omzoomde oprijlaan naar het pension en Carla zegt: 'Kijk,' en ze wijst met haar vinger naar zijn kant van de weg. Tussen de bomen door kan hij de paarden zien: grote Arabieren, drie bruine en een magnifieke schimmel.

Als Christine van Rooyen in Reddersburg de straat af loopt, komt de zon boven de Vrijstaatse horizon op, een reusachtige rode ballon die zich losmaakt van de heuvels en over het graslandschap zweeft.

Ze verlaat de hoofdstraat, volgt de onverharde weg, voorbij huizen die nog donker en stil zijn.

Ze kijkt oplettend naar een van de huizen. De oppas zegt dat daar een schrijver woont, een man die zich hier is gekomen om zich schuil te houden voor de wereld.

Het is er een goede plek voor.

De secretaresse van de middelbare school schudt haar hoofd en zegt dat ze hier nog maar drie jaar werkt. Maar hij kan het meneer Losper gaan vragen. Meneer Losper is al jaren op school. Hij geeft biologie. Maar het is nu vakantie, meneer Losper is waarschijnlijk thuis. Ze geeft hem nauwkeurige aanwijzingen en hij rijdt ernaartoe en klopt op de deur.

Losper is ergens in de vijftig, een man met rookplooien en een schorre stem die hem uitnodigt om binnen te komen, want het is koeler in de eetkamer. Wil hij bier? Nee bedankt, zegt hij, hij heeft niets nodig.

En als ze aan de eetkamertafel zitten en hij zijn vraag stelt, sluit de man even zijn ogen, alsof hij een schietgebedje doet, en dan zegt hij: 'Christine van Rooyen'. Hij legt zijn armen plechtig op tafel, vouwt zijn handen ineen.

'Christine van Rooyen,' zegt hij weer, alsof het uitspreken van de naam zijn geheugen op gang zal brengen.

En dan vertelt hij Griessel, terwijl hij zichzelf voortdurend onderbreekt om schuld te erkennen en die dan weer weg te redeneren, het verhaal. Van Martie van Rooyen die haar man, haar soldaat, in Angola had verloren. Martie van Rooyen, de blonde vrouw met de grote borsten en het kleine blonde dochtertje. Een vrouw waar de gemeenschap al over roddelde toen haar man nog leefde. Geruchten over bezoekjes als Rooies ergens op cursus was, of aan de Grens.

En na Rooies' dood was er al gauw een plaatsvervanger. En nog één. En nog één. Die ze met een rood lippenstiftje en een laag uitgesneden hals uit de Ladies' Bar van het River Hotel mee naar huis lokte. Terwijl het kind met een snotneus over het erf ronddwaalde met een speelgoedhond in haar armen, een ding dat later zó vuil was, het was schandalig.

De roddeltantes beweerden dat Rooies' plaatsvervangers Martie sloegen. En niet altijd alleen met de moeder rotzooiden. Maar in een dorp als Upington kijken vele mensen toe, maar weinig mensen doen iets. Maatschappelijk Werk had proberen in te grijpen, maar de moeder had ze weggejaagd en zo groeide Christine van Rooyen op. Wild en gekwetst. Zij kreeg ook een reputatie. Los. Makkelijk. Toen het kind een tiener was, gingen er verhalen rond. Over een oude vriend van haar vader die... Je weet wel. En een leraar Afrikaans. Er waren dingen op school. Het was een lastig kind. Ze rookte en dronk samen met die ruwe gasten op school, want die waren er altijd geweest, dit is een raar dorp, met de aanwezigheid van het Leger en zo.

Losper had gehoord dat Christine van Rooyen na school het huis uit was gelopen met een koffer in haar hand, terwijl haar moeder in bed lag met een plaatsvervanger. Naar Bloemfontein toe, zeiden ze, maar hij wist niet wat er van haar geworden was.

'En de moeder?'

Zij was ook weg, had hij gehoord. Samen met een kerel in een bakkie. Naar de Kaap. Of naar de Westkust. Er werd zoveel gekletst.

Ze loopt er voorbij, gaat drie huizen verderop een tuinhekje door dat piept als ze het opendoet. Het moet geolied worden.

De tuin is overwoekerd door onkruid. Ze neemt de doos en zet hem op de veranda neer. Hij is nu licht.

In de studeerkamer heeft ze hem voor het laatst naar zich toe getrokken en het geld eruit gehaald. Vierhonderdduizend rand in briefjes van honderd.

'Hier hebt u een tiende,' zei ze.

'Je kunt de vergeving van de Heer niet kopen,' antwoordde hij vermoeid, maar hij had zijn ogen niet van het geld af gehaald.

'Ik wil niets kopen. Ik wil het alleen maar weggeven. Aan de Kerk.'

Ze wachtte op zijn antwoord en toen waren ze naar de deur gelopen en ze kon de geur van zijn lichaam achter haar ruiken, de mannenlucht van een lange, lange dag.

Ze daalt weer af van de veranda en bukt zich om een *stinkblaar* uit te grond te trekken. De wortels van het onkruid komen los uit de roodbruine aarde en ze realiseert zich dat het hier vruchtbaar is.

Ze loopt naar het trapje. Ze pakt het bordje dat rechts ervan staat, met TE KOOP / FOR SALE erop. Ze trekt eraan. Het is diep in de grond geslagen en het staat er al lang. Ze moet flink wrikken voor het langzaam begint te bewegen en uiteindelijk loskomt.

Ze draagt het naar boven, legt het op de veranda neer. Dan haalt ze haar sleutels uit haar zak en maakt ze zachtjes de deur open. De grote zwarte oppas zit onderuitgezakt op de nieuwe rustbank. Ze is vast in slaap.

Christine van Rooyen loopt de gang af, naar de hoofdslaapkamer. Daar ligt Sonia, in foetushouding, haar hele lijfje om de speelgoedhond heen gekruld. Ze gaat zachtjes naast haar dochter liggen. Later, na het ontbijt, zal ze Sonia vragen of ze het speelgoedbeest voor een echt hondje wil ruilen.

Op de terugweg naar het hotel denkt Griessel aan hoofdinspecteur Boef Beukes.

Ze wilden hem niet bij de ondervraging toelaten – Joubert had zijn gezag laten gelden. Hij werd met de teleurgestelde Amerikaan opgescheept, Lombardi. Moest hem proberen uit te leggen dat niet al Afrika's politiemannen corrupt waren. Maar achteraf had Joubert verslag uitgebracht. Beukes die niets wilde bekennen. Tot op het laatst, toen ze met een dagvaarding zijn bankafschriften in handen hadden gekregen en die voor hem uitgespreid werden. En Beukes die zei: 'Waarom zoeken jullie niet uit waar die hoer is? Zij is degene die geld gestolen heeft. En gelogen heeft over haar dochter.'

Hij weet niet of het waar is. Maar nu, na Laspers verhaal, hoopt hij van wel. Want hij herinnert zich de woorden van de forensisch psychologe. *Vrouwen zijn anders. Als ze op jongere leeftijd schade hebben opgelopen, dan wreken ze dat niet op anderen. Ze wreken het op zichzelf.*

Hij hoopt alleen maar dat ze het geld goed gebruikt. Voor haar en haar dochter.

Zijn mobiel gaat als hij weer via de dennenlaan terugrijdt. Hij gaat naar de kant van de weg en stopt.

'Griessel.'

'Met inspecteur Johnson Mtetwa. Ik bel vanuit Alice. Ik vraag me af of u me kunt helpen?'

'Ja, inspecteur?'

'Het gaat over de dood van Tobela Mpayipheli...'

'Ja?'

'Het probleem is dat ik mensen bij me heb gehad. De zendingspredikant uit Knott Memorial hier tussen ons en Peddie.'

'Ja?'

'Hij vertelt me iets raars, inspecteur Griessel. Hij zegt dat hij Mpayipheli gisterochtend heeft gezien.'

'Dat is eigenaardig.'

'Hij zegt dat hij een man heeft zien lopen, uit de heuvels langs de Katrivier, tot dicht bij de pastorie. Toen ging hij naar buiten om te zien wie het was. En toen hij dichterbij kwam, draaide de man zich om. Maar hij zou zweren dat het Mpayipheli was, want hij heeft hem gekend. Vroeger. Ziet u, Mpayipheli's vader was ook zendingspredikant.'

'Ik begrijp het.'

'En toen ben ik vanmorgen samen met die lui van bureau Cathcart naar Mpayipheli's boerderij gegaan. Zij moeten de dingen daar afhandelen. En nu zeggen ze tegen me dat er een motorfiets weg is. Een... Wacht even... Een BMW R 1150 GS.'

'O?'

'Maar de mensen in de Kaap zeggen dat u getuige was van zijn dood.'

'Je moet het dossier maar opvragen, inspecteur. Ze hebben de rivier nog afgezocht naar zijn lijk...'

'Eigenaardig,' zegt Mtetwa. 'Dat iemand nou juist die motorfiets zou stelen.'

'Zo is het leven,' zegt Griessel. 'Eigenaardig.'

'Dat is waar. Hartelijk bedankt, inspecteur. En sterkte daar in de Kaap.'

'Dank u wel.'

Bennie Griessel stopt zijn mobiel terug in de zak van zijn overhemd. Hij steekt zijn hand uit naar de sleutel, maar voor hij de auto in gang zet, ziet hij iets waardoor hij aarzelt.

Tussen de bomen door, in het paardenkamp, staat Carla bij een grote schimmel. Ze staat tegen het magnifieke dier aan geleund, haar gezicht in zijn manen, haar hand die zachtjes over de lange neus wrijft.

Hij stapt uit en loopt naar de houten heining. Hij kijkt alleen maar naar haar, met een deernis die hem bijna overweldigt.

Zijn kind.

Verantwoording

Meer dan een van mijn vorige boeken is *Duivelspiek* het product van de verstommende welwillendheid, de onbaatzuchtigheid, de bereidwilligheid om kennis te delen en de onvoorwaardelijke ondersteuning van een groot aantal mensen.

Ik bedank ze graag:

Tot op de dag van vandaag weet ik niet wat haar echte naam is, maar als sekswerker heette ze 'Vanessa'. In twee gesprekken die de hele ochtend duurden, praatte ze intelligent, openhartig en eerlijk met mij over haar werk en haar leven. Toen ik het boek af had, probeerde ik opnieuw contact met haar te leggen om haar te bedanken. De boodschap op haar mobiele telefoon luidde: '*Ek is nie meer in die bedryf nie...*' Mogen al haar dromen waar worden.

De andere drie anonieme sekswerkers die tijd vrijgemaakt hebben om mij in koffiehuizen te woord te staan en hun verhalen te vertellen.

Het personeel van de Sex Worker Education and Advocacy Taskforce (SWEAT) in Kaapstad, en specifiek de directeur, mevrouw Jayne Arnott.

Mevrouw Ilse Pauw, klinisch psycholoog, voor de vele uren dat zij haar kennis van en inzicht in sekswerkers met me gedeeld heeft.

Kapitein Elmarie Meyburgh van de Sielkundige Ondersoekseenheid van de Suid-Afrikaanse Polisiediens in Pretoria. Vanwege haar ongelooflijke inzicht, ervaring en kennis over de psychologie van mensen in het algemeen en misdaad en misdadigers in het bijzonder, haar geestdrift voor het project en de vele uren geduld sta ik diep bij haar in het krijt. Zij is de onderzoeksdroom van elke schrijver en een fantastische ambassadeur voor haar eenheid en de SAPD.

Inspecteur Riaan Pool, SAPD-persofficier te Kaapstad.

Superintendent Mike Barkhuizen van de Eenheid Ernstige Geweldsmisdaden van de SAPD in Kaapstad.

Gerhard Groenewald van Klipbokkop, voor zijn kennis van buitenbanden.

Dr. Julie Wells van het departement Geschiedenis aan Rhodes Universiteit, voor de achtergrond van de Xhosa-steekassegaai.

Al die fantastische mensen in de souvenirwinkels in het centrum van Kaapstad die zo bereidwillig informatie hebben verschaft over assegaaien, zelfs toen ze wisten dat ik niets wilde kopen.

Professor Marlene van Niekerk van het Departement Afrikaans en Nederlands aan de Universiteit van Stellenbosch, voor haar deernis, begrip, geduld, ontzaglijke kennis, intellect en creativiteit. Ze is een nationale schat, in elke zin van het woord.

Alle deelnemers (de veteranen en de jongeren!) aan de MA-cursus Kreatiewe Skryfwerk aan de Universiteit van Stellenbosch. Dat etentje komt nog...

Mijn redacteur, dr. Etienne Bloemhof, voor zijn arendsoog, zijn geestdrift, ondersteuning en dieptekennis.

Mijn agent Isobel Dixon, aan wie ik zo geweldig veel verschuldigd ben – en al haar collega's bij Blake Friedmann, vooral David Eddy en Julian Friedmann.

Mijn vrouw, Anita, die in het holst van de nacht samen met mij opstaat en koffie drinkt en nooit ophoudt om me te ondersteunen, in me te geloven, mee te lezen en lief te hebben. En de kinderen die zo geduldig wachten tot de schrijfdeur opengaat.

De ATKV, voor de financiële ondersteuning die veel van het onderzoek mogelijk heeft gemaakt.

Een van de grote vreugden tijdens het onderzoek voor een manuscript is om relevante boeken te gaan zoeken en te lezen – en ook op het internet relevante informatie op te sporen. Ik ben vooral dankbaar voor het volgende:

Smokescreen door Robert Sabbag, Canongate, Londen, 2002.

Killing Pablo door Mark Bowden, Atlantic Books, Londen, 2002.

With Criminal Intent, Rob Marsh, Ampersand Press, Kaapstad, 1999.

Frontiers door Noel Mostert, Pimlico, Londen, 1992.

www.alcoholicsanonymus.org.au
www.alcoholics-anonymous.org.uk
www.fda.gov
www.digitalnaturopath.com
www.heckler-koch.de
www.dieburger.com
www.iol.com

Lees nu ook alvast een fragment uit

Icarus

(Vertaling: Martine Vosmaer en Karina van Santen)

1

Het lijk van Ernst Richter komt bloot te liggen door een complot tussen hemel en aarde. Alsof het heelal samenzweert om de gerechtigheid een duwtje in de rug te geven.

Eerst is er het noodweer van 17 december, even na acht uur 's ochtends. Het is een zeldzaam maar niet echt uitzonderlijk verschijnsel dat is ontstaan door een afgedwaald lagedrukgebied: een blauwzwart, kolkend monster dat komt aanrollen van over de Atlantische Oceaan, even ten noorden van Robbeneiland.

De wolkenmassa vuurt theatrale witte gevorkte tongen af naar zee en land. Hij sleurt een buiengordijn mee dat binnen een halfuur 71 millimeter regen over Bloubergstrand, Parklands, Killarney Gardens en Zeezicht uitstort.

Er is waterschade en verkeerschaos. De oude en nieuwe media buitelen hijgerig over elkaar heen met het grote B-woord. *Broeikaseffect.*

Maar de bijdrage van de aarde aan het blootleggen van het lichaam is bescheidener; alleen de contouren van het landschap voorbij Blouberg, waar de zuidooster als een blinde beeldhouwer de duinen heeft gevormd om de wolkbreuk lukraak te kanaliseren. Zo komen Ernst Richters voeten onder het zand vandaan, de ene bloot en tragisch, de andere met een half afgezakte zwarte sok en komisch.

De laatste schakel in de causale keten is het noodlot dat de negenentwintigjarige cameraman Craig Bannister rond 11.17 uur daar in de buurt laat stoppen, aan de Otto du Plessis Drive, de kustweg tussen Blouberg en Melkbosstrand. Hij stapt uit zijn auto en kijkt naar het weer. De wind is vrijwel gaan liggen, de wolken zijn aan het oplossen. Hij wil zijn nieuwe radiogestuurde drone testen, de DJI Phantom 2 Vision+ met gestabiliseerde HD-camera. De Phantom, een zogenaamde quadcopter, is een technologisch hoogstandje. Hij is uitgerust met gps en een wifiverbinding waardoor Bannister zijn iPhone aan de camera kan koppelen. Milliseconden nadat zijn Phantom de beelden vanuit de lucht heeft opgenomen ziet hij ze op het scherm van zijn telefoon.

Even na 11.31 uur kijkt Bannister fronsend naar het vreemde beeld en hij manipuleert de Phantom zo dat die lager en dichterbij gaat vliegen. Hij laat hem precies een meter boven het verschijnsel hangen, totdat hij zeker van zijn zaak is.

Zand, zwart plastic en voeten. Duidelijk.

Hij kijkt op van de iPhone om te bepalen waar de Phantom precies hangt en loopt er dan haastig naartoe. Alsof het videobeeld fictie is, een soort tv-drama. Hij volgt een slingerende route tussen planten en struiken door, en op en neer over de duinen. Pas als hij over de laatste helling komt, ziet hij het in het echt. Hij loopt erheen. Zijn voetstappen laten een eenzame rij sporen achter in het door de regen gladgestreken zand.

De voeten steken uit het dikke zwarte plastic waarin zo te zien een lichaam is gewikkeld. De rest ligt nog onder het zand.

'Shit,' zegt Craig Bannister.

Hij steekt zijn hand uit naar zijn telefoon die aan de zender zit vastgeklemd. Dan beseft hij dat de Phantom nog steeds een meter boven de grond hangt, bezig om alles op video vast te leggen.

Hij laat de quadcopter landen en schakelt alles uit. Dan belt hij.

Om 13.14 uur, in de Ocean Basket aan de Kloofstraat, gaat de telefoon van rechercheur Bennie Griessel. Hij kijkt op het schermpje en ziet dat het majoor Mbali Kaleni is, zijn nieuwe chef bij de afdeling Ernstige Delicten van het DPCI, het Directorate for Priority Crime Investigation, ook wel de Valken genoemd. Dit zou weleens een uitweg voor hem kunnen zijn. Daarom neemt hij snel op, met vage hoop.

'Bennie, het spijt me dat ik je stoor tijdens de lunch...'

'Geen probleem,' zegt hij.

'Ik heb je nodig in Edgemead. Farmersfield Road. Vaughn is ook onderweg.'

'Ik ben er over twintig minuten.'

'Mijn excuses aan je familie,' zegt ze, want ze weet van het 'speciale etentje' dat Alexa Barnard, de liefde in Griessels leven, heeft georganiseerd.

'Zal ik doen.'

Hij hangt op. Alexa, Carla en dat kereltje Van Eck hebben het gesprek gehoord. Ze kijken hem aan. Zijn zoon Fritz zit voortdurend met zijn neus in zijn telefoon.

'Hè, papa,' zegt Carla begrijpend en teleurgesteld tegelijk.

Alexa pakt zijn hand en knijpt er medelevend in.

'Het spijt me,' zegt Bennie en hij staat op. Hij voelt de vage pijn in zijn buik en arm. Niet meer zo erg als vanochtend. 'Ik moet naar Edgemead.'

'Belangrijke zaak?' vraagt het kereltje Van Eck. Hij is Carla's nieuwe 'vriendje'. Hij lijkt Jezus wel met dat haar tot op zijn schouders en die baard.

Griessel negeert hem. Hij pakt zijn portemonnee en dan zijn creditcard. Hij geeft de kaart aan Alexa. Hij is opgelucht als ze knikt en hem aanneemt. 'Geef me nog even een kus,' zegt ze. 'Mijn topspeurder.'

In de duinen ten oosten van de Otto du Plessis Drive graven ze voorzichtig het lijk van Ernst Richter op, terwijl de wind elke keer een paar minuten rukt en trekt en daarna weer gaat liggen, en de zon achter de dikke wolken vandaan komt, meteen warm en verblindend helder in de weerkaatsing van de duinen en de nog onstuimige Atlantische Oceaan.

De video-eenheid van de SAPS is om 13.32 uur klaar met de opnamen en Forensisch is bezig voorzichtig het zand rond het lichaam op te scheppen en in gemerkte plastic zakjes te doen.

Rechercheur-adjudant Jamie Keyter van Table View heeft de leiding. Hij heeft een stuk duin in een straal van tien meter om de vondst heen met geel politielint laten afzetten. Hij heeft twee agenten aangewezen om het verkeer op de Otto du Plessis Drive te regelen en nieuwsgierigen op afstand te houden. Met de achterdochtige, vaag beschuldigende toon die hij voor dit soort gelegenheden bewaart, heeft hij Craig Bannister grondig ondervraagd.

'Waarom bent u speciaal hier uw vliegtuigje komen testen?

'Er staat nergens dat het verboden is.'

'Dat weet ik. Maar waarom bent u niet naar de Vlei gegaan, waar ze met die kleine vliegtuigjes vliegen?'

'Dat is voor hobbyisten met radiografisch bestuurbare toestellen.'

'En?'

'Moet u horen, ik heb alleen dit ding. Ik ben een professionele DOP. Dit is een...'

'Wat is een DOP?'

'Director of Photography. Ik werk voor tv- en filmproducties. Dit is de nieuwste technologie in cameravoering. Een drone met een HD-camera. Ik moet ermee kunnen oefenen zonder honderd kleine vliegtuigjes te hoeven ontwijken.'

'Hebt u hier een vergunning voor?'

'Een vergunning? Niemand heeft een vergunning nodig voor een kleine drone.'

'Dus u bent hier gewoon gestopt?'

'Inderdaad.'

'Reuze toevallig.' Jamie Keyter op zijn ironische best.

'Hoe bedoelt u?'

'Ik bedoel niets, ik stel een vraag.'

'Moet u horen, ik ben doorgereden tot ik een plek had gevonden met een mooi uitzicht,' zegt Bannister heel geduldig. 'De weg, de zee, de berg, kijk maar. Het is best spectaculair. Ik moest oefenen om met dat ding te vliegen, maar ik wilde ook de camera testen. Op iets wat de moeite waard was, zoals dit landschap.'

Jamie Keyter haalt zijn Ferrari-zonnebril van zijn neus om Bannister een ik-kijk-dwars-door-je-heen-blik te geven.

De man staat alleen maar rusteloos te wachten.

'Dus u hebt alles op video?' vraagt Keyter uiteindelijk.

'Ja.'

'Laat eens zien.'

Dan bekijken ze samen op de mobiele telefoon de beelden. Twee keer. 'Oké,' zegt Keyter en hij geeft Bannister opdracht bij zijn auto te wachten. De adjudant zet zijn Ferrari-zonnebril weer op zijn neus.

In het zwarte poloshirt waar zijn bollende biceps goed in uitkomen, en zijn zwarte katoenen broek met zwarte riem, handen op de heupen, kijkt hij nu naar de twee voeten die onder het plastic uitsteken. Hij is tevreden over zichzelf. De voeten zijn, ondanks de verkleuring, duidelijk van een blanke. Dat betekent media-aandacht.

Jamie Keyter houdt van media-aandacht.

Bennie Griessel, zesenveertig jaar oud, en voormalig alcoholist die al zeshonderdtwee dagen geen druppel heeft gedronken, staart door de voorruit van zijn auto, gestrand in het verkeer van de Buitengrachtstraat.

Normaal gesproken heeft hij de pest aan december.

Normaal gesproken zou hij met een gemompeld '*jissis*' het gekkenhuis van vakantiegangers verwensen, vooral die fokking *Gautengers* die met hun dikke portemonnees in fonkelnieuwe BMW's zo snel mogelijk naar de Kaap scheuren om hun kerstbonus erdoorheen te jassen, met zo'n houding van wij-zullen-die-slaapstad-eens-wakker-schudden. En zo'n beetje alle inwoners van de noordelijke voorsteden van de Kaap die hun remmingen thuislaten en naar de stranden stromen. Samen met de Europeanen die zijn gevlucht voor de kou.

Normaal gesproken zou hij chagrijnig zitten nadenken over de gevolgen van die invasie: geen parkeerplek te vinden, het verkeer stinkt, de prijzen gaan omhoog en het misdaadcijfer stijgt met minstens twaalf procent, want ze zuipen allemaal als tempeliers en dat brengt alleen maar problemen met zich mee.

Normaal gesproken. Maar niet dit jaar. Want in hem en boven hem en om hem heen hangt een soort benauwdheid. Als een mistroostige wolk. Alweer. Nog steeds.

De opluchting over zijn ontsnapping uit de Ocean Basket is vervlogen. Onderweg naar de auto is de zwaarmoedigheid in Mbali's stem tot hem doorgedrongen. De matheid, de ontzetting, versterkt door haar poging om het te verhullen. In schril contrast met de positiviteit die ze de afgelopen twee maanden als groepshoofd heeft proberen uit te stralen.

Ik heb je nodig in Edgemead. Farmersfield Road. Vaughn is ook onderweg.

Daar wacht dus ellende. En hij voelt zich niet meer opgewassen tegen ellende.

Daarom zijn het decembergekkenhuis en het trage verkeer vandaag geen doorn in zijn oog, maar een zegen.

Het forensisch team heeft het lijk van Ernst Richter helemaal uitgegraven.

Adjudant Jamie Keyter laat het videoteam weer komen om alles vast te leggen: het dikke zwarte plastic dat om het lichaam is gerold, net niet lang genoeg om ook de voeten te kunnen bedekken, en het bloedrode koord waarmee het stevig is dichtgebonden – boven het hoofd, om het middel en om de enkels.

Keyter heeft een persfotograaf gezien die met zijn lange lens vanaf de

Otto du Plessis Drive foto's probeerde te maken. Daarom staat hij nu wijdbeens, handen op de heupen: het toonbeeld van een rechercheur die zijn plaats delict onder controle heeft. Hij houdt het videoteam in de gaten tot hij zeker weet dat het lijk vanuit alle belangrijke hoeken is gefilmd en gefotografeerd.

'Oké,' zegt hij. 'Jullie kunnen gaan.' En dan tegen Forensisch, met een gebiedend handgebaar: 'Snij maar los.'

De twee forensisch analisten kiezen de juiste instrumenten uit hun gereedschapskoffer, tillen het afzetlint op en knielen bij het slachtoffer. De ene snijdt voorzichtig het rode touw los. De andere pakt het en stopt het in een plastic zakje.

Jamie Keyter duikt nu zelf onder het gele lint door en loopt naar het lichaam. 'Kom, we rollen het uit.'

Het duurt bijna tien minuten, want ze moeten voorzichtig te werk gaan en het stuk plastic is eindeloos lang. De forensisch experts vouwen elke twee meter van het plastic voorzichtig weer op om contaminatie zo veel mogelijk te beperken.

De geüniformeerde agenten, het videoteam, de twee brigadierrechercheurs en de ambulancebroeders komen nieuwsgierig dichterbij.

En dan is het lichaam helemaal onthuld.

'Hij ligt er nog niet lang,' zegt de ene forensisch analist, want er zijn relatief weinig tekenen van ontbinding, alleen een algemene verkleuring van de huid, het blauwpaarse netwerk van de livor mortis dat aan de voeten en onder aan de hals zichtbaar is, en de zandkorrels die van top tot teen aan het lijk kleven.

Het is een slanke man van gemiddelde lengte, met dik, donkerbruin haar, gekleed in een blauwe spijkerbroek en een zwart T-shirt met in grote witte letters *I REFUSE TO ENGAGE IN A BATTLE OF WITS WITH AN UNARMED PERSON.*

'Misschien een week of zo,' zegt de ander, en hij bedenkt dat het gezicht van het slachtoffer hem vaag bekend voorkomt, maar hij kan het op dat moment niet thuisbrengen. Hij onderdrukt de opwelling om er iets over te zeggen.

Verder komen ze niet met de identificatie van Ernst Richter op de plaats delict.

'Hij is ergens mee gewurgd,' zegt de andere forensisch analist en hij wijst naar de donkere verkleuring die als een ring om de keel loopt.

'Duidelijk,' zegt Jamie Keyter.

2

Die woensdagmiddag is het stil in de Farmersfieldstraat, rijen identieke witte en crèmekleurige middenklassenhuizen met drie slaapkamers, pannendak en keurig gazonnetje. De storm van die ochtend heeft een spoor van takken en bladeren op straat achtergelaten.

Griessel hoeft het adres niet te zoeken. Hij ziet de buren in kleine verslagen groepjes aan de overkant staan, en een hele drom politieauto's. Hij parkeert op de stoep, vijftig meter verderop. Hij blijft zitten met zijn handen op het stuur, en zijn ogen neergeslagen.

Hij heeft geen zin om uit te stappen.

Er is iets gebeurd wat de normale situatie in de buitenwijk Edgemead heeft verstoord, en hij weet dat het zijn benauwdheid van de afgelopen maanden zal verergeren. Ook het busje van de PCSI, de elite Provincial Crime Scene Investigation, staat er. Wat doen die hier? En waarom zijn hij en Vaughn van de Valken erbij geroepen?

Hij haalt diep adem, laat traag het stuur los en stapt langzaam uit. Hij loopt erheen.

Zijn zicht wordt versperd door een witte muur, zodat hij eerst moet omlopen naar de oprit waar een agent de toegang bewaakt.

Het huis ziet eruit zoals de meeste in de straat. Er staan nog meer mensen van de SAPS in uniform voor de deur, in een kring, met gebogen hoofd.

De agent houdt hem met een verbiedende hand tegen. Hij laat zijn identiteitskaart zien.

De ogen gaan onmiddellijk wijd open: 'O, kapitein Griessel. Kapitein Cupido vroeg of u hier wilde wachten. Ik laat hem snel roepen.'

'Hoezo?' vraagt Bennie en hij loopt om de man heen.

'Nee, alstublieft.' Benauwd. 'Hij heeft het bevolen. Ik moest hem laten roepen.'

'Roep hem dan maar.' Hij heeft geen zin in problemen met Vaughn.

De agent vraagt luidkeels aan de uniformen voor de deur om 'de Valken-kapitein' te laten komen. Een van hen rent haastig naar binnen.

Griessel wacht ongeduldig.

Cupido komt naar buiten rennen in zijn Valk-in-Verzet-uitdossing – spijkerbroek, geel T-shirt, blauw jasje en het schreeuwende statement van de geel met oranje sneakers die hij gisterochtend enthousiast heeft toegelicht: 'Nike Air Pegasus Plus, *pappie*, bijna duizend pegels regular price, maar ze waren bij Tekkie Town in de uitverkoop. Cool comfort in technicolor, het is alsof je op lucht loopt in een natte droom. Haalt gegarandeerd het "werk" uit het "voetenwerk". Maar de eigenlijke bonus is dat *majoor* Mbali zwaar zal balen van deze sneakers.'

Vaughn heeft zich de afgelopen weken verzet tegen het edict van netheid van *majoor* Mbali (de nieuwe rang elke keer met ironische klemtoon). Kaleni had afgelopen maandagochtend tijdens een groepsvergadering plechtig gezegd: 'Als jullie professioneel willen zijn, moeten jullie er professioneel uitzien. We hebben een verantwoordelijkheid tegenover het DPCI en het publiek.' En toen had ze hun gevraagd een das, jasje en 'formele schoenen' te dragen. Of toch minstens een overhemd met kraag en een jasje. Wat de laatste druppel was voor Cupido, want hij was ook al heel verontwaardigd over haar aanstelling als groepshoofd: 'Jij denkt dat het toeval is, zo na die laatste verkiezing? Ik dacht het niet. Gewoon omdat ze een Zoeloe is, positieve etnische discriminatie, het is de héle tijd Zuma-tijd, Benna. Jij hebt meer ervaring, meer dienstjaren, bent clever. En zíj maakt promotie?'

Griessel wist dat Cupido zich eigenlijk zorgen maakte dat het nieuwe groepshoofd zijn fratsen niet meer zou pikken. Mbali is precies en conservatief, Vaughn juist niet. En hij had gezegd dat zij de juiste persoon was voor die post, gezien de omstandigheden.

Het had niet geholpen.

Ondanks zijn haast en de vrolijke kleren staat Cupido's gezicht somber als hij komt aanlopen.

'Benna, je hoeft niet naar binnen. Wij zijn klaar hier.'

Griessel hoort de toon in de stem van zijn collega, de geforceerde zakelijkheid die ontzetting verhult.

'Ik ben niet dat hele eind hierheen gereden om... Wat is er aan de hand, Vaughn? Wat is er gebeurd?'

'*Trust me*, Benna. Het is over en uit, kom, we gaan.' Cupido legt zijn hand smekend op Griessels schouder.

Bennie voelt woede in zich opkomen. Wat is er met Cupido aan de hand? Hij trekt zijn schouder weg. 'Ga je me nog vertellen wat er aan de hand is, of moet ik gaan kijken?'

'Benna, wil je me voor deze ene keer vertrouwen?' vraagt hij met een wanhoop die Griessels achterdocht alleen nog maar aanwakkert.

'Jissis,' zegt Griessel en hij begint naar de voordeur te lopen.

'Het is Vollie,' zegt Cupido.

Griessel blijft staan. 'Vollie?'

'Ja, onze Vollie. Vollie Vis. En zijn gezin.'

Adjudant Tertius van Vollenhoven, die met hen allebei had samengewerkt, indertijd toen de Provinciale Recherche nog bestond. Vollie, die gereserveerd en droog in zijn Namakwaland-accent zijn Westkustgrapjes opdiste wanneer de nacht lang en het moreel laag was. Vollie Vis, die geboren was in Lambertsbaai en in de weekends terugging en op maandag voor het hele team vis en schaaldieren meebracht. Met precieze instructies hoe ze klaargemaakt moesten worden, want 'een kreeft verkloten is heiligschennis, collega.' De man die in een tijdsbestek van vier jaar twee seriemoordenaars op de Kaapse Vlakte had opgebracht. Met eindeloos geduld en toewijding. En toen ging hij weg. Naar bureau Bothasig. Hij zei dat hij zijn portie had gehad en een rustiger leven zocht – hij wilde zijn huwelijk redden en zijn kinderen zien opgroeien. Maar iedereen wist dat het ging om het trauma van de onderzoeken, maand na maand naast weer een verminkt lijk van een slachtoffer staan, wetend dat je alleen met een beetje geluk die monsters kan tegenhouden, hoe hard je ook je best doet.

Het oude gevoel van onrecht wordt wakker in Griessel, de rancune tegen de verantwoordelijken.

'Roofmoord?'

'Nee, Benna...'

'Wat is er gebeurd, Vaughn?'

Cupido's stem is nauwelijks te horen. Hij kan Griessel niet aankijken. 'Vollie heeft ze doodgeschoten, vannacht, en toen zichzelf.'

'Vollie?'

'Ja, Benna.'

Hij herinnert zich de twee vrolijke dochters, tieners nog maar, en Vollies vrouw, mollig, sterk, een steun. Mercia of Tersia... hij wil zich omdraaien, hij wil dit niet in zijn hoofd zien – Vollie met een dienstpistool aan het bed van een kind.

'Godsamme, Vaughn,' zegt hij en hij voelt de beklemming terugkomen, verstikkend.

'Ik weet het.'

Griessel wil blijven praten, hij wil aan de druk ontsnappen. 'Maar waarom? Wat is er gebeurd?'

Cupido gebaart naar de uniformen voor de deur. 'Bureau Bothasig heeft gisteren een meisje gevonden, in een veld bij Richwood. Het tweede. Zelfde methode als bij een moord een maand geleden. Het is een seriemoordenaar. Foute boel, Benna, hele zieke fucker. Vollie was er ook bij.'

Griessel zet alles op een rijtje, met zijn hand tegen zijn achterhoofd. Hij probeert te begrijpen wat er is gebeurd. Alle demonen die zijn teruggekomen om Vollie van binnenuit aan te vreten.

'Kom, Benna, laten we gaan.'

Griessel staat als versteend.

Cupido ziet dat zijn collega lijkbleek is. 'Benna, het is echt beter als we...'

'Wacht.' Griessel kijkt Cupido scherp aan. 'Waarom heeft Mbali ons laten komen?'

'De bureauchef van Bothasig heeft haar gevraagd of wij wilden gaan kijken. Hij zegt dat hij er alleen maar zeker van wilde zijn dat ze niets zouden missen, want de media...'

'O.' En dan: 'Waarom wil je me daar weghouden, Vaughn?'

Cupido kijkt hem aan en tikt met een wijsvinger tegen zijn slaap. 'Omdat het nog niet goed met je gaat, Benna. Dat weet ik.'

Jamie Keyter en de twee forensisch analisten hebben de zakken van de spijkerbroek van het slachtoffer zorgvuldig doorzocht. Er zit niets in.

Ze hebben het lichaam in de grote zwarte lijkenzak gelegd, die dichtgeritst en de brancard laten komen. Het lichaam is naar de ambulance gedragen. Forensisch heeft het zwarte plastic en het rode touw zorgvuldig gemerkt en verpakt. De ene analist is de metaaldetector gaan halen en loopt nu in concentrische cirkels rond de plaats delict, met een koptelefoon op zijn hoofd.

De andere staat bij Jamie Keyter. Er is niemand anders binnen gehoorsafstand. 'Ik zweer je dat hij me bekend voorkomt,' zegt de analist.

'Natuurlijk. Hij werkt met je samen,' zegt Keyter met een frons achter zijn zonnebril.

'Nee, hij niet, het slachtoffer.'

'Je bedoelt dat je hem kent?'

'Nee, kennen niet. Alleen herkennen.'

'Een beroemdheid zeg maar?'

'Ik weet dat ik hem eerder heb gezien.'

'Het helpt geen fok als je niet weet waar. Denk je dat hij van de politie is?'

De analist heeft er nu spijt van dat hij zijn mond heeft opengedaan. 'Nee, ik... Misschien heb ik het mis. Misschien lijkt hij gewoon op iemand.'

De man met de metaaldetector blijft staan. 'Hier ligt iets,' zegt hij. Het is ongeveer drie meter vanwaar het slachtoffer is gevonden.

De ander pakt een schep en duikt onder het gele afzetlint door. Hij gebruikt zijn handen om het zand onder de detector los te woelen en voorzichtig weg te scheppen. Eerst vindt hij niets.

'Weet je het zeker?' vraagt hij aan zijn collega.

'Er ligt beslist iets.'

Veertig centimeter onder het oppervlak voelt hij het metaal. Met zijn vingers werkt hij het zand weg. Daar ligt het.

'Jis, het is een mobieltje.'

Hij staat op, haalt een kwastje uit zijn gereedschapskist en veegt het zand weg, terwijl Jamie Keyter het videoteam er weer bij roept.

'Een iPhone 5, zo te zien,' zegt de man van Forensisch. Hij drukt op een knopje op de telefoon, maar er gebeurt niets. 'Dood als een pier.'

3

<u>Transcriptie van onderhoud: adv. Susan Peires</u>
<u>met dhr. Francois du Toit.</u>

Woensdag 24 december. Hugenote Kamers 1604,
Koningin Victoriastraat 40, Kaapstad

Geluidsbestand 1

Adv. Susan Peires (SP): ... natuurlijk kunt u weigeren. Dan maak ik alleen aantekeningen. Maar de opname is een veel betrouwbaarder verslag, en wordt met evenveel discretie behandeld. Ik laat een transcriptie maken, dan fungeert die als aantekeningen. De geheimhoudingsregels gelden in alle gevallen.
Francois du Toit (FdT): Ook als u mijn zaak niet aanneemt?
SP: Inderdaad.
FdT: Wie maakt de transcriptie?
SP: Mijn secretaresse, die ook geheimhoudingsplicht heeft.
FdT: Nou goed, neemt u het dan maar op.
SP: Dank u, meneer Du Toit. Kunt u voor de goede orde uw volledige naam, geboortedatum en functie geven?
FdT: Ik ben Francois du Toit, geboren op 20 april 1987. Ik ben wijnboer op Klein Zegen even buiten Stellenbosch... aan de Blaauwklippenweg.
SP: U bent nu... zevenentwintig?
FdT: Klopt.
SP: Getrouwd?
FdT: Ja. Met San... Susanne. We hebben een zoontje van zes weken. Guillaume.
SP: Dank u. Ik begrijp van uw bedrijfsjurist dat de politie op het ogenblik op u wacht? Op de boerderij?

FdT: Ja.

SP: En u wilt advies over hoe u de zaak moet aanpakken?

FdT: Ja.

SP: Waarmee houdt het onderzoek van de politie verband?

FdT: Gustav... mijn bedrijfsjurist... Heeft hij het niet tegen u gezegd?

SP: Ik heb eruit opgemaakt dat het ernstig is, maar ik heb meneer Kemp gevraagd geen details te geven. Ik hoor het liever zelf van mijn cliënt.

FdT: Het is... het houdt verband met de moord op Ernst Richter.

SP: Die vermissing? De Alibi-man?

FdT: Klopt.

SP: En bent u daarbij betrokken?

FdT: De politie zou zeker niet... Het spijt me. Dit... het is een lang verhaal... Ik moet de hele toestand aan u... Alstublieft.

SP: Ik begrijp het. Meneer Du Toit, voordat we verdergaan zal ik iets tegen u zeggen wat ik tegen al mijn cliënten zeg. Ik ben nu achtentwintig jaar advocaat, en in die tijd heb ik meer dan tweehonderd mensen vertegenwoordigd in strafzaken. Moord, doodslag, verkrachting, fraude, noem maar op. Mijn advies is altijd hetzelfde en de ervaring heeft steeds opnieuw bewezen dat het een goed advies is: u hoeft niet eerlijk te zijn tegenover mij, maar uiteindelijk maakt het mijn taak wel een stuk makkelijker. Ik veroordeel...

FdT: Ik ben van plan om eerlijk...

SP: Laat me eerst uitspreken, alstublieft. Ik ben er niet om u te veroordelen, ik ben er om ervoor te zorgen dat u de beste rechtsbijstand krijgt die ik kan bieden. Ik geloof oprecht in een rechtssysteem waarin de beklaagde onschuldig is totdat het tegendeel wettig en overtuigend bewezen is door de staat. Een van mijn grootste verantwoordelijkheden is om de standaard voor gerede twijfel zo hoog mogelijk te stellen. Ik heb eerder zaken aangenomen waarin de cliënt tegen mij zei dat hij schuldig was en ik heb net zo hard voor hem gevochten als voor mensen die onschuldig pleiten. Want het systeem kan alleen maar werken als we allemaal gelijk zijn voor de wet. En ik geloof in het systeem. Dus het maakt mij niet uit of u schuldig bent...

FdT: (onhoorbaar.)

SP: Pardon, meneer Du Toit?

FdT: Zeg maar Francois.

SP: Nee, ik zal u meneer Du Toit noemen. Wij zijn geen vrienden, wij zijn advocaat en cliënt. Het is een ambtelijke, professionele relatie, waarvoor u veel geld gaat betalen, en waarin ik afstand en objectiviteit dien te behouden. Ik wilde zeggen, het maakt mij niet uit of u onschuldig bent. Het zal geen verschil maken voor mijn toewijding of de kwaliteit van mijn werk. Ik doe altijd mijn uiterste best, want daar betaalt u voor. Ik kan u niet dwingen eerlijk te zijn, maar ik wil graag de implicaties voor u op een rijtje zetten. Verzwegen informatie heeft de neiging boven water te komen. Niet altijd, maar vaak. En wanneer het op een ongelegen moment komt, kan het uw verdediging schaden. Ik kan vanuit mijn rol alleen verantwoordelijkheid nemen voor wat ik weet. Ik kan alleen uw zaak opbouwen en uw verdediging aanpakken op grond van wat u me mededeelt. Als het uw keuze is om een fictieve weergave van de werkelijkheid aan mij voor te leggen, dan heb ik geen keus, dan is dat waarmee ik moet werken. Maar naar mijn mening, en uitgaande van mijn ervaring, heeft dat eigenlijk nooit een positief effect. Kortom, meneer Du Toit, hoe eerlijker u tegen mij bent, hoe meer kans we hebben om u uit de gevangenis te houden. Begrijpt u dat?
FdT: Ja.
SP: Wilt u er eerst over nadenken?
FdT: Nee, ik zal u alles vertellen. Alles.
SP: Goed dan. Waar wilt u beginnen?

4

Om 15.48 uur loopt Bennie Griessel de Fireman's Arms binnen, volgens de overlevering het op een na oudste café in de Kaap, na de Perseverance Tavern aan de Buitenkantstraat.

De Fireman's serveert al aan alcoholisten en andere stevige drinkers sinds 1864, zodat het café op die woensdag 17 december bijna honderdvijftig jaar oud is. Griessel geeft geen moer om de Kaapse zuipgeschiedenis. Er was een parkeerplek vrij in de Mechaustraat, daarom is hij hier gestopt.

Hij loopt doelgericht tussen de donkere houten tafels en banken naar de lange bar, gaat zitten en wacht tot hij bediend wordt. Hij ademt de geur van de kroeg in. Die brengt duizenden herinneringen boven. Allemaal aangenaam.

Zijn armen liggen op de bar en hij ziet de lichte beving in zijn handen. Hij vouwt ze samen zodat de naderende barman het niet zal opmerken.

'Een dubbele Jack Daniel's,' zegt hij.

'IJs?'

'Nee, dank je.'

De barman knikt en loopt weg om in te schenken. Komt terug met twee vingers amber in het brede glas, mechanisch en professioneel, onbewust van het belang van het moment.

Griessel aarzelt niet. Hij denkt niet aan de zeshonderdtwee dagen zonder alcohol die achter hem liggen. Hij pakt de borrel en neemt een grote slok.

De smaak is een lang geleden verloren vriend, de reünie is vreugdevol.

Maar het doet nog niets aan zijn gemoed.

Hij weet dat de troost niet in de eerste slok zit. Die, en de verdoving en de kalmte en de zin en de genezing en de verzachting en het evenwicht en de orde en de eenwording met het heelal, die komen pas later, tegen het eind van het tweede goddelijke glas.

Het forensisch onderzoekslaboratorium van de Zuid-Afrikaanse politie is sinds 2011 gevestigd aan de Silwerboomlaan in Plattekloof, meer dan 17.000 vierkante meter indrukwekkend staal en glas. De ruggengraat van het gebouw is een enorme hoofdletter C, vier verdiepingen hoog, met vijf robuuste armen die daaruit voortkomen – een voor elk van de afdelingen: ballistiek, DNA-analyse, wetenschappelijke analyse, documentenanalyse en chemische analyse.

In de keuken van de afdeling Wetenschappelijke Analyse beseft de forensisch analist terwijl hij bezig is koffie in een beker te schenken ineens aan wie het met zand bespikkelde gezicht van het lijk in de duinen voorbij Bloubergstrand hem doet denken.

Zou het kunnen?

Hij zegt niets tegen zijn collega maar loopt haastig naar zijn werkplek, zet de koffie naast het toetsenbord en googelt een naam.

Hij klikt op de link en ziet de foto die wordt geladen. Hij weet dat hij zich niet heeft vergist. Hij zoekt in zijn aantekeningen van die dag naar het mobiele nummer van adjudant Keyter en belt.

'Jamie,' antwoordt de rechercheur alsof hij het vervelend vindt gestoord te worden. Hij spreekt zijn naam uit als 'Jaa-mie', niet als het Engelse 'Dzjee-mie'. De analist vindt het een beetje aanstellerig en irritant, net als de man zelf.

Hij maakt zich bekend en zegt: 'Ik denk... Ik weet redelijk zeker dat het slachtoffer Ernst Richter is.'

'Wie is Ernst Richter?' wil Jamie Keyter weten.

'Die man van Alibi die vermist was.'

Keyter blijft even stil en antwoordt dan zwaar geïrriteerd: 'Ik heb geen flauw benul waar je het over hebt, man.'

'Dan kun je beter bureau Stellenbosch bellen.'

Griessel zit met beide handen om zijn tweede borrel.

Dit is zijn vakantie, denkt hij. Hij heeft niets meer nodig. Nu kan Mbali haar onzin laten varen.

Ze zat maandag in zijn personeelsdossier te kijken: 'Je hebt al drie jaar geen vakantie opgenomen,' zei ze bezorgd.

‘Ik heb meer dan drie maanden ziekteverlof gehad na...’ Ze wisten alle twee dat hij doelde op het schietincident waarbij haar voorganger was omgekomen en Griessel gewond geraakt.

‘Dat telt niet mee. Ik wil dat je vrij neemt tussen kerst en oud en nieuw. Je hebt een échte vakantie nodig...’

Een ‘echte vakantie’? Het enige waar hij geld voor heeft is thuiszitten, en dan draait hij binnen een dag door.

‘... om tijd met je dierbaren door te brengen.’

Dat was Kaleni’s troefkaart.

Zijn *dierbaren*.

Voordat Mbali hem vanmiddag belde, heeft hij twintig minuten lang in de Ocean Basket bij zijn *dierbaren* gezeten. Zijn dochter Carla en Alexa, zijn vriendin met wie hij samenwoont, hadden het de hele tijd over kunstdingen waar hij niets vanaf weet. Zijn zoon Fritz was bezig met zijn mobieltje, met dansende vingers, en liet zo nu en dan een geheimzinnig lachje horen als een nieuwe sms of WhatsApp of Facebook of Twitter of BBM of wat er zoal ín is op het moment, een geluidje uit zijn telefoon liet horen. Alsof zijn vader niet bestond. Alsof het niet een speciaal etentje was dat Alexa met de grootste moeite had georganiseerd. Fritz, voor wie hij een fortuin moet betalen zodat hij volgend jaar naar de filmacademie kan. Niet figuurlijk maar letterlijk een fortuin, want de AFDA vraagt alleen al voor de registratie 5.950 rand. En 20.000 rand inschrijvingsgeld. En 55.995 rand studiegeld. Voor één jaar. Hij kent de bedragen, fok, hij kan ze midden in de nacht opdreunen, want hij moest ze aan zijn bankadviseur voorleggen. En toen heeft de bank bijna een maand moeten nadenken voordat hij de lening kreeg.

En Fritz waardeert het niet eens, hij zit tijdens het speciale etentje alleen maar op zijn mobieltje te kijken, en Griessel weet niet wat hij eraan moet doen.

Zijn kinderen hebben een veel betere relatie met Anna. Hij hoort hen soms aan de telefoon praten. Gesprekken vol gelach en gedeelde ervaringen en inside-information.

En hij? Wat moet hij doen? Zijn leven is zijn werk en hij kan daar niet over praten. Over zijn altruïsme en zijn depressie niet, volgens de psycholoog.

En dat kereltje Van Eck, Carla’s nieuwe vriendje, die samen met haar op de toneelschool zit in Stellenbosch (voor 29.145 rand per jaar, wat hij tot nu toe met veel moeite en zuinig leven zonder een lening heeft kunnen ophoesten). Griessel kan Van Eck niet uitstaan. Hij heeft zich van het begin af aan afgevraagd of het vorige vriendje van zijn dochter, de rugbyspeler Etzebeth, niet een beter idee was. Etzebeth wist tenminste wanneer hij zijn bek moest houden.

Van Eck zit vol praatjes en meningen en vragen die Griessel niet wil beantwoorden. 'Wat was je interessantste zaak? Wat vind je van het Pistorius-vonnis? Hoe komt het dat bij ons de criminaliteit zo hoog is?'

Niks 'u'. Het is 'jij' en 'jou', hij heeft lang haar en kijkt onbetrouwbaar uit zijn ogen en Alexa zegt dat het een mooie jongen is en dat hij '*sweet*' is, en Griessel wil niet flauw doen, het is Carla's vriendje, maar hij heeft een sterk vermoeden dat Van Eck een verwend ettertje is.

Vincent van Eck. Hij kan Cupido's reactie al horen: 'Wat is dat voor fokking naam? Wie noemt zijn kind nou Vincent? Met zo'n achternaam?'

Adjudant Jamie Keyter zit om 16.28 uur tegenover het overvolle bureau van de bevelvoerder van bureau Table View van de SAPS en vertelt hem dat de man die ze vanmiddag zo voorzichtig uit het zand voorbij Blouberg hebben opgegraven, heel waarschijnlijk ene Ernst Richter is.

'Dé Ernst Richter?' vraagt de kolonel met ongerustheid in zijn stem.

Keyter vraagt zich af waarom iedereen behalve hij van de man heeft gehoord – misschien moet hij ook eens de krant gaan lezen, zelfs als er geen nieuws over een van zijn eigen zaken in staat.

Hij bevestigt het en zegt dat Richter ruim drie weken geleden als vermist is opgegeven in Stellenbosch. De haarkleur en gelaatstrekken van het slachtoffer tonen sterke overeenkomsten met de twee portretfoto's die bureau Stellenbosch tien minuten geleden per e-mail heeft gestuurd. En bovendien draagt het lijk dezelfde kleren als Richter vlak voor zijn verdwijning.

'Goed werk,' zegt de bureauchef in gedachten verzonken.

'Dank u, kolonel. Maar nu heeft Stellenbosch het over jurisdictie. Ik bedoel, het is onze zaak, punt uit. Dat is toch zo?'

'Hebben we al een positieve identificatie?'

'Ik ga nu zijn moeder bellen of zij hem kan komen identificeren, kolonel. Maar hij is hier in ons gebied gevonden. Dus het enige wat Stellenbosch nodig heeft, is een tweeënnegentig om hun dossier te sluiten.' Keyters hoopvolle verwijzing naar SAPS-formulier 92, dat ingevuld wordt nadat een vermiste persoon is gevonden.

De chef krabt zich in zijn nek terwijl hij nadenkt. Hij kent de sterke en zwakke punten van Jamie Keyter. Hij weet dat de adjudant misschien niet het slimste jongetje van bureau Table View is, maar hij is toegewijd, systematisch en betrouwbaar, met een paar succesvolle onderzoeken van ongecompliceerde moorden op zijn naam.

De grote vraag is: als dit dé Ernst Richter is, kan hij de zaak dan aan Keyter toevertrouwen?

Het ene probleem is Keyters ambitie. Na de positieve publiciteit over de ontmanteling van een autodiefstalsyndicaat een jaar of drie geleden overschat Jamie vaak zijn eigen kunnen en potentieel. En op bureau Table View wordt vaak geroddeld over zijn voorliefde voor de schijnwerpers van de media (en zijn gewoonte om lang voor de spiegel te staan).

Het andere probleem is de werkdruk. Table View is een van de snelst groeiende stedelijke gebieden op het schiereiland. En die groei zit in de lagere middenklasse, onder andere door duizenden immigranten uit Nigeria, Somalië, Malawi en Zimbabwe in Parklands, waar bijna zestig procent van de misdaden die zijn bureau moet aanpakken wordt gepleegd. Als dit echt dé Ernst Richter is, zal hij heel wat mankracht moeten afstaan, want de druk van de provinciale commissaris zal heel groot zijn wanneer de media hier hun tenten opslaan.

Het is mankracht die hij niet heeft. En media-aandacht die Keyter juist wil hebben.

'Jamie, ik zal Stellenbosch bellen en zien wat ik kan doen,' liegt hij.

Aan het eind van het derde glas begint Griessels lichamelijke pijn weg te trekken. De pijn in zijn arm en zijn buik – de doffe pijn van de kogelwonden, zes maanden geleden. Toen ze kolonel Zola Nyathi hadden doodgeschoten, en Bennie niet.

Vanochtend is de pijn dankzij het zware weer opgevlamd tot een kloppende herinnering aan alles.

En nu zit hij hier en begint aan de vierde dubbele borrel.

Hij wist dat het zuipen eraan zat te komen. Dok Barkhuizen, al jaren zijn sponsor bij de Anonieme Alcoholisten, had het ook gezien. 'Ik ken die glazige blik, Bennie. Ga de strijd aan met die lust. Wanneer ben je voor het laatst op een AA-bijeenkomst geweest? Ga weer eens met de psych praten. Zorg voor rust in je kop.'

Maar hij wil helemaal niet meer naar de psycholoog, want in de eerste plaats hebben ze hem gedwongen om in therapie te gaan na de schietpartij. En in de tweede plaats heeft hij die helemaal afgemaakt, tegen heug en meug. In de derde plaats weten die lui niets, want ze zitten maar in hun spreekkamers die heel irritant zo zijn ingericht dat angstige, instabiele mensen zich er thuis voelen. Met een doos tissues bij de hand, als een belediging, en een teddybeer bij het raam.

Een teddybeer. Bij een psych die politiemensen moet begeleiden.

Daar zitten ze dan, vol grote woorden en boekenkennis, maar hebben zij soms keer op keer naast een verminkt lijk gestaan? Of liggen kijken hoe het bloed uit je spuit en druipt en stroomt, terwijl je weet dat je eraan gaat, samen met je collega? En er is niets wat je kunt doen om hem te redden.

Het was een aantrekkelijke vrouw, de psych bij wie hij in therapie zat. Halverwege de veertig, net als hijzelf. Hij had eerst gedacht dat het wel oké zou zijn, ondanks de tissues en de beer, maar, fok, toen begon ze met die zalvende stem alsof hij een gek was die rustig gehouden moest worden. Ze stelde haar vragen, over zijn hele leven, zijn werk als rechercheur. En ze luisterde aandachtig, helemaal op hem gericht, en ze stemde overal zo menslievend mee in en zei dat ze het begreep. En na vier weken zei ze tegen hem dat hij posttraumatische stress had. En overlevingsschuld. En dat het door zijn altruïsme en depressie komt dat hij gaat zuipen.

Hij wist niet precies wat 'altruïsme' betekende.

'Het betekent dat je om andere mensen geeft,' zei ze. 'In zo grote mate dat je iets voor hen opoffert, zonder beloning of voordeel te verwachten.'

'En daarom drink ik?'

'Het is een stukje van de puzzel, kapitein. De populaire interpretatie was altijd, kort door de bocht gezegd, dat een depressie zich manifesteert bij mensen die geen zinvolle toekomst meer zien. Dat is de depressie van zelfbelang en zorgen over status. Maar recenter onderzoek heeft uitgewezen dat er ook een ander soort depressie bestaat – wanneer mensen zich verschrikkelijk schuldig voelen en een heel hoge mate van empathie met het noodlot van anderen hebben. Hun altruïsme is zo sterk dat ze pathogene gewaarwordingen krijgen, waarin ze zichzelf als een gevaar voor de mensen om zich heen beschouwen. Ik vermoed dat we ons daarop moeten richten.'

Griessel vond het maar niets. Depressielijders zijn mensen die als zombies rondlopen, met hangend hoofd, en aan diepe, duistere dingen denken, zoals hun polsen doorsnijden. En dat is niet iets wat hij ooit heeft overwogen. Hij verwierp de flauwekul die zij verkocht, maar uit beleefdheid schudde hij alleen een beetje met zijn hoofd.

Toen zei ze met die sussende stem: 'Alles wat je me hebt verteld, duidt daarop. Niet alleen het incident waarbij de kolonel is doodgeschoten. Elke keer dat je op de plaats van een moord komt, heb je een gevoel van medeplichtigheid, dat jij het had moeten voorkomen. Dat is niet uitzonderlijk in jouw beroep. Maar de belangrijkste factor is het feit dat je je verantwoordelijk begint te voelen voor al je dierbaren, je ontwikkelt een onnatuurlijke aandrang om ze te beschermen tegen het onheil dat jij dagelijks meemaakt. Op een bepaald niveau besef je dat dat onmogelijk is. We moeten dit gaan verkennen, om te zien of dit de depressie en het drankprobleem heeft veroorzaakt.'

Verkennen. Fok. Alsof hij een wildernis is.

Hij zit in de bar en herinnert het zich. En hij drinkt, in de hoop dat hij het zal vergeten. Want de demonen van Vollie Vis zijn in Edgemead zijn hoofd binnengeslopen.

Verklarende woordenlijst

Ahora: nu, onmiddellijk.
Assegaai: traditionele spies.
Bergie: zwerver.
Bokkie: meisje.
Boston: noordelijke voorstad van Kaapstad.
Chop shop: illegale autosloperij waar gestolen auto's omgebouwd of in onderdelen uit elkaar gehaald worden.
Coloque sus armas: Leg jullie wapens neer.
Dagga: cannabis.
Grens: Na de onafhankelijkheid van de noordelijke buurlanden Angola en Mozambique (1974) en Rhodesië (Zimbabwe, 1980), mede als gevolg van de politieke onrust in het toenmalige Duits Zuidwest Afrika (nu Namibië) én door de aanwezigheid van Zuid-Afrikaanse anti-apartheidsstrijders in deze zogenaamde 'frontlijnstaten' raakte Zuid-Afrika in de jaren zeventig verwikkeld in een langdurige grensoorlog, die verder werd gecompliceerd door Russische inmenging in de regio en door de aanwezigheid van Cubaanse troepen, met name in Angola. Veel jonge Zuid-Afrikaanse dienstplichtigen werden in het geheim de grens over gestuurd en kwamen getraumatiseerd uit deze oorlog terug.
Groene: racistische aanduiding voor zwart persoon; omdat het in het Nieuwe Zuid-Afrika in veel situaties als ongewenst wordt beschouwd om het woord 'zwart' te gebruiken als verwijzing naar iemands huidskleur, wordt tegenwoordig wel ironisch-neerbuigend het woord 'groen' gebruikt.
Groenpunt, Mouillepunt, Seepunt: drie delen van Kaapstad die dicht naast elkaar langs de kust van de Atlantische Oceaan liggen.
Gugs: Guguletu, township op de Kaapse Vlakte, ten noorden van Kaapstad.

Hoofseun: gekozen leerlingenvertegenwoordiger uit de laatste klas van de middelbare school.

Huisgenoot, Die: roddelblad met tv-gids.

Intervarsity: sporttoernooi tussen studententeams van verschillende universiteiten.

Jool: jaarlijkse feestweek voor studenten waarvan de opbrengst naar liefdadigheid gaat.

Kampong: afgeschermd gebied bij mijnen of fabrieken waar arbeiders worden gehuisvest.

Khoi en San: de oorspronkelijke bewoners van de Kaap, door de zeventiende-eeuwse Nederlandse kolonisten denigrerend aangeduid als 'Hottentotten' en 'Bosjesmannen'.

KJA: Kerk Jeugaksie, de jongerenvereniging binnen de Nederduitse Gereformeerde Kerk.

Klipdrift: goedkope Zuid-Afrikaanse brandewijn.

Koshuis: studentenhuis met gedeelde faciliteiten en strikte regulaties.

Landdrost: soort rechter.

Loslappie: vrijgezel.

Monomotapa: legendarisch koninkrijk in zuidelijk Afrika; zeventiende-eeuwse Europese ontdekkingsreizigers meenden dat zich hier de goudmijnen van de Bijbelse koning Salomo bevonden.

Necklacen: Bij een zogenaamde 'halsbandmoord' wordt een autoband gevuld met benzine om de armen en borst van het slachtoffer gelegd en vervolgens in brand gestoken; dergelijke executies hebben vaak het karakter van een volksgericht.

N.G.-kerk: de Nederduits Gereformeerde Kerk, protestantse denominatie waartoe het grootste deel van de Afrikaners behoort.

PAGAD: People Against Gangsterism and Drugs, volksbeweging tegen de criminaliteit op de Kaapse Vlakte.

Parow Arrow: Parow is één van de noordelijke voorsteden van Kaapstad, waar veel Afrikaners uit de lagere middenklasse wonen.

SABC: South African Broadcasting Company (publieke omroep); e.tv: commerciële televisiezender.

Sanlam: verzekeringsmaatschappij.

SAPD: Suid Afrikaanse Polisiediens.

Sarge: sergeant.

Schorpioenen: elite-eenheid van de Zuid-Afrikaanse politie, die zich speciaal bezighoudt met de bestrijding van corruptie, fraude en georganiseerde misdaad.

Sjebeen: kroeg in de townships.

Souties: scheldnaam voor Engelstalige Zuid-Afrikanen. (Vanwege hun trouw aan het oude moederland zouden Engelstalige Zuid-Afrikanen met één been in Zuid-Afrika staan en met één been in Groot-Brittannië; het mannelijke geslachtsdeel zou dientengevolge in zee hangen, vandaar de aanduiding 'Soutpiele' of 'Souties'.)

Tuine: wijk in het centrum van Kaapstad, rond de historische Compagniestuin uit het VOC-tijdperk.

Twenty-Sevens: bende op de Kaapse Vlakte.

Zuidwest: Duits Suidwes Afrika, het huidige Namibië.